1547년 9월 29일경 스페인 마드리드 근교의 작은 대학가 마을 알칼라 데 에나레스에서 가난한 순회 외과의사의 아들로 태어났다. 1568년 마드리드의 인문학교에서 잠시 공부한 것 외에는 정규 교육을 받은 적이 없는 것으로 알려져 있으며, 이때 처음으로 시를 썼다. 이듬해 아쿠아비바 추기경의 시종으로 이탈리아로 건너가 이탈리아 주재 스페인군에 입대, 1571년 유명한 레판토 해전에서 세 발의 총탄을 맞고 왼팔은 불구가 되어 '레판토의 외팔이'라는 별명을 얻었다. 이후 당시 르네상스의 본거지이자 인본주의의 모태인 이탈리아 각지를 돌아다니면서 훗날 주요 작품들을 집필하는 데 결정적인 역할을 한 자양분을 얻었다. 1575년 본국으로 귀국하던 도중 해적들에게 습격을 당해 5년간 알제에서 포로 생활을 했다. 네 번의 탈출 시도를 감행했으나 모두 실패하고 결국 삼위일체 수도회에서 몸값을 지불해 풀려났다. 마드리드로 돌아와 1585년 첫 소설《라 갈라테아》를 출판했고 1587년까지 몇십 편의 희곡을 쓴 것으로 전해지나《알제에서의 대우》와《라 누만시아》 두 편을 제외하고 남아 있는 작품은 없다. 작품들이 기대한 반응을 얻지 못하자 1587년 문필 생활을 중단하고 해군 함대에 밀을 보급하는 일과 세금징수원 등으로 일했으나 빈곤한 생활을 벗어나지 못했고, 송사에 휘말려 여러 차례 감옥에 투옥되기도 했다. 1605년 옥중에서 구상한《돈키호테》1편,《재치 있는 시골귀족 돈키호테 데 라만차》를 출간, 같은 해 6판을 발행하고 유럽 전역에서 번역 소개되는 등 커다란 반응을 불러일으켰다. 이후 중편집《모범소설》(1613)과 장시(長詩)《파르나소스로의 여행》(1614),《여덟 편의 연극과 여덟 편의 막간극들》(1615)을 출간했으며,《돈키호테》1편을 출간한 지 10년 뒤인 1615년《돈키호테》2편,《재치 있는 기사 돈키호테 데 라만차》를 출간했다. 그로부터 1년 후 일흔 살의 나이로 마드리드에서 세상을 떠났다.

SIGONGSA *design* 박지은

돈키호테 1

미겔 데 세르반테스 지음 | 박철 옮김

재치 있는 시골귀족
돈키호테 데 라만차

SIGONGSA

일러두기

· 이 책은 1605년 미겔 데 세르반테스 사아베드라(Miguel de Cervantes Saavedra)가 출간한 《돈키호테》 1권 《재치 있는 시골귀족 돈키호테 데 라만차(El Ingenioso Hidalgo Don Quijote De La Mancha)》를 번역한 것이다. 번역 대본은 비센테 가오스(Vicente Gaos)가 주해를 단 《Don Quijote De La Mancha》(1987, Editorial Gredos)를 저본으로 하고, 스페인 왕립한림원에서 출간한 1780년 최초 판본과 2004년 프란시스코 리코(Francisco Rico)가 감수한 400주년 기념 판본을 참고했다.
· 본문의 삽화는 19세기 삽화가 귀스타브 도레(Gustave Doré)가 그린 것이다.
· 외래어 표기는 국립국어연구원의 규정을 기준으로 했으며, 띄어쓰기 역시 '돈키호테(Don Quijote)'나 '라만차(La Mancha)'처럼 원문의 두 단어라도 우리말 사전에 한 단어로 등재된 경우는 이에 따랐다. '시골귀족(Hidalgo)'처럼 우리말에 없는 개념으로 원문이 한 단어인 경우는 한 단어로 표기했다.

차례

제2부

제3부

제4부

추천의 글

스페인 왕립한림원 원장
다리오 비야누에바

알프레드 노벨의 조국이자 그의 이름을 딴 노벨문학상의 본거지 스웨덴의 작가연맹은 지난 2002년 전 세계 100여 명의 작가들을 대상으로 역사상 가장 훌륭한 소설 100편을 선정하기 위한 설문조사를 실시한 바 있습니다. 그 결과 가장 많은 지지를 얻은 작품이 바로 《돈키호테》로, 2위를 차지한 프랑스 작가 마르셀 프루스트의 《잃어버린 시간을 찾아서》보다 50퍼센트 이상이나 많은 표를 얻었으며, 그 뒤를 이어 러시아 작가 톨스토이의 《전쟁과 평화》가 3위를 차지했습니다.

하나의 문학작품이 고전의 반열에 오르기까지는 객관화하기 어려운 복잡한 과정을 거치게 됩니다. 사실 시간과 공간의 장벽을 넘어 작품에 대한 독자의 변함없는 지지가 결정적 역할을 하는데, 앞서 기술한 스웨덴 작가연맹의 설문조사는 이런 점을 감안할 때 좋은 지표이자 증거라 할 수 있겠습니다.

또한 고전이 되기 위해서는 언어, 문화, 시대의 장벽을 초월해야만 합니다. 작가가 작품을 출간하고 수세기가 지난 이후에도 그 작품의 주제가 멀리 떨어진 다른 나라의 남녀노소에게까지 공감을 주어 계속 회자되어야 하는 것이지요. 스페인의 철학자 호세 오르테가 이 가세트는 말하길, 모든 위대한 시인들은 우리를 모방하고 작품 속에서는 우리 자신의 이야기를 하고 있다고 했습니다. 그리고 우리는 바로《돈키호테》에서 그런 점을 발견합니다. 그러나 또 한편 어떤 작품이 고전으로 인정받는 것은 다른 여러 작가들, 고명한 한림원 회원들, 세계 최고의 석학들 그리고 실제로 영향력 있는 비평가들이 그 작품에 대해 어떤 태도를 보이는가와도 중요한 연관이 있습니다. 그리고 분명 이런 점에서 결정적인 것은 소위 고전으로 승화해가고 있는 작품들을 다른 언어로 소개해주는 번역자들의 역할이라고 할 수 있습니다.

《돈키호테》 2편인《재치 있는 기사 돈키호테 데 라만차》의 출간 400주년을 맞이하는 2015년, 저와는 같은 세르반테스 연구자로, 대학 총장으로 그리고 또 함께 스페인 왕립한림원 회원으로 우정을 나누어온 박철 교수가 귀중한 작업의 결실로 우리에게 선보이는《돈키호테》 2편의 번역이 이러한 또 하나의 이정표가 된다고 생각합니다. 한국에서 'BK21 세르반테스 연구팀'을 이끌면서 2004년 스페인 문학작품 중 세계적으로 가장 많이 번역된《돈키호테》 1편《재치 있는 시골귀족 돈키호테 데 라만차》를 최초로 스페인어에서 한국어로 직접 완역하여 찬사를 받은 바 있는 그의 노력이 이제《돈키호테》 2편의 성공적인 번역 출간으로 그 절정에 달하게 되었습니다.

《돈키호테》를 세계적인 고전으로 만드는 데 상당히 기여한 이러한 과업은 전 세계에서 일찍부터 이루어졌습니다. 영어로는 토머스 셸튼이 1612년과 1620년에 번역한 바 있고, 프랑스어로는 세사르 우댕이 1614년에, 프랑수아 드 로세가 1618년에 각각 번역한 바 있으며, 그로부터 훨씬 뒤 1915년에는 한국 작가 최남선이 처음으로 일본어 번역본에서 부분적으로 발췌하여 소개하였습니다.

《돈키호테》는 즐거운 작품입니다. 여러 장소를 여행하는 두 명의 주인공을 중심으로 일련의 에피소드가 전개되는 가운데 분명한 개성을 가진 이들 주인공들이 맛깔스러운 대화를 나누고 또 불운을 함께합니다. 세르반테스의 해학은 우수에 가득 차 있습니다. 매사에 서툰 시골귀족과 마음씨 좋은 종자 산초가 겪는 우여곡절 속에서, 두 주인공은 조롱당하고 돌에 맞고 담요 키질을 당하고 몽둥이세례를 받는 등 항상 웃음거리가 되면서 독창적이고 코믹한 '개그'를 이끌어내고 있는 까닭입니다. 특히 산초라는 인물은 1973년 멕시코 감독 로베르토 가발돈에 의해 제작된 영화 〈돈키호테 다시 말을 타다〉에서 멕시코의 찰리 채플린으로 불리는 국민배우 마리오 모레노, 일명 '캔틴플라스'에 의해 재창조된 바 있습니다. 그럼에도 돈키호테나 산초 판사는 독자들의 기억 속에서 고결하고 너무나도 인간적인 인물, 서민적이면서도 동시에 현학적인 지혜를 갖춘 인물들로 남아 있습니다. 결코 잊을 수 없는 인물들인 것입니다.

《돈키호테》 2편 출간 400주년을 맞아 세계적인 세르반테스 연구자이자 스페인 왕립한림원 동료인 박철 교수의 집념 덕분에 마침내 한국의 독자들께서 세르반테스라는 거장의 명작을 진정한 완역본으로 접할 수 있게 된 것에 기쁨과 함께 경의를 표하는 바입니다.

2015년 4월

다리오 비야누에바

추천의 글

세르반테스문화원 원장
빅토르 가르시아 데 라 콘차

미겔 데 세르반테스는 《돈키호테》 2편인 《재치 있는 기사 돈키호테 데 라만차》의 서두 〈레모스 백작님께 바치는 헌사〉에서 자신의 소설이 세계 곳곳에서 엄청난 관심을 불러일으켰다고 말하고 있습니다. 그중 가장 큰 열정을 보인 사람이 바로 '중국의 황제'인데, 그는 세르반테스에게 편지를 보내 카스티야어를 가르치는 학교를 세우고자 하는데 《돈키호테》를 교재로 쓰고 싶다면서 세르반테스에게 그 학교의 교장직을 맡아달라는 제안을 해왔다고 합니다. 이에 대해 세르반테스는, 자신은 그렇게 긴 여행을 하기에는 건강이 좋지 않으며 돈도 없다고 대답을 하지요.

미겔 데 세르반테스의 이런 환상적인 꿈은 이제 현실이 되어, 중국과 아시아 여러 나라들에 스페인어 교육과 스페인 문화 보급을 위한 문화원이 그의 이름을 내걸고 세워져 있습니다. 이런 점에서 한국은 특히 돋보이는데, 바로 이곳에서 모범적인 스페인어 문학 연구자가 《돈키호테》를 번역하여 한국 독자들에게 소개했기 때문입니다. 그러한 노력의 연장으로, 올해 출간 400주년을 맞이하는 《돈키호테》 2편의 '재치 있는 기사'가 보편적인 가치를 지닌 자신의 위대한 이상을 널리 알리면서 아름다운 한국 땅을 편력하게 되었습니다. 이로써 이 작품을 읽는 모든 사람들이 이제 그의 위대한 이상에 한층 더 빨리 친숙해질 수 있으리라 기대합니다.

스페인어와 스페인 문화 보급을 위해 전 세계 90개 도시에 세워진 세르반테스문화원의 원장으로서 저는 뛰어난 스페인어 문학 연구자인 박철 교수에게 축하와 감사의 말씀을 전하며, 우리 라만차의 기사가 이 고귀하고 아름다운 땅을 즐거이 편력하기를 간절히 기원합니다.

2015년 4월

빅토르 가르시아 데 라 콘차

1605년 초판본 표지 이미지

EL INGENIOSO
HIDALGO DON QVI-
XOTE DE LA MANCHA,

*Compueſto por Miguel de Ceruantes
Saauedra.*

DIRIGIDO AL DVQVE DE BEIAR,
Marques de Gibraleon, Conde de Benalcaçar, y Baña-
res, Vizconde de la Puebla de Alcozer, Señor de
las villas de Capilla, Curiel, y
Burguillos.

Año, 1605.

CON PRIVILEGIO,
EN MADRID Por Iuan de la Cueſta.

Vendeſe en caſa de Franciſco de Robles, librero del Rey nro ſeñor.

1605년 초판본 표지 글

재치 있는 시골귀족

돈키호테 데 라만차

미겔 데 세르반테스 사아베드라

지음

히브랄레온의 후작이자 베날카사르 및 바냐레스의 백작이시고,

푸에블라 데 알코세르의 자작이자 카피야, 쿠리엘 및 부르기요스의

영주이신 베하르 공작님께 이 작품을 바칩니다.

1605년

특허를 받아서 후안 데 라 쿠에스타에 의해 마드리드에서 출판

우리 국왕 폐하의 서적상 프란시스코 데 로블레스의 서점에서 판매

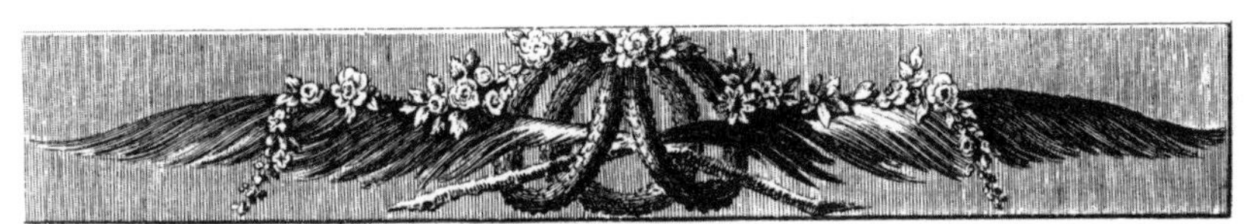

| 가격 감정서 |

국왕 폐하의 왕실 공증인인 본인 후안 가요 데 안드라다는 심의회에 상주하는 위원들의 일원으로서, 심의회 위원들이 살펴본바 국왕 폐하의 허가를 받아 인쇄된 미겔 데 세르반테스 사아베드라 저작의 《재치 있는 시골귀족 돈키호테 데 라만차》가 각 장(張)당 3.5마라베디*의 가격으로 책정되었음을 증명하는 바이다. 이 책은 총 83장이므로, 한 권의 가격은 290.5마라베디가 된다. 이 책은 제본하지 않고 종이로 팔아야 하며, 이 가격으로 책을 판매할 수 있음을 허가한다. 또한 이를 책 첫 장에 표기할 것과 이 가격이 표기되지 않고서는 유통될 수 없음을 명한다. 이 같은 사항을 증명하고자, 본인은 이 감정서를 1604년 12월 20일에 바야돌리드에서 제출하는 바이다.

후안 가요 데 안드라다

---

*당시 금화 한 닢이 34마라베디였으며, 양고기 0.5킬로그램이 28마라베디였다.

| 오류 검증서 |

이 책은 그 원본에서 벗어나는 사항이 없으며, 오자를 수정하였음을 증명하는 바이다. 1604년 12월 1일, 알칼라 성모 신학 대학에서.

석사 프란시스코 무르시아 데 라 야나

| 국왕의 칙허장 |

그대 미겔 데 세르반테스가 《재치 있는 시골귀족 돈키호테 데 라만차》라고 제목을 붙인 책이 완성되어 모든 사람들이 많은 수고를 덜고 매우 쓸모 있는 유익한 책을 우리가 접하게 되었으니, 그대가 요청한 대로 이 책을 인쇄할 수 있는 허가와 자격을 주고, 왕실 심의회 위원들이 출판 인쇄 규율을 성실히 준수한 것으로 보아 인쇄 기간 동안의 특허를 주도록 명한다. 이와 같은 이유로 그대에게 우리의 이 증서를 주어 마땅하며 그것이 정당하다고 생각하는 바이다. 그대에게 자선과 자비를 베풀어 그대와 혹은 그대가 고용한 사람에게 《재치 있는 시골귀족 돈키호테 데 라만차》를 우리 카스티야 왕국 전체에서, 이 증서의 날짜로부터 10년간 인쇄할 수 있는 허가와 자격을 주는 바이다. 그대가 고용한 사람이 아닌 다른 사람이 책을 인쇄, 판매했거나 혹은 그러한 일을 시켰을 시에는 그들이 찍어낸 인쇄물과 함께 활자본과 인쇄 도구를 압수하고, 그런 일이 발생할 때마다 5만 마라베디의 벌금형에 처한다. 이 벌금은 3등분하여, 3분의 1은 그를 고발한 자에게, 3분의 1은 우리 왕실 심의회에게, 그리고 나머지 3분의 1은 그를 처벌한 판사에게 주도록 한다. 앞서 말한 10년 동안 이 책을 인쇄할 때마다 매번 그대는 우리 심의회에 참석하여 원본과 함께 대조하여 보고, 각 인쇄 면마다 우리 왕실 공증인 후안 가요 데 안드라다의 화압을 찍도록 하며 책의 맨 뒤에는 서명을 하여 이것이 원본과 일치한다는 것을 알 수 있도록 한다. 또 출판되었을 때 우리 심의회가 임명한 교정자의 형식과 원본에 맞추어 인쇄본의 오자들을 수정하고, 이렇게 인쇄된 책 각 권의 분량에 따라 적당한 가격을 정하도록 한다. 그리고 이와 같이 책을 찍어내는 인쇄업자에게 명하는바, 책의 표지와 첫 장은 인쇄하지 말고, 원본과 함께 한 권 이상 책을 작가 혹은 인쇄 비용을 부담하는 이에게 양도하지 말 것이며, 우리 왕실 심의회가 이 책을 교정하고, 가격을 정하기 전에는 어떤 효력도 발생되지 않으므로, 다른 어느 누구에게도 이 책을 줄 수 없다. 이 심의 과정 중에는 어떤 방법으로도 이 책의 첫 장을 인쇄할 수 없고, 또한 칙허장, 가격 감정서, 오류 검증서를 붙일 수 없으며, 만일 이를 어길 시에는 우리 왕국의 법과 규율에 해당하는 벌금형에 처한다. 그리고 우리 심의회와 다른 사법당국 모두에게 명하는바, 우리의 이 증서와 내용을 따르고 지키도록 명한다. 1604년 9월 26일, 바야돌리드에서.

국왕 본인

우리의 군주 국왕의 명령에 의해,

후안 데 아메스케타*

---

*국왕 펠리페 3세의 비서이며 고문.

| 베하르 공작님께 바치는 헌사* |

히브랄레온의 후작이자 베날카사르 및 바냐레스의 백작이시고,
푸에블라 데 알코세르의 자작이자 카피야, 쿠리엘 및 부르기요스의
영주이신 베하르 공작님께 이 작품을 바칩니다.

훌륭한 예술, 그중에서도 주로 공작님의 기품에 걸맞게 대중적 인기나 이윤에 굴하지 않는 여러 예술들을 기꺼이 즐겨 지지해주시는 귀공자로서 모든 종류의 서적에 대해 베풀어주시는 공작님의 두터운 환대와 영예에 대한 신념을 갖고, 지금 저는《재치 있는 시골귀족 돈키호테 데 라만차》를 공작님의 더없이 찬란한 이름 아래 공개하기로 결심했습니다. 저는 공작님의 훌륭한 성품에 합당한 존경심을 품고, 비록 이것이 학식 있는 사람들의 가문에서 만들어진 작품들이 항상 지니고 있기 마련인 고상함이나 박식함과 같은

*17세기 당시 책을 출판하기 위해서는 누구나 영향력 있는 귀족의 후원이 필요했으므로 세르반테스도 베하르 공작에게 헌사를 썼다. 세르반테스는 공작의 재정적인 후원을 기대했으나 공작은 매우 인색했다.

가치 있는 장식으로 멋을 부리지는 않았지만, 자신의 무지하고 좁은 소견으로 툭하면 다른 사람의 노작에 대해 매우 혹독하고 불공정하게 비난하곤 하는 몇몇 사람들의 견해에 단호하게 대처하도록, 이것을 공작님의 비호 속에 흔쾌히 받아들여주시기를 간청드리는 바입니다. 그러므로 현명하신 공작님은 저의 간절한 소망을 헤아리시고 이 비천한 노고의 빈약함을 경멸하지 않으시기를 바랍니다.

미겔 데 세르반테스 사아베드라

| 서문 |

한가로운 독자시여, 당신은 분명 제 사고의 산물인 이 책이 인간이 상상할 수 있는 것들 중에 가장 아름답고 가장 빼어나고 가장 재치 있는 것이 되기를 제가 바라고 있다고 생각할 것입니다. 그러나 자연 속의 모든 것들이 자신을 닮은 것을 생산한다는 자연의 법칙을 저 역시 거스를 수는 없었습니다. 그러니 갖가지 불편이 자리 잡고 있고 모든 비탄이 가득 차 있는 감옥 속에서 태어나기라도 한 사람처럼 비쩍 마르고 시들시들하고 변덕스럽고 다른 사람들은 전혀 상상하지도 못할 온갖 잡념들로 가득 찬 그런 사람의 이야기 말고, 제대로 배우지도 못한 빈약한 제 재주가 무엇을 만들어낼 수 있었을까요?* 평온, 아늑한 공간, 상쾌한 들녘, 맑은 하늘, 샘물의 속삭임, 고요한 영혼, 이런 것들은 뮤즈들 중에서도 가장 메마른 뮤즈로 하여금 이 세상을 온통 경이와 기쁨으로 가득 채워줄 자식들을 풍성하게 낳도록 하는 데 커다란 도움이 될 것입니다. 못생긴 데다 도무지 귀여운 맛이라고는 없는

*세르반테스는 1592년과 1597년 투옥되었을 때 《돈키호테》를 구상한 것으로 알려져 있다.

자식을 둔 아버지가 그 자식을 어찌나 사랑했는지 그만 자식의 결점을 조금도 보지 못하고 도리어 그것을 총명과 장점으로 생각해서, 자기 친구들에게 똑똑하고 잘난 것으로 얘기하는 경우가 있답니다. 그러나 저는, 세상에 돈키호테의 아비로 알려져 있지만 실상은 그의 의붓아비에 지나지 않는 만큼,* 세상의 풍조를 따르지 않을 생각입니다. 그리고 사랑하는 독자들에게 제가 낳은 이 녀석의 결점들을 용서해주십사고, 좀 봐주십사고, 남들처럼 눈물을 뚝뚝 흘리면서 애원하지도 않겠습니다. 그도 그럴 것이, 당신은 그의 친척도 아니고 친구도 아니기 때문입니다. 당신의 영혼은 당신 자신의 몸속에 간직되어 세상에 누구 못지않게 자유의지를 가지고, 왕이 거둔 세금이 왕의 것이듯 당신도 당신 집안에서는 주인이 될 수 있습니다. 또 알다시피 '자신의 외투 속에선 왕이라도 죽일 수 있다'는 속담도 있지 않습니까? 결국 이런 모든 것이 당신을 배려와 의무로부터 자유롭게 할 것이며, 당신이 나쁜 의견을 가졌다고 해서 욕을 먹거나 좋은 의견을 가졌다고 해서 상을 받거나 할 염려 없이, 생각하는 대로 이 이야기에 대해서 무슨 말이라도 다 할 수 있습니다.

저는 책의 서두에 으레 치장으로 덧붙이곤 하는 소네트나 경구나 찬가의 길고 긴 나열이나 서론을 없애고, 아무 치장 없이 벌거숭이로 독자에게 내놓을 생각이었습니다. 솔직히 말씀드리자면, 이 책을 지어내는 데 굉장히 고생을 했지만, 지금 읽고 있는 이 서론을 만들어내는 것보다는 훨씬 쉬웠습니다. 서론을 쓰려고 펜을 들었다가 무얼 써야 할지 몰라 펜을 내동댕이친 적이 한두 번이 아니었으니까요. 그런데 하루는 종이를 앞에 놓고 펜을

---

*세르반테스는《돈키호테》원작을 무어인 작가 시데 아메테 베넹헬리가 아랍어로 쓴 것을 톨레도 알카나 시장에서 구입하여 카스티야어(오늘날의 스페인어)로 번역했다고 9장에서 기술하고 있다.

귀에 꽂고 팔꿈치를 책상에 괴고 손으로는 뺨을 받친 채 무얼 쓸까 속을 썩이고 있는데, 뜻밖에도 아주 쾌활하고 똑똑한 친구가 찾아와서 깊은 생각에 잠겨 있는 저를 보고 그 이유를 묻는 게 아니겠습니까. 저는 터놓고 돈키호테의 이야기에 붙일 서론을 구상 중인데, 서론은 고사하고 그 귀하신 기사님의 무용담조차 출판하지 말아버릴까도 생각 중이라고 대답했습니다.

"왜냐하면 오랜 세월 적막한 망각 속에서 잠자고 난 사람처럼 나이만 잔뜩 먹은 내가* 골풀처럼 말라빠지고 독창성도 없고 문체도 형편없고 기지도 모자라고 학식과 교훈도 도무지 찾아볼 수 없고 여백에다 인용구조차 달지 못하고 책 뒤에다 주석도 못 붙인 이야기를 가지고 나타난다면, 예로부터 속인들이라 불리는 법을 만드는 사람들이 무어라 떠들어댈지 잘 알기 때문일세. 더구나 다른 책들을 보면 암만 황당무계하고 조잡한 것이라도 아리스토텔레스나 플라톤이나 기타 온갖 철학자들을 인용해서 독자들의 감탄을 자아내고 해박한 독서와 지식과 구변이 있다는 명성을 가져다주고 있지 않나. 더욱이 성경을 인용할 때는 정말 놀랍지! 모두가 성 토마스 아니면 교회의 박사님들이라고 할 수 있을걸. 금방 애태우는 연인을 묘사하고서는 바로 그다음 줄에선 귀로 들어 좋고 눈으로 읽어 유익한 설교 말씀을 늘어놓는 식의 교묘한 수법을 따르니 말이야. 내 책엔 이런 것이 하나도 없다네. 여백에 인용할 것도 없고 책 끝에 주석을 달 것도 없어. 나는 내가 어떤 저자를 모방했는지조차도 모른다네. 그래서 다른 사람들은 모두 아리스토텔레스에서 시작하여 크세노폰, 조일로스, 제욱시스에 이르기까지, 실상 이 중 한 사람은 악담꾼이고 또 한 사람은 환쟁이였지만,** 알파벳순으로 책 앞에다

---

*세르반테스는 1585년《라 갈라테아》를 발표한 후 거의 20년 동안 아무 작품도 쓰지 못했다.
**조일로스는 그리스의 비평가이고, 제욱시스는 그리스의 화가이다.

주욱 나열해놓는데, 난 그럴 수가 없더군. 뿐만 아니라 내 책은 서두에 소네트, 하다못해 공작이나 후작이나 백작이나 주교나 지체 높은 귀부인이나 유명한 시인들이 지은 소네트 같은 것도 없다네. 물론 그런 것을 지을 줄 아는 친구 두서너 명에게 부탁만 하면, 우리 에스파냐에서 최고의 명성을 자랑하는 시인들의 작품보다도 더 훌륭한 좋은 작품들을 지어줄 테지만 말이야. 어쨌든, 여보게, 사실 말이지, 나는 하늘이 온갖 보석으로 돈키호테를 장식해줄 만한 사람을 보내실 때까지, 그를 라만차의 문서보관소에다 묻어둘까 생각하네. 나는 재능이 부족하고 배운 것이 적고 또 천성이 하도 느릿하고 게을러서, 나 혼자서도 할 수 있는 얘기를 나 대신 해줄 저자를 찾아다니는 것조차 싫기 때문에 그 보석들을 마련할 수가 없거든. 아까 자네가 본 것처럼 내가 근심하며 생각에 잠겨 있는 원인이 바로 이걸세. 지금 자네에게 한 얘기 정도면 내가 우울할 수밖에 없는 충분한 이유가 되지 않겠나?"

그러자 친구가 끝까지 듣고 나더니 이마를 탁 치고 폭소를 터뜨리며 다음과 같이 말했습니다.

"맙소사, 이 친구야, 내가 오랫동안 자네를 알아오면서 줄곧 자네에 대해 잘못 생각하고 있었다는 걸 지금 막 알겠군그래. 난 늘 자네가 모든 행동에 있어서 분별이 있고 사려 깊은 줄 알았지 뭔가. 그런데 이제 보니 자네, 하늘이 땅에서 먼 것처럼, 똑똑한 것과는 거리가 아주 멀구먼. 아니, 그런 쉽게 처리할 수 있는 사소한 일 때문에 훨씬 더 큰 난관도 돌파하여 짓눌러버릴 수 있는 숙달된 지성의 소유자가 당황하고 근심을 하다니, 도대체 어찌된 일인가? 정말이지 이건 능력이 부족해서 그런 것이 아니라 지나칠 만큼 게으르고 수완이 부족한 탓에 생긴 것이네. 내 말이 진실이라는 것을 증명해 보여줄까? 그럼 잘 들어보게나. 눈 깜짝할 사이에 자네의 문젯거리들을 깡그리 논박해버림으로써, 모든 기사도의 빛이요 거울인 그 유명한 돈키호테의 무훈담 출판을 단념하게 할 만큼 자네를 당혹스럽게 만들고 겁나게 한 온갖 결함들을 시정해 보일 테니 말이야."

"어디 말해보게나." 그의 말을 듣고 제가 말했습니다. "도대체 어떻게 자네가 내 두려움의 공허를 메우며, 내 당황의 혼돈 상태를 바로잡겠다는 것인지?"

친구가 대답했습니다.

"자네의 첫째 난관은 저명하고 지체 높은 인사들이 쓴 서두에 붙일 소네트와 경구와 찬가가 없다는 것인데, 그건 자네가 약간 수고를 해서 직접 쓰면 해결될 일이네. 그러고 나서 그것들에 세례를 주고 나름대로 세례명을 붙이는 거야. 이를테면 인도의 후안 사제*나 트라페주스** 황제가 지었다고 하란 말일세. 내가 듣기로는 그 사람들, 유명한 시인이었다니까. 혹시 아는 체하는 녀석이나 석사라는 자가 진리의 이름을 들고 등 뒤에서 그 사람들은 시인이 아니라고 자네를 헐뜯거나 짖어댄다 해도 조금도 염려할 것 없네. 그런 자들이 제아무리 자네의 거짓말을 증명한다 해도, 어차피 그것을 쓴 자네의 손을 꺾어버릴 수는 없을 테니까. 그리고 이야기 속에 등장하는 인용문과 경구의 출전이나 저자를 책의 여백에 밝히는 문제는 이렇게 하면 돼. 즉 자네가 잘 외고 있든가, 아니면 별로 힘들이지 않고 찾아낼 수 있는 좋은 문구나 단편적인 라틴어 문구만 써 넣으라 이 말이야. 예를 들어, 자유와 속박의 문제를 얘기할 때에는 라틴어로 이렇게 쓰면 되네.

이 세상 황금을 다 주더라도 자유는 쉽사리 살 수 없다.

---

*12세기부터 유럽에서 유행하던, 아시아의 가톨릭 국왕으로 알려진 전설 속 인물.

**비잔티움 제국의 후계국 중 하나로, 흑해 주변 터키 국경에 위치한 왕국.

그런 다음 여백에 적당히 호라티우스나 아니면 그런 말을 했음직한 사람 이름을 적어 넣는 거지.* 그리고 죽음의 힘에 대해서 쓸 때에는 이런 말을 인용하면 되네.

> 창백한 죽음은 가난한 자의 오막살이에나 임금의 성체에나 똑같이 찾아온다.**

만약 자네가 하느님께서 우리에게 명령하신 원수에 대한 사랑과 우정을 다루려 한다면, 곧 성경을 찾아가게. 그런 것은 조금만 연구하면 할 수 있고, 더구나 하느님의 말씀 그대로를 인용할 수 있단 말이야. '그러나 나는 이렇게 말한다, 원수를 사랑하라.' 또 악한 생각에 대해서 말할 경우에는 복음서의 말씀을 인용할 수도 있지. '나쁜 생각은 마음에서 나온다.' 변하기 쉬운 우정에 대해서는 카토가 다음과 같은 2행시를 줄 걸세.

> 그대가 돈이 많을 때에는 많은 친구를 헤아릴 수 있으나,
> 시절이 암담해지면 그대는 홀로 남으리라.***

이런 라틴어 부스러기를 좀 쓴다면 자네는 제법 교양 있는 사람으로 행세할 수 있어. 요즈음 라틴어 학자라면 여간한 명예와 이익이 아니지. 책 끝에 주석을 붙이는 건 다음 방법을 따르면 문제가 없네. 즉 책에서 어떤 거인 얘기를 꺼냈을 때에는, 그 거인을 골리앗이라고만 하게. 그렇게만 하면 별로

---

*언급한 문장은 호라티우스의 명언이 아니라 《이솝 우화》에 나오는 말이다.
**호라티우스의 《송가》에서 인용.
***카토의 명언이 아니라 오비디우스의 《비가》에 나오는 말이다.

힘들이지 않고 굉장한 주석을 붙일 수 있거든. 어째 그런가 하면, '골리앗 또는 골리아스라는 거인은 블레셋 사람이었는데, 목동 다윗이 느티나무 골짜기에서 돌팔매로 그를 죽임. 〈열왕기〉 몇 장에 적혀 있음……' 뭐 이렇게 그럴싸하게 쓸 수 있으니까 말일세. 그다음, 자네가 인문학과 우주형상학에 조예가 깊다는 것을 보이기 위해서는 자네 이야기에다 타호 강 얘기를 집어넣도록 꾸미게. 그렇게 하면 단박에 또 하나의 유명한 주석이 생기지. 즉 '타호 강은 에스파냐의 어느 국왕께서 명명하였음. 모모 지방에서 발원하여 유명한 리스본 시의 성벽에 입 맞추며 대해로 흘러 들어감. 이 강에는 황금의 모래가 있다고 전해짐' 등등. 도둑놈 얘기를 쓴다면 내가 줄줄 외고 있는 카코*의 이야기를 해줄 수 있고, 매춘부 얘기라면 라미아, 라이다, 플로라 같은 유명한 여인들을 예로 들면서 자네를 도와줄 몬도녜도의 주교가 있지. 그러한 주석들은 자네한테 큰 명성을 가져다줄 것이네. 독부에 관한 얘기라면 오비디우스가 메데이아를 빌려줄 것이고, 마법사와 마녀 이야기라면 호메로스의 칼립소와 베르길리우스의 키르케가 있지. 용감한 장군 이야기라면 율리우스 카이사르가 《갈리아 전기》를 통하여 자기 자신을 빌려줄 것이고, 플루타르크는 수천 명의 알렉산드로스를 알려줄 것일세. 만일 연애에 대해 이야기를 한다면, 이탈리아 말을 서푼어치밖에 모른다고 해도 레온 에브레오**에게서 넘치도록 듬뿍 들을 수 있네. 그러나 외국으로 나가기 싫다면 우리나라에서도 폰세카의 《하느님의 사랑에 관하여》란 책을 볼 수 있지. 그 책에는 연애에 관해 자네나 또는 아무리 똑똑한 사람이라도 알고 싶어 하는 것이 모두 적혀 있으니까. 사실 말이지, 자네는 이야기에 이런 이름

---

*유명한 도둑으로 자주 인용되는 가공의 인물.

**유대인으로 스페인에서 추방된 후 이탈리아에서 지냈으며, 그가 집필한 《사랑의 대화》는 16세기 가장 많이 읽힌 작품으로 꼽힌다.

들을 적어 넣든가, 내가 말한 것들을 약간씩 언급하기만 하면 돼. 주석과 인용구를 집어넣는 것은 나한테 맡기게. 내가 맹세코 책의 여백을 가득 채우고 책 뒤의 네 페이지는 주석으로 채울 테니까. 자, 이번엔 딴 책에는 있는데 자네 책에는 없다는 많은 저자들의 인용 목록에 대해 얘기해보세. 그 역시 아주 간단하게 해결되지. 자네 말마따나 A에서 Z까지 알파벳 순서로 저자 이름을 주욱 인용한 책만 구하면 돼. 그 알파벳 순서를 그대로 자네 책에 다 베껴 넣으란 말이야. 자네가 이것들을 인용해야 할 필요가 없기 때문에 거짓말이 빤하다 해도 신경 쓸 것 없네. 어쩌면 자네의 그 단순하고 소박한 이야기에 정말로 그 저자들이 다 인용된 줄로 믿는 멍청이가 있을지도 모르지 않은가. 그리고 그게 별다른 도움이 안 된다고는 해도 그 기다란 저자 목록은 첫눈에 자네 책을 권위 있어 보이게는 할 것이야. 자네가 그 저자들을 인용했는지 아닌지 조사하려는 사람도 없을 거고 말이지. 그렇게 한다고 이득이 있는 것도 아니지 않은가. 더군다나, 내가 제대로 알고 있다면, 자네 책은 기사도 이야기를 공격하는 책이니까 걱정할 필요가 없을 거야. 이러한 것은 아리스토텔레스조차 꿈도 꾸지 못했던 일이고, 성 바실리우스도 한 번도 이야기하지 않았던 것이며, 키케르도 생각조차 하지 못했던 것일세. 또한 세밀한 사실이나 점성술에 의한 관상 같은 것도 자네의 그 황당무계한 이야기의 범주에 들어올 수 없고, 기하학적 측정과도 아무 연관이 없으며, 말재간으로 논박할 수 있는 논쟁과도 아무 관련이 없을 뿐만 아니라, 인간적인 것과 신성한 것을 한데 섞어서 설교를 하려는 책도 아닐세. 그따위 설교는 일종의 색동 누더기 옷으로, 그리스도교의 지성이 그런 옷을 입어선 안 되지. 자네의 책에선 단지 자연을 잘 모방하면 그만이야. 모방이 완전할수록 자네 책은 훌륭해질 걸세. 그리고 자네 책은 기사도 이야기들이 세상과 대중 사이에서 떨치고 있는 세력과 권위를 부수어버리는 것만이 목적이니까, 구태여 철학자들로부터 문구를 빌려오고, 성경에서 교훈을 따오고, 시인들에게서 이야기를 베껴오고, 웅변가들에게서 웅변을 얻어오고, 성자들에게서 기적을 빌려올 까닭이 없네. 자네는 그저 명백한 문장을 써서 되도록 자네의 능력이 닿는 데까지 말하고자 하는 바를 말하고, 혼동이나 애매한 것이 없이 자네의 생각을 알아들을 수 있게 표현하면 되는 거야. 또한 애써주기를 바라는 것은, 자네의 이야기를 읽으면서 우울한 사람은 웃게 만들고, 생글거리는 사람은 더 많이 즐겁게 해주고, 단순한 사람은 따분하게 만들지 말고, 분별력 있는 사람은 기발한 고안에 놀라게 하고, 고지식한 사람은 그것을 깔보지 않게 하고, 신중한 사람은 칭찬하지 않을 수 없도록 하는 것이라네. 결론적으로 말하면 많은 사람이 싫어하지만, 그러나 더 많은 사람이 아직도 좋아하는 그 허무맹랑한 기사도 책을 없애는 데 자네의 목표를 굳게 정하란 말일세. 그 일만 성공한다면, 그건 결코 하찮은 일에 성공한 것이 아닐 테니."

저는 완전한 침묵 속에서 친구의 말을 들었습니다. 그의 논리에 깊은 감명을 받아서 저는 아무런 이의 없이 다 받아들이고, 또 그것으로 서론을 만들기로 했습니다. 친절하신 독자여, 이 서론을 보면 당신은 제 친구의 지혜와 쩔쩔매고 있던 순간에 그러한 조언자를 발견한 저의 행운을 알게 될 것이고, 또한 유명한 돈키호테 데 라만차의 내력 이야기가 명확하고도 재미있다는 것을 알게 되어 안도의 숨을 내쉴 것입니다. 몬티엘 평야 지역의 모든 사람들의 의견을 따르면, 돈키호테야말로 오랜 세월 끝에 등장한 가장 순결한 연인이요, 가장 용맹스러운 기사였습니다. 저는 그처럼 유명하고 영예로운 기사를 당신에게 소개해준 공적을 지나치게 자랑하고 싶지는 않습니다. 그러나, 그의 시종인 저 유명한 산초 판사, 수많은 허황된 기사도 책에 뿌려져 있는 시종들의 온갖 웃음거리를 한 몸에 총결집하고 있는 그를 만나게 해준 것에 대해서는 정말 감사하다는 말을 듣고 싶습니다. 그럼 하느님께서 당신에게 건강을 주시기를 빌며, 또한 하느님께서 저를 잊지 않으시기를. 안녕히.

| 이 책에 바치는 시 |

얼굴이 알려지지 않은 우르간다*가

《돈키호테 데 라만차》라는 책에게

책이여, 그대가 신중한 태도로
훌륭한 사람들 곁에 다가간다면
세상 물정 모르면서 우쭐대는 사람은
그대의 생각을 알지 못해 감히 말을 건네지 못할 것이오.
그러나 어리석은 사람의 손에 넘어가
매우 조급하게 다루어진다면
비록 그들이 이해하고 있는 것처럼
짐짓 꾸밀지라도

*기사소설의 원조인 《아마디스 데 가울라》에 나오는 인물로, 주인공 아마디스 데 가울라를 도와주는 마법사 여인이다. 아마디스 데 가울라는 돈키호테가 가장 신봉하는 기사이다.

그대는 이내 알게 될 것이오,
그가 정곡을 벗어나고 있다는 것을.

커다란 나무에 기대면
좋은 그늘이 감싸준다는 것을
경험에서 배웠듯이
그대를 지켜주는 행운의 별이
대대로 대공(大公)의 열매를 맺는
베하르의 훌륭한 나무,
그곳에서는 미래의 알렉산드로스 대제인
공작이 활약을 하고 있네.
어서 그 그늘로 가라, 그러면 그곳에서
행운을 얻을 것이니.

이롭지 못한 책을 많이 읽고
미쳐버린
라만차의 시골귀족에 대한
모험담을 그대여 들려주오.
귀부인들, 무기들, 기사들에
열중한 나머지
광란의 오를란도*를 흉내 내어

---

*이탈리아 시인 루도비코 아리오스토가 1532년 출간한 영웅 서사시 《광란의 오를란도》의 주인공 기사. 유럽 전역에 걸쳐 오랫동안 사랑받았던 기사문학 장르의 완성작이라 평가받는 작품으로, 절대 영웅으로만 그려졌던 중세 기사의 모습에서 벗어나 완벽하지 않은 인간적 면모의 기사를 그렸다.

마음속에 싹튼 연정을 조율하고
실력을 발휘하여
둘시네아 델 토보소를 사로잡았네.

경솔한 상형문자는
방패에 새기지 마라,
카드놀이는 그야말로 그림 패일 뿐
승패를 가리는 것은 추접스러운 일이로다.
헌사를 함에 그대가 겸손해한다면,
"돈 알바로 데 루나,
카르타고의 한니발,
에스파냐에 온 프란시스코 왕이
얼마나 운명을 한탄했던가!"
하고 누군가 빈정대지는 않으리라.

검둥이 후안 라티노처럼
라틴어를 능숙하게 구사하라고
하느님도 하명하시지 않으니
라틴어로 말할 필요가 없도다.
나에게 너무 예리함을 내세우지 말고,
철학자인 양 논쟁하지도 마라.

'오를란도'는, 11세기 후반 집필된 것으로 추정되는 프랑스의 영웅 서사시 《롤랑의 노래》의 주인공 기사 '롤랑'의 이탈리아 이름이다.

속임수를 쓸 줄 아는 사람은
입을 실룩거리며 귓전에 대고
속삭일지니,
"내가 왜 꽃을 들고 있는가?"

남의 인생에 대해
논하려고도 알려고도 하지 마라.
자신과 무관한 일에
참견하지 않는 것이 현명하니.
신소리를 하는 사람들은
종종 앙갚음을 당하니
그대는 단지 좋은 평판을 얻고자
열의를 불태우라.
어리석은 책을 내면
끊임없는 비난이 쏟아질 것이니.

지붕이 유리인 집에 살면서
이웃에 던지려고
손에 돌을 집어 드는 것은
경거망동한 행동임을 깨달아라.
현명한 사람이 작품을 쓸 때
신중하게 펜을 휘두르도록 내버려두라.
소녀들의 마음을 끌고자
책을 세상에 내놓는 사람은

어리석고 정신 나간 여자들을 위해
글을 쓰는 것이니.

아마디스 데 가울라가
돈키호테 데 라만차에게

소네트*

페냐 포브레**의 커다란 언덕에서
세상을 등지고 버림받고
즐거움을 버리고 고행하는
내 가엾은 인생을 흉내 내고 있는 그대.

두 눈에서 흘러넘치는
짜디짠 눈물로 목을 축이고
은, 주석, 구리 식기 하나 없이
땅에 앉아 음식을 먹고 있는 그대.

적어도, 금발의 아폴론이 하늘 높이
말을 재촉하여 달려가는 동안에는

---

*16세기 이탈리아에서 스페인으로 처음 들어와 크게 유행한 시 형식. 4·4·3·3행의 총 14행으로 구성된다.
**아마디스 데 가울라가 그의 연인인 오리아나 공주에게 실연을 당하고 은둔하며 고행을 한 장소.

필경 영생을 얻으리라.

그대의 용맹스러운 이름은 널리 퍼질 것이고
그대의 조국은 모든 나라 가운데 최고가 될 것이며
그대의 해박한 작가, 이 세상에 독보적 존재가 되리라.

돈 벨리아니스 데 그레시아*가 돈키호테 데 라만차에게

소네트

이 세상의 어느 편력기사보다 훌륭하게
부수고, 자르고, 패고, 말하고, 돌아다녔노라.
노련하고 용감하며 늠름하여
수천 가지 모욕에 앙갚음하고 십만 명을 무찔렀노라.

무훈으로 영원한 명성을 얻고,
정중하고 유쾌한 연인이 되고 보니,
모든 거인도 나에겐 난쟁이에 불과해
어떤 결투에서도 승리를 거뒀노라.

---

*헤로니모 페르난데스가 1547년에 쓴 기사소설 《돈 벨리아니스 데 그레시아》의 주인공.

운명의 여신을 나의 발아래 무릎 꿇리고
기회의 여신의 하나뿐인 머리칼을 잡고*
신중하게 고통의 거리로 끌고 갔노라.

그러나, 나의 행운이
항상 저 높은 달 위에 있다고는 하나
그대의 공훈이 부럽구나, 오, 위대한 돈키호테여!

오리아나 공주**가 둘시네아 델 토보소에게

소네트

오, 아름다운 둘시네아,
미라플로레스를 엘 토보소로 여기고
런던을 그대의 마을과 바꾸어
더없는 커다란 편의와 안정을 누리는 자는 누구인가!

오, 그대의 바람과 의상을

---

*기회의 여신은 이마 부분에 단 한 올의 머리카락만 가지고 있는데 그 머리카락을 잡아야만 그것이 긴 머리채로 자라난다고 한다.
**아마디스 데 가울라의 애인으로, 돈키호테는 오리아나 공주를 모방하여 둘시네아를 자신의 정신적 연인으로 삼았다.

가슴속에 새기고 몸에 걸친 채
그대로 인해 행복해하는 유명한 기사의
멋진 싸움을 본 자는 누구인가!

오, 예의 바른 시골귀족 돈키호테에게
그대가 한 것처럼 순결하게
아마디스 님에게서 달아난 자는 누구인가!

이렇듯 그대, 남 부럽지 않은 부러움을 받았으니,
슬플 때도 즐겁게 지내고
후회 없는 기쁨을 만끽하시라.

아마디스 데 가울라의 종자 간달린이
돈키호테의 종자 산초 판사에게

소네트

행복을 누려라, 명성이 자자한 사나이여,
운명의 여신이 그대에게 명한 종자 역할을 하면서
부드럽고 현명하게 대처하여
불행 한 번 겪지 않았구나.

편력기사 수행에 괭이와 낫이 어색하지 않으며

달을 짓밟으려는 오만방자한 사람을
나무라는 소탈한 종자의 모습이
지금은 태반이로세.

그대의 나귀와 명성이 부럽고,
그대의 용의주도함을 보여주는
온갖 것을 쑤셔 넣은 자루가 탐이 나네.

거듭 행복을 기원하며, 오, 산초! 훌륭한 친구여,
우리 에스파냐의 오비디우스가 오직 그대에게만
장난을 치며 경의를 표하고 있도다.

주책스러운 시인 도노소*가
산초 판사와 로시난테에게

나는 라만차에 사는 돈키호테의
종자 산초 판사,
마음 내키는 대로 자유롭게 살아가려고
먼지투성이의 길을 나섰다네.
한편 비야디에고는 말없이
도망치면서 자신의 태도에 대해

---

*세르반테스가 만들어낸 가상의 시인.

모든 변론을 모색하고 있다네.
인간적인 면모를 조금이라도 숨겼다면
내 생각에 성스러운 책이 되었을
《셀레스티나》*에서 보여주고 있듯이.

로시난테에게

나는 저 위대한 바비에카**의
이름난 증손인 로시난테,
볼품없이 야윈 탓에
돈키호테라는 이의 소유가 되었네.
게으름 피우긴 했지만
두 발의 말발굽이 닳도록 달린 덕분에
주인은 내게 먹이를 주었고,
이것은 장님의 포도주를 훔쳐 먹기 위해
보리 빨대를 들이댄
라사리요***에게서 배운 요령이라네.

---

*페르난도 데 로하스가 1499년에 출간한 희비극으로, 남녀의 사랑을 소재로 하고 있지만 교회와 당시 사회를 비판한 작품이다.

**'엘 시드'로 알려진 스페인의 전설적 기사 루이 디아스가 탄 명마.

***최초의 악자소설인 《라사리요 데 토르메스》에 나오는 어린 악동.

광란의 오를란도가

돈키호테 데 라만차에게

소네트

수많은 적수 가운데 그대 자신만이 적수가 될 수 있으니
그대가 아니라면, 그대에게 필적할 만한 삶은 없노라.
그대 있는 곳이라면 어디든지 대적할 자 없으니
승리를 거두고 단 한 번도 패배한 적 없다네.

키호테여, 나는 오를란도,
안젤리카에게 연정을 품고 마음을 빼앗겨
머나먼 바다 끝까지 헤매며, 명예의 신의 제단에
'망각'이 존중하여 내버려둔 그 용기를 바쳤다네.

나는 그대와 비교할 수 없다네,
비록 나처럼 그대가 제정신이 아닐지라도
이러한 영예는 그대의 위업과 명성에 기인한 것이니.

그러나, 불행한 사랑을 이유로 지금 그대와 내가 친구이듯
만약 그대가 오만한 무어인과 잔인한 스키티아인을
굴복시킨다면, 그대는 진정한 나의 친구가 되리라.

기사 페보*가

돈키호테 데 라만차에게

소네트

에스파냐의 태양이여, 열성적인 신하여,
나의 칼은 그대의 칼날에 필적할 수 없으며
날이 새고 저무는 동안 번뜩이던 나의 칼솜씨도
용맹스러운 그대의 눈부신 영광에 미치지 못하는구나.

나는 왕위도 버렸다, 나의 새벽의 여신
클라리디아나의 눈부시게 아름다운 얼굴을 한 번 보려고,
아침 해가 솟아오르는 동방이
나에게 바친 왕국도 버렸노라.

나 유일하고 소중한 존재로 그녀를 사랑했으니,
지옥도 불운을 비켜가는 나의 용기를 두려워하여
그 노여움을 잠재웠다네.

그러나 고명하고 명민한 그대 돈키호테여,
둘시네아로 인해 그대는 영생을 얻고
그녀 또한 그대로 인해 영예와 정조와 지혜를 얻도다.

---

*'페보'는 '태양' 혹은 태양의 신 '아폴론'을 의미한다.

솔리스단*이
돈키호테 데 라만차에게

소네트

돈키호테 님이여, 어리석은 자들이
그대에게 미쳤다고 말을 건넬지라도
그대는 비열하고 천박한 짓을 일삼는
사람이라는 비난은 결코 듣지 않으리라.

그대의 무훈이 판단해줄 것이니,
부당함을 응징하러 편력에 나서
허세 부리며 비겁하고 천한 얼간이들에게
두들겨 맞은 것이 몇 번이던가.

설령 아름다운 둘시네아가
그대에게 매정하게 굴고
그대의 구애를 받아들이지 않을지라도

그러한 무례한 언동은 산초 판사가 중간에서
서투르게 심부름을 한 것이라 생각해주오.

---

*솔리스단이 누구인지는 명확하지 않다. 《아마디스 데 가울라》에 나오는 인물인 솔리만의 오자이거나 세르반테스가 만들어낸 인물일 수 있다.

그놈은 어리석고, 그녀는 냉담하며, 그대는 버림받은 사나이라.

바비에카와 로시난테의 대화

소네트

바: 로시난테, 자네는 왜 그렇게 야위었는가?
로: 아무것도 먹지 못하고 일하기 때문이죠.
바: 보리나 짚도 먹지 못했단 말인가?
로: 제 주인은 단 한 입 거리의 식사도 주지 않더군요.

바: 허 참, 여보게, 자네는 버릇이 없군.
　주인을 헐뜯는 혀는 당나귀와 똑같으니 말일세.
로: 누구든지 태어나서 죽을 때까지 당나귀와 똑같은 법이죠.
　궁금하신가요? 그 증거로 사랑에 빠진 사람을 보세요.

바: 사랑을 하는 것이 어리석다는 말인가?
로: 　　　　　　　　　　　　　　　현명하다고는 할 수 없지요.
바: 자네는 형이상학적이군.
로: 　　　　　　　　　　제대로 못 먹어서 그래요.
바: 종자를 원망하게나.
로: 　　　　　　　　　그것만으로는 성이 안 차요.

주인과 종자나 집사가

로시난테처럼 그렇게 야위었다면

어떻게 내가 고충을 털어놓을 수 있겠는가?

제1부

제1장

유명하고 용감한 시골귀족 돈키호테 데 라만차의 신상과 일상에 대하여

그다지 오래되지 않은 옛날, 이름까지 기억하고 싶진 않은 라만차 지방의 어느 마을에 창꽂이에 꽂혀 있는 창과 낡아빠진 방패, 야윈 말, 날렵한 사냥개 등을 가진 시골귀족*이 살고 있었다. 그는 양고기보다 쇠고기를 조금 더 넣어서 끓인 전골 요리를 좋아했는데, 밤에는 주로 살피콘 요리**를, 토요일에는 기름에 튀긴 베이컨과 계란을, 금요일에는 완두콩을, 일요일에는 새끼비둘기 요리를 먹느라 재산의 4분의 3을 소비했다. 그리고 남은 재산으로는 축제 때 입을 검은 가운과 비로드로 만든 바지, 덧신 등을 샀으며, 평소에도 최고급 양모 옷을 입는 걸 자랑으로 여겼다. 그의 집에는 마흔이 조금 넘은 가정부와 스물이 채 되지 않은 조카딸, 그리고 말안장도 채우고 밭일도 거드는 젊은 하인이 있었다. 이 시골귀족은 오십 줄에 접어들었으며 마른 체격에 얼굴도 홀쭉했지만 건강한 편이라 꼭두새벽에 일어나고 사냥을 즐겼

* '시골귀족(hidalgo)'은 스페인의 귀족 신분 중 하나로, 주로 작위가 없는 하급 귀족을 말한다.

** 고기와 생선에다 후추, 소금, 식초, 양파를 넣어 버무린 요리.

다. 이 귀족에 대해 글을 쓰는 작가들마다 다소 차이는 있지만, 사람들 말에 따르면 그는 '키하다' 또는 '케사다'라고 불렸다 하며, 가장 신빙성 있어 보이는 추측은 '케하나'라고 불렸으리라는 것이다. 그러나 그가 어떤 이름으로 불렸는가 하는 문제는 이 이야기에서 하등 중요할 것이 없다. 이 이야기가 진실에서 한 치도 벗어나지 않고 있다는 점만이 중요할 것이다.

어쨌든 알려진 바에 따르면, 그 시골귀족은 한가할 때마다—사실은 일 년 내내 한가했지만—기사도 책을 읽는 데 열중하여 푹 빠져든 나머지 사냥도, 심지어 재산 관리조차 제쳐두었다. 이에 대한 호기심과 광기가 지나치다 못해 급기야는 광활한 논밭을 팔기에 이르렀고, 덕분에 집 안 가득 기사도 책을 빼곡히 들여놓을 수 있었다. 물론 시골귀족은 그 책들 중 펠리시아노 데 실바*가 쓴 책들만큼 훌륭한 건 없다고 생각했다. 명쾌한 문체와 논리가 아주 빼어났기 때문이었다. 특히 사랑의 속삭임과 연애편지에서 "나의 이성을 만든 이성을 상실한 이성에 나의 이성은 힘을 잃고, 그대의 아름다움을 한탄하니 이 또한 이성이노라"라든가 "별들과 함께 신성하게 당신의 신성함으로 당신을 강하게 해주고, 당신의 위대함에 합당한 공적으로 인해 당신을 가치 있게 만드는 높은 하늘을……" 같은 문장을 발견할 때는 그런 믿음이 더욱 확고해지곤 했다.

이러한 것들을 읽다가 그 가엾은 시골귀족은 판단력을 잃어버렸고, 심지어는 아리스토텔레스가 오로지 그것을 이해하기 위해 부활한다 할지라도 결코 이해하지 못했을 것들을 이해하고 의미를 되새기느라 밤을 지새우곤 했다. 특히 돈 벨리아니스가 그토록 많이 찔리고 찔렀던 일 때문에 기분이 좋지 않았는데, 제아무리 훌륭한 명의들이 달려든다 하더라도 그의 얼굴이

*1514년부터 1532년까지 《아마디스 데 가울라》를 잇는 속편들을 쓴 작가.

나 온몸에 생긴 흉터와 상처가 사라질 날이 올 것 같지 않았기 때문이다. 어쨌거나 그는 앞으로도 모험은 계속되리라는 암시를 남기며 작품을 끝낸 점에서는 작가를 칭찬하기도 했고, 동시에 약속한 대로 이야기의 결말을 정확히 쓰고 싶어서 그 자신이 직접 수도 없이 펜을 잡고 싶은 충동을 가지기도 했다. 아마도 끊임없이 솟아나는 더 중요한 생각들이 그를 괴롭히지 않았더라면 그 일을 실행에 옮겨 이루어내고 말았을 것이다. 그는 팔메린 데 잉갈라테라와 아마디스 데 가울라 중에서 어느 기사가 더 훌륭한지에 대해—시구엔사에서 공부한 박학한—그 마을의 신부와 논쟁을 벌이기도 했다. 그러나 마을의 이발사 니콜라스 선생은 어느 누구도 기사 페보만큼 훌륭하지 못하지만, 그와 견줄 만한 사람이 하나라도 있다면 그건 다름 아닌 아마디스 데 가울라의 동생 돈 갈라오르라고 주장했다. 그야말로 남자답고, 형처럼 울보도 아니며 용기도 형에게 뒤지지 않는 등 모든 조건을 완벽하게 갖추었다는 것이었다.

결국 그는 책을 읽는 데 너무나 열중한 나머지 몇 날 밤을 한숨도 안 자고 말똥말똥한 상태로 지새우고 낮에는 완전히 비몽사몽이었다. 이렇게 잠도 안 자고 책만 읽다 보니, 머릿속이 말라 결국은 이성을 잃어버리기에 이르렀다. 머릿속이 책에서 읽은 마법 같은 이야기들, 즉 고통과 전투, 도전, 상처, 사랑의 밀어들과 연애, 가능치도 않은 갖가지 일들로 가득 차버린 것이다. 그는 책에서 읽은 몽환적인 이야기들이 진실이라고 생각했으며, 이 세상에서 이보다 더 확실한 이야기는 없다고 확신하기에 이르렀다. 그는 말하길, 엘 시드로 알려진 루이 디아스는 매우 훌륭한 기사이지만 단칼에 사나운 거인 둘을 두 동강 내버린 '불타는 칼의 기사'와는 견줄 수 없다고 했으며, 그보다는 오히려 베르나르도 델 카르피오를 높이 평가했는데, 그가 론세스바예스에서 대지의 아들인 안테오를 목 졸라 죽인 헤라클레스의 위업처럼 마법에 걸린 롤단을 죽여 없앴기 때문이었다.* 그는 거인 모르간테**에 대해서도 칭찬을 아끼지 않았는데, 그 시대의 거인들이 하나같이 거만하고 버릇이 없는 데 비해 유독 그만은 상냥하고 예의 바른 거인이었다. 특히 레이날도스 데 몬탈반***을 좋아했는데, 그가 자신의 성을 나와서 눈앞에 맞닥뜨리는 모든 것들을 빼앗고, 더 멀리까지 가 순금 마호메트 신상까지 탈취하는 장면은 압권이라고 생각했다. 배신자 갈랄론****을 한 방 후려칠 수만 있다면 자기 집 가정부는 물론 조카딸까지 덤으로 내줄 수 있을 것 같았다.

결국 그는 완전히 이성을 상실해버려서, 세상 그 어떤 미치광이도 생각지 않았던 이상한 생각을 하기 시작했다. 그는 자신의 명예를 드높이는 동시에 자신의 공화국을 위해 봉사할 마음으로 편력기사가 되어 무장을 하고 말을 타고서 모험을 찾아 온 세상을 돌아다니며, 자신이 읽은 편력기사들이 행한 모든 것들을 실행해보는 것이 반드시 필요하다고 생각했던 것이다. 모든 종류의 모욕들을 무찌르고, 어려움과 위험에 빠지면서도 과업을 수행하면 자신의 이름과 명성이 길이 남을 것이라고 생각했다. 이 가련한 양반은 자기의 무훈에 힘입어 적어도 트라페주스 왕국이 이미 자기 것이 되었다고 생각하고 있었다. 이렇듯 즐거운 상상을 하다 보니 그 속에서 별난 욕심도 생겨나, 마침내 자신이 원하는 걸 실천에 옮기겠다고 서두르기 시작했다. 가장 먼저 한 일은 오래전 증조부들이 쓰던 낡은 무기들을 꺼내 녹과 곰팡이를

---

*롤랑(롤단)은 중세 서사시《롤랑의 노래》의 주인공으로 프랑스 샤를마뉴 대제의 열두 기사 중 하나이다. 778년 스페인의 론세스바예스 전투에서 베르나르도 델 카르피오가 롤랑을 격파했다고 전해진다. '롤단'은 '롤랑'의 스페인 이름이다.

**이탈리아의 시인 루이지 풀치가 쓴 오를란도에 관한 희극적 장편시《모르간테》에 나오는 거인.

***이탈리아의 시인 마테오 보이아르도의 서사시《사랑에 빠진 오를란도》에 나오는 영웅.

****《롤랑의 노래》에 나오는 '가늘롱'의 이탈리아식 이름. 롤랑의 의붓아버지로 롤랑을 배신해 론세스바예스 전투에서 롤랑을 죽게 만들었다.

H. PISAN

제거하고 깨끗하게 손질하는 것이었다. 그런데 최선을 다하여 닦고 정리하다 보니 중요한 것이 빠졌다는 생각이 들었다. 투구는 있었지만, 투구의 얼굴 가리개가 떨어져 나가고 없었던 것이다. 결국 그는 솜씨를 발휘하여 판지로 투구의 절반을 차지하는 얼굴 가리개를 만들어 끼워 넣음으로써 투구가 제 모습을 갖추도록 했다. 마침내 투구가 정말 튼튼하게 만들어졌는지, 그리고 칼에 잘 견딜 수 있는지 시험해보기 위해 칼을 가져와 찔러보았더니, 칼날을 휘두르기가 무섭게 일주일 내내 만든 가리개가 그만 망가져버리고 말았다. 그는 이렇게 쉽게 산산조각이 나버리는 투구는 안 되겠다고 생각하여, 문제를 보완하고 안심할 수 있도록 새로 만들기 시작했다. 이번에는 안쪽에 철판을 덧대어 스스로도 만족할 만큼 튼튼하게 만든 후, 시험해보지도 않은 채 멋진 투구라고 생각했다.

투구를 해결했으므로 이제는 야윈 말을 보러 갔다. 비록 피골이 상접한 고넬라*의 말보다도 더 약하고 병치레를 많이 했지만, 돈키호테의 눈에는 알렉산드로스의 부세팔루스나 엘 시드의 바비에카보다 훨씬 나아 보였다. 그는 장장 나흘 동안이나 그 말에 어떤 이름을 붙일지 고민했다. 왜냐하면—그의 혼잣말에 따르면—자기처럼 유명하고 훌륭한 기사의 말이라면 말 역시 이름이 널리 알려지는 게 당연하다고 생각했기 때문이다. 그리하여 돈키호테는 이 말이 편력기사의 말이 되기 전에 누구의 말이었는지를 밝히려고 애썼다. 모시는 주인의 신분이 바뀌면 말의 이름도 바뀌는 법이며, 이제부터 맡게 될 새로운 명령과 새로운 임무에 알맞은 이름을 지으면 점차 유명해지고 명성도 얻을 것이라 생각했던 것이다. 이렇게 그는 수많은 이름들을 지었다가는 버리고 다시 만들었다가는 버린 끝에 마침내 '로시난테'라

*페라라 공작의 궁전에 거주하던 어릿광대이다.

고 이름을 정했다. 그가 생각하기엔 고귀하고 듣기에도 좋았으며, 의미도 있었다. 기사의 야윈 말이 되기 전에는 그냥 '로신'이었지만 지금은 이 세상의 모든 '로신'들 중에서 첫째가는 말이 되었기 때문이다.*

말에게 마음에 꼭 드는 이름을 붙여주고 나자 이번에는 자신의 이름도 짓고 싶었다. 그래서 여드레를 고민한 끝에 '돈키호테'**라 부르기로 했다. 사실은 이 점 때문에 앞에서 언급했던 이 거짓 한 점 없는 이야기의 작가들이 그의 이름이 케사다가 아니라 키하다가 맞을 거라는 확신을 가진 것이었다. 어쨌든 훌륭한 아마디스는 단순히 아마디스라고 불리는 데 만족하지 않고, 조국이나 고향의 위상을 드높이고자 지역 이름을 자기 이름에 덧붙여 '아마디스 데 가울라'라 했던 것을 기억하면서, 돈키호테도 훌륭한 기사처럼 그의 이름에 고향의 이름을 덧붙여 '돈키호테 데 라만차'라고 결정했다. 이렇게 하는 것이 가문과 고향 마을을 만방에 알리는 일이라 생각했으며, 그런 이름을 갖는 것이 자랑스러웠다.

무기를 손질하고 투구를 만들고, 야윈 말에게 이름을 붙여주고, 자신의 이름까지 만들어놓고 나니 단 한 가지가 부족했다. 바로 사모하는 여인을 찾아내는 일이었다. 사랑 없는 편력기사는 잎사귀와 열매 없는 나무요, 영혼 없는 육체와도 같았기 때문이다. 그는 생각에 잠겨 혼잣말을 되뇌었다.

"편력기사에게 다반사로 일어나는 일이니 만큼, 내가 운이 좋아서건 혹은 나의 원죄로 인한 불행이건 어쨌든 거인을 만나 그 거인을 한 방에 거꾸러뜨리거나 몸을 두 동강 내버려 승리를 거두고 거인을 무릎 꿇게 한다면 어떨까? 그리고 그 거인을 내 사랑스러운 여인 앞으로 보내 무릎 꿇고 가련한

---

*'로신(rocin)'은 '야윈 말', '안테(ante)'는 '제일 먼저'라는 뜻으로, '로시난테(rocinante)'는 '으뜸가는 야윈 말'이라는 의미가 된다.

**돈키호테(Don Quijote)의 '돈'은 스페인에서 남자 이름 앞에 붙여주는 존칭어이다.

목소리로 말하게 하는 거야. '저는 말린드라니아 섬의 통치자인 거인 카라쿨리암브로입니다. 칭송받아 마땅하신 기사 돈키호테 데 라만차 님과 단 한 번의 결전으로 패자가 되었습니다. 그 기사께서는 저에게 부인을 찾아가 덕망 높으신 부인의 처분을 기다리라고 하셨습니다.'"

오, 우리의 이 훌륭한 기사가 이런 상상을 하고 있었으니, 자신이 이름 붙여줄 만한 귀부인을 찾아냈을 때 얼마나 기뻤겠는가! 사람들 말로는 그의 마을 근처에 아주 아리따운 농부 처녀가 있었으며, 그 처녀를 그가 한때 열렬히 사랑했다고 한다. 비록 그녀는 그의 존재조차 몰랐을 뿐 아니라 그를 마음에 두어본 일도 없었다지만 말이다. 그녀의 이름은 알돈사 로렌소였다. 돈키호테는 그녀를 마음속 연인으로 삼아도 좋을 것 같았다. 그래서 자신의 이름과 어울릴 만한, 그리고 공주나 귀부인에게 잘 맞을 이름을 찾아 고심하던 끝에 마침내 '둘시네아 델 토보소'라고 부르기로 했다. 그녀가 엘 토보소 출신이기 때문이기도 했지만, 그 이름이 자기 자신이나 모든 것들에 붙여진 이름처럼 음악적이고 신비롭고 의미심장하게 느껴졌기 때문이기도 했다.

제2장

재치 넘치는 돈키호테가 처음으로 고향을 떠나는 것에 대하여

모든 준비를 갖추고 나자 그는 자신의 의지를 실천에 옮기는 데 더 이상 머뭇거리고 싶지 않았다. 씻어버려야 할 불명예, 바로잡아야 할 부정, 고쳐야 할 무분별한 일, 개선해야 할 폐단과 해결해야 할 부채가 있는 이상 하루라도 지체하는 건 세상에 대한 손실이라는 생각이 그를 괴롭혔기 때문이다. 그래서 무더운 7월의 어느 날 동도 트기 전에 로시난테에 올라탔다. 자기 생각을 어느 누구에게도 알리지 않고서 그는 조잡한 투구를 쓰고, 방패를 들고, 창을 거머쥔 채 마당 뒷문을 통해 들판으로 나갔다. 자신이 그토록 원했던 것이 너무나 쉽게 이루어져 무척이나 만족스럽고 기뻤다. 그러나 들판에 들어서자마자 두려운 생각이 엄습하여 하마터면 이제 막 시작한 계획을 그만둘 뻔했다. 자신이 정식 기사가 아님이 떠올랐던 것이다. 기사도법에 따르면 정식 기사가 아닌 사람은 어떤 기사와도 무기를 가지고 맞설 수 없고, 맞서서도 안 되었다. 또한 자신이 공적을 쌓아서 문장(紋章)을 얻을 때까지 신출내기 기사처럼 아무 문장 없는 방패와 문양 없는 무기를 지녀야만 했다. 이런 생각들 때문에 의지가 흔들리긴 했지만 이성보다는 광기가 앞서는 그였기에, 책에서 읽은 대로 다른 기사들을 흉내 내어 처음 만나는 기사에게 정식으로 기사 임명을 받기로 했다. 무기와 관련해서는 시간이 있을 때마다 담비 가죽보다 더 열심히 손질해야겠다고 결심했다. 이제 마음이 평온해지자 그는 어느 길로 갈 것인가는 운명에 달려 있다고 생각하여 말이 가는 곳으로 길을 재촉했다.

길을 가면서 우리의 편력기사는 혼잣말을 중얼거렸다.

"언젠가 나의 유명한 행적이 진실한 이야기로 밝혀질 때, 이를 쓰는 현자가 첫 새벽 나의 첫 출발을 이렇게 묘사하지 않으리라고 누가 의심할 수 있겠는가? '이제 막 불그레한 아폴론이 금빛 실 같은 아름다운 머리카락을 광막한 대지 위에 펼치고, 알록달록한 작은 새들이 질투 어린 남편의 부드러운 침대를 박차고 나와 현관문과 발코니에서 바라다보이는 라만차의 지평선으로 밝아오기 시작하는 장밋빛 여명에 인사를 건넬 때, 깃털 이불을 빠져나온 라만차의 이름난 기사 돈키호테는 명마 로시난테를 타고 유서 깊은 몬티엘 평야를 걷기 시작했노라.'"

그가 몬티엘 평야를 가로질렀다는 건 사실이었다. 그는 이어서 말했다.

"영원히 기억하도록 청동에 새기고, 대리석에 파며, 화판에 그림을 그려 넣을 만한 가치가 있는 나의 유명한 공훈들이 세상에 알려지는 때야말로 행복한 시대이며, 행복한 세기로다. 오 그대, 나의 이 편력을 써 내려갈 현명한 마법사여! 그대가 누구이든 내 모든 나그네길과 행로의 영원한 동반자인 명마 로시난테를 잊지 말아주오."

그러고 나서 정말 사랑에 빠져버린 사람처럼 이렇게 말했다.

"오, 내 마음을 사로잡은 둘시네아 공주! 아름다운 그대 앞에 결코 나타나서는 안 된다고 명하여 나를 떠나보내고 거부하시니 참으로 마음이 아픕니다. 그대에게 바라노니, 부디 그대를 향한 사랑으로 이토록 슬픔에 잠겨버

Gve Doré
H. PISAN

린 내 마음을 기억해주오."

그는 책에서 읽은 그대로 온갖 이야기들을 말투까지 흉내 내어 중얼거리며 이렇게 아주 천천히 걸음을 옮겼다. 만일 그에게 뇌수가 조금이라도 있었다면 완전히 녹아버렸을 만큼 태양이 뜨겁게 내리쬐고 있었다.

거의 하루 종일 걸었지만 이야기할 만한 일이 전혀 일어나지 않자 그는 실망하고 말았다. 자신의 용맹을 시험해볼 만한 상대를 당장이라도 마주치고 싶었던 것이다. 사실 어떤 작가들은 푸에르토 라피세에서 일어난 일이 그의 첫 모험이라고 말하기도 하고, 또 어떤 작가들은 풍차의 모험이 그의 첫 모험이라고 말하기도 한다. 그러나 내가 조사하고 라만차 연대기를 찾아본 바에 의하면, 그는 그날 하루 종일 걷기만 했다. 해 질 무렵이 되자 로시난테도 그도 피곤에 지치고 배가 고파 죽을 지경이 되었다. 들어가서 심한 허기를 달래고 필요한 것을 얻을 만한 성이나 양치기의 오두막이라도 발견할 수 있을까 싶어 사방을 둘러보니, 마침 멀지 않은 곳에 주막이 보였다. 그것은 마치 별처럼 보였는데, 그를 주막의 현관이 아닌 구원의 성으로 인도하는 별 같았다. 그는 계속 걸었고 밤이 되어 그곳에 도착했다.

주막집 문가에는 흔히 창녀로 불리는 젊은 여인 두 명이 서 있었다. 여인들은 마부 몇 명하고 세비야로 가는 길에 그날 밤 우연히 그 주막에 묵게 된 참이었다. 우리의 모험가 돈키호테에게는 생각하거나 눈으로 보거나 상상하는 모든 것이 현실이자 책에서 읽은 그대로였기 때문에 그는 주막을 보자마자 성이라고 생각했다. 은빛 찬란한 사면의 첨탑들, 깊은 해자가 딸린 개폐교 등 그야말로 그림에서 보아온 것들과 비슷한 성이었다. 성으로 보이는 주막에 다다른 그는 로시난테의 고삐를 당겨 세운 뒤 성벽의 요철 사이로 난쟁이가 나타나 기사의 도착을 알리는 나팔을 불어주기를 기다렸다. 그러나 시간이 너무 지체된 듯도 싶고, 로시난테도 얼른 마구간에 들어가고 싶어 하는 것 같아 주막으로 다가섰고, 거기서 창녀들을 만났다. 그의 눈에는 창녀들이 성문 앞에서 바람을 쐬고 있는 아름다운 아가씨나 우아한 귀부인으로 보였다. 이때 보리 베기가 끝난 밭에서 돼지새끼를(모두들 '돼지새끼'라 부르니 용서하시기 바랍니다)* 몰고 가던 돼지치기가 뿔나팔을 불었다. 그 뿔나팔 소리에 돼지들이 떼로 모여들었는데, 순간적으로 돈키호테에게는 그 나팔 소리가 그토록 고대하던 기사의 도착을 알리는 난쟁이의 뿔피리 신호로 들렸으므로 그는 아주 만족스럽게 여인들이 서 있는 주막으로 다가섰다. 여인들은 창과 방패를 들고 완전 무장을 한 남자가 다가오는 걸 보고 잔뜩 겁을 집어먹어 주막 안으로 들어가버리려 했다. 그러자 돈키호테는 상대가 자신이 무서워서 도망친다고 짐작하여 얼굴 가리개를 들어 올리고 비쩍 마른 먼지투성이의 얼굴을 드러내 보이며 부드럽고 점잖은 목소리로 말했다.

"고귀하신 아가씨들, 도망가지 마십시오. 겁먹을 것도 없습니다. 제가 수호하는 기사도는 그 누구도 함부로 건드리지 않으며 해를 끼치지 않습니다. 하물며 고귀한 자태가 흐르는 아가씨들에게는 더욱 그렇지 않겠습니까."

여인들은 형편없는 가리개에 가려졌던 그의 얼굴이 어떻게 생겼는지 보려고 애를 쓰다가, 자신들의 신분과 상당히 동떨어진 '아가씨'라는 말을 듣자 웃음을 참지 못했다. 그러자 돈키호테가 자존심이 상한 듯 말했다.

"아름다운 여인은 항상 신중해야 합니다. 사소한 것에 웃으면 어리석어 보이는 법입니다. 물론 제가 아가씨들을 언짢게 하거나 불쾌하게 만들려고 이런 말을 하는 건 아니지만 말입니다. 이 몸은 그저 여러분을 섬기려는 마음뿐입니다."

---

*당시에는 저속한 말을 사용할 때 용서를 구하는 것이 관습이었다.

여인들로서는 도무지 이해할 수 없는 말들과 기이한 행색이 자꾸만 웃음을 자아냈고, 이는 돈키호테를 더욱 노엽게 만들었다. 마침 너무나 뚱뚱해서 행동까지 느려터진 주막집 주인이 나오지 않았더라면 무슨 일이 터져도 크게 터졌을 것이었다. 주인도 고삐, 창, 방패, 흉갑처럼 어울리지 않는 무장을 하고 나타난 흉측한 몰골을 보고는 하도 재미있어 여인들처럼 웃음이 터져 나오려고 했지만, 한편으로는 그 엄청난 무장에 주눅이 들기도 하여 공손하게 말하기로 결심했다.

"존경하는 기사 나리, 혹시 주무실 곳을 찾고 계신 게 아닌가 싶군요. 저희는 침대를 제외하고는, 이 주막에 침대 같은 건 없거든요, 모든 것을 아주 완벽하게 갖추고 있답니다."

안 그래도 주막은 성으로, 주막집 주인은 성주로 보이던 차에 성주가 겸손하게 얘기하자 돈키호테는 이렇게 대답했다.

"그런 건 아무래도 좋습니다, 성주님. '나의 무기는 장신구요, 나의 전투는 휴식'*이라 하지 않습니까."

성주라는 말을 들은 주막집 주인은 돈키호테가 자신을 카스티야 지방의 명예로운 사람으로 보았다고 생각했다. 사실 그는 안달루시아 태생이었으며, 산루카르 해안**의 도둑 출신으로, 카코 못지않은 도둑놈이자 악인 빰칠 만큼 나쁜 자였다. 그는 돈키호테에게 이렇게 대답했다.

"기사님을 뵈오니 딱딱한 바위를 침대 삼아 주무시며 밤샘을 밥 먹듯이 하실 것 같습니다. 그러니 일단 말에서 내려 누추한 곳이지만 편안히 쉬어 가시기 바랍니다. 하룻밤이 문제겠습니까, 일 년 내내라도 묵으세요."

---

*당시 유행하던 노래의 한 구절. 이어지는 구절은 '나의 침대는 딱딱한 바위, 나의 잠은 언제나 뜬 눈'이다.

**당시 경찰을 피해 도망친 범죄자나 악인들이 모여 있는 곳으로 유명했다.

그러고는 돈키호테의 등자를 잡아주려고 다가갔는데, 돈키호테는 그날 아침부터 종일 아무것도 먹지 못한 터라 말에서 내리는 것조차 힘에 부쳤다.

돈키호테는 자신의 말이 곡물을 먹는 짐승 중에서 가장 뛰어나다며 잘 보살펴달라고 말했다. 주막집 주인이 말을 살펴보니 돈키호테의 얘기하고 사뭇 다를 뿐 아니라 그 절반에도 미치지 못한 듯 보였다. 어쨌든 마구간에 말을 넣고 손님을 시중들기 위해 돌아와보니, 벌써 서로 친해진 모양인지 여인들이 돈키호테의 무장을 벗기고 있었다. 그런데 가슴받이와 등갑은 겨우 벗겨냈지만 목받이와 투구는 도무지 벗길 수가 없는 데다 투구에 달린 녹색 끈을 얼마나 단단히 묶었는지 매듭이 풀리지 않아 끊어버려야 할 상황이었다. 그러나 그것만은 절대 허락하지 않아 결국 그는 밤새도록 그 투구를 쓰고 있었으니, 우스꽝스럽고 기묘하기 그지없는 모습이 그야말로 가관이었다. 그래도 그는 자신의 무장을 벗겨주는 여인들이 그 성에 사는 지체 높은 아가씨와 귀부인이라고 생각하여 그녀들에게 의젓하게 말했다.

"돈키호테처럼
귀부인들의 시중을
이토록 잘 받은 기사가 또 있을까,
고향을 떠났을 때
아가씨들이 그를 돌보고
공주님들이 로시난테를 돌보았으니.

로시난테는 저 녀석, 제 말의 이름입니다. 그리고 아가씨들, 돈키호테 데 라만차는 바로 저의 이름이지요. 아가씨들에게 봉사하며 무훈을 세울 때까지는 이름을 숨기려 했는데, 란사로테*의 옛 로만세**를 부르다 보니 그만 때가 이르기도 전에 제 이름을 알려드리고 말았군요. 그러나 두 분께서 제게 명령을 내리고 제가 그 명령에 복종하며, 제 튼튼한 두 팔로 두 분을 섬기고자 하는 저의 바람을 만천하에 드러낼 날이 곧 올 겁니다."

이와 비슷한 미사여구조차 들어본 적 없는 여자들은 아무 대답도 하지 못한 채 그저 뭐라도 좀 먹지 않겠냐고 물어볼 뿐이었다.

"이렇게 신경을 써주시니," 돈키호테가 대답했다. "아무거나 주시는 대로 먹어보지요."

마침 금요일이라 주막에는 카스티야 지방에서는 명태라 불리고, 안달루시아에서는 대구, 그 밖의 다른 지역에서는 새끼 대구나 새끼 송어라 불리는 생선 한 무더기밖에 없었다.*** 여인들은 그에게 달리 먹을 만한 생선이 없는데 혹 새끼 송어라도 먹어보겠느냐고 물었다.

"새끼 송어라도 많기만 하다면야 다 합치면 송어 한 마리쯤 되겠지요." 돈키호테가 대답했다. "8레알을 잔돈으로 받는 거나 화폐로 받는 거나 마찬가지 아니겠습니까. 암소보다 송아지 고기가 더 맛있고 다 큰 양보다 새끼 양이 맛있듯이 그 새끼 송어도 맛있을 겁니다. 어찌 되었든 무거운 갑옷 때문에 배가 고파 견딜 수 없을 지경입니다."

비교적 공기가 상쾌한 문가에 식탁이 차려졌다. 주인은 양념도 잘 배지

---

*중세 기사도 문학의 전형인《아서 왕 이야기》에 나오는 기사 랜슬롯의 스페인 이름. 기사 랜슬롯과 왕비 기네비어의 사랑 이야기는 유럽 전역에서 여러 형태로 불렸으며, 앞에서 돈키호테가 인용한 것 역시 당시 스페인에서 유행하던 란사로테에 관한 로만세를 돈키호테가 자신의 이름을 넣어 개사한 것이다.

**15세기 스페인에서 대중 사이에 유행했던 역사 및 민요시.

***매주 금요일은 육고기를 먹지 않는 금육일로, 대신 생선을 먹었으며 생선도 소금에 절인 것만 먹었다.

않고 제대로 익지도 않은 대구 한 토막과 돈키호테가 입고 있는 갑옷만큼이나 거무죽죽한 빵 한 조각을 내왔다. 하여간 돈키호테가 식사하는 모습을 보는 것은 정말 웃기는 일이었다. 투구를 쓴 채 앞가리개만 들어 올린 상태여서 누군가 음식을 떠먹여주지 않으면 자기 손으로는 아무것도 입에 넣을 수 없었던 것이다. 결국 여자 하나가 시중을 들었는데, 그렇다 해도 주막집 주인이 갈대를 끊어 와 한쪽 끝은 돈키호테의 입에 물리고 다른 한 끝으로는 포도주를 따라 부어주지 않았더라면 끝내 음료는 마시지 못했을 것이다. 돈키호테는 투구 끈을 자르지 않은 대가로 이 모든 고난을 인내로 참아냈다. 바로 그때 돼지새끼를 거세하는 사내가 주막에 들어서면서 뿔피리를 네댓 번 불어댔다. 이 소리에 돈키호테는 자신이 이름난 성에 와 있음을 확신하며, 뿔피리 소리는 자신을 환영하는 음악이고, 대구는 송어이며, 검은 빵은 흰 빵, 창녀들은 귀부인, 주막집 주인은 성주라고 믿어 의심치 않았다. 그리고 자신의 결단과 출발은 아주 잘한 일이라는 확신을 가졌다. 다만 한 가지 마음에 걸리는 것이 있다면, 정식으로 기사 임명식을 갖지 않은 탓에 아직 기사가 아닌 그가 그 어떤 모험을 만나더라도 합법적으로 대처할 수 없으리라는 점이었다.

제3장

돈키호테가 익살스러운 방법으로 정식 기사 임명식을 치르는 것에 대하여

돈키호테는 이런 걱정에 마음이 심란해진 나머지 주막집에서 마련해준 보잘것없는 저녁 식사를 서둘러 끝내고는 주인을 불렀다. 그리고 마구간으로 데려가 주인 앞에 무릎을 꿇고 말했다.

"용감하신 기사님, 저의 소망을 들어주실 때까지 저는 이 자리에서 일어나지 않을 것입니다. 제 청을 들어주신다면 기사님의 위상이 드높아지는 것은 물론 만백성이 기뻐할 것입니다."

주막집 주인은 발밑에 꿇어앉은 손님을 쳐다보며 어떻게 해야 할지, 어떤 말을 해야 할지 몰라 그저 얼떨떨한 표정을 지을 뿐이었다. 아무리 일어나라고 통사정을 해도 그야말로 황소고집이었으므로 주인은 돈키호테의 청을 들어주겠노라고 대답하지 않을 수 없었다.

"나의 기사님, 저는 너무나 훌륭하신 기사님께서 기대를 저버리지 않을 줄 알았습니다." 돈키호테가 말했다. "그래서 청을 드리니, 관대함으로 부디 저를 내일 틀림없는 정식 기사로 임명해주십시오. 그러면 저는 오늘 밤 이 성 안에 있는 예배당에서 갑옷을 지키는 불침번을 서겠습니다. 그리고 좀

H.PISAN

전에 말씀드린 대로 제가 그토록 바라던 소망을 이루고 나면, 당연히 해야 할 일이겠지만, 내일부터 힘없는 자들을 위한 모험을 찾아 세상 곳곳을 두루 돌아다닐 것입니다. 이것이야말로 기사도의 책임이며, 이런 공적을 이루고자 하는 바람을 가진 저 같은 편력기사들이 마땅히 해야 할 일이라고 생각합니다."

앞에서도 말했지만 주막집 주인은 다소 교활한 데다 이미 손님의 판단력이 부족하다는 것을 짐작하고 있던 터라 돈키호테의 얘길 듣자마자 자신의 생각을 확신하고는, 그날 밤 실컷 웃어볼 요량으로 돈키호테의 비위를 맞춰주기로 했다. 주막집 주인은 돈키호테가 소망하고 청한 일은 지극히 합당한 것이며, 그의 모습과 늠름한 풍채에서 느껴지는 것처럼 기사로서 당연히 할 수 있는 제안이라고 말했다. 그리고 자기 역시 한창 때에는 모험을 찾아 세상 곳곳을 두루 돌아다니며 명예로운 편력을 행했다고 덧붙였다. 말라가의 로스 페르첼레스, 리아란 섬, 세비야의 매춘굴, 세고비야의 소시장, 발렌시아의 올리브 숲, 그라나다의 론디야, 산루카르 해변, 코르도바의 공원과 톨레도의 선술집을 비롯해 여러 지역들을* 섭렵하면서 발걸음도 가볍게 그리고 솜씨 좋게 사기 행각을 벌이기도 하고, 숱한 과부를 농락하거나 아가씨를 범하고, 청년들을 속이다가 결국 에스파냐 전역의 수많은 법정과 재판소에까지 그 이름이 알려졌다는 것이었다. 그 후 은퇴하여 이 성에서 자기 재산과 주변 사람들의 재산으로 살아가며 출신 가문이나 신분에 관계없이 모든 편력기사들을 맞아들이고 있는데, 그것은 자신이 기사들에게 깊은 애정을 가지고 있기 때문이며, 이러한 선의에 대한 보답으로써 그들이 재산을 나누어주기를 바라기 때문이라고 말했다.

---

*여기 나열된 도시들은 그 당시 건달패, 악인들이 모이던 범죄 지역으로 유명했다.

그리고 지금 이 성은 개축하기 위해 허물어버린 상태이기 때문에 불침번을 설 예배당은 없다고 했다. 그러나 필요하다면 어디서든지 불침번을 설 수 있는 것이니, 오늘 밤 이 성의 안마당에서 불침번을 서도 된다고 덧붙였다. 내일 아침에 하느님의 축복을 받으며 예정된 기사 임명식을 치르고 나면 이 세상 그 누구보다도 가장 기사다운 편력기사가 되는 게 아니냐고 치켜세우기도 했다.

마지막으로 돈을 좀 가지고 있느냐고 묻자 돈키호테가 대답하기를, 자기가 읽은 이야기에선 그 어떤 편력기사도 돈을 지니고 다니지 않기 때문에 자신도 동전 한 닢 없다고 했다. 그러자 돈키호테를 속인 주막집 주인은 그것이 책에 쓰여 있지 않은 것은 편력기사들이 깨끗한 속옷과 돈을 챙겨 가지고 다니는 것이 너무나 당연하고 또 너무나 필요한 일이기 때문에 작가들이 구태여 쓸 필요가 없었기 때문이라고 말했다. 따라서 편력기사들이 돈을 가지고 다니지 않는다고 생각해서는 안 된다고 했다. 또한 책에 나오는 모든 편력기사들은 그들에게 일어날 일에 대비해서 자루 속에 돈을 잔뜩 넣고 다녔음이 분명하다고 덧붙이며, 속옷 몇 벌과 상처를 치료하는 데 쓸 연고가 가득 든 작은 상자도 가지고 다녔다고 말했다. 현명한 마법사 친구라도 있어서 한 방울만 마셔도 종양이든 상처든 즉각 치료할 수 있는 약병을 지닌 처녀나 난쟁이를 바람에 실려 오는 구름에 태워 보내줄 수 있는 상황도 아닌 데다, 기사들이 들판이나 사막에서 싸우다가 상처를 입는 경우에 항상 치료해줄 사람이 곁에 붙어 있는 것도 아니기 때문이라고 설명하며, 옛날에는 기사들이 종자들을 시켜 돈과 치료에 쓰기 위한 삼실과 연고 같은 물품들을 가지고 다니게 하는 것이 당연했다는 말도 했다. 그런데 편력기사들이 종자들을 데리고 다니지 않는 경우에는—이는 아주 특이한 경우이긴 하지만—주로 말 엉덩이 부분에 작은 자루를 매달아 그 안에 이 모든 것들을 넣고 다녔는데, 마치 몹시도 소중한 뭔가를 넣은 척하곤 했다면서, 이와 유사한 경우가 아니면 자루를 가지고 다니는 것이 편력기사들 사이에서는 그다지 용인될 만한 일이 아니기 때문이라고 했다. 또한 주막집 주인은 너무 갑작스럽게 후견인이 되기는 했지만 후견인으로서 충고하겠는데, 앞으로는 돈이나 앞서 일러준 물품들은 꼭 챙겨 가지고 다니라고 하면서, 그렇게 하지 않았다가는 예기치 못한 상황이 닥쳤을 때에야 비로소 그것들이 얼마나 필요한지 깨닫게 된다고 말했다.

돈키호테는 충고대로 틀림없이 지키겠다고 약속하고는, 큰 주막집 옆에 딸린 넓은 마당에서 불침번을 서기로 결정했다. 돈키호테는 갑옷을 우물 옆에 있는 두레박 위에 얹어놓고, 방패를 팔에 고정시킨 다음 창을 들고 점잖게 두레박 앞을 어슬렁거렸다. 보초를 서려고 하자 날이 저물기 시작했다.

한편 주인은 주막을 찾은 사람들에게 돈키호테는 미친 사람이며, 그가 기사 임명식을 치르기 위해 불침번을 선다는 이야기를 해주었다. 사람들은 그의 기이한 광기에 놀라움을 금치 못하면서 멀리서 지켜보고자 했다. 돈키호테는 차분한 자세로 몇 차례 왔다 갔다 하기도 하고 창에 기대어 서기도 하면서, 두레박 위에 있는 갑옷에 두 눈을 고정한 채 잠시도 눈길을 떼지 않았다. 밤이 깊은 시간이었지만 달빛이 햇살만큼이나 환하게 내리비추는 통에 신출내기 기사의 면모가 모든 사람들에게 또렷이 보였다. 이때 주막집에 머물던 마부가 노새에게 먹일 물을 길어 올리기 위해 두레박 위에 놓인 돈키호테의 갑옷을 치우려고 했다. 돈키호테는 마부가 가까이 다가오자 다짜고짜 호통을 쳤다.

"오, 무엄한 기사로다! 네놈이 누구이기에 감히 신중하게 검을 뽑는, 지고의 용맹을 자랑하는 이 편력기사의 갑옷을 만지려 하느냐? 네놈이 지금 무슨 짓을 하는지 아느냐? 건드리지 마라. 안 그러면 그 무례의 대가로 목숨

G. Doré
H. PISAN

을 내놓아야 할 것이다."

하지만 마부는 그 말에 신경 쓰지 않았다. (몸 생각을 해서라도 귀를 기울이는 편이 좋았을 텐데) 마부는 가죽끈을 잡아챈 뒤 갑옷을 멀리 던져버렸다. 돈키호테는 두 눈을 들어 하늘을 보며 머릿속에 떠오른 사모하는 공주 둘시네아를 생각하며 말했다.

"나의 공주여, 그대를 섬기는 자의 가슴에 새겨진 최초의 모욕에서 저를 구해주소서. 이 위기의 순간에 그대의 후원과 보호로 저에게 기운을 북돋아 주소서."

그러고는 비슷한 말을 더 내뱉고 나서 방패를 팽개치고 두 손으로 창을 높이 쳐들었다가 마부의 머리를 힘껏 내리쳤다. 마부는 땅바닥으로 고꾸라지고 말았다. 한 번만 더 내리쳤더라면 의사도 소용없었을 것이다. 돈키호테는 이런 일을 저지르고도 갑옷을 주워 다시 제자리에 갖다 놓고는 언제 그랬냐는 듯 처음의 평온한 모습으로 다시 갑옷 주위를 어슬렁거리기 시작했다. 얼마 후 조금 전에 일어난 사건을 모르는—아까 그 마부는 정신을 잃고 쓰러져 있었기 때문이다—또 다른 마부가 역시 노새에게 물을 먹일 요량으로 두레박 위에 놓인 갑옷을 치우려고 했다. 돈키호테는 아무 말도 하지 않고 누구에게도 양해를 구하지 않은 채, 다시 방패를 내던지고 창을 들어 올려 두 번째 마부의 머리를 내리쳤다. 머리통이 산산조각 나지는 않았지만, 네 동강이 난 걸 보니 세 번 이상 내리친 모양이었다. 이 소란에 주인을 포함하여 주막집에 묵고 있는 사람들이 전부 모여들었다. 이 모습을 본 돈키호테는 방패를 팔에 고정시키고 한 손을 창 위에 얹고는 이렇게 말했다.

"오, 나의 쇠잔한 마음에 힘과 기력을 주시는 아름다운 공주시여! 지금이야말로 어마어마한 모험에 맞닥뜨린 당신의 포로인 저에게 당신의 자비로운 눈길을 주실 때입니다."

이제 돈키호테는 온 세상의 마부가 한꺼번에 덤벼들더라도 한 발짝도 뒤로 물러서지 않을 만큼 엄청난 용기를 얻었다. 부상당한 마부들의 동료들은 동료가 고꾸라져 있는 것을 보고는 멀리서 돈키호테에게 돌세례를 퍼붓기 시작했다. 돈키호테는 전력을 다하여 방패로 돌세례를 막았다. 갑옷도 단념하지 않겠다는 듯 두레박에서 떨어지지 않았다. 주막집 주인은 돌팔매질을 그만두라고 외쳤다. 이미 말한 것처럼 그는 미쳤으니 모든 사람들을 죽인다 해도 풀려나리라는 것이었다. 돈키호테 또한 노발대발하여 더 큰 소리로 배신자들이라고 외치며 편력기사에게 이런 무례한 짓을 하게 내버려두는 이 성의 주인은 비열하고 천박한 기사라고 소리쳤다. 또한 자기가 기사 서임을 받았더라면, 그가 어떤 배신을 했는지 똑똑히 알게 해주었을 거라고 으름장을 놓았다.

"이 천박하고 비열한 망나니, 악당 같은 놈들아, 누구든 상관없다. 던져라. 어서 와서 덤벼라. 할 수 있으면 나를 실컷 모욕해보아라. 내 네놈들의 버릇없고 어리석은 짓거리에 대한 대가로 따끔한 맛을 보여줄 테니."

돈키호테가 얼마나 우렁차고 패기만만하게 소리쳤는지, 돌을 던져 공격하던 마부들이 한껏 움츠러들 정도였다. 더욱이 겁이 나기도 하는 데다 주막집 주인의 설득까지 있어 마부들은 돌팔매질을 그만두었다.

그러자 돈키호테도 부상자들을 끌어가라고 허락했다. 그리고 다시 갑옷을 지키기 위해 조용하고 침착하게 불침번을 서기 시작했다. 손님을 곯려주려던 생각이 실수였음을 깨달은 주인은 또 다른 불행이 재발하기 전에 귀찮은 기사 임명식을 얼른 해치워버리리라 마음먹었다. 그래서 돈키호테에게 다가가 자기도 모르는 사이에 천한 자들이 그에게 가했던 무례함을 용서해 달라고 하면서, 그자들의 무모함에 충분한 벌을 준 것 같다고 말했다. 그리고 이미 말했듯이 이 성 안에는 예배당이 없지만 지금부터 하려는 의식에 꼭 필요한 건 아니라고 안심시켰다. 자신이 알고 있는 한 기사 임명식의 핵심은 목덜미나 등을 칼등으로 두드리는 일이라고 하면서, 그것은 들판 한가운데에서도 할 수 있고, 갑옷을 지키는 불침번도 두 시간이면 되는 것을 네 시간 이상이나 했으니 이 정도면 충분하다고 말했다. 돈키호테는 주막집 주인의 말을 철석같이 믿어 그의 말에 복종하겠다고 한 뒤 최대한 빨리 의식을 끝내달라고 부탁했다. 그러면서 또다시 공격을 당할 경우 자신이 기사 서임을 받은 이상 성주님을 존중하는 뜻에서 성주가 부탁하는 사람을 제외하고는 이 성 안에 있는 자들을 하나도 살려두지 않을 생각이라고 덧붙였다.

주막집 주인은 깜짝 놀라 두려워진 나머지 마부들에게 나눠준 짚과 보리의 양을 기입해놓은 장부를 가지고 왔다. 그러고는 소년이 가져다준 양초 토막을 들고 두 여자를 돈키호테에게 데리고 온 뒤 돈키호테에게 꿇어앉으라고 명령했다. 그런 다음 경건한 기도를 드리듯이 장부를 읽어나가다가 중간쯤에 손을 들어 돈키호테의 목을 세게 후려치기도 하고, 손에 들고 있던 칼로 등을 세게 내려치기도 했다. 그러는 동안에도 주막집 주인은 계속해서 기도를 올리듯이 이를 악물고 중얼거렸다. 그런 다음 한 여자에게 기사의 칼을 채워주라고 했다. 여자는 쾌활하고 신중하게 시키는 대로 해냈다. 이 의식이 행해지는 순간순간마다 터져 나오는 웃음을 막기 위해서는 그래야만 했던 것이다. 물론 신출내기 기사의 용감무쌍함을 보았던 터라 웃음이 나오지 않는 것도 사실이었다. 그 선한 여자는 칼을 채워주면서 돈키호테에게 말했다.

"하느님의 은총으로 행운의 기사가 되시고, 싸움에서도 언제나 행운이 함께하시길 빕니다."

돈키호테는 자신이 어느 분의 은혜를 받았는지 알고 있어야 한다면서 여자에게 이름을 물었고, 장차 자기의 용맹으로 이룬 명예의 일부를 바치기 위한 것이라고 했다. 그녀는 공손하게 이름은 톨로사이며, 산초 비에나야 광장의 상점가에 사는 구두 수선공의 딸인데 앞으로 자기가 어디에 있든지 돈키호테를 주인으로 여기고 모시겠다고 말했다. 돈키호테는 그녀의 애정에 대한 보답으로 이름 앞에 존칭을 붙여서, '도냐 톨로사'라고 부르게 해달라고 청했다. 그녀는 흔쾌히 허락했다. 다른 한 여자도 그에게 박차를 채워주면서 칼을 채워주었던 여자와 비슷한 말을 건넸다. 돈키호테가 그녀에게도 이름을 묻자 몰리네라이며, 안테케라에 사는 정직한 방앗간집 딸이라고 했다. 돈키호테는 이 여자에게도 역시 봉사하고 영광을 돌리고자 존칭을 붙여서 '도냐 몰리네라'라고 부르게 해달라고 간청했다.

이 의식이 전례 없이 번갯불에 콩 구워 먹듯 급하게 끝나버리자, 돈키호테는 당장이라도 말에 올라타 모험을 찾아 떠나고 싶어 안달이 났다. 그리하여 로시난테에 안장을 얹고 올라타더니 주막집 주인을 끌어안고 기사 임명식을 치러준 은혜에 감사하며 글로 옮기기조차 어려운 말들을 늘어놓았다. 주막집 주인은 돈키호테만큼 장황하게 늘어놓지는 않았으나 그에 못지않은 거창한 말로 답례했다. 그러고는 숙박료를 달라는 말은 꺼내보지도 못한 채 잘 가라며 돈키호테를 떠나보냈다.

제 4 장

주막집을 나선 우리의 기사에게 일어난 일들에 대하여

돈키호테가 정식 기사가 되어 주막집을 나선 것은 먼동이 틀 무렵이었다. 그가 얼마나 만족해하며 늠름하고 환희에 찬 모습으로 길을 나섰던지 말의 안장을 여민 끈이 끊어질 지경이었다. 그러나 돈과 옷 같은 반드시 지녀야 할 것들을 준비하라던 주막집 주인의 충고를 떠올리고는 일단 집으로 돌아가서 필요한 것들을 준비하기로 했다. 또한 종자를 구하기로 마음먹었으니, 이에 가난하고 자식이 있으나 기사의 종자로는 딱 제격인 이웃집 농부를 떠올리고는 고향 마을 쪽으로 말머리를 돌렸다. 로시난테는 어디로 가야 할지 알겠다는 듯 땅에 닿는 말발굽이 보이지 않을 정도로 신나게 내달리기 시작했다.

얼마 가지 않아 오른쪽 숲에서 누군가가 힘없는 목소리로 한탄하는 듯한 신음 소리가 들려왔다. 그 소리를 듣자마자 돈키호테가 중얼거렸다.

"이렇게 빨리 기사의 임무를 완수하고 내 소원의 결실을 맺을 기회를 주신 하느님께 영광을 돌리리라. 이 소리는 나의 보호와 도움을 필요로 하는 자의 목소리가 틀림없다."

그는 당장 고삐를 돌려 소리가 나는 곳으로 로시난테를 몰았다. 숲 속으로 몇 걸음 들어가자 떡갈나무에 암말이 매여 있고, 그 옆으로 웬 소년이 상의가 벗겨진 채 묶여 있었다. 소리를 지른 것도 열다섯 살 정도 되어 보이는 그 소년이었는데, 덩치 큰 농부가 허리띠로 소년을 심하게 매질하고 있었던 것이다.

"입 다물고 날 똑바로 쳐다봐."

그러자 소년이 대답했다.

"다시는 안 그럴게요, 주인님. 하늘에 맹세코 다시는 안 그럴게요. 앞으로 양 떼도 잘 돌볼게요. 약속해요."

이 광경을 지켜본 돈키호테가 성난 목소리로 말했다.

"무례한 기사여, 자신을 방어할 능력도 없는 자와 싸움을 벌이다니 당신의 행동이 얼마나 비겁한지 깨닫게 해주겠소." 마침 암말을 묶어놓은 떡갈나무에 창이 세워져 있었다. "지금 당장 말에 올라타 창을 드시오."

농부는 완전 무장을 한 채 머리 위로 창을 마구 휘두르는 돈키호테를 보고 이젠 죽었구나 싶어 공손하게 말했다.

"기사 나리, 제가 지금 벌주고 있는 이 녀석은 이 근처에서 놓아기르는 제 양 떼를 돌보는 하인입니다만, 녀석이 어찌나 칠칠치 못한지 매일 양이 한 마리씩 없어지지 뭡니까? 그래서 이 녀석의 부주의함에, 어쩌면 교활함일 수도 있겠지만, 벌을 주었더니 제가 그간 밀린 품삯을 지불해주지 않았다면서 인색하다고 하는 게 아니겠습니까? 하느님과 제 앞에서 거짓말을 하고 있는 겁니다."

"'거짓말'이라니? 내 앞에서 감히 거짓말을 지껄이는 것인가, 이 무례한 자야." 돈키호테가 말했다. "우리를 비추고 있는 태양 아래에서 내가 이 창으로 널 꿰뚫어놓고야 말겠다. 잔말 말고 소년에게 품삯을 주어라. 그렇지

H. PISAN

않으면 우리를 굽어살피시는 하느님의 이름으로 이 자리에서 네놈을 요절내어 없애버릴 것이다. 당장 소년을 풀어주어라."

농부는 고개를 떨구고 아무 말 없이 하인을 풀어주었다. 돈키호테가 소년에게 받지 못한 품삯이 얼마냐고 묻자 소년은 7레알씩 아홉 달치 품삯이 밀려 있다고 대답했다. 돈키호테는 계산해본 결과 품삯이 73레알*이라는 것을 확인하고 죽고 싶지 않거든 당장 밀린 품삯을 지불하라고 명령했다. 겁이 난 농부는 자신이 이제껏 행한 것들로 보나 해왔던 맹세들을 보나—사실 맹세 같은 것은 한 적도 없었다—그렇게 많은 금액이 아니라고 대답했다. 소년에게 준 신발이 세 켤레나 되고, 소년이 아팠을 때 두 번이나 피를 빼느라 들었던 1레알도 받아야 한다는 것이었다.

"그래, 다 좋다." 돈키호테가 대꾸했다. "그러나 신발값과 치료비는 죄 없는 자에게 매질한 것으로 대신하도록 해라. 이 소년이 네가 사준 가죽 신발을 찢었다면 너는 소년의 살가죽을 찢었으며, 소년이 아팠을 때 이발사가 피를 뽑았다면** 너는 지금 건강한 소년에게서 피를 뽑았으니 이제 소년은 너에게 빚진 것이 없는 셈이다."

"그건 그렇습니다만, 기사님, 안타깝게도 지금은 돈이 없습니다. 안드레스를 저와 함께 제 집으로 보내주신다면 1레알도 빠짐없이 당장 지불하겠습니다."

"이 사람하고 가라고요?" 소년이 말했다. "맙소사! 그건 안 돼요. 생각조차 하기 싫어요. 기사님이 떠나고 나면 성 바르톨로메오에게 했던 것처럼 제 살가죽을 벗겨버릴 거예요."

---

*계산해보면 63레알인데, 세르반테스의 실수이거나 돈키호테의 실수로 보인다.

**당시 이발사는 외과의사 역할을 겸했는데, 몸이 아프면 사혈, 즉 나쁜 피를 뽑는 것이 일반적인 관례였다.

"그렇게 하지는 않을 거다." 돈키호테가 대답했다. "내가 명령을 내리는 것만으로도 내 말을 들을 것이야. 그가 몸담아온 기사도를 걸고 맹세했으니 그냥 보내줄 것이며, 분명히 품삯을 지불할 것이라고 믿는다."

"이것 좀 보세요, 기사님." 소년이 말했다. "우리 주인은 기사도 아니고 임명식 같은 건 받지도 않았어요. 그냥 킨타나르에 사는 부자 후안 알두도라고요."

"그건 중요하지 않다." 돈키호테가 말했다. "알두도 가문의 사람들도 기사가 될 수 있다. 사람은 자신의 노력으로 자기 혈통을 만드는 법이니까.*"

"그렇기는 한데요," 안드레스가 말했다. "우리 주인이 도대체 무슨 좋은 일을 했다는 말입니까? 제 주인은 제 품삯도 주지 않고, 제 땀과 노력도 인정하지 않는걸요."

"아냐, 인정한단다, 우리 안드레스." 농부가 끼어들었다. "나하고 가서 나를 기쁘게 해다오. 아까도 말했지만 이 세상 모든 기사도를 두고 1레알도 빼지 않고 품삯을 지불하겠다고 맹세하마. 그뿐이냐, 덤까지 붙여주마."

"덤까지 주겠다니 고맙소." 돈키호테가 말했다. "이왕이면 레알 은화로 주기 바라오. 그리고 맹세한 걸 꼭 지키도록 하시오. 그렇지 않으면 나 역시 맹세하건대, 당신을 찾아내서 응징하고야 말겠소. 제아무리 도마뱀처럼 숨어버린다 해도 반드시 찾아낼 것이오. 당신이 약속을 꼭 지키라는 뜻에서 내가 누군지 밝히자면 나는 불의와 부정을 척결하는 용감한 돈키호테 데 라 만차요. 그러니 내게 약속하고 맹세한 것을 잊어서는 안 될 것이오. 그러지 않으면 반드시 당신이 한 말에 대해 책임을 져야 할 것이오."

---

*세르반테스의 근대 사상으로, 혈통이 혈통을 만드는 것이 아니라 '땀이 혈통을 만든다'는 심오한 의미를 내포한다.

그러고는 로시난테에게 박차를 가하여 순식간에 두 사람 곁에서 사라져 버렸다. 농부는 돈키호테의 모습이 숲에서 완전히 사라지자 안드레스에게 돌아와 말했다.

"이리 와라, 애야. 불의를 척결하고자 하시는 저분이 나에게 명령하셨듯이 너에게 진 빚을 갚아주마."

"그럴 줄 알았다니까요." 안드레스가 말했다. "주인님께서 그 훌륭한 기사님의 명령을 따를 줄 알았어요. 기사님 만세! 그분은 정말 용감하고 현명한 재판관이세요. 오 하느님, 만일 제게 돈을 지불하지 않으면, 그분이 다시 돌아와서 말씀하신 대로 벌을 내리실 거예요!"

"나도 그렇게 생각한다." 농부가 말했다. "그러나 내가 너를 너무나 사랑하니, 밀린 품삯이 더 많다 치고 이번 기회에 확실히 갚아주마."

그러고는 소년의 팔을 잡아채어 아까 매질을 하던 떡갈나무에 다시 칭칭 동여매고는 죽도록 두들겨 팼다.

"안드레스 나리, 어디 불의를 척결하신다는 그 양반을 한번 불러보지그래. 이제는 그자도 더 이상 어쩌지 못하리라는 걸 네놈도 알았을 것이다. 물론 네놈이 우려했던 것처럼 산 채로 너의 껍질을 벗겨버리고 싶어서라도 이 정도에서 아주 요절을 내버리지는 않을 생각이지만 말이다."

마침내 농부는 소년을 풀어주면서 그 재판관을 찾아가 아까 내렸던 판결대로 어디 한번 실행해보라고 했다. 안드레스는 못마땅한 표정을 지으며 용맹스러운 돈키호테 데 라만차를 찾아 지금까지 일어났던 일을 낱낱이 일러바칠 것이며, 그러면 돈키호테가 농부에게 몇 갑절로 되갚아줄 거라고 큰소리를 쳤다. 물론 소년은 큰소리는 쳤지만 하릴없이 울면서 갔고, 농부는 비웃을 뿐이었다.

용맹스러운 돈키호테는 이런 식으로 불의를 바로잡아나갔다. 그는 이번 사건에 대하여 매우 만족해했다. 자신이 기사도 실천에 있어서 행복하고 훌륭한 첫발을 내디뎠다는 생각에 매우 흡족한 채로 고향 마을로 향하며 나지막한 소리로 말했다.

"오, 지금 이 땅에 살고 있는 여인들 중에서도 가장 행복한 여인이여! 아름다운 여인들 중에서도 가장 아름다운 둘시네아 델 토보소여! 이토록 용감하고 이름난 기사를 당신의 의지하에 두고 있으니 참으로 행운이십니다. 그 기사가 곧 돈키호테 데 라만차이니 온 세상이 알다시피 어제 기사 서임을 받은 바로 그자입니다. 오늘은 이유도 없이, 그것도 아주 잔인하게 자행되는 가장 그릇되고 부조리한 일을 해결했습니다. 힘없는 어린 소년을 매질하는 무자비한 원수의 손에서 채찍을 빼앗아버렸습니다."

그러던 중 네 갈래 길에 이르렀다. 때마침 편력기사들이 이런 곳에 이르렀을 때는 어떤 길을 택할 것인지 고민하곤 한다는 얘기가 떠올랐다. 그는 기사들을 흉내 내어 잠시 발걸음을 멈추고 곰곰이 생각한 끝에 로시난테의 고삐를 놓아주어 로시난테가 가는 대로 내버려두었다. 로시난테는 본능적으로 자신의 마구간으로 가는 길로 접어들었다. 2마일쯤 걸어갔을까, 돈키호테는 무리를 이룬 나그네들을 발견했다. 무르시아로 비단을 사러 가는 톨레도의 상인들이었다. 상인들은 모두 여섯 명으로 양산을 쓰고 있었고, 그들 외에도 말을 탄 하인 넷과 노새의 고삐를 붙잡고 가는 노새몰이 소년이 셋이나 있었다. 돈키호테는 그들을 보자마자 새로운 모험거리가 될 거라는 생각이 들었다. 지금까지 책에서 읽은 기사들의 행적을 가능한 한 제대로 따라 하고자 하는 그에게 좋은 기회가 온 것 같았다. 기품 있는 태도와 기상으로 자세를 바로잡고 창을 단단히 쥔 뒤 방패를 가슴 앞에 받쳐 들고 길 한가운데로 나서서 그 편력기사들이 도착하기를 기다렸다. 돈키호테는 그들을 편력기사라고 생각했던 것이다. 서로의 모습과 목소리를 확인할 수 있을 만큼 상대가 가까이 다가오자, 돈키호테는 목소리를 높여 거만한 태도로 말했다.

"모두 멈추시오. 이 세상 그 누구와도 비할 데 없이 아름다운 라만차의 왕후, 둘시네아 델 토보소보다 더 아름다운 여인은 없다고 맹세하시오."

상인들은 발걸음을 멈췄고 그들에게 말을 거는 기묘한 화상을 쳐다보았다. 몰골과 하는 말로 미루어보아 미친 자임이 분명한 듯했다. 하지만 그들은 그자가 왜 자신들에게 그런 고백을 강요하는지 천천히 알아보기로 했다. 상인들 중에서 다소 장난기 있고 재치 있는 사람이 나서서 말했다.

"기사님, 저희들은 기사님께서 말씀하신 그 훌륭한 여인이 누구인지 모르겠습니다. 그분을 좀 보여주십시오. 그분이 정말로 기사님께서 표현하신 대로 아름답다면, 명령하신 대로 기꺼이 고백하겠습니다."

"내가 그대들에게 그분을 보여준다면," 돈키호테가 말했다. "그렇게 분명한 사실을 고백하는 게 무슨 의미가 있겠소? 중요한 것은 그녀를 보지 않고도 믿고, 고백하고, 확신하고, 맹세하고, 받들어야 한다는 사실이오. 정녕 그대들이 맹세하지 않는다면 나와 결투를 벌여야 할 것이오. 기사도에 따라 한 사람씩 덤벼도 좋고, 그대들 같은 자들이 흔히 사용하는 못된 관습이나 습관대로 한꺼번에 덤벼도 좋소. 어쨌거나 나는 나의 신념에 따라 여기에서 그대들을 상대할 것이오."

"기사님," 상인이 대꾸했다. "여기 있는 모든 왕자들의 이름으로 청하건대, 밀알만큼 작은 것일지라도 그 부인의 초상화를 보여주시기 바랍니다. 작은 것이라도 보면 전체를 그려볼 수 있을 테니까요. 저희들이 알카리아와 에스트레마두라의 황후나 왕비님들에게 해를 입혀가면서까지 보지도 듣지도 못한 사실을 고백한다면 양심의 가책을 받을 것 같아서 그럽니다. 그렇게만 해주신다면 저희도 만족과 확신에 찰 것이고, 기사님 역시 만족스러울 것입니다. 비록 우리에게 보여주신 초상화 속의 여인이 한쪽 눈이 애꾸이고, 다른 한쪽 눈에서는 피고름이 흘러내린다 해도 저희는 기사님 편이기에 기사님을 기쁘게 해드리기 위해서라면, 원하시는 대로 맹세할 것입니다."

"아무것도 흘러내리지 않는다, 이 천박한 악당아." 돈키호테가 분노에 차서 말했다. "분명히 말하는데, 그분의 눈에서는 네가 말한 것이 아니라 솜으로 고이 싼 호박(琥珀)이나 사향의 향기가 피어날 뿐이다. 그분은 애꾸도 아니고 꼽추도 아닐뿐더러 과다라마의 소나무보다도 더 곧으신 분이다. 내가 사모하는 여인의 아름다움에 대해 그토록 불경스럽게 말했으니 그 대가를 치를 것이다."

그러고는 불경스러운 말을 했던 자를 향해 잔뜩 화가 치민 채 창을 겨누고 달려들었다. 로시난테가 달려가다 넘어지는 불운이 일어나지 않았더라면 그 무모한 상인은 큰 변을 당했을 것이다. 로시난테가 넘어지는 통에 돈키호테는 말에서 떨어져 한참을 굴렀다. 어떻게든 일어서보려고 했지만 창, 방패, 박차, 투구, 게다가 낡은 갑옷의 무게까지 더해져 도무지 일어날 수가 없었다. 그럼에도 그는 계속해서 말을 했다.

"치졸한 녀석들, 게 섰거라. 내가 이렇게 누워 있는 것은 순전히 내 말 때문이다."

상인 일행 중 심성 고약한 노새몰이꾼 하나는 돈키호테의 절규에 대해 돈키호테의 옆구리에 대고 화답하지 않으면 견딜 수 없었던 모양이었다. 그자가 돈키호테에게 다가가 그의 창을 집어 들더니 여러 조각을 내어 그중 한 조각으로 우리의 돈키호테를 마구 두들겨 패기 시작했던 것이다. 돈키호테는 갑옷으로 무장했음에도 묵사발이 되어버렸다. 주인들이 너무 심한 것 같으니 이제 그만하라고 말렸으나 노새몰이꾼은 약이 잔뜩 오른 상태라 화가 완전히 풀릴 때까지 매질을 멈출 생각이 없었다. 그는 나머지 창 조각들까

지 다 집어 와서 널브러져 있는 불쌍한 돈키호테 위에 내동댕이쳤다. 돈키호테는 매질을 당하면서도 내내 입을 다물지 않은 채 하늘과 땅을 원망했고, 악당처럼 보이는 그들을 향해 으름장을 놓았다.

마침내 노새몰이꾼이 지쳐 떨어지자 상인들은 흠씬 두들겨 맞은 불쌍한 돈키호테를 이야깃거리 삼아 가던 길을 재촉했다. 돈키호테는 홀로 남겨지자 몸을 일으켜보려고 했다. 그러나 멀쩡할 때에도 할 수가 없었는데, 죽도록 맞아서 만신창이가 되어버린 상황이니 어떻게 일어날 수가 있겠는가? 그러나 그는 이 모든 일이 편력기사에게 으레 일어나는 불행이라 여기고 기꺼이 감수하고자 했으며, 모든 잘못은 자신의 말의 실수 탓으로 돌렸다. 그래도 온몸에 골병이 들어 도저히 일어설 수가 없었다.

제5장

여기에서는 우리의 기사가 겪는 불행에 대한 이야기가 계속된다

결국 옴짝달싹할 수 없음을 깨달은 돈키호테는 평소에 하던 대로 했으니, 바로 책에서 읽은 대목을 떠올리는 것이었다. 그리하여 그의 광기가 카를로토에게 상처 입고 산중에 버려졌던 발도비노스와 만투아 후작의 이야기*를 기억해냈다. 이 이야기는 아이들도 알고 젊은이들도 모르는 이가 없었으며, 노인들조차 재미를 넘어서서 심지어 사실이라고 믿었으나, 마호메트가 행한 기적만큼이나 허황했다. 돈키호테는 이 이야기야말로 지금 자신이 처한 상황과 꼭 맞아떨어진다고 생각했다. 그리하여 격한 감정을 쏟아내며 땅바닥에서 버둥거리더니 꺼져가는 듯한 숨을 몰아쉬며 상처 입은 숲의 기사의 대사를 그대로 흉내 내어 읊기 시작했다.

---

*프랑스의 전설에서 유래한 이야기로, 샤를마뉴 대제의 아들 카를로토(샤를로트의 스페인 이름)는 세비야와 결혼하기 위해서 그녀의 남편 발도비노스를 숲으로 유인하여 죽이고자 한다. 마침 발도비노스의 삼촌 만투아 후작이 근처에서 사냥을 하다가 깊은 상처를 입은 채 버려진 조카를 발견하고 복수를 약속한다.

어디에 있소, 나의 사랑?
내 불행에 그대는 고통스럽지 않나요?
혹시 그 사실을 모르신다면,
그대는 거짓과 위선의 여인이구려.

이런 식으로 로만세를 읊조리다가 다음과 같은 대목에 이르렀다.

오, 고귀한 만투아 후작이여,
피를 나눈 나의 삼촌이여!

바로 이때 운 좋게도 고향 마을의 농부가 밀을 싣고 풍차방앗간으로 가다가 우연히 그를 발견했다. 농부는 사람이 널브러져 있는 걸 보고 곧장 다가가서는 대체 누구이며 무슨 고통을 겪기에 그토록 구슬프게 한탄하는지 물었다. 하지만 돈키호테는 대뜸 농부를 친삼촌인 만투아 후작이라고 여기고 대답 대신 자신이 겪은 불행과 황제의 아들이 자기 아내에게 연정을 품었다는 이야기를 로만세 가사 그대로 계속 이어나갈 뿐이었다.

터무니없는 소리에 농부는 황당했지만, 몽둥이세례를 받아 산산조각 나버린 돈키호테의 얼굴 가리개를 벗겨내고 먼지로 뒤범벅이 된 얼굴을 닦아주었다. 그런 후 그가 누군지를 알아보고 말했다.

"키하나 나리," 그가 아직 제정신이었을 때, 그리고 조용한 시골귀족에서 편력기사로 둔갑하기 전에는 사람들이 그렇게 불렀던 모양이다. "대체 누가 어르신을 이 모양으로 만들어놓았단 말입니까?"

그러나 돈키호테는 여전히 질문에는 아랑곳하지 않고 로만세만 부를 뿐이었다. 마음씨 착한 농부는 그 몰골을 보고 자신이 할 수 있는 한 최선을 다

해 상처를 살펴볼 요량으로 가슴받이와 등갑을 벗겨냈다. 피나 상처는 보이지 않았다. 농부는 돈키호테를 땅바닥에서 일으켜 온 힘을 쏟아 자신의 당나귀에 앉혔다. 당나귀가 말보다 더 의젓해 보였기 때문이다. 그러고는 부러진 창 조각을 비롯해 무기들을 빠짐없이 주워 모아 로시난테에게 동여맨 뒤, 당나귀를 데리고 말고삐를 잡아끌며 마을로 발길을 옮겼다. 농부는 돈키호테가 지껄이는 어이없는 말들을 들으며 생각에 잠겼고, 흠씬 두들겨 맞아 축 늘어진 돈키호테는 당나귀 등에 제대로 앉아 있을 수조차 없었는지 이따금씩 하늘을 향해 한숨을 내쉬었다. 이 때문에 농부는 다시 한 번 그에게 몸은 괜찮은지 묻지 않을 수 없었다. 그런데 악마가 이러한 상황에 딱 들어맞는 이야기를 떠올리게 했다고밖에는 볼 수 없으니, 그도 그럴 것이 바로 그 순간에 돈키호테는 발도비노스의 이야기는 잊어버리고 안테케라의 성주 로드리고 데 나르바에스가 무어인 아빈다라에스를 포로로 잡아 그의 성으로 데려가던 이야기*를 기억해낸 것이다. 농부가 다시 몸 상태는 어떻고 기분은 또 어떻느냐고 묻자, 돈키호테는 호르헤 데 몬테마요르의《라 디아나》에서 읽은 그대로 포로가 된 아벤세라헤가 로드리고 데 나르바에스에게 대답했던 말을 똑같이 되뇌었다. 돈키호테의 이야기는 상황과 절묘하게 맞아떨어졌지만 농부는 그런 얼빠진 이야기를 한없이 들어야 한다는 데에 짜증이 나는 것을 가까스로 참으며 말없이 걸었다. 게다가 그제야 이웃인 돈키호테가 제정신이 아닌 것을 알고 그의 장광설 때문에 울화가 치미는 것

---

*16세기 중반에 출판된《라 디아나》4권에 들어 있는 이야기〈엘 아벤세라헤와 아름다운 하리파〉를 말한다. 아빈다라에스는 그라나다의 유명한 아벤세라헤 가문 출신인데 하리파와 비밀 결혼을 올리러 길을 가던 중 로드리고 데 나르바에스에게 잡혀 포로가 된다. 로드리고 데 나르바에스는 아빈다라에스의 처지를 딱하게 여겨, 결혼식을 치르고 사흘째 되는 날 돌아오겠다는 약속을 받고 그를 풀어준다. 아빈다라에스는 하리파와 함께 돌아와 약속을 지키고 이에 로드리고 데 나르바에스는 아량을 베풀어 이들에게 자유를 되돌려준다.

을 삭이고자 마을로 향하는 발걸음을 더욱 재촉했다. 돈키호테는 여전히 입을 다물 줄 몰랐다.

"돈 로드리고 데 나르바에스 님, 내가 좀 전에 이야기했던 이 아름다운 여인 하리파는 이제 아리따운 엘 토보소의 둘시네아임을 알아주십시오. 나는 그녀를 위하여 이 세상에서 본 적도 없고 볼 수도 없으며 앞으로도 보기 어려운 위대한 기사도의 업적을 이루어냈고 지금도 행하고 있으며 앞으로도 행할 것입니다."

농부가 참지 못하고 대답했다.

"이것 보세요, 나리. 아이고, 세상에나, 저는 로드리고 데 나르바에스도 아니고, 만투아의 후작도 아닙니다. 그저 어르신과 같은 마을에 사는 페드로 알론소일 따름입니다. 나리도 발도비노스나 아빈다라에스가 아니라 신망 있는 이웃 어른 키하나 님일 뿐이고요."

"나는 내가 누구인지 알고 있소." 돈키호테가 대답했다. "나는 지금까지 이야기한 그들뿐만 아니라 프랑스의 열두 기사* 모두, 심지어는 저 유명한 아홉 명의 기사**까지 될 수 있다는 것도 알고 있소이다. 그들이 세운 무훈을 모두 합치든 각자의 무훈을 따로 치든, 나의 공훈에는 결코 미치지 못할 것이오."

이런 대화와 엇비슷한 다른 이야기들을 나누다 보니 마을에 도착할 때쯤엔 이미 땅거미가 지고 있었다. 그러나 농부는 좀 더 어두워질 때까지 기다리기로 했다. 얻어맞아 몹시 흉한 몰골로 나귀에 앉아 있는 돈키호테가 사람들 눈에 띄는 게 걱정스러웠던 것이다. 이윽고 때가 되었다고 생각하여

---

*샤를마뉴 대제의 수하였던, 롤랑을 비롯한 열두 기사를 말한다.

**1530년 리스본에서 출판된 《가장 훌륭한 명성을 떨친 아홉 인물들의 승리에 관한 연대기》에 소개된 아홉 명의 인물을 말한다.

마을로 들어서서 돈키호테의 집까지 데리고 가보니 보통 난리가 아니었다. 돈키호테와 막역한 사이인 마을 신부와 이발사가 와 있었는데, 가정부가 그들에게 목청 높여 말하고 있었다.

"대체 우리 주인 나리한테 무슨 일이 생긴 걸까요, 페로 페레스 석사님?—사람들은 신부를 그렇게 불렀다—사흘째 나리도, 그 말라빠진 말도, 방패도 창도 갑옷도 보이질 않아요. 아이고 내 팔자야! 내가 태어났으니 죽는 것만큼이나 분명하게, 이제 보니 주인님이 만날 끼고 읽던 이 망할 놈의 기사도 책들이 주인님의 정신을 빼어놓은 게 확실해요. 주인 나리가 혼잣말로 편력기사가 되고 싶다느니, 이곳저곳으로 모험을 찾아 떠나야겠다느니 하면서 심심찮게 중얼거리던 게 이제 기억이 나요. 라만차를 통틀어 가장 섬세하고 지혜로웠던 분을 이렇게 만든 이따위 책들은 악마나 바라바*에게나 주어버리라지요."

조카딸도 같은 소리를 하며 몇 마디를 덧붙였다.

"그러니까 니콜라스 선생님—이게 이발사의 이름이었다—삼촌은 걸핏하면 이틀 밤낮을 꼬박 새워가면서 이 쓸모없는 재앙의 책들을 읽어대신 거예요. 그러다가는 책을 집어던지고 칼을 들어 벽을 향해 내지르기도 했는데, 그러다 또 지치면 탑만큼이나 큰 거인을 넷이나 죽였다면서 땀이 흐르는 걸 가지고 전투에서 입은 상처에서 피가 솟는다고 하시지 뭐예요. 어떤 때는 냉수를 항아리째 들이마시고는 그 물이 위대한 마법사이자 당신의 친구인 현자 에스키페**가 가져다준 귀한 약물이라고 하면서 다시 평온을 되찾지 않나, 하여간 모두 제 잘못이에요. 진작에 삼촌의 이상한 행동을 두 분께

---

*성경에 나오는 죄수로, 살인죄로 붙잡혔으나 예수 대신 사면된 인물. 스페인어권에서는 악행을 일삼는 사람의 대명사로 쓰이기도 한다.

**《아마디스 데 가울라》에 등장하는 마법사 알키페의 이름을 잘못 말한 것이다.

말씀드렸어야 했는데. 그랬다면 삼촌이 갖고 있는 저 해로운 책더미를 태워버려서 이런 일이 생기기 전에 막을 수 있었을 텐데요. 저 책들은 이단자들처럼 불태워 없애버려야 한다니까요."

"내 생각도 그렇구나." 신부가 대답했다. "내일이 가기 전에 저 책들을 재판에 회부하여 화형에 처해버려야겠다. 또 누군가 저런 책을 읽고 지금 내 선량한 친구가 하고 있을 법한 짓을 저지르지 않게끔 말이다."

농부와 돈키호테는 이 모든 이야기를 듣고 있었다. 마침내 이웃의 증세를 확실하게 알아차린 농부가 소리 높여 외치기 시작했다.

"귀공들은 어서 문을 여시오. 여기 발도비노스 님과 만투아 후작께서 오셨소이다. 발도비노스 님은 상처를 입었소. 그리고 안테케라의 성주인 용감한 로드리고 데 나르바에스를 포로로 잡아온 무어인 아빈다라에스 님도 오셨소."

이 소리에 모두들 집에서 뛰쳐나왔다. 그리고 각자 친구이자 주인이며 삼촌인 돈키호테를 알아보고는, 기력이 없어 나귀에서 내리지도 못하는 그에게 달려가 그를 끌어안았다. 돈키호테가 말했다.

"모두들 멈추시오. 내 말이 실수를 저지르는 바람에 나는 심한 상처를 입었소. 나를 침대로 데려가서 가능하다면 현자 우르간다를 불러내 상처를 치료하고 살피게 하시오."

"세상에나, 이것 좀 보시라고요!" 가정부가 말했다. "그러고 다니시길래 늘 불안하더라니! 어서 안으로 들어가세요. 우르간다인지 뭔지 하는 사람이 오지 않아도 우리가 돌봐드릴 테니까! 다시 생각하고 백번을 다시 생각해봐도 주인 나리를 이렇게 만든 저 기사도 책들은 하나같이 썩을 것들이야!"

사람들이 그를 침대에 눕히고 살펴보았으나 상처는 보이지 않았다. 돈키호

H. PISAN.

테는 세상에서 볼 수 있는 가장 거대하고 사나운 거인 열 명과 싸우다가 그의 말 로시난테가 넘어지는 바람에 모든 것이 엉망이 되고 말았다고 늘어놓았다.

"허, 그것 참!" 신부가 말했다. "거인과 싸웠다고? 맹세컨대 내일 날이 저물기 전에 저 책들을 불살라버리고야 말겠어."

사람들은 돈키호테에게 수많은 질문을 했지만 그는 자신에게 가장 급한 대로 먹을 것을 가져다주고 잠을 잘 수 있도록 내버려두어달라는 말 외에는 어떠한 물음에도 대답하려 들지 않았다. 사람들은 그가 원하는 대로 해주었고, 신부는 농부에게서 돈키호테를 발견할 당시의 상황에 대해 자세하게 들었다. 농부는 그를 발견하고 데려오는 동안 들었던 어처구니없는 말들을 포함하여 그간에 있었던 모든 일들을 들려주었다. 농부의 이야기를 들은 신부는 결심을 굳히고 이발사 니콜라스 선생을 불러내 당장 다음 날 돈키호테의 집에 찾아가서 마음먹은 일을 실행에 옮겼다.

제6장

신부와 이발사가 우리의 똑똑한 시골귀족의 서재에 행한 어마어마하고도 즐거운 종교 재판에 대하여

돈키호테가 아직 잠들어 있을 즈음, 신부는 조카딸에게 그 불행의 근원인 책들이 있는 방 열쇠를 달라고 했다. 조카딸은 기뻐서 열쇠를 내주었다. 가정부까지 덩달아 모두 들어가보니 아주 훌륭하고 커다란 책만 해도 백 권이 넘었고 작은 책들도 꽤 있었다. 가정부는 책들을 보자마자 방에서 급히 나가더니 성수 한 그릇과 물뿌리개를 가지고 돌아와서 말했다.

"신부님, 이걸 받아 방에 뿌리세요. 이 책들 속에 들어 있는 마법사 중 한 놈이라도 나타나서, 자기를 세상 밖으로 몰아내려 한다고 화가 나서 우리한테 마법을 걸면 큰일이에요."

신부는 소박한 가정부의 말을 듣고 웃었다. 그는 이발사더러 혹시 불에 태우지 않아도 될 만한 책이 있을지도 모르니, 먼저 무슨 책인지 확인해볼 수 있도록 한 권씩 넘겨달라고 청했다.

"아뇨." 조카딸이 말했다. "한 권이라도 용서할 필요 없어요. 이 책들 전부가 다 그런 짓을 할 수 있죠. 모조리 다 저 창문으로 내던져 마당에 쌓은 뒤 불을 지르는 것이 좋겠어요. 그렇지 않으면 뒤뜰로 가져가서 모닥불을 피우든지요. 뒤뜰에서 태우면 연기가 나도 귀찮지 않을 거예요."

가정부도 맞장구를 쳤다. 둘 다 그 애꿎은 책들을 완전히 없애려고 난리였다. 그러나 신부는 먼저 책 제목도 읽지 않고 그렇게 할 순 없다고 했다. 이에 니콜라스 선생이 처음으로 집어준 책은 《네 권의 아마디스 데 가울라》였다. 신부가 말했다.

"이건 정말 불가해하지. 이 책은 에스파냐에서 출판된 최초의 기사 이야기이고, 다른 책은 모두 여기에서 연유했다고 하지 않나. 그런 악독한 이단을 처음으로 만든 책인 만큼 조금의 용서도 없이 화형을 시켜야 하지."

"아닙니다, 신부님." 이발사가 말했다. "제가 듣기로 이 책은 이런 유의 책들 중에서 가장 잘 썼다고 하니, 그 공적을 봐서 용서해줘야 합니다."

"옳은 지적이군." 신부가 말했다. "그럼 당분간 살려두도록 하지. 그 옆에 있는 책을 보여주게."

"이건 아마디스 데 가울라의 적자(嫡子) 《에스플란디스의 공훈》이네요."

"진실로 아비의 덕이 아들을 도울 수는 없는 법이지. 아주머니, 그 책을 받아서 창문을 열고 마당으로 내던져요. 그걸로 우리 불쏘시개를 삼도록 합시다."

가정부는 기쁘게 그 말을 따랐다. 그 훌륭한 에스플란디스는 마당으로 던져져 무시무시한 불더미에 들어갈 차례를 기다리게 되었다.

"자, 계속하지." 신부가 말했다.

"다음은 《아마디스 데 그레시아》인데, 제가 보기엔 이쪽에 있는 책들이 다 아마디스 계통입니다." 이발사가 말했다.

"그럼 모두 마당으로 내던지게." 신부가 말했다. "핀티키니에스트라 여왕, 다리넬 목동, 그가 부른 목가, 그 작가의 이해할 수 없는 글, 이러한 것을 태워 없애며 기쁨을 느끼지 못한다면, 차라리 날 낳아준 아버지가 편력기사의 형상을 하고 다닌다 하고 태워버리고 싶을 것이네."

"저도 똑같은 생각입니다." 이발사가 말했다.

"저도 동의해요." 조카딸이 덧붙였다.

"그럼 그 책들을 몽땅 마당으로 가져가요." 가정부도 거들었다.

그들이 가정부에게 안겨준 책이 너무 많아 계단을 내려가기 힘들어지자, 그녀는 책을 창문으로 내던졌다.

"그 커다란 것은 뭔가?" 신부가 물었다.

"《돈 올리반테 데 라우라》네요." 이발사가 대답했다.

"그 책을 쓴 사람이 《화원》이란 책도 썼지." 신부가 말했다. "하지만 둘 중에서 어떤 것이 더 진짜 같은지는 모르겠구먼. 좀 더 확실히 말하자면 어느 것이 나은지 모르겠다는 말이야. 단지 그 불손한 거짓말의 대가로 마당으로 내던져질 만하다는 것뿐이지."

"다음은 《플로리스마르테 데 이르카니아》입니다." 이발사가 말했다.

"플로리스마르테 도련님이 여기 계셨구먼." 신부가 대답했다. "그의 출생이 아무리 기이하고, 그 모험이 아무리 기괴하다 해도 마당에서 즉각 처형을 받아야 마땅하지. 문장이 말할 수 없을 만큼 거칠고 무미건조하니 그 이상 대접할 수가 없다네. 아주머니, 빨리 그 책하고 그 앞의 책을 마당으로 내가요."

"빨리 주세요, 신부님." 가정부는 너무 기뻐서 그가 하라는 대로 했다.

"여기 《기사 플라티르》가 있습니다." 이발사가 말했다.

"오래된 책이군." 신부가 말했다. "용서해줄 만한 데가 도무지 한 군데도 없어. 주저할 것 없이 같이 가져다 버리게."

그러곤 그 책을 던졌다. 이번에는 다른 책을 펴보았다. 《십자가의 기사》였다.

"이 책의 거룩한 이름을 생각해서 작가의 무지함을 용서해줄 수도 있었겠지만, '십자가 뒤에 악마가 숨어 있다'고 하니, 불태워버리세."

이발사가 다른 책을 집어 들고 말했다.

"이것은《기사도의 귀감》인데요."

"내가 잘 아는 책이지." 신부가 말했다. "거기 보면 레이날도스 데 몬탈반과 그 일당들이 등장하는데, 카코보다도 더 흉측한 도둑놈들이야. 그리고 프랑스의 열두 용사와 믿을 만한 역사가인 투르핀*도 나오지. 그렇지만 그놈들이 유명한 마테오 보이아르도에게 그 지저분한 이야기를 주었고, 또 그리스도교인이며 시인인 루도비코 아리오스토는 보이아르도한테서 그 이야기를 빌려다가 썼으니 결국 그놈들의 죗값이 크다네.** 그것 하나만으로도 영원한 추방, 즉 화형에 처하는 것이 옳다고 생각해. 여기 아리오스토가 자기 나라 언어로 하지 않고 다른 나라 언어로 이야기한 것이 있다면 조금도 봐주지 않겠지만, 자기 나라 말로 이야기한 게 있다면 소중히 모시겠네."

"제가 이탈리아어로 쓰인 것을 가지고 있습니다." 이발사가 말했다. "하지만 읽을 수가 있어야죠."

"읽을 줄 안다 해도 소용없지." 신부가 말했다. "아리오스토를 에스파냐로 데려다가 카스티야어***로 바꾸지만 않았어도 용서해줄 수 있었는데, 그 사람****이 작품 본래의 가치를 다 없애버린 거야. 시를 외국어로 번역할 때 의당

---

*롤랑과 함께한 열두 기사 중 하나인 '튀르팽'의 스페인 이름. 샤를마뉴 대제의 후견인이자 대주교이다.

**중세 프랑스의 영웅 서사시《롤랑의 노래》를 시작으로 롤랑을 소재로 한 기사 영웅담이 유럽 전역에서 발표되었는데, 이를 대표하는 작품이 이탈리아 시인 마테오 보이아르도의《사랑에 빠진 오를란도》와 루도비코 아리오스토의《광란의 오를란도》등이다.

***스페인 중부 카스티야 지방에서 쓰던 언어로, 오늘날의 표준 스페인어.

****아리오스토의《광란의 오를란도》를 카스티야어로 번역한 헤로니모 히메네스 데 우레아를 말한다.

그러한 일이 생기지. 아무리 정성을 들이고 재주가 많아도 번역이 원작만큼 훌륭해질 수는 없는 것이야. 그러니 이 책과 그 밖의 프랑스에 관한 책은 물 없는 웅덩이에 처넣었다가 좀 더 생각한 뒤에 어떻게 처분할지 판단하기로 하세. 하지만 이 부근 어디에 숨어 있을《베르나르도 델 카르피오》와《론세스바예스》는 예외네. 그것들은 곧장 내 손에서 가정부에게 전해져 지체 없이 불 속에 처박혀야 해."

이발사는 신부가 아주 신실한 그리스도교인이며 진리를 사랑하는 사람이라 세상에 무엇을 준다고 해도 거짓말은 안 할 것이라 믿고, 신부가 하는 모든 언행은 다 옳고 지당한 것으로 여겨 동의했다. 또 다른 책을 들어보니 그것은《팔메린 데 올리바》였고, 그 옆에는《팔메린 데 잉갈라테라》가 있었다. 그 책을 보자 신부가 말했다.

"그 올리바라는 것은 갈기갈기 찢어서 재 하나 남지 않게 태워버리세. 하지만 그 잉갈라테라는 희귀한 책이니 상자를 만들어 보관하기로 하지. 알렉산드로스 대왕도 다리우스 왕에게서 약탈한 물건 중에 상자를 발견해서 호메로스의 작품을 보관했다고 하지 않나? 보다시피 이 책은 두 가지 면에서 존중할 만하네. 첫째는 책 자체가 아주 좋다는 것이고, 둘째는 포르투갈의 현명한 왕이 지은 것이기 때문이지. 미라구아르다 성에서 벌어지는 온갖 모험은 모두 잘 꾸며냈고, 문장도 세련되고 분명하여 박진감과 이해심을 가지고 인물들의 성격을 구현했네. 그러니 니콜라스 선생, 선생의 판단으로 좋게 평한다면 이 책과《아마디스 데 가울라》는 화형에서 구제해주고 나머지는 더 심판할 것 없이 당장 없애버리세."

"그렇게는 안 되겠습니다, 신부님." 이발사가 대꾸했다. "이 책도 그 유명한《돈 벨리아니스》인데요?"

"그 책은," 신부가 말했다. "2, 3, 4편이 지나치게 화가 많아 이를 정화하기 위해서는 약간의 대황뿌리*액이 필요하겠네. 명예의 성(城)에 대한 부분과 그보다 좀 심한 거짓 이야기들도 모두 없애버려야겠고. 그것들을 고치려면 세월이 아주 많이 걸릴 것이네만, 만약 수정을 한다면 자비와 정의를 베풀도록 하지. 그동안은, 이보게, 자네 집에 보관하여 아무도 그것을 읽지 못하게 하게나."

"그러겠습니다." 이발사가 대답했다.

그러고는 더 이상 살피기가 싫었는지 가정부더러 큰 책들을 모두 마당으로 던지라고 했다. 그의 명령이 귀머거리에게 내린 것이 아닌지라, 세상에서 가장 폭이 넓고 좋은 옷감을 짜는 것보다도 그 책들을 불태워버리고 싶은 마음이 간절했던 가정부는 여덟 권을 한 번에 창밖으로 내던져버렸다. 다시 그만큼을 내던지려 했을 때, 그중 한 권이 이발사의 발밑에 떨어졌다. 그가 무슨 책인가 궁금해서 보니 《유명한 백기사 티란테의 이야기》였다.

"이럴 수가!" 신부가 크게 소리쳤다. "백기사 티란테가 여기 있다니! 이리 주게, 친구, 그 책이야말로 흥미와 즐거움의 보고이네. 이 책에는 용감한 기사인 돈 키리엘레이손 데 몬탈반과 그 동생 토마스 데 몬탈반, 기사 폰세카, 용맹스러운 티란테가 커다란 사냥개와 싸운 이야기, 플라세르데미비다 아가씨의 재치 있는 말솜씨, 미망인 레포사다의 연애와 모략, 시종인 이폴리토와 연애하는 여왕 등이 다 나오지. 정말로 그 문장만 보더라도 이 세상 최고의 책이라네. 이 책에는 기사들이 먹고 자고 자리에서 죽고, 죽기 전에 유언을 하는 등 다른 책엔 나오지 않는 내용이 다 들어 있네. 그 점에서는 저자를 칭찬할 만하지. 평생 동안 노예선에 갇혀서 고생할 만한 엉터리 이야기들을 집어넣은 것이 사실이지만, 일부러 그런 것은 아니니 봐주는 게 어떨

*몸에 정화제로 쓰는 약용 나무.

까. 가져다 읽어보게. 내가 한 말이 모두 사실일 테니."

"그러지요."이발사가 말했다. "그런데 이 나머지 책들은 어떻게 할까요?"

"그것들은 기사담이 아니고 시집일지도 모르네." 신부가 대답했다.

그러고는 그중 한 권을 보니 호르헤 데 몬테마요르의《라 디아나》였다. 그래서 그 나머지도 그런 책이려니 생각하고 말했다.

"이 책들은 다른 것들과 함께 태울 필요가 없어. 기사담처럼 나쁜 짓은 안 할 테니까. 그저 흥밋거리로 읽을 책이니 아무런 해가 없을 것이네."

"어머나, 신부님!" 조카딸이 말했다. "그것들도 같이 불태워버려야 해요. 삼촌이 기사병에서 다 나으면 또 그 책들을 읽고 양치기가 되어서 노래를 부르고 피리를 불면서 산과 들을 돌아다닐지도 몰라요. 더구나 시인이 되면 어떻게 해요? 그 병은 한번 걸리면 고칠 수도 없다는데."

"이 아가씨 말이 옳아." 신부가 말했다. "이후 우리 친구의 방해물과 위협물이 될 물건은 치워버리는 것이 좋겠지. 그럼 몬테마요르의《라 디아나》부터 하세. 내가 보기에 다 태울 필요는 없고, 현자 펠리시아와 마법에 걸린 물 이야기가 나오는 부분과 장편시 대부분만 떼어버리면 되겠어. 산문과 이런 종류의 책의 시초라는 명예만은 남겨두라고 하지."

"그다음은," 이발사가 계속했다. "살라망카 사람이 지은《라 디아나》속편이란 것인데요, 여기 힐 폴로가 지은 이름이 같은 책이 또 있습니다."

"살라망카 사람이 지은 책은," 신부가 대답했다. "마당에 내버린 책들과 함께 놓고, 힐 폴로의 책은 아폴론 자신이 쓴 것처럼 보존하도록 하세. 계속하게, 빨리 해야겠어, 시간이 지체되는데."

"이건 세르데냐 출신의 시인 안토니오 데 로프라소가 지은《사랑의 행운에 대한 열 권의 책》입니다." 이발사가 책을 펼치면서 말했다.

"내가 받은 신부 안수를 걸고 맹세컨대," 신부가 말했다. "아폴론이 아폴론 노릇을 하고, 시신(詩神)이 시신 노릇을 한 이래, 이처럼 우습고 익살맞은 책은 없었네. 이런 종류의 책으로 세상에 나온 것 중에서는 가장 잘되고 독특한 것이지. 이 책을 읽지 못한 사람은 정말 재미있는 책을 못 읽은 셈이야. 이리 주게, 친구, 피렌체산 고급 천으로 만든 사제복을 선물 받은 것보다 이 책을 구한 것이 더 기쁘구먼."

그는 대단히 기뻐하며 그 책을 따로 놓았다. 이발사가 계속했다.

"다음 책들은 《이베리아의 목동》, 《에나레스의 요정》, 《질투심에 대한 환멸》……."

"더 생각할 것 없이 가정부의 팔에 넘겨주게." 신부가 말했다. "이유는 묻지 말고. 이렇게 하다간 끝이 안 날 것 같네."

"다음은 《필리다의 목동》입니다."

"아, 그 사람은 목동이 아니라 아주 재치 있는 궁정 사람이지. 귀중한 보석처럼 보관해주게."

"이 큼직한 책은 《만시전집(萬詩全集)》입니다."

"시가 덜 들어 있다면 좀 더 좋았을 것을. 좋은 것 사이에 끼어 있는 엉터리들을 말끔히 뽑아버려야 해. 그것도 보관해두세. 그 저자는 내 친구이기도 하고 또 더 웅장하고 뛰어난 작품도 썼으니 봐주기로 하지."

"이건 로페스 말도나도의 《시가집》인데요." 이발사가 계속했다.

"그 책의 저자도 역시 나하고 절친한 사이이네." 신부가 대답했다. "그 친구가 직접 시를 읊는 것을 들은 사람은 누구나 그의 시를 경탄하지. 목소리가 너무 고와서 시를 읊을 땐 매혹되는 것 같아. 그 친구 전원시도 많이 썼는데 그리 대단치는 않네. 따로 남겨놓은 것하고 같이 놔두시게. 그런데 그 옆의 책은 뭔가?"

"미겔 데 세르반테스의 《라 갈라테아》네요." 이발사가 말했다.

"그 세르반테스란 작가는 나하고 오래전부터 알았는데, 그 친구는 시보다는 불행에 더 익숙한 사람이지. 그 친구가 지은 책은 기발한 생각들이 어느 정도 있기는 하지만, 시작만 해놓고 결론이 없단 말이야. 혹시 고칠 곳을 고치면, 지금은 안 되지만 장차 우리의 총애를 받을 수 있을지 모르지. 그동안 자네 방에 가둬놓으시게."

"그러겠습니다." 이발사가 대답했다. "자, 이번엔 한꺼번에 세 권입니다. 돈 알론소 데 에르시야의 《라 아라우카나》, 코르도바의 재판관 후안 루포의 《라 아우스트리아다》, 그리고 발렌시아의 시인 크리스토발 데 비루에스의 《엘 몬세르라트》."

"그 세 권은 모두 카스티야어로 쓴 최고의 영웅시라네." 신부가 말했다. "이탈리아의 가장 유명한 작품들과도 견줄 수 있겠지. 에스파냐가 소유하고 있는 가장 값진 시의 보물이니 보존해두시게나."

이제 신부는 피곤해서 더 이상 책을 볼 수가 없었다. 그래서 나머지는 내용도 안 보고 태워버리자고 했으나, 이발사는 벌써 《앙헬리카의 눈물》*을 펴 들고 있었다.

"그런 책을 불태우라고 내주었다면 나 자신도 눈물을 흘렸을 것이네." 신부가 책 제목을 듣고 말했다. "그 저자는 에스파냐뿐 아니라 온 세계에서 가장 유명한 시인이니까. 그중에서도 오비디우스의 이야기들을 번역한 것이 가장 훌륭했지."

---

*루이스 바라오나 데 소토의 1586년 작품으로, 《광란의 오를란도》에 나오는 안젤리카와 메도로의 이야기를 다루었다. '앙헬리카'는 '안젤리카'의 스페인 이름이다.

제7장

우리의 훌륭한 기사 돈키호테 데 라만차의 두 번째 출정에 대하여

이때 돈키호테가 소리 높여 외치기 시작했다.

"바로 지금입니다! 용감한 기사들이여, 지금이야말로 여러분들의 용맹스러운 팔 힘을 보여줘야 할 때입니다! 궁정기사들이 기마 창 시합에서 최고의 승리를 가져가버리지 않았습니까!"

이 소란과 야단법석 통에 그들은 남은 책들을 더 이상 검열할 수가 없었다. 그래서 돈 루이스 데 아빌라가 지은 《라 카롤레아》, 《에스파냐의 사자》, 그리고 황제의 업적을 다룬 책들은 살펴보거나 제목도 확인하지 못하고 불속으로 던져버렸다. 사실 이 책들은 남겨야 할 내용들이었다. 신부가 이 책들을 보았더라면 그토록 가혹한 판결을 내리지는 않았을 것이다.

그들이 돈키호테에게 가보니 그는 이미 자리에서 일어나 고래고래 소리를 지르고 있었다. 그리고 온 사방을 향해 칼을 휘두르며 내려치고 있었는데, 마치 한숨도 자지 않은 사람처럼 말짱하게 깨어 있었다. 사람들이 그를 붙잡아 강제로 다시 침대에 뉘었다. 돈키호테는 어느 정도 진정이 되자 신부와 이야기를 나누기 시작하면서 이렇게 말했다.

"투르핀 대주교님, 확실히 지난 사흘 동안 우리 편력기사들에게 명예를 안겨주었던 바로 그 창 시합에서 생각 없이 궁정기사들에게 승리를 안겨준 것은 열두 기사라고 불리는 우리에게는 가장 큰 치욕입니다."

"이보게, 친구여, 가만히 좀 있어보게나." 신부가 말했다. "하느님은 운명을 바꿀 수 있는 분이니, 오늘은 패배하더라도 내일은 승리할 것이네. 그러니 지금 당장은 자네의 건강이나 신경 쓰게. 중상을 입은 것은 아니지만 너무 지쳐 보이는구먼."

"중상이라니, 아닙니다." 돈키호테가 말했다. "하지만 엉망진창에 만신창이가 되었습니다. 그것은 분명한 사실입니다. 그 돈 롤단의 서자가 떡갈나무 몽둥이를 휘둘러 저를 엉망진창으로 만들었으니까요. 안 그래도 온통 질투심으로 사로잡혀 있는 자인데, 유일하게 제가 그의 자존심을 건드렸기 때문입니다. 하지만 그자가 제아무리 술수를 부린다고 하더라도 제가 이 침대에서 벌떡 일어나 되갚아주지 않는다면 저를 레이날도스 데 몬탈반이라고 부를 수 없지 않겠습니까. 먹을 것을 갖다주십시오. 지금으로서는 그게 가장 중요한 일입니다. 그리고 제 손으로 원수를 갚게 해주십시오."

그들은 원하는 대로 해주었다. 그에게 먹을 것을 가져다주었고, 그는 다시 잠 속으로 빠져들었다. 사람들은 그의 광기에 혀를 내둘렀다.

그날 밤 가정부는 뒤뜰과 집 안에 쌓아놓았던 수많은 책들을 남김없이 불태워버렸다. 그 책들은 영구적으로 고문서보관소에 남을 만한 가치가 있는 빛나는 책들이었다. 하지만 그 책들의 운명과 검열관의 게으름 탓에 그렇게 될 수 없었다. 이런 상황에서 때로는 아무 죄 없는 자들이 오히려 처벌받을 수 있다는 속담이 나온 것이다.

신부와 이발사가 친구의 병을 고치기 위해 내놓은 또 하나의 처방은 돈키호테가 일어나서 책들을 찾지 못하도록 그의 서재에 벽을 쌓아 아예 막아버리는 것이었다. 원인을 제거하면 결과도 없어지는 법. 돈키호테에게는 마법사가 책과 서재를 비롯하여 모든 것들을 가져가버렸다고 말하면 될 터였다. 이 모든 일들은 아주 민첩하게 실행되었다. 이틀 후 돈키호테가 깨어났다. 역시나 그가 가장 먼저 찾은 것은 책이었다. 서재가 원래 있던 자리에 없자 그는 이곳저곳을 찾아다녔다. 문이 있었던 곳에 이르러 두 손으로 더듬어보고, 말없이 눈으로 샅샅이 살펴보고 또 살펴보았다. 그렇게 한참을 살핀 끝에 가정부를 불러 서재가 어디에 있었는지 물었다. 이미 뭐라고 대답할지 지시를 받은 가정부는 태연하게 대답했다.

"서재라뇨? 서재인지 뭔지를 찾고 계신다고요? 이 집에는 서재도 책도 없어요. 악마가 다 가져가버렸거든요."

"악마가 아니라 마법사였어요." 조카딸이 말했다. "삼촌이 집을 떠나신 후 어느 날 밤에 그 마법사가 구름을 타고 나타났어요. 마법사는 뱀 등에서 내려오자마자 곧장 서재로 들어갔지요. 그 안에서 무엇을 했는지는 몰라요. 잠시 후 서재에서 나와 천장으로 날아가버렸어요. 집은 온통 연기로 뒤덮여버렸고요. 저와 가정부 아주머니가 기억하는 거라고는, 그 사악한 늙은이가 떠나면서 큰 소리로 한 말이었어요. 자기는 저 책들과 서재의 주인에게 말 못 할 원한을 품고 있어서 이 집에 해를 끼칠 것인데, 그 결과는 곧 알게 될 거라고 했지요. 그러면서 자신을 현자 무냐톤이라고 했어요."

"프레스톤이라고 했겠지." 돈키호테가 말했다.

"모르겠어요." 가정부가 대답했다. "프레스톤인지 프리톤인지 아무튼 이름 끝자가 톤으로 끝난 건 확실해요."

"그래, 그자는 영리한 마법사지만 나하곤 철천지원수지." 돈키호테가 말했다. "그자는 나에게 원한을 가지고 있어. 세월이 흐른 뒤에 그자가 수호하는 기사와 내가 일전을 벌여 승리하리라는 걸 마법으로 알기 때문이야. 그

자는 자기 힘으로 그 일을 막을 수 없기 때문에 나를 괴롭힐 수 있는 모든 방법을 동원하는 거지. 단언하건대 그자는 결코 하늘의 이치를 거스를 수도 피할 수도 없을 게다."

"누군들 그러지 않겠어요?" 조카딸이 말했다. "그나저나 누가 삼촌을 이 싸움에 끌어들인 거죠? 집에 편안히 계시는 것이 좋지 않겠어요? 있지도 않은, 밀가루보다 더 좋은 것으로 만든 빵을 찾는답시고 세상 여기저기 돌아다니지 말고 집에 계세요. 공연히 양털 깎으러 갔다 삼촌 머리털만 잘릴 수도 있다고요."

"이런, 얘야!" 돈키호테가 대답했다. "네가 뭔가 잘못 생각하고 있는 것 같은데, 그자들이 내 머리털을 자르려 들기 전에 내가 먼저 놈들의 수염*을 모조리 뽑아버리고 말 거다."

조카딸과 가정부는 돈키호테가 흥분한 모습을 보고 더 이상 상대하지 않기로 했다.

돈키호테는 지난번 같은 모험을 되풀이하려는 징조 없이 보름 동안 아주 조용히 지냈다. 간간이 신부와 이발사를 불러 이 세상에서 가장 절실하게 필요한 것은 편력기사이며 자신이 가장 먼저 해야 할 일은 기사도를 부활시키는 것이라고 열변을 토하기도 했다. 신부는 그의 말에 반박하기도 하고 수긍하기도 했는데, 이런 기교를 부리지 않고서는 도저히 그를 당해낼 수 없었기 때문이다.

이즈음 돈키호테는 머리는 약간 아둔하지만 마음이 착한—가난한 사람에게 이런 표현을 붙일 수 있다면—이웃집 농부를 구슬리고 있었다. 그가

---

*수염은 당시 남성성의 상징으로 여겨졌기 때문에 수염을 잡아 뽑는다든지 잘라내는 것은 크나큰 모욕이었다.

PISAN

얼마나 많은 이야기를 하고 얼마나 숱한 약속을 했는지, 결국 그 가난한 농부는 돈키호테의 종자가 되어 함께 길을 떠나기로 했다. 산초 판사, 이것이 그 농부의 이름이었으니, 그는 돈키호테가 늘어놓은 이런저런 설득과 약속에 넘어가 처자식들을 남겨두고 돈키호테의 종자가 되었다. 많은 이야기들 중에서도 특히 자신과 함께 길을 떠난다면 모험을 할 수 있을 것이고, 언젠가는 섬도 손에 넣을 텐데 그때는 농부를 그 섬의 총독으로 앉히겠다는 말에 넘어가버린 것이었다.

종자가 생기자 이번에는 물건을 추려 어떤 것은 팔고 어떤 것은 저당 잡히는 등 모두 싸게 처분하여 웬만큼 돈을 모았다. 그러고 나자 친구에게 부탁해서 둥근 방패를 빌려오고 망가져버린 투구를 최대한 잘 손질한 다음 길을 떠날 날짜와 시간을 종자 산초에게 미리 알려주었다. 산초도 자신에게 필요한 것들을 준비해야 했기 때문이다. 돈키호테가 자루를 꼭 가져오라고 하자, 산초는 자루는 물론 자신이 오랫동안 걷는 데 익숙지 않은 만큼 좋은 당나귀를 가져갈 생각이라고 했다. 돈키호테는 잠시 당나귀에 대해 생각하면서 혹시 편력기사 중에 당나귀를 탄 종자를 데리고 다닌 기사가 있었는지 기억을 짚어보았다. 물론 아무리 생각해도 그런 기사를 기억해낼 수 없었지만 당나귀는 데리고 가는 걸로 결정했다. 맨 처음으로 맞닥뜨릴 무례한 기사에게서 말을 빼앗는 것이야말로 명예로운 기사도라고 믿었기 때문이다. 주막집 주인의 충고대로 옷가지를 비롯하여 몇 가지 물품들을 준비했다. 모든 준비가 끝나자, 산초 판사는 처자식과 작별 인사조차 하지 않고, 돈키호테 역시 가정부와 조카딸에게 인사조차 없이, 어느 날 밤 아무도 모르게 마을을 빠져나왔다. 밤새도록 얼마나 많이 걸었는지, 동이 틀 무렵에는 사람들이 자신들을 찾아 나선다 하더라도 결코 발견하지 못할 거라는 확신을 가졌다.

산초 판사는 이미 주인이 약속했던 섬의 총독이 된 것처럼 보이기를 간절히 바라면서, 자루와 물주머니를 매단 당나귀 위에 마치 족장처럼 올라타 있었다. 돈키호테는 첫 번째 출정 때 지났던 바로 그 길로 다시 접어들었다. 그 길은 몬티엘 평야를 관통하고 있었는데, 이번에는 지난번보다 훨씬 편안했다. 시간상으로 아침이기도 했고, 햇살도 비스듬히 내리쬐어 고생스럽지 않았던 것이다. 산초 판사가 말했다.

"편력기사 나리, 제게 약속한 섬은 잊지 말아주십시오. 제아무리 섬이 크더라도 얼마든지 다스릴 수 있을 테니까요."

이 말에 돈키호테가 대답했다.

"산초 판사야, 잘 들어두어라. 예로부터 편력기사들이 획득한 섬이나 왕국은 자신의 종자들에게 맡겨 다스리게 하는 것이 통상적인 관례였다. 나 역시 그토록 감사한 관습을 지켜나갈 것이니, 결코 나의 이익부터 챙기지는 않을 것이다. 과거의 편력기사들은 종자들이 늙어빠질 때까지 기다렸다가, 이제 더 이상 쓸모없어지고 힘겨운 나날들을 다 보낸 뒤에야 백작이나, 혹은 한술 더 떠서 후작의 칭호를 내려주거나, 신통치도 않은 계곡이나 지방의 통치권을 주곤 했다. 그러나 나는 너와 내가 살아만 있다면, 왕국을 손에 넣은 지 엿새 안에 모든 일을 해결해줄 것이다. 왕국 외에도 부속 영토를 손에 넣을 터인즉 그중 하나 정도는 너를 왕으로 임명하기에 적합할 것이다. 나는 너에게 약속했던 것보다 훨씬 더 많은 것을 얼마든지 줄 것이며, 이는 조금도 놀랄 일이 아니다. 지금껏 보지도 상상하지도 못했던 기사들에게는 다반사로 일어나는 일이니 말이다."

"그러니까," 산초 판사가 말했다. "제가 나리 말씀처럼 기적적으로 왕이 된다면, 우리 마누라 후아나 구티에레스는 최소한 왕비가 될 것이고, 우리 자식들은 왕자나 공주가 되겠네요."

H. PISAN

"물론이다. 문제가 있겠느냐?" 돈키호테가 대답했다.

"문제가 있겠는데요." 산초 판사가 대꾸했다. "제가 보기엔 하느님이 이 땅 위에 왕국들을 비처럼 퍼부어주신다 해도 마리 구티에레스*의 머리에 내려앉을 빗방울은 없을 것 같아서 말이지요. 보세요, 주인님, 제 마누라는 왕비가 될 만한 인물이 못 됩니다. 글쎄요, 하느님께서 도우신다면 백작부인 정도가 가장 나을 것 같네요."

"산초야, 하느님께 간절히 기도해봐라." 돈키호테가 말했다. "그분께서는 네게 가장 적합한 걸 주실 것이다. 그렇지만 너의 야망을 너무 억누를 것까진 없다. 너무 억누르다 보면 총독보다 못한 신세가 되어도 그에 만족할지 모르니."

"너무 억누르지는 않겠습니다, 주인님." 산초가 대답했다. "더욱이 기사님 같이 중요한 분을 주인으로 모시니까 제가 감당할 수 있는 것만 주실 거라고 믿습니다."

---

*산초 판사 부인의 이름은, 후아나 구티에레스, 마리 구티에레스, 후아나 판사, 테레사 판사, 테레사 카스카호, 테레사 산차 등 여러 가지로 나온다. 이는 라만차 지방에서 여성의 이름은 남편의 성(판사)이나 아버지의 성(구티에레스)을 따라 쓰는 데서 연유하기도 하지만 그것 말고도 세르반테스가 혼동하여 여러 이름을 쓴 것도 있다.

제8장

용감한 돈키호테가 상상조차 못 해본 굉장한 풍차의 모험에서 거둔 대단한 결과와 유쾌하게 기억할 만한 사건에 대하여

이렇게 길을 가던 두 사람은 들판에 있는 서른 개 혹은 마흔 개 정도의 풍차를 발견했다. 돈키호테는 그것을 보자마자 종자에게 말했다.

"운명이 우리가 기대했던 것보다 훨씬 더 좋은 길로 인도하는구나. 저기를 보아라, 산초 판사야, 서른 명이 좀 넘는 거인들이 있지 않으냐. 나는 저놈들과 싸워 모두 없앨 생각이다. 전리품으로 슬슬 재물도 얻을 것 같구나. 이것은 정당한 싸움이며, 이 땅에서 악의 씨를 뽑아버리는 것은 하느님을 극진히 섬기는 일이기도 하다."

"거인이라니요?" 산초 판사가 물었다.

"저쪽에 보이는 팔이 긴 놈들 말이다." 그의 주인이 대답했다. "어떤 놈들은 팔 길이가 2레구아*나 되는구나."

"저, 주인님." 산초가 말했다. "저기 보이는 것은 거인이 아니라 풍차인데요. 팔처럼 보이는 건 날개고요. 바람의 힘으로 돌아가면서 풍차의 맷돌을

---

*1레구아는 5,572미터이다.

움직이게 만들지요."

"그건 네가 이런 모험을 잘 몰라서 하는 소리다." 돈키호테가 말했다. "저 놈들은 거인이야. 만약 무섭거든 저만큼 떨어져서 기도나 하고 있거라. 나는 저놈들과 유례가 없는 치열한 일전을 벌이러 갈 테니까."

그러고는, 그가 지금 공격하려는 것은 풍차일 뿐 거인이 아니라고 소리치는 종자의 충고를 무시한 채 로시난테에게 박차를 가했다. 돈키호테는 그것들이 거인이라고 너무나도 굳게 믿었으므로 종자 산초의 목소리도 들리지 않았으며, 이미 풍차 가까이 다가갔음에도 그것을 제대로 보려 하지 않은 채 풍차를 향해 당당하게 소리쳤다.

"도망치지 마라, 이 비열한 겁쟁이들아. 이 기사님께서 너희들을 대적하러 왔노라."

마침 미풍이 불어와 거대한 날개가 움직이기 시작했다. 그러자 이것을 본 돈키호테가 말했다.

"네놈들이 거인 브리아레오스*보다 더 많은 팔을 가지고 있다 하더라도 내게 값을 치러야 할 것이다."

그러고는 온 마음을 다하여 여인 둘시네아에게 자신을 맡기고, 위기에서 구해달라고 간절히 기도한 후, 방패로 잘 가리고 창을 창받이에 걸친 채 전속력으로 로시난테를 몰아 정면에 있는 첫 번째 풍차를 공격했다. 풍차의 날개를 향해 창을 찌르는 순간 너무나도 세찬 바람에 날개가 돌면서 창들은 산산조각이 났고, 잇따라 말과 기사도 그 바람에 휩쓸려 높이 떠올랐다가 들판에 내동댕이쳐졌다. 산초 판사가 그를 구하기 위해 당나귀를 타고 열심

---

*그리스 신화에 나오는 팔이 100개, 머리가 50개 달린 거인 삼형제 중 아이가이온을 말하며, 신에게 대적했던 자로 '강한 자'라는 의미이다.

G. Doré
H. PISAN

히 달려왔지만, 돈키호테는 이미 움직일 수조차 없는 상태였다. 로시난테와 함께 받은 충격이라 그만큼 컸던 것이다.

“아이고 맙소사!” 산초가 말했다. “제가 주인님께 말씀드리지 않았습니까? 제발 잘 좀 살펴보시라고요. 저게 풍차가 아니면 뭐란 말씀입니까? 머리가 이상한 사람이 아니고서야 어떻게 모를 수 있단 말입니까?”

“입 다물어라, 산초.” 돈키호테가 말했다. “전쟁터에서는 모든 것이 끊임없이 변하기 마련이다. 내가 확신하건대, 아니 이건 사실이다만, 내 서재와 장서들을 훔쳐 간 마법사 프레스톤이 나의 영광을 앗아 가고자 이 거인들을 풍차로 둔갑시켜버린 것이다. 그자가 나에게 품은 적대감이 그 정도지. 그러나 내 정의의 검 앞에서는 사악한 술책은 맥도 못 출 것이다.”

“하느님이 뜻대로 하시겠죠.” 산초 판사가 대꾸했다.

그러고 나서 돈키호테를 부축하여 일으켜 세운 다음 등에 부상을 입은 로시난테의 등에 다시 태웠다. 그들은 지난 모험에 대해 이야기하며 계속해서 푸에르토 라피세로 향했다. 돈키호테는 그곳이야말로 오가는 사람들이 많아서 갖가지 모험을 할 수 있다고 장담했다. 그러나 창이 없는 게 못내 걱정스러운 듯 그의 종자에게 말했다.

“전투에서 칼이 부러졌던 에스파냐 기사 디에고 페레스 데 바르가스* 이야기를 읽은 기억이 나는구나. 그는 묵직한 떡갈나무 가지인지 줄기인지를 꺾어서 공훈을 세우고 수많은 무어인들을 때려눕혀서 마추카**란 별명을 얻었지. 그날 이후로 사람들은 그와 그의 후손들을 일컬어 ‘바르가스 이 마추카’라고 불렀다. 이런 이야기를 하는 것은 나도 가장 처음 맞닥뜨리는 떡갈

---

*헤레스 전투에서 무어족에 대항하여 뛰어난 공적을 세운 톨레도의 기사.

**스페인어로 ‘짓이기다’라는 뜻이다.

나무 줄기를 훌륭하게 사용하겠단 뜻이다. 그것으로 훌륭한 무훈을 이룰 생각이다. 너는 믿기조차 힘든 이런 일들을 직접 보고 증인이 되었으니 운이 좋은 줄 알아라."

"하느님의 뜻이지요." 산초가 말했다. "저는 주인님이 말씀하신 걸 그대로 믿습니다. 그건 그렇고 허리를 좀 펴보세요. 한쪽으로 기운 것 같은데 아마도 굴러떨어질 때 다치신 모양입니다."

"그런 것 같구나." 돈키호테가 말했다. "그런데도 내가 고통을 호소하지 않는 것은 편력기사는 창자가 튀어나올 만큼 다쳐도 탄식하지 않기 때문이다."

"그렇다면 저는 아무 말 않겠습니다." 산초가 대답했다. "하지만 혹시 어디가 아프거든 말씀하시는 게 좋겠는데요. 저는 조금만 아파도 구시렁거리는데, 편력기사를 따르는 종자까지도 아무런 불평을 해선 안 된다는 건 말도 안 되는 일입니다."

돈키호테는 종자의 단순함에 웃지 않을 수 없었다. 결국 산초에게 좋건 싫건 원한다면 언제든지 고통을 호소해도 좋다고 허락했다. 기사도 중에 그렇게 해서는 안 된다는 내용을 읽은 적이 없기 때문이었다. 산초가 식사 시간이 되었다고 말하자 주인은 생각이 없다면서 원한다면 먼저 먹어도 좋다고 말했다. 산초는 최대한 편안한 자세로 당나귀에 걸터앉아 자루 속에 넣어 온 것들을 꺼내 먹으면서 저만치 뚝 떨어져 따라왔다. 말라가의 대폿집 주인도 부러워할 만큼* 술을 주머니째 들고 신나게 들이켜기도 했다. 이런 식으로 몇 차례 마시다 보니 주인이 그에게 했던 약속 따위는 다 잊어버리고 위험이 도사리고 있는 모험을 찾아 떠나는 것이 고생길이라기보다는 신

*말라가의 포도주는 스페인에서도 유명하다.

H PISAN

선놀음으로 여겨졌다.

결국 그들은 숲에서 밤을 보내야 했다. 돈키호테는 창으로 쓸 만한 마른 나뭇가지를 꺾은 다음 부러진 창에서 빼낸 창날을 끼워 넣었다. 그날 밤 돈키호테는 사모하는 여인 둘시네아를 떠올리면서 온밤을 지새웠다. 기사들은 숲이나 황야에서 사랑하는 여인을 떠올리는 기쁨으로 몇 날 밤을 지새운다는 책 속의 이야기를 따르기 위해서였다. 하지만 산초는 밤을 지새우지 않았다. 그의 배 속은 우거지로 가득 찼기에 밤새도록 잘 수 있었던 것이다. 주인이 깨우지 않았더라면 얼굴 위로 쏟아지는 햇살도, 무척이나 기쁜 듯이 하루를 시작하는 새들의 노랫소리도 그를 깨우지 못했을 것이다. 산초는 일어나자마자 술을 한 모금 들이켜고는 어젯밤보다 술부대가 빈약해 보인다는 사실에 서글퍼졌다. 빈 술부대를 빠르게 채울 길이 없어 보였기 때문이다. 한편 돈키호테는 이미 말한 것처럼 감미로운 상념에 빠진 터라 아침을 먹으려 들지 않았다. 두 사람은 다시 푸에르토 라피세를 향해 길을 재촉했고, 오후 3시경이 되어 목적지에 들어섰다.

"여기로구나." 돈키호테가 그곳을 바라보며 입을 열었다. "여기에서 소위 모험이란 것에 푹 빠져볼 수 있을 것 같구나, 산초 판사야. 한데, 한 가지 주의해야 할 점은 내가 그 어떤 위험에 처할지라도 네가 나를 구한다는 구실로 칼에 손을 대서는 안 된다는 것이다. 다만 나를 공격하는 자들이 악당이거나 질 나쁜 놈들이라면 나를 도와주어도 된다. 하지만 상대가 기사라면 기사도에 따라 네가 기사 서임을 받을 때까지 나를 돕지 않아야 하며 도울 수도 없는 것이다."

"그럼요, 주인님." 산초가 대답했다. "주인님께 복종하지요. 저는 원래 나서지 않는 성격인 데다 북새통이나 싸움에 끼어드는 것을 싫어하거든요. 물론 저 자신을 보호해야 하는 경우라면 그런 건 무시하겠지만 말입니다. 자연의 법으로 보나 사람이 만든 법으로 보나, 자기가 위험에 처하면 스스로를 보호하는 건 당연한 일이니까요."

"그건 네 말이 맞다." 돈키호테가 말했다. "그러나 기사들과의 결투에서 나를 돕는 문제만큼은 너의 충동적인 천성을 자제하라는 말이다."

"그건 꼭 그렇게 하겠다니까요." 산초가 대답했다. "주일을 지키듯이 그 분부는 꼭 지키겠습니다."

이런 와중에 성 베네딕트 교단의 수도사 둘이 길 저편에서 오고 있는 게 보였다. 그들은 각자 낙타를 탄 기사로 보였는데, 실제로 그들이 타고 오는 두 마리 노새는 결코 낙타보다 작지 않은 것이었다. 그들은 햇빛을 막기 위한 여행용 눈가리개와 양산을 들고 있었으며, 그들 뒤로 마차 한 대가 따라오고 있었다. 마차 주위로 남자 셋은 말을 타고, 노새몰이꾼 둘은 걸어오는 중이었다. 나중에 알아낸 사실이지만, 그 마차에는 세비야로 가는 비스카야 출신의 부인이 타고 있었는데, 남편이 명예로운 임무를 수행하기 위해 인디아스*로 부임하기 때문이었다. 그녀는 수도사들과 함께 오고 있었지만 일행은 아니었다. 돈키호테는 그들을 보자마자 종자에게 말했다.

"내가 잘못 본 것이 아니라면, 이번에야말로 지금껏 내가 본 것 가운데 가장 대단한 모험이 되겠구나. 저기 보이는 시커먼 그림자들은 저 마차 속에 있는 공주를 납치해 가려는 마법사들이 틀림없으렷다. 내 힘껏 저 악당들을 물리쳐야겠다."

"풍차의 모험보다도 끔찍하겠는걸." 산초가 말했다. "저, 주인님, 저분들은 성 베네딕트 교단의 수도사들이고요, 마차는 마침 저 길을 지나는 나그네들의 것입니다. 잘 좀 살펴보시라고요, 주인님을 속이는 악마 같은 건 없

---

*당시 스페인 왕국이 통치하던 라틴아메리카 지역을 '인디아스'라고 불렀다.

다니까요."

"아까도 말했지만 산초," 돈키호테가 대답했다. "너는 도무지 모험의 실체를 알지 못한다. 이제 곧 내 말이 사실이라는 걸 확인할 수 있을 것이다."

그러고는 다짜고짜 앞으로 나가더니 수도사들이 걸어오는 길목 한가운데에 멈춰 섰다. 그리고 자신의 목소리가 들릴 만큼 그들이 가까이 다가왔다고 생각되자 큰 소리로 외쳤다.

"사악하고 터무니없는 놈들아, 마차에 강제로 태운 높으신 공주님들을 당장 풀어드려라. 안 그러면 네놈들이 사악한 짓을 자행한 대가로 당장 죽을 각오를 해야 할 것이다."

두 수도사는 발길을 멈춘 채 돈키호테의 몰골과 그의 말을 듣고 놀라워하며 대답했다.

"기사님, 우리들은 사악한 자들도, 터무니없는 자들도 아닙니다. 저희는 둘 다 성 베네딕트 수도사들로 그저 갈 길을 가고 있을 뿐, 이 마차에 강제로 잡혀 있는 공주님들이 타고 있는지 어떤지는 전혀 모릅니다."

"그런 변명이 통할 것 같으냐? 나는 너희들이 거짓말이나 지껄이는 악당이라는 걸 이미 알고 있다." 돈키호테가 말했다.

그러고는 더 이상의 대답 같은 건 필요 없다는 듯 창을 겨눈 채 맹렬하고 과감하게 로시난테를 몰아서 첫 번째 수도사를 덮쳤다. 그 수도사가 노새에서 떨어지지 않았더라면 돈키호테가 완력으로 땅바닥에 끌어내려 큰 상처를 입혔거나 떨어져 죽게 만들었을 것이다. 동료가 당하는 모습을 본 두 번째 수도사는 노새의 옆구리에 양다리를 착 붙이고 바람보다도 빠르게 들판을 가로질러 달리기 시작했다.

산초 판사는 바닥에 쓰러져 있는 수도사를 보고는 당나귀에서 재빠르게 내려와 수도사의 옷을 벗기기 시작했다. 수도사들을 따라온 노새몰이꾼들이 다가가서는 그의 옷을 벗기는 이유를 물었다. 산초는 주인인 돈키호테가 승리한 결투의 전리품인 만큼 정당한 자기 몫이라고 대답했다. 노새몰이꾼들은 이게 말장난인지도 모르겠고, 전리품이나 결투는 또 뭔지 도무지 이해할 수 없었던 터라, 돈키호테가 이미 저쪽으로 가서 마차 안에 있는 사람과 얘기하는 걸 보고는 그대로 산초에게 덤벼들어 땅바닥에 쓰러뜨렸다. 그들은 산초의 턱수염을 모조리 뽑아버리고 온갖 욕을 퍼부으면서 흠씬 두들겨 팬 다음 숨도 쉬지 않고 의식도 잃어버린 산초를 그대로 땅바닥에 내버려두었다. 그러고는 겁에 질려 핏기 하나 없는 수도사를 말에 태웠다. 말에 오른 수도사는 멀찍이 떨어져서 이 소동이 어떻게 마무리될지 지켜보고 있는 동료에게 달려갔다. 그리고 두 사람은 이미 시작된 그 소란이 끝나기를 기다리지도 않고, 등 뒤에 악마가 붙어 있기라도 한 것처럼 수없이 성호를 그으면서 가던 길을 재촉했다.

돈키호테는 앞에서 말했듯이 마차에 탄 부인과 이야기를 나누고 있었다.

"여인이시여, 당신이 지닌 그 아름다움이 이제야 당신 것이 되었습니다. 저의 이 강인한 팔로 거만한 도둑놈들을 땅바닥에 때려눕혔으니 말입니다. 당신을 구해준 저의 이름을 알기 위해 애쓰시지 않도록 미리 알려드리니, 저의 이름은 돈키호테 데 라만차이며 편력기사이자 모험가입니다. 또한 이 세상에 비길 데 없이 아름다운 여인 도냐 둘시네아 델 토보소의 포로이기도 하지요. 당신이 제게 받은 은혜를 갚으려거든 다른 것은 필요 없습니다. 단지 엘 토보소로 돌아가서 그분을 만났을 때 제가 당신을 자유롭게 해드렸다는 것만 말해주시면 됩니다."

돈키호테의 이 모든 말을 마차를 수행하는 종자가 듣고 있었다. 비스카야 출신의 그 종자는 돈키호테가 마차의 앞길을 막은 데다 더욱이 엘 토보소로 돌아가라고 하는 것을 보고서는 돈키호테의 창끝을 잡고 형편없는 카스티야어와 그보다 더 형편없는 비스카야어를 섞어가며 이렇게 말했다.

"이봐, 이 돼먹지 못한 기사 양반! 내가 믿는 하느님께 맹세코 마차를 그냥 놔두지 않으면, 여기 이 비스카야 나리의 손에 죽을 줄 알아."

돈키호테는 그의 말을 제대로 알아듣곤 아주 침착하게 대답했다.

"네놈이 기사는 아니겠지만, 설사 기사라 하더라도 네 녀석의 미련함과 거만함을 응징해야겠다, 이 못된 놈아."

그러자 이 말에 비스카야 사람이 대꾸했다.

"내가 기사가 아니라고? 그리스도교 신자로서 하느님께 맹세하건대 네놈은 거짓말쟁이다. 창을 버리고 칼을 뽑는다면 내가 고양이를 얼마나 빨리 물속에 집어넣는지 볼 수 있을 것이다.* 비스카야인이야말로 육지에서나 바다에서나 악마가 보더라도 진짜 양반이지. 딴소리하면 전부 거짓말인 줄 알아라."

"아그라헤스의 말을 빌려 말하노니, 너 맛 좀 보아라!"** 돈키호테가 응수했다.

그러고는 바닥에 창을 내던지고 칼을 뽑아 들더니 방패를 내밀며 상대방의 숨통을 끊어버리겠다는 각오로 비스카야인을 향해 덤벼들었다. 그가 오는 것을 본 비스카야인은 자신이 탄 노새가 빌린 노새라 믿을 수 없었으므로*** 서둘러 내려오려 했으나 달리 어쩔 도리가 없어 그저 칼을 빼 들었다. 그리고 운 좋게도 마차 옆에 있던 터라 마차에서 베개를 꺼내 방패 대신 사용했다. 드디어 두 사람이 엉켜 붙었는데 마치 철천지원수를 방불케 했다.

---

*고양이를 강물에 집어넣는 놀이에서 유래된 말로, 고양이가 날카로운 발톱과 이빨로 반항하기 때문에 실제로 상당히 어렵고 위험한 일을 뜻할 때 쓰인다.

**《아마디스 데 가울라》에 등장하는 기사 아그라헤스는 싸움을 시작할 때 '너 맛 좀 보아라'라는 말을 자주 썼다.

***당시 빌려주는 노새들은 늙고 병든 것들이 많았다.

모두들 말리고 싶었지만 그럴 수가 없었다. 비스카야인이 형편없이 꼬인 말투로, 싸움을 말리는 사람은 가만두지 않을 것이며, 방해하는 사람이 있다면 여주인이든 누구든 모조리 죽여버리겠다고 으름장을 놓았기 때문이었다. 마차에 타고 있던 부인은 이 광경에 놀라고 겁에 질려 마부에게 조금 떨어진 곳에 마차를 세우라고 하여 멀찍이서 그 치열한 싸움을 지켜보았다. 그사이에 비스카야인이 칼을 들어 돈키호테의 어깨 위, 즉 방패를 힘차게 내리쳤다. 방패로 칼을 막지 않았다면 허리까지 두 동강 나고 말았을 것이다. 돈키호테는 이 굉장한 칼부림에 충격을 받으며 큰 소리로 외쳤다.

"오, 내 영혼의 여인, 아름다움의 꽃, 둘시네아여. 그대, 넘치는 자비로 엄청난 궁지에 빠진 기사를 구해주오!"

이렇게 말하면서 그는 칼을 꽉 쥐고 방패로 몸을 잘 가리며 비스카야인을 덮쳤다. 이 모든 일이 한순간에 일어났으니, 바야흐로 일격에 모든 모험이 끝나려 하고 있었다.

이렇게 자신을 향해 달려드는 돈키호테를 본 비스카야인은 대담한 성격답게 상대방의 용맹성을 알아차리고 돈키호테와 똑같이 해보기로 했다. 그래서 베개로 잘 가려보았지만 이미 지쳐버리고 늙어빠진 노새를 어느 방향으로도 돌릴 수 없는 상황이라 한 발자국도 나아가지 못했다.

앞에서 말했듯이 돈키호테는 칼을 높이 쳐들고 이 빈틈없는 비스카야인을 반 토막 내버리겠다는 각오로 달려들었다. 비스카야인 역시 칼을 쳐든 채 베개로 몸을 가리고 있었다. 다른 사람들은 두려움에 휩싸인 채, 서로 으르렁거리며 상대방을 겨냥한 어마어마한 공격이 어떤 결과를 낳을지 지켜보고 있었다. 마차에 탄 부인과 다른 사람들은 자신들의 종자와 그녀들을 이 커다란 위험에서 구해달라고 에스파냐의 모든 성상(聖像)과 사원에 수없이 서원을 하고 있었다.

그런데 아쉬운 것은 이날의 결투 이야기를 작가가 이즈음에서 중단해버렸다는 점이다. 작가는 돈키호테의 공적과 관련하여 지금까지 이야기한 것 말고 다른 원고는 찾지 못했다고 해명했다. 사실 이 작품의 두 번째 작가*는 이토록 재미난 이야기에도 망각의 법칙이 적용된다는 걸 믿고 싶지 않았으며, 라만차의 천재적인 작가들이 원고를 잘 모아놓지 않았거나, 이렇게 유명한 기사 이야기 원고를 아무나 만질 수 있도록 책상에 놓아두었을 만큼 부주의했다고 생각하고 싶지도 않았다. 이런 이유로 이 두 번째 작가는 이야기의 결말이 싱거웠음에도 별로 실망하지 않았는데, 하늘의 보살핌이 있어 마침내 그 결말을 찾아냈던 것이다. 그 이야기는 2부에서 하기로 한다.

*세르반테스를 말한다. 세르반테스는 돈키호테의 입을 빌려서 당시 교회와 사회상을 풍자 비판했으므로, 종교재판이나 검열관의 눈을 피하기 위해 《돈키호테》의 원작자를 무어인 작가 시데 아메테 베넹헬리로 내세우고 있다.

제2부

제9장

여기에서는 용감무쌍한 비스카야인과 의기양양한 라만차 기사가 벌인 굉장한 결투가 결말이 난다

1부의 이야기는 용감한 비스카야인과 유명한 돈키호테가 번쩍거리는 칼을 치켜들고 노기 띤 칼부림을 하려는 상황에서 중단되었다. 서로의 칼날이 완벽하게 적중했더라면 적어도 두 사람이 두 동강 나거나 석류가 벌어지듯이 위에서 아래로 쩍 갈라질 판이었다. 그런데 너무나도 궁금한 바로 그 시점에서 이야기가 중단되는 바람에 참으로 흥미진진한 이야기의 흐름이 끊어지고 말았으니, 그러면서도 작가는 빠져 있는 이야기를 어디에서 찾을 것인지에 대해 우리에게 아무런 언급도 하지 않았던 것이다.

이 문제는 나*에게 우려를 안겨주었다. 왜냐하면 이야기를 조금이나마 읽었다는 기쁨이 불만으로 바뀌었으며, 내 생각으로는 이 재미난 이야기에서 빠져 있다고 여겨지는 부분이 훨씬 더 많은데 그것을 찾아내는 일이 어렵다고 생각되었기 때문이다. 이렇게 훌륭한 편력기사 곁에 그의 전무후무한 위업을 기록할 만한 현자가 없었다는 것은 있을 수도 없는 일이며, 미풍양속

---

*세르반테스로, 여기서는 화자로 등장한다.

에서도 벗어난 일이라는 생각이 들었다.

> 사람들이 말하네,
> 편력기사들은 모험을 찾아 나선다고.*

편력기사 곁에는 현자들이 한두 명쯤 있어서 기사들의 행적을 서술할 뿐 아니라 그들의 사소한 생각과 가급적 숨기고 싶어 하는 유치한 행동까지도 묘사했다. 기사 플라티르나 그와 비슷한 다른 기사들에게는 넘쳐나던 현자가 그토록 훌륭한 기사 돈키호테에게는 한 명도 없다는 것은 정말 불행한 일이 아닐 수 없었다. 따라서 나는 너무나 훌륭한 이야기가 절름발이로 남았다고 생각하지 않을 수 없었으며, 그 모든 것이 시간이 흐름에 따라 이야기를 감추거나 없애는 시간의 사악함 때문이라고 생각하게 되었다.

한편 나는 돈키호테의 장서들 속에 《질투심에 대한 환멸》이나 《아나레스의 요정들과 목동들》 같은 최근 작품들이 있는 것으로 보아 돈키호테 이야기 역시 최근에 일어난 일로서, 비록 기록되지는 않았더라도 마을 사람들과 이웃들의 기억 속에는 존재할 거라는 생각이 들었다. 그러자 나는 에스파냐의 유명한 기사이며 라만차 기사도의 빛이자 거울인 돈키호테 데 라만차의 전 생애와 경이로움에 대한 진실을 있는 그대로 알고 싶은 욕망에 혼란스러워졌다. 돈키호테는 이 타락한 우리 시대에 편력기사의 과업을 실천에 옮긴 최초의 기사였다. 그는 불명예를 무찌르고, 미망인들을 돕고, 말을 타고서 채찍을 휘두르며 자신의 순결을 잘 보존하면서 산과 계곡을 옮겨 다니던 처녀들을 보호해주는 최초의 기사였다. 만일 도끼를 들고 가죽 투구를 쓴 불

*이탈리아 시인 페트라르카의 〈사랑의 승리〉에 나오는 구절.

한당이나 망나니들 혹은 거대한 체격의 거인들이 처녀를 겁탈하는 일만 없었더라면, 과거 시대에는 나이 팔십이 다 될 때까지도 단 하룻밤도 지붕이 있는 집에서 자지 않고서도 어머니 배 속에서 태어났을 때와 똑같이 순결한 몸으로 무덤까지 간 처녀도 있었다. 나는 이런 이유로, 또한 그 밖의 다른 이유로 인해 우리의 용감한 기사 돈키호테야말로 길이 남을 찬사를 받을 만한 인물이라고 생각한다. 게다가 이 재미난 이야기의 결말을 알아내기 위한 나의 노력과 정성을 보아서라도 독자 여러분 역시 나의 공과를 부정해서는 안 될 것이다. 더욱이 내게 천운과 요행이 따르지 않았더라면, 그 이야기는 세상에 선보이지 못했을 것이고, 두 시간쯤 그 이야기에 푹 빠져드는 독자의 여유와 기쁨도 없었을 것이다. 어쨌든 내가 이 이야기를 찾아낸 경위는 다음과 같다.

어느 날 내가 톨레도의 알카나 거리*에 있는데, 한 소년이 비단 장수에게 잡기장 몇 권과 낡은 종이 뭉치를 팔려고 다가왔다. 그런데 나는 읽는 것이라면 길바닥에 널려 있는 종잇조각까지도 즐겨 읽는 터라 소년이 팔려고 가져온 것들 가운데서 잡기장 하나를 집어 들었다. 글자를 보니 아랍어였다. 알아보기는 해도 해석할 줄은 몰랐기에 나는 혹시 잡기장의 내용을 해석해 줄 수 있는 모리스코인**이 있는지 주변을 두리번거리며 돌아다녔다. 번역자를 찾는 건 어렵지 않았다. 이보다 더 훌륭하고 유서 깊은 언어를 번역할 사람을 원했다 해도 금방 찾았을 것이다. 어쨌든 운이 좋아 모리스코인을 만났고, 그에게 내가 원하는 걸 말한 다음 잡기장을 쥐여주었다. 그는 중간 부분을 펼치더니 조금 읽다 말고 웃음을 터뜨렸다.

---

*톨레도에 있는 유명한 잡화점 거리 이름. 오늘날은 사라지고 없다.

**국토회복전쟁 후 스페인에 그대로 잔류하여 그리스도교로 개종한 무어인을 말한다.

내가 뭐가 그리 우습냐고 묻자 그는 가장자리에 쓰여 있는 주석 때문이라고 대답했다. 내가 그 이야기 좀 해달라고 청하자 그는 웃음을 멈추지 못한 채 이렇게 말했다.

"말씀드린 여기 이 가장자리에 '누차 언급된 바 있는 둘시네아 델 토보소라는 여인은 라만차의 그 어떤 여자보다도 돼지고기를 소금에 절이는 솜씨가 빼어난 것으로 전해지고 있다'라고 쓰여 있소."

나는 '둘시네아 델 토보소'라는 말을 듣고 어안이 벙벙해졌다. 그 잡기장 속에 돈키호테 이야기가 담겨 있다는 생각이 들었기 때문이다. 나는 그에게 첫 부분을 읽어달라고 했다. 그는 아랍어를 에스파냐어로 바꾸어 읽어주면서 다음과 같이 쓰여 있다고 말했다. "아랍의 역사가 시데 아메테 베넹헬리가 쓴 돈키호테 데 라만차 이야기." 제목을 들은 순간의 기쁨을 감추기 위해 나는 상당히 애를 써야 했다. 그리고 비단 장수보다 선수를 쳐서 종이 뭉치들과 잡기장들을 전부 반 레알에 사들였다. 소년이 신중한 성격이라 내가 그것을 절실히 원한다는 걸 눈치챘더라면 6레알은 넘게 챙겨갔을 것이다. 나는 그 모리스코인과 대성당의 회랑으로 갔다가 헤어질 때 잡기장에서 돈키호테를 다룬 부분을 하나도 빼거나 덧붙이지 않고 에스파냐어로 번역해주면 원하는 값을 치르겠다고 제안했다. 그러자 그는 건포도 2아로바*와 밀 2파네가**면 족하다면서 아주 빠른 시일 내에 훌륭하고 정확하게 번역해주겠다고 약속했다. 그러나 나는 일을 좀 더 수월하게 하고, 용케 얻은 물건을 손에서 놓고 싶지 않아 그를 우리 집으로 데려갔다. 그는 우리 집에서 한 달 반 남짓 머물며 다음에 언급된 내용을 번역했다.

---

*중량 단위로, 1아로바는 12킬로그램이다.

**곡물 측량 단위로, 1파네가는 약 50리터이다.

잡기장 첫 장에는 돈키호테와 비스카야인의 결투 장면이 아주 사실적으로 그려져 있었는데, 두 사람은 앞서 이야기에 나온 바로 그 자세를 취하고 있었다. 두 사람이 검을 치켜든 채, 한 사람은 둥근 방패로 몸을 가리고 또 다른 사람은 베개로 몸을 가리고 있었다. 생생하게 그려진 비스카야인의 노새는 아주 멀리서 빌려온 노새라는 티가 역력했다. 비스카야인의 노새 발치에는 "돈 산초 데 아스페티아"라는 이름표가 달려 있었는데, 그의 이름인 것이 틀림없었다. 로시난테의 발치에도 "돈키호테"라는 이름이 쓰여 있었다. 로시난테는 놀라울 정도로 정확하게 묘사되어 있었으니, 몹시 야위고 축 늘어졌으며, 힘도 없고, 피골이 상접한 듯 비쩍 마른 데다 폐병이라도 걸린 듯 보였기 때문에 작가가 얼마나 고심하고 또 고심한 끝에 로시난테라는 이름을 붙였는지 제대로 보여주는 듯했다. 로시난테 옆에는 당나귀의 고삐를 쥐고 있는 산초 판사의 모습이 그려져 있었는데, 그의 발치에는 "산초 산카스"라는 이름이 쓰여 있었다. 그림으로 보았을 때 산초는 작달만한 키에 배불뚝이에다 다리가 얇았다. 그래서 그에게 판사니 산카스*니 하는 이름이 붙은 듯하며, 이 이야기에서 산초는 이 두 개의 별명으로 불렸다. 그 밖에도 언급해야 할 소소한 사항들이 있지만, 그다지 중요하지 않고 이 이야기와 직접적인 관계도 없다. 물론 그 사항들이 모두 진실인 이상 이야기해서 나쁠 것까지는 없지만 말이다.

이 이야기의 진실성 여부에 대하여 굳이 문제를 삼자면, 아마도 작가가 아랍 사람이라는 점일 것이다. 아랍인들은 천성적으로 거짓말을 잘하며, 게다가 우리하고 철천지원수이기 때문에 지나치게 많은 이야기를 썼다기보다 오히려 빠뜨린 것으로 이해되었다. 그래서 내가 보기로는 이처럼 훌

*'판사'는 '배불뚝이'라는 뜻이고, '산카스'는 '새 다리'라는 뜻이다.

륭한 기사를 찬양하는 데 펜을 더 놀릴 수 있을 때에도 의도적으로 아껴서 더 쓰지 않고 침묵하며 지나쳐버렸다. 이것은 아주 나쁜 짓이며 그런 생각을 한 것은 더 나쁜 일이다. 작가란 어떤 경우에도 편파적이어서는 안 되며, 정확하고 진실되어야만 하고, 무슨 이익이나 두려움, 증오나 친분 관계 때문에 진실의 길에서 벗어나서는 안 되는 것이다. 역사는 진실의 어머니이며 시간의 그림자이자 행위의 축적이고, 또한 과거의 증인, 현재의 본보기이자 반영, 미래에 대한 예고이다. 나는 이 이야기 속에 사람들이 가장 재미난 이야기에서 찾아내고자 하는 모든 것이 들어 있을 거라고 생각한다. 이 이야기에서 유익한 것이 빠져 있다면 그것은 주제의 문제가 아니라 알량한 작자에 의해 기술된 탓이리라. 이어지는 번역에 의하면, 2부는 다음과 같이 시작되고 있다.

대담하고 노기등등한 두 결투자가 하늘 높이 치켜든 서슬 퍼런 칼들은 마치 하늘도 땅도 바다까지도 위협하는 것처럼 보였다. 이처럼 기세등등한 분위기에서 먼저 공격한 쪽은 분노에 찬 비스카야인이었다. 그가 얼마나 강하게 내리쳤는지, 도중에 칼끝이 빗나가지 않았더라면 이 무시무시한 싸움과 우리의 기사가 경험할 갖가지 모험은 종지부를 찍었을 것이다. 그러나 좀 더 중요한 일을 위해 남겨둔 행운이 상대방의 칼끝을 빗나가게 했고, 칼끝은 왼쪽 어깨에 내리꽂혔으나 갑옷이 망가진 것 외에는 아무 상처도 입히지 않았다. 그 와중에 투구의 상당 부분과 귀 반쪽이 날아가버렸다. 이 모든 것들에 혼비백산하여 돈키호테는 처참하게 땅바닥으로 떨어졌다.

하느님 맙소사, 이런 꼴이 된 우리의 기사가 얼마나 분노했는지 그 누가 제대로 표현할 수 있겠는가! 어쨌든 돈키호테는 다시 힘을 주어 등자를 딛고 몸을 일으켰으며, 두 손에 칼을 꽉 쥐고 아주 무서운 분노로 비스카야인을 향해 내려쳤다. 칼은 베개와 머리 위를 완벽하게 적중했다. 그렇게 훌륭한 방패도 소용없이 마치 태산이 무너져 내리는 것 같았으니, 상대의 코와 입과 귀에서는 피가 흐르기 시작했고, 만약 노새의 목을 붙잡고 늘어지지 않았더라면 그대로 굴러떨어졌을 모양새가 되고 말았다. 결국 발이 등자에서 벗겨지고 두 팔도 풀리자, 소름 끼치는 일격에 놀란 노새가 들판을 내달리며 몇 발짝 뛰는 바람에 주인은 그만 땅바닥으로 내동댕이쳐지고 말았다.

돈키호테는 숨을 죽인 채 그 모습을 지켜보다가 상대가 떨어지는 것을 보고는 말에서 뛰어내려 날렵하게 다가갔다. 그리고 그의 눈앞에 칼끝을 들이대면서 항복하지 않으면 목을 베어버리겠다고 경고했다. 비스카야인은 너무나 혼미한 상태라 대답조차 할 수 없었다. 혼비백산하여 그 광경을 바라보던 마차 안의 귀부인들이 돈키호테에게 종자의 목숨을 살려달라고 애원하지 않았더라면 그 비스카야인은 눈에 보이는 게 없는 돈키호테에게 끝장이 나고 말았을 것이다. 돈키호테는 아주 분명하게 힘을 주며 대답했다.

"분명히 말씀드리건대 저는 부인들의 청을 들어드리고 싶습니다. 다만 한 가지 조건이 있습니다. 이 기사가 엘 토보소로 가서 세상에 비길 데 없이 아름다운 여인 둘시네아 님을 만나 뵙고, 그분의 뜻대로 시키는 일을 하는 것입니다."

겁에 질려 울상이 된 귀부인들은 돈키호테가 무슨 말을 하는지 이해도 못하고 둘시네아가 누구인지 물어보지도 못한 채 그가 원하는 대로 종자에게 시키겠다고 약속했다.

"제가 보기엔 저자는 이런 일을 당해도 마땅하지만, 부인의 말을 믿고 더 이상 손대지 않겠습니다."

제10장

비스카야인과 돈키호테 사이에 벌어진 일과 양구아스인 무리와의 만남에서 생긴 위험에 대하여

이때 산초 판사는 수도사들의 노새몰이꾼들에게 잔뜩 혼쭐났다가 정신을 차리고 일어났다. 그는 자신의 주인 돈키호테의 결투를 지켜보면서, 주인님이 승리를 거두어 섬을 손에 넣고 약속했던 대로 자신을 그 섬의 총독으로 삼게 해달라고 하느님께 기도했다. 그리고 결투를 끝낸 돈키호테가 로시난테에 올라타기 위해 돌아오는 모습을 보고 등자를 받치기 위해 달려와 주인이 등자에 오르기 전에 무릎을 꿇고 그의 손에 입을 맞추면서 말했다.

"저의 주인이신 돈키호테 나리, 부디 온정을 베푸시어 이 처절한 싸움에서 얻은 섬의 총독 자리를 저에게 주시기 바랍니다. 그 섬이 제아무리 클지라도, 이 세상의 섬들을 다스렸던 다른 통치자만큼 저도 잘 다스릴 거라고 확신합니다."

이에 돈키호테가 말했다.

"내 말을 잘 듣거라, 산초야. 이번 모험이나 이와 유사한 다른 모험들은 섬에서 일어난 게 아니라 길거리에서 일어나지 않았느냐. 이런 모험에서는 그저 머리통이 깨지거나 잘해봐야 귀가 잘려 나가는 것 외에는 아무것도 없는 법이다. 인내심을 갖고 기다려라. 그러면 너를 총독으로 만들어주는 정도가 아니라 그보다 더한 것도 줄 수 있는 모험을 만날 것이다."

산초는 진심으로 감사하면서 그의 손과 갑옷자락에 다시 한 번 입을 맞춘 뒤 그가 로시난테의 등에 올라탈 수 있도록 도와주었다. 그리고 자신도 나귀 등에 올라타 잽싸게 주인의 뒤를 따라나섰다. 돈키호테는 마차를 타고 왔던 사람들에게 작별 인사도 없이, 말 한마디도 나누지 않은 채 길 옆의 숲 속으로 들어갔다. 산초는 나귀의 걸음을 최대한 재촉하여 주인을 따라갔지만, 로시난테의 걸음이 워낙 빨라서 저만큼 뒤처지자 어쩔 수 없이 주인에게 좀 기다려달라고 소리쳤다. 그러자 돈키호테는 로시난테의 고삐를 늦추고 축 늘어진 그의 종자가 올 때까지 기다렸다. 산초가 다가오면서 말했다.

"주인님, 아무래도 어느 교회든지 찾아 들어가 숨어 지내는 게 좋지 않을까 싶습니다. 주인님께서 결투 상대를 그렇게 엉망으로 만들어놓으셨으니 그자가 이 일에 대해 종교경찰*에 고하는 것은 시간문제이고, 그러면 우리를 잡으러 올 텐데, 만일 그렇게 된다면 우리는 옥살이를 마치고 나오기도 전에 초주검이 되고 말 겁니다."

"입 다물어라." 돈키호테가 말했다. "편력기사가 그저 척살을 했다는 이유로 법정에 서는 것을 본 적이나 들은 적이 있단 말이냐?"

"전 작살 같은 건 모릅니다요." 산초가 대꾸했다. "제 평생 그 누구도 작살내버린 적이 없고요. 다만 길바닥에서 싸우는 사람들은, 물론 저하곤 상관없는 일이지만, 종교경찰이 그냥 두고 보진 않을 거라는 얘깁니다."

"그런 걱정은 안 해도 된다, 산초야." 돈키호테가 말했다. "내가 너를 칼데

---

*이사벨 여왕에 의해 1476년 설립된 치안 조직으로, 십자가 표식이 있는 제복 차림에 무장을 하고 전국을 다니면서 범죄자들을 추격하고 처벌한 유럽 최초의 경찰 조직으로 간주된다. 1834년 폐지될 때까지 스페인 왕국의 치안을 유지하는 국립경찰의 전신 역할을 했다.

아인*의 손에서라도 구해줄 텐데, 하물며 종교경찰의 손에서야 못 구해주겠느냐. 하여튼 대답해봐라. 지금껏 이 세상에서 나보다 더 용감한 기사를 본 적이 있느냐? 나보다 더 의기양양하게 상대를 공격하고, 용기 있게 끝까지 매달리고, 솜씨 있게 상대를 찌르고, 수완 좋게 쓰러뜨렸던 기사의 이야기를 읽은 적이 있느냐?"

"사실은 말입니다요," 산초가 대답했다. "전 지금까지 책이라고는 한 번도 읽은 적이 없습니다. 글을 읽을 줄도 모르고, 쓸 줄도 모르니까요. 그러나 제 평생 지금껏 단 한 번도 주인님보다 더 물불을 가리지 않는 주인을 모셔본 적이 없다는 것에는 감히 내기를 걸 수 있습니다. 그리고 부디 하느님께서 주인님의 무모함에 대한 대가로 제가 아까 말씀드렸던 그곳에서 대가를 치르는 일만은 면해주시기를 빕니다. 일단은 주인님 귀에서 피가 많이 흐르고 있으니 치료부터 하는 게 좋겠어요. 제가 여기 자루 속에 삼실 가닥과 흰 연고**를 가져왔습니다."

"내가 피에라브라스의 향유***를 만들어 오는 걸 깜빡 잊지만 않았다면," 돈키호테가 말했다. "아무것도 필요 없었을 텐데. 그 향유 한 방울만 있어도 시간도 아끼고 다른 어떤 약도 필요 없었을 것이다."

"그 향유라는 건 또 뭡니까?" 산초 판사가 물었다.

"그 향유는 말이다," 돈키호테가 대답했다. "내가 머릿속에 제조법을 잘 기억하고 있는데 그 약만 있으면 죽음도 두려워할 필요 없고, 상처가 나서 죽을지도 모른다는 걱정도 할 필요가 없지. 따라서 내가 그 약을 만들어 너

---

*이스라엘을 정복했던 민족.

**삼실 가닥은 삼베에서 뽑아낸 것으로 상처에 덧대면 지혈에 효과적이라 알려져 있고, 흰 연고는 밀납과 납가루와 분홍빛 기름을 섞어서 만든 흰색 약제로 상처를 아물게 하는 효과가 있다.

***프랑스의 구전 서사시《피에라브라스의 노래》에 나오는 기적의 묘약. 사라센 거인 피에라브라스가 로마를 정복한 뒤 약탈하면서 예수를 씻길 때 썼던 향유가 든 병 두 개를 가져왔다고 한다.

에게 준다면, 혹시 전투에서 내 몸이 두 동강 나는 것을 보더라도, 흔히 생길 수 있는 일이지만, 그저 땅바닥에 떨어진 반쪽을 민첩하게, 그리고 아주 솜씨 좋게 집어 들어 피가 굳기 전에 안장 위에 얹혀 있는 나머지 반쪽에 올려놓되 다만 똑바로 정확하게 붙였는지 주의하면 될 뿐이다. 그리고 조금 전에 말한 그 향유 두 방울을 먹이면 사과보다도 더 싱싱해진 나의 모습을 볼 것이다."

"그런 것이 있다면," 판사가 말했다. "저는 이 자리에서 약속했던 총독 자리를 포기하고 다른 어느 것도 바라지 않을 테니 저의 지극하고 정성 어린 봉사의 대가로 그 묘약의 조제법을 좀 알려주십시오. 제가 보기에 그 약은 어딜 가든 1온스당 2레알은 족히 받고도 남을 테니, 품위 있고 편안한 생활을 하는 데 더 바랄 게 뭐가 있겠습니까? 다만 궁금한 것은 그것을 만드는 데 혹시 돈이 많이 들지는 않나 하는 것입니다."

"3아숨브레*를 만드는 데 3레알이 채 안 들지." 돈키호테가 말했다.

"세상에!" 산초가 말했다. "그럼 그 약을 좀 만들어주시고 조제법도 가르쳐주시지요."

"가만 좀 있거라, 산초야." 돈키호테가 말했다. "나는 너에게 더 중대한 비법을 가르쳐주고, 더 큰 은혜를 베풀 생각이다. 그러니 우선은 치료부터 하는 게 좋겠다. 생각보다 귀의 통증이 아주 심하구나."

산초는 자루에서 삼실 가닥과 흰 연고를 꺼냈다. 그러나 망가진 투구를 발견한 돈키호테는 이성을 잃고 칼 손잡이를 잡은 채 두 눈을 하늘로 치켜뜨고 말했다.

"만물의 창조주와 다른 어떤 부분보다도 길게 쓰인 네 복음서에 대고 맹

*용량 측정 단위로, 1아숨브레는 2리터가 조금 넘는다.

세하건대, 앞으로 나는 나에게 이 못된 짓을 한 자에게 완벽한 복수를 할 때까지는 위대하신 만투아 후작님처럼 생활할 것이다. 조카 발도비노스의 죽음 앞에서 복수를 맹세하며, 조카의 죽음에 대한 애도의 표시로 식탁보가 깔린 식탁에서는 빵을 먹지 않고, 부인과 멀리하여 잠자리를 갖지 않는 등 이루 다 기억할 수 없는 행동을 했던 분이다."

산초는 이 말을 듣고 이렇게 말했다.

"돈키호테 나리, 그런데 이건 알아두셔야 할 것 같습니다. 만일 그 기사가 둘시아네 델 토보소 님을 찾아가라는 주인님의 명을 이행했다면 그자가 해야 할 일은 다한 셈입니다. 그러니 또 다른 죄를 짓지 않는 이상 다른 벌을 내릴 수는 없을 것 같은데요."

"옳은 말이로구나." 돈키호테가 말했다. "그러면 그자에게 새로운 복수를 하겠다던 나의 맹세는 없던 것으로 하겠다. 그러나 이처럼 훌륭한 투구를 다른 기사에게서 강제로 빼앗을 때까지는 조금 전에 이야기했던 생활을 하기로 다시 한 번 맹세한다. 내가 아무 생각 없이 이런 행동을 한다고 생각하지는 마라. 이런 일을 하는 데는 분명 본보기가 되는 인물이 있었느니라. 사크리판테에게 값비싼 대가를 치르게 했던 맘브리노 투구*에도 이와 똑같은 일이 일어나지 않았느냐."

"주인님, 그런 맹세들은 악마에게나 줘버리세요." 산초가 대답했다. "건강에도 좋지 않고 양심의 가책만 받을 테니까요. 그러다 며칠 내에 투구 쓴 사람을 만나지 못하면 어떻게 합니까? 그런데도 지금 주인님께서 따라 하려는 그 미친 늙은이 만투아 후작의 맹세처럼, 옷을 입고 잔다든지 마을에서

*《사랑에 빠진 오를란도》에서 레이날도 데 몬탈반이 무어 왕을 죽이고 탈취한 마법의 투구로, 이 투구를 지닌 자는 상처를 입지 않는다고 한다.

는 자지 않는다든지 따위의 온갖 고행을 감수하시겠다는 겁니까? 잘 좀 보세요. 이 길에는 무장한 사람도 없고, 투구를 안 쓴 것은 물론 평생 투구라는 말조차 들어본 일이 없어 보이는 마부와 마차꾼만 지나다닐 뿐입니다."

"그건 오산이다." 돈키호테가 말했다. "이 길을 가다 보면 불과 두 시간도 채 안 되어 미녀 앙헬리카를 차지하기 위해 알브라카 성으로 진군했던 병사들보다 훨씬 많은 무장한 사람들을 만날 것이다."*

"아휴, 이제 됐습니다. 뭐 그러겠지요." 산초가 대꾸했다. "만사형통하여 제 살아생전에 이토록 값비싼 대가를 치러야 하는 그 섬을 쟁취하는 순간이 어서 오게 해달라고 하느님께 기도나 드리지요."

"아까도 말했듯이 그 문제라면 아무 걱정 마라, 산초야. 만일 섬을 얻지 못한다면 덴마크 왕국이나 솔리아디사 왕국을 얻을 테니 이런 것들은 네게 손가락의 반지처럼 잘 맞을 것이고, 더욱이 섬보다야 육지가 더 낫지 않겠느냐. 하지만 이 이야기는 그때 가서 하도록 하고, 우선은 그 자루 속에 뭣 좀 먹을 게 있는지 찾아봐라. 오늘 밤에는 아까 말했던 향유를 만들 만한 성이라도 있는지 찾아봐야 할 것 같다. 하느님께 맹세코 귀가 점점 더 아려오는구나."

"여기 양파 한 개와 치즈가 조금 있습니다. 그리고 빵 조각도 좀 있습니다만," 산초가 말했다. "주인님처럼 참으로 용감한 기사에게 어울리는 음식은 아니네요."

"참으로 모르는 소리를 하는구나!" 돈키호테가 대답했다. "잘 새겨들어라, 산초야. 한 달쯤 굶는 것, 혹은 음식을 먹더라도 손끝에 닿을 정도만 먹는 것이 편력기사의 명예이니라. 나처럼 책을 많이 읽었더라면 너도 쉽게

---

*《사랑에 빠진 오를란도》에 따르면 알브라카 성에 미녀 안젤리카(앙헬리카)가 있어서 아그리카네 군사들이 참전했다고 한다.

알았을 터인데. 숱한 이야기를 읽었지만, 편력기사들이 배불리 먹었다는 내용은 본 적이 없다. 물론 호화찬란한 연회에 초대된 경우와 평탄한 세월을 보낼 때는 예외지만 말이다. 사실 그들도 우리처럼 사람인지라 먹지도 않거나 필수불가결한 다른 일들을 하지 않고는 살 수 없다는 게 당연한 이치다. 또한 생애의 대부분을 숲이나 인적이 없는 곳에서 요리사조차 없이 떠도는 사람들은 지금 네가 나에게 준 것처럼 아주 보잘것없는 음식을 먹고 산다는 것도 알아야 한다. 그러니 산초야, 내가 어떤 음식을 먹든 개의치 마라. 새로운 규범을 만들기 위해 애쓰지도 말고, 기존의 규칙에서 편력기사의 도를 벗어나게 하지도 마라."

"죄송합니다, 주인님." 산초가 말했다. "말씀드렸다시피 저는 글을 읽을 줄도 쓸 줄도 모르기 때문에 기사의 규범 같은 것은 잘 모릅니다요. 하여튼 앞으로는 자루에 기사이신 주인님이 드실 수 있도록 온갖 종류의 말린 과일들을 넣어두도록 하고, 저는 기사가 아니니 새고기나 다른 영양가 있는 음식을 준비하겠습니다."

"내 말은 그게 아니다, 산초야." 돈키호테가 말했다. "편력기사라고 해서 네가 말한 과일들만 먹어야 한다는 것이 아니라, 보통 때 먹는 음식이 과일이거나, 편력기사들도 잘 알고 나 역시 잘 아는 들판의 야생초여야 한다는 것이다."

"그런 풀을 알고 있다면 참 좋겠네요." 산초가 말했다. "제 생각에 언젠가는 그 지식을 써먹을 일이 있을 것 같거든요."

그런 다음 자기가 가져온 것들을 꺼내놓았고, 두 사람은 사이좋게 나누어 먹었다. 그날 밤 묵어야 할 곳을 찾아야 했으므로 보잘것없고 맛도 없는 음식을 얼른 먹어치웠다. 그리고 말에 오른 두 사람은 해가 저물기 전에 민가를 찾기 위해 서둘러 길을 나섰다. 그러나 산양 치는 목동들의 오두막 부근에 이르자, 해도 지고 민가까지 가려고 했던 기대도 어려울 것 같아서 그냥 그곳에서 머물기로 했다. 산초는 민가에 가지 못한 것이 내심 내키지 않았지만, 그의 주인 돈키호테는 이런 일이야말로 기사도를 시험해볼 수 있는 절호의 기회라 생각했으므로 하늘을 이불 삼아 자는 것이 큰 기쁨이 아닐 수 없었다.

제11장

산양치기들과 돈키호테에게 일어난 사건에 대하여

산양치기들은 돈키호테를 반갑게 맞아주었다. 산초는 로시난테와 당나귀에게 최선을 다해 편한 자리를 마련해주고는, 솥에서 끓고 있는 소금에 절인 산양고기 냄새를 따라갔다. 그는 고기가 당장이라도 솥에서 자기 배 속으로 옮겨질 수 있는지 알아보고 싶었지만 그렇게 하지 않았다. 산양치기들이 음식을 불에서 내리고 바닥에 양가죽 몇 장을 깐 뒤 서둘러 투박하나마 식탁을 차려 아주 진심 어린 호의로 두 사람을 초대했기 때문이다. 축사에 있었던 여섯 명의 산양치기들은 소박한 음식을 차려놓고 돈키호테에게 돼지 먹이통 위에 앉으라고 청한 뒤 자신들도 산양가죽 위에 빙 둘러앉았다. 돈키호테는 앉았고, 산초는 쇠뿔로 만든 잔에 술을 따르기 위해서 서 있었다. 그의 주인이 서 있는 종자를 보고 말했다.

"산초야, 편력기사도에 포함되어 있는 선과 편력기사도의 본분을 행하고자 하는 자라면 그 누구라도 단번에 대접과 존경을 받는다는 사실을 볼 수 있도록, 내 옆으로 와서 이 훌륭한 분들과 함께 앉으려무나. 너의 주인이자 상전인 나와 한 몸이 되어라. 나와 같은 접시에 있는 것을 먹고 내가 마신 잔에 마셔라. 편력기사도에 대해 말하자면 흔히 사랑을 말하는 것과 똑같이 말할 수 있다. 즉 만물은 평등하다는 것이다."

"참으로 감사한 일이네요!" 산초가 말했다. "하지만 저는 먹을 것만 많다면 황제와 한 상에 앉아 먹는 것보다 선 채로 혼자서 먹는 게 훨씬 좋습니다. 사실대로 말씀드리자면, 천천히 씹어야 하고 홀짝거리며 마셔야 하고 자주 입을 닦아주어야 하고, 재채기와 기침도 참아야 하는 등 아무것도 자유롭게 할 수 없는 식탁에서 칠면조 요리를 먹는 것보다는 비록 빵과 양파일망정 아부할 필요도 없고 예절 같은 걸 따지지 않아도 되는 자리에서 먹는 게 훨씬 낫다고 생각하니까요. 그러니까 주인님, 제가 주인님의 종자이긴 하지만 편력기사님의 시종이고 부하라는 이유로 저에게 베풀어주시고자 했던 그 많은 은혜들을 부디 저에게 유용하고 제가 써먹을 수 있는 다른 것으로 바꿔주시면 좋겠습니다. 물론 그렇게 된다면 기꺼이 받아들이겠지만 사실상 안 되는 일이니 지금부터 죽는 날까지 포기할 수밖에 없지만요."

"그렇지만 이리 와 앉아라. 스스로를 낮추는 자는 하느님께서 찬양하시리라 했다."

돈키호테는 그의 팔을 잡고서 자신의 옆에 억지로 앉도록 했다.

산양치기들은 종자와 편력기사가 쓰는 말을 이해하지 못해 그저 말없이 먹기만 하면서, 고상하게 주먹만 한 고기로 열심히 배를 채우고 있는 두 손님을 바라보았다. 고기를 다 먹고 나자 산양치기들은 담갈색 도토리를 양가죽 위에 잔뜩 늘어놓고 그 옆에 회반죽으로 만든 것보다 더 딱딱한 치즈 반 조각을 내놓았다. 쇠뿔 잔도 쉴 틈이 없었다. 연이어 술잔이 돌아가는 통에 잔은 우물의 두레박처럼 채워지는가 하면 곧 다시 비워지곤 했다. 가죽 술부대 두 개 중 하나가 금방 동이 나고 말았다. 이때 돈키호테가 도토리 한 주먹을 집어 들고는 유심히 들여다보며 천천히 말했다.

"행복한 시절, 행복했던 수세기를 황금시대라 이름 붙였던 이유는 오늘날이 철기 시대에 높이 평가되는 황금이 복된 그 시기에 쉽게 구할 수 있어서가 아니라 그 시절의 사람들은 '네 것', '내 것'이라는 두 단어를 모르고 살았기 때문이었소. 저 성스러운 시대에는 모든 것을 공동으로 소유했지요. 누구라도 일용할 양식을 얻기 위해서는 달콤하게 익은 열매를 아낌없이 주는, 잎이 무성한 떡갈나무에 손만 뻗으면 되었소이다. 맑은 샘물과 흐르는 강물은 사람들에게 맛 좋고 투명한 물을 충분히 주었지요. 바위 틈새와 움푹 파인 나무 구멍에는 부지런하고 분별력 있는 꿀벌들이 그들의 공화국을 건설하고 가장 달콤한 노동의 풍요한 수확을 아무런 대가 없이 누구에게나 제공했소.* 거대한 코르크나무들은 순수한 호의로 자신의 넓고 큰 껍질을 벗겨내어 거친 기둥 위에 서 있는 가옥들의 지붕으로 삼게 했는데, 이는 오로지 하늘의 눈, 비를 막아주기 위한 것이었다오. 황금시대에는 모두가 평화로웠고, 우애가 넘쳤으며 조화로웠지요. 아직 밭 가는 쟁기를 가지고 자연의 자애로운 땅 속을 열어보거나 건드릴 엄두도 내지 못했던 때였소. 대지는 강압에 의해서가 아니라 스스로 그 비옥하고 넓은 대지 곳곳에서 그 당시 땅을 차지하고 있던 사람들을 실컷 먹이고, 양식을 주고 즐겁게 할 수 있는 것을 주었다오. 순박하고 아름다운 처녀 목동들은 초록색 우엉과 덩굴 잎사귀를 엮어 몸을 가리고 계곡에서 계곡으로, 언덕에서 언덕으로 돌아다녔지요. 장신구 같은 건 없었습니다. 그녀들이 걸친 장식이란 것은 요즘 여자들이 사용하는 티로**산 자주색 옷이나 다양한 방법으로 세공한 자주색 비단이 아니라 자연의 낙엽들이었소. 사랑을 나눌 때도 인위적인 언어의 현란함을

---

*돈키호테의 입을 빌려서 세르반테스는 유토피아 공화국을 꿈꾸고 있으며, 당시 시대의 무질서와 혼란을 비판하고 있다.

**자주색 피륙으로 유명한, 고대 페니키아의 상업도시.

추구하지 않고, 자신이 느끼는 그대로 단순하고 소박하게 표현했지요. 진실과 소탈함 속에는 사기와 속임수, 악이 끼어들지 않았다 이겁니다. 정의도 본래의 의미를 그대로 지니고 있어서, 자신의 혜택이나 이득을 위해 오늘날 정의를 그토록 더럽히고 교란시키고 탄압하는 사람들조차도 감히 정의를 뒤흔들거나 모독할 수 없었소. 법관의 머릿속에 성문법의 개념도 존재하지 않았는데, 그 이유는 재판할 일도 재판받을 사람도 없었기 때문이었소. 아까도 말했듯이 정숙한 여인들도 낯선 사람의 뻔뻔스러움과 음탕함이 자신을 욕보이지 않을까 하는 두려움 없이 혼자서 어디든 돌아다닐 수 있었고, 여인이 정조를 잃는 일은 스스로 원해서 일어났을 뿐이오. 지금 우리의 이 가증스러운 시대에는 그 옛날 크레타의 미로와 같은 새로운 미로 속에 여인을 숨겨두거나 가둬둔다 해도 안전하지 않소. 사악한 열정에 들뜬 사랑이라는 전염병이 작은 틈새로 스며 들어와 여인의 은신처를 엉망으로 만들어버리기 때문이오. 시간이 흐르면서 이런 나쁜 일들이 더욱 퍼져나갔으므로 편력기사단을 창설하여 처녀들을 지키고 과부들을 돕고 고아들과 빈민들을 구제하기에 이른 것이오. 친애하는 목동 여러분, 내가 바로 편력기사단에 있는 사람이오. 여러분이 나와 종자에게 베풀어주신 후한 대접과 환대에 감사드립니다. 이 세상 모든 사람들은 자연의 법칙에 따라 편력기사에게 호의를 베풀어야 할 의무가 있소이다. 그러나 여러분들은 그러한 의무를 알지도 못한 채 나를 환대하고 호의를 베풀어주었으니 그것이야말로 내가 나의 모든 호의를 동원해 당신들에게 감사하는 이유라오."

우리의 기사는 이 기나긴 장광설을(산양치기들은 얼마든지 참고 들어줄 수 있었지만) 늘어놓았는데, 그가 대접받은 도토리들이 황금시대에 대한 기억을 불러일으키는 바람에 아무짝에도 쓸모없는 이야기를 늘어놓았던 것이다. 물론 산양치기들은 아무 말 없이 멍하게 그의 말을 듣고 있었다.

H. PISAN

산초 역시 아무 말 없이 도토리를 먹으면서, 시원하게 하려고 코르크나무에 매달아놓은 두 번째 술부대를 왔다 갔다 하며 축내고 있었다.

돈키호테는 저녁을 먹는 시간보다 말하는 데 더 많은 시간을 허비했다. 결국 한 산양치기가 입을 열었다.

"편력기사님, 기사님께서 우리가 주저하지 않고 기꺼이 환대해드렸다고 진정으로 말씀하실 수 있도록 잠시 후 이곳에 올 동료에게 노래를 시켜 기사님에게 위로와 즐거움을 드리고자 합니다. 그는 사랑에 빠진 목동인데 아주 박식합니다. 글을 읽고 쓸 줄도 아는 데다 더할 나위 없이 삼현금을 잘 켜는 악사이기도 하지요."

그 목동의 말이 끝나자마자 귓가에 아름다운 삼현금 가락이 들려왔다. 곧이어 악기를 켜는 이가 도착했는데, 스물두 살 정도 되어 보이는 아주 상냥한 청년이었다. 그는 동료들이 저녁 식사를 했느냐고 묻자 먹었다고 대답했다. 그러자 조금 전 돈키호테에게 제안을 했던 이가 그에게 말했다.

"그러면 안토니오, 노래를 불러서 우리를 즐겁게 해주게나. 여기 계신 이분께서 산이나 초원에도 음악을 할 줄 아는 이가 있다는 걸 알도록 말이야. 자네의 훌륭한 솜씨를 말씀드렸으니 직접 보여드려서 우리가 한 말이 진실임을 알려드리게. 부디 청하건대 교회에서 일하는 자네 삼촌이 지어준 사랑의 로만세를 여기에 앉아서 불러주게. 마을에서도 꽤나 호평을 받은 노래니까."

"기꺼이 그러지." 청년이 대답했다.

그러고는 더 이상 간청할 필요도 없이 떡갈나무 밑동에 걸터앉아 삼현금을 조율하고는 매우 감미로운 노래를 부르기 시작했다.

안토니오

난 안다네, 올라야, 그대가 날 아낀다는 걸.
비록 단 한 번도 말해주지 않았고
내게 눈짓 한 번 주지 않았지만,
사랑에 침묵하는 이여.

그대 날 사랑한다는 것을 알고 있기에
난 단언한다네,
세상에 알려진 사랑은
절대 불행하지 않다고.

올라야, 아마도 그대의
영혼은 청동이요
그대의 가슴은
하얀 바윗돌인가 보오.

그러나 그대의 비난과
지나친 정숙함에서 우러난 외면,
그 너머에서 아마도 희망은
그 옷자락을 보여주는 듯하오.

부름을 받지 못했다고 약해지지도
선택받았다고 강해지지도 않던

나의 신념이
그대의 매혹에 무릎 꿇는구나.

만약 사랑이 예의라면
그대가 하는 예절을 헤아려서
내 희망의 종점은
내가 상상하는 대로일 것이네.

그리고 친절한 가슴에서
우러나오는 봉사라면
내가 행했던 일들은
그 당위성이 확고해질 것이네.

만약 그대가 나를 지켜보았다면
일요일에 차려입었던 옷을
월요일에도 입고 있었다는 것을
발견했을 것이니.

사랑과 멋스러움은
같은 길로 간다고 하듯
난 항상 그대의 눈에
멋지게 보이고 싶었다오.

그대로 인해 난 춤도 안 추고,

첫닭이 울던 때
불쑥 찾아가 그대에게 들려주던
연가도 그만두었소.

내가 바친 그대의 아름다움에 대한
칭송은 차치하고서
그 칭송은 비록 진실했지만
원망하는 마음이 담겨 있을 것이오.

테레사 데 바로칼은
내가 그대를 칭송하는 것을 보고 말했지.
"천사를 사랑한다고 생각하겠지만
원숭이 한 마리를 사랑하는 것이니.

수많은 장식과 가발,
위선적인 아름다움 덕분에
사랑 그 자체를
속이고 있는 것이라."

난 그녀의 말을 부정하며 분노했다오.
그녀를 보호하기 위해
그녀의 사촌이 나서며 내게 도전했고,
그대는 내가 그와 벌인 일을 이미 알고 있소.

그대와 부정한 사랑을 하려고
그대를 이토록 절실히 사랑하는 것도
그대를 넘보거나 봉사하는 것이 아니오.
나의 계획은 더욱 건전한 것이니.

그것은 바로 교회가 주는 속박인 결혼.
굴레의 한쪽 끝에
당신의 머리를 끼워 넣으시오,
나 또한 한 끝에 내 머리를 끼워 넣을 테니.

그렇지 않다면 가장 축복받은 성인을 두고
이 자리에서 맹세컨대
수도승이 되어서가 아니라면
이 산중에서 나가지 않을 것이오.

목동은 이렇게 노래를 끝냈다. 돈키호테는 조금만 더 불러달라고 부탁했지만 산초 판사는 노래를 듣는 것보다는 잠을 자고 싶었기 때문에 동의하지 않고 주인에게 말했다.

"이제 주인님도 오늘 밤 묵을 곳으로 가서 주무셔야지요. 이 선량한 사내들은 하루 종일 중노동을 했으니 밤새도록 노래를 부르며 지새울 수는 없는 일입니다."

"알겠다, 산초야." 돈키호테가 대답했다. "그렇게 술부대를 들락날락했으니 음악보다는 잠으로 보상받고 싶으리라는 것을 충분히 알겠구나."

"제 말이 그 말입니다. 하느님의 축복이 있으시기를." 산초가 대꾸했다.

"그걸 부정하지 않겠다. 너는 아무 데나 가서 자거라. 하지만 나는 편력기사이니 밤을 새우는 것이 낫겠구나. 그건 그렇고 산초야, 귀가 점점 더 아파지니 이 귀를 다시 한 번 치료해다오."

산초는 시키는 대로 했다. 그런데 한 목동이 상처를 보더니 자신이 쉽게 치료할 수 있는 처방을 주겠다며 너무 걱정 말라고 안심시켰다. 그는 근처에 잔뜩 널려 있는 로메로*를 몇 장 따다가 으깬 다음 소금을 조금 섞어 귀에다 붙이고 잘 동여맸다. 다른 약은 필요치 않을 거라고 했는데 정말 그랬다.

*라만차 들판에 자생하는 상징적인 들풀로, 로즈메리를 말한다.

제12장

돈키호테와 함께 있던 사람들에게 산양치기가 들려준 이야기에 대하여

이때 마을에서 식량을 가져온 사람들 중에 한 청년이 나서서 말했다.

"여러분, 마을에서 무슨 일이 일어났는지 아세요?"

"우리가 그걸 어찌 알겠나?" 그들 중 한 사람이 대답했다.

"그럼 제 말 좀 들어보세요." 청년이 말을 이었다. "오늘 아침에 그리소스토모라는, 목동 옷을 입고 다니던 유명한 대학생이 죽었는데, 사람들 얘기로는 마르셀라 때문에 상사병으로 죽었다고 하네요. 돈 많은 기예르모의 딸인데도 산양 치는 처녀 복장을 하고 이리저리 헤집고 다니는 그 악마 같은 처녀 말이에요."

"마르셀라 때문에 죽었다고?" 한 사람이 말했다.

"네, 그렇다니까요." 그 산양치기가 대답했다. "그런데 이상한 것은 그가 무어인처럼 들판에 묻어달라고 했다는 겁니다. 그것도 코르크나무 샘가에 있는 바위 가까이 묻어달라고 했다는데, 그 자신도 늘 그랬고 소문도 났던 것처럼, 바로 그곳이 그가 마르셀라를 처음 본 장소라고 하더군요. 그 밖에도 몇 가지 유언을 더 남겼는데 마을 신부님 말씀이 이교도들이나 하는 짓

같아서 들어줄 필요도 없고 들어줘봐야 좋을 것도 없다고 해요. 그런데 그의 절친한 친구이자 역시 목동 차림으로 다니던 대학생 암브로시오가 그리소스토모의 유언을 하나도 빠짐없이 들어줘야 한다고 주장하는 통에 온 마을이 아수라장이 되었대요. 사람들이 뭐라고 하든 결국은 암브로시오와 다른 목동 친구들은 원하는 대로 할 것이고, 내일 당장 아까 말씀드렸던 그곳에서 그리소스토모를 성대하게 묻을 거랍니다. 제 생각입니다만, 아주 재미난 볼거리가 될 것 같아요. 형편이 안 된다 해도 기필코 가고야 말 겁니다."

"우리도 그래야겠네." 산양치기들이 입을 모아 대답했다. "그럼 누가 남아서 산양을 돌볼지 제비뽑기로 정하자고."

"좋은 생각이군, 페드로." 그들 중 한 사람이 말했다. "하지만 그렇게 복잡하게 할 필요 없겠어. 내가 남아 있을 테니까. 내가 마음씨가 좋아서라거나 호기심이 없어서 그런 건 아니고, 며칠 전에 발에 가시가 박혀서 걸을 수가 없어서 그래."

"어쨌거나 고마운 일이네." 페드로가 대답했다.

돈키호테가 죽은 그리소스토모는 누구이고 산양치기 처녀는 또 누구인지 얘기해달라고 부탁하자 페드로가 설명을 시작했다. 죽은 청년은 산악 지대의 어느 마을에 사는 부잣집 아들로 살라망카 대학에서 몇 년 동안 공부를 하고 귀향했는데, 모두들 그가 책을 많이 읽어서 아주 박식해졌을 거라고 생각했다.

"사람들은 그 청년이 점성술은 물론 저 하늘의 해와 달의 움직임에 대해서도 잘 알고 있다고 했지요. 그가 우리들에게 해와 달의 일석에 대해서도 정확하게 알려준 적이 있거든요."

"이보게 친구, '일석'이 아니라 '일식'이겠지. 두 개의 거대한 발광체가 빛을 잃는 것을 말하는 것 말이오." 돈키호테가 말했다.

하지만 페드로는, 돈키호테가 정확하게 지적했음에도, 무지해 보이는 말투를 고치지 못했다.

"그뿐 아니라 언제 풍년이 들고 언제 홍년이 오는지도 미리 알려줬대요."

"'홍년'이 아니고 '흉년'이지, 이 친구야." 돈키호테가 말했다.

"'홍년'이나 '흉년'이나 거기서 거기 아닙니까?" 페드로가 대꾸했다. "어쨌든 제가 말씀드리고자 하는 건요, 그의 말을 믿었던 그의 아버지와 친구들은 엄청난 부자가 되었다는 겁니다. 그가 '올해는 보리를 뿌리고 밀은 뿌리지 마라, 또 올해는 완두콩을 심고 보리는 심지 않는 게 좋겠다, 올해는 넘치도록 풍년이겠지만 다음 3년 동안은 쌀 한 톨 거두기 힘들 것이다' 말한 것을 그대로 따랐기 때문이래요."

"그런 학문을 점성학이라 한다네." 돈키호테가 말했다.

"그걸 뭐라고 했는지는 모르지만," 페드로가 대답했다. "어쨌든 그리소스토모가 이런 것은 물론이고 다른 것도 많이 알았다는 것만은 확실하지요. 그러던 어느 날, 그러니까 그가 살라망카에서 돌아온 지 몇 달 지나지 않았을 때인데, 느닷없이 그동안 입고 다니던 기다란 학사복을 벗어버리고 목동 차림에 목동들이 들고 다니는 지팡이를 들고 가죽옷까지 걸치고 나타난 게 아니겠습니까. 그뿐만 아니라 그와 함께 공부했던 절친한 친구인 암브로시오까지 목동 복장을 하고 말이지요. 아, 참! 깜빡 잊었는데 죽은 그리소스토모는 노래를 만드는 재주도 굉장했습니다. 성탄절 밤에 부르는 성탄 찬미가와 성체 축일의 성찬 신비극을 만들어서 우리 마을 청년들이 공연한 적도 있었는데 하나같이 대단하다는 찬사가 쏟아졌지요. 어쨌든 이 두 학자가 느닷없이 목동 복장을 하고 나타난 것을 본 마을 사람들은 어안이 벙벙해졌어요. 그들이 왜 그런 엉뚱한 행동을 하는지 도무지 짐작할 수가 없었으니까요. 그때는 이미 그리소스토모의 아버지가 돌아가신 뒤였기 때문에 그에게는 거대한 농장뿐 아니라 막대한 동산과 부동산, 그리고 적지 않은 가축과 큰돈까지 유산으로 남겨진 상태여서 그리소스토모는 진짜로 젊은 갑부가 되었는데, 그럴만한 자격이 있는 사람이었죠. 아주 좋은 벗이었고, 정도 깊고, 선한 사람들에게는 친구인 데다, 하늘의 축복인지 얼굴까지 잘생겼으니까요. 나중에야 그가 목동 옷을 입고 다닌 까닭을 알았는데, 이유인즉 가엾은 그리소스토모가 아까 우리 동료가 이야기했던 산양치기 처녀 마르셀라에게 반해버려서 그녀를 따라 들판 이곳저곳을 헤매고 다니기 위해서였다더군요. 그럼 이제부터는 그 여자가 누군지를 말씀드릴게요. 아무래도 알아두는 게 좋을 것 같으니까요. 여러분들은 평생 이런 얘기를 들어보지 못했을 겁니다. 비록 사르나보다 오래 살았다 하더라도요."

"사라*겠지." 목동의 말실수를 참지 못하고 돈키호테가 정정했다.

"사르나도 오래 살아요." 페드로가 대꾸했다. "그런데요 기사님이 그렇게 말끝마다 말꼬리를 붙잡고 늘어지시면 일 년이 가도 얘기를 끝낼 수 없을 겁니다."

"미안하게 됐네, 친구." 돈키호테가 말했다. "사르나와 사라 사이에는 워낙 큰 차이가 있어서. 하지만 자네 대답도 아주 훌륭했네. 사르나가 사라보다 오래 산 건 분명하니까. 자, 이제 더 이상 끼어들지 않을 테니 이야기를 계속하시게."

"그럼 계속하겠습니다, 기사님." 목동이 말했다. "우리 마을에 그리소스토모의 부친보다 훨씬 더 부자인 기예르모라는 농부가 있었는데, 하느님께서는 그에게 엄청난 재산 말고도 딸을 하나 주셨지요. 그 아이의 어머니는 인

*성경에 나오는 아브라함의 아내로 백스무 살까지 살았다고 한다. 목동이 잘못 말한 '사르나'는 스페인어로 '옴'을 의미한다.

근 지역에서 가장 고결한 여인이었는데 그 아이를 낳다가 그만 죽었습니다. 어찌 보면 햇님이 깃든 것도 같고, 어찌 보면 달님이 깃든 것도 같은 그분의 얼굴이 지금도 눈앞에 선한데 말입니다. 부지런한 데다 가난한 사람들의 친구였던 그분의 영혼은 지금 천국에서 하느님의 축복을 누리며 살아가고 있을 겁니다. 그런데 아무튼 너무도 어진 아내를 떠나보낸 슬픔에 기예르모 역시 아내를 따라가고 말았습니다. 어린 나이에 큰 유산을 상속받게 된 딸 마르셀라를 마을 신부인 동생에게 맡기고 말이지요. 참으로 아름다웠던 어머니를 그대로 빼다 박은 것처럼 마르셀라도 무척 아름답게 자랐습니다. 얼마나 아름다운지 모두들 딸이 엄마보다 더 예쁜 것 같다고 말할 정도였어요. 열네댓 살쯤 되자 보는 사람마다 경탄해 마지않는 데다, 너무나 아름답게 성장한 모습에 많은 남자들이 사랑에 빠져 넋을 잃곤 했지요. 결국 그녀의 삼촌은 조카를 아주 깊숙이 꼭꼭 숨겨놓기에 이르렀지만, 그럼에도 마르셀라의 아름다움에 대한 명성은 그녀가 부자라는 사실과 함께 널리 퍼져나가 우리 마을 총각들뿐 아니라 몇 레구아씩 떨어진 인근 지역의 멋진 총각들까지도 마르셀라를 아내로 달라고 삼촌에게 간청하고 졸라대는 지경에 이르렀어요. 하지만 삼촌은 바른 길을 걷는 독실한 신자였기 때문에 나이로 보면 조카딸을 빨리 결혼시키고 싶었으나 당사자의 동의 없이 그렇게 하고 싶지는 않았지요. 물론 조카딸의 유산이 탐나서 결혼을 지연시킨 건 아니었어요. 훌륭한 사제라는 칭찬이 자자한 분이었으니까요. 이런 작은 마을에서는 뭐든지 이야깃거리가 되고 모든 일에 사람들이 쑥덕거린다는 걸 편력기사님도 알아주셨으면 합니다. 저도 그렇지만 기사님께서도 이건 믿으셔야 해요. 적어도 우리 마을에서라도 자신에 대해 좋게 말하고 다녀야 한다고 신도들에게 시켰던 그 신부님이 너무나도 훌륭한 분이라는 걸 말입니다."

"아, 그렇군." 돈키호테가 말했다. "계속해보게. 이야기가 매우 재미있소.

그리고 페드로 자네는 그녀의 삼촌에 대해 참으로 너그럽게 말씀하시는 것 같소이다."

"하느님도 제게 너그러우시니 결국 같은 것 아니겠습니까? 어쨌든 그 뒷이야기를 해보겠습니다. 삼촌은 조카에게 그녀를 원하는 수많은 총각들을 하나하나 열거해가며 각자의 자질을 말해준 다음 마음에 드는 사람을 선택하여 결혼하라고 했지만, 마르셀라는 나이도 너무 어리고 결혼이라는 무게를 감당할 자신이 없다며 아직은 결혼하고 싶지 않다고만 대답할 뿐이었지요. 그 말이 그럴듯해 보였기 때문에 삼촌은 조카를 더 이상 채근하지 않고, 나이가 조금 더 들어 마음에 드는 상대를 선택할 수 있을 때까지 기다리기로 했어요. 그분 말씀이 아주 딱 맞는데, 부모라 해도 자식의 의지를 꺾어서까지 억지로 결혼을 시켜서는 안 된다는 거였습니다. 그런데 생각지도 못하게 어느 날 어여쁜 마르셀라가 목동 차림을 하고 나타났지 뭡니까. 삼촌과 마을 사람들이 단념시키려고 했지만 마르셀라는 마을의 다른 산양치기 처녀들과 함께 들판으로 나가 자신의 산양을 지키기 시작했어요. 그녀의 아름다움이 알려지자마자 말로 할 수 없을 만큼 많은 부자 청년과 귀족들, 농부들이 목동 차림으로 그 들판에서 마르셀라를 쫓아다녔습니다. 그중 하나가 바로 아까 말씀드린 죽은 청년이었는데, 사람들 말에 의하면 그리소스토모는 그저 좋아하는 차원을 넘어 숭배했다고까지 합니다. 하지만 마르셀라가 조신하지 못하게 그런 자유분방한 생활을 했다고 해서 정절이나 자존을 잃었다고는 생각하지 마세요. 그녀에게 헌신하고 청혼했던 수많은 남자들 중에서 그 누구도 칭송하지 않았고 진정으로 칭송하지도 않을 정절을 그녀 스스로는 너무나 소중히 생각했기 때문에 그 남자들의 기대에 일말의 희망도 주지 않았으니까요. 마르셀라는 목동들과 어울리거나 대화하는 것을 피하지도 거절하지도 않았고, 또 그들에게 예의 바르고 따뜻하게 대해주었지만,

그들 중 누군가에게 어떤 의도가 있다는 걸 알아차리면 그것이 비록 결혼과 같은 올바르고 성스러운 의도일지라도 마치 투석기에서 돌을 발사하듯이 목동들이 멀리 밀쳐버렸던 거예요. 이런 성품 때문에 마르셀라는 우리 마을에 역병이 돈 것보다도 더 큰 피해를 주었지요. 마르셀라의 상냥함과 아름다움은 그녀를 섬기고 사랑하고자 하는 청년들의 마음을 사로잡았지만, 냉담함과 경멸은 그들을 자살로 몰아갔으니까요. 따라서 그 사람들은 그녀가 드러내는 성품에 대하여 달리 할 말을 찾지 못하고 잔인하다느니 배은망덕하다느니 하며 비난했습니다. 만약 기사님께서 여기 머무르신다면 언젠가는 이곳 산속과 골짜기에서 그녀를 따라다닌 남자들의 절망 어린 탄식이 울려 퍼지는 소리를 들으실 겁니다. 여기에서 그리 멀지 않은 곳에 아름드리 너도밤나무가 스물네 그루 정도 있는데, 그 매끄러운 껍질에 마르셀라라는 이름이 새겨지지 않은 것이 한 그루도 없지요. 그리고 같은 나무라도 그 이름 위에 왕관이 새겨진 것도 있고요. 마치 마르셀라는 그 완벽한 아름다움으로 인하여 왕관을 쓰고 있으며, 또 쓸 만한 가치가 있다는 걸 명확히 하려는 듯이 말예요. 이쪽에서는 한 목동이 한숨을 쉬는가 하면 저쪽에서는 다른 이가 탄식을 하고, 다른 한쪽에서 사랑의 노랫소리가 들리는가 하면 이쪽에서는 절망의 슬픈 노래가 들리지요. 떡갈나무나 바위 아래에 앉아 밤새도록 눈물을 흘리며 아침 해가 뜰 때까지 상념에 잠긴 채 넋을 잃고 있는 청년이 있는가 하면, 또 어떤 청년은 찌는 듯한 한여름의 열기 속에서 한숨을 멈추지 못하며 타는 듯한 모래 위에 누워 자비로운 하늘을 향해 탄식을 한답니다. 아름다운 마르셀라는 이 사람에게도 저 사람에게도, 또 저들에게도 이들에게도 구애됨 없이 아주 손쉽게 승리를 거두는데, 이 아가씨를 아는 우리 모두는 그녀의 오만함이 어디에서 멈출지, 그렇게 못된 기질을 길들여 그토록 지고의 아름다움을 차지할 사람은 과연 누구일지 기다리고 있습니다. 지금까지 제가 말씀드린 것이 모두 사실인 만큼, 아까 우리 동료가 그리소스토모가 죽은 이유에 관해 사람들이 수군거렸다는 것 역시 사실일 거예요. 그래서 기사님께 말씀드리는데 내일 그리소스토모의 장례식에 가보세요. 아주 볼만할 겁니다. 그리소스토모는 친구들도 많은 데다가 그가 묻어달라고 한 곳이 여기에서 반 레구아도 되지 않으니까 말입니다."

"그래보도록 하지." 돈키호테가 말했다. "이렇게 재미난 이야기를 들려주어 참으로 고맙소이다."

"아!" 목동이 말했다. "그런데 아직 저는 마르셀라를 사랑하는 남자들에게 일어난 일들은 절반도 알지 못하는걸요. 하지만 내일 우리에게 그런 얘기를 해줄 만한 목동을 길에서 우연히 만날지도 모르겠어요. 그러니 이제 들어가셔서 주무시는 게 좋겠습니다. 제가 발라드린 약으로 말씀드리자면 아주 효험이 좋아 다른 부작용은 걱정할 필요가 없습니다."

산초 판사는 이미 산양 치는 목동의 그 긴 이야기에 넌더리가 났기 때문에 주인에게 페드로의 오두막으로 들어가 주무시기를 청했다. 돈키호테는 오두막으로 들어갔지만, 마르셀라를 사랑하는 사람들을 흉내 내어 둘시네아 공주를 떠올리며 남은 밤을 꼬박 지새웠다. 산초 판사는 로시난테와 당나귀 사이에 누워 실연당한 사람이 아니라 두들겨 맞아 축 늘어진 사람처럼 곯아떨어졌다.

제13장

여기에서는 산양치기 여인 마르셀라 이야기의 결말과 그 밖의 사건들이 이어진다

동쪽 발코니 너머에서 태양이 떠오르기 시작할 무렵 여섯 명의 산양치기 중 다섯 명이 일어나서 돈키호테를 깨우러 갔다. 그리고 아직도 그 유명한 그리소스토모의 장례식을 보러 갈 생각이 있다면 같이 가자고 말했다. 돈키호테는 달리 바랄 것이 없던 터라 산초에게 안장을 얹으라고 명령했다. 산초는 주인의 명을 매우 신속히 따랐고, 모두들 서둘러 길을 떠났다. 4분의 1레구아 남짓 가서 좁다란 길을 가로지르는데, 검은 양모 조끼를 입고 머리에는 사이프러스 나무와 협죽도 꽃으로 만든 화관을 쓴 여섯 명의 목동이 그들 쪽으로 오고 있는 게 보였다. 각자 손에는 호랑가시나무로 만든 굵은 지팡이를 들고 있었다. 그들과 함께 잘 차려입은 이교도인 둘은 말을 타고, 젊은 수행원 셋은 걸어오고 있었다. 그들은 한자리에 모이자 서로 인사를 나누며 가는 방향을 물었고, 결국 모두 장례식에 간다는 걸 알고 함께 길을 가기 시작했다.

말 탄 사람 중 한 명이 옆에 있는 동료에게 말했다.

"이보게, 비발도, 이 소문난 장례식을 보기 위해 할 일을 조금 미루고 오기를 잘한 것 같네. 목동들이 죽은 목동이나 그 목동을 죽음으로 몰아넣은 산양치기 처녀가 얼마나 이상한가를 얘기해준 걸 보면 이 장례식은 몹시 떠들썩할 것 같아."

"나도 그렇게 생각하네." 비발도가 대답했다. "그러니 이 장례식을 보자고 할 일을 하루도 아니고 사흘씩이나 미루고 온 게 아니겠나."

돈키호테는 그들에게 마르셀라와 그리소스토모에 대해 무슨 이야기를 들었느냐고 물었다. 나그네는, 그날 새벽에 저 상복을 입은 목동들을 만나 왜 그런 차림을 했느냐고 묻자 한 목동이 기이하고도 아름다운 산양치기 처녀 마르셀라와 그녀에게 구애했던 수많은 청년들, 죽은 그리소스토모와 곧 있을 그의 장례식에 대해 들려주었다고 말했다. 결국 그 목동도 페드로가 돈키호테에게 들려준 모든 이야기를 들려주었던 것이다.

이 이야기가 끝나자 비발도라는 사람이 다른 이야기를 시작했다. 그는 돈키호테에게 이렇게 평화로운 시대에 그런 식으로 무장을 하고 다니는 이유가 무엇이냐고 물었다. 이에 돈키호테가 대답했다.

"편력기사로서의 나의 본분이 다른 모습으로 돌아다니는 것을 용납하지도 허락하지도 않기 때문이오. 평온한 일상, 안락한 삶, 휴식은 비겁한 귀족들을 위해 있는 것이고, 모험, 불안정한 생활, 결투 등은 이 편력기사들을 위해 있는 것이라오. 나 자신을 감히 편력기사라고 한다면, 나는 그중에서도 가장 하찮고 보잘것없는 기사라고 해야겠지요."

그의 이야기를 들은 사람들은 그가 미쳤다고 생각했다. 비발도는 어느 정도나 미쳤는지 알아보기 위해 도대체 편력기사가 뭐냐고 물었다.

"그대들은 읽어본 적이 없단 말이오?" 돈키호테가 반문했다. "영국의 역사에 나오는 그 유명한 아르투로 왕의 무훈을 다룬 책들 말이오. 우리 에스파냐어로 쓴 로만세에서는 '아서 왕'을 아르투로 왕이라 부르는데, 대영 제

H.PISAN

국에서는 널리 알려진 전설적인 인물이지요. 그 왕은 죽지 않고 마법에 의해 까마귀로 변했는데 세월이 흐른 후 다시 자신의 왕국과 왕좌를 되찾아 통치할 거라고 했소이다. 이런 이유로 그때부터 지금까지 영국인들은 까마귀를 죽이지 않소. 그 훌륭한 왕의 시대부터 원탁의 기사를 중심으로 한 기사단이 등장했고, 아니나 다를까 지혜롭고 성실한 노시녀 킨타뇨나가 맺어준 돈 란사로테 델 라고와 히네브라 왕비의 사랑 이야기*가 생겨난 것이오. 그리고 여기서 요즘 에스파냐에서 그토록 각광받는 로만세가 탄생한 것이지요.

영국에서 온 란사로테처럼
귀부인들의 시중을
그토록 잘 받은
기사는 결코 없다네.

그토록 감미로운 사랑 이야기도 없거니와, 이때부터 기사단은 세계 곳곳으로 퍼져나가고 전파되었던 것이라오. 그중에서도 무훈으로 인해 유명해지고 널리 알려진 기사들은 용감무쌍한 아마디스 데 가울라와 그의 아들과 손자들, 그리고 5대에 이르는 후손들이 있으며 용맹스러운 펠릭스마르테 데 이르카니아와 그 누구보다도 칭찬받을 자격이 있는 백기사 티란테 그리고 지금까지도 우리가 듣고 보고 이야기하는, 그 누구도 이길 자 없는 용감한 기사 돈 벨리아니스 데 그레시아도 있소이다. 여러분, 편력기사란 바로 이런 사람이며 지금까지 내가 말씀드린 것이 바로 기사도라오. 아까도 말했

---

*란사로테와 히네브라는 영국의 《아서 왕 이야기》에 나오는 기사 랜슬롯과 기네비어 여왕의 스페인 이름이며, 노시녀 킨타뇨나는 원작에는 없는 인물로 스페인의 로만세에서 두 사람의 사랑을 중개하는 역할로 추가된 인물이다.

다시피 나라는 사람이 비록 죄 많은 인간이기는 하나 기사다운 일을 행하고 있고, 모든 기사들 역시 내가 한 일을 실천했지요. 그래서 나는 힘없고 도움의 손길이 필요한 사람을 돕기 위하여 내게 주어진 운명보다 더 위험스러운 운명 속에 온몸을 던지기로 굳게 결심하고 모험을 찾아 이 황야를 떠돌고 있는 것입니다."

사람들은 돈키호테가 분별력을 상실한 채 광기에 사로잡혔다는 걸 알아챘다. 그리고 그들보다 먼저 돈키호테의 광기를 알아차렸던 사람들도 다시 한 번 그 놀라움을 똑같이 느꼈다. 매우 재치 있고 명랑한 비발도는 사람들이 이제 얼마 남지 않았다고 하는 그 장례식장까지 별 탈 없이 도착하려면 돈키호테의 그 엉터리 같은 이야기를 계속 듣는 게 나을 거라고 생각하여 이렇게 말했다.

"기사님께서도 이 세상에서 가장 힘들다는 일을 하시는군요. 제가 보기에는 카르투지오* 수도사들의 생활도 기사님의 일만큼 힘들지는 않을 것 같습니다."

"정말 힘든 일이지요." 우리의 돈키호테가 대답했다. "하지만 이 세상에 꼭 필요한 일이라는 사실에는 의심의 여지가 없소이다. 실제로 명령을 내리는 대장이나 그 명령을 수행하는 병사나 하등의 차이가 없기 때문이오. 다시 말해 성직자들은 평화와 평온 속에서 하느님께 이 세상의 행복을 간절히 기도하지만 그들의 기도를 실행에 옮기는 것은 다름 아닌 병사들과 기사들이라는 것이오. 그들은 지붕조차 없는 황야에서 한여름에는 살을 태울 듯한 뙤약볕과 한겨울에는 뼛속까지 스미는 듯한 칼바람에 그대로 노출된 채 강인한 두 팔과 날카로운 검으로 이 땅을 지키고 있소. 우리는 이 땅에 온 하느

---

*엄격한 생활과 계율을 지켰던 프랑스의 수도회.

님의 사자이며 그분의 정의를 구현하는 하느님의 두 팔이오. 전쟁이나 전쟁과 관련된 일들에서 정의를 구현하는 것은 저절로 되는 것이 아니고, 땀 흘리고 애쓰고 노력해야만 가능한 일이오. 따라서 정의를 행하는 기사들은 편안히 앉아서 별로 한 일도 없는 자신들에게 복을 내려달라고 기도하는 사람들보다 훨씬 더 많은 일을 하는 셈이라오. 나는 편력기사가 은둔 수도자들보다 더 나은 위치에 있다고 말하려는 것도, 또 그런 생각을 하는 것도 아니오. 다만 경험으로 미루어보아 편력기사가 분명 더 고생도 많이 하고 고통스럽고 더 배고프며 목마르고 궁핍하고 깨지고 맞는다는 것을 말하고 싶을 뿐이외다. 과거의 편력기사들은 살아가면서 수많은 불운을 겪었소. 만일 힘으로 황제의 자리에 오른 사람들이 있다면 그것은 분명 자신의 피와 땀의 대가인 것이오. 물론 그런 지위까지 올라가는 데 그들을 도와주는 마법사와 현자들이 없었더라면 스스로의 야망에 기만당하고 스스로의 희망에 속았을 것이지만."

"저도 그 의견에 동의합니다." 나그네가 대꾸했다. "하지만 편력기사도 좋아 보이지 않는 경우가 있습니다. 가끔 보면 편력기사들은 아주 중대하고 위험한 모험을 하다가 목숨을 잃어버릴 커다란 위험에 처하는 순간, 그리스도교인이면 당연히 해야 하는 것과 달리 하느님께 매달리기보다는 사랑하는 여인에게 마치 그녀가 신이라도 되는 양 기꺼이, 그리고 헌신적으로 의지하더군요. 이런 걸 보면 왠지 이교도적으로 보이거든요."

"이보시오." 돈키호테가 대답했다. "그건 달리 방법이 없소. 다른 식으로 행동하는 건 편력기사에게 전혀 어울리지 않으니까 말이오. 편력기사가 큰 결투를 벌일 때 사랑스러운 눈빛을 그의 연인에게 돌리며 그녀에게 결과를 알 수 없는 그 순간 자신을 지켜주고 용기를 북돋아달라고 청하는 것은 이미 관례가 되어 있소. 설령 그렇게 갈구할 만한 연인이 없다 하더라도 편력기사라면 온 마음을 담은 간구의 말을 혼자서라도 중얼거려야 할 의무가 있는 것이오. 실제로 책을 보면 그런 예가 숱하다오. 그렇다고 해서 이들이 더 이상 하느님께 기도하지 않는다고 생각해서는 안 되오. 결투를 벌이면서도 하느님을 찾을 만한 시간은 얼마든지 있으니까."

"그렇다고는 하지만, 여전히 안 풀리는 문제가 있습니다." 나그네가 말했다. "책에서 여러 번 읽은 장면인데, 편력기사 둘이 서로 이야기를 주거니 받거니 하다가 화가 치솟으면 각자 말머리를 돌려 거리를 둔 다음 앞뒤 가리지 않고 전속력으로 달려와 맞닥뜨리곤 하지요. 그리고 질주하는 도중에 각자 자기의 연인을 향해 간구하는데 보통은 맞부딪치는 순간에 상대편의 창에 찔린 쪽이 말 엉덩이 쪽으로 떨어지고 찌른 사람도 자기 말갈기를 붙잡지 못하면 바닥으로 나뒹굴게 마련입니다. 죽는 사람이 이 촉박한 결투의 와중에 과연 언제 하느님께 기도할 만한 시간이 있는지 알다가도 모르겠습니다. 연인을 향해 기도할 시간이 있었다면 차라리 하느님께 기도하는 편이 훨씬 나았을 텐데요. 그리스도교인으로서 당연한 의무이기도 하고요. 더욱이 저는 모든 편력기사가 연인에게 기도한다고 생각하진 않습니다. 모든 기사가 다 사랑에 빠지는 것은 아니잖습니까."

"그건 그렇지가 않소." 돈키호테가 말했다. "연인 없는 편력기사는 있을 수 없소. 저 하늘에 별이 있듯이, 편력기사들이 사랑에 빠지는 것은 너무나도 당연한 이치요. 확신하건대 사랑에 빠지지 않은 편력기사 이야기는 지금껏 본 적이 없소. 만일 연인이 없는 편력기사가 있다면 정통성을 지닌 편력기사가 아니라 기사도라는 요새 속으로 들어오되 정문이 아닌 도둑처럼 담을 넘어 들어온 사이비 기사일 것이오."

"그렇지만 제가 잘못 기억하는 것이 아니라면," 나그네가 말했다. "용감한 아마디스 데 가울라의 형제인 돈 갈라오르는 기도할 만한 연인이 없었음에도 어디 하나 빠지지 않는 매우 용감하고 훌륭한 기사였습니다."

이 말에 우리의 돈키호테가 대답했다.

"이보시오, 제비 한 마리가 왔다고 여름이 되는 것은 아니지요. 사실 나는 그가 말은 안 했지만 사랑에 깊이 빠져 있었다는 것을 아오. 그는 괜찮아 보이는 여인들을 전부 다 사랑했는데, 그것은 억누를 수 없는 인간의 본능이었소. 하지만 그에게도 사랑을 바칠 만한 단 한 여인이 있었으니, 그가 아주 비밀리에 기도를 올렸던 것은 워낙 속을 털어놓지 않는 기사였기 때문이오."

"모든 편력기사가 사랑에 빠져버리는 것이 당연한 일이라면 당신도 편력기사이니 만큼 같을 거라고 믿겠습니다." 나그네가 말했다. "당신이 돈 갈라오르처럼 말을 아끼는 분이 아니시라면, 제 일행을 대신하여 진심으로 부탁드리건대 부디 당신이 사랑하는 여인의 이름과 신분, 미모에 대해서 들려주십시오. 당신 같은 훌륭한 기사님의 사랑과 헌신을 받고 계시니 세상 모든 사람들이 그분의 이름을 안다면 행복해하실 겁니다."

그러자 돈키호테가 깊은 한숨을 내쉬며 말했다.

"내가 그녀를 섬긴다는 사실을 세상 사람들이 다 아는 것에 대해 나의 연인이 좋다고 할지 싫다고 할지 단언할 수가 없소이다. 다만 조심스럽게 청하니 대답해드리지요. 그녀의 이름은 둘시네아이며 라만차의 엘 토보소 출신이오. 신분으로 말씀드리자면 최소한 공주는 된다고 해야겠지요. 나에게는 여왕이며 연인이지만 말이오. 미모는 가히 신의 경지에 이르렀다 할 수 있는데, 그것은 시인들이 아름다운 여인들을 묘사하기 위해 부여했던, 불가능해 보일 만큼 꿈같은 아름다움의 모든 속성이 그녀의 아름다움 속에서 실현되었기 때문이오. 황금빛 머릿결, 엘리시온* 들판 같은 이마, 무지개 같은

---

*그리스 신화에서 영웅과 덕 있는 자들의 영혼이 머문다는 마지막 휴식처이자 낙원.

눈썹, 반짝이는 두 눈동자, 장밋빛 두 뺨, 산홋빛 입술, 진주 같은 이, 석고같이 하얀 목, 대리석 같은 가슴, 상아빛 두 손, 눈처럼 하얀 피부, 그리고 인간의 눈에는 너무나도 드높기만 한 정절을 품고 있는 성품, 이 모든 것들은 신중하게 생각해야만 그 가치를 발견할 수 있으며, 그 무엇과도 견줄 수 없을 것이라오."

"우리가 알고 싶은 것은 혈통과 가문입니다." 비발도가 말했다.

이 말에 돈키호테가 대답했다.

"고대 로마 제국의 쿠르시오스, 가요스, 스키피오 가문도 아니고, 근대 로마의 콜로나스, 우르시노스나 카탈루냐의 몽카다스, 레케세네스 집안도 아니고, 발렌시아의 레베야스나 비야노바 집안은 더더욱 아니며, 아라곤의 팔라폭세스, 누사스, 로카베르티스, 코레야스, 루나스, 아라고네스, 우레아스, 포세스, 구레아스 집안도 아니고, 카스티야의 세르다스, 만리케스, 멘도사스, 구스마네스 집안도 아니고, 포르투갈의 알렌카스트로스, 파야스, 메네세스 가문도 아니라오. 바로 라만차의 토보소 가문이지요. 이 가문은 새롭게 다가올 미래에 가장 빼어난 명문가가 될 것이오. 오를란도의 전승 기념비 발치에 세르비노*가 이런 말을 써놓았지요.

> 롤단과 겨룰 수 없는 자는
> 누구도 이것을 움직이지 마라.

이 문구를 바꾸고 싶지 않다면 여러분들은 조금 전에 내가 한 말에 반론

---

*《광란의 오를란도》에서 무어 왕 아그라만테가 샤를마뉴 왕을 파리에서 포위했을 때 구원군으로 파견되었던 사령관으로, 스코틀랜드 국왕의 아들이다.

을 제시하지 말기 바랍니다."

"비록 저는 라레도의 카초핀 가문이지만," 나그네가 대답했다. "감히 라만차의 토보소 가문과 비교할 생각은 없습니다. 하지만 솔직히 말씀드리면 지금까지 그와 비슷한 이름조차도 들어본 적이 없군요."

"어떻게 그 가문의 명성을 모를 수 있단 말이오!" 돈키호테가 소리쳤다.

두 사람의 대화를 유심히 듣던 모든 사람들이, 심지어는 산양 치는 목동들까지도 우리의 기사 돈키호테가 완전히 미쳤다는 것을 알아차렸다. 오직 산초 판사만이 과거 돈키호테가 어떤 사람이었는지 알고 있었고, 태어날 때부터 알고 지냈던 터라 주인이 하는 말을 모두 사실이라고 믿었다. 하지만 아름다운 둘시네아 델 토보소 이야기만은 믿기가 어려웠다. 그는 엘 토보소에서 무척 가까운 곳에 살고 있었지만 단 한 번도 둘시네아의 이름이나 그런 공주가 있다는 이야기는 들어본 적이 없었던 것이다.

이런 이야기를 주고받으며 길을 가던 일행은 산골짜기에서 스무 명가량 되는 목동들이 걸어 내려오는 것을 보았다. 그들은 검은 양모 조끼를 입고 머리에는 화관을 쓰고 있었는데 나중에 자세히 보니 어떤 것은 사철 푸른 나무로, 또 다른 것은 사이프러스 나무로 만든 것이었다. 그들 중 여섯 명의 목동들이 갖가지 꽃과 꽃가지로 뒤덮인 관을 운구하고 있었다.

한 목동이 그것을 보고 말했다.

"저기 저 사람들이 그리소스토모의 관을 들고 오네요. 저 산등성이가 바로 그가 묻어달라고 유언했던 장소랍니다."

그 말에 돈키호테 일행은 발길을 재촉하여 단숨에 도착했다. 먼저 도착한 사람들이 이미 관을 땅에 내려놓았으며, 그들 중 네 명은 뾰족한 곡괭이로 단단한 바위 옆 땅을 파고 있었다.

그들은 공손하게 인사를 나누었고, 돈키호테와 함께 온 일행은 관을 쳐다보았다. 그 관에는 꽃으로 뒤덮인 목동 복장의 시신이 들어 있었는데 언뜻 보기에 서른쯤 된 것 같았다. 이미 죽었으나 잘생긴 얼굴에 늠름한 체구였다. 시신 옆에는 책 몇 권과 여러 장의 종이 뭉치가 펼쳐져 있거나 접혀 있었다. 이것을 보는 이들이나 무덤을 파는 이들을 비롯하여 그곳에 모인 사람들이 모두 놀라울 정도로 침묵을 지키고 있었다. 마침내 시신을 운구했던 목동이 동료에게 말했다.

"이봐, 암브로시오, 여기가 바로 그 장소인지 잘 보게나. 그리소스토모가 남겼던 유언을 빈틈없이 받들어야 할 테니."

"이곳이 맞아." 암브로시오가 대답했다. "저 불쌍한 내 친구가 바로 이곳에서 꽤 여러 번 자신의 불행한 처지를 한탄했었지. 그는 여기서 인간의 탈을 쓴 저 불구대천의 원수를 처음 만났다고 했네. 또 진정한 사랑을 느끼는 자신의 마음을 그녀에게 처음 고백한 곳도 여기이고, 마르셀라가 그리소스토모를 기만하고 멸시함으로써 처절한 인생이라는 비극에 종지부를 찍게 한 곳도 여기일세. 그는 너무나도 서글픈 기억들이 깃든 이곳에서 영원한 망각의 세계로 침잠해버리기를 바랐던 것이지."

그러고 나서 돈키호테와 그 일행 쪽을 쳐다보며 말했다.

"여러분들이 연민의 눈으로 바라보는 저 육신에는 하늘의 무한한 풍성함이 담겨 있습니다. 그는 그리소스토모라는 청년으로, 재능은 따를 사람이 없으며 더할 나위 없이 예의 바르고 남다르게 늠름했으며 우정은 불사조 같았고, 가치를 따질 수 없을 만큼 너그러운 데다 정중하되 오만하지 않고 유쾌하되 천박하지 않으며 결국 최고로 선량하면서도 불행은 혼자 떠안은 인물이었습니다. 그는 그녀를 진정으로 사랑했으나 그녀에게 증오의 대상이 되었고, 숭배했으나 무시당했습니다. 그는 야수에게 사랑을 갈구한 것이고, 대리석상에게 매달린 것이며, 바람을 뒤쫓아 달린 것이고, 메아리 없는

절규를 토했으며 배은망덕한 자를 위해 헌신했고, 인생이 한창 피어오를 때 죽음이라는 전리품을 상으로 받았던 것입니다. 그의 인생에 종지부를 찍게 만든 장본인은 산양 치는 여인이었는데 그리소스토모는 그녀를 향한 자신의 사랑이 사람들의 기억 속에서 영원히 살아 있기를 바랐습니다. 만일 그가 자신을 땅에 묻으면서 그 종이들을 불 속에 던져 넣으라고 유언하지 않았더라면 지금 여러분들이 보고 있는 저 종이 뭉치가 그 모든 것을 다 드러냈을 것입니다."

"저 종이 뭉치를 다 태워버린다는 건 너무 가혹하고 모진 처사가 아닙니까?" 비발도가 나섰다. "죽음을 눈앞에 둔 사람이 비이성적으로 유언한 것인데 모든 걸 그대로 따르는 것은 옳지 않으니까요. 만일 아우구스투스 카이사르가 만투아 출신의 시성*이 남긴 유언에 따라 그의 원고를 모두 없애버렸다면 큰일 났을 겁니다. 암브로시오여, 이미 친구의 육신은 땅에 묻었으나 저 종이 뭉치는 망각 속으로 보내지 마십시오. 그리소스토모가 모멸감 때문에 그런 유언을 남긴 것이나, 여러분들이 경솔하게 그대로 따르는 것은 바람직하지 않습니다. 이 종이 뭉치에 생명을 주십시오. 마르셀라의 잔혹함을 기억함으로써 후대의 사람들이 그와 유사한 불행에 빠지지 않도록 말입니다. 나와 여기 함께 있는 사람들은 그가 죽은 이유, 그가 삶을 마감하면서 남긴 유언의 내용을 알고 있습니다. 그의 안타까운 사랑 이야기를 통해 사람들은 마르셀라가 얼마나 가혹했는지, 그리소스토모의 사랑이 얼마나 지극했는지, 당신들의 우정이 얼마나 돈독했는지 알았으며, 앞뒤 가리지 않고 좁다란 길을 마구 달려가는 사람들의 최후에 대해서도 알았습니다. 우

*로마 최고의 시인으로 불리는 베르길리우스를 말한다. 그는 자신이 쓴 장편 서사시 《아이네이스》를 불태우라고 말했다.

리는 어젯밤에 그리소스토모가 죽었다는 것과 그의 장례식이 이곳에서 열린다는 사실을 알았습니다. 그래서 호기심 반 연민 반으로 가던 길을 멈추고 우리를 그토록 슬프게 만들었던 그 모든 것을 직접 눈으로 확인하기 위해 여기까지 온 것입니다. 이 연민의 대가로, 그리고 혹 저 종이들을 구해낼 수 있지 않을까 하는 바람이 우리의 가슴속에 싹튼 대가로, 당신에게 바라건대, 오 사려 깊은 암브로시오여, 이 종이들을 태우지 마시고 그중 일부라도 내가 가져가게 해주시오."

그는 대답을 기다리지도 않은 채 손을 뻗어 가장 가까이 있는 종이 몇 장을 잡아챘다. 그것을 보고 있던 암브로시오가 말했다.

"이미 가져가신 것들은 예의상 그냥 두겠습니다. 하지만 다른 것들도 남겨두리라고 생각하는 것은 헛된 기대입니다."

뭐라 쓰여 있는지 보고 싶었던 비발도는 얼른 종이 한 장을 펼쳤다. 거기에는 〈절망의 노래〉란 제목이 붙어 있었다. 그것을 본 암브로시오가 말했다.

"그것이 불행한 내 친구가 쓴 마지막 작품입니다. 어차피 그 제목 속에 그의 불행이 담겨 있다는 것을 보셨을 테니 모두 들을 수 있도록 한번 읽어보십시오. 무덤을 파는 일은 잠시 미룰 수 있을 것입니다."

"기꺼이 그러지요." 비발도가 말했다.

다른 사람들도 같은 바람이었으므로 그를 둥글게 에워쌌다. 비발도가 낭랑한 목소리로 낭송하기 시작했다.

제14장

여기에서는 죽은 목동이 쓴 절망의 시들과 뜻밖에 일어난 일들을 이야기한다

그리소스토모의 노래

오, 잔인한 여인이여,
그대는 그 잔혹함을
입에서 입을 통해 사람들에게 퍼뜨리려 하니
나는 그 지옥에 내 슬픈 가슴과
나의 목소리까지 뒤틀리게 하는
이 고통의 소리를 전하리라.
내 고통과 그대의 행동을
말하려 애쓰지만 내 바람과는 달리
괴상한 목소리만 터지는구나.
그 목소리 속에는
비참한 상심의 조각들이 뒤섞여 있네.
귀 기울여 들어주오.

쓰디쓴 가슴에서 울리는
합주가 아닌 소음을.
내 사랑으로 인해 그대의 원망만이 돌아오니
내 마음은 터져버릴 것 같소.

사자의 포효, 사나운 늑대의 울부짖음
뱀이 미끄러지는 소름 끼치는 소리
괴물의 섬뜩한 비명
까마귀의 불길한 울음소리
거친 바다에서 휘몰아치는 바람 소리
패배한 투우의 처절한 울음소리
짝 잃은 비둘기의 우수 어린 지저귐
새장에 갇힌 부엉이의 슬픈 노랫소리
지옥 그림자들의 탄식 소리
이 모든 것들이 하나의 소리로 뒤섞인 채
내 고통 받는 영혼과 함께
솟아 나오나니
모든 감각이 그 안에 뒤섞여
내 안의 이 처절한 고통을
그녀에게 전하려면
새로운 방법이 있어야만 하겠구나.

이 혼돈스러운 화음의 슬픈 메아리는 타호 강의 모래들도
올리브나무를 따라 흐르는 유명한 베티스 강도

결코 들으려 하지 않네.
내 가혹한 고통은 거암과 심연의 동굴에 퍼지리.
살아 있되 의미 없는 그 말들은
어두운 골짜기나
햇빛마저 닿지 못하는
인적이 끊어진 황량하고 삭막한 해안.
리비아 평원에서 살아가는
사나운 맹독을 지닌 야수들 사이에서
거친 황무지에서
나의 이 불협화음은
그대 냉정함에 부딪혀
거친 메아리로 되돌아오니
내 이 불행이
저 넓은 세상에 알려지리라.

경멸은 진정한, 혹은 거짓일지 모르는
의심을 지우고, 인내 또한 의심을 던져버리고,
질투심은 더 확고하게 의심을 지워버리네.
기나긴 부재가 인생을 혼돈스럽게 하나니
제아무리 확고한 희망이라도
부재에 대한 확고한 희망으로
망각의 두려움에 맞설 수 없구나.
이 모든 것에는 불가피하게 죽음이 있는 것.
이 얼마나 기적적인가.

그럼에도 나는 우려하며, 멀리 떨어져 무시당하고
나를 죽이는 의심 속에서 살고 있으니
나의 불길이 타오르는 망각 속에서
숱한 고통 속에서 나의 눈은 희미한 희망이나마
볼 수 없으며, 좌절한 나는 희망을 꿈꾸지 못하니
그대에게 다가갈 수 없다면
차라리 맹세하건대 영원히 그녀와 결별하겠네.

설마 잠시나마 기대하거나 걱정할 수 있을까?
그 우려의 가장 명확한 원인이면서도
그렇게 하는 게 잘하는 것일까?
질투심으로 내 영혼이 수천 개의 상처로 만신창이가 된다면
이 눈을 감아야 하는가?
경멸받고 업신여김을 당하면서
불신의 문을 활짝 열지 않을 사람이 어디 있으리오?
오, 슬픈 일이여!
진실된 행동과 명백한 사실이
거짓으로 바뀌다니.
오, 사랑의 왕국의 사납고 포악한 질투심이여!
내 이 두 손에 칼을 쥐여다오.
경멸, 그 불행한 끈을 다오.
그대, 이렇게 잔혹한 승리를 거두었지만
그대를 생각함으로써
나는 고통조차 잦아들게 할 테요.

죽음에서나 삶에서나
행복을 기다리지 않으니
나는 영원히 환상 속에 머물리라.
진정으로 사랑한다면 이루어질 것이며
그 별난 사랑의 폭로 앞에 바쳐진 영혼을
훨씬 더 자유롭다 말하리다.
나의 원수는 항상 나의 아름다운 영혼을
그녀의 몸으로 삼았으며
그녀의 망각은 내 실수에서 빚어졌으며
우리에게 저지른 악행으로 미루어보아
사랑은 그녀의 왕국을
아주 평화롭게 유지하겠네.
이런 생각과 고통의 끈으로써
서글픈 기한을 단축하고자 하니,
내 몸과 영혼을 바람에 맡기겠네.
미래에 대한 영광도 찬양도 없이.

그토록 무관심한 그대는
내가 증오하는 삶을 더욱 지치게 했고
그대 향한 내 명백한 마음
이미 그대 알지만 가슴 깊이 받은 이 상처는
냉정한 그대에게 기쁨이 되리니
혹시라도 그대의 맑은 하늘과 같은
아름다운 두 눈동자가 내 죽음으로 인해

흐려질 수 있다 하더라도 그대 울지 마시오.
내 영혼을 전리품으로 바쳐도
그대 만족하지 않길 바라오.
내 불행한 죽음 앞에 미소 지으며
결국 내 장례식은 그대의 축제가 되리.
이 사실을 그대에게 말한다는 것이
얼마나 바보짓인지.
내 삶이 그토록 빨리 막을 내림이
그대에게는 기쁨임을 알고 있는데.

이제 때가 이르렀으니
탄탈로스여, 그대 목마름으로 저 심연에서 나오시오.
시시포스여, 무거운 그 바위를 들고 나오시오.
티티오스여, 콘도르를 데리고 오시오.
수레를 끄는 아게노르여,
그리고 그토록 일하는 자매들이여,
일을 멈추지 마시오.*
그들 모두가 부르는 멈출 수 없는 탄식이
내 가슴으로 전이되나니
수의조차 입지 않은 내 육체에
낮은 목소리로 이미 절망한 자에게 그러하듯

*모두 그리스 신화의 인물들로, 호메로스에 의하면 신들에게 잘못을 저질러 지하세계에서 형벌을 받는다.

슬프고 고통스러운 장송곡을 불러주네.
세 개의 얼굴을 가진 지옥의 문지기는
수많은 키메라와 괴물을 데려와 슬픔의 합창을 하네.
사랑 때문에 죽은 사람에게
이보다 더 화려한 의식은 없구나.

절망의 노래여,
이 몸이 죽더라도 한탄하지 마라.
이미 네가 태어날 수 있던 근원이야말로
내 불행으로 인해 그녀의 행복이 커질진대
무덤 속에서조차 슬퍼하지 마라.

그리소스토모의 노래를 들은 사람들은 훌륭한 시라고 생각했다. 그 시를 낭독한 사람은 마르셀라가 신중하고 온화한 성품이라고 들었던 것과 시 속의 이야기가 다르다고 여겼다. 왜냐하면 노래 속에서 그리소스토모가 질투심, 의심, 그리고 그녀가 떠나버렸다는 것 등 마르셀라의 좋은 평판과 명성에 금이 갈 만한 모든 것에 대해 탄식하고 있었기 때문이다. 죽은 친구의 속마음까지도 잘 아는 암브로시오가 이런 점을 해명했다.

"그런 의문점을 풀어드리고자 덧붙이면, 이 불행한 산양치기가 이 시를 쓸 때는 마르셀라와 멀리 떨어져 있었다는 걸 알아주시기 바랍니다. 자신이 누리는 하루하루가 특권이 없더라도 지낼 만한지 확인하기 위해 스스로 그녀에게서 떨어져 있었다는 것을 알아주세요. 사랑하는 이에게서 떨어진 연인에게는 무엇 하나 괴롭지 않는 게 없고 두렵지 않은 게 없듯이, 그리소스토모는 상상의 날개를 펴는 질투심과 두려움으로 가득 찬 의심이 마치 진실인 양 자신을 지치게 만들었지요. 마르셀라의 성품이 선량하다는 명성은 사실인 셈이며, 그녀가 쌀쌀맞고 약간은 거만하며 사람을 상당히 무시한다는 점을 제외한다면 질투심 어린 눈으로 본다 해도 흠 잡아서도 안 되며, 잡을 수도 없는 여인입니다."

"맞는 말입니다." 비발도가 대답했다.

그러고는 불에서 구한 두 번째 종이를 읽으려는 순간, 별안간 놀라운 형상이 ―그녀의 모습이 그렇게 보였는데― 눈앞에 등장하며 이를 막았다. 무덤 자리 옆, 바위 위에서, 들리는 소문보다 훨씬 더 아름다운 산양치기 처녀 마르셀라가 나타났던 것이다. 그녀를 처음 본 사람들은 경탄의 탄성조차 내뱉지 못한 채 그녀를 쳐다볼 뿐이었고, 그녀를 늘 보아왔던 사람들조차도 처음 본 사람들처럼 멍해지며 몸이 얼어붙었다. 그러나 암브로시오는 그녀를 보자마자 화난 표정으로 말했다.

"이곳엔 우연히 온 것인가? 오, 이 산속의 잔인한 바실리스크*여! 네 등장과 더불어 너의 냉담 때문에 목숨을 잃은 불쌍한 자의 상처에서 흐르는 피를 보기 위해 왔는가? 혹은 네 잔혹한 행적을 뽐내기 위해 왔는가? 무자비한 네로 황제처럼 이 높은 곳에서 불타는 로마의 참상을 보러 왔는가? 타르키니우스의 파렴치한 딸이 아버지의 시신에다 그랬던 것처럼 이 가엾은 시신을 거만스럽게 짓밟으려고 왔는가? 뭘 하러 왔는지, 네가 원하는 것이 무엇인지 당장 말해라. 살아생전 그리소스토모가 너를 거스른 적이 없으니, 그는 고인이 되었지만 여기 그의 친구라 불리는 사람이 네 말을 따르도록 하겠다."

"내가 여기 온 것은, 오 암브로시오! 당신이 말한 이유 때문이 아니라 나

---

*유럽의 신화에 등장하는 상상의 동물로 모든 뱀의 왕이며, 그 눈을 본 사람은 죽는다고 한다.

자신을 해명하기 위해서입니다." 마르셀라가 대답했다. "그리소스토모가 받은 고통과 그의 죽음을 모두 나의 탓으로 돌리는 것이 얼마나 이치에 맞지 않는지 해명하기 위해서요. 이 자리의 모든 분께 간청드리니, 부디 제 말씀을 들어주십시오. 신중한 여러분 앞에서 진실을 밝히는 데는 시간이 많이 걸리지 않을뿐더러 많은 말이 필요하지도 않을 것입니다. 여러분은, 하늘이 제게 아름다움을 주셨고, 그 아름다움이 여러분으로 하여금 어쩔 수 없이 저를 사랑하게 만든다고 말하지요. 여러분이 제게 사랑을 보여주었다는 이유로 저 역시 여러분을 사랑해야 할 의무가 있다고 말하고, 그렇게 하지 않으면 안 된다고도 했습니다. 저는 하느님이 제게 주신 타고난 분별력으로 아름다운 것은 반드시 사랑스럽다는 것을 알고 있습니다. 그렇지만 아름답기에 사랑받는 사람이 자신이 사랑받는다는 이유로 자신을 좋아하는 사람을 사랑해야 한다는 것은 납득하기 힘듭니다. 더욱이 제 아름다움을 사랑하는 사람이 못생겼을 수도 있는데, 그 못생겼다는 것만으로도 거부의 대상이 될 만한데, '아름답기에 나는 당신을 사랑합니다, 내 비록 못생겼더라도 나를 사랑해주세요'라고 말하는 것은 어폐가 있지요. 하지만 두 사람이 모두 아름답다 하더라도 두 사람의 마음은 달라서 반드시 서로가 사랑을 하게 되는 것은 아닙니다. 어떤 아름다움은 눈을 즐겁게 해주지만 마음까지 빼앗아 가지는 못하지요. 모든 아름다운 것을 사랑하고 마음까지 빼앗겨버린다면, 인간의 마음은 어디에 정착해야 할지 모른 채 혼란스러워하며 방향을 잃을 것입니다. 아름다운 대상이 무한한 만큼 그것을 얻고자 하는 바람 역시 무한한 법이니까요. 제가 읽은 바에 의하면, 진정한 사랑은 깨지지 않으며 스스로의 마음에서 우러나야지 강요해서 되는 것이 아니라고 합니다. 저 역시 그렇게 믿고 있습니다. 진정한 사랑이란 이런 것인데, 여러분은 왜 제게 저를 사랑하는 모든 사람에게 마음을 줄 것을 강요하고 모든 사람을 사랑하라고 하십니까? 그런 것이 아니라면 어디 한번 말씀해보세요. 하늘이 저를 아름답게 만들었듯이 저를 못생기게 만들었다면 여러분들이 사랑하지 않는다는 이유로 제가 불평하는 게 옳았겠습니까? 하물며 저의 이 아름다움은 제가 선택한 것이 아님을 아셔야만 합니다. 그것은 하늘이 내려주신 은혜일 뿐 제가 달라고 한 적도, 선택한 적도 없었습니다. 살모사가 사람을 죽일 수 있는 맹독을 가졌다는 그 천성으로 인해 비난받을 수 없는 것처럼 저 역시 아름다움을 타고났으니 아름답다는 이유로 지탄받을 수는 없지요. 정숙한 여인에게 아름다움은 저만치 떨어져 있는 불꽃, 혹은 예리한 칼날 같아서 가까이 다가가지 않는다면 불에 데지도 날에 베이지도 않을 것입니다. 명예와 정절은 영혼을 더욱더 아름답게 꾸며주는 것이니, 이런 것이 없는 육체는 비록 아름답더라도 아름답게 보일 수 없는 법입니다. 만일 정절이라는 것이 육체와 영혼을 좀 더 아름답게 가꾸어주는 미덕이라면 왜 아름다움으로 인해 사랑받는 여인이 그저 재미로, 그리고 강압적으로 달려드는 남자의 의도에 의해 정절을 잃어야만 하는 것입니까? 저는 자유롭게 태어났고, 또 자유롭게 살아가기 위해 초원에서의 고독을 선택한 것입니다. 이 산속의 나무들이 곧 제 친구이며, 투명한 시냇물이 제 거울입니다. 저는 이 나무들에게 제 생각을 이야기하고 시냇물에게 제 아름다움을 보여주지요. 저는 저만치 떨어져 있는 불꽃이며 멀리 놓인 칼입니다. 제 외모를 보고 사랑에 빠진 이들에게 말로써 정신을 차리게 해왔지요. 그리고 욕망이 희망으로 지탱될 수 있는 것이라고 한다면, 저는 그리소스토모에게 아무런 희망도 준 적이 없고, 그건 다른 남자들도 마찬가지였습니다. 그러니 제 잔혹함이 그를 죽였다고 하기에 앞서 그의 집착이 그를 죽였다고 하는 것이 맞을 겁니다. 그의 생각이 옳았기에 제가 그에게 화답해야 했다고 책임을 지우려 하시니, 지금 그의 묫자리를 파고 있는 바로 이 자리에서 그가 저에게 마음을 털어놓았을 때 저는 그에게 영원히 혼자 살고 싶다는 점과 오로지 대지만이 제 은둔의 열매를 얻을 것이며 아름다움의 전리품을 가질 거라고 말했다는 사실을 밝히고자 합니다. 제가 이렇게 솔직하게 이야기했음에도 그가 허황되게 집착하고 바람에 맞서 항해하고자 했다면, 그가 지나치게 광기의 바다 한가운데 빠져버린 것이 아니고 무엇이겠습니까? 만약 제가 그의 마음을 유혹했다고 생각하신다면, 잘못 아시는 겁니다. 그의 기대에 부응했다고 생각하신다면, 그건 저의 선의를 잘못 해석하신 겁니다. 그는 아니라는 것을 다 알았음에도 집착하며 걷잡을 수 없이 좌절의 나락에 빠졌지요. 그 사람의 잘못으로 그렇게 된 일인데 저에게 죄를 묻는다는 게 가당키나 한 일입니까? 속았다고 불평하시고 아무런 희망의 약속도 없었다고 좌절하셔도 좋습니다. 제가 먼저 유혹했다고 하는 분이라면 자신을 가지셔도 좋고, 제가 허락한 분이라면 뽐내고 자랑하셔도 좋습니다. 그러나 저는 아무런 약속도 하지 않았고, 속이지도 않았으며, 유혹하지도, 받아들이지도 않았으니 부디 잔인하다거나 살인자라고 저를 부르지 말아주세요. 지금껏 하느님은 저의 운명적 사랑을 원치 않으셨으며, 제가 누군가를 선택해 사랑하는 것도 금하셨지요. 이렇게 솔직히 말씀드리는 것은 제게 사랑을 고백하시는 모든 분들이 들어두었으면 하는 것이니, 앞으로 저 때문에 죽는 사람이 있다면, 그 사람은 결코 질투심이나 불행으로 인해 죽은 것이 아니란 점을 알아주셨으면 합니다. 어느 누구도 사랑하지 않는 사람은 그 누구에게도 질투심을 일으킬 수 없기 때문입니다. 이런 거절을 경멸로 받아들이시면 안 됩니다. 저를 야수나 바실리스크라 부르는 분은 저를 해롭고 악한 존재처럼 그냥 내버려두세요. 저를 배은망덕하시다 부르는 분들은 제게 은혜를 베풀지 마시고, 저를 은혜도 모른다 하시는 분은 저를 알려고 하지 마세요. 저를 잔인하다고 하시는 분은 저를 따라오지 마세요. 이 야수 같고, 바실리스크

같고, 배은망덕하고 잔혹하며 은혜조차 모르는 저는 여러분을 어떤 식으로든 찾지 않을 것이고, 은혜를 베풀지도 잘 지내려 하지도 않을 것이며, 또한 여러분을 따르려 하지 않을 테니까요. 그리소스토모가 인내심이 부족하고 욕망이 지나쳐 죽었을진대, 왜 저의 정직하고 신중한 행동에 죄를 씌우려는 것인가요? 제가 나무를 벗 삼아 순결을 지키고 있는데, 왜 남자들을 상대로 그 순결을 잃으라는 것입니까? 아시다시피 저는 재산이 많기에 남의 재산을 탐내지 않습니다. 저는 자유로우며 구속당하고 싶지 않습니다. 어느 누구도 사랑하지도 싫어하지도 않지요. 이 사람을 속이고 저 사람에게 구애하지 않으며, 한 사람을 농락하고 다른 이의 마음을 유혹하지도 않았답니다. 이 마을의 산양치기 여인들과 이야기를 나누며 산양을 돌보는 것이 제 기쁨이지요. 결국 이 산이야말로 제 갈망의 대상이며, 만일 제가 이곳에서 발걸음을 내디뎌 제 영혼이 본향을 찾아가는 날이 온다면, 그것은 천국의 아름다움을 보기 위함일 것입니다."

그녀는 말을 끝내자마자 그 누구의 대답도 듣지 않은 채 등을 돌려서는 가까이 있는 깊은 산속으로 들어가버렸다. 남은 이들은 그녀가 아름다울 뿐 아니라 참으로 신중하다는 사실을 알고 경탄해 마지않았다. 그들 중 몇 명은 (그녀의 아름다운 두 눈빛이 강렬한 화살처럼 박혀서) 지금까지 들은 진실된 이야기에도 아랑곳하지 않고 여전히 그 뒤를 쫓아가려고 했다. 그것을 보고 돈키호테는 기사도를 발휘해야 할 기회라고 생각하여, 곤경에 빠진 아가씨를 구하기 위해 칼자루에 손을 올리고 점잖은 목소리로 외쳤다.

"나의 진노가 있을지니, 신분에 상관없이 그 누구라도 아름다운 마르셀라를 쫓아가서는 안 될 것이오. 그녀는 명확하고 충분한 이유를 댐으로써 그리소스토모의 죽음에 아무런 책임도 없음을 보여주었소. 어느 누구의 연인이 되겠단 마음 없이 초연히 살아왔으니, 쫓기고 추적당하기보다는 이 세상 모든 사람들로부터 존중받고 찬탄받는 것이 마땅하오. 이 세상에서 그녀만이 올바른 생각을 가지고 살아가는 유일한 사람임을 보여주었소."

돈키호테의 으름장 때문이었는지, 암브로시오가 죽은 친구를 위해 마땅히 해야 할 일을 끝까지 해야 한다고 말했기 때문인지, 산양치기들 가운데 어느 누구도 묫자리를 파고 그리소스토모의 편지가 불타고 있는 구덩이 속에 관을 넣을 때까지 움직이지 않았으며, 자리를 뜨지 않은 채 많은 눈물을 흘렸다. 사람들이 무덤 위에 묵직한 돌조각을 덮는 사이, 묘지에 놓을 반석도 마련했다. 암브로시오는 묘비도 만들 것이며, 비문은 이렇게 쓸 거라고 했다.

여기 사랑에 빠졌던
차디차게 식어버린 한 젊은이가 누워 있네.
그는 산양 치는 목동이었으니,
실연으로 눈을 감고 말았도다.
아름다우나 배은망덕하고 냉담한 여인의
매정한 손에 숨을 거두었도다.
사랑의 폭군이 그와 더불어
자신의 제국을 더욱 넓히도다.

조문객들은 무덤 위에 수많은 꽃잎을 흩뿌리고 고인의 친구 암브로시오에게 조문을 건넨 뒤 작별을 고했다. 비발도와 그의 동료도 그랬으며, 돈키호테도 조문객들과 나그네들에게 작별을 고했다. 나그네들은 돈키호테에게 모험을 찾기에 적당한 곳이니 세비야로 같이 가자고 청했다. 거리마다 길모퉁이마다 모험거리가 많은 곳이라고. 돈키호테는 좋은 것을 알려주고 호의를 베풀어주어 감사하다고 인사했다. 그러고는 저 산악 지대는 못된 도둑의 악명이 자자한 곳인데, 그자들의 손에서 저 지역을 되찾는 그날까지는 세비야에 가고 싶지 않고, 가서도 안 된다고 말했다. 그의 확고한 결심을 알고 나그네들은 더 이상 권하지 않고 다시금 작별 인사를 나눈 뒤 그를 남겨둔 채 길을 떠났다. 그들은 길을 가면서 마르셀라와 그리소스토모의 이야기를 비롯해 돈키호테의 광기에 이르기까지 숱한 화제를 이야깃거리로 삼았다. 돈키호테는 산양치기 여인 마르셀라를 찾아가서 그녀를 위해 자신이 할 수 있는 모든 것을 해주겠다고 결심했다. 하지만 이 한 점 거짓 없는 이야기에 따르면 돈키호테가 기대했던 일은 일어나지 않았다. 여기서 2부는 끝내기로 하겠다.

제3부

제15장

여기에서는 잔인한 양구아스*인들과 맞닥뜨린 돈키호테의 불행한 모험을 이야기한다

현자 시데 아메테 베넹헬리는 돈키호테가 산양 치는 목동들과 그리소스토모의 장례식에 참석했던 모든 이들과 작별 인사를 나눈 직후 종자와 함께 산양치기 처녀 마르셀라가 들어간 바로 그 숲으로 들어갔다고 이야기한다. 돈키호테는 그녀를 찾아 두 시간 넘게 숲 속을 이리저리 돌아다녔으나 결국 발견하지 못하고, 신선한 풀로 뒤덮이고 그 옆으로는 고요하고 청량한 개울물이 흐르는 풀밭에 멈춰 섰다. 너무나도 마음에 드는 곳이라 정오를 그곳에서 보내야겠다고 생각했고, 어느새 그곳에 빨려들기 시작했다.

돈키호테와 산초는 말에서 내려선 뒤 당나귀와 로시난테가 그 풍성한 풀들을 자유롭게 뜯어먹도록 풀어준 다음, 자루에서 먹을 것을 꺼내 아무런 격식도 차리지 않은 채 편안하게 주인과 종자가 나누어 먹었다.

산초는 로시난테의 고삐가 풀려 있는 것에 신경 쓰지 않았다. 로시난테는 수컷답지 않게 워낙 온순하고 음탕하지 않아서 코르도바 목장의 모든 암말

*스페인 중북부 소리아 지방에 있는 작은 도시.

H. PISAN

들이 달려든다 해도 나쁜 행실을 저지르지 않을 거라고 확신했기 때문이다. 그런데 운명의 장난인지 아니면 (모두 잠만 자는 것은 아닌) 악마의 장난인지, 양구아스 마부의 갈리시아산 암말들이 그 계곡에서 풀을 뜯고 있었다. 양구아스 마부들은 냇물 가까이 있는 풀밭에서 낮잠을 즐기곤 했는데 마침 돈키호테가 있는 곳이었다.

급기야 일이 터지고 말았다. 로시난테가 양구아스의 암말들과 좀 어울려 볼 생각으로 암말의 냄새를 맡자마자 주인의 허락도 없이 본능적으로 다가가 욕망을 드러낸 것이다. 그러나 암말들은 로시난테보다 풀을 뜯는 게 더 좋았는지 뒷발질을 하고 이빨을 드러냈다. 뒷발질 몇 번에 로시난테의 뱃대끈이 망가지고 안장도 떨어져 나가 맨몸만 남고 말았는데, 여기에 설상가상으로 로시난테가 암말들에게 하는 짓을 본 마부들이 득달같이 달려와 몽둥이질을 해댄 통에 로시난테는 바닥에 형편없이 뻗어버리고 말았다.

그제야 돈키호테와 산초는 로시난테가 흠씬 두들겨 맞는 것을 보고 헐레벌떡 달려갔다. 돈키호테가 산초에게 말했다.

"산초야, 이자들은 기사가 아니라 천박하고 비천한 가문의 망나니들 같구나. 내가 이런 말을 하는 것은 우리의 눈앞에서 봉변을 당한 로시난테를 대신하여 복수하는 데 네가 도와줬으면 하기 때문이다."

"복수라니 무슨 복수를 한다는 것입니까?" 산초가 말했다. "이자들은 스물이 넘는데 우리는 겨우 둘, 아니 한 명 반밖에 안 되는걸요."

"내가 백 사람 몫을 하지 않느냐." 돈키호테가 대답했다.

그러고는 더 이상 말하지 않고 칼을 뽑아 들고 양구아스인들을 향해 잽싸게 달려갔고, 산초 또한 주인의 행동에 자극받아 똑같이 따라 했다. 돈키호테가 느닷없이 달려들어 첫 번째 마부를 향해 칼을 휘두르자 그 마부의 가죽옷이 잘려 나가 등에 큰 상처가 났다.

양구아스 마부들은 동료를 공격한 상대가 겨우 둘이고 자신들은 여럿이라는 것을 깨닫고는 몽둥이를 들고 달려가 두 사람을 에워싸고 있는 힘껏 몽둥이질을 해대기 시작했다. 산초는 두 번째 몽둥이에 나가떨어졌고 돈키호테 역시 자신의 솜씨와 용맹을 펼쳐 보이지 못한 채 똑같은 봉변을 당하고 말았으니, 아무래도 돈키호테는 로시난테의 발치에 떨어질 운명인 모양이었다. 로시난테는 여전히 일어서지 못하고 있었다. 마부들이 몽둥이를 얼마나 거칠게 휘둘렀는지 알 만했다.

양구아스인들은 몰골은 엉망인 데다 기력까지 쇠해버린 두 모험가를 남겨둔 채 최대한 빨리 말에 짐을 싣고 길을 떠나버렸다.

먼저 정신을 차린 것은 산초 판사였다. 그는 옆에 주인이 있는 걸 보고는 다 죽어가는 서글픈 목소리로 말했다.

"돈키호테 나리? 이걸 어쩌나, 돈키호테 주인님!"

"산초야, 왜 그러느냐?" 돈키호테가 산초 못지않게 가늘고 고통이 깃든 목소리로 대답했다.

"괜찮을지 모르겠는데," 산초 판사가 말했다. "혹시 지금 가지고 있다면 그 냄새가 고약한 브리스* 물약 두 모금만 마시게 해주세요. 그 약이 상처에 잘 듣는다면 부러진 뼈에도 잘 들을 테니까요."

"불행한 내가 지금 그것을 가지고 있다면 더 바랄 게 뭐가 있겠느냐?" 돈키호테가 대답했다. "하지만 산초야, 내 너에게 편력기사의 명예를 걸고 맹세하건대 운명이 장난을 치지 않는다면, 이틀 내에 그 약을 가져오도록 하마. 그렇지 않으면 내 손에 장을 지지겠다."

"그렇다면 주인님께서는 우리가 언제쯤에나 걸어 다닐 수 있다고 생각하

---

*앞서 돈키호테가 말한 물약 '피에라브라스'를 잘못 말한 것이다.

십니까?" 산초 판사가 물었다.

"내가 알 수 있는 것은," 녹초가 된 기사 돈키호테가 대답했다. "정확히 며칠이 걸릴지 알 수 없다는 것이로구나. 어쨌든 모두 내 잘못이다. 나와는 다른, 무장한 편력기사가 아닌 사람들과 맞서서 검을 잡아서는 안 될 일이었는데. 결국 기사도 규율을 어긴 죄로 싸움의 신들이 나에게 이런 벌을 내린 것이다. 그러니 산초 판사야, 지금부터 내가 하는 말을 잘 새겨들어라, 우리 두 사람의 안위에 매우 중요한 문제이니라. 만일 아까 같은 망나니들이 우리를 모욕하더라도 내가 그들과 대적하여 칼을 뽑는 것을 그대로 지켜보고 있어서는 안 된다. 너도 네 칼을 뽑아 네 입맛대로 그들을 응징하거라. 그러나 만일 그들을 돕기 위해서 기사들이 쫓아온다면, 나도 전력을 다해 너를 지켜주고 보호해주마. 나의 강력한 힘의 가치가 어디까지 뻗쳐 있는지는 수많은 상처와 경험에 비추어 너도 이미 알고 있을 것이다."

이 불쌍한 기사는 비스카야인과의 결투에서 승리한 탓에 이렇게 오만방자해져 있었던 것이다. 그러나 산초는 주인의 말을 받아들일 수 없어 이렇게 대답했다.

"주인님, 저는 평화를 좋아하고 온순하며 얌전한 사람입니다. 처자식들을 먹여 살려야 하기 때문에 어떠한 모욕이라도 모른 체하고 넘어갈 수 있지요. 저야 주인님께 명령할 수 없는 처지이니 그저 말씀만 드리겠는데요, 저는 상대가 평민이건 기사이건 그들과 싸우려고 칼을 뽑지는 않을 것입니다. 그리고 지금부터 죽는 날까지, 높은 사람이든 낮은 사람이든, 부자든 가난한 자든, 귀족이든 평민이든, 신분과 지위에 상관없이 저에게 어떤 모욕을 주더라도 용서해줄 것입니다."

이 말을 듣고서 그의 주인이 대꾸했다.

"숨 좀 돌리고 차분히 얘기해보도록 하자. 옆구리의 통증이 가라앉았으니, 판사야, 네가 잘못 알고 있는 부분을 고쳐줘야겠구나. 이리 와봐라, 이 무지한 녀석아. 만약 지금까지 반대 방향으로 불던 운명의 역풍이 순풍으로 바뀐다면, 희망의 돛단배를 아무런 걸림돌 없이 내가 너에게 약속한 섬으로 실어다 주겠다. 내가 그 섬을 취하고 너를 그 섬의 총독으로 만들어주었는데, 네가 기사가 아니라서 총독이 될 수 없다거나 되고 싶어 하지도 않거나, 혹은 그 총독 자리를 지키고 네가 받은 모욕을 되갚아줄 만한 용기도 의욕도 없다면 무슨 소용이 있겠느냐? 너도 알다시피 새롭게 정복한 왕국은 모든 것이 너무나 불안정하고, 새로운 통치자도 일면 불안정한 만큼 모든 걸 새롭게 바꾸기 위해서는 개혁을 해야 한다는 사실과 흔히 말하듯 운명을 다시 한 번 시험해보는 걸 두려워할 필요가 없기 때문이다. 따라서 새 군주가 영지를 다스리기 위해서는 이해 분별력이 있어야 함은 물론, 어떠한 일이 일어나도 맞서 싸우고 스스로를 방어할 수 있는 용기가 필요한 것이다."

"방금 우리에게 일어난 일에서도," 산초가 대답했다. "주인님께서 말씀하신 이해 분별력과 용기가 있었더라면 좋았겠지요. 그러나 보잘것없는 사람의 명예를 걸고 주인님께 맹세하건대 저에게는 대화보다 물약이 더 낫습니다. 그나저나 주인님께서 일어나실 수 있으시면 함께 로시난테를 도와주어야겠습니다. 이번 몰매 사건의 전적인 책임이 그놈에게 있는 만큼 굳이 호의를 베풀지 않아도 되지만요. 저는 로시난테가 저럴 줄은 몰랐습니다. 저처럼 순진하고 평화적인 놈이라고 생각했는데. 그러게 사람 속은 알 수 없고 인생은 한 치 앞도 내다볼 수 없다더니 정말 그렇네요. 주인님께서 그 형편없는 편력기사 놈에게 무시무시한 칼부림을 하고 나자마자 바로 우리 등으로 몽둥이 폭우가 쏟아질 줄 누가 생각이나 했겠습니까?"

"산초야," 돈키호테가 말했다. "너의 등은 비구름과 엇비슷한 것으로 만들어졌을지 모르지만 나의 등은 네덜란드산 고급 천에 싸여서 자랐기 때문에 똑같은 불행의 고통도 훨씬 강도 있게 느끼는 것이 당연하다. 만일 그렇지 않다면, 내가 추측하건대, 아니 분명히 말하건대, 편력기사에게 이런 모든 불편이 따르는 게 당연한 일이 아니라면, 나는 이 자리에서 너무나 화가 나 죽어버렸을 것이다."

이 말을 듣고서 종자가 대꾸했다.

"주인님, 이러한 불행들이 기사도의 수확이라면, 이런 일이 매번 일어나는지 아니면 정해진 시간에만 일어나는지 말씀 좀 해보세요. 하느님께서 무한한 자비심으로 우리를 구원해주시지 않을 경우, 두 번만 수확했다가는 세 번째 수확은 아예 필요 없을 것 같으니까요."

"산초야, 내 말을 잘 들어봐라." 돈키호테가 대답했다. "편력기사들의 삶이란 언제나 수천 가지 위험과 불운을 무릅써야 하는 것이다. 또한 내가 잘 알고 있다시피, 다양하고 숱한 경험을 통해서 왕이나 황제가 될 가능성도 어김없이 갖고 있는 것이니라. 내가 지금 많이 아프기는 하지만, 지금부터 너에게 자신의 힘으로 높은 자리에까지 오르고, 그러기까지 수많은 재난과 고통을 겪은 편력기사들의 얘기를 들려주마. 그 용감무쌍한 아마디스 데 가울라가 불구대천의 원수인 마법사 아르칼라우스에게 잡혔을 때 뒷마당의 기둥에 묶인 채 마법사에게 말고삐로 200대가 넘는 매질을 당했다는 기록이 있고, 제법 믿을 만한 익명의 작가에 따르면, 기사 페보는 어느 성에서 함정에 빠졌는데, 떨어지고 보니 두 발과 두 손이 묶인 채 지하 동굴 속에 있었다고 하더구나. 그에게 주어진 것은 눈을 녹인 물과 모래를 섞어 만든 소위 관장약이어서 그것 때문에 거의 죽을 지경이었다지. 위대한 현자 친구가 그를 그 엄청난 위험에서 구해주지 않았더라면, 그 불쌍한 기사는 아주 험한 꼴이 되었을 거야. 그렇게 훌륭한 분들 사이에 놓고 보니 나는 운이 좋았구나. 그분들이 당한 모욕은 우리로서는 겪어보지도 못한 훨씬 대단한 것이었으니. 산초 네가 잘 알아들었으면 좋겠구나. 우연히 두 손에 쥐고 있던 도구들 때문에 받은 상처는 모욕이 아니란 말이다. 이것은 결투의 법규에 명확히 나와 있는바, 만일 구두수선공이 손에 들고 있던 구둣골로 누군가를 쳤다면, 실제로 그것이 몽둥이 구실을 했다 하더라도, 구둣골로 때린 자를 몽둥이로 쳤다고는 말할 수 없겠지. 내가 이렇게 말하는 것은 우리가 이번 싸움에서 혼쭐이 났지만, 그것을 모욕이라 생각지 말라는 뜻이다. 우리를 마구 팼던 그자들이 들고 있던 무기는 다름 아닌 몽둥이에 불과할 뿐이잖느냐. 내 기억으로는 그들 중 한 사람도 결투용 칼이나 단도를 지니고 있지 않았다."

"전 그런 걸 살펴볼 틈조차 없었습니다." 산초가 대답했다. "제가 칼을 뽑을 새도 없이 소나무 몽둥이로 제 어깨를 후려치는 통에 눈앞이 캄캄해지고 다리 힘이 풀려 지금 누워 있는 이 자리에 쓰러진걸요. 그들의 몽둥이질이 제 등에 남은 자국만큼이나 기억 속에 또렷이 새겨져 있으니 그 몽둥이세례가 모욕이니 아니니 하는 건 다 소용없는 일입니다."

"아무튼 산초 판사야," 돈키호테가 말했다. "이 모든 것에서 네가 깨우쳐야 할 것은, 시간이 지우지 못할 기억이란 없으며, 죽음이 희석시키지 못할 고통은 없다는 것이다."

"아니, 그런 큰 불행이 어디 있답니까?" 판사가 대답했다. "기억이 없어질 때까지 시간을 기다려야 하고 고통이 없어질 때까지 죽음을 기다려야 한다니요? 우리가 당한 이 불행이 물약 두어 병으로 나을 것이었다면 그렇게 속상한 일도 아니었겠지요. 그러나 좀 좋게 말해서 병원에 있는 물약을 전부 다 바른다 해도 부족할 것 같네요."

"이 문제는 이쯤에서 그만두자, 산초야." 돈키호테가 말했다. "힘들겠지만 힘을 내라. 나도 그럴 것이다. 이제 로시난테를 보러 가보자. 이 불행한 일을 이 불쌍한 녀석은 전혀 불행이라고 생각하지 않으니."

"그건 놀랄 것도 없지요." 산초가 대꾸했다. "그놈 역시 아주 훌륭한 편력 기사니까요. 다만 놀라운 일이 있다면 우리는 여기에서 갈비뼈가 부러져 나가는데, 제 당나귀란 놈은 한가롭게 멀뚱멀뚱 서 있었다는 점입니다."

"행운이라는 것은 숱한 불행 속에서도 빠져나갈 여지를 주기 위해 한쪽 문을 열어놓고 있는 법이다." 돈키호테가 말했다. "내가 이런 말을 하는 것은 네 당나귀가 로시난테를 대신하여 내 상처를 치료할 수 있는 성 같은 곳으로 데려다줄 수도 있기 때문이다. 더욱이 나는 이런 당나귀를 타고 가는 것이 조금도 부끄럽지 않다. 그 유쾌한 웃음의 신*의 스승이었던 위대한 실레노 노인이 백 개의 문이 달린 도시로 들어갈 때 너무나도 아름다운 나귀 등에 기꺼운 마음으로 올라탔다는 이야기를 읽은 적이 있기 때문이다."

"어쨌든 그는 주인님이 말씀하신 대로 타고 간 것이 분명하지 않습니까?" 산초가 대꾸했다. "타고 가는 것과 쓰레기 자루처럼 매달려 가는 것은 엄청난 차이가 있지요."

이 말에 돈키호테가 이렇게 대답했다.

"결투에서 얻은 상처들은 명예가 되면 되었지 명예를 떨어뜨리지는 않는다. 그러니 산초야, 더 이상 말대꾸하지 말고 네가 아까 얘기했던 대로 나를 좀 일으켜서 네 당나귀 위에 태워다오. 밤이 찾아와 우리를 이 인적도 없는 곳에 던져버리기 전에 이곳을 떠나야겠다."

"편력기사들은 일 년의 대부분을 황무지나 사막에서 지새우면서도 행운으로 생각한다고 주인님이 누차 말씀하셨던 것 같은데요." 판사가 말했다.

"그렇긴 하다만," 돈키호테가 말했다. "그것은 별다른 방법이 없을 때나 사랑에 빠져 있을 때 그렇다는 거지. 하지만 낮이나 밤이나 하늘에서 뭐가

---

*술의 신 디오니소스를 말한다.

내리거나 말거나 장장 2년 동안 바위 위에서 지냈던 기사들의 이야기는 정말 사실이다. 사랑하는 여인은 그 사실을 알지도 못하는데 말이다. 아마디스도 그런 기사였는데, 그는 스스로를 벨테네브로스라고 부르며 페냐 포브레에서 지냈지. 그곳에서 지낸 세월이 8년이었는지 8개월이었는지 정확히는 모르겠다. 오리아나 공주에게 어떤 고통을 받았는지는 모르겠지만 어쨌거나 그곳에서 고행을 했다. 산초야, 이제 이 이야기는 이쯤에서 그만두고 당나귀에게도 로시난테와 같은 불행이 닥치기 전에 어서 준비해라."

"아이고, 그러면 큰일이죠." 산초가 대답했다.

그러고 나서도 산초는 '아이고' 하는 비명을 서른 번이나 질러대고, 한숨을 일흔 번이나 내쉬고, 자기를 이렇게 만든 자를 향해 백스무 번의 저주와 악담을 퍼부은 뒤에야 몸을 일으켜 길 한가운데로 나섰다. 하지만 등을 똑바로 펼 수가 없어서 활처럼 구부정한 자세로 서 있었다. 이렇게 힘들게 떠날 채비를 차렸지만, 당나귀는 그날 하루를 너무나 자유분방하게 정신을 딴데 놓고 다녔던지라 멍하니 걸음을 옮겼다. 만일 로시난테가 한탄할 줄 아는 혀를 가졌더라면, 분명히 산초나 돈키호테에게 뒤지지 않을 만큼 한탄을 늘어놓았을 것이다.

결국 산초는 돈키호테를 당나귀 등에 앉히고, 로시난테는 그 뒤를 따라오게 한 뒤 자신은 당나귀의 고삐를 잡고 대충 큰길이 있을 것 같은 곳으로 조금씩 걸어 나갔다. 좋은 일도 더 좋게 만들어주는 행운이 있었는지 몇 레구아 가지 않아서 길을 만났고, 그 길가에서 주막을 찾아낼 수 있었다. 돈키호테의 바람대로라면 주막이 아닌 성이어야 했지만 말이다. 산초는 그것을 주막이라고 했고, 주인인 돈키호테는 성이라고 우겼다. 그 논쟁이 얼마나 끈질기게 이어졌던지 주막에 도착할 때까지도 끝나지 않았다. 주막에 도착하자 산초는 더 이상 우기지 않고 로시난테와 당나귀를 끌고 안으로 들어갔다.

H. PISAN

제16장

재치 넘치는 시골귀족 돈키호테가 성이라고 믿은 주막에서 일어난 일에 대하여

주막집 주인은 당나귀 위에 축 늘어져 있는 돈키호테를 보고는 대체 무슨 끔찍한 일이 있었는지 산초에게 물었다. 산초는 아무 일도 아니며 단지 바위에서 굴러떨어진 것뿐인데 갈비뼈가 주저앉은 것 같다고 대답했다. 주막집 주인에게는 흔히 이런 장사를 하는 여자들과는 조금 다른 아내가 있었는데, 천성적으로 정이 깊은 데다 다른 사람들의 불행에 가슴 아파하는 여자였다. 그래서 돈키호테를 치료하러 왔고, 젊고 고운 자신의 딸에게도 손님의 치료를 거들게 했다. 또한 주막에는 아스투리아스 태생의 젊은 여자가 일하고 있었는데, 그녀는 얼굴이 넓적하고, 목덜미는 짧고, 코는 납작코에 한쪽 눈은 사팔뜨기이고 다른 쪽 눈도 그다지 건강하지 않았으나, 늠름한 몸매가 다른 결점들을 보완해주고 있었다. 그녀는 발바닥에서 머리까지 7팔모*도 채 안 되었으며, 상당히 무겁게 내리누르는 등 때문에 자신이 원하는 것보다 땅바닥을 더 쳐다보게 되었다. 어쨌든 이 친절한 여인도 주막

*한 뼘 길이로, 1팔모는 약 20센티미터이다.

집 딸을 도와 여러 해 동안 밀짚을 넣어두는 헛간으로 사용한 흔적이 역력한 다락방에 돈키호테가 쓸 수 있는 매우 엉성한 침상을 만들어주었다. 그곳에는 마부도 한 사람 머물고 있었는데, 그의 침상은 우리의 돈키호테 것보다 조금 안쪽에 마련돼 있었다. 마부의 침상은 그가 끌고 온 수컷 노새의 짐안장과 담요로 만들었지만 돈키호테의 침상보다 훨씬 나았다. 돈키호테의 침상은 높이가 맞지 않는 긴 의자 두 개에 매끈하지도 않은 판자를 네 장 걸쳐놓고, 그 위에 매트리스를 올려놓았기 때문이다. 그 매트리스의 벌어진 틈새로 양털이 보이지 않았다면, 손으로만 만져봐서는 그 속을 가득 채운 양모 뭉치들이 어찌나 단단했던지 돌멩이인 줄 알았을 것이다. 빳빳한 가죽으로 만든 침대보 두 장과 원하기만 한다면 한 가닥도 빠뜨리지 않고 그 올을 셀 수 있을 만큼 성긴 담요도 한 장 있었다.

이 형편없는 침상에 돈키호테가 눕자 곧 안주인과 딸이 온몸에 물약을 발라주었고, 아스투리아스 여자인 마리토르네스는 두 사람에게 불빛을 비춰주었다. 물약을 바르면서 돈키호테의 몸 구석구석이 시퍼렇게 멍든 것을 본 안주인은 떨어져서 생긴 상처라기보다는 얻어맞아서 생긴 상처 같다고 말했다.

"얻어맞은 게 아니에요." 산초가 말했다. "바위에 뾰족하게 튀어나온 부분이 워낙 많아서 그래요. 그 바위들 때문에 온몸에 멍이 들어버린 거지요."

그러고는 이렇게 덧붙였다.

"저, 아가씨, 아마 부스러기 좀 남겨주세요. 그게 필요한 사람이 또 있어서요. 사실은 저도 등이 좀 아프거든요."

"그럼 댁도 떨어진 거요?" 안주인이 말했다.

"전 떨어진 게 아니고요," 산초 판사가 말했다. "우리 주인님이 떨어지는 모습을 보고 놀라서 덩달아 아픈 거예요. 몽둥이로 천 번을 두들겨 맞은 것 같단 말이지요."

"그럴 수도 있어요." 아가씨가 말했다. "저도 탑에서 떨어지는 꿈을 여러 번 꾸었거든요. 한 번도 땅바닥까지 떨어지지는 않았지만, 꿈에서 깨고 나면 마치 진짜로 떨어지기라도 한 것처럼 너무 괴롭고 부서질 것 같더라고요."

"바로 그겁니다, 아가씨." 산초 판사가 말했다. "전 꿈은 고사하고 지금보다 더 말똥말똥하게 깨어 있었는데도 돈키호테 주인님만큼이나 멍이 들었다니까요."

"이 기사분 이름이 뭐라고요?" 아스투리아스 여자 마리토르네스가 물었다.

"돈키호테 데 라만차 님이요." 산초 판사가 대답했다. "아주 오래전부터 지금까지 이 세상에 있었던 가장 훌륭하고 강인한 편력기사들 가운데 한 분이시지요."

"편력기사가 뭔가요?" 여자가 물었다.

"그것도 모를 정도로 세상물정에 어둡단 말이오?" 산초 판사가 대답했다. "이봐요, 아가씨, 돌팔매질을 당하다가도 순식간에 황제가 되는 것이 편력기사란 것이오. 오늘은 세상에서 가장 불운하고 궁색한 인간이지만, 내일은 종자에게 왕국을 두세 개라도 줄 수 있는 분이다 이 말이지요."

"당신은 이렇게 훌륭한 기사님의 종자라면서 보아하니 백작의 영지조차도 갖고 있지 않은 것 같은데 어찌 된 일이래요?" 안주인이 물었다.

"아직은 때가 안 돼서 그래요." 산초가 대답했다. "모험을 떠난 지 아직 한 달도 안 된 데다가 아직까지는 모험이라 할 만한 일을 겪지도 못했거든요. 정작 찾는 것은 안 나타나고 엉뚱한 것만 나타나는 일이 종종 있으니까요. 분명한 건 저의 주인이신 돈키호테 님께서 타박상이든 낙상이든 얼른 회복되시고, 저 또한 그 상처로 불구만 안 된다면 제 희망을 에스파냐 최고의 작위하고도 바꾸지 않을 거라는 겁니다."

이 모든 이야기를 주의 깊게 듣던 돈키호테는 간신히 힘을 내 침상에 앉은 후 안주인의 손을 잡고 말했다.

"아름다운 여인이여, 당신께서 이 한 몸을 당신의 성에 묵게 해주시는 것만으로도 스스로를 행운아라고 부를 수 있고, 또 실제로 그러하다는 것을 믿으십시오. 나 자신을 스스로 자랑하지는 않을 것입니다. 시쳇말로 자화자찬하는 것은 품위를 떨어뜨린다고들 하기 때문이지요. 하지만 내 종자가 당신께 내가 어떤 사람인지 말씀드릴 것입니다. 다만 이 목숨이 붙어 있는 동안에는 당신께 감사를 표하기 위해 나에게 베풀어주신 은혜를 영원히 새겨두겠다고 말씀드리는 바입니다. 그리고 하늘에 두고 맹세하기를, 내가 사랑의 포로가 되지 않았고, 사랑의 법도에 얽매이지 않았고, 입속에서 속삭이는 저 엘 토보소의 아름답고 무정한 아가씨의 눈동자에 포로가 되지만 않았더라면, 이 아름다운 처녀의 눈동자에 내 자유를 바쳤을 것입니다."

안주인과 딸, 그리고 착한 마리토르네스는 편력기사의 말에 어리둥절해하며 마치 그가 그리스어로 말하고 있다는 듯이 멍하니 듣고만 있었지만 그 모든 말에 간청과 달콤한 구애가 담겨 있음은 알아들었다. 그녀들로서는 그와 같은 말이 익숙지 않았기에 그저 돈키호테를 바라보며 놀랄 뿐이었다. 돈키호테는 평소 그들이 보아오던 사람들과 다른 것 같았다. 그래서 주막에서 쓰는 상투적인 말로 돈키호테에게 답례하고 방을 나왔다. 그리고 아스투리아스 여자 마리토르네스는 주인 못지않게 다친 산초를 치료해주었다.

한편 마부는 그날 밤을 함께 즐기기로 한 마리토르네스에게 시선을 집중하고 있었다. 그녀는 손님들이 잠잠해지고 주인 식구들이 잠들고 나면 그에게 찾아와 그가 원하는 대로 욕망을 충족시켜주겠노라고 약속했던 것이다. 이 마음씨 고운 여자로 말할 것 같으면, 비록 산속에서 증인 하나 없이 했던 약속일망정 지키지 못할 약속은 절대로 하지 않는 사람이었다. 그녀 스스로 시골귀족의 가문이라고 자부심이 대단했으며, 주막에서 이런 일을 하는 것은 불행과 불운이 자신을 그런 상태로 몰아넣었기 때문이라서 부끄러울 게 없다고 생각했다.

딱딱하고 비좁은 데다가 시원찮고 허술한 돈키호테의 침상은 천장에 구멍이 숭숭 뚫려 별빛이 들여다보이는 방 한가운데에 있었다. 그 너머에는 부들로 만든 돗자리 한 장과 양모라기보다는 오히려 껍질 벗긴 삼베로 짠 것처럼 보이는 담요 한 장으로 만든 산초의 침상이 있었다. 이 두 침상에 이어 마부의 침상이 있었는데, 앞에서 말했던 것처럼 그가 끌고 온 노새 열두 마리 중에서도 가장 훌륭한 두 마리의 안장과 마구로 만들어져 있었다. 작가의 말에 따르면 그 마부의 노새들은 하나같이 털에 윤기가 흐르고 통통하게 살이 올라 훌륭했는데, 그것은 마부가 아레발로 지역에서도 가장 부유한 마부였기 때문이었다. 작가가 이 마부에 대해서 특별히 언급하는 것은 그를 잘 알기 때문이었는데, 심지어 어떤 이들은 두 사람이 친척이었을지 모른다고 말하기도 한다. 시데 마아마테 베넹헬리*는 아주 세심하고 매사에 정확한 이야기꾼이었다는 점을 차치하더라도 제아무리 사소하고 하찮은 일이라도 그냥 지나치지 않는 성격이었다. 작품의 가장 핵심적인 것들을 쓰는 데 있어서 가장 중요한 사항임에도 부주의, 혹은 고의나 무지로 인해 그 사실을 잉크병 속에 남겨놓은 채 너무나 단순하고 간결하게 말하고 지나감으로써 우리가 그 문제들을 언급할 수조차 없게 만들어버리는 거만한 이야기꾼들은 베넹헬리를 본받아야 할 것이다. 《타블란테 데 리카몬테》의 작가와 토미야스 백작의 무훈을 담고 있는 또 다른 책의 저자는 모든 사실을 참으

* '시데 아메테 베넹헬리'를 세르반테스가 잘못 표기한 것이다.

로 정확하게 묘사했으니 그들에게 축복이 있을지어다!

그건 그렇고, 마부는 자기 노새들에게 다시 한 번 여물을 주고 와서는 침상에 누워 시간 약속을 꼭 지키는 마리토르네스를 기다리는 중이었다. 산초는 연고를 바르고 누워 잠을 청하려 애써보았지만 갈비뼈의 통증이 잠들도록 놓아두질 않았다. 돈키호테도 통증 때문에 산토끼처럼 뜬눈으로 지새우고 있었다. 주막 전체가 정적에 잠겼고, 현관 한가운데 매달려 타오르는 등잔만이 빛을 발하고 있었다.

이 경이로운 평온, 그리고 책장이 넘어갈 때마다 돈키호테의 불행을 만들어냈던 모든 사건들이 우리의 기사 돈키호테에게 다시금 떠올랐고, 그의 상상력 속에 독자 여러분 역시 얼마든지 상상할 수 있는 별난 광기를 불러일으켰다. 자신이 이름난 성에 왔다고 상상하기 시작했으며(말했듯이 자신이 묵은 모든 주막은 성이라고 생각했으니까), 나아가 주막집 주인의 딸을 성주의 딸로 여기고 자신의 늠름함에 마음을 빼앗긴 그녀가 그날 밤 부모의 눈을 피해 자신과 긴긴 밤을 함께 보내기로 약속했다고 생각한 것이다. 제멋대로 꾸며낸 망상에 빠진 그는 급기야 자신의 지조가 위험에 처할지도 모른다는 생각에 마음 아파하기 시작했다. 그러면서 설사 히네브라 왕비가 노시녀 킨타뇨나와 함께 눈앞에 나타난다 하더라도 부질없이 둘시네아 델 토보소 공주를 배반하는 일은 없을 거라고 다짐했다.

이런 생각에 잠겨 있는 사이 (돈키호테에게는 불행하게도) 아스투리아스 여인 마리토르네스가 올 시간이 되었다. 그녀는 면으로 만든 머리쓰개를 쓰고 셔츠 차림에 맨발로 마부를 찾아 조심스럽게 세 남자가 자는 방으로 들어섰다. 하지만 그녀가 문에 이르기가 무섭게 돈키호테는 인기척을 느꼈고, 연고를 바른 갈비뼈의 통증에도 불구하고 침상에서 일어나 앉아 아름다운 아가씨를 맞이하기 위하여 두 팔을 내밀었다. 아스투리아스 여자는 몸을 한껏 웅크리고 두 손을 앞으로 내민 채 애인을 찾아가다가 돈키호테의 팔에 부딪히고 말았다. 그러자 돈키호테는 그녀의 손목을 잡고 확 잡아당겨 말 한마디 할 틈도 주지 않고 침상에 앉힌 후 그녀의 셔츠를 쓰다듬었다. 올이 굵은 삼베 셔츠였지만 돈키호테에게는 촉감 좋고 보드라운 비단으로 느껴졌다. 그녀가 손목에 차고 있던 유리구슬 또한 돈키호테에게는 값진 동양의 진주가 빛을 발하는 것처럼 느껴졌다. 갈기를 땋아 내린 머리카락은 아랍의 눈부신 황금빛으로 여겨졌으며 그 찬란함은 태양을 무색하게 할 정도였다. 분명 그녀의 입에서는 약간 쉰 샐러드 같은 냄새가 풍겼지만 돈키호테에게는 부드럽고 달콤한 향내로 느껴졌다. 그는 책에서 읽은 대로, 사랑에 빠져 온갖 장신구로 치장하고 심한 부상을 입은 기사를 찾아온 공주의 모습을 그려냈던 것이다. 불쌍한 기사의 무분별함이 얼마나 심각했는지, 그 마음씨 고운 아가씨가 두르고 온 모든 것들의 감촉이나 숨결이 조금도 혐오스럽지 않았다. 마부가 아닌 다른 사람들은 욕지기를 일으킬 정도였지만, 어쨌든 돈키호테는 자신의 두 팔에 미의 여신이 안겨 있는 것만 같아, 그녀를 꼭 껴안고 사랑스럽고 낮은 목소리로 말하기 시작했다.

"아름답고 고귀한 여인이시여, 참으로 아름다우신 그대가 제게 베풀어주신 은혜에 보답할 수 있기를 바랍니다. 하지만 지칠 줄 모르고 선한 사람을 박해하는 운명이 나를 이렇게 만신창이로 만들어 침대에 누워 있게 하는군요. 내 마음은 당신을 만족시켜드리고자 하지만 그럴 수가 없습니다. 게다가 더 중대한 이유를 덧붙이자면 제 가슴 깊은 곳에 숨겨둔 유일한 여인, 즉 세상에 비할 데 없는 둘시네아 델 토보소와의 약속이 있습니다. 그 약속만 없었더라면 나는 당신의 큰 은혜로 나에게 주어진 이 대단한 기회를 그냥 놓쳐버리는 어리석은 기사가 되지는 않았을 겁니다."

마리토르네스는 돈키호테에게 꼭 붙들린 채 어찌할 줄 몰라하며 식은땀만 흘리고 있었다. 그녀는 돈키호테가 하는 말을 이해하지도 못했고, 제대로 들으려고 하지도 않았으며, 아무런 대답도 없이 그저 벗어나려고만 했다. 욕망에 사로잡혀 깨어 있던 마부는 문가에서 인기척이 들리자 애인이 왔다는 것을 알았지만, 돈키호테가 입을 열자 가만히 귀를 기울였다. 그러다 마리토르네스가 다른 남자 때문에 자신과의 약속을 어겼다는 생각에 질투심이 들어 돈키호테의 침상 쪽으로 조용히 다가가, 도대체 알아먹을 수 없는 돈키호테의 이야기가 어디쯤에서 끝날지 지켜보고 있었다. 그러나 마리토르네스는 벗어나려 애쓰고 돈키호테는 잡아두려 애쓰는 상황임을 알아차리고, 여인을 희롱하는 것은 옳지 못하다고 생각해 한쪽 팔을 높이 쳐들어 사랑에 빠진 기사의 가녀린 턱에 무시무시한 주먹을 날렸다. 돈키호테의 입은 온통 피투성이가 되었지만 마부는 이에 만족하지 않고 갈비뼈 위로 올라서서 말발굽보다 더 거세게 갈비뼈를 온통 짓밟아버렸다.

안 그래도 시원찮은 데다 기초도 탄탄하지 않은 돈키호테의 침상은 마부의 몸무게까지 더해지자 견디지 못하고 통째로 바닥으로 내려앉았다. 그 요란한 소리에 주막집 주인이 깨어났고, 곧 마리토르네스를 큰 소리로 불렀지만 대답이 없자 그녀가 말썽을 부린 게 틀림없다고 생각하며 등잔에 불을 붙인 뒤 소란이 일어난 곳으로 갔다. 마리토르네스는 잔뜩 화난 주인이 걸어오는 것을 보고는 벌벌 떨며 당황한 나머지 세상모르고 잠들어 있는 산초 판사의 담요 속으로 들어가 몸을 웅크렸다. 주막집 주인이 들어와 소리쳤다.

"어디 있어, 이 화냥년아? 이런 짓을 할 사람은 분명 너밖에 없다."

이 소리에 산초도 잠에서 깨어나다가 자기 위에 있는 무언가의 무게를 느끼고는 악몽인 줄 알고 마구 주먹질을 해대기 시작했다. 정확히는 모르지만 그중 몇 대가 마리토르네스에게 명중했고, 마리토르네스는 너무 아파서 예의고 뭐고 없이 산초에게 맞은 만큼 되갚아주었다. 잠에서 완전히 깬 산초

H. PISAN

는 누구인지도 모르는 여자가 자신에게 마구 주먹질하는 걸 보고 어떻게든 몸을 일으켜 세우면서 마리토르네스를 껴안았다. 결국 두 사람 사이에 세상에서 가장 격렬하고 우스꽝스러운 격투가 시작되었다.

주막집 주인의 등잔 불빛으로 그 광경을 목격한 마부가 돈키호테는 내버려둔 채 애인을 구하려고 달려갔다. 주막집 주인 역시 마리토르네스에게 달려갔는데, 마부와는 전혀 다른 의도에서였다. 주인은 이 모든 소동의 원인이 전적으로 그녀라고 믿었으므로 당장 끌어내 벌을 주기 위해서였다. 흔히 '고양이는 쥐를, 쥐는 새끼줄을, 새끼줄은 몽둥이를 쫓아다닌다'라는 말처럼 마부는 산초를, 산초는 마리토르네스를, 마리토르네스는 산초를, 주막집 주인은 마리토르네스를 향해 달려들어 모두들 쉴 틈 없이 바쁘게 움직였다. 설상가상으로 주인이 들고 있던 등잔불이 꺼져 주변이 깜깜해지자 모두들 아무 생각 없이 손에 닿는 것이라면 무조건 주먹질을 해댔고 그 통에 성한 것이라고는 하나도 남지 않게 되었다.

그날 밤 주막에는 우연히 톨레도 종교경찰의 책임자가 묵고 있었는데, 무척이나 요란하게 싸우는 소리를 듣고는 곤봉과 경찰증이 들어 있는 양철통을 들고 깜깜한 방으로 들어섰다.

"정의에 복종하시오! 종교경찰에 복종하시오!"

그가 가장 먼저 마주친 것은 주먹에 맞아 부서진 침상 위에서 의식을 잃은 채 널브러져 있는 돈키호테였다. 종교경찰은 어둠 속에서 돈키호테의 수염을 더듬으며 계속 소리쳤다.

"정의에 복종하시오!"

그러나 자신이 붙든 상대가 떠들지도 않고 꼼짝도 하지 않자, 이미 사람이 죽어버렸고, 저 안쪽에 있는 자들이 살인자라고 생각하여 목소리에 더욱 힘을 주어 소리쳤다.

"주막집 문을 봉쇄하라! 아무도 나가지 못하게 하라! 여기 사람이 죽었다!"

이 말에 모두들 깜짝 놀랐고, 그 목소리에 담긴 엄중함에 하나같이 소동을 멈추었다. 주막집 주인과 마리토르네스는 각자 자기 방으로 돌아갔고, 마부도 자기 자리로 돌아갔다. 오직 불운한 돈키호테와 산초만이 그 자리에서 꼼짝도 할 수 없었다. 경찰 책임자가 돈키호테의 수염을 잡아당겨보고는 범인을 수색하고 잡아내기 위해 등잔을 찾으러 나갔다. 그러나 등잔은 찾을 수 없었는데, 주막집 주인이 방으로 돌아가면서 일부러 등불을 꺼버렸던 것이다. 결국 경찰 책임자는 벽난로로 가서 한참을 고생한 끝에 다른 등잔에 불을 붙였다.

제17장

여기에서는 용감한 돈키호테와 선한 종자 산초 판사가 돈키호테의 광기로 인해 성이라 여겼던 주막에서 겪은 수많은 고난들이 계속된다

이즈음 돈키호테는 기절에서 이미 깨어나 있었다. 그리고 전날 말뚝 계곡에 쓰러져 종자를 부르던 때와 같은 말투로 그를 불렀다.

"이봐라, 산초, 자느냐? 자나, 산초?"

"어떻게 자겠습니까!" 억울하고 괴로운 마음에 산초가 분통을 터뜨리며 대답했다. "하느님도 너무하시지. 어째 오늘 밤에는 모든 악마가 제게 달려든 것 같지 않습니까!"

"그런 것 같구나." 돈키호테가 말했다. "내가 뭘 잘 모르고 있거나, 아니면 이 성이 마법에 걸려 있기 때문인 듯싶다. 그리고 또 한 가지 이유는…… 지금부터 너에게 이야기하고자 하는 것은, 내가 죽은 후에도 비밀을 지키겠노라고 네가 맹세해야만 한다."

"맹세하지요." 산초가 대답했다.

"내가 이렇게 말하는 것은 그 누구라 하더라도 타인의 명예를 실추시키는 것을 내가 가장 꺼리기 때문이다." 돈키호테가 말했다.

"맹세한다니까요." 산초가 다시 한 번 다짐했다. "주인님의 목숨이 다한 후까지 입을 꾹 다물겠습니다. 하지만 내일이라도 털어놓을 수 있다면 하느님께서도 기뻐하시겠죠."

"산초, 내가 너에게 그리 몹쓸 짓을 했단 말이냐?" 돈키호테가 물었다. "내가 그렇게 빨리 죽었으면 좋겠단 말이냐?"

"그래서가 아니고요." 산초가 대답했다. "제가 가장 꺼리는 일이 무슨 일이든지 가슴속에 묻어두는 것이기 때문입지요. 묻어두었다가 속에서 썩어 문드러지면 어쩝니까?"

"어찌 되었든 너의 충성과 의리를 믿겠다." 돈키호테가 말했다. "네가 알아두어야 할 것은 오늘 밤 내게 최고로 이상한 일이 일어났다는 점이다. 간단히 말해서 조금 전 성주의 따님이 내게 왔었다. 지상에서 찾아볼 수 있는 한 최고로 멋지고 아름다운 아가씨였지. 그녀의 옷차림이야 말해 무엇 하겠으며, 그 뛰어난 지성은 어떠했겠느냐. 나의 공주 둘시네아 델 토보소 님께 바치려는 충성을 위해 침묵으로 묻어두고자 하는 다른 자질들은 차치하고라도 말이다. 다만 너에게 말해주고 싶은 것은, 하늘이 나의 큰 행운뿐 아니라 내 수중에 놓인 모험까지도 질시해서인지, 아니면 말했듯이 이 성이 마법에 걸린 때문인지, 이것이 더욱 타당한 것 같지만, 어쨌든 내가 아가씨와 매우 달콤하고 사랑에 겨운 대화를 나누고 있을 때, 갑자기 미처 보지도 못했고 어디서 왔는지도 모르는 주먹이 날아왔다는 것이다. 어느 무지막지한 거인의 팔에라도 붙어 있는 듯한 그 주먹이 내 턱을 날리는 바람에 난 피투성이가 되어버렸지. 그러고는 나를 두들겨 패서, 너도 알다시피 로시난테의 무례함으로 양구아스 놈들이 우리를 모욕했던 어제보다 더욱 비참한 꼴이 되었다. 이것으로 미루어 짐작컨대, 이 아가씨의 아름다움이라는 보물은 무어인 마법사가 지키고 있는 게 분명하다. 아가씨는 내 차지가 아닌 듯하구나."

"제 차지도 아니지요." 산초가 대꾸했다. "400명이 넘는 무어인들이 저를 곤봉으로 매질했으니, 지난번 몽둥이찜질 정도야 새 발의 피라 해야 할 겁니다. 하지만 주인님, 말씀 좀 해주시죠. 우리가 이 모양 이 꼴이 되었는데도 주인님께선 어떻게 이것을 훌륭하고 특이한 모험이라고 하십니까? 주인님께서야 좀 전에 말씀하신 대로 비할 데 없이 아름다운 여인이라도 품에 안아보았으니 그래도 좀 나은 편이시죠. 그런데 제게는 이 세상에 태어나서 처음 당해보는 최악의 곤봉찜질밖에 다른 것이 있었습니까? 저도 절 낳아준 우리 어머니도 참 지지리 복도 없지요. 저는 편력기사도 아니고 그런 것이 되고 싶단 생각은 단 한 번도 해본 적이 없는데, 악운이 오기만 하면 전부 저에게로 오니 말입니다!"

"그럼 너도 맞았다는 말이냐?" 돈키호테가 물었다.

"그렇다고 하지 않았습니까? 빌어먹을 내 팔자야." 산초가 대꾸했다.

"너무 맘 상해하지 마라." 돈키호테가 말했다. "당장 우리에게 꼭 필요한 향유를 만들면 된다. 그것만 있으면 우리는 눈 깜짝할 새에 회복할 테니까."

이때 기름등잔에 막 불을 붙인 종교경찰이 아까 죽었을 거라 생각한 이를 보기 위해 들어왔다. 셔츠 바람으로 머리에 두건을 쓰고 손에 등잔을 든 험악한 얼굴의 종교경찰을 보고 산초가 그의 주인에게 물었다.

"주인님, 혹 이 사람이 우리를 또다시 괴롭히려는 그 무어인 마법사가 아닐까요? 뭔가 더 할 일이 남았다거나 해서 말이죠."

"그 무어인일 수는 없다." 돈키호테가 대답했다. "왜냐하면 마법사들은 어느 누구에게도 모습을 드러내지 않기 때문이다."

"모습은 안 보이지만 느낌으로 알 수 있잖습니까." 산초가 말했다. "그게 아니고서야 제 등짝이 어떻게 그토록 아플 수 있었겠습니까?"

"내 등도 그렇다." 돈키호테가 말했다. "그렇지만 저기 보이는 것이 무어인 마법사라고 믿을 만한 증거가 충분하지 않구나."

종교경찰은 너무나 차분하게 대화를 나누고 있는 두 사람을 발견하고 멈칫했다. 어쨌든 돈키호테가 여전히 꼼짝도 못한 채 천장을 바라보며 누워 있던 것은 사실이었다. 경찰이 돈키호테에게 다가와 물었다.

"이봐, 좀 어떤가?"

"내가 너라면 좀 더 예의 바르게 말했을 것이다." 돈키호테가 말했다. "이곳에서는 편력기사에게 그런 식으로 말하는가? 무식한 녀석 같으니라고!"

경찰은 그토록 처참한 몰골을 한 사람에게 험한 취급을 당하자 참지 못하고 기름이 잔뜩 든 등잔을 들어 돈키호테의 머리에 내리쳤다. 그렇게 하여 돈키호테는 머리에 아주 커다란 부상을 입고 말았다. 주위가 캄캄해지자 경찰은 곧장 밖으로 나가버렸고, 이에 산초 판사는 확신을 가지고 말했다.

"두말할 것도 없이 무어인 마법사입니다, 주인님. 다른 사람들을 위해서는 보물을 준비해놓고, 우리에게는 주먹질이나 등잔 세례만 준비해둔 것 같습니다."

"그런 것 같구나." 돈키호테가 말했다. "이런 마법 나부랭이에 신경 쓰지 말고, 화낼 필요도 없다. 눈에 보이지도 않는 환상 같은 것이라 아무리 노력해도 복수할 상대를 찾을 수 없을 테니. 산초야, 할 수 있다면 일어나거라. 그리고 이 성의 성주를 불러 몸에 좋은 향유를 만들 수 있도록 기름과 포도주, 소금, 로메로를 조금만 갖다달라고 부탁해라. 그 허깨비가 입힌 상처에서 피가 많이 흐르고 있으니, 지금 내게는 향유가 절실하구나."

산초는 그 지겨운 뼈마디의 아픔을 딛고 몸을 일으켜 주위를 살펴보았다. 주막집 주인이 있는 곳은 상당히 어두웠다. 그래서 더듬더듬 나아가다가, 상대가 어디까지 떠들어대는지 엿듣고 있던 경찰과 부딪히자 그에게 간곡히 부탁했다.

"뉘신지 모르지만, 나리, 저희에게 자비를 베푸시어 로메로와 소금, 기름과 포도주를 조금만 주십시오. 이 세상에서 가장 뛰어난 편력기사를 치료하는 데 필요해서 그럽니다. 그분은 이 주막에 묵고 있는 무어인 마법사에게 심한 상처를 입고 저쪽 침상에 누워 계십니다."

종교경찰은 산초가 좀 모자라는 사람이라고 여겼지만, 마침 동이 트기 시작했으므로 주인을 불러 산초가 부탁한 것을 전해주었다. 산초는 주인이 챙겨준 약재들을 가지고 돈키호테에게 돌아갔다. 돈키호테는 두 손으로 머리를 감싸 쥔 채 등잔에 맞은 통증으로 신음하고 있었는데, 실은 머리에 두어 군데 혹이 난 것뿐이고, 그가 피라고 생각한 것은 좀 전에 있던 난리통에 흘린 땀이었다.

돈키호테는 산초에게서 받은 약재를 모두 섞어 제대로 됐다고 여겨질 때까지 오래도록 끓여 향유를 만들었다. 그리고 그것을 넣을 유리병을 부탁했는데, 이 주막에는 그런 것이 없었으므로 주인이 공짜로 내어준 식탁 위의 기름병인지 양철로 만든 기름통인지에 넣기로 했다. 돈키호테는 그것들을 향해서 여든 번이 넘게 주기도문을 올리고, 또다시 그만큼 성모송과 사도신경을 올리면서 축복의 의미로 한 구절 외울 때마다 성호를 그었다. 이 모든 의식을 진행하는 동안 산초와 주막집 주인, 경찰이 그 자리를 지켜주었고, 마부는 벌써 평온하게 노새들을 돌보고 있었다.

마침내 돈키호테는 그가 고안해낸 귀중한 향유의 효력을 당장 자기 자신에게 실험해보기로 했다. 그래서 기름병을 채우고 냄비에 남아 있는 반 아숨부레쯤 되는 약을 벌컥 들이켰다. 하지만 들이켜자마자 토하기 시작해 결국 배 속에는 아무것도 남지 않게 되었다. 구토를 하면서 얼마나 진을 뺐는지 땀이 비 오듯 흘러내렸다. 그는 담요로 몸을 싸고는 사람들에게 혼자 있게 해달라고 부탁했다. 그러고는 세 시간이 넘게 자고 일어나더니 몸이 매우 가뿐해지고 부러진 곳도 나은 것처럼 느꼈다. 그러자 그는 피에라브라스의 향유를 만들어내는 데 성공했다고 굳게 믿으며, 이 약이 있는 이상 앞으로는 제아무리 위험한 난리나 전투나 싸움에서도 두려움을 느낄 필요 없이 맞서나갈 수 있다고 생각했다.

산초 판사 역시 주인의 회복을 기적이라고 믿고 냄비에 남아 있던 적지 않은 분량의 약을 달라고 간청했다. 돈키호테가 허락하자 그는 냄비를 두 손으로 받쳐 들고 기분 좋게 단숨에 들이켰다. 주인보다 좀 적은 양을 마시기도 했지만 가엾은 산초의 위는 주인만큼 민감하지 않았다. 그래서 토하기 전에 지독한 욕지기를 느끼고 엄청난 땀을 흘리느라 기운이 몹시 빠졌는데 이젠 정말 임종을 맞이할 때라고 여길 정도였다. 너무나 심한 고통에 시달린 산초는 물약을 저주하고, 그런 것을 준 도둑놈 같은 인간을 향해 욕을 퍼부어댔다. 그걸 보고 돈키호테가 말했다.

"산초, 이 모든 병증은 네가 기사의 복장을 갖추지 않았기 때문에 일어난 것 같구나. 이 약은 기사가 아닌 인간에게는 도움이 되지 않기 때문이다."

"불쌍한 내 신세, 불쌍한 내 가족!" 산초가 한탄했다. "주인님은 그것을 알면서 무슨 이유로 저에게 허락하셨습니까?"

그 순간 가엾은 종자는 약이 반응하면서 위아래로 토하고 싸기 시작했는데, 어찌나 다급했던지 그가 지난밤에 썼던 바로 그 돗자리와 덮고 잤던 담요까지 더럽혀 더 이상 쓸 수가 없어졌다. 그러한 발작과 우발적 사고, 그리고 계속해서 땀을 흘리는 통에 그뿐 아니라 다른 사람들도 그의 목숨이 끝나간다고 여기게 되었다. 이렇게 위독한 상태가 거의 두 시간 가까이 계속되었는데도 산초는 끝내 주인처럼 회복되지 못하고 녹초가 되어 축 늘어져 버렸다.

그러나 돈키호테는 몸도 가벼워지고 회복한 기분이 든 터라 지금 당장 모험을 찾아 떠나고 싶었다. 여기서 우물쭈물하는 것은 이 세상과 그의 구원

G. Doré
H. PISAN

과 보호를 필요로 하는 사람들의 시간을 빼앗는 일이기도 했지만, 사실은 그 영약에 대해서 확신이 있었기에 더더욱 재촉했다. 이런 갈망에 힘입어 그는 손수 로시난테에겐 안장을 얹고 당나귀에겐 짐안장을 얹은 다음 산초에게 옷을 입혀 당나귀에 태워주었다. 그리고 자기도 말에 올라타고서 주막 한쪽 구석으로 다가가 거기에 세워진 굵고 긴 쇠꼬챙이를 창으로 쓰기 위해 집어 들었다.

주막에 있던 스무 명이 넘는 사람들이 모두 그를 바라보고 있었다. 주막집 딸 역시 그를 바라보고 있었는데, 돈키호테는 그녀에게서 눈을 떼지 않으면서 이따금 배 속 깊숙한 곳에서 뽑아내는 듯한 한숨을 내뱉었다. 그러자 모두들 갈비뼈가 아픈 모양이라고 생각했다. 적어도 간밤에 그가 연고를 바르는 걸 본 사람들은 그렇게 생각했다.

돈키호테는 말에 올라탄 채 주막 입구에 서서 주인을 불러 매우 차분하고 엄숙한 목소리로 말했다.

"그러면 성주님, 귀하의 성에서 제게 베풀어주신 셀 수 없이 많고도 크신 은혜에 대해 평생토록 가슴 깊이 새기고 감사드릴 것입니다. 만일 귀공에게 뭔가 무례한 짓을 한 거만한 녀석이 있어 그자에게 복수함으로써 귀하의 은혜에 조금이라도 보답할 수 있다면, 제 천직이 약한 자를 돕고 비리에 괴로워하는 자들의 원수를 갚으며 배신을 응징하는 것이라는 사실을 기억해주십시오. 그리고 기억을 되살려 만일 제게 부탁할 만한 일이 있거든 언제든 말씀하십시오. 제가 받은 기사도의 명에 따라 반드시 원수를 갚아서 만족시켜드리겠습니다."

주막집 주인 역시 침착하게 대답했다.

"기사님, 당신이 나의 원한을 풀어줄 필요는 없습니다. 내게 무례한 자가 있어 응징이 필요하다면 내 힘으로도 얼마든지 그렇게 할 수 있으니까요.

다만 지난밤에 여기서 묵은 비용과 짐승들에게 깔아준 짚과 보리와 저녁 식사와 침구 값은 지불해주셨으면 합니다."

"그렇다면 이곳이 주막이란 말이오?" 돈키호테가 되물었다.

"꽤 인정받는 주막이죠." 주인이 대답했다.

"내가 이제껏 속고 있었구나." 돈키호테가 말했다. "난 진짜 성인 줄만 알았지. 나쁘지 않았는데. 그러나 성이 아니고 주막이라면 지금 내가 할 수 있는 말은 지불을 면제해달라는 것뿐이오. 나는 편력기사도에 반하는 일은 할 수 없소. 내가 아는 바로는 분명히 오늘날까지 이에 어긋나는 일에 대해서는 읽은 적이 없거니와, 편력기사는 묵었던 주막의 숙박비는 물론 어떠한 비용도 지불한 예가 없소이다. 그가 사람들에게서 받는 모든 환대는, 밤낮을 가리지 않고 겨울에나 여름에나 걸어서 또는 말을 타고 다니며, 목마름과 굶주림, 추위와 더위 속에서 모든 기후와 풍토의 변화를 겪어내며 모험을 찾아 갖가지 고통을 겪는 대가로 당연히 받아야 할 권리이기 때문이오."

"그런 게 나와 무슨 상관이란 말이오." 주막집 주인이 대답했다. "지불이나 빨리 하쇼. 쓸데없는 이야기나 기사도는 집어치우고. 난 받을 것만 받으면 되지 다른 것은 필요 없소."

"그대는 어리석고 고약한 사람이로다." 돈키호테가 말했다.

그러고는 로시난테에게 박차를 가하여 예의 그 창을 비껴들고 주막을 나섰는데 아무도 그를 막지 않았고, 그 역시 종자가 따라오는지 돌아보지도 않고 멀리까지 말을 달렸다.

그가 숙박비도 지불하지 않고 가버리자 주막집 주인은 산초 판사에게 달려들었다. 그러나 판사 역시 주인이 지불하지 않은 것을 자기가 지불할 생각은 없었으므로, 자기는 보다시피 편력기사의 종자이니 주인을 따라 규칙이나 법도를 지키지 않으면 안 된다고 말했다. 이 말을 듣자 주막집 주인은

G. Doré
H. PISAN.

화가 나서 만일 지불하지 않으면 혼쭐을 내서라도 받아내고 말겠다고 협박하기 시작했다. 산초의 대답은 한결같았다. 자기 주인이 따르는 기사도의 법도를 두고 설령 자기의 목숨을 잃는 한이 있더라도 땡전 한 푼 지불할 생각이 없다, 예로부터 내려오는 편력기사들의 고상한 습관이 자기 한 사람 때문에 문란해져서는 안 되고, 또 앞으로 이 세상에 나타날 편력기사의 종자들에게 이런 훌륭한 법도를 깼다는 비난과 온갖 불평을 들어서도 안 된다는 것이었다.

그러나 끝내 운이 나쁜 것이 산초의 팔자였는지, 마침 주막에 있던 사람들 중에 양털을 빗기는 세고비아인 넷과 코르도바인 재봉사 셋과 세비야인 장사꾼 둘이 있었는데, 모두 명랑하고 싹싹하고 장난기 넘치는 사람들이었다. 그들이 모두 같은 기분이 되어 산초 옆으로 다가가더니 당나귀에서 끌어내렸고, 그중 한 사람이 주인의 침대에서 담요를 가져와 산초를 둘둘 말았다. 그러다 천장이 너무 낮은 것을 보고는, 막힌 것 없이 푸른 하늘뿐인 뒷마당으로 나갔다. 그러고는 담요에 만 산초를 사육제의 개처럼 위로 던져 올려 장난감처럼 받았다 던졌다 하기 시작했다.

담요 키질을 당하는 가엾은 산초의 요란한 비명이 마침내 주인의 귀에도 들렸다. 처음에 돈키호테는 뭔가 또 새로운 모험이 일어났다고 생각해 걸음을 멈추고 가만히 귀를 기울였다. 그러다 그렇게 큰 소리로 외치는 사람이 자기의 종자라는 것을 깨닫고는, 무거운 마음으로 말머리를 돌려 있는 힘을 다해 주막으로 달려왔다. 대문이 닫혀 있어 들어갈 곳을 찾느라 집 주위를 돌다 보니 그다지 높지 않은 뒷마당의 담장에서 그의 종자가 장난감이 되어 혼나는 꼴이 보였다. 공중에서 오르락내리락하며 허공을 가르는 종자의 모습이 얼마나 날렵했는지 만일 이때 돈키호테가 화가 나지 않았더라면 웃음을 터뜨렸을 것이 틀림없다고 작가는 생각했다. 그는 말 등에서 흙담으로

기어오르려고 애써보았으나, 얻어맞아 상처투성이인 몸은 말에서 내리는 것조차 할 수 없었다. 하는 수 없이 돈키호테는 말 위에서 산초를 던져 올리는 사람들을 향해 도저히 글로 형용할 수 없는 욕을 퍼붓기 시작했다. 그러나 아무리 그렇게 해도 그들의 왁자한 웃음소리와 장난은 그치지 않았으며, 하늘을 오르내리는 산초도 협박하고 애원하고 비명 지르는 것을 그치지 않았다. 하지만 그들 쪽에서 지쳐 놓아줄 때까지 아무런 소용도 없는 일이었다. 마침내 그들은 당나귀를 끌어다가 산초를 그 위에 태우고 외투를 덮어주었다. 인정 많은 마리토르네스는 산초가 몹시 지쳐 있는 것을 보고 일부러 샘까지 가서 차가운 물을 길어다 주었다. 산초가 그것을 받아 입으로 가져가려는데 돈키호테가 소리쳤다.

"여봐라, 산초, 물을 마시면 안 된다. 물은 마시지 마라. 그걸 마시면 죽고 말 거다. 자, 여기 그 향유가 있다." 그러고는 물약이 들어 있는 병을 가리키며 외쳤다. "이것을 두 방울만 마시면 틀림없이 본래대로 기운을 회복할 것이다."

산초는 원망스러운 듯이 곁눈으로 주인 쪽을 흘겨보았다. 그리고 더 큰 소리로 말했다.

"주인님께서는 제가 기사가 아니라는 것을 잊으셨나요? 아니면 간밤에 토하다 남은 창자까지 토하란 말씀이십니까? 주인님의 그 물약은 악마 놈들을 위해서 간직해두시고, 저는 이제 내버려두시면 고맙겠습니다요."

그러고는 말을 마치기 무섭게 물을 마셨다. 그러나 첫 모금에 그것이 맹물이라는 것을 알고는 더 이상 마실 기분이 나지 않았다. 그래서 마리토르네스에게 포도주를 부탁하자 그녀는 주저 없이 갖다주고는 자기가 그 값을 지불했다. 주막에서 허드렛일을 하는 처지였지만 마음씨만은 그리스도교 신자다웠던 것이다.

포도주를 다 마신 산초는 두 발꿈치로 당나귀를 차고는 활짝 열린 주막 문을 나섰다. 땡전 한 푼 지불하지 않고 끝내 자기 뜻대로 한 것에 잔뜩 기분이 흐뭇해져 있었지만, 사실을 말하면 주막집 주인은 자기가 받아야 할 숙박비 대신에 그의 자루를 미리 감추어놓았다. 그러나 산초는 어서 밖으로 나가기에 바빠서 자루가 없어졌다는 사실을 까맣게 모르고 있었다. 주막집 주인은 산초가 밖으로 나가자 재빨리 문에 빗장을 지르려고 했다. 그러나 산초에게 담요 키질을 하던 사람들은 그럴 필요가 없다고 했다. 비록 돈키호테가 진짜 원탁의 기사라 하더라도 그의 실력이 뻔했기 때문이었다.

H PISAN

제 18 장

여기에서는 산초 판사가 주인 돈키호테와 나눈 대화와 이야깃거리가 될 만한 다른 모험들을 이야기한다

산초는 너무나도 지치고 기운이 빠져서 당나귀를 몰 힘도 없는 상태로 주인에게 왔다. 이 모습을 보고 돈키호테가 말했다.

"착한 산초야, 마침내 나는 저 성인지 주막인지가 틀림없이 마법에 걸려 있다는 것을 알았다. 저놈들이 유령이나 저세상 사람들이 아니고서는 그토록 잔혹하게 너를 가지고 놀 수가 없기 때문이다. 아까 뒷마당 담장 너머로 네가 처절하게 당하는 비극적인 장면들을 보고서도 마법에 걸려서인지 담장 위로 올라갈 수도, 심지어 로시난테에서 내릴 수도 없었던 걸로 보아 확실하다. 내 명예를 걸고 너에게 맹세컨대, 내가 담장을 넘거나 말에서 내릴 수만 있었더라면, 비록 기사도에는 어긋나지만, 너를 위하여 저 불한당 같은 놈들이 영원히 웃음거리로 기억될 수 있도록 복수했을 것이다. 네게 누누이 말했듯이 긴박하고 꼭 필요한 상황에서 자기 자신의 목숨을 보호하기 위해서가 아니라면, 기사가 기사가 아닌 자에게 칼을 겨누는 것은 용납되지 않으니까 말이다."

"할 수만 있었다면 정식 기사든 아니든 제 손으로 복수했겠지만 그럴 수가 없었습니다. 제가 보기에 저를 가지고 논 그자들은 주인님 말씀대로 유령이거나 마법에 걸린 자들이 아니고, 우리처럼 살과 뼈를 가진 인간이었는데도 말이지요. 그리고 저를 키질할 때 들어보았더니 그자들은 저마다 이름도 있던걸요. 한 놈은 페드로 마르티네스, 또 다른 녀석은 테노리오 에르난데스였고, 주막집 주인은 왼손잡이 후안 팔로메케라고 하더군요. 그러니까 주인님이 뒷마당의 담장을 뛰어넘지 못한 것이나 말에서 내리지 못한 것은 마법에 걸려서가 아니라 뭔가 다른 이유가 있었기 때문일 겁니다. 이 모든 걸 겪고 제가 분명하게 내린 결론을 말씀드리면요, 우리가 찾아 나선 이 모험들 때문에 우리는 엄청난 불행을 겪고, 결국에는 어느 발이 오른발인지도 모를 지경이 될 거라는 겁니다. 그리고 제 부족한 생각으로는, 지금이 보리 베는 철이고 농사일로 바쁠 때이기도 하니, 이제 여기저기 쏘다니는 일일랑 그만두고 우리 마을로 돌아가는 것이 올바른 일인 것 같습니다."

"넌 어찌 기사도라는 것을 그리도 모르느냐, 산초!" 돈키호테가 말했다. "입 다물고 좀 기다릴 줄도 알아라! 이렇게 편력하는 것이 얼마나 영예로운 일인지 네 두 눈으로 똑똑히 볼 날이 올 것이다. 그렇지 않다면 어디 말해보아라. 싸움에 이기고 적에게 승리를 거두는 것에 견줄 만한 기쁨이 무엇이 있겠으며, 이 세상에 그보다 더한 만족이 과연 있을 수 있겠는지? 그런 건 없다. 확실히 있을 수 없어."

"그럴지도 모르지요." 산초가 대답했다. "저는 잘 모르겠지만요. 제가 아는 거라곤 우리가 편력기사가 된 후로, 아니 주인님께서 편력기사가 되고 나서(저 같은 자는 그토록 명예로운 위치에 끼어들 여지조차 없으니 말입니다) 그 비스카야인과의 싸움을 빼면 한 번도 이겨본 적이 없는 데다가, 그 싸움에서도 주인님은 귀가 반쪽이 잘리고 투구도 두 동강이 난 채 도망쳤다는 겁니다. 그 뒤로 몽둥이질과 주먹질은 갈수록 거세지고, 저는 주인님이 말씀하신 것처럼 원수에게 패배의 쓴맛을 보여주기 위해 복수할 수도 없는 마법에 걸린 사람들 손에 담요 키질까지 당했단 말입니다."

"그 점이 바로 내가 유감으로 생각하는 것이고, 너 또한 그렇게 여겨야 하는 것이다, 산초야." 돈키호테가 말했다. "하지만 앞으로 나는, 몸에 지니고 있는 사람에게는 어떠한 종류의 마법도 통하지 않는다는, 명장이 만든 모종의 검을 손에 넣고야 말 것이다. 어쩌면 '불타는 검의 기사'라고 불리던 아마디스*가 운명적으로 지녔던 검 같은 것을 손에 넣을 수 있을지도 모르겠다. 그 검은 이 세상의 기사가 가졌던 최고의 검이라, 앞에서 말한 것 말고도 면도칼처럼 잘 베어져서 제아무리 강하고 마법에 걸린 검일지라도 상대가 안 되기 때문이다."

"저는 아주 운이 좋은 놈입니다요." 산초가 말했다. "한데 만일 주인님께서 그 비슷한 검을 찾기만 하신다면, 그건 향유처럼 오직 무장한 기사님들에게만 도움이 되고 유용하겠지요. 종자들에게는 고생만 될 겁니다."

"그런 걱정은 마라, 산초야." 돈키호테가 말했다. "하늘이 알아서 네가 더 잘되게 해줄 것이다."

돈키호테는 그의 종자와 이런 대화를 나누면서 가다가, 길 저편에서 거대하고 뿌연 흙먼지를 일으키며 자신들을 향해 다가오는 것을 보았다. 그가 산초를 돌아보며 말했다.

"오, 산초야! 오늘이 바로 운명이 나를 위해 간직해온 행운의 모습을 드러낼 날이구나. 단언하건대 오늘이야말로 그 어느 날보다 내 팔의 위력이 입증될 날이요, 명성 있는 책에 기록되어 역사에 길이 남을 위업을 이룰 날이다. 저 흙먼지가 보이느냐, 산초? 저건 우리를 향해 진군하는, 수많은 사람

---

*《아마디스 데 그레시아》의 주인공. 태어날 때부터 가슴에 붉은 검 모양이 새겨져 있었다고 한다.

들로 구성된 거대한 군대가 일으키는 흙먼지 같구나."

"수로 보아서는 군대가 둘은 되는 것 같은데요." 산초가 말했다. "이쪽 반대편에서도 똑같은 흙먼지가 피어오르니 말입니다."

뒤를 돌아본 돈키호테는 그 말이 사실임을 알고 몹시 기뻐했다. 분명 두 군대가 드넓은 평원 한가운데서 만나 싸우기 위해 달려오는 것이라고 생각했던 것이다. 그는 언제나 기사 이야기에 나오는 전쟁, 마법, 무훈, 광기, 사랑, 결투 따위로 가득 찬 환상에 사로잡혀 있었으니, 말하거나 생각하거나 행동하는 모든 것들 역시 그쪽으로 귀결되었다. 사실 돈키호테가 본 흙먼지는 두 무리의 양 떼가 같은 길을 따라 앞뒤에서 걸어오며 생긴 것으로, 먼지 때문에 아주 가까이 올 때까지 그 정체를 확인할 수 없었다. 돈키호테가 군대라고 너무나도 열성적으로 우겼기 때문에 산초도 믿기로 하고 말했다.

"주인님, 그럼 우리는 어찌해야 합니까?"

"어찌하다니?" 돈키호테가 말했다. "더 가난하고 의지할 곳 없는 편을 도와줘야지. 내 말 잘 들어라, 산초. 우리 정면에서 달려오는 군대는 트라포바나 섬*의 군주이신 위대한 알레판파론 황제가 지휘하고 있다. 등 뒤쪽에서 오는 상대편은 그의 원수인 가라만타족**의 왕인 '팔을 걷어 붙인 펜타폴렌'의 군대다. 항상 오른쪽 팔을 걷어 붙이고 전쟁에 나서기 때문에 그런 별명이 붙었지."

"그런데 저 두 왕들은 왜 원수가 됐답니까?" 산초가 물었다.

"그것은," 돈키호테가 대답했다. "저 알레판파론이 거친 이교도임에도 불구하고, 매우 아름답고 우아한 그리스도교인 펜타폴렌의 따님에게 반해버

---

* '세일론'(오늘날 스리랑카)을 말하는데, 여기서는 매우 먼 전설적인 섬으로 인용했다.
**지구 가장 남쪽에 거주하는 종족을 일컫는데 당시에는 리비아 남쪽 마을로 언급했다.

리자, 처녀의 아버지인 펜타폴렌은 알레판파론이 거짓 예언자 마호메드의 교리를 포기하고 그리스도교로 개종하지 않는 한 자신의 딸을 넘겨줄 수 없다고 선언했기 때문이다."

"펜타폴렌이 옳다는 것에 제 수염을 걸겠습니다!" 산초가 말했다. "전 있는 힘껏 그를 도울 겁니다!"

"그렇다면 네 소신껏 해보거라, 산초야." 돈키호테가 말했다. "반드시 정식 기사만 이런 전투에 참가하는 건 아니니까."

"그건 저도 잘 알고 있습니다." 산초가 대답했다. "그런데 전투가 끝난 후에 제 당나귀를 찾아내려면 이 녀석을 어디에 두어야 할까요? 이런 당나귀를 타고 전투에 참가한 경우는 지금까지 없었던 것 같으니 말입니다."

"네 말이 맞다." 돈키호테가 말했다. "당나귀와 관련하여 네가 할 수 있는 일은 잃어버리든 말든 그놈의 운명에 맡겨두는 것이다. 우리가 승리한다면 말은 얼마든지 얻을 테니까. 심지어 로시난테까지도 다른 말로 교체할 수 있을 것이다. 아무튼 이 양쪽 군대에는 가장 뛰어난 기사들만 있다는 점을 명심해야 한다. 네가 좀 더 잘 볼 수 있도록 저 언덕 위로 몸을 피하자꾸나. 그곳에 가면 양쪽 군대가 잘 보일 것이다."

그렇게 해서 두 사람은 언덕 위에 자리 잡았는데, 자욱하게 일어난 흙먼지가 시야를 흐리지만 않았더라도 돈키호테가 군대라고 생각했던 양 떼가 잘 보였을 것이다. 하지만 이 상황에서 돈키호테는 보이지도, 있지도 않은 것들을 상상하면서 큰 소리로 떠들어대기 시작했다.

"저 처녀의 발밑에 머리를 조아리고 경의를 표하는 기사 말이다, 왕관을 쓰고 사자 문장의 노란색 방패를 들고 있는 저 기사가 바로 푸엔테 데 플라타의 영주이신 용감한 라우르칼코로구나. 푸른색 바탕에 세 개의 은빛 왕관을 새긴 황금빛 꽃 문장 방패를 든 기사는 모든 사람들이 두려워하는 키

로시아의 대공 미코콜렘보이고, 대공의 오른편에 서 있는 거인들 중 하나가 겁을 모르는 세 아랍의 총독인 브란다바르바란 데 볼리체다. 그는 뱀가죽으로 만든 갑옷을 입고, 문짝으로 방패를 삼았는데, 널리 알려진 바에 따르면 그 문짝 방패는 삼손이 죽음으로써 원수를 갚기 위하여 무너뜨린 성전의 문짝이라고 한다. 자, 그럼 이쪽으로 눈을 돌려봐라. 저편 군대의 반대쪽 앞을 보면 군대의 선두에 새로운 비스카야의 왕자이자 전승불패의 영원한 승리자인 티모넬 데 카르카호나가 보일 것이다. 그는 푸른색, 초록색, 흰색, 노란색의 네 가지 색깔로 된 갑옷으로 무장하고 있으며, 방패에는 사자털빛 바탕에 황금빛 고양이와 '미아우'*라는 글자가 새겨져 있다. 이것은 그가 연모하는 아가씨 이름의 첫 부분을 딴 것인데, 소문에 따르면 알페니켄 델 알가르베 공작의 따님이신, 비할 바 없이 아름다운 미울리나라고 하는구나. 그리고 튼실한 저 말 등에 올라탄 채 눈처럼 흰 갑옷을 입고 아무런 글자도 새겨 넣지 않은 하얀 방패를 든 사람은 프랑스 출신의 신참 기사 피에르 파팽으로 우트리케 남작령의 총독이다. 파란색 종 문장의 갑옷을 입고 저 날렵한 얼룩말에 박차를 가하고 있는 사람은 네르비아의 권위 있는 공작 에스파르타필라르도 델 보스케다. 그는 아스파라거스 문장을 새겨 넣고 에스파냐어로 '나의 행운을 따르라'라는 글귀를 새긴 방패를 들고 있다."

돈키호테는 이런 식으로 상상 속의 양쪽 부대에 참가한 수많은 기사들에게 이름을 붙여주고 전대미문의 광적인 상상력으로 그들 모두에게 방패 문장과 색깔, 글귀를 즉흥적으로 갖다 붙였다. 그러고도 멈추지 않고 계속해서 말했다.

"이 앞에 있는 군대는 여러 나라에서 온 사람들로 이루어져 있다. 여기에

---

*스페인어로 고양이의 울음소리 '야옹'을 의미한다.

는 저 유명한 산토 강의 달콤한 물을 마시는 사람들, 마실로의 평원에 사는 산악 지대 사람들, 풍요로운 아랍에서 알갱이가 고운 금을 체로 치는 사람들, 시원하기로 이름난 맑은 테르모돈테 강의 강변을 만끽하는 사람들, 수많은 지류를 통해 금빛 찬란한 팍톨로 강으로 물을 흘려보내는 사람들, 약속을 지키지 않는 누미디아인들, 궁술이 뛰어난 페르시아인들, 도망치면서도 싸움을 멈추지 않는 파르티아인과 메디아인들, 주거가 일정치 않은 아랍인들, 피부가 새하얗고 잔인하기도 한 스키타이인들, 입술에 구멍을 뚫은 에티오피아인들과 그 밖에 이름은 기억나지 않지만 얼굴을 보면 어느 나라 사람인지 알아볼 수 있는 수많은 이들이 포함되어 있다. 이 반대편에 있는 군대에는 올리브나무가 늘어선 수정처럼 맑은 베티스 강물을 마시는 사람들, 언제나 황금빛이 넘실대는 타호 강의 강물로 얼굴을 씻어내는 사람들, 유용하게 사용되는 헤닐 강의 강물을 마음껏 향유하는 사람들, 목초가 우거진 타르테소스 평원에 사는 사람들, 낙원과도 같은 헤레스의 초원에서 행복해하는 사람들, 황금빛 알곡으로 부유함을 누리는 라만차 사람들, 고트족의 오래된 유물인 철갑옷을 지니고 있는 사람들, 물의 흐름이 온화하기로 유명한 피수에르가 강에서 멱 감는 사람들, 숨겨진 물줄기로 칭송받는 구불구불한 과디아나 강의 드넓은 목초지에서 가축에게 풀을 먹이는 사람들, 삼림이 우거진 피레네 산맥의 추위와 우뚝 솟은 아페니노의 하얀 눈송이에 몸을 떠는 사람들, 결국 그 안에는 유럽 전역의 모든 민족이 포함되어 있는 것이다."

세상에! 거짓투성이의 책들에서 읽은 내용에 완전히 푹 빠지고 물들어 얼마나 많은 지방과 나라들을, 각각의 특징까지 덧붙여가며 하나하나 놀라울 정도로 빠르게 읊어대던지!

산초 판사는 말없이 돈키호테의 말에 귀 기울이고 있다가, 이따금씩 주인이 일일이 언급한 기사들과 거인들이 혹시 보일까 싶어 고개를 돌려 쳐다보곤 했다. 하지만 그 누구도 발견하지 못하자 결국 이렇게 말했다.

"주인님, 들판을 아무리 둘러봐도 주인님께서 말씀하신 그 망할 놈의 거인이나 기사 같은 것은 보이지 않습니다. 적어도 제 눈에는 보이지 않는다고요. 어젯밤에 보았던 괴물들처럼 이 모든 것들도 마법인 모양입니다."

"뭐라고?" 돈키호테가 말했다. "너는 저 말들의 울부짖음과 울려대는 나팔 소리, 소란스러운 북소리가 들리지 않느냐?"

"양들의 요란한 울음소리 말고는 아무것도 들리지 않는데요?" 산초가 대답했다.

그것은 사실이었다. 이미 두 무리의 양 떼가 가까이 다가왔던 것이다.

"두려워하고 있구나, 산초야." 돈키호테가 말했다. "네 마음속의 두려움이 네가 올바르게 듣지도, 보지도 못하게 하는 것이다. 두려움의 효력이 바로 마음을 혼란스럽게 하고, 사물을 있는 그대로 바라보지 못하게 만드는 것이지. 네가 그토록 무섭다면 나를 혼자 두고 저만치 물러나 있어라. 내 도움이 필요한 사람들에게 승리를 안겨주는 것은 나 혼자로도 충분하다."

그러고는 창을 옆구리에 낀 채 로시난테에 박차를 가하여 비호처럼 달려 내려갔다.

그 모습을 보고 산초가 뒤에서 소리쳤다.

"돌아오세요, 돈키호테 나리! 하늘에 대고 맹세컨대 주인님께서 공격하려는 것은 양 떼입니다. 아이고, 내 신세야! 제발 좀 돌아오시라고요! 이건 미친 짓입니다. 보세요, 거인이고 기사고 고양이새끼고 갑옷이고 온전한 방패고 파란색 종 문장이고 뭐고 아무것도 없다고요. 도대체 지금 뭐 하시는 거예요? 아이고, 내 신세야!"

하지만 물론 돈키호테는 돌아오지 않았고 오히려 더욱 크게 소리치며 달려 나갔다.

"자, 용감한 아레만가도 브라소의 펜타폴렌 황제 휘하에서 그를 위해 출정하고 싸우는 기사들이여, 모두 나를 따르라! 내가 얼마나 가뿐하게 트라포바나의 알레판파론에게 복수하는지 보게 될 것이다!"

그와 동시에 돈키호테는 양 떼 사이로 치고 들어가 마치 정말로 철천지원수들을 향해 창을 휘두르듯이 용맹스럽고 무모하게 창을 찔러대기 시작했다. 양 떼를 몰던 양치기들은 돈키호테를 향하여 그러지 말라고 소리쳤다. 하지만 아무 소용이 없는 것을 보자, 새총을 꺼내 주먹만 한 돌멩이를 총알 삼아 마구 쏘아대기 시작했다. 돈키호테는 날아오는 돌멩이에 신경 쓰지 않고 오히려 사방팔방으로 뛰어다니면서 말했다.

"어디에 있느냐, 오만방자한 알레판파론? 냉큼 나와라. 나는 유일하게 너와 일대일로 힘을 겨루고자 하는 기사다. 가라만타의 용감한 펜타폴렌 황제에게 고통을 준 대가로 너의 목숨을 거두고자 한다."

이때 돌멩이 하나가 날아와 돈키호테의 옆구리를 명중시키는 바람에 갈비뼈 두 대가 나가버렸다. 그 순간 그는 자신이 죽었거나 큰 부상을 입었다고 생각했다. 그래서 바로 향유를 떠올렸고, 약병을 꺼내 입속에 들이붓기 시작했다. 그러나 충분히 마시기도 전에 돌멩이가 날아와 손과 물약이 가득 든 약병을 맞췄다. 약병은 산산조각이 나버렸고, 어금니와 다른 이 서너 개가 땅바닥으로 떨어졌으며, 손가락 두 개도 형편없이 뭉개지고 말았다.

첫 번째 돌멩이의 충격에 이어 두 번째 돌멩이의 충격으로 그만 가엾은 돈키호테는 말에서 떨어지고 말았다. 양치기들이 달려와 그를 보니 영락없이 죽은 몰골이었다. 그래서 그들은 아주 재빠르게 가축들을 한데 모으고 일곱 마리가 넘는 죽은 양들을 짊어진 다음 뒤도 돌아보지 않고 가버렸다.

이런 소동이 일어나는 동안 산초는 언덕 위에서 돈키호테의 미친 짓을 바라보았고, 주인을 만난 운명적 시간과 순간을 저주하며 수염을 잡아 뜯었다. 산초는 주인이 땅으로 굴러떨어지고, 양치기들이 다 가버린 것을 확인하고는 언덕에서 내려와 돈키호테에게 다가갔다. 아직 의식을 완전히 잃지는 않았지만 몰골이 말이 아니었다. 그는 돈키호테를 보고 말했다.

"돈키호테 나리, 제가 뭐랬습니까, 주인님은 군대가 아니라 양 떼를 향해 돌진하는 거라고 말씀드리지 않았습니까?"

"저 영악한 우리의 원수 놈은 모습을 감출 줄도 둔갑할 줄도 안다. 명심해라, 산초야. 그들에게 우리가 자신들이 원하는 대로 생각하게 만드는 것쯤은 식은 죽 먹기다. 내 뒤를 쫓아다니는 이 못된 마법사가 이 전투에서 거둘 영광을 시샘하여 적의 군대를 양 떼로 둔갑시켜버린 것이다. 못 믿겠거든 내 말대로 해봐라, 산초야. 그러면 내가 한 말이 거짓이 아니라 모두 사실임을 깨달을 것이다. 우선 당나귀 등에 올라타고 조심조심 그들의 뒤를 밟아봐라. 얼마 가지 않아 그들이 양 떼의 모습을 버리고 본래의 모습, 그러니까 내가 처음 너에게 묘사했던 바로 그 모습으로 변하는 것을 확인할 것이다. 그러나 지금 가지는 마라. 너의 도움이 필요하구나. 이리 와서 어금니와 이가 몇 개나 빠졌는지 봐다오. 내 생각에 입 안에 이라고는 하나도 남아나지 않은 것 같구나."

산초는 눈이 입에 닿을 만큼 아주 가깝게 얼굴을 들이밀었다. 바로 그때 돈키호테의 배 속에서 물약이 효력을 발휘하기 시작했다. 산초가 입 안을 들여다보는 순간 돈키호테의 배 속에 있던 것들이 다정다감한 종자 산초의 턱수염으로 엽총보다 더 강력하게 솟구쳐버렸다.

"아이고 하느님!" 산초가 소리쳤다. "이게 도대체 무슨 일이람? 입에서 피를 토하는 걸 보니 불쌍한 나리께서 사경을 헤매는 게 틀림없어."

그러나 조금 신경을 써서 색깔과 맛, 냄새를 확인해보니 그것은 피가 아니라 예전에도 마시는 것을 보았던 약병에 든 물약이었다. 순간 속이 뒤틀리면서 얼마나 구역질이 나던지 그만 주인 돈키호테에게 배 속에 있던 것을 전부 다 토해내고 말았다. 두 사람 몰골이 완전히 똑같아져버렸다. 산초는 몸도 닦고 주인의 상처도 치료해주기 위해 당나귀에게 가서 자루를 찾아보았다. 그러나 자루가 보이지 않자 정신이 나가버릴 지경이었다. 그는 다시 한 번 저주를 퍼붓고, 지금까지 주인을 모신 급료도 못 받고 섬의 총독이 되는 희망을 잃더라도 주인을 버리고 고향으로 돌아가겠다고 다짐했다.

이때 돈키호테가 일어섰다. 그는 마지막 남은 이마저 빠져버릴까 왼손으로 입을 막은 채 오른손으로 주인 옆에서 한 발자국도 움직이지 않는 로시난테의 말고삐를 잡았다. 그만큼 충실하고 충직한 말이었다. 그리고 나귀에게 비스듬히 기대어 심각한 얼굴로 턱을 괴고 슬픔에 잠겨 있는 종자를 바라보고서 이렇게 말했다.

"명심해라, 산초야. 다른 사람보다 더 노력하지 않고서 다른 사람보다 더 훌륭해지길 바란다면 그것은 잘못이다. 우리에게 일고 있는 이런 폭풍우는 곧 평화로운 시간이 찾아오고 좋은 일이 일어난다는 징조이기도 하다. 좋은 일이건 나쁜 일이건 영원히 계속될 수는 없는 법이지 않느냐. 지금까지 나쁜 일만 계속 있었으니 이제부터는 좋은 일들만 일어날 것이다. 그러니 나에게 일어난 불운에 대하여 슬퍼하지 마라. 네가 상관할 문제가 아니니다."

"왜 아닙니까?" 산초가 항변했다. "그럼 어제 담요 키질을 당한 게 제가 아니고 도대체 누구였답니까? 그리고 오늘은 제 자루가 없어졌는데 그것도 남의 일이랍니까?"

"자루가 없어졌다고?" 돈키호테가 말했다.

"네, 없어졌다고요." 산초가 대답했다.

"그럼 오늘은 먹을 것이 없다는 말인 게냐?" 돈키호테가 물었다.

"그렇지요." 산초가 대답했다. "주인님께서 잘 안다던, 주인님처럼 지독하게 불행한 편력기사들이 배가 고플 때 먹곤 했다던 그 풀을 이 초원에서 찾아내지 못한다면 말이죠."

"그건 그렇지만," 돈키호테가 말했다. "지금으로서는 디오스코리데스가 묘사하고 라구나 박사가 그림을 그려서 예증한 모든 약초들보다* 큼직한 빵의 4분의 1쪽이나 대형 호밀빵과 청어 대가리 두 도막을 택하고 싶구나. 하지만 그건 그렇다 치고 일단은 당나귀에 올라타거라, 착한 산초야. 그리고 내 뒤를 따르거라. 하느님께서 우리에게 모든 걸 채워주실 것이다. 지금까지 그랬듯이 하느님의 은혜 속에 머물면 될 뿐이야. 하느님은 공중의 모기들, 땅속의 지렁이들, 물속의 올챙이들까지 저버리지 않으며, 얼마나 자비로운지 선한 자뿐 아니라 악한 자들에게도 햇살을 비춰주시고 정의로운 사람이나 그렇지 못한 사람 모두에게도 똑같이 비를 내려주시는 분이다."

"주인님은 편력기사보다 설교사가 더 어울리십니다." 산초 판사가 말했다.

"편력기사는 모든 것을 알고 있고, 또 모든 것을 알아야 한다, 산초." 돈키호테가 말했다. "몇 세기 전엔 파리 대학의 졸업생이라도 되는 것처럼 들판 한가운데 서서 설교나 연설을 한 편력기사도 있었단다. 이걸 보면 결코 칼이 펜을 누른 적도 없었고, 또 펜이 창을 누른 적도 없다는 사실을 알 수 있지."

"주인님께서 그렇게 말씀하시니 여기를 떠나서 오늘 묵을 곳을 찾아보도록 하지요." 산초 판사가 대답했다. "부디 하느님께서 담요도, 담요 키질을 하는 사람들도, 괴물들도, 무어인 마법사들도 없는 곳을 내려주시기를. 또 있다면, 악마에게나 줘버릴 겁니다."

"그럼 하느님께 그렇게 기도드리거라, 산초야." 돈키호테가 말했다. "그리

---

*디오스코리데스는 로마의 식물학자이고 그가 편찬한 책에 그림을 그려 넣은 사람은 라구나 박사이다.

고 이번에는 네가 가고 싶은 곳으로 인도해봐라. 어디에서 묵을지는 네 선택에 맡겨보겠다. 그러나 나에게 손을 내밀어 손가락으로 오른쪽 턱뼈 저 안쪽부터 이가 몇 개나 남아 있는지 한번 살펴다오. 몹시 아프구나."

산초는 손가락을 집어넣고 더듬으면서 말했다.

"주인님, 원래 여기에 어금니가 몇 개나 있었습니까?"

"아마 네 개였지." 돈키호테가 대답했다. "사랑니만 빼면 모두 튼튼했다."

"확실하신 거죠, 주인님?" 산초가 말했다.

"다섯 개가 아니면 네 개다." 돈키호테가 말했다. "내 평생 입에서 앞니고 어금니고 뽑아본 적도 빠져본 적도 없으며, 벌레 먹은 이도 없고 치통을 앓아본 적도 없다."

"자, 이 아래쪽으로는 어금니가 두 개 반밖에 남지 않았고, 위쪽으로는 하나도 남지 않았습니다. 제 손바닥처럼 평평해졌네요."

"나는 참 운도 없구나!" 종자가 말하는 슬픈 소식을 들으며 돈키호테가 말했다. "검을 휘두르는 팔만 아니라면 팔 하나가 망가지는 게 더 나았을 텐데. 네게도 말했듯이 산초야, 어금니 없는 입은 돌 없는 맷돌과 같다. 치아는 다이아몬드보다도 더 귀히 여겨야 하는 법인데. 그러나 엄격한 기사도를 따르는 우리 같은 사람들에게는 얼마든지 있을 수 있는 일이지. 산초야, 나귀 등에 올라타 길을 안내해라. 네가 가는 대로 따를 테니까."

산초는 똑바로 뻗은 큰길에서 벗어나지 않고 묵을 만한 데가 있을 법한 곳으로 향했다.

그들은 천천히 걸어갔다. 돈키호테의 턱뼈 고통도 가라앉지 않았을뿐더러 딱히 서두를 이유도 없었기 때문이었다. 산초는 무슨 말이라도 해서 돈키호테를 즐겁게 해주고 싶었다. 다음 장에 나오는 이야기는 산초가 들려준 여러 가지 이야기들 가운데 하나이다.

제19장

산초가 자신의 주인과 나눈 분별 있는 이야기와 시체를 두고 벌어진 모험, 그리고 다른 유명한 사건들에 대하여

"주인님, 제가 보기에는 요즘 우리에게 벌어지는 모든 불행들이 주인님께서 기사도에 어긋난 행동을 하신 대가인 것 같습니다. 기억이 잘 나지는 않지만, 주인님께서 말란드리노인지 무어인인지 하는 자의 투구를 빼앗을 때까지는 식탁보를 씌운 식탁에서 빵을 먹지 않을 것이며 여왕님과 즐겁게 지내지 않겠다는 맹세를 지키지 않으셨으니까요."

"네 말이 맞구나, 산초야." 돈키호테가 말했다. "사실은 내가 깜박 잊고 있었다. 그리고 네가 제때에 그것을 나에게 상기시켜주지 못한 탓으로 너에게 그 담요 사건이 일어나게 된 것도 틀림없는 사실이다. 그러나 나도 수정하기로 하마. 기사도에서는 무엇이든 다시 고칠 수 있는 방법이 있으니까."

"그러면 저도 뭔가를 맹세했다는 말씀이세요?" 산초가 되물었다.

"네가 직접 맹세하지 않아도 상관없다." 돈키호테가 말했다. "네가 파문당한 자가 아니라는 것을 내가 분명히 잘 알았으니 이제 됐다. 다만 만일을 위해 대책을 준비해서 나쁠 일은 없을 것이야."

"만일 그렇다면요, 주인님." 산초가 말했다. "전에 그 맹세를 잊었던 것처럼 이번 일을 또 잊어버리시면 안 됩니다요. 그 허깨비들이 끈질기게 주인님을 쫓아다니는 걸로 보아 까딱하면 또다시 저에게 마법을 부리고 싶어 할지도 모르니까요."

이런저런 이야기를 하다 보니 그날 밤 묵을 곳을 찾기도 전에 길 위에서 밤을 맞고 말았다. 게다가 자루까지 잃어버린 상태여서 비상식량도 없었으므로 배가 고파 죽을 지경이었다. 이런 불행을 확실히 하기 위해서인지 두 사람에게 거짓말 하나 보태지 않고 정말로 그렇게 보이는 사건이 일어났다. 밤이 점점 깊어졌지만 그들은 계속 길을 갔다. 산초는 그 길이 큰길이니 만큼 1, 2레구아 정도 가다 보면 분명히 주막이 있을 거라고 생각했다.

캄캄한 밤, 배고픈 종자와 먹고 싶은 마음이 간절한 돈키호테는 이렇게 길을 가다가 자신들이 가고 있는 길 저편에서 커다란 불빛이 걸어오는 것을 보았다. 그 불빛은 마치 유성 같았다. 그것을 보자마자 산초는 온몸이 경직되었고 돈키호테도 더럭 겁이 났다. 산초는 당나귀의 고삐를, 돈키호테는 자기 말의 고삐를 당긴 채 서서 그게 무엇인지 유심히 지켜보았다. 불빛이 점차 그들을 향해 다가왔고 다가오면 다가올수록 점점 커졌다. 산초는 수은 중독자처럼 와들와들 떨기 시작했고 돈키호테 역시 머리카락이 쭈뼛 서버렸지만 간신히 용기를 내어 말했다.

"산초야, 이것이야말로 확실히 아주 어마어마하고 위험천만한 모험이 틀림없다. 여기서 내 모든 힘을 보여줘야겠다."

"아이고 내 신세야!" 산초가 한탄했다. "혹시 이번 모험도 허깨비들의 장난이라면 이걸 당해낼 갈비뼈가 어디 있을까?"

"허깨비들이 제아무리 많다 해도," 돈키호테가 말했다. "네 옷자락의 실 한 올이라도 건드리도록 내가 가만두지 않을 것이다. 지난번 그 허깨비들이 너를 조롱했던 것은 내가 뒷마당 담벽을 뛰어오르지 못했기 때문이야. 이번에는 평지에 있으니 내 마음껏 칼을 휘두를 수 있을 것이다."

"지난번처럼 이번에도 주인님에게 마법을 걸어 꼼짝 못하게 만든다면," 산초가 말했다. "평지에 있는 게 무슨 도움이 되겠습니까?"

"그렇지만 산초야," 돈키호테가 말했다. "부디 용기를 냈으면 좋겠구나. 이번 경험을 통해 네가 가지고 있는 용기를 스스로 깨닫게 될 것이다."

"하느님이 기뻐하신다면 그러지요." 산초가 대답했다.

돈키호테와 산초는 길 한쪽으로 비켜서서 다가오는 불빛이 어떻게 변하는지 유심히 지켜보았다. 불빛이 가까이 오자 흰 옷을 입은 많은 사람들을 확인할 수 있었다. 그들의 섬뜩한 외모에 산초 판사는 한순간에 기가 꺾이면서 학질에 걸린 사람처럼 이를 달달 떨기 시작했다. 사람들의 모습이 좀 더 또렷이 보이자 산초의 이가 더욱 세차게 부딪혔다. 스무 명가량 되는 사람들이 하나같이 말을 탄 채 손에는 횃불을 들고 있었고 그들 뒤로는 상포로 덮은 마차가 따라오고 있었는데, 또 그 뒤로 발끝까지 온통 상복으로 뒤덮은 노새를 탄 여섯 사람이 따라오고 있었다. 느릿느릿한 걸음걸이로 보아 그 탈것은 말이 아닌 게 분명했다. 흰 옷을 입은 사람들은 매우 나지막하고 다감한 목소리로 이야기를 나누고 있었다. 이런 시간, 더구나 인적도 드문 곳에서 맞닥뜨린 이런 괴이한 모습은 산초의 가슴에 두려움을 싹틔우기에 충분했으며 그 주인 역시 마찬가지였다. 하지만 산초가 이미 용기를 완전히 잃은 것에 반해 그 주인에게는 반대 현상이 일어났다. 바로 그 순간 책에서 읽은 모험이 상상 속에서 생생하게 재현되었던 것이다.

돈키호테는 그 마차에 큰 부상을 입거나 아니면 죽은 기사가 실려 있을 거라고 상상하면서 그의 복수는 오로지 자기만의 몫이라고 생각했다. 그래서 아무 말 없이 창을 곧추들고 안장 위에 똑바로 앉아 용기백배하여 흰 옷을 입은 사람들이 지나가지 않을 수 없는 길 한복판으로 나섰다. 마침내 그들이 가까이 다가오자 소리 높여 외쳤다.

"기사들인지 누구인지 모르지만 멈춰 서시오. 당신들이 누구인지, 어디서 왔으며 어디로 가는지, 당신들이 끌고 가는 저 관은 또 무엇인지 말해보시오. 보아하니 당신들이 무슨 짓을 저질렀든가 누군가가 당신들에게 해코지를 한 것 같은데 내가 좀 알아야겠소. 그래야 당신들이 한 일에 대해 징벌을 내리거나 당신들에게 악행을 한 자에게 원수를 갚아줄 수 있으니 말이오."

"우리는 갈 길이 바쁩니다." 상복을 입은 사람들 중 한 명이 대답했다. "주막이 멀기 때문에 당신이 요구한 걸 설명하느라 지체할 수가 없어요."

그러곤 노새에게 박차를 가하며 앞으로 나아가자 돈키호테는 매우 발끈하며 앞을 가로막았다.

"멈추시오. 그리고 예의범절을 지켜 내가 물었던 말에 대답부터 하시오. 그렇지 않으면 다 같이 결전을 벌일 것이오."

노새는 겁이 많은 동물이라 돈키호테가 갑자기 앞을 가로막자 놀라서 앞발을 쳐들었고, 그 바람에 타고 있던 사람이 노새의 엉덩이 쪽으로 미끄러져 바닥에 떨어졌다. 걸어가던 소년이 이 광경을 보고 돈키호테를 향해 욕을 퍼붓기 시작했다. 돈키호테는 이미 화가 나 있었기 때문에 더 이상 지체하지 않고 창을 치켜들어 상복을 입은 사람들 가운데 한 명에게 돌진한 뒤 큰 상처를 입혀 땅바닥에 나동그라지게 했다. 그러고는 다른 사람들에게로 돌아왔는데, 어찌나 날렵하게 달려들고 쳐부쉈는지 경쾌하고 당당한 모습이 마치 로시난테에게 날개라도 돋아난 것 같았다.

흰 옷을 입은 사람들은 모두 겁이 많은 데다가 무기도 없어서 이 충돌을 단숨에 끝마칠 수 있었다. 그들은 횃불을 든 채 들판으로 달아나기 시작했으니, 그 모습은 마치 축제의 밤에 가면을 쓰고 다니는 사람들처럼 보였다. 상복을 입은 사람들은 옷자락이 끌리고 뒤엉켜 움직일 수가 없었다. 결국 돈키호테는 손쉽게 그들 모두를 치고 달아나게 만들었는데, 그것은 돈키호테가 사람이 아니라 그들이 가져가는 관에 있는 시신을 빼앗으러 온 지옥의 악마라고 생각했기 때문이었다.

이 모든 것을 지켜본 산초는 자기 주인의 용기에 경탄하며 중얼거렸다.

"확실히 우리 주인님은 본인 말씀대로 용맹스럽기도 하시지."

바닥에는 불타는 횃불이 있었고 그 옆에는 가장 먼저 노새에서 떨어진 사람이 있었기 때문에 돈키호테는 횃불에 비친 그의 얼굴을 볼 수 있었다. 그는 바닥에 널브러져 있는 사람에게 다가가 얼굴에 창을 겨누고는 항복하라고 말하며 그렇지 않으면 죽이겠다고 위협했다. 노새에서 떨어진 사람이 대답했다.

"항복하고 말고도 없겠습니다. 다리가 부러졌기 때문에 움직일 수가 없거든요. 청하건대 당신이 그리스도교 신자라면 나를 죽이지 말아주십시오. 그것은 신성을 모독하는 일이니까요. 저는 석사이며 신참 수도사랍니다."

"그러면 교회에 속한 그대를 여기로 보낸 작자는 도대체 누군가?" 돈키호테가 물었다.

"누구냐고요?" 노새에서 떨어진 사람이 대꾸했다. "그거야 내 불운이 보낸 거지요."

"내가 먼저 한 질문들에 나를 만족시키지 못한다면 더 큰 불운이 있을 것이다." 돈키호테가 말했다.

"곧 만족할 수 있을 겁니다." 석사가 대답했다. "방금 전에 석사라고 말했지만 사실은 학사입니다. 알코벤다스 태생의 알론소 로페스이며, 횃불을 들고 도망간 열한 명의 수도사와 함께 바에사에서 왔습니다. 우리는 저 관에 있는 시신과 함께 세고비아로 가는 길이었는데 저 시신은 바에사에서 죽은 기사입니다. 지금 말했다시피 그의 묘가 있는 세고비아, 즉 그의 고향으로 유골을 가져가는 중이었죠."

"그를 죽인 게 누군가?" 돈키호테가 다시 물었다.

"하느님이지요. 흑사병으로 인한 고열로 하느님께서 데려가셨습니다." 학사가 대답했다.

"다른 사람이 죽였더라면 원수를 갚아야겠지만," 돈키호테가 말했다. "하느님께서 내 일을 덜어주셨으니 다행이로군. 그를 데려간 분이 하느님이라면 나야 입 다물고 어깨나 으쓱하는 수밖에. 내가 그렇게 된다 하더라도 어쩔 수 없는 일일 테니까. 나는 돈키호테라는 라만차의 기사인데 세상을 편력하며 부정한 일을 바로잡고 남의 명예를 훼손한 자들을 처단하는 일을 한다는 걸 알아두시오."

"당신이 불의를 어떻게 바로잡는다는 건지 모르겠군요." 학사가 말했다. "당신 때문에 내 곧은 다리가 뒤틀어지면서 부러졌는데. 평생 사는 동안 곧은 다리가 될 것 같진 않아 보이는군요. 당신이 나에게 저지른 과오는 나에게 상처를 주었고 그로 인해 나는 영원히 그 치욕을 안고 살아갈 겁니다. 나의 최고의 불행은 모험을 찾아다니는 당신과 맞닥뜨린 것입니다."

"모든 일들이 똑같은 방식으로 일어나는 것은 아니오." 돈키호테가 대답했다. "알론소 로페스 학사님, 밤에 횃불을 든 채로 흰 셔츠 차림에 이런 상복을 뒤집어쓰고 기도하며 중얼거리니 마치 괴물이나 저세상에서 온 사람들처럼 보여서 그런 것 아니었겠소. 나는 나의 의무를 다하고자 당신들을 공격하지 않을 수 없었고, 설사 실제로 당신들이 지옥의 악마가 틀림없었다 하더라도 나는 공격을 했을 것이오. 사실 나는 당신들을 그렇게 생각했으며, 줄곧 그렇게 믿었소."

"결국은 이것도 다 내 운명이겠지요." 학사가 말했다. "편력기사님, 나에게 그토록 불행을 안겨준 노새 아래 등자와 안장 사이에 끼여 있는 내 한쪽 다리를 좀 빼내주시오."

"그 말을 이제야 하다니!" 돈키호테가 말했다. "도대체 언제까지 나에게 부탁하지 않고 참고만 있으려고 했소?"

돈키호테는 산초 판사를 소리쳐 불렀으나 산초는 올 생각이 전혀 없었다. 저 선량한 사람들이 끌고 온 여분의 노새 등짐에 가득 찬 먹을 것들을 빼돌리느라 정신이 없었던 것이다. 산초는 외투를 벗어 자루 모양으로 만든 후 먹을 것을 최대한 많이 담고 자루를 나귀 등에 실은 후에야 주인의 부름에 달려가 노새에 눌려 있는 학사를 끄집어냈다. 그리고 그를 노새 등에 앉힌 다음 횃불도 건네주었다. 돈키호테는 학사에게 동료들을 따라가라고 말하며 동료들을 만나거든 어쩔 수 없이 일어났던 일이니 사과의 말을 전해달라고 했다. 그리고 산초 역시 그에게 말했다.

"동료들이 자신들을 그렇게 만든 용감한 이가 누구인지 궁금해하시거든 전해주세요. 그분은 유명한 돈키호테 데 라만차 님이시며 일명 '슬픈 얼굴의 기사'라고도 불린다고요."

이렇게 학사가 떠나자, 돈키호테는 산초에게 왜 자신을 지금껏 들어보지 못했던 '슬픈 얼굴의 기사'라고 부르게 되었는지 물었다.

"그건요," 산초가 대답했다. "저 불행한 자가 들고 있던 횃불로 잠시 주인님 얼굴을 비춰보았는데 주인님이 정말이지 평생 한 번도 본 적이 없는 너무나도 비통한 얼굴을 하고 계셨기 때문입니다. 아마도 결투로 인해 너무 고단하시든가 아니면 이가 빠져서 그렇지 않나 싶습니다."

"그게 아닐 것이다." 돈키호테가 말했다. "나의 무훈을 기록해야 하는 현자가 보기에, 예전에 다른 기사들도 전부 그랬던 것처럼, 나 역시 별호가 있는 편이 좋을 것 같아서인 게지. 예를 들면, 불타는 검의 기사, 유니콘의 기사, 여인들의 기사, 불사조의 기사, 그리핀의 기사 또는 죽음의 기사 등이 있는데 이런 이름과 기장(旗章)들은 전 세계적으로 널리 알려져 있다. 그래서 아까 말했던 그 현자가 너의 혀와 머릿속에 방금 네가 나를 지칭했던 '슬픈 얼굴의 기사'라는 것을 집어넣어준 것이다. 나는 기회가 되면 앞으로 나 스스로를 '슬픈 얼굴의 기사'라고 부를 터인즉, 그 이름에 더욱더 걸맞게 내 방패에 아주 슬픈 모습을 그려 넣을 생각이다."

"그런 그림을 그려 넣느라 시간과 돈을 낭비할 필요가 있겠습니까." 산초가 대꾸했다. "주인님께서 직접 얼굴을 보여주면 되는데요. 다른 그림이나 방패 같은 것을 보여주시지 않아도 주인님 얼굴을 보자마자 '슬픈 얼굴의 기사'라고 부를 것입니다. 저를 믿으세요. 사실이니까요. 주인님께 약속하건대 주인님이 배가 고프셔서 또 몰골이 말이 아니고 이까지 빠져서 제가 우스갯소리를 했을 뿐이니 아까 말씀드린 것처럼 슬픈 얼굴을 그릴 것까지는 없습니다."

산초의 그럴싸한 말에 돈키호테는 웃지 않을 수 없었다. 그러나 자신이 생각했던 대로 방패에 그림을 그려 넣고 자신을 그 이름으로 부르게 했다.

"성스러운 것에 함부로 손을 댔다가는 파문당한다는 걸 깜박 잊고 말씀드리지 않았네요. 교리에 이런 말이 있지요, '육스타 이유드: 시 퀴스 수아덴테 디아볼로*, 기타 등등.'"**

"그 라틴어는 무슨 말인지 모르겠소." 돈키호테가 대답했다. "나는 손을 댄 게 아니라 그저 이 창으로 공격한 것이오. 또한 가톨릭 신자이자 독실한 그리스도교인으로서 존경하고 경외하는 사제나 교회와 관련된 무엇을 모욕하려 했던 것이 아니라 또 다른 세계의 허깨비들이나 요괴에 대항하려 했

---

*'그것에 의하면, 만일 누군가 악마에게 설득당하면'이라는 뜻의 라틴어. 트렌트 공의회에서 결의된 계율 가운데 하나로, '어떤 일로든 성직자를 해치는 자는 파문당한다'라는 규정을 암시한다.

**초판본에는 누구의 대사인지 언급이 없으나 내용으로 볼 때 알론소 로페스가 말한 것으로 보는 것이 타당하다.

던 것이오. 당신 말대로 교황 성하 면전에서 국왕 사절의 의자를 부숴버렸다는 이유로 엘 시드가 파면되었고 선량한 로드리고 데 비바르는 명예롭고 용감한 기사로 편력했다는 것은 나도 기억하고 있소."

이 얘기를 들은 학사는 한마디 대꾸도 하지 못하고 떠나갔다. 돈키호테는 관 속에 정말 시체가 있는지 보고 싶었지만 산초는 이에 동의하지 않고 말했다.

"주인님, 이번 모험이 아주 위험했는데 그래도 제가 본 중에 가장 무사하게 넘기신 것 같습니다. 저들이 크게 패해 달아나긴 했지만 상대가 한 사람이었다는 걸 기억해내면, 수치스러운 마음에 다시 돌아와 우리를 쳐부수겠다고 무슨 짓을 할지 모릅니다. 이제 당나귀도 기운을 차렸고 근처에 산도 있고 배도 고프니 다른 생각 마시고 얼른 도망이나 가시지요. 이런 말도 있잖습니까. 죽은 사람은 무덤으로 가고, 산 사람은 커다란 빵을 찾아가라고요."

종자는 나귀를 앞장세우고 주인에게 따라오라고 했다. 돈키호테도 산초의 말이 일리가 있기에 더 대꾸하지 않고 그를 따라갔다. 산골짜기를 따라 조금 걷다 보니 널찍하고 눈에 띄지 않던 계곡이 눈앞에 펼쳐졌다. 그곳에서 발을 멈춘 뒤 산초는 당나귀 등에서 짐을 내려 자루를 꺼낸 뒤 초록빛 풀밭 위에 펼쳐놓았다. 시장이 반찬이라고, 시신을 운구하던 수도사들이 끌고 온 여분의 노새 등에 실려 있던 도시락으로—그들은 통상 잘 차려 가지고 다녔다—아침, 점심, 간식, 저녁까지 네 끼분을 한 번에 다 먹어버렸다.

그런데 이 두 사람에게 또 다른 불행이 있었으니, 산초는 이 불행이 모든 불행 중에서도 최악이라고 생각했는데, 그것은 다름 아니라 포도주도, 마실 물도 없다는 것이었다. 갈증이 심한 가운데 산초는 자신들이 머물고 있는 초지가 온통 풀로 가득한 것을 보면서 다음 장에 나오는 이야기를 한다.

제20장

용감한 돈키호테 데 라만차가 겪은, 세상의 그 어떤 뛰어난 기사도 겪어보지 못한 위험이 도사리는 전대미문의 모험에 대하여

"주인님, 여기 풀이 있는 걸 보니 근처에 물을 대줄 만한 샘이나 개울이 있는 것 같습니다. 조금만 더 앞으로 가보시지요. 허기보다 훨씬 고통스럽고 우리를 지치게 만드는 이 지독한 갈증을 덜어줄 곳이 나올 겁니다."

돈키호테가 듣기에도 산초의 말이 맞는 것 같았다. 그는 로시난테의 고삐를 쥐고 산초 역시 먹다 남은 음식을 당나귀 등에 실은 뒤 고삐를 잡고, 아무것도 보이지 않는 어둠 속을 더듬어 풀밭을 걸어 나가기 시작했다. 그런데 200걸음도 채 못 가서 요란한 물소리가 들려왔다. 거대한 바윗덩어리들이 굴러떨어지는 소리 같았다. 그 소리가 너무 반가웠던 두 사람은 발걸음을 멈추고 소리가 나는 곳을 찾아 귀를 기울여보았다. 그런데 별안간 물소리가 들렸던 기쁨에 찬물을 끼얹는 또 다른 소리가 들려왔다. 특히 선천적으로 소심한 데다 용기라곤 찾아볼 수 없는 산초는 더더욱 멈칫거리지 않을 수 없었다. 쇠사슬이 삐걱거리는 소리와 더불어 일정한 박자에 맞추어 쿵쿵거리는 소리가 들려왔는데, 이 소리는 세차게 떨어지는 물소리와 어우러져 돈키호테 정도의 강심장이 아닌 다른 사람에게는 공포심을 불러일으켰다.

앞서 말했듯이 때는 칠흑 같은 밤이었고 두 사람은 우연히 아름드리 나무숲에 들어가 있었는데, 부드러운 바람에 흔들리는 나뭇잎 소리마저도 다른 소리들에 섞여 소름이 끼쳤다. 고립감, 적막함, 어둠, 흔들리는 나뭇잎 소리에 섞여 들려오는 물소리, 이 모든 것들이 두려움과 공포를 불러일으켰다. 예의 쿵쾅거리는 소리도 멎지 않고, 바람 소리도 멈추지 않으며, 해가 뜨려면 아직 한참 남았다는 것에 덧붙여 그들이 지금 어디쯤에 있는지조차 모른다는 사실이 그들을 더욱 두렵게 만들었다. 하지만 대담무쌍한 돈키호테는 로시난테 위로 뛰어올라 방패를 팔에 고정시키고 창을 비스듬히 든 채 호기 있게 말했다.

"산초야, 내가 이 철의 시대에 태어난 것은 황금시대, 소위 전성기를 되살리라는 하늘의 뜻이 있었기 때문이다. 위험한 모험들, 위대한 업적들, 용감한 무훈들이 바로 나를 기다리고 있었던 것이다. 다시 한 번 말하지만 나는 원탁의 기사단, 프랑스의 열두 용사, 유명한 아홉 기사가 환생한 것이며, 플라티르, 타블란테, 올리반테와 티란테, 페보와 벨리아니스, 그리고 과거의 유명한 편력기사들이 이룬 업적 중에서도 가장 훌륭했던 위업마저 그 빛을 잃게 만드는 대단한 공훈과 무훈을 이루어 내가 살아가는 이 시대의 역사로 만듦으로써 그들의 모든 업적을 망각 속으로 사라지게 할 주인공이라는 것이다. 충직한 종자 산초야, 암흑 같은 이 밤, 저 괴기스러운 침묵, 이 나무들이 빚어내는 막연하면서도 혼란스러운 소음, 물길을 찾아 나섰다가 저 높은 루나 산*으로부터 거세게 흘러내리는 저 무시무시한 물소리, 그리고 우리의 고막이 터질 듯 끊임없이 울려대는 저 쿵쾅거리는 소리를 똑똑히 들어두어라. 이러한 것들은 한꺼번에 나타나든 하나씩 따로 나타나든 전쟁의 신 마

---

*나일 강의 발원지라 여겨지는 곳으로, 에티오피아에 있다.

G Doré
H. PISAN

르스조차 두려움과 공포와 경악 속으로 몰아넣기에 충분한데, 이런 모험에 익숙지 않은 사람에게는 오죽하겠느냐? 그러나 네게 말한 이 모든 것이 내게는 용기를 더욱 북돋아주어, 그 어떤 어려움이 닥칠지라도 이 모험을 감행하고자 하는 열망으로 가슴이 터질 것 같구나. 그러니 산초야, 로시난테의 뱃대끈를 좀 더 조이고, 부디 하느님의 은총으로 여기에서 사흘만 기다려다오. 만약 내가 사흘 안에 돌아오지 않거든 마을로 돌아가거라. 그리고 나를 위하여, 비할 데 없이 아름다운 나의 여인 둘시네아가 있는 엘 토보소로 가서, 그녀에게 사로잡힌 기사 돈키호테가 그녀의 기사로서 마땅히 해야 할 일을 하다가 죽었노라고 전해다오."

주인의 말을 듣던 산초는 너무나도 애절하게 울음을 터뜨리며 말했다.

"주인님, 저는 왜 주인님께서 이토록 무시무시한 모험을 하시려는지 도대체 모르겠습니다. 지금은 밤이라 아무도 우리를 못 볼 테니 앞으로 사흘 동안은 아무것도 못 마신다 치더라도 얼마든지 방향을 틀어 이 위험에서 벗어날 수 있을 겁니다. 우리를 볼 사람이 없는 만큼 겁쟁이라 놀려댈 사람도 없을 거고요. 게다가 주인님도 잘 아시겠지만, 우리 마을 신부님이 강론 중에 '위험을 구하는 자는 위험으로 죽을 것이다'라고 하셨잖아요. 그러니 기적이 아니고서는 도무지 빠져나갈 구멍이 없는 이런 엉뚱한 일에 끼어들어 하느님을 시험한다는 것은 좋아 보이지 않습니다요. 지금까지 본 것만으로도 충분합니다. 주인님은 저처럼 담요 키질도 당하지 않으셨고, 시신을 운반하던 그 수많은 적들 가운데에서도 멀쩡하게 승자가 되셨으니 하느님께서 얼마나 많은 은혜를 베푸셨는지 충분히 아셨잖아요. 이렇게까지 말씀드렸는데도 주인님의 굳은 마음이 흔들리지도 풀리지도 않는다면 저는 두려움을 이기지 못해 주인님께서 이 자리를 떠나자마자 제 영혼을 누구에게라도 넘겨주고 말 겁니다. 저는 주인님을 섬기고자 처자식을 남겨두고 고향 마을을 떠나왔습니다. 그것이야말로 가치 있는 일이라고 생각했기 때문이지요. 하지만 탐욕이 과하면 자루가 찢어진다는 옛말처럼 욕심이 제 모든 희망을 산산조각 내는군요. 주인님이 제게 수없이 약속했던 저 저주받고 불운한 섬을 차지할 수 있으리란 희망에 너무 들떠버린 대가로 이제 인적 하나 없는 이곳에다 주인님께서 저를 버려두려 하는가 봅니다. 주인님, 제발 부탁드리니, 그런 가혹한 처사만은 삼가주세요. 주인님께서 단념하지 못하신다면 최소한 아침까지만이라도 연기해주세요. 제가 목동이었을 때 배웠던 지식에 따르면 작은곰자리의 주둥이가 한밤중에는 왼팔 쪽에 있었는데, 지금은 머리 꼭대기에 있는 것을 보니 세 시간이면 해가 뜰 것 같으니까요."

"그런데 산초야." 돈키호테가 말했다. "너무 어두운 밤이라 하늘에서 별 하나도 볼 수 없는데 네가 말하는 작은곰자리가 어디 있는지, 곰 주둥이가 어느 쪽에 있는지, 어떻게 네 왼팔 위에 있다는 것인지 알 수가 없구나."

"그건 그렇습니다만," 산초가 말했다. "원래 무서우면 더 잘 보이는 법입니다. 땅속에 있는 것도 보이니 하늘에 있는 것들은 두말할 나위가 없지요. 그러니 해가 뜰 때까지 얼마 남지 않았다는 것은 당연합니다."

"그래, 세 시간 남았든 몇 시간 남았든 지금뿐 아니라 그 어느 때라도 눈물과 애원 때문에 지켜야 할 기사도를 지키지 못했다는 말은 듣고 싶지 않다. 그러니 산초야, 부디 아무 말 마라. 무엇인지도 모를 너무도 무서운 이 모험에 도전할 마음을 주신 하느님께서는 나를 지켜 보호하시며 너의 슬픔을 위로하실 것이다. 네가 할 일은 로시난테의 뱃대끈을 꽉 조이고 여기서 기다리는 것이다. 살아서든 죽어서든 곧 돌아올 것이니라."

산초는 주인의 확고부동한 결심을 보고는 자신의 눈물이나 충고도, 애원도 소용없음을 알았다. 다만 꾀를 내어 어떻게든 날이 샐 때까지만이라도 주인을 붙잡아둬야겠다고 생각했다. 그래서 로시난테의 뱃대끈을 조이면서 감쪽같이 자신의 당나귀 고삐로 로시난테의 두 다리를 묶어놓았다. 이에 로시난테는 제자리에서 풀쩍풀쩍 뛰기만 할 수 있었고 돈키호테는 떠나려 해도 떠날 수가 없었다. 산초 판사는 자신의 속임수가 성공한 것을 보고 이렇게 말했다.

"이런, 주인님, 제 눈물과 애원에 하늘도 감동하여 로시난테를 꼼짝 못하도록 하신 것 같습니다. 주인님께서 고집을 피우고 로시난테에게 박차를 가한다면 하느님의 노여움만 살 것이며, 흔한 말로 돌부리 걷어차다가 발부리만 아픈 꼴이 될 겁니다."

산초의 말에 실망하고 한 술 더 떠서 박차를 가할수록 더욱더 꼼짝도 않는 로시난테를 보면서 더 실망한 돈키호테는 로시난테가 발이 묶였을 거라고는 생각지도 않고, 다른 이유가 있을 거라 여기면서 해가 뜰 때까지, 혹은 로시난테가 움직일 수 있을 때까지 참고 기다리기로 결심하고 말했다.

"그래, 산초야. 로시난테가 통 움직이지를 못하니 동이 틀 때까지 기다려야겠구나. 해가 뜰 때까지 그렇게 한참을 기다려야 된다니 눈물이 날 지경이지만 말이다."

"그렇다고 뭐 눈물까지 흘리실 필요는 없습니다." 산초가 말했다. "말에서 내려 이 푸른 풀밭 위에서 눈이라도 붙일 생각이 없으시다면 날이 샐 때까지 제가 주인님께 재미난 이야기를 들려드릴 테니까요. 편력기사들은 자신을 기다리고 있는 굉장한 모험의 순간이 다가오기 전에 잠시 휴식을 취하기 위해 그렇게들 하잖아요."

"말에서 내려 자라니 무슨 말이냐?" 돈키호테가 되물었다. "설마 내가 위험 속에서도 휴식을 취하는 기사라는 말은 아니겠지? 잘 테면 너나 자거라. 너는 잠자기 위해 태어났으니. 나는 내 의중에 가장 맞는 일을 할 것이다."

"주인님, 화내지 마세요." 산초가 대답했다. "그러려고 드린 얘기가 아닙니다요."

그러고는 주인에게 다가가서 한 손으로는 안장 앞을, 또 한 손으로는 안장 뒤를 잡자 손가락 하나 들어갈 틈 없이 주인의 왼쪽 허벅지를 꽉 껴안은 형상이 되었다. 여전히 규칙적으로 들려오는 쿵쿵 소리가 그만큼 무서웠던 것이다. 돈키호테는 산초에게 아까 약속했던 대로 뭔가 재미있는 이야기를 들려달라고 했고, 산초는 쿵쿵거리는 소리 때문에 생기는 두려움을 떨쳐버릴 수 있다면 기꺼이 하겠노라 말했다.

"무섭기는 하지만, 제가 제대로 이야기할 수 있고 주인님이 끼어들지만 않는다면 이야기 중에서도 가장 재미있는 이야기를 들려드리도록 하지요. 잘 들어보세요, 이제 시작할 테니까요. 옛날옛날 행운은 모든 사람에게 찾아오고, 불행은 그것을 구하는 사람에게만 오던 시절…… 그런데 주인님, 옛날이야기를 할 때 누구나 사용하는 이 구절 '불행은 불행을 구하는 자에게'는 로마의 카토 손소리노가 했던 말이지요. 이 이야기는 손가락의 반지처럼 지금 주인님이 처한 상황에 딱 맞는 말입니다. 공연히 불행 같은 거 찾지 마시고 다른 길로 돌아가지요. 아무도 우리더러 이렇게 무시무시한 길을 가라고 하지 않잖습니까."

"이야기나 계속해라, 산초야." 돈키호테가 말했다. "우리가 가야 하는 길은 내게 맡겨두고."

"그럼 그러지요." 산초가 말을 이었다. "에스트레마두라의 어느 마을에 양치기가, 그러니까 양을 치는 목동이 살았습니다. 그 목동인지 양치기인지 하는 사람은 제 이야기에서 로페 루이스라고 부를 텐데, 이 로페 루이스는 토랄바라는 양치기 처녀를 사랑했습니다. 하지만 토랄바라는 양치기 처녀는 부유한 목장 주인의 딸이었고, 이 부유한 목장 주인은……."

"산초야, 그렇게 하는 말마다 두 번씩 되풀이하다가는 이틀이 지나도 못

끝내겠다. 해야 할 말만 하고, 생각 있는 사람처럼 말하거라. 못 하겠거든 아무 말도 말고."

"우리 고향에서는 다 이런 식으로 하는데요." 산초가 대꾸했다. "다른 식으로는 할 줄 모릅니다. 주인님도 무작정 새로운 방식으로 하라고 그러시면 안 되죠."

"그럼 네 맘대로 해라." 돈키호테가 말했다. "네 말을 듣지 않을 수 없는 것도 내 운명인가 보구나. 계속해라."

"그러지요, 제 마음의 주인님." 산초가 다시 시작했다. "아까 이야기했듯이 이 목동은 토랄바를 사랑했는데, 그 양치기 처녀는 땅딸막한 데다 말괄량이였고, 콧수염도 좀 돋은 듯한 게 어찌나 남자 같은지, 지금도 그 모습이 눈앞에 보이듯 선하네요."

"그럼 그 처녀를 안단 말이냐?" 돈키호테가 물었다.

"알지는 못하지만요," 산초가 대답했다. "제게 이 이야기를 해준 사람 말이 이건 분명한 사실이라면서 다른 사람에게 들려줄 때는 그 여자를 본 적이 있다고 말해도 된다고 했습니다. 그런데 세월이 흐르면서 불쌍하게도 그 양치기 청년은 불면증으로 완전히 폐인이 돼서 결국에는 그 양치기 처녀를 향한 사랑이 증오와 악의로 변해버리고 말았답니다. 남 얘기 좋아하는 사람들은 목동이 그렇게 된 것은 그녀가 불러일으킨 질투심이 도를 지나쳤기 때문이라고 하더군요. 그 후로 목동이 양치기 처녀를 얼마나 혐오스러워했는지, 그녀를 보지 않으려고 고향땅을 떠나, 다시는 그녀를 볼 수 없는 곳으로 가버리려고 마음먹었답니다. 전에는 단 한 번도 목동을 사랑하지 않던 토랄바는 로페에게 버림받은 것을 알고서야 그를 몹시 사랑하게 되었다 하고요."

"그게 바로 여자들의 속성이란다." 돈키호테가 말했다. "자기를 사랑하는 사람은 무시하고 증오하는 자는 사랑하지. 계속해라, 산초야."

"목동은 자신의 결심을 실행에 옮겼지요. 양 떼를 다 모은 후 포르투갈로 가기 위해 에스트레마두라의 들판으로 향한 겁니다. 그 사실을 안 토랄바는 그를 따라 저 멀리서부터 맨발로 쫓아갔는데, 한 손에는 지팡이를 들고 어깨에는 자루를 주렁주렁 매달고 갔어요. 풍문에 듣자 하니 그 자루 속에는 얼굴에 바르는 분인지 뭔지를 담은 작은 병 하나가 들어 있었다 합니다. 하지만 자루 속에 뭐가 들었는지 이제 와서 제가 들추어낼 생각은 없습니다. 어쨌든 사람들 이야기에 따르면 그 목동은 양 떼를 몰고 과디아나 강에 도착했는데, 마침 물이 불어 범람할 지경이어서 강어귀에는 목동이고 양 떼고 간에 강 건너로 실어 나를 배가 한 척도 없었답니다. 목동은 이미 코앞까지 와 있는 토랄바가 온통 하소연과 눈물로 너무나 귀찮게 할 것이 뻔했기 때문에 무척이나 곤혹스러웠지요. 열심히 쳐다본 덕인지 마침 어부가 배를 끌고 그의 곁을 지나는 게 보였습니다. 그런데 너무 작아서 한 번에 사람 한 명이나 양 한 마리만 탈 수 있을 정도였어요. 그러나 사정이 사정이니만큼 어부에게 부탁했고, 어부는 목동과 목동이 끌고 온 양 300마리를 태워주기로 했습니다. 어부가 배에 양 한 마리를 싣고 건너갔습니다. 어부는 돌아와서 또 한 마리를 싣고 갔지요. 그리고 또다시 돌아와서 또 한 마리를 싣고 갔어요. 주인님은 어부가 실어 나르는 양의 수를 잘 기억해주세요. 한 마리라도 잘못 세면 이야기는 여기서 끝난 채 더 이상 이어나갈 수 없으니까요. 건너편 나루터는 진흙투성이에다 미끄러워서 어부가 오가는 데 시간이 꽤 걸렸지요. 어쨌거나 어부는 돌아와서 양 한 마리, 또 한 마리, 또 한 마리……."

"모두 건넌 셈 치자." 돈키호테가 끼어들었다. "이야기를 그런 식으로 반복하지 말라니까. 그랬다가는 일 년이 지나도 양들을 못 나르겠다."

"지금까지 몇 마리나 건너갔죠?" 산초가 물었다.

"그걸 내가 어찌 알겠느냐?" 돈키호테가 대답했다.

"그래서 제가 말씀드렸잖습니까, 잘 세시라고요. 이것 참 이야기가 끝장났으니 계속할 수도 없고 말입니다."

"어떻게 그럴 수 있느냐?" 돈키호테가 물었다. "이 이야기에서 강을 건너간 양의 수를 아는 게 그토록 중요하단 말이냐? 그 숫자가 틀리면 이야기를 계속하지 못할 만큼?"

"아뇨, 그게 아니라요." 산초가 말했다. "제가 주인님께 건너간 양이 몇 마리냐고 묻자, 주인님은 제게 모른다고 하셨죠. 바로 그 순간 말하려고 했던 것을 깜빡 잊었단 말입니다. 무척 진짜 같고 재미있는 이야기가 분명했는데 말입지요."

"그렇다면 이야기가 다 끝난 거란 말이냐?" 돈키호테가 물었다.

"우리 어머니가 들려주신 옛날이야기처럼 결코 끝나지는 않지요." 산초가 대꾸했다.

"내 사실대로 말하는데," 돈키호테가 말했다. "너는 이 세상 어느 누구도 생각지 못한 아주 참신한 이야기를 들려주었다. 나는 그저 재미난 이야기 정도겠지 했는데 말하는 방식이나 마무리 짓는 법을 보니 내 평생 다시는 이런 이야기를 들을 것 같지 않구나. 하지만 그다지 놀랄 일도 아닌 것이 끊임없이 들리는 저 쿵쿵거리는 소리가 네 판단력을 뒤흔들어버렸기 때문인 것 같다."

"모두 맞습니다." 산초가 말했다. "하지만 제 이야기는 더 이상 할 게 없습니다. 건너간 양의 수를 놓치는 순간 이야기가 끝나버렸으니까요."

"네가 그치고 싶은 데서 그치려무나." 돈키호테가 말했다. "그럼 어디 로시난테가 움직일 수 있는지 볼까."

돈키호테는 다시 한 번 박차를 가했고, 로시난테는 뛰어올랐지만 여전히 제자리에 있었다. 그토록 단단히 묶었던 것이다.

이때 이미 가까워진 새벽의 추위 때문인지, 소화가 잘되는 음식을 먹어서인지, 그도 아니면 자연적 현상 때문이었는지—이것이 가장 그럴듯했다—산초는 다른 사람이 결코 대신 처리해줄 수 없는 욕구를 느꼈다. 하지만 그의 심장을 채우고 있는 공포감이 너무나 큰 탓에 감히 주인에게서 한 치도 떨어질 수가 없었다. 그렇다고 참는 것도 불가능했다. 그래서 안장 뒤쪽을 붙잡고 있던 오른손을 놓고 허리끈의 매듭을 슬그머니 아무 소리 나지 않게 풀어버렸다. 허리끈 말고는 바지를 흘러내리지 않도록 할 만한 게 아무것도 없었기에 허리띠 매듭을 풀자 바지가 흘러내리면서 두 발에 족쇄를 채운 듯한 모양새가 되었다. 그런 다음 그는 가능한 한 셔츠를 끌어올리고 그다지 작지도 않은 양쪽 엉덩이를 뒤로 쑥 내밀었다. 그러자 더 큰일이 닥쳤는데(이 끔찍한 곤경에서 빠져나오기 위해 가장 먼저 해야 할 일이 있었다), 소리를 내지 않고는 변을 볼 수 없을 것 같다는 사실이었다. 결국 그는 이를 악물고 어깨를 움츠린 채 최대한 숨을 참았다. 하지만 이 모든 노력이 무색하게, 불행하게도 지금 산초를 두렵게 하는 쿵쿵 소리와는 전혀 다른 소리가 조금 새어 나갔다. 이를 들은 돈키호테가 물었다.

"이게 무슨 소리냐, 산초야?"

"잘 모르겠는데요, 주인님." 그가 대답했다. "뭔가 새로운 것이 분명합니다. 행운이든 불행이든 늘 첫걸음부터 시작하는 법이니까요."

산초는 다시 한 번 자신의 운을 시험해보았는데, 이번에는 아주 잘되어 아까처럼 소리가 나지도 않고 요란스럽지도 않게 마무리되었다. 산초는 마침내 그를 짓누르던 부담에서 벗어날 수 있었다. 그러나 돈키호테는 청각만큼이나 후각도 예민한 데다 냄새가 곧장 위로 올라가지 않을 수 없도록 산초가 바짝 들러붙어 있던 탓에 바로 그 냄새를 맡고 말았다. 돈키호테는 냄새가 코에 닿자마자 두 손가락으로 코를 틀어막고는 코맹맹이 소리로 말했다.

"어지간히 무섭긴 무서운가 보구나, 산초야."

"물론이죠." 산초가 대답했다. "그런데 왜 하필 지금 그런 생각을 하셨나요?"

"지금 그 어느 때보다도 너의 냄새가 지독하기 때문이다." 돈키호테가 말했다.

"그렇군요." 산초가 말했다. "하지만 그건 제 잘못이 아니라 갑작스럽게 저를 이 낯선 곳으로 데려온 주인님 탓입니다."

"서너 걸음만 뒤로 물러가거라, 산초야." 돈키호테가 (코 막은 손을 떼지 않고) 말했다. "너와 함께 서슴없이 많은 대화를 나누었던 것이 이 같은 방자함을 자아냈으니 앞으로는 네 몸가짐을 바르게 하고, 나에게 해야 할 의무도 잊지 말아라."

"그렇다면 주인님은 제가 해서는 안 될 무엇인가를 했다고 생각하시나 보군요?" 산초가 물었다.

"긁어 부스럼 내지 말거라, 산초." 돈키호테가 말했다.

이런 대화 속에서 주인과 종자는 밤을 지새웠다. 산초는 순식간에 아침이 밝아오는 것을 보고 재빨리 로시난테를 묶었던 고삐를 풀고 허리끈을 잡아맸다. 로시난테는 원래 기운찬 말은 아니었지만 두 발이 자유로워지자 흥분해서 앞발을 들어 올리기 시작했다. 높이 뛰어오르는 것은 할 줄 모르기 때문이었다. 로시난테가 마침내 거동하기 시작한 것을 본 돈키호테는 그 무시무시한 모험에 도전하는 데 좋은 신호라고 생각했다.

여명이 비추면서 사물들이 뚜렷이 보이자 그는 자신이 아주 캄캄한 그늘을 만들고 있는 아름드리 밤나무 숲에 있다는 것을 알아차렸다. 쿵쾅거리는 소리는 여전히 멈추지 않고 들려왔으나, 누가 내는 소리인지는 알 수 없었다. 돈키호테는 더 이상 주저하지 않고 로시난테에게 박차를 가했다. 그리고 산초에게 다시 한 번 작별을 고하며, 앞에서도 말했듯이 최대한 사흘만 기다리라고 하면서, 만일 돌아오지 않으면 그 위험한 모험에서 목숨을 잃음으로써 하느님께 섬김을 다한 줄 알라고 했다. 자신의 공주 둘시네아에게 전할 말도 다시 한 번 일러주었고, 산초가 자신을 섬긴 대가로 받아야 할 급료에 대해서도 아무 걱정 말라고 덧붙였다. 고향을 떠나기 전에 이미 유언장을 작성하여 산초가 자신을 위해 봉사한 시간에 따라 받아야 할 급료를 지급하라고 해놓았다는 거였다. 그러나 하느님이 이 위험에서 아무 탈 없이 무사히 건져내주신다면 약속했던 섬보다 더 많은 것을 갖게 될 거라고 말했다.

산초는 착한 주인의 자애로운 말을 듣고 다시 한 번 울음을 터뜨리며, 이번 일이 마무리될 때까지는 주인 곁을 떠나지 않으리라 결심했다.

이 이야기의 작가는 산초 판사의 눈물과 숭고한 결심을 보고, 그가 좋은 가문 태생이거나 최소한 순수 혈통의 그리스도교인이라고 생각했다. 산초의 감상적인 행동이 돈키호테를 어느 정도 감동시키기는 했지만, 그렇다고 유약한 마음을 다 드러내게 하지는 못했다. 돈키호테는 최대한 자신의 유약함을 감추면서 세찬 물소리와 쿵쾅거리는 소리가 나는 곳을 향하여 나아가기 시작했다.

산초는 습관대로, 좋을 때고 나쁠 때고 변함없는 친구인 당나귀의 고삐를 잡고 돈키호테를 따라 걸어갔다. 그늘진 밤나무 숲을 한참 걷다 보니 초원이 나왔고, 그 끝에 높다란 바위산이 있어 그 산에서 어마어마한 물줄기가 쏟아져 내려오고 있었다. 그 바위산 발치에는 집이라기보다는 차라리 폐허라고 할 만한 아주 허름한 집들이 몇 채 있었는데, 바로 그곳에서 지금까지 그치지 않고 들려오는 바로 그 쿵쾅거리는 소리가 나고 있었다.

돈키호테는 거센 물소리와 쿵쾅거리는 소리에 로시난테가 놀라자 진정시키며 조금씩 조금씩 그 집으로 다가갔다. 그는 온 마음을 다해 사랑하는 연인을 그리며 부디 무시무시한 모험에서 자신을 지켜달라고 빌었고, 좀 더 나아가서는 하느님께서도 자신을 저버리지 말아달라고 간청했다. 주인 곁에서 떨어질 줄 모르는 산초는 자신이 그토록 무서워하던 것을 보게 될까 로시난테의 다리 사이로 목을 쭉 빼고 쳐다보았다.

그렇게 100걸음쯤 가다 모서리를 막 돌아서려는 순간, 밤새도록 그들을 놀라게 하고 무섭게 만든 무시무시하고 경악할 만한 소리의 출처를 발견하고 말았다. 그것은 (오, 독자여! 부디 화내지 마시기를) 바로 큰 소리를 내면서 여섯 개의 방망이를 번갈아 때려대는 빨래방아였던 것이다.

그 모습을 본 돈키호테는 완전히 경악하여 말문이 막혀버리고 말았다. 산초가 보니 주인은 무안함에 고개를 푹 떨구고 있었고, 돈키호테 역시 산초를 바라보니 아래턱까지 불룩해진 게 영락없이 웃음을 참느라 애먹고 있는 모습이었다. 돈키호테는 산초의 모습을 보고는 더 이상 우울한 표정을 지을 수가 없었다. 주인의 얼굴이 풀어진 것을 본 산초는 어찌나 요란하게 웃음보를 터뜨렸는지 데굴데굴 구르지 않기 위해서 옆구리를 눌러야 할 정도였다. 겨우겨우 웃음을 참았다가는 다시 처음처럼 웃음을 터뜨리기를 네 번이나 반복했다. 산초의 이런 모습은 돈키호테를 슬슬 화나게 만든 데다, 산초가 놀려대듯이 하는 말을 듣고는 더욱더 화가 치솟았다.

"'오 나의 벗 산초야! 내가 이 철의 시대에 태어난 것은 황금시대, 소위 전성기를 되살리라는 하늘의 뜻이 있었기 때문이다. 위험한 모험들, 위대한 업적들, 용감한 무훈들이 바로 나를 기다리고 있었던 것이다…….'"

산초는 그들이 이렇게 무시무시하게 쿵쿵거리는 소리를 처음 들었을 때 돈키호테가 했던 모든 말들을 다시 읊어대고 있었던 것이다.

이렇게 산초가 자신을 조롱하자 돈키호테는 창을 들어 종자를 겨눈 다

G. Doré
H. PISAN

음 두어 번 세게 내리쳤다. 등에 맞았기에 망정이지 머리에 맞았더라면 아마 산초의 상속인에게라면 모를까 급료는 지불할 필요도 없었을 것이다. 산초는 주인이 자신의 농담에 심하게 반응하는 것을 보고 혹시 주인의 기분을 더 상하게 할까 봐 얌전한 목소리로 말했다.

"진정하세요, 주인님, 농담한 것뿐입니다."

"네게는 그럴지 모르지만 내게는 농담이 아니다." 돈키호테가 말했다. "이리 좀 와봐라, 철없는 산초야. 이것들이 빨래방아였지만, 혹 다른 위험한 모험이었더라면 네 생각에는 내가 그에 맞서 싸울 용기를 보여주지 못했을 것 같으냐? 내가 기사이기 때문에 모든 소리를 다 구별하고 나아가 그 소리가 빨래방아 소리인지 아닌지까지 구분해야 한단 말이냐? 게다가 내 평생 이런 것은 한 번도 보지 못한 것일 수도 있다. 물론 너야 천한 평민으로 태어나 그 속에서 자란 촌부이니 봤을 수도 있겠지만 말이다. 그게 아니라면 이 여섯 개의 방망이를 거인 여섯 놈으로 바꾸어 한 놈씩이건 한꺼번에건 나에게 던져봐라. 내가 그 거인들을 모조리 때려눕히지 못한다면 그때는 네가 마음껏 나를 조롱해도 좋다."

"자꾸 그러지 마세요, 주인님." 산초가 대꾸했다. "제가 너무 웃어댄 건 사실입니다. 하지만 주인님도 보시다시피 지금은 아무 일도 안 일어났잖아요. 부디 이번 일처럼 하느님께서 앞으로 일어날 모든 일에서 주인님을 무사히 구원해주시기를 빕니다. 정말 웃을 일 아닙니까? 우리가 그토록 무서워했던 것도 얘깃거리라고요. 하긴 주인님은 무서움이나 놀람 같은 감정을 아예 모르시는 것 같지만, 적어도 저는 무서웠거든요."

"나도 그렇게 말하진 않겠다." 돈키호테가 말했다. "우리에게 일어난 일이 웃을 만한 일이긴 하지. 하지만 떠들어댈 일은 아니다. 누구나 모든 이치를 다 깨우칠 만큼 사리분별이 명확할 수 없는 법이니까."

"그래도 최소한 주인님은 창의 이치는 깨우치신 것 같습니다." 산초가 대꾸했다. "하느님과 제 민첩성 덕분에 머리를 피해 등에 맞았지만 말이죠. 하지만 모든 게 명확해지겠지요. 이런 말도 있잖습니까. 입에 쓴 약이 몸에 좋다고. 더욱이 높으신 양반님들은 하인에게 욕을 퍼붓고 나면 바지를 한 벌씩 준다고 하던데, 글쎄 몽둥이찜질을 하고 나서는 뭘 주는지, 편력기사들은 몽둥이질 후에 섬이나 육지에 있는 왕국을 주는지, 그건 잘 모르지만 말입니다."

"운이 닿아서 네가 말한 게 실제로 이루어지면 좋겠구나." 돈키호테가 말했다. "지난 일은 용서해다오. 너는 현명하니 본능이라는 것은 인간의 손으로 어찌할 수 있는 게 아니란 걸 알 것이다. 그리고 앞으로는 나에게 너무 많은 말을 하지 마라. 지금까지 무수히 많은 기사 이야기를 읽어왔다만, 네가 나에게 하듯 자기 주인에게 그토록 수다를 떨어대는 종자는 본 적이 없다. 사실 내 잘못이 크다. 너와 나 모두의 잘못이겠지만, 너의 잘못이라 함은 나를 그다지 존경하지 않았다는 데 있고, 나의 잘못이라 함은 좀 더 존경받도록 만들지 않았다는 데 있다. 아마디스 데 가울라의 종자 간달린은 피르메섬의 백작이었는데, 그는 주인에게 말할 때면 항상 손에 모자를 들고 고개를 숙이고 터키식으로 몸을 굽혔다고 한다. 돈 갈라오르의 종자 가사발은 또 어떻고. 그는 어찌나 과묵했던지, 역사만큼이나 위대한 갈라오르 이야기에서 그의 이름이 단 한 번밖에 등장하지 않았다. 이것만 봐도 얼마나 경이로운 침묵을 유지했는지 알 수 있지 않느냐. 산초야, 내 말을 듣고 주인과 하인, 기사와 종자 사이에 거리를 두어야 한다는 걸 알았을 것이다. 그러니 앞으로는 서로 좀 더 존중하여 비아냥거리지 않기로 하자. 어찌 되었건 내가 너에게 화를 내면 손해 보는 건 너일 테니까 말이다. 내가 너에게 약속했던 보상은 때가 되면 받을 것이다. 설사 그때가 오지 않는다 하더라도 내가 말했듯이 최소한 네 급료만은 손해 보지 않을 것이다."

"주인님 말씀이 맞습니다요." 산초가 말했다. "하지만 혹시 보상의 시기가 오지 않아 급료를 받을 경우에 대비하여 예전에 편력기사의 종자가 얼마를 받았는지, 그리고 월급으로 받았는지, 미장이들처럼 일당으로 받았는지도 알고 싶습니다."

"내가 알기로," 돈키호테가 대답했다. "편력기사들의 종자는 모두 급료 대신 보상을 받았다. 내가 지금 집에다 밀봉하여 보관해둔 유언장에 대해 너에게 말한 것은 앞으로 일어날지도 모를 일에 대비해서였다. 이 험난한 시절에 어떤 식으로 기사도를 떨쳐야 할지 나도 잘 모르겠다만, 저승에 갔을 때 손톱만큼도 양심에 거리낌이 없기를 바라기 때문이다. 또한 이 세상에 편력기사의 삶보다 더 위험한 건 없다는 것도 알았으면 하기 때문이다."

"맞습니다." 산초가 말했다. "빨래방아 소리만으로도 주인님 같은 용감한 편력기사의 마음이 두방망이질 친 걸 보면 말이지요. 하지만 앞으로는 주인님을 하늘이 내려주신 주인으로 받들기 위해서가 아니라면, 주인님의 잡다한 이야기들을 떠들기 위해 제 입을 놀리는 일은 없을 겁니다."

"그렇게만 한다면," 돈키호테가 말했다. "너는 영원히 이 땅에서 평화를 누리며 살 것이다. 부모님이 세상을 떠난 후에는 주인을 부모처럼 존경해야 하는 법이니라."

제21장

맘브리노 투구를 탈취한 재미있는 모험과 우리의 무적 기사에게 일어난 또 다른 사건들에 대하여

이윽고 비가 조금씩 내리기 시작하자 산초는 빨래방앗간으로 들어가고 싶었다. 하지만 돈키호테는 아까 조롱받은 일이 너무나 괘씸하여 안으로 들어가고 싶은 생각이 없었다. 그래서 두 사람은 오른쪽으로 길을 틀어 전날과는 다른 길로 접어들었다.

얼마 가지 않아 돈키호테는 저쪽에서 머리에 황금같이 번쩍거리는 무엇인가를 쓴 채 말을 타고 오는 남자를 발견하고는 산초를 돌아보며 말했다.

"산초야, 속담이 하나도 틀린 게 없는 것 같구나. 속담이라는 것은 모든 학문의 어머니인 경험에서 나온 것이니 말이다. 특히 '한쪽 문이 닫히면 다른 쪽 문이 열린다'는 속담이 그렇지. 내가 이런 말을 하는 것은 지난밤에 우리가 빨래방아에 속는 바람에 그렇게 찾았던 모험의 문이 닫혀버렸지만 지금 그보다 훨씬 멋지고 틀림없는 모험의 문이 우리 눈앞에 활짝 열려 있기 때문이다. 만일 내가 이 모험에 돌입하지 않는다면, 빨래방아 탓도 아니고 한밤의 어둠 탓도 아닌 모두 내 탓이 될 것이다. 자 봐라, 내가 잘못 본 게 아니라면, 웬 사람이 머리에 맘브리노 투구를 쓰고 우리 쪽으로 오고 있지 않느냐. 너도 알다시피 내가 맹세한 적 있는 그 맘브리노 투구 말이다."

"나리, 말씀을 하실 때는 잘 생각해서 하시고요, 행동에 옮기실 때는 더 잘 생각하셔야 됩니다." 산초가 말했다. "이번에도 빨래방아 같은 꼴을 당하고 싶지는 않거든요."

"무슨 소릴 하는 게냐!" 돈키호테가 대꾸했다. "어떻게 맘브리노 투구를 겨우 방아에 비교하느냐?"

"저야 아무것도 모르지요." 산초가 대답했다. "하지만 제가 말을 해도 된다면, 제 말이 늘 일리가 있어왔듯이, 말씀은 그렇게 하셔도 또 잘못 보고 계신 거예요."

"내 말이 뭐가 잘못됐다는 거냐, 이 배은망덕한 놈아?" 돈키호테가 말했다. "저기 얼룩말을 타고 머리에 황금 투구를 쓴 기사가 우리 쪽으로 오고 있는 게 보이지 않는단 말이냐?"

"제 눈엔," 산초가 대꾸했다. "제 당나귀처럼 잿빛 당나귀를 타고, 머리에는 뭔지 모르지만 번쩍거리는 걸 얹고 오는 웬 남자일 뿐인데요."

"그게 바로 맘브리노 투구란 말이다." 돈키호테가 말했다. "너는 한쪽으로 비켜서라. 나 혼자 그를 대면하겠다. 너는 그저 숨죽이고 내가 그토록 원하던 맘브리노 투구를 어떻게 내 것으로 만들며, 이 모험의 전말이 어떻게 되는지를 잘 지켜보도록 해라."

"저는 조심스럽게 멀찌감치 떨어져 있겠습니다요." 산초가 대답했다. "그러나 다시 말씀드리지만 부디 별일 아니고, 또 빨래방아 같은 일도 아니기를 바랍니다."

"이놈아, 아까도 말했지만 그 방망이 얘기는 더 이상 입도 뻥긋하지 말고, 생각지도 말아라." 돈키호테가 말했다. "맹세하건대, 한 번만 더 그랬다간 네 영혼을 빨래방아처럼 두들겨 패줄 테다."

산초는 주인이 조금 전에 했던 그 맹세가 지켜질까 봐 오싹해져서 입을 다물었다.

어쨌거나 돈키호테가 투구와 말, 기사라고 보았던 것의 정체는 이랬다. 그 주변에는 마을 두 개가 이웃하고 있었는데, 그중 하나는 너무 작은 마을이라 약방도 이발사도 없는 반면에 다른 하나는 모든 것이 갖추어져 있었다. 따라서 큰 마을의 이발사가 작은 마을로 출장을 가곤 했는데, 때마침 이번에 피를 뽑아야 하는 환자와 수염을 깎고 싶다는 사람이 있어서 이발사가 놋으로 된 대야를 들고 나선 것이었다. 그런데 운명의 장난이었는지, 도중에 비가 내리기 시작했고, 이발사는 새로 산 것이 틀림없어 보이는 모자가 젖지 않도록 놋대야를 머리에 뒤집어썼다. 그런데 대야가 어찌나 반질반질했던지 반 레구아나 떨어진 곳에서도 번쩍거리는 게 보였다. 이발사는 산초의 말대로 잿빛 당나귀를 타고 있었는데, 돈키호테의 눈에는 얼룩말과 기사, 황금의 투구로 보였던 것이다. 이렇게 돈키호테는 모든 것을 너무나도 쉽게 얼토당토않은 기사 이야기와 허무맹랑한 생각에 끼워 맞추었다. 돈키호테는 가까이 다가오고 있는 불쌍한 기사를 보면서 일말의 여지를 주지 않고 창을 앞으로 겨누고는 전속력으로 로시난테를 몰았다. 창으로 기사의 가슴을 꿰뚫을 심산이었다. 상대가 점점 가까워지자 그는 여전히 세차게 말을 몰면서 소리쳤다.

"네 이놈, 나와 겨루자! 그러기 싫거든 당연히 네놈이 나에게 갖다 바쳐야만 하는 그것을 얼른 내놓아라!"

이발사는 앞뒤 생각해볼 틈도, 두려움을 느낄 새도 없이 순식간에 자기를 향해 돌진해 오는 저 괴물 같은 사람을 보았다. 그로서는 창을 피하기 위해 스스로 당나귀 아래로 떨어지지 않고는 다른 수가 없었다. 이발사는 땅바닥에 닿기가 무섭게 사슴보다 더 가볍게 몸을 일으키고는 바람보다도 빠르게 들판을 향해 도망쳤다. 돈키호테는 이발사가 땅바닥에 떨어뜨리고 간 놋대야를 보고 만족스러워하며 그 이교도 같은 놈은 주도면밀하여 사냥꾼들에게 추적을 당하는 경우 본능적으로 자기가 쫓기고 있음을 알게 해주는 항문샘을 자기 이빨로 물어뜯는 비버 같은 놈이라고 혼자 중얼거렸다. 그러고는 산초에게 투구를 집어 들라고 시켰다. 산초가 그것을 양손에 들고 말했다.

"이런 원, 놋대야 참 좋아 보이네요. 원래 1메라베디밖에 안 나가는 건데, 은화로 8레알은 나가겠어요."

그것을 다시 주인에게 건네주자 돈키호테는 얼른 머리에 뒤집어쓰고 이리저리 돌려가며 얼굴 가리개를 찾아보았다. 그러나 가리개가 없자 이렇게 말했다.

"이 투구를 자기 머리에 맞춰 고친 그 이교도 놈의 머리통이 엄청나게 컸던 모양이다. 설상가상으로 투구의 절반은 어디 가고 없구나."

산초는 놋대야를 투구라고 부르는 주인의 말에 웃음이 터져 나오려고 했지만 주인이 격노했던 일이 떠올라 웃음을 꾹 눌러 참고 있었다.

"뭐가 그리 우스우냐, 산초야?" 돈키호테가 말했다.

"이 투구를 가지고 있었던 이교도인의 머리통이 얼마나 컸는가를 생각하니 절로 웃음이 나옵니다요." 종자가 대답했다. "그런데 이건 어딘지 이발사의 놋대야처럼 생겼네요."

"내가 무슨 생각을 하고 있는지 아느냐, 산초야? 마법에 걸린 이 유명한 투구는 어떤 기이한 사건으로 인해 이것의 가치를 알지도, 제대로 평가할 줄도 모르는 자의 손에 들어갔을 것이다. 투구를 손에 넣은 자는 자신이 무슨 짓을 저지르고 있는지도 모른 채, 그저 투구가 순금으로 만들어진 것만 보고는 투구의 반쪽을 녹여 돈으로 바꾸고 남은 반쪽으로는 네 말대로 이발사의 놋대야처럼 보이는 바로 이것을 만들었을 것이다. 여하튼 맘브리노 투구를 알아본 내 입장에서는 모양이 어찌 변했건 상관없다. 이제 가장 가까이 있는 대장간을 찾아가 대장장이의 신이 전쟁의 신을 위해 만들었던 이것으로 상대가 이길 수도, 필적할 수도 없는 투구를 만들고자 한다. 그동안은 없는 것보다 나으니 이것을 쓰고 다녀야겠다. 준비를 갖추면 갖출수록 돌팔매질에서 나를 보호하는 데도 훨씬 낫지 않겠느냐."

"그럴 겁니다." 산초가 말했다. "만일 새총으로 돌멩이를 쏘지만 않는다면 말입니다. 지난번에 두 군대들 싸움에 끼어들어서 주인님 어금니가 다 나가버리고 제 배 속에 든 걸 모두 토해내게 만들었던 망할 놈의 물약이 들어 있던 약병마저 박살나버렸잖아요."

"산초야, 너도 이미 알다시피 나는 약병을 잃은 걸 가지고 그다지 상심하지 않는다." 돈키호테가 말했다. "어차피 처방법을 기억하고 있으니 말이다."

"저도 기억하고 있습니다." 산초가 말했다. "하지만 만든다 하더라도 절대로 먹지는 않을 겁니다. 명이 다할 테니까요. 게다가 그 물약이 필요할 일도 없을 것 같은 것이, 전 오감을 총동원하여 상처를 입지도 않고, 남에게 상처를 입히지도 않도록 저 자신을 지켜나갈 거거든요. 담요 키질에 대해서는 아무 말 하지 않겠습니다. 어차피 그런 불행은 막을 수 없는 일인 만큼 만약 또다시 그런 일을 당한다면 그저 어깨를 움츠리고, 숨을 멈추고, 두 눈을 질끈 감은 채, 운명에 기대어 담요에 몸을 싣는 수밖에 없겠지요."

"참으로 불순한 그리스도교도로구나, 산초." 그 말을 들은 돈키호테가 말했다. "한 번 받은 모욕을 결코 잊지 못하다니. 그런 대수롭지 않은 일에 신경 쓰지 않는 것이야말로 고귀하고 관대한 인물이 되는 길임을 알아야 할 것이다. 네가 다리를 절름거리게 됐다거나 갈비뼈가 부러졌다거나 머리통이 깨져버려서 도저히 그 장난을 잊지 못할 정도는 아니지 않느냐? 사실 따지고 보면 그건 그저 장난이었거나 심심풀이였을 뿐이다. 내가 그것을 장난으로 여기지 않았더라면, 즉시 그곳으로 돌아가 헬레네*를 데려간 자들에게 그리스인들이 행했던 것보다 더 가혹한 복수를 했을 것이다. 헬레네가 지금 살아 있거나, 나의 둘시네아 님께서 그 당시에 살았더라면, 헬레네는 지금처럼 미모에 대한 명성을 누리지 못했을 것이야."

그러고는 한숨을 내쉬며 구름을 쳐다보자, 이를 본 산초가 말했다.

"장난이었다니 진짜로 복수할 수는 없겠지만, 저도 진실이 무엇이고 장난이 무엇인지 정도는 압니다. 또한 제 등의 상처가 지워지지 않는 한 그 일을 머릿속에서 지울 수 없다는 것도 알고 있고요. 하지만 이 일은 일단 제쳐두고 주인님께서 쳐부순 저 마르티노**가 여기에 버려두고 간 의지할 곳 없는 얼룩말을 어떻게 할지 말씀 좀 해보세요. 사실 제 눈에는 당나귀로 보이지만요. 그자가 먼지를 일으키며 쏜살같이 도망친 것으로 보아 다시 돌아올 것 같지는 않거든요. 이건 확실히 훌륭한 당나귀 같아요!"

"나는 정복당한 자의 것을 빼앗은 적이 없다." 돈키호테가 말했다. "정복당한 자의 말을 빼앗는 것도, 결투 중에 말을 잃은 상대가 말을 타지 않고 걸어가게 하는 것도 기사도의 관례가 아니다. 결투에서 말을 잃은 경우라면, 합법적인 결투에서 상대의 말을 취하는 것과 마찬가지로 패배한 자의 말을 취하는 게 합당할 것이다. 그러니 산초야, 그 말인지 당나귀인지를 내버려두어라. 우리가 이곳을 떠나면 주인이 데리러 돌아올 것이다."

"하느님께서 이것을 가져가도록 해주셨으면 좋겠습니다요." 산초가 대꾸했다. "아니면 최소한 별로 시원찮아 보이는 제 당나귀와 바꾸기라도 했으

---

*그리스 신화에 나오는 메넬라오스 왕의 아내. 트로이의 왕자 파리스가 헬레네를 유혹하여 트로이 전쟁이 일어났다.

**산초가 맘브리노를 잘못 말한 것이다.

면 좋겠네요. 정말이지 기사도는 너무 빡빡합니다. 당나귀를 바꾸는 것조차도 안 된다고 하니 말이죠. 그러면 마구만이라도 좀 바꾸면 안 될까요?"

"그건 나도 잘 모르겠구나." 돈키호테가 말했다. "정확한 정보가 없어 미심쩍긴 하다만, 네가 그토록 필요하다면 바꾸도록 해라."

"정말로 필요합니다." 산초가 대답했다. "이 마구들이 제 것이 될 수만 있다면 더 이상 필요한 건 아무것도 없을 겁니다요."

이렇게 허락을 받은 종자는 상대 나귀의 마구를 자기 나귀에 옮기는 의식을 거행했고, 그렇게 꾸미고 나니 자신의 나귀가 한층 그럴싸해 보였다.

그러고 나서, 그들은 흰 옷 입은 수도사들의 노새에서 전리품으로 빼앗은 음식 중 먹다 남은 것들을 점심으로 먹었다. 그리고 빨래방아가 있던 시냇물에서 떠온 물도 마셨다. 물론 두 사람 모두 빨래방아 쪽으로는 눈길 한 번 주지 않았다. 그들이 가졌던 두려움만큼이나 그 방아가 참으로 증오스러웠던 것이다.

허기도 가시고 우울증도 좀 사라지자 두 사람은 말에 올라탄 뒤 아무것도 확실치 않은 가운데 길을 나섰다. 정처 없이 떠나는 것이 가장 편력기사다운 것이었기에, 두 사람은 큰길로 들어선 뒤 그저 로시난테가 이끄는 대로 길을 따라갔다. 로시난테는 등 위에 주인의 의지와 더불어 로시난테가 가는 곳이면 어디든 애정과 신의로 따르는 당나귀의 의지도 같이 짊어지고 가고 있었다.

이렇게 길을 걷다가 산초가 자신의 주인에게 말했다.

"주인님, 잠시 드리고 싶은 말씀이 있는데, 괜찮을까요? 절대 침묵을 지키라는 명령 이후로 제 배 속에서 네 가지가 넘는 사연이 썩어가고 있는데, 그중에 하나가 혀끝에서 튀어나오려고 합니다."

"말해봐라." 돈키호테가 말했다. "단 짧게 해다오. 이야기가 길어지면 맛이 떨어지는 법이니까."

"그러면 말씀드리겠습니다, 주인님." 산초가 대답했다. "요 며칠 전부터 지금까지의 일을 곰곰이 생각해봤는데, 주인님께서 모험을 찾아 들판과 위험한 오솔길을 다녀본들 별반 얻는 것도 없고, 싸움에 지거나 더 큰 위험에 빠지기만 했습니다. 우리의 모험을 누가 보는 것도 아니고 알아주는 것도 아니니, 주인님의 그 좋으신 의도와는 반대로 모든 것은 영원히 침묵 속으로 사라지겠지요. 주인님의 그 좋으신 의도만 아까워지는 것입니다. 그러니 말인데, 주인님께서 더 좋은 생각을 갖고 계실지도 모르겠지만, 저의 이런 생각도 괜찮을 것 같단 말이지요. 우리가 어느 황제 폐하를 찾아가든가, 전쟁에 나가는 왕자님을 찾아가 그분들을 섬기면서 주인님의 용기와 위대한 힘과 큰 포부를 밝히고 섬김을 다하면, 주군께서 이를 보시고 우리 두 사람의 공적에 따라 각각 보상을 해주지 않겠습니까. 또한 주인님의 공적을 글로 남겨 영원히 기억되게 할 사람도 있을 테니, 주인님의 공적은 그렇게 하나하나 남아서 영원히 이야기될 것입니다요. 저의 공적은 남기지 않아도 상관없습니다. 저야 그저 종자의 도리를 다할 뿐이니까요. 다만 기사도에서 종자의 공적도 기록하라고 정했다면, 제 이야기도 없어지진 않겠지요."

"틀린 말은 아니구나, 산초야." 돈키호테가 말했다. "하지만 그런 상황이 되기 전에 먼저 모험을 찾아 온 세상을 편력해야만 하는 거란다. 그러다 보면 몇몇 모험을 겪으면서 이름과 명성을 얻을 것이고, 결국 어느 위대한 군주의 휘하에 들어갈 무렵이면 이미 무훈을 통해 널리 알려져 있을 것이다. 그러면 성문을 들어서기가 무섭게 그를 본 꼬마 녀석들이 달려와 그를 둘러싸고 뒤따르며 '이분이 태양의 기사다' '뱀의 기사다' 외치기도 하고, 또는 기사가 무훈을 쌓을 때 들고 있었던 방패의 문장에 대해 떠들어댈 것이다. 이렇게 말할지도 모르겠구나. '이분이야말로 대단한 힘을 지닌 브로카

브루노를 단 한 번의 결투로 요절내신 분이다' 라든가 '900년 가까이 마법에 걸려 있던 페르시아의 마멜루코 대왕을 마법에서 풀려나게 해주신 기사님이다' 할지도. 이렇게 입에서 입으로 기사의 공훈이 알려지고 이윽고 왕실에까지 들어가면 국왕 폐하께서도 창가에서 내다보실 테고, 그러면 그 기사의 갑옷이나 방패 문장을 알아보시고는 분명 '자, 이봐라, 왕궁에 있는 모든 기사들은 저기 오는 기사도의 꽃을 받들도록 하라' 하고 말씀하실 것이다. 모든 기사들은 국왕의 명령을 따를 것이며 폐하께서는 손수 내려오셔서 기사를 힘껏 끌어안고 얼굴에 입을 맞춘 다음 그의 손을 이끌고 왕비님이 계시는 방으로 갈 것이다. 그곳에서 기사는 국왕 부처의 따님이신 공주를 발견할 텐데 그분이야말로 이 드넓은 대륙에서 각고의 노력 끝에 겨우 찾아낼 수 있는 가장 아름답고 가장 완벽한 여인일 것이다. 공주는 기사에게 눈길을 줄 것이고 기사 또한 공주에게 눈길을 주니 두 사람은 서로에게 인간적이라기보다는 오히려 신성한 존재로 비칠 것이다. 서로 어떻게 된 영문인지 모르나 복잡해서 뒤얽힌 사랑의 덫에 걸려들 것이고, 서로 열망과 감정을 어찌 표현해야 할지 몰라 가슴속에 근심만 쌓여갈 것이다. 사람들은 기사를 화려하게 장식된 궁궐의 어느 방으로 안내한 뒤 그의 갑옷을 벗기고 화려한 붉은색 옷을 입힐 것이다. 갑옷을 입은 기사도 멋졌겠지만 솜을 넣어 누빈 조끼를 입은 기사의 모습은 한층 더 품위 있어 보일 것이다. 이윽고 밤이 되면 국왕 부처, 공주와 함께 만찬을 들 텐데 그곳에서도 기사는 틈만 나면 공주를 바라보며 눈길을 떼지 못할 것이고 공주 또한 기사에게서 눈을 떼지 못할 것이다. 아까도 말했듯이 분별력 있는 여인인지라 아주 조심스러울 것이다. 만찬이 끝나면 별안간 못생긴 난쟁이가 들어오고 그 뒤로 두 거인의 호위를 받으며 아름다운 귀부인이 들어와서는 옛날 어느 현인이 만들어냈다던 수수께끼를 내면서 그 문제를 푸는 사람은 이 세상 최고의 기사가 된다고 말할 것이다. 이에 왕은 그 자리에 있던 모든 사람들에게 그 문제를 풀어보라고 하겠지만 아무도 해답을 제시하지 못하고 오직 손님으로 온 그 기사만이 수수께끼를 풀 것이다. 이로써 그의 명성은 더욱더 드높아질 것이며 이를 본 공주는 아주 흡족해하며 자신이 이처럼 높은 곳에 마음을 둔 걸 한결 기쁘게 생각할 것이다. 마침 국왕은 (뭐 왕자일 수도 있겠지만) 자신만큼 막강한 또 다른 상대와 격렬한 전투를 벌이고 있을 것이다. 그러자 손님으로 온 기사는 (며칠간 왕궁에 머무르던 끝에) 그 전투에 참가하여 국왕 폐하를 섬길 수 있도록 해달라고 청할 것이다. 아주 흡족해진 국왕 폐하께서는 그의 참전을 허락할 것이며, 기사는 자신에게 은혜를 베풀어주신 국왕의 손등에 정중히 입을 맞출 것이다. 그날 밤 기사는 공주의 침실 앞 정원에서 격자 창살을 사이에 두고, 사랑하는 공주와 작별을 나눌 것이다. 사실 두 사람은 그전에도 공주가 깊이 신뢰하는 지혜로운 시녀의 도움으로 그곳에서 여러 번 사랑을 속삭였을 것이다. 기사는 한숨을 내쉬고 공주는 실신할 게 분명하다. 시녀가 얼른 물을 떠오겠지만, 이미 아침이 밝아올 테고 자신이 모시는 공주의 명예를 위하여 두 사람의 만남이 발각되지 않기를 바라기 때문에 걱정이 크겠지. 마침내 정신을 되찾은 공주가 창살 너머로 백옥 같은 두 손을 내밀면 기사는 그 두 손에 수천수만 번 입을 맞추고 하염없이 눈물을 적실 것이다. 두 사람은 좋은 일이건 나쁜 일이건 서로에게 일어난 일을 알려주기로 약속할 테고, 공주는 부디 몸조심하라고 간청하겠지. 기사는 꼭 그러겠다고 맹세하고, 그녀의 손등에 다시 한 번 입을 맞춘 다음 금방이라도 숨이 넘어갈 듯한 아픔을 안은 채 작별을 고할 것이다. 침실로 돌아간 기사는 침대에 누웠지만 떠나야 하는 아픔으로 잠을 이루지 못하고 동이 트기 무섭게 국왕 부처와 공주에게 작별 인사를 드리러 갈 것이다. 인사를 받은 국왕 부처는 기사에게 공주는 몸이 좋지 않아 작별 인사를 받지 못한다고 말할 것이다. 이별의 아픔임을 알고 있는 기사는 가슴이 찢어질 것이고, 그 아픔이 드러나면, 기사 앞쪽에 서 있던 공주의 시녀는 이 모든 것을 알아차리고 공주에게 달려가 그대로 전할 것이다. 이 말을 들은 공주는 눈물을 흘리며, 자신을 가장 고통스럽게 하는 것은 바로 그 기사분이 도대체 누구인지도, 왕가의 혈통인지 아닌지도 잘 모르는 거라고 말할 것이다. 이에 시녀는 공주에게 왕가 혈통이나 귀족 혈통이 아니고서야 그 기사님만큼 예의 바르고 정중하고 기품 있을 까닭이 없지 않겠느냐고 장담할 것이다. 슬픔에 잠긴 공주는 이 말을 위안 삼아 부모님을 걱정시키지 않기 위해 스스로 마음을 다잡고 이틀 만에 사람들 앞에 모습을 드러낼 것이다. 이제 기사 이야기로 넘어가보자. 기사는 전쟁터에 나가 싸워서 왕의 적을 쓰러뜨리고, 많은 도시를 정복하고, 수많은 적군에 맞서 승리를 거둔 뒤 다시 왕궁으로 돌아와 늘 만나던 장소에서 공주를 만날 것이다. 기사는 국왕에게 자신의 공훈에 대한 보상으로 공주를 아내로 달라고 하겠다고 약속할 것이다. 국왕은 기사에 대하여 아는 것이 없기 때문에 딸을 주려 하지 않겠지. 하지만 그럼에도 몰래 데려갔든가 아니면 어떤 운명의 힘으로 공주는 기사의 아내가 될 것이다. 또한 그 기사가 지도에도 잘 나와 있지 않은, 어딘지 잘 모르는 왕국의 용감한 국왕의 자제라는 사실이 알려지면서 공주의 아버지도 큰 행운으로 여길 것이다. 국왕이 서거하고 공주가 나라를 물려받으면서, 곧이어 기사가 국왕으로 등극할 것이다. 국왕이 된 기사는 자신의 종자와 자신이 이토록 높은 자리에까지 올라갈 수 있도록 도와준 사람들에게 큰 상을 내릴 것이다. 자신의 종자에게는 집을 내림은 물론이고 공주의 시녀와 결혼도 시켜주는데, 그 시녀는 당연히 유명한 공작의 따님이자 두 사람의 사랑을 맺어준 여인일 것이다."

"제가 원하는 게 바로 그겁니다. 정말로요." 산초가 말했다. "문자 그대로

'슬픈 얼굴의 기사'라고 불리는 주인님께 이 모든 일들이 일어날 게 분명하니 저도 그렇게 될 날만 기다리고 있겠습니다."

"산초야, 그것에 대해서는 의심하지 마라." 돈키호테가 말했다. "내가 지금 이야기한 과정들을 밟아 편력기사들이 왕이나 황제의 자리에 오른 일이 있고, 지금도 오르고 있기 때문이다. 우리가 지금 해야 할 일은 그리스도교 신자들이나 이교도들의 왕 중에서 어떤 왕이 전쟁을 벌이고 있으며, 그에게 아름다운 딸이 있는지 알아보는 것뿐이다. 이 문제를 생각할 시간은 충분하니, 아까 내가 말했던 대로 우선은 방방곡곡에 명성을 떨쳐 궁정에까지 이르도록 하자꾸나. 아, 한 가지 더 해야 할 일이 있다. 설사 전쟁을 벌이고 있고 아름다운 딸을 찾아내고 내가 이 세상 곳곳에서 대단한 명성을 얻는다 하더라도, 내가 왕가의 혈통인지 최소한 황제의 육촌 형제는 되는지를 알아낼 방법을 모르니 그것부터 알아야겠다. 나의 훌륭한 공훈이 인정받을지라도 혈통이 확인되지 않는다면, 국왕 폐하께서 딸을 내주는 것을 달가워하지 않으실 테니 말이다. 내 혈통 문제가 해결되지 않아서 나의 용맹이 빛을 잃을까 걱정이 되는구나. 사실 나는 재산도 있고, 모욕을 당했을 경우에 그 대가로 500수엘도 정도는 받을 수 있는 이름난 명문가의 귀족이다. 그리고 내 무훈담을 쓰는 현자가 나의 친인척과 혈통을 정리하다 보면, 내가 국왕 폐하의 5대 손이나 6대 손쯤 된다는 것을 발견할지도 모른다는 것이다. 그래서 말인데, 산초야, 잘 알아둬라. 이 세상에는 두 가지 종류의 혈통이 있다. 한 가지는 왕실의 혈통을 이어받은 사람들로 세월을 따라 내려오면서 점차 몰락하여 마치 거꾸로 뒤집어놓은 피라미드처럼 그 끝이 뾰족해지는 이들이고, 또 한 가지는 뿌리는 하층 계급 출신이나 점차 지위가 올라가면서 결국 대공에 이르는 이들이다. 따라서 차이가 있다면, 어떤 사람들은 지금은 별 볼일 없지만 예전에는 대단했고, 또 어떤 사람들은 예전에는 아닌 것 같았지만 알고 보니 지금은 대단하다는 것이지. 나는 후자의 경우 같고, 아마도 그러한 이유로 나는 대단한 명문가 출신이니, 점차 나의 장인이 되실 국왕 폐하도 흡족해하실 것이다. 설사 그렇지 않다 하더라도, 또는 내가 물장수의 아들임을 확실히 알고 있다 하더라도 공주는 나를 무척이나 사랑하여 남편으로 받아들였을 것이다. 만일 그렇지 않다면 이쯤에서 공주를 납치해야겠지. 그리고 마음 내키는 곳으로 데려갈 것이다. 그리고 세월이 지나 국왕의 노기가 사그라지거나 국왕이 돌아가실 때까지 기다리는 거지."

"이쯤에서 무력을 일삼는 사람들이 하는 말이 생각나는군요." 산초가 말했다. "'힘으로 얻을 수 있는 것을 좋은 말로 요구하지 마라.' 아, 더 딱 들어맞는 말이 있네요. '착한 사람에게 간청하는 것보다 가시덤불을 뛰어넘는 것이 더 낫다.' 이런 말씀을 드리는 이유는 주인님의 장인이 되실 그 국왕 폐하께서 공주님을 넘겨주지 않으려 하신다면, 주인님 말씀대로 공주님을 납치하는 수밖에 없기 때문입니다. 그런데 한 가지 아픔이 있다면, 주인님께서 국왕 폐하와 화해하시고 평화로이 왕국을 얻게 될 때까지 가련한 종자는 굶주린 배를 움켜잡고 있어야 한다는 것이지요. 만일 종자의 아내가 될, 두 연인 사이에 다리를 놓아주었던 시녀가 공주님과 함께 성을 나와 하늘이 명한 또 다른 일이 있는 그날까지 종자와 불운을 함께하지 않는다면 말입니다. 물론 주인님께서 어찌 되었건 그 시녀를 저의 합법적인 아내로 주시리라는 전제하에 말입니다."

"그 여인을 빼앗아 갈 자는 아무도 없을 것이다." 돈키호테가 말했다.

"상황이 그렇다면," 산초가 대답했다. "우리로서는 하느님께 의지하고, 운명이 알아서 좋은 길로 인도하도록 내버려두는 수밖에요."

"하느님께서는 내가 원하고 또한 네가 원하는 대로 해주실 것이다." 돈키호테가 말했다. "뜻이 있는 곳에 길이 있다고 하지 않더냐."

"제발 그렇게 되었으면 합니다." 산초가 말했다. "저는 순수 혈통의 그리스도교 신자이니 이것만으로도 백작이 될 자격이 충분하지 않습니까?"

"충분 정도가 아니라 차고 넘치지." 돈키호테가 말했다. "설사 네가 백작이 아니더라도 신경 쓸 필요는 없다. 내가 왕이 되면 네가 백작 작위를 돈 주고 살 필요도, 국왕에게 봉사할 필요도 없이 귀족 자리 하나는 내줄 수 있으니 말이다. 백작이 되거든 기사도 되어보아라. 사람들이 뭐라 하든 어차피 내키지 않더라도 너를 총독님이라 불러야 할 테니까 말이다."

"그리고 제가 작우에 걸맞게 행동할 줄 모른다고 떠들어대겠죠!" 산초가 말했다.

"'작우'가 아니라 '작위'라고 말하는 것이다." 그의 주인이 말했다.

"어쨌거나 말이죠." 산초 판사가 대꾸했다. "저는 그 자리에 걸맞게 할 수 있습니다. 제가 한때 어떤 신도단에서 심부름꾼으로 일한 적이 있었는데, 심부름꾼 옷이 어찌나 잘 어울렸는지 사람들마다 제가 그 교단의 사제가 될 만한 풍채를 지녔다고 말했거든요. 그러니 제가 어깨에 공작 망토를 걸치거나 외국의 백작처럼 금이나 진주로 몸단장을 하면 더할 나위 없을 것입니다. 100레구아나 떨어진 곳에서도 사람들이 저를 보러 오겠죠."

"멋질 것이다." 돈키호테가 말했다. "하지만 수염을 좀 자주 깎아야 할 게야. 네 수염이 워낙 무성하고 뒤엉키고 모양새도 형편없으니 최소한 이틀에 한 번씩 면도를 하지 않는다면, 멀찍이서도 대번에 너인 줄 알아볼 것이다."

"그렇다면, 집에 이발사를 두고 월급을 주는 수밖에 없겠네요?" 산초가 말했다. "게다가 필요하다면 대공님의 마부처럼 제 뒤를 졸졸 따라다니게 해야죠."

"그런데 네가 대공님들이 마부를 거느리고 다니는 것을 어찌 아느냐?" 돈키호테가 물었다.

"그건 말씀드리지요." 산초가 말했다. "제가 몇 년 전에 어느 왕궁에서 한 달 정도 지낸 적이 있었거든요. 그곳에서 아주 작달막한 총독이 지나가는 걸 보았는데, 사람들 말이 그분이 아주 위대한 양반이라는 겁니다. 근데 그 총독님 뒤로 웬 남자가 바짝 따라가고 있는 게 아니겠습니까. 어찌나 바짝 따라가는지 꼭 꼬리처럼 보이더라고요. 그래서 제가 저 남자는 어째서 총독님과 나란히 걸어가지 않고 저렇게 항상 뒤를 따라다니느냐고 물었습니다. 그러자 사람들 말이 그 남자는 마부인데, 마부는 저렇게 총독님 뒤를 바짝 따라가는 것이 관례라고 하더군요. 그날 이후로 지금껏 잊지 않고 기억하는 것이지요."

"네 말도 일리가 있구나." 돈키호테가 말했다. "그럼 너도 이발사를 데리고 다니려무나. 관례라는 것은 어느 날 갑자기 만들어지는 것도, 하루아침에 생겨나는 것도 아니다. 그러니 네가 이발사를 거느리고 다니는 최초의 백작이 되어보거라. 더구나 말안장을 얹어주는 것보다는 면도를 해주는 일이 훨씬 신뢰를 바탕으로 하는 것이니 말이다."

"이발사 일은 제게 맡겨주시고," 산초가 말했다. "주인님은 그저 왕이 되는 것과 저를 백작으로 만들어주시는 일에만 신경 쓰십시오."

"그렇게 하도록 하지." 돈키호테가 대답했다.

그리고 두 눈을 드는 순간 다음 장에서 이야기할 것들이 보였다.

제22장

자신의 뜻과 달리 원치 않는 곳으로 끌려가던 불행한 자들에게 돈키호테가 자유를 안겨준 것에 대하여

이 진지하고 인상적이며 섬세하고 흥미롭고 상상을 초월하는 이야기 속에 라만차 출신의 아랍인 작가 시데 아메테 베넹헬리는 그 유명한 돈키호테 데 라만차와 그의 종자인 산초 판사가 21장에서 많은 이야기를 주고받은 후 돈키호테가 눈을 들었을 때, 그들이 무엇인가를 보았다고 말했다. 돈키호테가 본 것은 길 저편에서 걸어오고 있는 열두 명의 남자들이었다. 그들은 마치 묵주처럼 두툼한 쇠사슬로 목과 목이 연결되어 있었고 두 손에는 수갑을 차고 있었다. 이들 옆으로 두 사람이 말을 타고, 두 사람은 걸어오고 있었는데, 말을 탄 사람들은 화승총을 들고, 걸어오는 사람들은 창과 칼을 들고 있었다. 산초 판사는 그들을 보자마자 말했다.

"저치들은 국왕 폐하의 명으로 강제로 갤리선* 노젓기 노역을 가는 죄인들입니다."

---

*옛날 지중해에서 쓰던 배의 하나로, 양쪽 뱃전에 아래위 두 줄로 노가 많이 달렸으며 전쟁 때는 병선(兵船)으로 썼다.

"강제로?" 돈키호테가 물었다. "아니 국왕 폐하께서 무슨 일을 강제로 시키는 게 가능하단 말이냐?"

"그런 말씀이 아니라요." 산초가 대답했다. "지은 죄가 있어 국왕 폐하께 노역을 바치는 벌을 받은 사람들이라는 겁니다."

"죄목이 어떻든지 간에 이 사람들이 가고 있는 것은 자신의 의지가 아니라 강요라는 것 아니냐?" 돈키호테가 말했다.

"그건 그렇지요." 산초가 대답했다.

"그렇다면," 그의 주인이 말했다. "이 일이야말로 억압을 타파하고, 불행한 사람들을 구한다는 나의 임무를 수행하기에 꼭 들어맞는 일이 아니겠느냐?"

"주인님, 이걸 아셔야지요." 산초가 말했다. "우리의 국왕 폐하가 곧 정의이니, 정의란 무엇을 강요하거나 모욕을 주는 것이 아니라 그들이 지은 죄를 벌하는 것이라 이 말입니다."

이때 그 죄수 일행이 가까이 왔고, 돈키호테는 죄인을 감시하는 이들에게 그 사람들을 그런 식으로 끌고 가는 이유나 연유를 말해달라고 공손하게 청했다.

말을 타고 가던 호송관 중 한 명이 그들은 국왕 폐하의 백성들로 갤리선에 노역을 가는 길이며, 그 외에는 더 할 말도 당신이 더 알아야 할 일도 없다고 대답했다.

"그렇기는 하나," 돈키호테가 말했다. "나는 이 사람들 하나하나가 어쩌다 이런 불행을 겪게 되었는지 그 연유를 알고 싶소이다."

그러면서 자신이 원하는 것을 듣기 위해 그들의 마음을 움직일 요량으로 아주 신중한 말을 하자, 말을 탄 다른 호송관이 그에게 말했다.

"이 불운한 자들 각각에 대한 기록이나 판결증명서를 갖고 있기는 하나,

지금 여기 서서 그것들을 꺼내 읽을 만한 시간은 없습니다. 그러니 당신이 직접 가서 그들에게 물어보십시오. 대답해줄 겁니다. 망나니짓을 해놓고 떠들어대는 데서 기쁨을 느끼는 자들이니까요."

돈키호테는 호송관들이 허락하지 않았어도 감행했겠지만, 마침 이렇게 허락까지 얻은 터라 맨 앞줄에 선 자에게 도대체 무슨 죄를 지었기에 이리 불행한 처지가 되었느냐고 물었다. 그는 사랑 때문이라고 대답했다

"그게 전부요?" 돈키호테가 되물었다. "사랑 때문에 갤리선으로 보내진다면, 난 벌써 한참 전부터 그곳에서 노를 젓고 있었을 것이오."

"기사님이 생각하는 그런 사랑이 아니거든요." 죄수가 말했다. "제 사랑은 하얀 옷들로 가득 찬 빨래 바구니를 너무나 사랑한 나머지 그걸 너무 꽉 껴안아버린 거지요. 법이 강제로 빼앗아 가지 않았더라면 지금까지도 제 손으로 내놓지는 않았을 겁니다. 현행범이라 고문은 안 받았지만, 판결과 동시에 등짝에 매 100대를 맞고 3년 노형에 처해졌지요. 그게 답니다."

"노형이 무엇이오?" 돈키호테가 물었다.

"갤리선에서 노를 젓는 것을 말하지요." 죄수가 대답했다.

그는 스물넷쯤 되어 보였으며 피에드라이타 출신이라고 했다. 돈키호테는 두 번째 죄수에게도 똑같은 질문을 했는데, 그는 괴로워서 한마디도 하지 않았다. 그러자 첫 번째 청년이 그를 대신해서 말했다.

"이 녀석은 노래와 음악을 해서 잡혀가는 겁니다."

"뭐요?" 돈키호테가 말했다. "노래와 음악을 해도 갤리선에 가야 한단 말인가?"

"네, 기사님." 죄수가 대답했다. "고통 속에서 노래하는 것보다 나쁜 것도 없지요."

"하지만 노래를 부르면 불운도 달아난다고 하는데." 돈키호테가 말했다.

"여기서는 반대입니다." 죄수가 대답했다. "일단 노래를 불렀다 하면 평생 눈물을 흘리게 되지요."

"무슨 말인지 통 알 수가 없군." 돈키호테가 말했다.

그러자 호송관 중 한 명이 끼어들었다.

"'고통 속에서 노래하는 것'은 고문 중에 자백한 걸 의미하죠. 이자에게 고문을 가했더니 자기가 가축을 훔쳤다고 자백하더군요. 그 때문에 6년간 갤리선을 타야 하는 형을 선고받고 등에 매 200대를 맞았지요. 그렇게 실토하자 저쪽에 있는 도둑놈들이 그를 비웃고 업신여기는 통에 항상 고뇌와 슬픔에 잠겨 있는 것이고요. 그들은 속칭 '그래요'든 '아니오'든 글자수가 똑같은 데다 사느냐 죽느냐는 증인이나 증거품이 아니라 자신의 혀에 달려 있기에 다행한 일이라고들 말하는데, 내 생각에도 틀린 말은 아닌 것 같습니다."

"내 생각도 그렇소이다." 돈키호테가 말했다.

그러고는 세 번째 사람에게 가서 똑같은 질문을 했고, 죄수는 흔쾌히 대답했다.

"전 10두카도*가 없어서 저 요란스러운 갤리선으로 5년형을 살러 가는 겁니다."

"내가 20두카도를 기꺼이 내놓겠소." 돈키호테가 말했다. "그대를 그 괴로움에서 풀어줄 수만 있다면."

"그건 마치," 죄수가 대답했다. "바다 한가운데에서 돈을 가지고 있은들 필요한 것을 살 곳이 없어 딱 굶어 죽기 십상인 것과 마찬가지네요. 제 말은, 지금 기사님께서 주신다고 하는 20두카도를 제때 받았더라면 서기의 펜을 매수할뿐더러 검사님의 재량을 더욱 고취시켰을 거란 말입니다. 그랬다

---

*스페인에서 사용되었던 금화로, 1두카도는 은화 16레알이다.

면 지금 이렇게 개처럼 질질 끌려서 이곳을 지나갈 게 아니라 톨레도의 소코도베르 광장* 한복판에 있었겠지요. 그러나 하느님은 위대하시니까요. 참는 게 속 편하답니다."

이번에는 네 번째 사람에게 갔는데 그는 가슴까지 내려오는 흰 수염 때문인지 위엄이 있어 보였다. 어째서 왔느냐고 묻자 그는 울음을 터뜨리더니 대답을 하지 못했다. 그러자 다섯 번째 죄수가 대신 말해주었다.

"품위 있는 이분은 말에 태워져 자신이 지은 죄를 동네방네 알리면서 끌려다닌 후 4년형을 받고서 갤리선으로 가는 겁니다."

"그건 제가 보기에도 창피스럽고 부끄러운 일이었던 것 같네요." 산초 판사가 말했다.

"그렇긴 하지요." 죄수가 말했다. "어떤 죄로 이런 형벌을 받는가 하면, 무슨 중개를 하긴 했는데 사람 몸을 중개했다는 것이지요. 다시 말해 이 양반은 뚜쟁이인 데다 마법사 같은 모습을 했기 때문에 끌려가는 거랍니다."

"그에게 마법사 같은 차림새만 없었더라면," 돈키호테가 말했다. "순수하게 뚜쟁이라는 이유만으로 갤리선으로 노를 저으러 갈 필요가 없고, 오히려 갤리선을 지휘하거나 그곳에서 선장 노릇을 하는 게 마땅했을 거요. 뚜쟁이란 직업은 사려 깊은 일일 뿐만 아니라 멋진 공화국에서는 꼭 필요한 일이기도 하며, 태생이 좋은 사람들만 할 수 있는 일이기 때문이오. 그리고 그런 사람들에 대해서도, 다른 직업을 가진 사람들에게 그렇듯 매매중개인들처럼 일정한 수의 감찰관이나 조사관이 있어야 할 것이오. 이렇게 하면 필요한 때나 중요한 결정을 내릴 때, 무엇을 해야 할지도 모르고, 어떤 게 오른손인지 왼손인지도 모르는 보잘것없는 아녀자들이나, 나이 어리고 경험

---

*톨레도의 우범지대를 일컫는다.

없는 시동이나 광대들처럼 멍청하고 생각이 모자라는 사람들에게 뚜쟁이의 직무가 맡겨짐으로써 생겨날 수 있는 수많은 해악을 피할 수 있을 테니까 말이오. 더 나아가 공화국에서 참으로 꼭 필요한 직무를 맡을 사람들을 선거로 뽑는 것이 왜 타당한지에 대해 설명하고 싶지만, 지금은 때가 아닌 듯싶소. 내 언젠가는 그 일을 해결하고 바로잡을 수 있는 사람에게 말하리다. 지금은 다만 이 사람의 백발과 뚜쟁이 일을 하느라 너무도 지쳐버린 얼굴을 보면서 나를 사로잡은 고통 때문에 이 사람이 마법사란 걸 잠시 잊었군. 사실 나는 일부 단순한 사람들이 생각하는 것처럼 이 세상에 사람의 의지를 손안에 쥐고 좌지우지할 수 있는 마법은 없다고 생각하오. 인간의 의지는 자유로운 것으로, 그것을 강제할 약초나 마법은 없소이다. 일부 어리석은 아녀자들과 교활한 사내들이 만들어내곤 하는 것은 사람들을 미쳐버리게 만드는 혼합물이나 독약이오. 그들은 그 약이 사람을 사랑하게 만드는 힘이 있다고 믿게 하려 하지만, 아까도 말했듯이 사람의 의지를 강제한다는 것은 불가능한 일일 뿐이오."

"맞습니다." 착해 보이는 그 늙은이가 말했다. "사실 말입니다, 기사님, 마법사라는 혐의에 대해서 전 무죄입니다. 뚜쟁이라는 것에 대해선 부인할 수 없지만 말입죠. 하지만 뚜쟁이란 직업이 나쁘다고는 한 번도 생각해보지 않았습니다. 저는 그저 온 세상 사람들이 갈등이나 고통 없이 평화롭고 조용하게 살아가고 즐겼으면 하고 바랐을 뿐입니다. 하지만 그런 선한 바람도, 나이 들고 요실금 때문에 잠시도 편히 쉴 수 없는 제가 다시는 돌아가고 싶지 않았던 곳으로 가는 걸 막아주지는 못하는군요."

그러면서 죄수는 처음에 그랬던 것처럼 울음을 터뜨렸다. 산초는 그가 너무나 가엾게 느껴져 품안에서 4레알짜리 은화를 적선했다.

돈키호테는 앞으로 나아가 또 다른 사람에게 그의 죄목을 물었는데, 그는 앞사람보다 훨씬 당차게 대답했다.

"제 사촌누이 둘하고 친척은 아닌 자매지간의 또 다른 아가씨들을 지나치게 희롱해서 여기 오게 되었지요. 그 네 명의 아가씨들과 심하게 놀아난 결과 혈족 관계가 어찌나 복잡하게 얽혀버렸는지 악마조차도 제대로 구분할 수 없을 정도가 되어버렸거든요. 이 모든 죄가 드러나자 자비를 베푸는 사람도 없고 돈도 떨어져서 교수형을 당할 처지에 놓여 있다가 갤리선에서 6년 동안 복역하라는 판결을 받고 동의했습니다. 벌은 제 죄의 대가니까요. 저는 젊으니 목숨만 부지한다면 뭐든 안 되겠습니까. 만일 기사님께서 이 불쌍한 사람들을 구원하기 위해 뭔가를 해주신다면, 하늘에서는 하느님께서 기사님에게 보상을 해주실 거고, 땅에서는 저희가 기사님을 위해 건강하고 장수하시라고 기도하겠습니다. 기사님의 훌륭하신 모습처럼 오랫동안 건강하시기를 빕니다."

이자는 학생 복장을 하고 있었는데, 호송관들 중 한 사람이 그가 매우 말이 많고 라틴어에 굉장히 능하다는 사실을 알려주었다.

이 사람들 뒤로 서른 살가량 되는 아주 잘생긴 남자가 오고 있었는데, 사팔뜨기라는 점만 제외한다면 외모가 수려했다. 그는 나머지 사람들과는 다른 형태로 온몸이 묶여 있었다. 한쪽 발은 두툼한 쇠사슬에 묶여 있고, 목에도 쇠사슬을 두른 데다 칼까지 차고 있었다. 그 칼에서 쇠줄 두 개가 내려와 허리춤에 닿아 있고 그 끝에는 수갑이 달려 두 손이 묶인 탓에 그는 입에 닿지도 않고 머리를 숙여도 손에 닿지가 않았다. 돈키호테는 어째서 저 사나이는 다른 사람들보다 그토록 많은 족쇄를 차고 가는지 물었다. 호송관은 그 사람 혼자서 다른 사람들의 죄를 모두 합친 것보다도 많은 죄를 지었으며, 어찌나 대담하고 교활한지 그렇게 해서 데리고 가면서도 안심되기는커녕 도망가지나 않을까 걱정이라고 대답했다.

"무슨 그리 대단한 죄를 지었단 말이오?" 돈키호테가 물었다. "어차피 갤리선보다 더한 형을 받지는 않을 텐데."

"이자는 10년형을 받았습니다." 호송관이 대답했다. "사형이나 마찬가지지요. 더 알려고 하지 마세요. 이 알량한 사람이 그 유명한 히네스 데 파사몬테, 일명 히네시요 데 파라피야입니다."

"호송관님, 잠깐만요." 죄수가 끼어들었다. "찬찬히 좀 짚고 넘어갑시다. 우선 이름하고 별명부터 구분 짓고 넘어가죠. 내 이름은 히네스요, 히네시요가 아니라. 그리고 파사몬테는 나의 혈통이오. 여러분들이 말하는 파라피야*가 아니란 말입니다. 옛말에 남 탓하기 전에 자신을 돌아보란 말이 있는데, 댁은 안 그런 것 같군요."

"건방 좀 그만 떨지, 도둑 양반." 호송관이 말했다. "계속 떠들다간 쓴맛을 보게 될 테니."

"마음대로 하쇼." 죄수가 대답했다. "세상사 다 하늘의 뜻이라니까. 하지만 언젠가는 내 이름이 히네시요 데 파라피야인지 아닌지 알게 될 거요."

"하지만 세상 사람들이 너를 그렇게 부르지 않느냐, 이 사기꾼아?" 호송관이 말했다.

"그렇게 부르고 있지요." 히네스가 대답했다. "하지만 내가 그렇게 부르지 못하게 할 거요. 그렇지 않으면 내 이를 갈며 이 수염을 뽑아버리리다. 기사님, 만약 무언가 우리에게 줄 것이 있다면 얼른 주고 안녕히 돌아가시지요. 남의 인생사를 너무 꼬치꼬치 알려 드니 슬슬 화가 나려 하네요. 만일 나에 대해서 알고 싶다면 내 이름이 히네스 데 파사몬테라는 걸 알면 됩니다. 내 일생은 이 손으로 다 기록했으니."

---

*옛날 이탈리아의 유명한 악당 이름.

"그건 사실입니다." 호송관이 말했다. "이자가 자기 이야기를 썼는데, 그야말로 자기가 바라는 것밖에 없지요. 200레알에 감옥에다 저당 잡히고 나와서 지금은 없지만 말입니다."

"꼭 찾아오고 말 거요." 히네스가 말했다. "200두카도를 주고서라도."

"그렇게 훌륭하단 말인가?" 돈키호테가 말했다.

"그렇게 훌륭하지요." 히네스가 대답했다. "얼마나 훌륭한지 《라사리요 데 토르메스》*를 비롯해 그와 비슷하게 쓰인 같은 유의 책들과는 비할 바가 없습니다. 장담하는데, 내 이야기는 실제의 사실만을 다루고 있지요. 실제라는 것은 참으로 아름답고 매력적이어서 그에 비길 만한 허구가 있을 수 없다는 겁니다."

"그래, 책 제목이 뭐요?" 돈키호테가 물었다.

"히네스 데 파사몬테의 생애." 히네스 자신이 대답했다.

"완결되었소?" 돈키호테가 다시 물었다.

"내 목숨이 붙어 있는데 어떻게 완결이 되겠습니까?" 죄수가 대답했다. "아직까지는 내 출생부터 이번에 받은 갤리선 노역형의 이야기까지가 담겨 있을 뿐입니다."

"그러면 전에도 갤리선 노역형을 받았단 말이오?" 돈키호테가 말했다.

"주님과 국왕 폐하를 섬기는 마음으로 4년 동안 있었지요. 그래서 딱딱한 빵과 채찍의 맛도 아주 잘 압니다." 히네스가 대답했다. "그곳이 크게 고통스럽지도 않아요. 그곳에서 내 책을 끝내면 되니까요. 아직 할 말이 많이 남아 있습니다. 에스파냐 갤리선은 필요 이상으로 한가한 시간이 있거든요.

---

*작자 미상의 스페인 최초 악자소설. 교회와 성직자를 신랄하게 비판하고 있기 때문에 금서로 간주되었으며, 작가 역시 종교재판이 두려워 이름을 쓰지 못했다.

하긴 모든 것이 내 머릿속에 들어 있으니 그걸 글로 쓰는 데 그다지 많은 시간이 필요한 건 아니지만 말입니다."

"재능이 많아 보이는군." 돈키호테가 말했다.

"불행이란 늘 천재를 따라다니게 마련이니까요." 히네스가 대답했다.

"교활한 자들을 따라다니겠지." 호송관이 끼어들었다.

"호송관님, 아까도 말했지만 좀 차근차근 생각하시죠." 파사몬테가 대꾸했다. "호송관들의 막대기는 여기 이 가련한 자들을 거칠게 다루는 데 쓰라고 있는 것이 아니라, 국왕 폐하께서 지정하신 곳으로 우리를 이끌고 가라고 있는 겁니다. 만일 그렇지 않았다가는⋯⋯ 에잇 젠장! 됐소. 밤사이 주막집에서 있었던 불상사도 언젠가는 백일하에 드러나겠지. 그러니 이제 입 다물고 갑시다. 말들 조심하고 가자고요. 놀 만큼 놀았으니."

호송관은 그 협박에 대한 대가로 파사몬테를 때리기 위해 몽둥이를 쳐들었다. 그러나 돈키호테가 가로막으며 그들을 험하게 다루지 말아달라고 간청했다. 저렇게 두 손이 꽁꽁 묶여 있으니 혓바닥이라도 마음대로 놀리도록 놓아둔들 무엇이 문제가 되느냐는 것이었다. 그리고 쇠사슬에 묶여 있는 죄수들을 쳐다보며 말했다.

"사랑하는 형제들이여, 여러분이 들려준 모든 이야기를 듣고 분명히 알았소. 비록 자신들이 지은 죄 때문에 벌을 받는 것이긴 하지만, 그 형벌이 그다지 기꺼운 것이 아니며, 오히려 아주 내키지 않을뿐더러 여러분의 의지에도 어긋난다는 것을 말이오. 어떤 이는 그저 고문 속에서 용기가 좀 부족했고, 어떤 이는 돈이 좀 부족하고 다른 사람의 호의가 부족했던 것뿐인데, 결국 재판관의 잘못된 판단으로 여러분의 신세가 이렇게 된 것이니, 각자 정당한 판결을 받지 못한 것이 아니겠소. 이 모든 것들이 지금 내 머릿속에서 속삭이며 설득하고 심지어 강요까지 하고 있소이다. 즉 하늘이 나를 이 땅에 보내 지금 내가 행하고 있는 기사도를 그대들에게 보여주고, 힘 있는 자들에게 탄압받는 약자를 돕겠다는 나의 맹세를 여러분들에게 드러내라는 것이오. 그러나 선한 일을 할 때도 신중해야만 잘못된 결과를 낳지 않는다는 것을 나는 알고 있소. 그러니 여기 계시는 호송관들께 먼저 그대들의 결박을 풀어 자유롭게 해주라고 하겠소. 하느님과 자연이 자유롭게 만들어놓은 이들을 속박한다는 것은 참으로 가혹한 일이니, 국왕 폐하께 이보다 더한 봉사가 어디 있겠소. 뿐만 아니라 호송관님들." 돈키호테가 덧붙였다. "이 가엾은 자들은 당신들에게 직접적인 해를 입힌 것도 아닙니다. 각자 죗값은 알아서 치르게 될 겁니다. 저 하늘에 계신 하느님께서 악한 자는 징계하시고 선한 자에겐 상을 내리실 것이니, 어진 사람들이 다른 사람의 죄를 묻는 사형 집행인이 되는 것은 바람직하지 않습니다. 그러니 더 이상 아무 일도 하지 마십시오. 내가 이처럼 조용히 청하는 것은 내 청을 들어주었을 때 당신들에게 감사를 표하기 위함입니다. 이 정도에서 내 청을 들어주지 않는다면 이 창과 칼, 그리고 나의 용맹이 억지로라도 그렇게 만들 것이오."

"허허, 별 뚱딴지같은 소리를 다 듣겠군!" 호송관이 말했다. "저자는 우리가 국왕 폐하의 권한을 자기에게 주길 바라는 모양이지! 마치 우리가 그럴 수 있는 힘이 있고 아니면 자기가 우리에게 그런 명령을 할 권리가 있다는 듯이 말이야. 이보시오, 기사 양반, 이제 당신 갈 길이나 가시오. 세 발 달린 고양이를 찾는 헛수고 하지 말고, 머리통에 뒤집어쓴 세숫대야나 똑바로 하고 가시오."

"헛수고할 고양이와 쥐새끼 같은 악당은 바로 네놈이다!" 돈키호테가 대꾸했다.

그러고는 어찌나 빨리 달려들었던지 호송관은 막아볼 겨를도 없이 심하게 창에 찔려 바닥으로 나동그라졌다. 돈키호테에게 행운인 것은 떨어진 자가 바로 총을 들고 있었다는 사실이었다. 다른 호송관들은 예기치 못한 사건에 어안이 벙벙해 망연자실했다. 그러나 잠시 후 정신을 차리고, 말을 탄 자들은 칼을 쥐고, 서 있는 자들은 창을 든 채 돈키호테를 향해 달려들었다. 돈키호테는 아주 침착하게 그들을 기다렸다. 도망칠 기회가 온 것을 알아차린 죄수들이 자신들을 줄줄이 엮고 있던 쇠사슬을 벗겨내려고 하지 않았더라면 결과는 참혹했을 것이다. 호송관들은 결박을 풀어버린 죄수들을 쫓아다니랴 자기들에게 달려드는 돈키호테를 막아내랴 정신이 없어 그 무엇도 제대로 할 수 없었다.

산초는 산초대로 히네스 데 파사몬테의 결박을 풀어주었다. 결국 파사몬테가 가장 먼저 자유의 몸이 되어 바닥에 나동그라져 있던 호송관을 향해 달려들더니 칼과 총을 빼앗아 이 사람 저 사람을 겨누는 통에 총 한 발 쏘지 않고도 호송관들을 모두 도망치게 만들어 들판에는 호송관이 하나도 남지 않게 되었다. 그들은 파사몬테의 총뿐 아니라 자유의 몸이 된 다른 죄수들의 돌팔매질도 두려워 도망친 것이었다.

산초는 이번 일이 매우 걱정스러웠다. 그들이 도망가서 이 소식을 종교경찰에게 알린다면, 종교경찰이 종을 울린 다음 범죄자들을 잡으러 올 것이기 때문이었다. 그래서 돈키호테에게 자기 생각을 말하고 이곳을 벗어나 가까운 산속으로 몸을 피하자고 청했다.

"좋은 생각이구나." 돈키호테가 말했다. "그러나 지금 당장 해야 할 더 좋은 일이 있다."

그러고는 매우 소란스럽게 몰려다니며 호송관을 알몸만 남기고 모조리 약탈해버린 죄수들을 부른 뒤 둥글게 모여 서라고 한 다음 이렇게 지시했다.

"태생이 좋은 사람은 자신이 받은 은혜에 감사할 줄 알아야 하며, 하느님을 노하게 하는 죄 가운데 하나는 은혜를 저버리는 것이오. 여러분, 내가 이런 말을 하는 것은 여러분들이 나에게서 받은 은혜를 이미 분명히 체험했기 때문이오. 그러니 내가 원하는 보답은 내가 여러분들의 목에서 벗겨낸 쇠사슬을 짊어지고 엘 토보소로 길을 떠나 둘시네아 델 토보소 공주님을 뵙고 슬픈 얼굴의 기사가 보낸 것임을 분명히 전하는 것이오. 그리고 그대들이 그토록 원하던 자유를 얻기까지의 이 대단한 모험에 대하여 하나도 빠짐없이 전부 들려드리시오. 그 후에는 각자의 운명대로 원하는 곳이면 어디든 마음대로 떠나도 좋소."

그러자 히네스 데 파사몬테가 일동을 대신해서 말했다.

"우리의 해방자이신 기사님, 기사님의 명령을 수행하는 건 완전히 불가능합니다. 우리들을 찾으려고 나섰을 게 틀림없는 종교경찰들에게 들키지 않기 위해서는 모두 함께 떠날 수 없습니다. 각자 흩어져서 땅속으로 숨어들듯이 가지 않으면 안 되니까요. 기사님께서 하실 수 있는 일은, 그렇게 하셔야 합니다만, 둘시네아 델 토보소 공주님께 바쳐야 할 헌신을 기도 몇 번 올리는 것으로 바꾸어주시는 겁니다. 그러면 우리는 기사님의 뜻대로 할 수 있을 겁니다. 이건 밤이건 낮이건 상관없이 도망치거나 쉬면서도, 평화로울 때나 전쟁터에서나 얼마든지 할 수 있는 일이니까요. 지금 그 좋았던 시절로 돌아간다는 것은, 다시 말해 저 쇠사슬을 짊어지고 엘 토보소를 향해 간다는 것은 오전 10시도 안 된 지금 시간을 밤중이라고 생각하는 것과 마찬가지이며 느릅나무에서 배를 찾는 격입니다."

"이런 어처구니없는 일이 있나." 돈키호테가 분노로 씩씩거리며 말했다. "돈 히네시요 데 파라피야인지 망나니 자식인지 네놈은 혼자서 다리 사이에 꽁지를 집어넣고 쇠사슬을 등에 지고 꺼져버려라."

파사몬테는 전혀 영리한 사람이 아니었지만, 그들에게 자유를 준답시고 이런 터무니없는 일을 저지른 돈키호테가 제정신이 아님을 알아차렸다. 그러자 그는 동료들에게 눈짓을 보내더니 저만치로 물러나 돈키호테를 향해 돌팔매질을 해대기 시작했고, 돈키호테는 미처 방패로 몸을 막을 틈도 없었다. 불쌍한 로시난테는 청동으로 만들어진 양 박차를 가해도 아무 반응이 없었었고, 산초는 당나귀 뒤에 숨어 자신과 당나귀 위로 우박처럼 쏟아져 내리는 돌멩이를 피하고 있었다. 돈키호테는 제대로 방어할 수 없었기 때문에 몸에 얼마나 많은 돌을 맞았는지조차 알 수 없었고, 급기야 돌팔매질로 인해 바닥에 나동그라지고 말았다. 그가 바닥으로 떨어지자마자 파사몬테가 그에게 달려들어 머리에 쓰고 있던 대야를 벗겨내더니 그 대야로 돈키호테의 등을 서너 번 후려치고 다시 땅바닥에 마구 두들겨서 산산조각을 내버리고 말았다. 돈키호테가 갑옷 위에 걸친 작은 망토도 벗겨냈는데 만일 정강이 보호대 때문에 거추장스럽지 않았더라면 무릎까지 오는 양말마저 벗겨버렸을 것이다. 산초에게도 달려들어 옷을 모조리 벗긴 뒤 나머지 전리품들은 저희끼리 나누어 가지고 각자 흩어져버렸다. 물론 쇠사슬을 짊어지고 둘시네아 델 토보소 공주님에게 가기 위해서가 아니라, 무시무시한 종교경찰로부터 달아나기 위해서였다.

이제 당나귀와 로시난테, 산초, 돈키호테만 남았다. 당나귀는 생각에 잠기기라도 한 듯이 고개를 떨군 채 가끔씩 두 귀를 쫑긋거렸다. 귓전을 오가던 돌팔매질이 아직도 끝나지 않았다고 생각하는 것 같았다. 역시 돌멩이에 맞아 뻗어버린 로시난테는 주인 옆에 널브러져 있었다. 산초는 알몸으로 종교경찰을 생각하며 벌벌 떨었고 돈키호테는 자신이 그토록 잘 대해준 죄수들에게 너무나도 혼쭐이 난 걸 몹시 불쾌해하고 있었다.

제23장

이 진실된 이야기에 실려 있는 모험 중에서도 가장 기묘한, 시에라 모레나 산맥에서 돈키호테에게 벌어진 일에 대하여

돈키호테는 너무나 참담한 상황에 처해버린 자신의 모습을 되돌아보며 종자에게 말했다.

"산초야, 흔히들 천박한 자들에게 선을 베푸는 것은 바다에 물을 떠다 붓는 것과 다를 바 없다고들 하더구나. 네 말을 들었더라면 이러한 고통은 면했으련만, 이미 벌어진 일을 이제 와서 어쩌겠느냐. 인내하고 앞으로는 자숙하겠다."

"주인님께서 자숙하신다면 제가 터키인입니다." 산초가 대꾸했다. "하여간 제 말을 들었더라면 이런 피해는 면했겠다고 말씀하시니, 이제는 절 믿으시고 더 큰 화를 피하세요. 종교경찰에게는 기사도가 통하지 않는 걸 아시잖습니까. 편력기사가 아무리 많아도 기사도를 두 푼의 값어치로도 쳐주지 않을걸요. 벌써 그들의 화살 소리가 귓전에서 윙윙거리는 것 같습니다."

"산초, 너는 천성적인 겁쟁이로구나." 돈키호테가 말했다. "하지만 나라는 사람이 고집불통이라 네 충고를 따르지 않는다고 불평할 필요는 없다. 이번에는 너의 충고를 받아들여 네가 그토록 두려워하는 종교경찰의 분노로부터 벗어나도록 하마. 다만 그전에 한 가지 조건이 있다. 너는 살아서는 물론 네 눈에 흙이 들어가더라도 절대로, 그 어느 누구에게도 내가 겁이 나서 이 위험으로부터 후퇴하고 벗어났다고 떠들어대서는 안 된다. 나는 다만 너의 부탁을 들어준 것뿐이니라. 만일 네가 이와 다른 말을 지껄여댄다면 거짓말을 하는 것이다. 그렇게 되면 나 역시 지금 이 순간부터 그때까지, 그리고 그때부터 바로 이 순간까지 해온 너의 거짓말을 폭로할 것이다. 너의 모든 생각과 말들은 거짓이며 거짓일 것이다. 그러니 더 이상 아무 말 마라. 내가 어떤 위험으로부터, 특히 위험은 내재하나 나로서는 두려움의 그림자조차 느껴지지 않는 이번 위험으로부터 벗어나 후퇴해야겠다고 생각하기는 했으나, 사실 여기 혼자 남아 네가 두려워해 마지않는다는 그 종교경찰뿐 아니라 이스라엘의 열두지파, 7인의 마카베 형제들*, 카스토르와 폴룩스**, 그리고 이 세상에 존재하는 그 어떤 동지회나 형제회든지 간에 다 기다릴 태세가 되어 있으니 말이다."

"주인님." 산초가 말했다. "물러나는 것은 달아나는 것이 아니고, 위험이 희망보다 앞설 때는 기다리기만 하는 것 또한 분별이 아닙니다. 내일을 위해 오늘 발길을 멈출 줄 알고, 하루 사이에 모든 모험을 다 치러내겠다고 덤벼들지 않는 것이야말로 바로 현자가 행할 일이지요. 제 비록 거칠고 천한 놈이지만, 자기 조절 하나는 이미 나름의 수준에 이르렀습니다. 그러니 저의 충고를 받아들이신 걸 후회하지 마시고, 타실 수만 있다면 로시난테에 올라타세요. 못 타실 것 같으면 제가 도와드리지요. 그리고 저를 따라오세요. 제가 살펴본 결과 지금은 날랜 손보다는 빠른 발이 더 필요한 때입니다."

---

*기원전 2세기 유대를 구한 애국자.

**그리스 신화 속 제우스와 레다의 쌍둥이 형제.

돈키호테는 더 이상 대답하지 않고 말에 올랐다. 산초가 당나귀를 타고 길안내를 하여 두 사람은 근처에 있는 시에라 모레나 산맥의 한 줄기로 들어갔다. 산초는 이 산맥을 곧장 통과하여 비소 또는 알모도바르 델 캄포 쪽으로 가면, 종교경찰이 그들을 쫓아온다 해도 워낙 험한 지형이라 두 사람을 찾을 수 없을 거라고 믿고 며칠 동안 그곳에 숨어 있을 심산이었다. 사실 이런 계획을 추진하도록 그를 부추긴 것은 당나귀에 실려 있던 식량이 그 죄수들과의 충돌에도 별 탈 없이 남아 있었기 때문이다. 죄수들이 온통 뒤지고 약탈해 간 것을 생각하면 이건 기적과도 같은 일이었다.*

---

*《돈키호테》1편 초판본이 발간된 지 수개월 후에 나온 후안 데 라 쿠에스타 출판사의 두 번째 판본에서는 이 부분 뒤에 50행을 추가하여, 히네스 데 파사몬테가 산초의 당나귀를 훔치는 대목을 삽입했다. 이는 초판본 25장에서 산초가 당나귀를 잃어버렸다고 기술하고 있어 독자를 혼란에 빠지게 한 데 대한 보완으로 보이나, 이러한 삽입 역시 적절하지 못한 것으로 지적된다. 왜냐하면 바로 이어지는 이야기 곳곳에서 산초가 당나귀를 타고 있는 모순이 발견되기 때문이다. 뿐만 아니라 두 번째 판본 30장에서는 잃어버린 당나귀를 히네스 데 파사몬테로부터 다시 되찾는 이야기가 삽입되었는데, 그럼에도 산초의 당나귀는 42장까지 출현하지 않는다. 즉 초판본에서는 당나귀를 언제, 어떻게 잃어버렸는지에 대한 언급 없이 25장부터 29장까지 당나귀가 나오지 않다가 42장부터 다시 산초는 당나귀를 타고 다니는데, 역시 언제 어떻게 되찾았는지에 대한 언급이 없다(아마 세르반테스가 혼동한 것으로 보인다). 이에 세르반테스는 두 번째 판본에서 23장에서 당나귀를 잃어버린 이야기와 30장에서 당나귀를 되찾는 이야기를 삽입하였지만 그럼에도 25장의 모순적 기술을 완전하게 수정하지는 않았다. 이런 혼란에 대해서는 10년 뒤에 출간한《돈키호테》2편에서 다시 언급하는데, 3장에서 작가는 잃어버렸다는 당나귀를 금방 다시 타고 다니는 혼란을 시인하고 독자들에게 양해를 구했다. 이어서 4장에서는 당나귀를 어떻게 잃어버렸는지에 대해 설명하고, 다시 그것을 어떻게 되찾았는지 해명하고 있다. 아울러 1편 23장에서 산초가 산속에서 주웠던 금화 100에스쿠도를 어디다가 썼는지에 대한 언급이 전혀 없었다는 것 또한 인정하면서 2편에서 금화를 어디다가 썼는지 간단히 언급하여 독자들의 의구심을 해소하고 있다. 1편 두 번째 판본에 추가된 당나귀 도난에 대한 이야기는 다음과 같다.
"그날 밤 시에라 모레나 산중 한가운데에 이르렀을 때 산초는 그곳에서 그날 저녁은 물론이고, 지니고 있던 식량이 다 떨어질 때까지 며칠 더 머무르기로 했다. 그래서 두 사람은 코르크나무가 울창한 두 개의 큰 바위 사이에서 그날 밤을 보냈다. 그러나 진실한 믿음이 없는 사람들이 하는 말에 의하면, 얄궂은 운명은 자기 마음대로 모든 일을 안내하고 요리한다고 하는데, 바로 그 유명한 도둑놈이고 사기꾼인 히네스 데 파사몬테를 그 산중으로 숨어들게 하였다. 돈키호테의 은혜와 광기 덕분에 쇠사슬에서 풀려나 도망친 뒤에 그는 종교경찰의 눈을 피해서 운명과 두려움이 이끄는 대로 하다 보니 바로 돈키호테와 산초가 있는 곳으로 오게 된 것이다. 그가 두 사람을 알아보았을 때,

돈키호테도 산중으로 들어가더니 그토록 갈망하던 모험을 하기에 적합한 곳이라는 생각에 진심으로 기뻐했다. 그곳처럼 외지고 험한 지세 속에서 편력기사들에게 일어났던 놀라운 사건들을 기억해냈던 것이다. 그런 상념에 어찌나 깊이 몰두한 채 길을 가고 있었는지 다른 것은 아무것도 떠오르지 않았다. 산초마저도 그들이 가고 있는 길이 안전하다고 여겨지자 수도사들에게 빼앗은 식량으로 자신의 배를 채우는 것 외에는 신경 쓰지 않았다. 그렇게 산초는 주인의 뒤를 따라 나귀 등에 여자들이 타는 식으로 두 발을 한쪽으로 모으고 걸터앉은 채, 커다란 자루에서 음식을 꺼내 배를 가득 채웠다. 일이 이런 식으로만 풀린다면 굳이 다른 모험을 찾아 나설 이유가 없을 것 같았다.

그러다 눈을 들어보니 그의 주인이 가던 길을 멈추고 땅에 떨어진 꾸러미를 창끝으로 찍어 올리려 하고 있는 게 보였다. 산초 판사는 주인을 도와주려고 달려갔지만 그가 도착했을 때는 이미 주인이 창끝으로 웬 여행가방과 그 가방에 동여맨 주머니를 들어 올리고 있었다. 그것들은 반쯤, 아니 온통

두 사람은 이미 잠에 곯아떨어져 있었다. 그런데 악당들이란 항상 배은망덕하며 급하면 무슨 짓이라도 하는 데다, 히네스는 은혜도 모르고 착한 마음이란 전혀 없는 자였기에, 앞으로 닥쳐올 일을 걱정하기보다 당장 현재를 모면하느라 산초 판사의 당나귀를 훔치겠다는 마음을 먹었다. 로시난테는 저당을 잡히지도 팔아먹지도 못할 처지라서 관심이 없었다. 산초 판사가 잠든 사이에 히네스는 당나귀를 훔쳤고, 해가 뜨기 전에 이미 찾을 수 없을 만큼 멀리 가버렸다. 여명이 온 대지를 밝게 비추면서 밝아왔지만, 이는 곧 산초 판사를 슬프게 하였다. 당나귀가 없어진 것을 알아차렸기 때문이다. 그는 나귀가 없어진 것을 알자, 이 세상에서 가장 슬프고 고통스럽게 통곡을 하기 시작했다. 그 소리에 돈키호테가 깨어났는데, 그는 다음과 같이 통곡하는 소리를 들었다. '오, 내 오장육부와 같은 자식아! 나와 같은 집에서 태어났고, 내 아이들과 같이 뛰어 놀고, 내 마누라의 사랑을 받고, 내 모든 이웃들의 부러움이었고, 내 짐을 덜어주고, 내 몸의 절반을 먹여 살린 자식아! 네가 매일같이 26레알을 벌어서 내가 먹고 살았는데!' 돈키호테는 그가 통곡하는 이유를 알고서 할 수 있는 한 가장 좋은 말로 산초를 위로했다. 그리고 인내를 가지라고 산초에게 말하면서, 자기가 집에 두고 온 당나귀 다섯 마리 중에서 세 마리를 산초에게 주도록 교환 증명서를 주겠다고 약속했다. 이 말을 듣고서 산초는 마음에 위안을 얻어, 눈물을 닦고, 울먹이는 것을 자제하고, 자신에게 베풀어준 은혜에 돈키호테에게 고마워했다."

PISAN.

부식되어 부스러져 있었는데, 어찌나 무거웠던지 산초가 거들어주어야 했다. 돈키호테는 가방 속에 무엇이 들어 있는지 보라고 명령했다.

산초는 곧바로 그렇게 했다. 가방은 쇠고리와 자물쇠로 잠겨 있었지만 다 망가지고 부식된 터라 안을 들여다볼 수 있었다. 가방 속에는 얇은 네덜란드산 마 셔츠 네 벌과 깨끗하고 적잖이 진기한 리넨 제품들이 들어 있었고, 손수건 속에는 에스쿠도 금화가 한가득 들어 있었다. 산초가 그것을 보고 말했다.

"이토록 이익이 남는 모험을 허락하신 하늘이시여, 축복 받으소서!"

그리고 좀 더 뒤져보자 화려하게 장식된 수첩도 있었다. 돈키호테는 그 수첩을 달라고 하고 돈은 산초에게 주었다. 산초는 그 은혜에 대한 보답으로 주인의 손에 입을 맞추고, 가방 속의 옷들을 모두 꺼내 음식 자루에 넣었다. 이 모든 것을 지켜본 돈키호테가 말했다.

"산초야, 내 생각에는, 물론 다른 가능성은 없어 보이지만 말이다, 어느 길 잃은 나그네가 이 산중을 지나다가 강도들을 만나 습격을 당한 뒤 목숨까지 빼앗기고 이렇게 으슥한 곳에 버려진 듯하구나."

"그럴 리가 없지요." 산초가 대꾸했다. "강도들이었다면 돈을 남겨두지 않았을 테니까요."

"그건 그렇군." 돈키호테가 말했다. "그렇다면 어떻게 된 일인지 난 도무지 짐작도 이해도 안 되는구나. 그러나 잠깐만 기다려봐라. 혹시 이 수첩에 우리가 알고자 하는 내용을 알아낼 수 있는 단서가 쓰여 있는지 봐야겠다."

수첩을 펼치면서 그가 가장 먼저 발견한 글은 매우 훌륭한 글씨체로 쓰여진 초고인 듯한 소네트였다. 그는 산초도 들을 수 있도록 큰 소리로 읽었는데 내용은 다음과 같았다.

사랑이란 이토록 무정한 것인지
혹은 넘치도록 잔인한 것인지
그도 아니라면 그 어떤 고문보다도 모진
이 형벌이 내게 내려지지 말았어야 하는 것인지.

그러나 만약 사랑이 신이라면
그 어떤 말도 외면하지 않으리니
신이 잔혹한 분이 아니라는 것이 너무나 좋은 일, 그런데
내가 사랑 때문에 아픈 이 끔찍한 고통은 그 누가 명하는 것인가?

필리 당신이라고 내가 말한다면 그것은 틀린 것,
그토록 선한 것에 그토록 악한 것이 깃들다니
하늘에서 이 같은 재앙을 보내시지는 않았으리라.

내가 곧 죽는다는, 이것은 가장 분명한 일.
무엇이 이 병을 유발했는지 알 수 없으니
기적만이 그 치료약이 될지라.

"이걸로는 아무것도 알아낼 수가 없겠는데요." 산초가 말했다. "노래 속에 나오는 그 실이 끝에 실뭉치를 달고 나오는 것이 아니라면 말입니다."

"여기 무슨 실이 나왔다는 거냐?" 돈키호테가 물었다.

"주인님이 '실이'라고 말씀하신 것 같은데요." 산초가 대답했다.

"'실이'가 아니라 '필리'라고 말했다." 돈키호테가 말했다. "그건 분명 이 소네트의 지은이가 원망하는 여인의 이름일 것이다. 작가는 대단한 시인 같

구나. 내가 시에 대해서 좀 아니까 하는 말이다."

"주인님께서 시라는 것을 아신단 말씀입니까?" 산초가 물었다.

"네가 생각하는 것보다야 많이 알다마다." 돈키호테가 대답했다. "처음부터 끝까지 운문으로 쓰인 나의 편지를 둘시네아 델 토보소 공주님께 가져다 드릴 때 볼 수 있을 것이다. 산초야, 네가 알았으면 하는 것이 있다. 지난 시절의 모든 편력기사들은 위대한 시인이요, 위대한 음악가였다. 시인이 되고 음악가가 되는 것은, 제대로 말하자면, 사랑에 빠진 기사들에게는 부속물과도 같은 능력이지. 옛 기사들의 노래에는 정교함보다는 영혼이 깃들어 있다고 할 수 있을 게다."

"주인님, 조금 더 읽어보세요." 산초가 말했다. "우리가 알고 싶은 걸 찾을 수 있을지도 모르잖아요."

돈키호테는 다시 수첩을 들여다보며 말했다.

"이건 산문인데, 편지 같구나."

"편지라고요, 주인님?" 산초가 반문했다.

"첫머리로 봐서는 연애편지 같구나." 돈키호테가 대답했다.

"주인님께서 소리 내어 읽어주세요." 산초가 말했다. "저는 연애편지를 아주 좋아하거든요."

"그러자꾸나." 돈키호테가 말했다.

그러고는 산초의 부탁대로 큰 소리로 편지를 읽어주었는데, 다음과 같은 내용이었다.

당신의 거짓 약속과 나의 뚜렷한 불행은 나의 원망 어린 생각과 내 죽음의 소식이 그대 귀에 닿게 될 이곳으로 나를 데려왔습니다. 오, 은혜를 모르는 그대! 나보다 더욱 훌륭한 사람이 아니라 가진 것이 더 많은 자 때문에 나를 물리쳤습니다. 그러나 부가 덕이어서 존중할 만한 것이라면, 나는 다른 이의 행복을 부러워하지 않으며 나 자신의 불운을 서러워하지도 않을 것입니다. 그대의 아름다움이 만든 것을 그대의 행실이 무너뜨렸습니다. 그대의 아름다움으로 인해 그대를 천사로 생각했고, 그대의 행실로 인해 그대가 여자라는 것을 알게 되었는데. 내 마음에 전쟁을 불러일으킨 그대여, 부디 평화롭기를! 하늘이 부디 그대 남편의 실수를 언제까지나 덮어주시기를 바랍니다. 그리하여 그대가 저지른 일을 후회하거나, 내가 원치 않는 복수를 하지 않도록 해주십시오.

편지를 다 읽고 나서 돈키호테가 말했다.

"이 편지를 쓴 사람이 버림받은 연인이라는 것 외에는 아까 그 시보다 오히려 도움이 되지 않는구나."

그러고는 수첩을 처음부터 끝까지 넘겨보다가 더 많은 시와 편지를 찾아냈다. 그 가운데 일부는 읽을 수 있었고 일부는 해독이 불가능했는데, 하여간 그 내용은 모두 원망과 비탄, 불신, 단맛과 쓴맛, 호의와 망설임을 담고 있었으며, 어떤 것은 장엄했고 또 어떤 것은 비탄에 잠겨 있었다.

돈키호테가 수첩을 넘겨보는 동안 산초도 주머니를 살펴보면서 한 구석도 빼놓지 않고 철저하게 조사하고 또 조사했다. 여행가방도 샅샅이 뒤지고 헤집고 휘젓고 실밥까지 풀어보고 술까지 뜯어보았는데, 혹 너무 서두르거나 부주의하여 지나쳐버리는 일이 없도록 하기 위해서였다. 애초에 금화를 100에스쿠도씩이나 발견해낸 게 욕심을 부른 것이었다. 결국 이미 발견한 것 말고는 더 찾아낸 게 없었지만 산초는 금화를 차지한 일로 충분히 보상받았다고 여겨, 그 훌륭한 주인을 모시면서 겪었던 담요 키질과 물약을 토하던 일, 몽둥이세례, 마부의 주먹질, 부족한 식량, 가죽 술부대를 도난당한 일, 그리고 허기와 갈증과 피로가 모두 보람 있는 일로 생각되었다.

한편 슬픈 얼굴의 기사는 이 가방의 주인이 과연 어떤 사람인지 알고 싶은 욕망에 사로잡혔다. 소네트나 편지, 금화, 고급 셔츠 등으로 미루어볼 때 여자의 경멸과 멸시로 인하여 절망적인 결말에 이른, 사랑에 빠진 지체 높은 남자일 거란 생각은 들었다. 그러나 인적도 없는 험한 산속에서는 물어볼 만한 사람도 없었으며, 그저 로시난테의 발길이 이끄는 대로 나아갈 뿐이었다. 사실 로시난테는 갈 만한 길이 그 길밖에 없었다. 돈키호테는 이처럼 억센 풀이 우거진 곳이라면 뭔가 신기한 모험이 빠질 수 없다는 상상만 하고 있었다.

이런 생각을 하면서 길을 가고 있는데 눈앞에 산꼭대기 광경이 펼쳐지면서 웬 남자가 바위에서 바위로, 풀숲에서 풀숲으로 놀랄 만큼 날렵하게 뛰어다니는 것이 보였다. 그는 거의 알몸으로 검은 수염을 덥수룩하게 기른 데다 머리는 산발한 채 맨발이었다. 허벅지는 사자털빛 비로드로 보이는 반바지로 가렸는데, 조각조각 찢어져서 맨살이 드러나 보였다. 머리에는 아무것도 쓰지 않았고 이미 말한 대로 잽싸게 지나가버렸지만, 슬픈 얼굴의 기사는 이 모든 세세한 것들을 보고 알아낸 것이다. 그를 뒤쫓아가려고 했지만 따라잡을 수가 없었다. 허약한 로시난테가 이런 험한 길을 간다는 건 있을 수도 없는 일이었지만, 그보다는 원래 걸음이 느리고 굼뜬 말이기도 했다. 돈키호테는 당장에 그 남자를 여행가방과 주머니의 주인으로 단정하고, 저 산중에서 일 년 동안 헤매는 한이 있더라도 그를 찾아내겠다고 혼자서 결심했다. 그래서 산초에게 나귀에서 내려 산속 지름길로 가라고 했고, 자신은 다른 쪽으로 가겠다고 했다. 그렇게 부지런히 따라잡으면 그 남자가 그토록 재빨리 눈앞에서 사라졌다 하더라도 만날 수 있다고 주장했다.

“그럴 순 없습니다요.” 산초가 대답했다. “주인님과 떨어지면 저 혼자서는

G. Doré
H. PISAN

무서워서 수없이 놀라고 온갖 헛것에 시달리고 말 텐데요. 그러니까 제 말을 새겨들으시고 앞으로는 손톱만큼이라도 저를 떼어놓지 마세요."

"그렇게 하겠다." 슬픈 얼굴의 기사가 말했다. "네가 나의 용기에서 힘을 얻고자 한다니 매우 기쁘구나. 네 육신에서 영혼이 빠져나가는 한이 있어도 용기를 잃어서는 안 되는 법이다. 하여간 내 뒤를 천천히 따라오든지 네 능력껏 따라오너라. 두 눈에 불을 켜고서라도 말이다. 어쨌든 이 작은 산굽이를 돌아가보자, 우리가 본 그 남자와 마주칠지도 모르니. 그자가 우리가 주운 물건의 주인인 게 틀림없다."

이에 산초가 대답했다.

"그 사람은 찾지 않는 게 나을 것 같은데요. 그가 돈의 주인이라면 돌려줘야 할 텐데, 이렇듯 필요치도 않은 부지런을 떨기보다는 평범하고 좀 게으른 방법으로 그 돈의 진짜 주인이 나타날 때까지 성실한 마음으로 돈을 잘 갖고 있는 편이 나을 겁니다. 그때가 되면 돈은 다 써버렸을 테니 왕이라도 내놓으라고는 못 하겠지요."

"산초야, 그건 네가 잘못 생각한 것이다." 돈키호테가 말했다. "이미 우리는 주인으로 짐작되는 사람을 거의 정면으로 맞닥뜨렸으니, 그를 찾아 돌려줄 의무가 있다. 그렇지 않으면 그가 주인일지도 모른다는 의심이, 그 남자가 주인인데도 우리가 돌려주지 않은 것 같은 죄의식을 느끼도록 할 것이다. 그러니 산초야, 그를 찾는 것을 괴로워하지 마라. 나는 그를 찾으면 괴로움이 사라질 것 같구나."

그러고 나서 로시난테에게 박차를 가했고, 산초는 그의 순한 나귀를 타고 쫓아갔다. 산굽이를 돌아가보니 안장과 재갈을 쓴 채 반은 개에게 먹히고 까마귀에게 쪼임을 당한 노새 한 마리가 개울 속에 죽은 채 처박혀 있었다. 달아난 남자가 노새와 여행가방의 주인이라는 생각이 더욱 짙어졌다.

노새를 바라보고 있을 때 어디선가 산양 치는 목동의 휘파람 소리가 들려오더니, 돌연 그들의 왼쪽으로 꽤 많은 양들이 나타났다. 곧 그 뒤쪽으로 산꼭대기에서 양 떼를 돌보는 늙은 산양치기가 모습을 드러냈다. 돈키호테는 소리를 질러 내려와달라고 부탁했다. 산양치기 역시 산양이나 이 근처를 배회하는 이리 같은 다른 짐승을 제외하고는 사람의 발걸음이 닿지 않는 이런 곳에 대체 누구를 따라 들어왔느냐고 소리쳐 대답했다. 이번에는 산초가 나서서 그 모든 것을 제대로 이야기해줄 테니 내려오라고 했다. 늙은 산양치기가 내려와서 돈키호테가 있는 곳으로 다가와 말을 했다.

"그 웅덩이에서 임대용 노새 시체를 보고 왔는가 본데, 그렇게 버려진 지 벌써 6개월쯤 되었을 겁니다. 그건 그렇고, 거기서 그 주인을 만나셨소?"

"아무도 못 만났습니다." 돈키호테가 대답했다. "여기서 그리 멀지 않은 곳에서 찾아낸 여행가방과 주머니는 보았지만 말입니다."

"나도 그것을 보았지요." 산양치기가 말했다. "하지만 집어 들 생각도 가까이 가볼 생각도 하지 않았어요. 무슨 재앙이라도 닥치거나 도둑으로 몰릴까 봐서. 재앙이란 놈은 숨어 있는 악마와 같아서 생각지도 못한 곳에서 실수하거나 넘어진 사람에게 불쑥 달려드는 법이지요."

"제 말이 바로 그겁니다." 산초가 대답했다. "저도 그것을 발견하고는 가까이 가지조차 않았어요. 제가 그냥 놓아두었으니 원래 상태대로 남아 있는 셈이지요. 저도 복잡한 일은 딱 질색이거든요."

"그건 그렇고, 어르신." 돈키호테가 말했다. "이 옷들의 주인이 누구인지 아시겠습니까?"

"내가 들려줄 수 있는 건 이거요." 산양치기가 말했다. "한 6개월쯤 전에 일어난 일이라오. 여기서 3레구아쯤 떨어진 거리에 산양치기들을 위한 오두막이 있는데, 그곳에 건장한 젊은이가 지금 죽어 있는 그 노새를 타고, 두 분이 찾았으나 손을 대지 않았다는 그 여행가방과 주머니를 들고 왔지요. 그 청년이 이 산속 어디가 가장 험난하고 인적이 드문지를 묻기에, 지금 우리들이 서 있는 이곳이라고 대답을 해주었지요. 사실이 그러니까요. 댁들도 여기서 반 레구아만 더 깊숙이 들어갔더라면 나오지 못했을 거요. 댁들이 어떻게 들어왔는지 놀라울 뿐이라니까. 여기까지는 큰길도 없고 오솔길도 없는데 말이오. 어쨌든 그 젊은이는 우리 말을 듣더니 노새를 돌려서 우리가 가르쳐준 쪽으로 가버립디다. 그때 뒤에 남은 우리는 그 젊은 양반의 훌륭한 체격에 감탄하면서도 방금 전 그가 한 질문과 서둘러 산속으로 떠나는 모습을 이상하게 여겼지요. 그 후로는 다시 그 젊은이를 보지 못했는데, 며칠 후 한 산양치기가 길을 가는데 그가 불쑥 나타나더니 아무 말도 없이 다가와 주먹질에 욕을 하고는 노새에 싣고 가던 도시락 꾸러미의 빵과 치즈를 모조리 훔쳐 가지고 믿을 수 없이 민첩하게 산중으로 사라져버렸다는 거요. 이 사실을 알게 된 우리 산양치기 몇 명이 거의 꼬박 이틀 동안을 이 산맥에서 제일 으슥하다는 골짜기까지 뒤져 그 사람을 찾다가, 마침내 굵고 멋들어진 코르크나무의 푹 파인 구멍 속에 그 남자가 들어앉아 있는 것을 찾아냈지요. 젊은이는 매우 얌전하게 우리가 있는 곳으로 나왔는데, 옷은 이미 찢겨 있었고 얼굴은 흉하게 변한 데다 햇볕에 그을려서 거의 알아보기 힘들 지경이었다오. 비록 찢겨 있긴 했지만 전에 그 옷을 보았던 적이 있던 터라 우리는 겨우 그가 우리가 찾고 있는 바로 그 사람임을 알 수 있었지요. 젊은이는 우리에게 예의 바르게 인사를 건네고는 짧지만 매우 훌륭한 어투로 자신이 그런 행색으로 돌아다니는 것을 보고도 놀라지 말라고 하더이다. 모두 자신이 저지른 수많은 죄로 인한 벌을 받는 거라고. 우리는 그에게 도대체 누구인지 신분을 밝혀달라고 했으나 끝내 그 답변은 들을 수 없었어요. 우리는 사람이 먹을 것 없이 지낼 수는 없는 법이니 장소만 알려주면 성의껏 음식을 가져다주겠노라고 말했지요. 그도 싫다면 최소한 산양치기들에게 음식을 강탈하지 말고 얻으러 나오라고 말이오. 그는 우리의 제안에 감사하며 과거의 약탈에 대해 용서를 구했고 앞으로는 하느님께 맹세코 아무도 괴롭히지 않겠노라고 했지요. 그러곤 자신의 거처에 관해서는 밤을 맞이하는 곳 주변에서 적당한 장소를 찾아 잘 도리밖에 없었다면서 애처롭게 울음을 터뜨리는 게 아니겠소. 그를 처음 만났을 때의 모습과 그 당시의 몰골이 어찌나 다른지, 그와 함께 눈물짓지 않았다면 우리 심장은 돌이나 마찬가진 거요. 이미 말했다시피, 그는 매우 세련되고 호감 가는 젊은이로, 예의 바르고 사리분별이 올바른, 훌륭한 집안 출신의 아주 고상한 인격의 소유자임이 분명해 보였으니까. 그 젊은이가 어찌나 고상했는지, 그의 말을 듣고 있던 우리 같은 촌놈들조차도 그걸 알 수 있었던 거지요. 그런데 그렇게 더할 나위 없이 이야기를 잘하던 그가 갑자기 입을 다물어버리더니 한참 동안 땅바닥만 보는 게 아니겠소. 우리 모두는 그러한 침묵이 어떤 상황으로 전개될지 적잖이 연민을 느끼면서 가만히 지켜보았지요. 그는 눈을 치켜뜨기도 하고, 눈썹 하나 까딱하지 않고 오랫동안 땅바닥을 보기도 하고, 눈을 감고 입술을 악물면서 눈썹을 찌푸리기도 했는데, 그에게 뭔가 광기로 인한 변화가 일어났다는 것을 쉽게 알아차릴 수 있었어요. 곧 우리 생각이 사실이었다는 게 드러났으니, 그가 누워 있던 바닥에서 분노에 가득 차 벌떡 일어나더니 가장 가까이 있는 사람에게 달려들었던 겁니다. 그 대담함과 증오가 어찌나 강했는지 만일 우리가 그를 떼어놓지 않았더라면 피해자를 주먹으로 때리고 물어 죽였을 거요. 그리고 그런 광기를 부리는 동안 이런 말을 하더군요. '아, 사기꾼 페르난도야! 여기, 바로 여기서 네놈이 내게 저지른 무분별한 짓의 대가를 치를 것이다. 내 두 손으로 모든 죄악이 함께 사는 곳, 특히 사기와 속임수가 살고 있는 네놈의 그 심장을 끄집어낼 것이다.' 여기에 여러

다른 말을 덧붙였는데 모두 저 페르난도라는 사람을 배신자이자 사기꾼이라고 흠잡으며 욕하는 것이더이다. 우리는 적잖은 우격다짐 끝에 그 젊은이를 우리 산양치기에게서 떼어냈고, 그는 더 이상 다른 말 없이 조용히 떨어져서는 풀숲과 가시덤불 사이로 달려가버렸는데, 도저히 쫓아갈 재간은 없었다오. 그 일로 우리는 그 사람이 가끔씩 머리가 돌아버리며, 페르난도라고 불리는 자가 그 젊은이의 정신을 나가게 만들 정도로 뭔가 못된 짓을 했을 것이라 짐작했지요. 그 모든 것은 여러 차례에 걸쳐 그 젊은이가 길에 나타날 때마다 사실로 밝혀졌어요. 청년은 때로는 우리 산양치기들이 가져온 음식을 나누어달라고 부탁했고, 때로는 강제로 빼앗기도 했어요. 그 사람은 광기에 사로잡혀 있을 때는 산양치기들이 기분 좋게 먹을 것을 주어도 받지 않고 주먹질을 한 뒤에야 가져갔지만, 또 온전한 정신일 때에는 공손하고 예의 바르게 하느님의 사랑으로 은혜를 베풀어달라고 부탁하며 눈물과 함께 몇 번이나 뒤풀이하여 감사하곤 했다오. 그런데 사실은 말이오." 산양치기 노인이 말을 이었다. "어제 나와 젊은 친구 넷이서, 그중 둘은 하인이고 둘은 친구인데, 그를 곧 찾아내기로 했소이다. 찾아낸 후에는 그가 원하든 원치 않든 이곳에서 8레구아 떨어진 알모도바르 마을로 데려가서 그의 병에 치료법이라는 것이 있다면 치료를 해주고, 아니면 적어도 그가 제정신일 때 그의 신분과 그의 불행을 알려줄 가족이 있는지 알아볼 계획이외다. 이게 내가 할 수 있는 답변의 전부라오. 댁들이 발견한 옷가지의 주인은 벌거벗은 채 엄청나게 재빨리 지나간 바로 그 사람일 거요." 돈키호테는 산양치기에게 그 남자가 산속을 뛰어다니는 것을 보았다고 이미 말해주었던 것이다.

이야기를 듣고 감동한 돈키호테는 그 불쌍한 미치광이가 어떤 사람인지 알고 싶은 마음이 더욱 커졌다. 이미 생각했던 대로 온 산을 샅샅이 뒤져서라도 그를 찾아내겠다고 스스로에게 다짐했다. 그러나 운명은 돈키호테가 생각하고 기대했던 것 이상의 일을 해주었으니, 바로 그때 산맥의 어느 한 계곡에서 그들이 찾고 있던 젊은이가 모습을 드러낸 것이다. 그는 혼자 무슨 말인가를 중얼거리면서 걸어왔는데, 가까이에서 들어도 이해가 되지 않는 말이었으니 멀리서는 더욱 알아듣기 힘들었다. 그의 옷차림은 앞에서 묘사한 것과 같았으나 가까이 다가오자 갈기갈기 찢긴 가죽옷에서나마 용연향이 풍겼다. 그러한 사실로 미루어 그가 비록 남루해 보여도 결코 비천한 신분일 수는 없다는 것을 알았다.

그들 앞으로 다가온 젊은이는 원망하는 듯한 거친 목소리였으나 예의를 다하여 인사했다. 돈키호테는 그에 못지않게 예법을 갖추어 인사를 건네고, 로시난테에서 내려와 고상하고 정다운 태도로 마치 오래전부터 아는 사람인 양 한참 동안이나 그를 두 팔로 안아주었다. (돈키호테를 '슬픈 얼굴의 기사'라 부른다면) '불행한 얼굴의 누더기 기사'라 부를 만한 그 젊은이는 돈키호테가 자신을 포옹하도록 내버려두었다가 잠시 후 그를 좀 떨어뜨려 놓고 아는 사람인지 확인하려는 듯 돈키호테의 두 어깨에 손을 얹고 바라보았다. 그는 돈키호테의 얼굴과 체격, 무기를 보고는 돈키호테가 그를 보았을 때 못지않게 놀라워했다. 결국 포옹 끝에 먼저 말을 꺼낸 이는 누더기 기사였고, 그는 다음과 같은 이야기를 들려주었다.

제24장

여기에서는 시에라 모레나에서의 모험이 계속된다

이야기는 돈키호테가 남루한 차림의 '산중의 기사'가 하는 말을 귀 기울여 들었다고 전한다. 그 기사는 이렇게 말했다.

"기사님이 누구신지는 모르겠지만 분명 제가 모르는 분인 것 같습니다. 어쨌든 저에게 보내주신 호의와 정중함에 감사드립니다. 기사님께서 보여주신 그 크신 호의에 제 마음 이상으로 갚아드릴 수 있는 상황이라면 얼마나 좋겠습니까. 그러나 제 운명은 그 많은 호의에 다른 무엇으로도 보답할 수 없게 하니, 그저 감사드리고자 하는 간절한 마음만 가질 뿐입니다."

"나의 바람은 다만 당신을 도왔으면 하는 것이오." 돈키호테가 말했다. "그래서 당신을 찾아내고, 당신의 이 기이한 삶 속에 어떤 고통이 숨겨져 있는지 알아낼 때까지는 이 산맥에서 결코 벗어나지 않으리라 작정했소. 그 고통을 해결할 무슨 방도를 찾아낼 수 있을 테니까 말이오. 이 잡듯이 뒤져서라도 당신을 찾아낼 생각이었소. 만일 당신의 불행이 그 어떤 위안을 향해서도 문을 닫아걸고 있는 것이라면 내가 할 수 있는 한 최선을 다해 당신과 더불어 탄식하려고도 생각했소. 불행한 가운데서도 그 불행을 함께 아파

해줄 사람이 있다면 그것만으로도 위안이 되는 법이니 말이오. 예의상 하신 말씀일지 모르나 나의 선의에 감사하는 마음을 가지고 계신다니, 당신 속에 깃들어 있는 듯한 예의범절과 당신이 평생 사랑했거나 혹은 가장 사랑하는 그 무엇에 대고 한 가지 청을 드리겠소. 부디 당신이 누구신지, 왜 야수와도 같이 이 고독한 산중으로 들어와 살고 이곳에서 죽으려 하는지 연유를 들려주시오. 당신의 행색이나 인품으로 보아 금수의 무리 속에서 죽어갈 분은 아닌 듯싶소. 내 비록 보잘것없는 죄인이나 내가 받은 기사도와 편력기사의 직분을 걸고 맹세하건대, 당신의 불행에 대하여 구제할 방법이 있다면 구제하고, 아까 말했던 것처럼 함께 탄식하면서라도 당신을 도와줘야 한다는 천명을 받들 것이오."

슬픈 얼굴의 기사의 이야기를 듣고 있던 숲의 기사는 그저 상대방을 쳐다보고 다시 한 번 쳐다보고, 또 위아래로 훑어보았다. 그렇게 물끄러미 들여다본 후에 그가 말했다.

"혹시 먹을 것이 좀 있으면 제발 나눠주십시오. 지금까지 제게 보여주신 호의에 대한 감사의 뜻으로 음식을 먹고 나서 부탁하신 모든 것을 말씀드리겠습니다."

산초는 자신의 자루에서, 산양치기는 자신의 가죽 주머니에서 먹을 것을 꺼내주었고, 누더기 기사는 얼빠진 사람처럼 두 사람이 준 음식을 허겁지겁 먹어치우며 허기를 달랬다. 음식을 씹기도 전에 어찌나 급하게 삼켜버리는지 다른 사람은 한 입 먹어볼 여지도 없었다. 음식을 먹는 동안 그 자신이나 그를 바라보는 사람들이나 한마디도 하지 않았다. 그는 음식을 다 먹고 나자 사람들에게 따라오라는 신호를 보냈다. 사람들이 따르자 거기서 조금 떨어진 곳에 있는 바위를 돌아 푸른 풀밭으로 사람들을 데려갔다. 풀밭에 다다르자 그는 풀밭 위에 누웠고, 다른 사람들도 똑같이 그를 따라 했다. 이 모든 과정이 이루어지는 동안 그 누구도 입을 열지 않았다. 누운 자리에서 잠시 쉬고 난 후 누더기 기사가 마침내 입을 열었다.

"여러분, 저의 크나큰 불행에 대하여 간략한 설명이나마 듣고 싶으시다면, 질문을 하거나 중간에 끼어들어 제 슬픈 이야기의 맥락을 끊는 일은 절대로 하지 않겠다고 약속해주십시오. 만일 그런 일이 발생한다면 그 순간 제 이야기는 끝나버리고 말 겁니다."

누더기 기사의 이야기를 듣는 순간 돈키호테는 강을 건넌 양의 수를 잘못 세는 바람에 산초 판사의 이야기가 중단되었던 기억을 떠올렸다. 어쨌건 누더기 기사는 말을 이었다.

"제가 미리 이런 말씀을 드리는 것은 제 불행에 대한 이야기를 가급적 짧게 끝내버리고 싶기 때문입니다. 불행했던 순간을 회상한다는 것은 또 다른 불행을 하나 더 덧붙이는 것에 다름 아니니까요. 그러니 여러분들께서 질문을 자제하시는 만큼 이야기는 빨리 끝날 것입니다. 그렇다고 해서 중요한 이야기를 빠뜨리고 지나가거나 하여 여러분들의 기대를 저버리는 일은 없을 겁니다."

돈키호테가 모두를 대신하여 그러겠다고 약속하자, 누더기 기사가 이야기를 시작했다.

"제 이름은 카르데니오이며, 고향은 안달루시아 지방에서도 가장 괜찮다고 하는 도시입니다. 저는 귀족 가문 출신인 데다 부모님도 부유하셨지만 제 불행이 얼마나 컸던지 부모님의 재산으로도 어찌할 수가 없어 두 분 모두 눈물로 세월을 보내셨고, 온 집안이 고통을 겪을 수밖에 없었지요. 하늘이 내리는 불행을 막는 데는 현세의 부귀영화가 아무런 힘이 되지 못하더군요. 저는 하늘과 같은 땅에 살고 있었는데, 그곳에서는 사랑이 제가 꿈꾸어왔던 모든 영광을 이루어주는 곳이었습니다. 그 영광은 바로 아름다운 루신

다였지요. 그녀는 저와 마찬가지로 귀족 가문의 부잣집 딸이었습니다. 그러나 저보다 훨씬 더 모험심이 강한 반면 성실한 성품은 조금 부족한 아가씨였지요. 저는 어린 시절부터 이런 루신다를 연모하고 사랑하고 동경했습니다. 그녀 역시 그녀의 어린 나이가 허용하는 한도 내에서 천진스럽고 열렬하게 저를 사랑했지요. 양가 부모님께서도 우리 두 사람의 마음을 눈치채셨지만, 큰 걱정은 하지 않으셨습니다. 그렇게 세월이 지나다 보면 결국 우리 두 사람은 결혼할 것이고, 이는 우리 양가의 비슷한 혈통이나 경제적 수준으로 보아 적절한 일이었기 때문입니다. 나이가 차면서 우리의 사랑도 그만큼 커져갔습니다. 그런데 루신다의 부친께서는 시인들이 즐겨 노래하던 티스베*의 부모를 흉내 내서인지, 제가 그 댁을 드나들지 못하도록 하는 것이 체통을 살리는 일이라고 생각했습니다. 이렇게 저의 출입을 금지한 것은 우리 사랑의 불길을 더욱더 뜨겁게 타오르게 했습니다. 두 사람의 대화를 가로막는다 해도 펜마저 부러뜨릴 수는 없었기 때문이지요. 펜이란 혀끝보다도 더욱 자유로운지라 많은 경우 사랑하는 사람이 생기면 마음의 담대함은 더욱더 커지고 혀끝의 담대함은 잠들게 마련입니다. 오, 얼마나 많은 편지를 보냈고, 그녀 또한 다정하고 정숙한 회답을 얼마나 자주 보냈는지. 저는 제 영혼이 느끼는 감정을 전하고, 뜨겁게 타오르는 열정을 묘사하고, 행복했던 기억을 떠올리며, 사랑의 의지를 되살리는 수많은 연가와 사랑의 시를 짓곤 했습니다. 그러던 중 제 마음이 조급해지고 그녀를 보고 싶다는 열망에 영혼이 시들어가는 것을 느꼈을 때 결국 제가 그토록 원하고 원할 만한 가치가 있는 그녀를 얻어내기 위해 가장 적절하다 생각되는 일을 하기로 했

---

*그리스 신화에 나오는 여인으로, 피라모스와의 이루어질 수 없는 사랑으로 잘 알려져 있다. 《로미오와 줄리엣》의 모델이 된 인물들이다.

습니다. 바로 그녀의 아버지에게 그녀를 아내로 맞이하게 해달라고 청하는 것이었습니다. 저는 그렇게 했지요. 저의 청혼에 대해 루신다의 아버지께서는 자신을 존중해준 것에 감사하며, 그에 걸맞은 보상을 함으로써 저에게도 경의를 표하고 싶지만 저의 아버지가 살아 계시니 청혼을 하는 것은 아버님 몫이 아니겠느냐고 대답했습니다. 만일 저의 아버지께서 이 결혼을 기꺼워하지 않으시거나 탐탁지 않게 여기신다면, 루신다를 보쌈하듯이 데려갈 수도, 그렇게 내줄 수도 없는 법이기 때문이라더군요. 저는 그분의 말씀에도 일리가 있고, 우리 아버님께서도 이 사실을 알면 흔쾌히 허락하시리라 생각하여 그분의 호의에 감사를 표했습니다. 이런 생각을 하면서 곧바로 제가 원하는 걸 말씀드리기 위해 아버님을 찾아갔지요. 그런데 안방에 들어서는 순간 아버님께서 웬 편지 한 장을 펼쳐 들고 계신 것이 보였습니다. 아버님께서는 제가 미처 말을 꺼내기도 전에 그 편지를 건네주시며 이렇게 말씀하시더군요. '카르데니오, 이 편지를 보면 리카르도 공작께서 너를 참으로 아끼고 계시다는 것을 알 수 있을 거다.' 여러분들도 아시겠지만, 리카르도 공작님은 에스파냐의 부호로 이 안달루시아 지방에서도 가장 비옥한 영지를 가지고 계신 분이지요. 제가 그 편지를 받아 읽어보니 얼마나 간곡하게 쓰여 있는지 저를 공작이 계신 곳으로 보내달라는 그분의 청을 아버지께서 거절해서는 안 될 것이라는 생각이 들었습니다. 공작께서는 제가 하인이 아닌 친구로서 그분의 장남 곁에 있어주기를 바라셨으며, 제게 걸맞을 것으로 보이는 직위를 보장하겠다고 하신 것입니다. 편지를 읽고 난 저는 아무 말도 하지 못했습니다. 더욱이 아버님의 말씀을 듣고는 한마디도 할 수 없었죠. 아버님께서는 이렇게 말씀하셨습니다. '카르데니오, 공작님의 요청대로 이틀 후에 떠나거라. 그리고 나의 기대를 충족시킬 수 있는 길을 네게 열어주신 하느님께 감사드리거라.' 이외에도 아버지께서는 몇 가지 조언을 해주셨습니다. 출발일이 다가오자 저는 한밤중에 루신다를 찾아가서 그간의 일들을 일러주었습니다. 루신다 아버님께도 똑같은 이야기를 드린 뒤 리카르도 공작이 원하는 것이 무엇인지를 확인할 때까지 며칠간만 말미를 주시고 그녀에게 청혼하는 것을 잠시 미루어달라고 부탁드렸습니다. 루신다의 아버지는 그러겠다고 약속하셨고, 루신다 역시 숱한 맹세와 실신 속에서 약속해주었습니다. 마침내 저는 리카르도 공작이 계신 곳으로 떠났습니다. 공작께서는 저를 어찌나 환대해주시고 잘 대해주셨는지 그 댁에 있던 오랜 하인들이 저를 질시하기에 이르렀습니다. 그 하인들 입장에서는 공작께서 저에게 보여주신 호의가 자신들에게는 피해가 되지 않을까 했던 것이었지요. 그러나 제가 간 것을 너무나 반겨주는 사람이 있었으니 바로 공작의 둘째아들 돈 페르난도였습니다. 돈 페르난도는 품위 있고 대범하며 낭만적인 성격에다 잘생긴 청년이었습니다. 그가 어찌나 저와 친해지고 싶어 했는지 얼마 되지도 않아 사람들 입에 오르내리게 되었습니다. 물론 공작의 장남께서도 저를 아껴주시고 존중해주셨지만, 극진할 정도로 저를 아껴주고 잘 대해준 돈 페르난도와는 비교할 수 없을 정도였지요. 자고로 친구 사이에는 말 못할 비밀이 없는 법. 저와 돈 페르난도의 관계도 그랬기에 비밀 같은 건 없었습니다. 우정을 걸고 돈 페르난도는 저에게 자신의 마음을 모두 털어놓았는데, 특히 그의 마음을 온통 뒤흔든 여인에 대한 이야기였습니다. 그는 자기 아버지의 일손을 도와주고 있는 시골 처녀를 몹시 사랑하고 있었습니다. 그 처녀는 부유한 농부의 딸로 어찌나 아름답고 얌전하고 조신하고 정숙했던지 그녀를 아는 사람치고 그녀의 어떤 면이 더 낫고 더 못한지를 구별해낼 수 있는 사람이 없었습니다. 이 아름다운 시골 처녀의 훌륭한 면모들은 돈 페르난도의 마음을 온통 사로잡아버렸고, 그는 자신의 뜻을 이루고 그 처녀의 정조를 차지하기 위해 그녀에게 남편이 되겠다는 약속을 하기에 이르렀습니다. 그렇지 않고는 그녀를 차지할 방법이 없었으니까요. 저는 그의 친구로서 제가 알고 있는 모든 근거를 동원하고 들 수 있는 가장 생생한 예들을 들어가면서 그의 시도를 무마시키고, 그 뜻을 접게 만들려고 해보았습니다. 그러나 아무 소용이 없자, 저는 그의 부친이신 리카르도 공작께 이 모든 것을 다 말씀드리는 것이 좋겠다고 생각했습니다. 그러나 그는 워낙 영리하고 약은지라 제가 그렇게 할까 봐 이미 걱정하고 있었습니다. 저라는 사람이 훌륭한 신하로서 공작님의 명예에 먹칠할지도 모를 일을 덮어두지는 않을 거라 생각한 거지요. 그는 저를 속이고 조롱하기로 마음먹었습니다. 그래서 저에게, 그의 마음을 온통 사로잡고 있는 아름다운 처녀에 대한 기억을 떨쳐내기 위해서는 몇 달간 고향을 떠나 있는 것 외에는 다른 좋은 방법이 없겠다고, 우리 둘이 제 아버지의 집으로 가고 싶다고 말했습니다. 공작님께는 명마의 본고장인 제 고향으로 가서 좋은 말 몇 필을 사오겠노라고 말씀드리면 될 거라고 생각한 것이지요. 이 말을 듣는 순간 저는 그다지 좋은 생각이라고는 여기지 않으면서도, 제 입장에 맞추어 생각해낼 수 있는 방법 중에 가장 좋은 방법이라고 찬성했습니다. 루신다를 다시 볼 수 있는 절호의 기회라 판단했기 때문이지요. 저는 저 나름대로의 생각과 바람을 갖고 그의 의견에 찬성한 뒤, 제아무리 흔들림 없는 사랑일지라도 눈에서 멀어지면 흔들리게 마련이니 가급적 빨리 실천에 옮기는 게 좋겠다며 그의 의도를 더욱 부추겼습니다. 그런데 나중에 알게 된 일이지만, 돈 페르난도가 저에게 이런 제안을 한 것은 결혼을 빙자하여 그 시골 처녀를 농락한 후였으며 자신의 부친이신 공작께 발각되는 것이 두려워 살 길을 찾아보고자 했던 것이었습니다. 사실 젊은이들의 사랑이란 사랑이라기보다는 욕망이기 쉬운 탓에, 욕망의 궁극적 목표인 쾌락이 달성되고 나면 지금까지 사랑이라고 생각했던 것이 등을 돌리고 말지요. 진정한 사랑에는 한계가 없는 법이지만, 욕망이라는 것은 자연 현상에 의해 정해진 한계를 넘어서 지속될 수 없기 때문입니다. 결국 돈 페르난도도 그 시골 처녀를 농락하고 나니 열정은 사그라지고 열의도 식어버렸던 것입니다. 처음에는 열정을 다스리기 위하여 집을 떠나 있는 척하려 했는지 몰라도 이제는 그 열정을 불사르지 않기 위하여 도망가려는 것이었습니다. 공작께서는 돈 페르난도에게 집을 떠나도록 허락하면서 제게 그와 함께하라고 하셨습니다. 우리가 고향을 찾아가니 제 아버지께서는 돈 페르난도에게 걸맞은 환대를 해주시더군요. 저는 곧장 루신다를 보러 갔습니다. 물론 그간 저의 열정이 죽어버리거나 식어버린 것은 아니었지만 어쨌든 열정이 새록새록 되살아났습니다. 그런데 제 실수였지만, 돈 페르난도가 보여주었던 크나큰 우정을 보아서라도 그에게 아무것도 감추어서는 안 된다는 생각에 루신다를 향한 저의 열정을 그에게 털어놓고 말았습니다. 저는 입에 침이 마르게 루신다의 미모와 우아함, 지혜로움에 대해 칭찬을 해댔고, 저의 이런 칭송에 돈 페르난도는 그토록 대단한 미모의 여인을 한번 보고 싶다는 바람을 갖게 되었습니다. 지지리 복도 없는 저는 그의 청을 들어주기로 하고, 어느 날 밤 우리 두 사람이 만나 이야기를 나누곤 하던 창가에 촛불을 밝히고 그녀의 얼굴을 보여주었습니다. 잠옷을 입은 그녀의 모습을 보는 순간 돈 페르난도가 지금껏 보아왔던 모든 미녀들의 모습은 망각 속으로 사라지고 말았습니다. 그는 아무 말도 하지 못하고 정신이 나간 듯 멍한 표정을 짓더니 결국 사랑에 빠지고 말았습니다. 그가 사랑에 빠진 이야기는 제 불행담을 들으시면 더욱 잘 아시게 될 겁니다. 돈 페르난도의 열정을 더욱더 불타오르게 하려 했는지, 저는 몰랐지만 하늘과 그만이 알고 있던 운명은, 어느 날 루신다가 저에게 보낸 은밀하고 진심 어리고 사랑이 담긴 편지를 돈 페르난도가 발견하도록 만들었습니다. 그 편지에는 제가 아버지에게 루신다 자신을 아내로 맞이하게 해달라고 청하라는 내용이 적혀 있었지요. 그 편지를 읽고 난 돈 페르난도는 세상 여자들이 조금씩 나누어 갖고 있는 아름다움과 지혜로움을 루신다는 한 몸에 지닌 것 같다고 말하더군요. 이제와 고백하건대, 사실 그가 루신다에게 보낸 칭송의 말들은 너무나 당연한 것이었지만, 그의 입에서 그런 칭찬의 말을 듣는 것은 제 마음을 무겁게 만들었습니다. 저는 돈 페르난도가 두렵고 걱정되기 시작했습니다. 단 한시도 루신다 이야기를 하지 않고 지난 적이 없었으며, 하루 종일 루신다 얘기를 불쑥불쑥 꺼냈기 때문입니다. 왠지 모르지만 이런 것이 제 가슴속에 걱정을 불러일으키더군요. 물론 루신다의 미덕이나 그녀의 신의에 문제가 생겼을지 모른다는 걱정 때문은 아니었습니다. 그러나 이 모든 상황 속에서 저의 운명은 그녀가 제게 확인시켜주었던 믿음에 대하여 의구심을 갖게 만들었습니다. 돈 페르난도는 우리 두 사람 사이에 오가는 이야기가 재미있다며 제가 루신다에게 보내는 편지들과 그녀가 제게 보내준 회신들을 빠짐없이 읽으려고 했습니다. 그러던 어느 날 루신다는 제게 몹시도 좋아하는 기사담인《아마디스 데 가울라》를 빌려달라고 했는데…….”

기사담 이야기가 나오자 돈키호테는 가만히 듣지 못하고 끼어들었다.

“처음부터 루신다가 기사담을 좋아한다고 말했더라면, 그녀의 지성을 아는 데 다른 칭송은 필요 없었을 것이오. 그 맛깔스러운 이야기에 관심이 없는 여인이라면, 당신이 말한 것처럼 그렇게 훌륭하지는 않을 테니까. 그녀의 미모, 덕, 지성에 대해서는 굳이 더 설명할 필요 없소. 단지 그녀의 취향을 안다는 것만으로도 이 세상에서 가장 아름답고 분별력 있는 여성임을 확신할 수 있소. 당신이《아마디스 데 가울라》와 함께 저 유명한《돈 루헬 데 그레시아》를 그 여인에게 전해드린다면 좋았을 걸 그랬군. 내 생각에 루신다 님은 다라이다와 헤라야의 이야기를 좋아하실 듯하오. 그리고 목동 다리넬의 사리분별력과 그가 아주 세련되고 신중하고 자유롭게 노래한 저 전원시에도 관심이 클 것이오. 하지만 책을 전하지 못했다 해도 때가 올 것이니, 당신이 나와 함께 우리 고향으로 가고자 하는 마음만 먹으면 해결될 일이오. 그곳에서 내 영혼의 결실이자 내 삶의 기쁨이 되는 300권 남짓한 책을 드리리다. 사악하고 시기심 많은 마법사의 간교함 때문에 비록 지금 내 손에는 아무것도 없지만 말이오. 당신의 이야기에 끼어들지 않겠다고 약속한 걸 어긴 것에 대해 용서하시오. 기사도와 편력기사들의 이야기를 들으면 햇빛이 불타오르고 달빛이 그윽해지는 것처럼, 그 이야기를 하지 않고는 넘어갈 수가 없기 때문이라오. 그러니 양해하시고 하던 얘기를 마저 해주시오. 지금은 그게 더 중요한 일이니."

돈키호테가 이렇게 말하는 동안 카르데니오는 고개를 푹 숙인 채 뭔가 골똘히 생각하는 듯한 모습이었다. 돈키호테가 이야기를 계속하라고 거듭 말했지만 고개도 들지 않고 말도 하지 않다가 한참 후에야 고개를 들고 말문을 열었다.

"나 자신도 그런 생각을 떨쳐버릴 수 없고, 이 세상 어느 누구도 그런 생각을 지워줄 수 없고, 다른 생각을 갖게 해줄 만한 사람도 없습니다. 교활한 엘리사바트*가 마다시마 여왕과 정을 통하지 않았다고 생각하거나 믿는 사람이 있다면 바보 멍청이입니다."

"말도 안 되는 소리, 분하도다!" 돈키호테가 잔뜩 화가 나서 습관처럼 맹세하듯 대답했다. "아무리 좋게 보아도 그건 심한 흉계나 망나니짓이라고밖에 볼 수 없다. 마다시마 여왕은 매우 품위 있는 여인이니, 그러한 분이 엉터리 외과의사와 정을 통했다는 것은 상상할 수 없다. 그렇지 않다고 우기

---

*《아다미스 데 가울라》에 나오는 인물.

는 놈은 아주 파렴치한 악당처럼 거짓말을 하는 것이다. 내가 걷건 말을 타건, 무장을 하건 하지 않건, 밤이건 낮이건 가리지 않고 가장 적절하게 깨닫게 해주겠다."

카르데니오는 돈키호테를 뚫어져라 쳐다보았는데, 이미 제정신을 잃은 상태여서 자신의 이야기를 계속할 수 없었다. 돈키호테도 마다시마 여왕에 대한 이야기로 기분이 상하여 그의 이야기에 귀를 기울이지 않았다. 기이하게도 돈키호테는 이런 식으로 그녀를 마치 실제로 존재하는 여인인 양 감쌌는데, 이 모든 것이 그가 읽은 터무니없는 이야기책들 때문이었다. 말하건대, 이미 카르데니오는 이성을 잃어버린 데다 '거짓말쟁이'니 '파렴치한 악당'이니 하는 욕을 듣고는 자신이 조롱당했다는 생각에 그 옆에 있던 돌멩이를 집어서 돈키호테의 가슴팍에 힘껏 던졌고, 그 바람에 돈키호테는 바닥에 나동그라졌다. 주인이 당하는 것을 본 산초 판사는 주먹을 불끈 쥐고는 저 광기 어린 자를 향해 덤벼들었으나, 누더기 기사는 산초를 한 방으로 발치에 쓰러뜨리고 그 위에 올라타 갈비뼈가 나갈 정도로 신물 나게 두들겨 팼다. 그를 말리려고 했던 산양치기 또한 같은 상황에 처했다. 카르데니오는 모든 이들을 만신창이로 만들고는 우아하게 평정을 되찾아 산속으로 들어가버렸다.

자리를 털고 일어난 산초는 아무 잘못도 없이 그렇게 두들겨 맞았다는 것을 깨닫자 화가 나서, 저 사람이 때때로 미친다는 것을 알려주지 않았다는 책임을 물어 산양치기에게 앙갚음을 하려고 달려들었다. 돈키호테와 산초가 그런 사실을 알았더라면 자신을 방어할 수 있도록 조심하지 않았겠느냐는 거였다. 그러자 산양치기는 이미 그 말을 했다면서, 했는데도 듣지 못한 건 자신의 책임이 아니라고 했다. 산초 판사에게 산양치기가 대들자 그들은 마침내 수염을 붙잡고 늘어지며 주먹다짐을 하기에 이르렀다. 돈키호테가 진정시키지 않았더라면 두 사람은 한층 더 만신창이가 되고 말았을 것이다. 산초는 산양치기를 붙잡고 돈키호테에게 말했다.

"슬픈 얼굴의 기사님, 저를 내버려두세요. 이자는 저 같은 시골 촌뜨기에 지나지 않으며 무장한 기사도 아닙니다. 제가 받은 모욕을 되갚아줄 수 있도록 명예롭게 맨손으로 겨뤄보겠습니다."

"그건 그렇겠지만," 돈키호테가 말했다. "내가 보기에 이 일에 대해서는 아무런 잘못이 없는 사람 같구나."

이런 식으로 돈키호테는 그들을 진정시키고, 카르데니오의 이야기가 어떻게 끝나는지 너무나 알고 싶은데 혹시 그를 찾아낼 수 있을지 산양치기에게 물어보았다. 그는 처음에 했던 말처럼 카르데니오가 어디에 사는지 잘 모른다고 하면서도, 주변을 여기저기 찾아본다면 멀쩡한 상태이건 실성한 상태이건 찾아낼 수 있을 거라고 장담했다.

제25장

시에라 모레나에서 라만차의 용감한 기사에게 일어난 기이한 일들과 벨테네브로스의 고행을 흉내 내어 그가 한 일들에 대하여

돈키호테는 산양치기에게 작별을 고한 뒤 다시 로시난테 위에 올라탄 다음 산초에게 따라오라고 말했다. 산초는 마지못해 당나귀를 타고 돈키호테의 뒤를 따랐다. 그들은 차츰 아주 험한 산속으로 들어가고 있었고, 산초는 주인과 얘기하고 싶어 좀이 쑤셨다. 그는 주인의 명령을 거역하지 않기 위해 돈키호테가 먼저 입을 떼기를 원했지만 숨 막힐 듯한 정적을 견딜 수 없어서 결국 말을 하고 말았다.

"돈키호테 주인님, 이제 저는 처자식이 있는 집으로 돌아가고자 하니 부디 축복하시고 허락해주세요. 가족들끼리는 적어도 하고 싶은 말을 할 수 있을 것 아닙니까? 주인님께서는 허구한 날 말없이 주인님을 따라다니며 말하고 싶어도 아무 말 말라고 하시는데 그건 저를 생매장하는 것입니다요. 기소페테* 시대에 동물들이 말할 수 있었던 것처럼 하늘이 동물들도 말할 수 있게 해주었다면 그리 나쁘지만은 않았을 겁니다. 그러면 입이 근질근질

*우화 작가 이솝의 이름을 산초가 잘못 말한 것이다.

할 때 제 당나귀 녀석하고 수다를 떨면서 저의 불행을 견뎌낼 수 있었을 테지요. 평생 모험을 찾아다닌다면서 기껏해야 발길질이나 담요 키질을 당하고 돌팔매질이나 주먹질을 당할 뿐만 아니라, 이런 일을 당하고도 입을 다문 채 벙어리처럼 사나이 가슴속에 품은 말을 감히 입 밖으로 꺼내지도 못하는 것은 가혹한 처사이며 참을 수 없는 일입니다."

"무슨 말을 하려는지 알겠다, 산초." 돈키호테가 대답했다. "네게 내린 함구령을 풀어주었으면 싶어 안달이 난 게 아니냐. 풀어줄 테니 하고 싶은 말을 해봐라. 다만 이번 함구령 해제는 이 산을 벗어날 때까지만이다."

"그렇다면," 산초가 말했다. "산속이니 허락해주신 틈을 타 한 말씀 드리겠습니다. 나중 일은 하느님한테 맡기고요. 도대체 무엇 때문에 그 마히마사인지 뭔지 하는 여왕님 편을 드시는 겁니까? 그 아바트인지 뭔지 하는 사람이 여왕님과 그렇고 그런 사이건 아니건 무슨 상관이라고요? 어차피 주인님이 재판관도 아닌데 가만히 내버려두셨더라면 그 미치광이가 이야기를 계속했을 것이고, 돌팔매질이나 발길질을 했을 리도, 여섯 번도 넘게 주먹질을 했을 일도 없었을 게 아닙니까?"

"산초야." 돈키호테가 대답했다. "네가 마다시마 여왕께서 얼마나 조신하고 훌륭한 귀부인이었는지를 나만큼만 알았더라면, 너 역시 내가 참으로 인내심 있는 사람이라고 말했을 것이다. 그토록 불경스러운 말을 쏟아내는데도 그자의 주둥이를 찢어버리지 않았으니 말이다. 일국의 여왕이 일개 외과의사와 정을 통한다고 떠들어대거나 생각하는 것 자체가 크나큰 불경이기 때문이지. 사실인즉 그 미치광이가 말했던 엘리사바트 선생은 아주 신중하고 건전한 생각을 가진 분으로 여왕님의 스승이자 주치의였다. 따라서 여왕님이 그분과 그렇고 그런 사이라고 생각하는 것은 중벌을 받아 마땅한 짓이야. 너도 보았듯이 카르데니오가 스스로 무슨 소리를 했는지 모르고 있으니 그자가 그런 말을 했을 때는 제정신이 아니었다고 봐야 할 것이다."

"제 말이 바로 그겁니다." 산초가 말했다. "주인님도 그 미치광이의 말에 신경 쓸 필요가 없었다니까요. 운이 좋았기에 망정이지 그렇지 않았더라면 주인님의 가슴을 향해 날아든 돌멩이가 머리통을 향했을 수도 있고 그렇게 되면 하느님께서도 잊어버리신 그 여왕님 편을 든 덕분에 아주 가관이었겠습니다. 그랬더라면 아무리 카르데니오가 미치광이라 하더라도 제가 가만두지 않았겠지만요."

"상대가 제정신이건 미치광이이건," 돈키호테가 말했다. "편력기사라면 정숙한 여인의 편에 서는 것이 당연하다. 뭇여인이라도 그랬을진대, 특히 존경해 마지않는 마다시마 여왕님처럼 고고하고 훌륭하신 분에게야 오죽하겠느냐. 내가 그분을 그토록 존경하는 것은 아름답기도 하시지만 그간의 숱한 역경을 신중하게 잘 극복하셨기 때문이다. 엘리사바트 스승이 조언을 해주고 곁에 함께 있어주었기에 여왕님이 큰 힘과 위로를 얻어 그 숱한 고난을 신중하고 끈기 있게 헤쳐나갈 수 있었던 것이다. 바로 이런 점을 두고 그 무지하고 돼먹지 못한 작자가 여왕님이 엘리사바트 선생의 연인이네 어쩌네 떠들어댔던 것이야. 다시 한 번 말하지만 그런 생각을 하거나 그런 말을 떠들어대는 사람의 이야기는 새빨간 거짓말이다."

"전 그런 건 말하지도, 생각하지도 않습니다." 산초가 대답했다. "다른 사람들은 자기 빵이나 먹으라지요. 그 두 사람이 정을 통했는지 아닌지는 하느님께서 알고 계시겠죠. 저는 제 일만 알 뿐 아무것도 모릅니다. 남이야 어떻게 살든지 관심 없거든요. 물건을 사거나 거짓말을 할 때는 주머니가 그것을 안다지 않습니까? 더욱이 알몸으로 태어나 지금도 맨주먹이니 잃을 것도 얻을 것도 없는 셈이지요. 설사 그들이 정을 통했다 하더라도 그게 저하고 무슨 상관입니까? 많은 사람들이 말뚝 있는 곳에 절인 돼지고기가 있다고 생각하지만 사실 돼지고기를 널어 말릴 말뚝조차 없기도 하죠. 그렇다고 누가 허허벌판에 대문을 세우겠습니까? 더욱이 하느님에 대해서조차 못된 소리를 하고요."

"이런!" 돈키호테가 말했다. "도대체 무슨 뚱딴지같은 소리를 하는 거냐, 산초! 네가 엮어내는 속담들과 우리가 지금 이야기하는 일이 무슨 관계가 있느냐? 산초야, 몸 생각해서 입 좀 다물고 앞으로는 네 당나귀 박차를 가하는 데나 신경 쓸 뿐 너와 상관없는 일에는 관심 두지 마라. 그리고 오감을 총동원하여 내가 지금까지 해온 일과 지금 하고 있는 일, 그리고 앞으로 할 모든 일들이 이치에 딱 맞는 일이며 이 세상 그 어떤 기사보다도 내가 훨씬 더 잘 알고 있는 기사도에 부합하는 일이라는 것을 깨닫도록 해라."

"주인님." 산초가 대답했다. "그럼 우리가 그 미치광이를 찾아 오솔길도 큰길도 없는 이 산속을 헤매는 일도 훌륭한 기사도란 말입니까? 그자는 우리가 찾아내기 무섭게 지난번에 시작했던 그 일을 마무리 지으려고 할 겁니다, 이야기가 아니라요. 주인님의 머리와 제 갈비뼈를 모조리 박살내려 할 거라 이겁니다."

"내 다시 말하는데, 입 다물라." 돈키호테가 말했다. "이걸 명심하도록 해라. 나는 단지 그 미치광이를 찾겠다는 일념으로 이곳에 온 것이 아니다. 이 땅 위에 영원히 이름과 명성을 남길 수 있는 무훈을 세우고자 하는 바람도 있었던 것이다. 이렇게 함으로써 편력기사를 완성하고 이름을 떨칠 모든 일이 완수되는 것이다."

"그러면 그 무훈은 아주 위험한 것입니까?" 산초 판사가 물었다.

"아니다." 슬픈 얼굴의 기사가 대답했다. "우연이라는 것이 행운을 주기보단 위험한 쪽으로 갈 수도 있겠지만 어차피 모든 일은 너 하기에 달렸다."

"제가 하기에요?" 산초가 물었다.

G. Doré
H. PISAN

"그래." 돈키호테가 말했다. "내가 지금 너를 보내려 하는 그곳에서 네가 얼마나 빨리 돌아오는가에 따라 나의 고통은 그만큼 단축될 것이며, 나의 영광 또한 빨리 시작될 것이기 때문이다. 내 말이 어떻게 끝날지 궁금해하는 너를 너무 오래 기다리게 하는 것도 좋지 않으니 그냥 이야기해주마. 산초야, 너는 저 유명한 아마디스 데 가울라가 가장 완벽한 편력기사였음을 명심하기 바란다. 이 세상에 존재했던 모든 편력기사 가운데 첫손에 꼽히는 유일한 기사라는 것이 옳은 표현이겠구나. 맹세컨대, 자신이 아마디스 데 가울라와 동등하다고 주장했던 모든 기사들은 돈 벨리아니스를 포함해 모두 거짓말쟁이였던 만큼 저주가 있을지어다. 화가가 자신의 분야에서 명성을 얻고자 한다면 자신이 알고 있는 유명 화가들의 그림을 모사하게 마련인 것처럼, 이 법칙은 공화국을 구성하는 모든 직종에도 적용된다. 따라서 신중하고 참을성 있다는 명성을 얻고자 하는 사람은 율리시스를 본받아야 하고, 또 그렇게 할 것이다. 호메로스는 율리시스의 사람됨과 모험을 통해 우리에게 그가 지닌 신중함과 참을성에 대한 생생한 초상을 그려낸 바 있으며, 베르길리우스 또한 아이네이스의 인간성을 통하여 자비로운 자의 용기와 용감하고 사려 깊은 장수의 기민함을 보여주었다. 다만 율리시스와 아이네이스를 있는 그대로는 아니고, 후손들에게 그들의 미덕을 모범으로 남겨야 하기에 마땅히 그래야 한다는 식으로 그려내거나 묘사했던 것이지. 이와 마찬가지로 아마디스야말로 용감하고 사랑에 빠진 기사들의 북극성이며 금성이고 태양이었으니, 사랑과 기사도의 기치하에 편력을 떠난 우리 모두는 그를 본받아야 하는 것이다. 일이 이러한즉 산초야, 나는 아마디스를 가장 비슷하게 따라 하는 편력기사가 기사도를 가장 완벽하게 이룰 수 있다는 것을 깨달았다. 아마디스 데 가울라가 자신의 신중함, 용기, 용맹, 참을성, 강직함, 사랑 등을 가장 잘 보여준 일은 오리아나 공주가 자신을 박대하자 페냐 포브레에 은둔해 고행하며 자신의 이름조차 스스로 택한 삶을 잘 나타내는 '벨테네브로스'*로 바꾼 사건이었다. 결국 나로서는 거인을 베어 쓰러뜨린다든지, 뱀의 머리를 자른다든지, 괴물을 죽인다든지, 대군을 격파한다든지, 함대를 침몰시킨다든지, 마법을 풀어준다든지 하는 것보다 훨씬 수월한 일이다. 더구나 이곳은 그의 고행을 본받기에 참으로 적합한 곳이니, 기회의 여신이 긴 머리카락을 나에게 늘어뜨리고 있는 이때를 놓칠 이유가 없구나."

"그러니까," 산초가 말했다. "이 깊은 산중에서 주인님이 하고 싶은 일이 대체 뭐란 말씀이십니까?"

"이미 말하지 않았느냐?" 돈키호테가 대답했다. "여기서 절망에 빠진 어리석고 성난 아마디스를 흉내 내겠다고. 더불어 용감한 돈 롤단의 흉내도 낼 생각이다. 그는 어느 샘물가에서 미녀 앙헬리카와 메도로가 저지른 추접스러운 행위의 증거를 발견하고는 슬픔으로 미쳐버려 나무들을 뿌리째 뽑아버리고 맑은 샘물을 휘저어놓고 목동들을 죽이고 가축들을 도살하고 초가집을 불태우고 가옥을 허물고 암말을 질질 끌고 가는 등 이 밖에도 자신의 명성이 영원히 기억되고 글로 남겨질 만한 온갖 난폭한 짓을 저질렀지. 롤단, 혹은 오를란도, 혹은 로톨란도**라고 불리기도 했지만(그는 이 세 가지 이름을 갖고 있었단다), 그가 행한 모든 광태를 하나하나 다 흉내 낼 생각은 아니다. 다만 가능한 한 가장 핵심적이라고 생각하는 것들만 대강 따라 하려고 한다. 아마도 나는 고통으로 인해 광태를 연출하는 것과는 달리 눈물과 통한만으로 그 누구보다 대단한 명성을 얻은 아마디스를 흉내 내는 것으로 만족할 것이다."

---

*아마디스 데 가울라가 페냐 포브레에서 고행할 때 스스로 붙인 이름. '슬픈 얼굴의 미남'이라는 뜻이다.

**《롤랑의 노래》의 주인공 '롤랑'에 대한 스페인, 이탈리아, 라틴어 이름.

"제가 보기엔요," 산초가 말했다. "그런 행동을 했던 기사들은 주위에서 부추기기도 했겠지만 그런 바보 같은 고행을 해야만 하는 이유가 있었습니다. 그렇지만 주인님은 미치광이가 되어야 할 이유도 없잖아요. 어느 공주님이 주인님을 박대한 것도 아니고 둘시네아 델 토보소 공주님께서 무어인이나 그리스도교 신자하고 그렇고 그런 일이라도 저질렀다는 증거를 찾으신 것도 아니고요."

"바로 그거다." 돈키호테가 말했다. "그래서 내가 하려는 일이 숭고하다는 것이지. 기사가 어떤 이유가 있어서 미쳤다면 뭐 그리 감동적이겠느냐? 중요한 것은 아무 이유 없이도 광기에 사로잡힐 수 있으며 이를 통해 둘시네아 공주님이 아무 일 없을 때도 이 정도니 위급한 상황이라도 발생하면 어떨지를 알게 하는 것이다. 더욱이 나의 영원한 둘시네아 델 토보소 공주님과 이렇게 오랫동안 헤어져 있었던 것이 그 충분한 이유가 된다. 일전에 그 목동 암브로시오가 말하는 것을 너도 들었다시피 사람이 멀리 떨어져 있다 보면 모든 불행이 찾아오게 마련이고, 또한 찾아오지 않을까 염려되게 마련이지. 공연히 시간 낭비하면서 특이하고 즐겁고 어디서도 비슷한 것을 본 적이 없는 이 일을 막을 생각은 마라. 나는 지금 미치광이이고, 네가 나의 둘시네아 공주님께 내 편지를 전해드리고 답장을 받아 올 때까지는 미치광이일 수밖에 없다. 만일 내가 기대했던 대로 답장이 온다면 나의 광태도 고행도 모두 끝나겠지만, 그렇지 못할 경우 아무것도 느끼지 않기 위해서라도 진짜로 미쳐버릴 것이다. 그러니 둘시네아 공주님의 답장이 어떤 것이냐에 따라 제정신을 되찾고 네가 가져온 좋은 소식을 마음껏 누리며 지금의 이 갈등과 역경에서 벗어날 수도 있고, 네가 가져온 나쁜 소식을 전혀 느끼지 않도록 미쳐버릴 수도 있을 것이다. 그나저나 산초야, 맘브리노 투구를 잘 보관하고 있겠지? 그 배은망덕한 자가 산산조각을 내려고 하는 순간 네가 투구를 집어 드는 것을 보았거든. 그자가 투구를 박살내지 못한 것만 봐도 그 투구가 얼마나 견고한지 알 수 있을 것이다."

이 말을 듣고 산초가 말했다.

"참, 슬픈 얼굴의 기사님, 주인님 말씀 중에 어떤 것들은 도저히 참고 들을 수가 없을 뿐만 아니라, 듣다 보면 주인님께서 제게 들려주신 기사도에 관한 모든 것들이며, 왕국과 제국을 얻는 것이나 섬을 주신다는 것이며, 그 밖의 다른 큰 은혜를 베풀어주신다든지 하는 것들이 편력기사들이 흔히 하는 허풍이 아닌가 하는 생각이 듭니다. 모조리 거짓말이거나 허풍 같다니까요. 뭐라 부르셔도 상관없지만 말입니다. 주인님께서 이발사의 놋대야를 보고 맘브리노 투구라고 말씀하시고 게다가 나흘이 지나도록 그 착각에서 벗어나지 못하고 계시는 것을 본다면 그 누군들 정신 나간 사람이 아니라고 생각하겠습니까? 온통 찌그러진 그 대야를 제 자루에 넣어 오긴 했습니다만 그것은 집으로 가져가 고친 뒤 면도용으로 쓰기 위해서입니다. 물론 하느님의 은총으로 언젠가 제 처자식을 만난다면 말이지요."

"이봐라, 산초야. 언젠가 네가 그랬던 것처럼 나도 맹세하거니와," 돈키호테가 말했다. "너는 이 세상 그 어떤 종자보다도 미련한 놈이다. 네가 나와 함께 편력한 지도 꽤나 되었건만 겉으로 보기에는 편력기사들이 하는 모든 일들이 망상적이고 어리석으며 미친 듯해 보여도 사실은 전혀 아니라는 것을 어찌 모를 수 있단 말이냐? 겉으로 이렇게 보이는 것은 원래 그래서가 아니라 마법사들이 우리 주변을 오가면서 주변의 모든 것들을 자기들 기분에 따라, 즉 우리를 이롭게 하거나 파멸시키고 싶다는 생각에 따라 둔갑시켰다가 다시 원래의 모습으로 만들어놓곤 하기 때문이다. 따라서 너의 눈에는 이발사의 대야로 보이는 그것이 나에게는 맘브리노의 투구로 보이는 것이고, 다른 사람에게는 또 다른 무엇으로 보일 수도 있는 것이지. 그리고 맘브리노의 투구가 실제 그대로 보인다면 모든 사람들이 투구를 빼앗기 위해 나를 쫓아다닐 것이므로 사실은 맘브리노의 투구임에도 대야로 보이는 것은 현자께서 나의 편에 서 계신다는 특별한 섭리 덕분이다. 결국 사람들 눈에 그 투구가 이발사의 대야로밖에는 보이지 않기 때문에, 지난번에 투구를 박살내려 했던 자가 그것을 그냥 땅바닥에 던져놓고 간 예에서도 잘 드러나듯이, 투구를 손에 넣으려 애쓰지 않는 것이다. 그자가 그것이 무엇인지를 알았더라면 결코 그냥 두고 가지는 않았을 것 아니냐. 산초야, 투구를 잘 보관하고 있어라. 지금 당장은 필요치 않구나. 그보다는 아마디스보다 롤단의 고행을 본받고 싶다는 생각이 들었으니, 모든 무장을 해제하고 세상에 태어났을 때 그랬던 것처럼 알몸이 되어야겠구나."

그들은 이런 말들을 주고받으며 어느 높은 산기슭에 도달했는데, 그 산은 마치 깎아지른 바위산처럼 주변의 많은 산들 가운데 홀로 우뚝 솟아 있었다. 산기슭을 따라 흐르고 있는 조용한 실개천과 그 주변을 둘러싼 온통 푸르고 무성한 초원은 그것들을 바라보는 두 사람의 눈을 즐겁게 해주었으며, 수많은 야생의 나무와 화초는 그곳을 아늑하게 만들어주고 있었다. 슬픈 얼굴의 기사는 이곳을 고행의 장소로 선택하고는 그 자리를 바라보면서 마치 실성한 사람처럼 큰 소리로 말하기 시작했다.

"오, 하늘이시여! 바로 이곳이 당신께서 제게 주신 불행을 한탄하기 위해 제가 선택한 곳입니다. 제 두 눈에서 흐르는 눈물로 이 작은 실개천의 물이 불어나는 것이며 끊이지 않는 저의 깊은 한숨들이 이 숲 속 나뭇잎들을 온통 뒤흔들 것이니, 이는 비탄에 잠긴 제 가슴속 고통을 보여주는 증거입니다. 오, 이 인적 드문 곳에 계시는 황야를 떠도는 신들이여, 그대들이 누구이든 간에 연인의 기나긴 부재와 마음속의 우려로 이 험한 산중에서 신세를 한탄하고, 아름다운 여인의 최고봉이신 둘시네아 공주의 매정함으로 인해 슬퍼하는 가련한 연인의 탄식을 들어주소서! 줄곧 이 울창한 숲 속에서 살고 계시는 계곡과 숲의 요정들이시여, 경박하고 음탕한 반인반수들이 공연히 그대들을 사랑하여 그대들의 달콤한 행복을 방해하지 않기를 바라며, 나의 불행을 함께 슬퍼해주거나 최소한 귀찮아하지 말고 들어라도 주십시오. 나의 어둠 속 빛이여, 나의 고통의 영광이여, 나의 인생의 길잡이여, 나의 행운의 샛별이신 둘시네아 델 토보소여, 부디 하늘이 그대에게 행운을 내려 나의 간구를 들어주시오! 그대의 부재로 인해 내가 선택한 장소와 처한 상황을 알아주시오. 내가 믿는 좋은 말로 화답해주시오. 오, 이제부터 내 고독의 동반자가 되어줄 외로운 나무들이여, 나뭇가지를 살짝 흔들어 나의 존재가 불쾌하지 않다는 것을 보여주오! 오, 나의 산초여, 무슨 일이 일어나는지 잘 기억해두었다가 이 모든 일의 주인공인 그분께 그대로 전해다오!"

돈키호테는 이렇게 말하면서 로시난테에서 내리더니, 곧 재갈과 안장을 풀어내고 말의 엉덩이를 손바닥으로 한 번 때리면서 말했다.

"불행한 운명만큼이나 모진 역경을 감내해온 말이여, 너에게 자유 없는 이 몸이 자유를 주겠다. 어디든 가고 싶은 곳으로 가거라. 아스톨포의 이포그리포*도, 브라다만테가 그 비싼 값을 치르고 산 프론티노**도 민첩함만은 너에 따를 수 없다고 네 이마에 쓰여 있구나."

이를 보고 있던 산초가 말했다.

"제 잿빛 당나귀의 안장을 벗기는 수고를 덜어준 그 작자의 뺨이라도 때

---

*《광란의 오를란도》에서 그리핀(그리스 신화에서 사자의 몸에 독수리 머리와 날개를 가지고 황금을 지키는 괴수)과 암말 사이에서 태어난 날개 달린 말.

**《광란의 오를란도》에 등장하는 브라다만테가 자신이 사랑하던 루지에로와 헤어지는 것에 대한 보상으로 받은 명마.

려주고 싶어지는군요. 아이쿠, 저도 그 녀석 엉덩이를 어루만져주면서 칭찬이라도 할 수 있었으면 좋았을 텐데요. 그렇지만 만일 여기 그 녀석이 있더라도 어느 누구도 안장을 벗기는 짓은 허락하지 않았을 겁니다. 그럴 이유가 없으니까요. 제 잿빛 당나귀는 사랑에 빠지거나 절망한 자의 얘기와는 아무 관계가 없었어요. 하느님께서 은총을 내려주셨을 그 당시만 해도 그 당나귀의 주인, 그러니까 저는 전혀 그런 상태가 아니었다 이겁니다. 그리고 슬픈 얼굴의 기사님, 만일 정말로 심부름을 떠나게 되고 주인님께서 미치광이 짓을 하실 거라면 로시난테에 안장을 다시 얹는 게 좋을 것 같습니다. 잿빛 당나귀 대신에 로시난테를 타고 가면 제가 다녀오는 시간을 줄일 수 있을 테니까요. 만일 제가 걸어서 간다면 어느 세월에 거길 갔다가 또 어느 세월에 되돌아올지 알 수가 없습니다. 제가 워낙 걸음이 느려서요."*

"산초야." 돈키호테가 말했다. "네 생각이 나쁜 것 같지는 않으니 마음대로 하려무나. 그리고 오늘부터 사흘 뒤에 떠나되, 그동안 내가 둘시네아 공주님을 위해 행동하고 말하는 것을 잘 보고 들었다가 그분께 전해드리길 바란다."

"아니, 지금까지 본 것 말고 뭘 더 보란 말씀이십니까?" 산초가 말했다.

"잘 알지 않느냐!" 돈키호테가 대꾸했다. "이제 나는 내 옷을 다 찢어버리고 무기들은 던져버린 다음 이 바위들에 머리를 찧어야 하고 그 밖에도 이 마구들을 갖고 네가 깜짝 놀랄 여러 가지 일들을 행할 것이다."

"부디 어떤 식으로 머리를 찧으실 건지 잘 좀 생각해보셨으면 합니다." 산초가 말했다. "그런 바위에, 그것도 모서리에 찧는다면, 이 고행을 고안해낸

---

*앞에서 설명한 것처럼, 세르반테스는 산초가 당나귀를 도난당한 적이 없음에도 당나귀를 잃어버린 것으로 혼동하고 있다.

도구를 단번에 요절내버릴 수도 있으니까요. 제 생각입니다만, 주인님께서 이곳에서 꼭 머리를 찧어야겠고, 그렇게 하지 않고는 이번 과업을 완수할 수 없다고 여기신다면, 어차피 모든 일이 꾸며낸 것이고 위조한 일이며 속임수이니, 물이나 솜같이 부드러운 것에다 찧는 것으로 만족하시는 편이 좋을 것 같습니다. 나머지 일은 제게 맡기세요. 제가 공주님께 주인님이 금강석 모서리보다 더 단단한 바위 모서리에 박치기를 하셨다고 말씀드릴 테니까요."

"네 뜻은 고맙구나, 산초야." 돈키호테가 대답했다. "그러나 내가 하는 이 모든 일들이 속임수가 아니라 매우 진실한 것임을 네가 알아주었으면 한다. 그 일을 진짜로 하지 않는다면 기사도를 어기는 것이 된다. 기사도에 따르면, 또 다른 거짓말을 낳게 만드는 거짓말을 해서는 안 되고, 어떤 일을 다른 일로 대신한다는 것이야말로 바로 거짓말에 다름 아니라고 정하고 있다. 그러므로 나의 박치기는 진실되고 단호하고 효력 있는 것이어야 하며 허황되거나 몽환적이어서는 안 되는 것이다. 그러니 너는 내가 입을 상처를 치료하기 위해 쓸 삼실 몇 올을 남겨두고 가거라. 운명이 지난번에 물약을 잃어버리도록 만들었으니까."

"더 고약한 것은," 산초가 말했다. "운명이 나귀를 잃어버리도록 만들었다는 겁니다. 그 덕분에 나귀에 실어놓았던 삼실 뭉치와 다른 물건들을 다 잃어버렸고요. 그러니 주인님의 그 망할 물약 얘길랑은 다시 떠올리지도 말아주세요. 그 이름만 들어도 배 속뿐 아니라 머릿속까지 어질어질해지니까요. 그리고 한 가지 더 부탁드리겠습니다. 주인님의 광태를 보라면서 주신 사흘이라는 말미는 이미 지나간 것으로 여겨주세요. 이미 제 눈으로 그 광태들을 똑똑히 보고 의심할 여지가 없는 일로 여기고 있는 만큼 공주님께 그 놀라운 일들을 말씀드리겠습니다. 그러니까 얼른 편지를 쓰시고 저를 보내주세요. 주인님만 남을 이 연옥으로 어서 다시 돌아와 주인님을 구해드리고 싶은 마음이 간절하니까요."

"지금 연옥이라고 했느냐, 산초?" 돈키호테가 말했다. "지옥이라고 부르는 편이 낫겠구나. 지옥보다 더 가혹한 곳이지. 그런 곳이 또 있다면 말이다."

"지옥에 간 사람에게는 '구온'도 없다*던데요." 산초가 대꾸했다.

"구온이 뭘 말하는지 모르겠구나." 돈키호테가 말했다.

"구온이란 건요," 산초가 대답했다. "지옥에 있는 사람은 결코 그곳에서 나오지 않고, 나올 수도 없다는 뜻입니다. 하지만 주인님은 반대일 것입니다. 제 두 발이 시원찮을지 모르지만 로시난테에 박차를 가해 걸음을 재촉할 테니까요. 그렇게 한 발 한 발 엘 토보소로 가서 둘시네아 공주님 앞에 도달하면, 그분께 주인님께서 여태껏 하시고 또 지금도 하고 계신 모든 어리석은 짓과 미치광이 짓들, 결국 모두 같은 짓이긴 하지만, 어쨌든 이런 일들을 말씀드리겠습니다. 그 이야기를 들으신다면 제아무리 떡갈나무보다 더 뻣뻣한 공주님이라도 털장갑보다 더 부드러워질 겁니다. 그리고 저는 그분의 달콤한 답장을 받은 뒤 마법사처럼 허공을 가르며 돌아와 이 연옥에 계신 주인님을 구해드릴 것입니다. 이곳이 지옥처럼 보이기는 하지만 빠져나갈 희망이 있기 때문에 실제로 지옥은 아니지요. 아까도 말씀드렸다시피 지옥에 떨어진 자들은 그곳을 빠져나올 희망이 없는 법이니, 주인님께서도 아니라고는 하지 않으리라 생각합니다."

"네 말이 맞다." 슬픈 얼굴의 기사가 말했다. "그런데 편지를 어떻게 쓴다지?"

---

*원뜻은 '지옥에서 구원은 불가능하다'라는 라틴어 문장으로, 라틴어를 모르는 산초가 교회에서 들은 말을 잘못 말한 것이다.

"나귀 양도 허가증도 써주셔야 하는데요." 산초가 덧붙였다.

"그래야겠지." 돈키호테가 말했다. "그런데 종이가 없으니 옛날 조상님들이 그랬듯이 나뭇잎이나 밀랍 판에다 쓰면 좋으련만, 지금은 그것조차 종이만큼 찾기 어렵구나. 하지만 무엇으로, 아니 어디에다 쓰면 좋을지 생각났다. 바로 카르데니오가 갖고 있던 수첩이다. 처음 도착하는 마을에 가거든 학교 선생이나 교회의 성물지기라도 찾아가 이것을 종이에 정자로 옮겨달라고 해라. 하지만 법원 서기에게는 부탁하지 마라. 어찌나 글자를 흘려 쓰는지 악마도 알아볼 수 없을 정도니까."

"그런데 서명은 어떻게 하지요?" 산초가 물었다.

"아마디스의 편지에는 서명이 없었다." 돈키호테가 대답했다.

"그럼 됐습니다." 산초가 말했다. "하지만 나귀 양도 허가증에는 꼭 서명이 있어야 해요. 서명을 대신 쓰면 모두 가짜라고 할 테고, 결국 저는 나귀를 받지 못할 겁니다."

"양도 허가증에 필요한 서명도 그 수첩에 써주마. 내 조카딸에게 보여주면 별 무리 없이 네게 나귀를 내줄 거다. 그리고 내 연서에는 서명 대신 '죽는 순간까지 그대를 섬길 슬픈 얼굴의 기사'라고 써다오. 어차피 다른 사람이 대필했다 하더라도 둘시네아 공주께서는 별로 개의치 않으실 거다. 내가 기억하기로 그분은 글을 쓸 줄도 읽을 줄도 모르며, 평생토록 내 필체도 내가 보낸 편지도 본 적이 없으니까. 나와 그분은 늘 정신적인 사랑을 나누었기 때문에 신실한 마음으로 바라보는 것 이상의 행동에 이르지 않았다. 그나마도 어찌나 가뭄에 콩 나듯 했던지, 맹세컨대 그분을 너무나 사랑해온 지난 12년 동안에 언젠가는 땅에 묻힐 이 두 눈으로 그분을 본 것이 겨우 네 번밖에 되지 않았구나. 게다가 그 네 번 가운데서도 내가 바라보고 있다는 것을 그분께서 알아차리신 것은 한 번밖에 되지 않을 것이다. 그만큼 그분의 양친이신 로렌소 코르추엘로와 알돈사 노갈레스께서 그분을 고이고이 키우셨다는 뜻이다."

"잠깐, 잠깐만요!" 산초가 말했다. "그럼 로렌소 코르추엘로의 딸이 바로 둘시네아 델 토보소 공주님이란 말씀이세요? 그 알돈사 로렌소라는 처녀가요?"

"그분이다." 돈키호테가 말했다. "온 우주의 여왕이 될 만한 분이지."

"그 처녀라면," 산초가 말했다. "저도 잘 압니다. 온 마을에서 가장 힘센 젊은 청년만큼이나 몽둥이를 잘 휘두른다더군요. 하느님께 맹세컨대, 착하고 조신하며 올곧고, 가슴에 털이 난 처녀로, 자신을 연모하는 편력기사건 앞으로 그렇게 할 기사건 간에 누구라도 진흙 수렁에 빠졌을 때 수염을 잡아채어 끄집어낼 수 있는 사람이지요. 아이쿠! 그 풍채와 목소리는 또 어떻고요! 한번은 그 처녀가 마을의 종탑 위에 올라가 자기 아버지 소유의 휴경지를 걸어가던 청년들을 소리쳐 부른 적이 있었는데, 반 레구아가 넘는 거리였는데도 마치 종탑 바로 밑에서 고함 소리를 듣는 것 같더랍니다. 게다가 그녀의 장점 중에서도 가장 좋은 점은 절대 내숭을 떨지 않는다는 것이지요. 여러모로 자유분방해서 모든 사람들과 농담을 주고받으며 익살스러운 얼굴로 온갖 것들에 대해 떠벌리곤 하지요. 슬픈 얼굴의 기사님, 이제 장담하는데, 주인님이 그 처녀를 위해 하실 수 있는 미치광이 짓은 정도를 넘어서야 할 겁니다. 뿐만 아니라 그 처녀 때문에 절망해 목을 맨다 해도 정당한 명분이 있을 것이니, 나중에 사람들이 이 사실을 알게 되어도 누구 하나 주인님께서 아주 훌륭한 일을 하셨다고 말하지 않을 사람은 없을 겁니다. 설령 악마가 주인님을 데려간다 하더라도 말이지요. 저도 어서 길을 떠나 그 처녀 얼굴을 보고 싶네요. 못 본 지 오래되어서 몰라보게 달라졌을 겁니다. 여자들은 날마다 들판에 나가서 햇볕과 바람에 그을리다 보면 얼굴이 망가지게 되어 있지요. 그리고 돈키호테 주인님, 고백할 게 하나 있는데, 사실 지금껏 저는 아무것도 모르고 있었습니다. 그저 둘시네아 공주님은 주인님께서 사랑에 빠진 어느 공주님이거나, 혹은 주인님께서 보내드리는 값진 선물들을 받을 만한 자격이 있는 분일 거라고만 생각했지요. 비스카야인 사건과 갤리선 죄수 사건을 비롯하여 지금까지 주인님께서 얻으신, 심지어 제가 주인님의 종자가 되기 전에 이뤄내신 전공 등 그 수많은 승전보를 받아 마땅하신 분이라고 말입니다. 그런데 잘 생각해보니, 주인님이 싸움에서 이겨 그 처녀에게 보내드린, 그리고 앞으로도 보내드릴 그 패배자들이 알돈사 로렌소 아가씨, 그러니까 둘시네아 델 토보소 아가씨 앞에 가서 무릎을 꿇어봤자, 그게 그 처녀에게 대체 무슨 소용이 있을까 싶은데요? 그들이 도착했을 때 그 처녀는 삼을 빗고 있거나 탈곡장에서 탈곡을 하고 있을지도 모르는데, 그러면 그들은 그런 그녀를 보고 주춤할 것이고, 그녀 또한 그 선물을 보고 웃음을 터뜨리거나 화를 낼 텐데 말입니다."

"지금까지도 누차 말했지만, 산초야, 넌 참 말이 많구나." 돈키호테가 말했다. "게다가 머리가 무딘데도 제법 약게 굴려 하고 말이다. 그러나 네가 얼마나 미련한 놈이고, 또 내가 얼마나 신중한 사람인지를 알려주기 위해서 짧은 이야기를 들려주겠다. 어느 아름답고 젊고 자유분방하며 부유하고 특히 시원시원한 성격을 가진 과부가 뚱뚱하고 꽤 몸무게가 나갈 것 같은 수도사에게 반해버렸다고 생각해봐라. 이것을 안 수도원장이 어느 날 그 과부에게 훈계했다. '부인, 저는 부인같이 그토록 지체 높고 아름답고 부족함 없는 분이 아무개처럼 음탕하고 비천하고 아둔한 남자에게 대체 무슨 이유로 사랑에 빠졌는지 놀라울 따름입니다. 이 수도원에는 교수들과 수도사들, 신학자들이 워낙 많아서, 부인께서 마치 배를 고를 때처럼 이게 좋네, 저건 별로야 하면서 선택하실 수 있을 텐데 말입니다.' 그러자 과부는 아주 당돌하고 뻔뻔스럽게 대답했다. '수도원장님, 뭔가 잘못 알고 계시는군요. 원장님 눈에 바보처럼 보이는 그 아무개를 제가 잘못 택했다고 생각하신다면, 원장님께서 아주 고리타분한 생각을 하고 계신 거예요. 그이를 사랑하는 제 눈에는 그가 아리스토텔레스만큼, 아니 그보다 더 철학을 잘 알고 있는 사람으로 보이거든요.' 산초야, 이와 마찬가지로 내가 둘시네아 델 토보소 공주님을 사랑하기에, 그분은 나에게 지상에서 가장 고귀하신 공주님인 것이다. 그래, 시인들이 나름대로 붙여준 이름으로 예찬하는 모든 여인들이 다 실제로 있었던 것은 아니다. 너는 아마릴리스, 필리스, 실비아, 디아나, 갈라테아, 알리다를 비롯하여 책이나 로만세에 등장하고, 혹은 이발소나 극장에서 이름이 거론되는 여인들이 실제로 뼈와 살을 가진 여인들이고, 시인들이 실제로 예찬하고 또 지금까지 예찬해온 여인들이라고 생각하느냐? 절대 그렇지 않다. 대부분이 그들 시의 주인공으로 삼기 위해 가공해낸 인물로, 이는 시인들 스스로를 사랑에 빠져버린, 그리고 사랑할 만한 용기를 가진 남자로 그려내고 싶어서였다. 그러니 나 역시 알돈사 로렌소라는 훌륭한 아가씨를 아름답고 정숙하다고 생각하고 믿으면 그걸로 충분한 거야. 가문 따위는 별로 중요할 것 없다. 그녀가 무슨 수녀라도 되려고 가문이나 혈통에 대해 알아보고 파악해야 할 일은 없을 테니까 말이다. 그저 내가 그녀를 이 세상에서 가장 고귀한 공주님이라고 생각하면 될 뿐이다. 네가 모를까 봐 하는 말이다만, 이것은 알아둬라, 산초야. 그 어떤 것보다도 강렬하게 사랑을 불러일으키는 것이 두 가지 있는데, 바로 눈부신 아름다움과 좋은 평판이다. 그런데 둘시네아 공주님은 이 두 가지를 완벽하게 갖추고 계시니, 아름다움에 관한 한 어느 누구도 그녀와 필적할 수 없으며 좋은 평판에 관해서도 그녀를 따라올 자가 없기 때문이다. 결론적으로 지금까지 내가 말한 모든 것에서 한 치의 가감도 없이 생각하는 대로 아름다움에 있어서나 고귀함에 있어서 내 바람대로 상상 속의 그녀를 그려낸 것이다. 따라서 헬레네도 루크레시아도 따라오지 못하고, 그리스, 야만족, 로마 시대를 살았던 그 어떤 유명한 여인들도 그녀를 따라오지 못한다. 그러니 사람들 각자 자기가 하고 싶은 대로 말하도록 내버려둬라. 그 때문에 무지한 자들은 비난할 수 있을지 모르나 지혜로운 자들이라면 힐난하지 않을 것이다."

"주인님 말씀이 백번 옳습니다." 산초가 대답했다. "그리고 전 바보거든요. 아이고, 내가 왜 내 입으로 바보라고 했는지 모르겠네. 교수형으로 처형된 사람의 집에서는 밧줄을 얘기하는 법이 아닌데. 그나저나 편지나 써주시고 주인님은 여기 계세요. 저는 가볼 테니까요."

돈키호테는 수첩을 꺼내 한쪽으로 앉더니 아주 차분하게 편지를 쓰기 시작했다. 그리고 편지를 다 쓰고 나자 산초를 불러, 혹 편지를 잃어버렸을 때를 대비하여 그에게 외우도록 하기 위해서 편지를 읽어주고 싶다고 말했다. 그들에게 찾아온 불행으로 보아 얼마든지 편지를 잃어버릴 수 있으리라 걱정했던 것이다. 이에 대해 산초가 대답했다.

"주인님께서 수첩에다 두세 군데에 똑같은 편지를 써주세요. 제가 잘 보관할 테니까요. 전 워낙 기억력이 나빠서 제 이름도 잊어버릴 판인데 편지를 외운다는 것은 가당치도 않습니다. 하여간 일단은 읽어나 주세요. 분명 그렇겠지만 내용을 듣다 보면 제 기분도 좋아질 테니까요."

"이렇게 썼으니 한번 들어봐라." 돈키호테가 말했다.

둘시네아 델 토보소에게 보내는

돈키호테의 편지

고귀하고도 고귀하신 공주님께

감미로운 둘시네아 델 토보소 공주시여, 그대의 부재로 상처 받고 가슴 속 깊이 찢긴 이 몸이 비록 안녕치 못하나 공주님께 안부를 전합니다. 그대의 아름다움이 저를 멸시하고, 그대의 가치가 저를 위한 것이 아니며, 그대가 저를 냉대한다 하더라도 얼마든지 감내할 수 있습니다. 그러나 그것이 너무도 강하고 더욱이 지속된다면 이 슬픔을 참아내기 어려울 것입니다. 제 충실한 종자 산초가 공주님께 모든 소식을 전해드릴 것입니다. 오, 무정하고 아름다운 여인, 나에게 상처를 주는 사랑하는 여인이여! 그대가 나의 존재 이유입니다. 만일 저를 구제해주고자 한다면 저를 그대의 것으로 받아주시고, 그렇지 않다면 그대 뜻대로 하소서. 그리하여 제 삶을 마감함으로써 그대의 잔인함을 충족시킬 것이며 저의 바람을 이룰 것입니다.

영원히 그대를 위하여 헌신하는
슬픈 얼굴의 기사

"제 아버지를 두고 맹세하는데요," 편지 내용을 들은 산초가 말했다. "제가 여태까지 들어봤던 편지 가운데 가장 훌륭합니다. 빌어먹을! 어쩜 그렇게 주인님께서는 하고 싶은 말씀들을 다 하실 수 있습니까? 게다가 그 '슬픈 얼굴의 기사'라는 서명에도 딱 들어맞게 말입니다. 모르는 게 하나도 없으신 걸 보면 주인님은 정말 악마 그 자체 같으십니다."

"내가 하고 있는 이 일은 모든 것을 알아야 할 수 있단다." 돈키호테가 대답했다.

"음, 그건 그렇고요." 산초가 말했다. "당나귀 세 마리의 양도 허가증도 써 주세요. 사람들이 잘 알아볼 수 있게 서명도 확실하게 해주시고요."

"좋을 대로 해주마." 돈키호테가 말했다.

그러고는 다 쓴 다음 산초에게 읽어주었는데 다음과 같았다.

조카딸 보게. 이 허가증을 받거든 내가 집에 두고 와서 현재 조카가 맡고 있는 당나귀 다섯 마리 가운데 세 마리를 나의 산초 판사에게 주게나. 세 마리는 내가 여기서 그에게 받은 수많은 봉사에 대해 대물변제하는 것이니 영수증을 잘 받아두게. 금년 8월 22일, 시에라 모레나의 산중에서.

"괜찮네요." 산초가 말했다. "그럼 주인님이 서명하세요."

"아니, 서명까지는 필요 없다." 돈키호테가 말했다. "내 이름이나 써넣으면 된다. 어차피 서명하고 똑같으니 내 이름이면 당나귀가 세 마리가 아니라 300마리를 넘겨받는다 해도 충분할 것이야."

"주인님만 믿습니다." 산초가 대답했다. "그럼 저는 이만 가서 로시난테에게 안장을 얹을 테니 주인님께서는 저를 축복해주실 채비나 하세요. 준비가 되면 주인님께서 하시는 바보 같은 짓거리를 더는 안 보고 바로 떠날 생각입니다. 가서는 더 보고 싶지 않을 만큼 충분히 보았다고 전해드리지요."

"산초야, 최소한 이것은 정말 필요한 일이다만, 내가 벌거벗고 열두 번이나 스물네 번쯤 미치광이 짓을 하는 걸 보고 가길 바란다. 30분 정도면 될 거다. 네 눈으로 직접 보고 나면, 아무런 양심의 가책 없이 네 마음껏 덧붙여서 말할 수 있을 테니 말이다. 어차피 내가 하려는 모든 행동들에 대해 네가 제대로 말할 것 같지는 않구나."

"아이고, 제발요, 주인님. 주인님의 벌거벗은 모습을 보고 싶지 않습니다. 너무 슬퍼서 울지 않을 수 없을 테니까요. 더구나 어젯밤에 잿빛 당나귀 때문에 울어서 머리가 지끈거리는데 또다시 울라니요. 그러니 주인님께서 제가 꼭 그 미치광이 짓을 보기 원하신다면 옷을 그대로 입으신 채로 가급적 최대한 짧게 끝내주세요. 물론 저에게는 전혀 필요 없는 일이기도 하고, 전에도 말씀드렸다시피 돌아오는 시간을 줄이고 싶으니까요. 아마도 주인님께서 기대하시고 또 납득할 만한 새 소식을 가져올 겁니다. 만일 그렇지 않다면 둘시네아 공주님도 각오하셔야겠죠. 발길질을 하고 뺨을 때려서라도 좋은 답변을 끄집어내고야 말겠다고 엄숙히 맹세합니다. 주인님처럼 이름난 편력기사가 아무 이유 없이 미쳐가는 것을 누가 참고 보겠습니까? 그 알량한 공주님! 제 입에서 이런 소리가 나오게는 하지 마셔야죠. 제가 원래 말도 조금 험하고 여차하면 앞뒤 안 가리는 성격이거든요. 이런 일에는 제가 딱이에요! 절 잘 몰라서 그렇지, 알면 만만히 볼 수 없을걸요!"

"산초야, 내 장담하건대 언뜻 보아서는 네가 나보다 더 정신이 나간 것 같구나." 돈키호테가 말했다.

"주인님만큼은 아니고, 다만 조금 치밀어 올랐을 뿐입니다." 산초가 대답했다. "그건 그렇다 치고, 제가 돌아올 때까지 주인님은 뭘로 요기를 하실 겁니까? 카르데니오처럼 길바닥으로 뛰어나가 산양치기들의 식량을 빼앗을 작정인지요?"

"그 문제는 신경 쓸 것 없다." 돈키호테가 말했다. "설사 식량이 있다 하더라도 이 초원과 나무가 나에게 주는 풀과 열매들 이외엔 먹지 않을 테니까. 내가 하려는 일이 숭고한 것은 아무것도 먹지 않고, 굶은 것만큼이나 가혹한 다른 일을 행하기 때문이다."

"그럼 안녕히 계세요. 그런데 주인님을 남겨두고 가는 이곳이 워낙 후미진 곳이라 제대로 다시 찾아올 수 있을지 모르겠네요."

"표시를 잘해둬라. 나도 이 주변에서 멀리 가지 않도록 하겠다. 그리고 네가 돌아와서 나를 잘 찾을 수 있도록 여기 높은 바위에 올라가 있겠다. 그러니 너는 나를 잘못 찾거나 길을 잃지 않도록 여기 지천으로 피어 있는 금작화들을 꺾어다가 확 트인 곳으로 나갈 때까지 곳곳에 뿌리면서 가는 것이 좋을 거다. 그러면 페르세우스가 미궁에서 빠져나올 때 사용했던 실*처럼, 네가 돌아올 때 나를 찾는 이정표가 될 것이다."

"그렇게 하겠습니다." 산초 판사가 대답했다.

그런 다음 금작화를 꺾으며 주인 돈키호테에게 축복의 말을 청했고, 서로 눈물 같은 것은 별로 보이지 않으면서 작별을 고했다. 산초가 로시난테의 등에 올라타자 돈키호테는 자신을 대하듯이 로시난테를 잘 봐주라며 신신당부했다. 산초는 주인이 충고했던 대로 금작화 가지들을 곳곳에 뿌리며 평원을 향해 길을 떠났다. 돈키호테가 여전히 자신의 미치광이 짓을 하다못해 두 가지만이라도 보고 가라고 끈질기게 졸라댔음에도 산초는 그렇게 길을 떠났다. 그러나 100걸음도 채 못 가서 되돌아와 이렇게 말했다.

"주인님, 주인님 말씀이 옳은 것 같습니다. 주인님의 미치광이 짓을 제 눈으로 보았다고 양심의 가책 없이 맹세할 수 있으려면 최소한 하나라도 보는 것이 나을 것 같네요. 물론 주인님께서 이런 곳에 남아 있겠다는 것만으로도 얼마든지 잘 알 수 있지만 말입니다."

"내가 그리 말하지 않았더냐?" 돈키호테가 말했다. "기다려라, 산초, 곧 보여줄 테니까."

그러고는 재빨리 바지를 벗어버리고 셔츠만 입은 벌거숭이가 되었다. 그런 뒤 허공으로 뛰어오르며 발장구를 두 번 친 뒤 물구나무를 서며 공중제비돌기를 두 차례 했다. 두 번 다시 보지 못할 광경을 보고 만 산초는 로시난

*테세우스를 페르세우스로 잘못 말한 것이다. 페르세우스는 메두사를 죽인 그리스의 영웅이고, 실을 이용해 미궁에서 빠져나온 사람은 아테네의 왕자 테세우스이다.

G. Doré
PISAN

테의 발길을 돌리면서 마침내 주인이 미쳤다는 사실을 확인한 것에 적이 만족스러운 기분을 느꼈다. 자, 이제 그가 길을 떠나 다시 돌아올 때까지 가만히 두고 보자. 짧은 여정일 테니 말이다.

제26장

여기에서는 사랑에 빠진 돈키호테가 시에라 모레나에서 행한 대단한 일들이 계속된다

슬픈 얼굴의 기사가 홀로 남은 뒤 행한 일들에 대한 서술로 돌아가자면, 이야기는 이렇게 전하고 있다. 아랫도리를 벗어젖히고 셔츠만 입은 채 물구나무서기와 공중제비돌기를 하던 돈키호테는 산초가 더 이상 자신의 얼빠진 짓을 지켜보고 싶지 않다는 듯 떠나버린 것을 보고는, 높다란 바위 꼭대기로 달려가 결론을 내리지 못한 일에 대하여 다시 한 번 생각하기 시작했다. 바로 롤단의 거친 광태를 흉내 낼 것인지, 아니면 아마디스의 비탄을 흉내 낼 것인지 하는 문제였다. 돈키호테는 혼자 중얼거렸다.

"롤단이 세상 사람들이 말하듯 정말 훌륭한 기사이고 용감한 사람이었을 수도 있겠지만, 사실 그가 마법으로 수호된 사람인 탓에 큼지막한 싸구려 바늘로 발바닥을 찌르지 않는 한 그를 죽일 수 없었던 것은 그리 놀랄 일도 아니다. 그 때문에 언제나 그는 쇠로 된 밑창을 일곱 장이나 덧댄 신을 신고 있었던 것 아닌가. 물론 그렇게 조심했어도 베르나르도 델 카르피오에게는 통하지 않았지만. 일곱 장의 밑창에 대해 잘 알고 있던 그자는 론세스바예스의 싸움에서 아예 롤단의 목을 두 팔로 졸라 질식시켜 해치워버렸지. 하지만 롤단의 무용에 관해서는 잠시 제쳐두고 일단은 광기 쪽으로 가보자. 그는 아그라만테의 시동인 곱슬머리의 무어족 청년 메도로*와 앙헬리카가 두 번 이상 낮잠을 즐겼다는 증거를 샘가에서 찾아낸 데다 목동이 또 다른 소식까지 전해주자 그만 미쳐버린 게 틀림없었다. 사실 그가 이런 이야기를 믿고 자기의 사모하는 공주가 부정을 저질렀다고 생각했다면 미쳐버린 것도 별로 이상할 게 없겠지. 그러나 발광의 원인을 흉내 낼 수 없는 내가 어찌 그 결과인 광태만을 흉내 낼 수 있다는 말인가? 나의 둘시네아 델 토보소는 이 세상에 태어나서 아직 한 번도 무어인은 물론 무어인 비슷한 복장을 한 사람조차 본 일이 없을 뿐 아니라 여전히 어머니에게서 태어난 그대로 똑같은 상태라는 것을 감히 맹세하노니, 그녀와 상관없는 것을 상상하여 내가 미쳐버린 롤단 같은 광기에 사로잡힌다면 그분에게 상처를 입히는 행위가 될 것이야. 그런가 하면 아마디스 데 가울라는 이성을 잃지도, 광태를 벌이지도 않았지만 그 누구보다도 사랑에 빠진 사나이로서의 명성을 얻고 있다. 그의 이야기에 따르면 그리운 공주 오리아나가 마음이 동할 때까지 자기 앞에 나타나지 말라고 명령하자 공주에게 모욕을 받은 것으로 생각하고 수도사와 더불어 페냐 포브레로 은둔해버렸기 때문이다. 그는 지치도록 울면서 하느님께 매달렸는데 어찌나 심히 고민하고 절실하게 여겼는지 하늘이 도움을 내려주었다. 만일 이것이 사실이라면, 아니 확실히 사실이지만, 대체 나는 무엇 때문에 옷을 다 벗어던지고 나에게 아무런 해도 끼치지 않는 나무들을 훼손하려 하는 걸까? 또 목이 마를 때면 마실 물을 주는 이 맑은 시냇물을 무엇 때문에 흐려놓아야 한단 말인가? 아마디스의 추억이 승리했으니, 돈키호테

---

*《광란의 오를란도》에 나오는 인물로, 무어 왕 아그라만테의 시동이 아니라 레이날도스 데 몬탈반의 손에 죽은 아프리카의 왕자 다르디넬의 시동이다.

데 라만차에 의해 모두 똑같이 재현되소서. 아마디스 데 가울라를 이야기하던 사람들이 돈키호테 데 라만차에 대해 이야기하리라. 위업을 이루지는 못했으나 위업을 이루기 위해 목숨을 바쳤으며, 내가 둘시네아 델 토보소에게 무시당하거나 모멸을 당한 건 그분과 헤어져 있는 것만으로도 충분하다고. 자, 그럼 시작해볼까. 아마디스의 모든 것들이여, 내 기억 속에 되살아나 어디서부터 재현해야 할지 알려다오. 하긴 그가 가장 열심히 한 일은 하느님께 간청하고 의지하는 일이었지. 그나저나 묵주가 없어서 어쩐다지?"

그 순간 묵주를 만드는 요령이 떠올랐는데, 바로 치렁치렁 늘어진 셔츠 자락을 널따랗게 잘라낸 뒤 열한 개의 매듭을 짓는 것이었다. 물론 매듭 중 한 개는 나머지 열 개에 비해 크게 만들었다. 그것이 그가 산속에 있는 동안 묵주 노릇을 했고, 돈키호테는 성모송을 백만 번이나 외워댔다. 다만 한 가지 걸리는 것은 그 숲 속에서 고해성사를 하고 위로를 해줄 만한 수도사를 발견할 수 없다는 점이었다. 그래서 돈키호테는 풀밭 여기저기를 돌아다니면서 나무껍질과 모래 위에 시구들을 적으며 시간을 보냈다. 그가 쓴 모든 시에는 슬픔이 묻어났고, 몇몇 시구들은 둘시네아를 찬양하는 노래였다. 그러나 사람들이 숲 속에서 돈키호테를 찾아낸 이후까지 온전히 남아서 읽어볼 수 있었던 것이라고는 다음의 구절 정도에 불과했다.

이 산속에서 자라는
드높은 나무, 푸릇푸릇한 풀과
수많은 초목들아,
나의 불운에 관심이 없다면
나의 성스러운 한탄에 귀를 기울여다오.

아무리 고통스러울지라도
나의 아픔은 너를 심란하게 하지 않으리니
이곳에서 돈키호테는
눈물을 흘리고 있노라,
둘시네아
델 토보소가 없음을 슬퍼하며.

이곳은 자신의 여인을
진정으로 마음을 다해
사랑하는 사람이 숨어 사는 곳으로,
그는 그러한 마음의 비통함이
어떻게, 혹은 어디에서 왔는지 모르는구나.

성질 고약한 사람이 난폭하게 그를 괴롭히니
눈물 단지를 가득 채울 때까지
이곳에서 돈키호테는
눈물을 흘리고 있노라,
둘시네아
델 토보소가 없음을 비통해하며.

모험을 찾아
험난한 바위 사이를 누볐건만
바위산과 황무지 속에서
발견한 것은 서글픈 불행뿐이었기에

참혹한 마음을 저주하노라.

사랑은 부드러운 가죽끈이 아닌 채찍으로
목덜미에 채찍질을 가하며 고통을 안겨주니
이곳에서 돈키호테는
눈물을 흘리고 있노라,
둘시네아
델 토보소가 없음을 괴로워하며.

위와 같은 시를 발견한 사람들은 둘시네아라는 이름에 반드시 '델 토보소'라는 출신 지명이 붙어 있는 것을 보고 실소를 금할 수 없었다. 돈키호테가 둘시네아라는 이름을 들먹일 때마다 '델 토보소'라고 하지 않으면 사람들이 시의 뜻을 제대로 이해하지 못할 거라고 생각한 것이 분명하다고 추정되었기 때문이다. 그리고 이 추측은 나중에 돈키호테 자신도 고백했듯이 사실이었다. 위의 시 외에도 그는 많은 시를 썼으나, 앞에서 말한 것처럼 2연과 3연을 제외하고는 온전히 읽어낼 수 있는 것도 완결 지은 것도 없었다. 이처럼 돈키호테는 시를 쓰기도 하고 한숨을 내쉬기도 하고 그 숲에 살고 있는 숲의 신과 강의 요정들을 고통스럽게 나지막이 소리쳐 부르면서 자신에게 화답해주고, 자신을 위로해주고, 자신의 말에 귀 기울여달라고 애원하는가 하면 산초가 돌아올 때까지 허기를 채울 들풀을 찾아다니며 시간을 보냈다. 산초가 돌아오기까지 사흘이 걸렸기에 망정이지, 만일 3주일쯤 걸렸더라면 슬픈 얼굴의 기사는 그를 낳아준 어머니조차도 알아보지 못할 만큼 몰골이 흉해졌을 게 틀림없다.

그러나 심부름을 떠난 산초 판사에게 있었던 이야기들을 하기 위해, 돈키호테는 잠시 한숨과 시구 속에 내버려두는 편이 좋을 것 같다. 우선 큰길로 나간 산초 판사는 엘 토보소를 향하다가 이튿날 지난번에 담요 키질을 당했던 바로 그 주막에 도착했다. 그런데 다시 또 공중으로 내던져지는 것은 아닐까 하는 생각에 그 주막이 반갑지 않았다. 마침 시간도 시간인 데다 며칠째 찬 음식만 먹어왔던 탓에 뭔가 좀 따뜻한 걸 먹었으면 좋겠다는 생각이 굴뚝같았음에도 좀처럼 주막으로 들어서고 싶지 않았다.

하지만 배가 고프다는 생각이 그의 발길을 자꾸만 주막집 문간으로 이끌었고, 그렇게 문간에 다가가 들어가야 할지 말아야 할지 망설이고 있을 때 웬 남자들이 주막에서 나오다가 산초를 알아보고는 그중 하나가 동료에게 말했다.

"저, 석사님, 저기 저 사람 산초 판사가 아닙니까? 그 왜 우리의 모험가 돈키호테 집 가정부 말에 따르면 종자가 되어 주인과 함께 길을 떠났다는 그 사람 말입니다."

"맞군그래." 석사가 말했다. "저건 돈키호테의 말이고 말이야."

두 사람은 돈키호테와 같은 마을에 사는 신부와 이발사로, 일전에 돈키호테의 책들을 검열하고 화형시켰던 장본인인만큼 돈키호테를 잘 알고 있었다. 두 사람은 산초 판사와 로시난테를 알아보자 곧 돈키호테의 안부를 묻기 위해 산초에게 다가갔다. 신부가 그의 이름을 부르며 말을 건넸다.

"이보게, 산초 판사, 자네 주인님은 대체 어디 계시나?"

산초 판사도 대번에 두 사람을 알아보았지만, 돈키호테의 현재 상태에 대해서는 일단 입을 다물기로 마음먹었다. 그래서 주인은 지금 모처에서 주인님 입장에서는 매우 중대하다고 생각되는 모종의 일을 하고 계시지만, 자기 얼굴 위에 있는 두 눈을 걸고라도 그것을 남에게 알려줄 수는 없다고 대답했다.

"그건 안 될 말이네, 산초 판사." 이발사가 말했다. "만약 자네가 주인 양반의 소재지를 밝히지 않는다면, 자네가 돈키호테의 말을 타고 나타난 만큼 우리는 이미 예상하고 있었듯이, 자네가 주인을 살해하고 말을 훔친 것이라고 생각할 걸세. 그러니 사달이 나지 않으려거든 말하는 게 좋을 거야."

"제게 겁을 줘봤자 아무 소용 없습니다. 제가 이래봬도 남의 물건을 훔치거나 사람을 죽이거나 할 위인은 못 되니까요. 사람을 죽이는 일은 운명이나 신만이 할 수 있는 일 아닌가요? 우리 주인님께서는 저 숲 속에서 뜻하신 대로 고행을 하고 계실 뿐입니다."

그런 다음 산초는 한 번도 막힘없이 단숨에 돈키호테의 현재 상황과 그동안에 일어났던 갖가지 모험들, 그리고 어떤 경위로 주인이 완전히 반해버린 로렌소 코르추엘로의 딸 둘시네아 델 토보소 공주에게 보낼 편지를 가져오게 되었는지 등에 대해 들려주었다.

산초 판사의 말에 두 사람은 입이 떡 벌어지고 말았다. 물론 돈키호테가 미쳤다거나 어떤 식으로 광기를 드러내는지에 대해 이미 알고 있었다고는 하나, 그의 기행에 대해 들을 때면 새삼 놀라지 않을 수 없었던 것이다. 두 사람은 산초 판사더러 둘시네아 델 토보소 공주에게 가지고 가는 편지를 보여달라고 청했다. 산초는 편지가 수첩에 적혀 있으며, 주인님께서 어느 마을에 도착하거든 누구에게라도 부탁해서 편지를 다른 종이에 옮겨 쓰라고 했다는 말을 전했다. 이 말을 들은 신부는 편지를 보여주면 자신이 직접 좋은 필체로 옮겨 써주겠다고 했다. 그런데 산초 판사가 품에 손을 넣어 편지를 찾아보았지만 찾을 수가 없었다. 아마 지금까지 찾았다 하더라도 끝내 발견하지 못했을 게 뻔한데, 돈키호테는 편지를 써서 산초에게 주지 않고 자신이 갖고 있었으며 산초 역시 편지를 달라는 것을 잊고 그냥 출발해버렸던 것이다.

수첩이 없다는 것을 깨달은 산초의 얼굴이 송장처럼 변해버렸다. 다시 한 번 황급히 온몸을 뒤져보았지만 여전히 찾아내지 못하자 그는 정신없이 두 손으로 자기 수염을 움켜쥐더니 거의 절반쯤 되는 수염을 쥐어뜯었다. 그러고도 모자라 자기 주먹으로 온 얼굴과 콧잔등에 대여섯 번씩이나 주먹질을 해대는 통에 얼굴이 온통 피투성이가 되고 말았다. 이 광경을 지켜보던 신부와 이발사가 대체 무슨 일이냐고 물었다.

"무슨 일이냐고요?" 산초가 대답했다. "집채만 한 당나귀 세 마리가 바람처럼 사라져버렸다 이겁니다."

"어떻게 그럴 수가 있다는 말인가?" 이발사가 물었다.

"수첩을 잃어버렸기 때문이지요." 산초가 대답했다. "그 속에는 둘시네아에게 보내는 편지도 있었지만, 주인님께서 조카딸에게 보내는, 댁에 있는 당나귀 다섯 마리 가운데 세 마리를 제게 주라는 서명이 든 편지도 있었단 말입니다."

이렇게 말하면서 자기의 잿빛 당나귀가 없어진 이야기를 들려주었다. 신부는 그를 위로하면서 돈키호테를 찾아내면 그 지시를 다시 내리고 통상 하듯이 별지에 새로 그 내용을 써주겠다고 말했다. 어차피 누구도 수첩에 쓴 어음을 받아주지 않을 것이고, 그 내용대로 시행하지도 않을 것이라고도 덧붙였다.

이 말에 안심한 산초는 그렇게만 해주신다면 둘시네아에게 보내는 편지가 없어진 것은 그다지 걱정할 필요 없다고 했다. 그 내용을 거의 암기하고 있어서 언제 어디서든 새로 쓸 수 있다는 것이었다.

"그럼 어디 읊어보게, 산초." 이발사가 말했다. "내가 옮겨 적어볼 테니."

산초 판사는 머리를 긁적거리며 열심히 생각해보았다. 한쪽 다리에 체중을 실었다 다른 쪽 다리로 옮겼다 하고, 또 몇 차례 땅바닥을 노려보았다가 다시 하늘을 쳐다보기도 하고, 공연히 손가락 끝을 물어뜯기도 하면서 두 사람으로 하여금 이제나저제나 산초의 입이 열리기만을 기다리게 하더니 마침내 입을 열었다.

"이걸 어쩝니까, 석사님? 귀신이 다 빼갔는지 도무지 편지 내용이 생각나지 않네요. 악마가 가로채 가도 이렇지는 않을 텐데. 하지만 시작은 이렇게 나갑니다요. '멋없이 키가 크고 조금 괴기하신 공주에게.'"

"'괴기하신'이라니." 이발사가 말했다. "'고귀하신'이라든지 '고매하신'이라고 했겠지."

"아 참, 그렇네요." 산초가 말했다. "그러고 나서 제 기억이 틀리지 않는다면, 이렇게 계속되겠지요. 제 기억이 맞다면 말입니다. '매정한, 아름답지만 참으로 매정한 여인이여! 상처로 잠 못 이루는 사나이가 그대의 두 손에 입맞춥니다.' 그러고는 잘은 모르겠습니다만 안부인지 질병인지를 보내고 나서, 그 뒤 뭔가 끼적거린 다음 마지막으로 '영원한 그대의 슬픈 얼굴의 기사'라고 되어 있었던 것 같습니다."

두 사람은 산초 판사의 기억력이 좋은 것에 적잖이 기뻐 칭찬을 아끼지 않으면서, 외워두었다가 적당한 시간에 옮겨 적을 생각이니 편지의 내용을 두 번만 다시 일러달라고 했다. 결국 산초는 그 내용을 세 번이나 되풀이해 말했고, 그 외 온갖 잡다한 이야기들을 수도 없이 반복해 들려주었다. 그런 다음 주인 돈키호테에게 일어났던 일에 대해서도 이야기했지만, 현재 선뜻 들어서지 못하고 있는 주막에서 당했던 담요 키질 이야기는 한마디도 하지 않았다. 산초는 자신이 둘시네아 델 토보소 공주님에게 반가운 회신을 받아가면 마침내 주인님이 황제나 적어도 국왕이 될 길을 찾아 떠날 차비를 하고 있으며, 이는 주인님과 자기 사이에 이미 약속된 일이고, 주인님의 뛰어난 성품과 용맹스러운 기상으로 보아 전혀 어려울 것이 없다고 했다. 또한 주인이 그리 될 때쯤이면 자기가 당연히 홀아비가 되어 있을 터이므로 황후님의 시중을 드는 시녀 가운데 한 사람을 아내로 맞이할 텐데, 그 시녀는 섬 같은 것은 염두에조차 두지 않기에 섬은 소유하지 않되, 비옥하고 광대한 육지의 토지를 물려받은 여인일 것이라고도 했다.

산초가 이따금씩 콧잔등을 문질러가면서 어찌나 태연스럽게 이런 말도 안 되는 소리를 지껄여댔는지 이야기를 듣고 있던 두 사람은 다시금 아연실색하며 자신의 광기에 사로잡히다 못해 이 가엾은 사나이의 분별력마저 앗아간 돈키호테의 광기가 얼마나 요란한지를 헤아리게 되었다. 그러나 그들은 산초의 행위가 양심에 거리낄 만한 것도 아닐뿐더러 차라리 그대로 두는 편이 더 나을 것 같다고 판단했기에 굳이 산초를 광기에서 구출해내려 하지 않았다. 더욱이 산초의 황당한 이야기를 듣는 게 재미있기도 했다. 그래서 두 사람은 하느님께 주인님의 안녕을 기원하라고 말했다. 세월이 흐르면 그의 말대로 황제나 적어도 대주교, 혹은 그와 엇비슷한 직위에 오를 수 있을 것이라고 하면서. 그러자 산초가 이렇게 말했다.

"나리들, 만일 운명의 장난으로 우리 주인님께서 황제가 아니라 대주교가 되려고 하신다면, 편력 대주교가 종자에게 줄 수 있는 것이 무엇일지 알고 싶네요."

"일반적으로는 급여를 받는 성직을 부여할 수 있다네." 신부가 말했다. "신도를 맡는 성직과 맡지 않는 성직으로 나뉘지. 더러는 성물 관리직을 줄 수도 있는데, 이 직분에도 적지 않은 급료가 지급되는 데다가 급료와 맞먹는 가외 수입이 있다더군."

"그런 일을 하려면," 산초가 말했다. "종자는 독신이어야 하고 하다못해 미사를 거드는 일쯤이라도 할 수 있어야 하지 않겠습니까? 그렇다면 전 안 되겠네요. 저는 마누라도 있을 뿐 아니라 ABC의 A도 모르는 위인이니까요! 그러니 만일 주인님께서 편력기사의 관례대로 황제가 되는 대신 대주교가 될 생각이라면 저는 대체 어찌 되겠습니까?"

"걱정 말게, 산초 이 사람아." 이발사가 말했다. "돈키호테 그 양반이 학문보다는 무용에 더 소질이 있어 그 편이 나을 듯하니 우리가 자네 주인에게 대주교가 되지 말고 황제가 되십사고 양심에 호소해보겠네."

"제가 보기에도 그렇습니다." 산초가 대꾸했다. "물론 모든 방면에 다 뛰어나시지만 말입니다. 다만 제가 하려는 일은 우리 주인님께서 가장 쓸모 있는 곳, 또한 저한테도 가장 좋은 것이 돌아올 수 있는 곳으로 하느님께 간구하는 겁니다."

"참으로 사려 깊은 생각일세." 신부가 말했다. "훌륭한 그리스도교 신자답게 기도를 드리게나. 하지만 무엇보다 먼저 자네가 할 일은, 지금 자네의 주인이 하고 있다는 그 쓸데없는 고행을 중단시키는 일일세. 그러니 일단 주막으로 들어가 어쩌면 좋을지도 생각하고 식사도 좀 하게나."

그러자 산초는 자신은 밖에 있을 테니 두 사람만 들어가라고 했다. 그리고 어째서 자신이 주막집에 들어가지 않는지와 들어가지 않는 편이 나은지에 대해서는 나중에 말해주겠다고 했다. 그 대신 따뜻한 음식과 로시난테에게 먹일 보리를 좀 보내주면 좋겠다고 말했다. 결국 두 사람은 산초만 놓아두고 주막으로 들어갔고, 잠시 후 이발사가 산초에게 먹을 것을 내다주었다. 그러고 나서 두 사람은 자신들의 계획을 이루기 위해 어떤 방법을 사용해야 할지 곰곰이 생각하던 끝에 신부가 한 가지 묘안을 떠올렸다. 돈키호테의 입맛에도 꼭 맞고 두 사람이 원하는 것과도 일치하는 것이었다. 신부가 이발사에게 말한 묘안이라는 것은 자신이 유랑하는 아가씨로 변장하고 이발사는 가능한 한 그럴싸하게 종자의 분장을 한 뒤 돈키호테를 찾아가 비탄에 빠지고 곤경에 처한 처녀처럼 행세하며 도움을 청하자는 것이었다. 용맹스러운 기사인 그로서는 청을 거절하지 못할 것이며, 그러면 신부는 돈키호테에게 이렇게 말하는 것이다. 자신에게 모욕을 준 못된 기사에게 원한을 갚고자 하니 자신이 원하는 곳까지 동행해주었으면 좋겠으며, 그 악한 기사에게 원수를 갚는 순간까지는 절대로 처녀에게 베일을 벗으라든지 그간의 경위에 대해 들려달라는 말을 하지 말라는 것이었다. 돈키호테는 이런 조건을 알더라도 부탁을 들어줄 것이 확실하니, 일단 이런 방법으로 그를 숲에서 끄집어내 마을로 데리고 간 뒤 그 기이한 광기를 고칠 방법을 연구해보자는 것이었다.

제27장

신부와 이발사가 꾸민 일이 어떻게 벌어졌는지와 이 유명한 이야기에 걸맞은 그 밖의 일에 대하여

이발사는 신부가 꾸민 일이 썩 맘에 들지 않았지만, 그냥 일이라고 여기고 분장을 결심했다. 주막집 주인에게 치마와 모자를 빌리며 담보로 신부의 새 사제복을 맡겼다. 이발사는 주막집 주인이 빗을 꽂아두던, 잿빛이 돌기도 하고 붉은빛이 돌기도 하는 쇠꼬리로 긴 수염을 만들었다. 주막집 여주인은 저것들을 무엇에 쓰려 하는지 물었다. 신부는 간단히 돈키호테의 광기와 마침 그 산에 있던 돈키호테를 데리고 나오기 위해서 이런 분장을 하게 되었다고 말했다. 그제야 주막집 주인 부부는 그 미친 자가 바로 주막 손님이었으며, 그 물약 냄새를 풍겼던 사람이자, 담요 키질을 당한 종자의 주인이라는 사실을 깨달았다. 그러고는 신부에게 산초가 입을 다물고 들려주지 않았던, 지난번에 주막에서 돈키호테로 인해 겪은 일을 전부 다 말해버렸다. 그리고 시선이 갈 수밖에 없는 신부의 모습을 보았다. 그는 양모로 만든 치마를 입고 한 뼘 정도의 폭넓은 검은색 비로드 띠에, 너덜너덜한 초록색 비로드 조끼를 입고, 하얀 융단을 덧댄 장신구를 걸치고 있었다. 서고트 왕조의 왐바 왕 시대 옷차림 같았다. 신부는 그들이 머리 위에 무언가를 씌우는 것만은 거절하고, 밤에 잘 때 쓰는 솜 달린 손수건으로 두건을 만들어 썼다. 그리고 검은색 호박단 붕대로 이마를 감고, 또 다른 붕대는 얼굴 가리개로 사용했는데, 수염과 얼굴을 가리기에 딱 적당했다. 거기에 푹 눌러쓴 모자는 양산으로 써도 될 만큼 충분히 컸다. 그는 망토를 걸치고 여자들이 하듯이 노새에 한쪽으로 올라타 앉았다. 이발사도 그 노새에 탔는데, 허리까지 내려오는 수염은 붉은빛을 띠며 희끄무레했다. 앞서 말했듯 붉은 쇠꼬리로 만든 수염이었기 때문이다.

그들은 주막에 있는 모든 사람들과 착한 마리토르네스에게 작별 인사를 했다. 마리토르네스는 자신도 죄인이지만 묵주 기도를 드리겠다고 약속하며, 하느님은 그들이 겪어왔던 것처럼 그토록 고된 그리스도인의 사명에 좋은 결과를 내려주시는 분이기 때문이라고 했다.

그러나 여전히 주막을 출발하지 못한 것은 신부가 무언가 골똘히 생각하고 있었기 때문이었다. 그는 이런 식으로 자신이 분장한 것이 마음에 안 들었고, 신부의 몸으로 이렇게 품위 없는 복장을 한다는 것은 아무리 중요한 일일지라도 도저히 도리가 아닌 것 같았다. 결국 그는 이발사에게 옷을 바꾸어 입자고 말하며, 이발사야말로 여자로 분장하는 것이 더 잘 어울리고, 자신은 종자를 하는 게 나을 것 같다고 말했다. 그래야 자신의 품위가 덜 깎일 것이며, 만약 이발사가 거절한다면 신부는 악마가 돈키호테를 데려간다 하더라도 더 이상 이 일에 상관하지 않겠다고 결심했다.

이때 산초가 왔는데, 그러한 차림을 한 두 사람의 모습에 웃지 않을 수 없었다. 결국 이발사는 신부가 원하는 대로 옷을 모두 바꿔 입기로 했다. 신부는 이발사에게 필요한 정보와 헛된 고행을 위해 선택한 곳에 남으려는 돈키호테의 마음을 돌려 그를 산에서 데리고 나오는 데 필요한 조언들을 일러주었다. 이발사는 제대로 듣지 않은 채 그 일을 잘할 수 있을 거라고 대답했다. 이발사는 돈키호테가 있는 곳으로 갈 때까지는 그 옷을 입고 싶지 않아서 옷을 접어 손에 들었으며, 신부는 수염을 붙이고서 산초를 앞세워 길을 떠났다. 산초는 산속에서 만났던 미친 사람에 대하여 그들에게 이야기를 해주었는데, 그 사람의 소지품을 보아하니 좀 멍청하긴 하지만 약간은 욕심이 있는 젊은이였던 것 같다고 말했다.

다음 날 산초는 그의 주인이 있는 장소를 찾기 쉽도록 나뭇가지 표식을 해두었던 곳에 이르렀다. 그는 저쪽이 산으로 들어가는 입구이며, 두 사람이 계획한 방법으로 주인 돈키호테를 구출해낼 수 있으려면 이쯤에서 옷을 갈아입는 게 좋을 거라고 말했다. 두 사람은 산초에게 고행을 하고 있는 돈키호테를 구하기 위해서는 이런 식으로 분장을 할 수밖에 없다고 말했고, 또한 자신들이 누구인지 그의 주인이 알면 안 된다고 신신당부했다. 그리고 만약 돈키호테가 둘시네아의 편지를 가져왔느냐고 물으면 '그렇다'고 대답하고, 그녀는 글을 읽을 줄 몰라서 말로 답장을 주었다고 대답하라고 일렀다. 그리고 둘시네아가 지금 불행하고 고통스러우니 돈키호테가 그녀를 만나러 오는 게 가장 중요하다고 말하라고 시켰다. 그러면서 이 방법이 돈키호테가 편안하게 살 수 있고 황제나 군주가 될 수 있는 길이므로, 이대로만 한다면 그의 주인이 대주교가 되면 어쩌나 하는 걱정은 하지 않아도 된다고 덧붙였다.

산초는 이 말들을 하나도 놓치지 않고 들은 후 잘 기억해두었다. 그러고는 신부와 이발사가 그의 주인 돈키호테를 대주교가 아니라 황제가 되게 하려는 의도에 매우 감사해했다. 주인이 편력 대주교보다는 황제가 되는 편이 종자도 또한 더 나은 대우를 받을 거라 생각했던 것이다. 그리고 산초는 자신이 주인 돈키호테에게 그의 여인에 대한 회답을 전하기만 하면 주인의 고행을 끝내는 것은 식은 죽 먹기이므로, 굳이 두 사람이 이런 수고를 하지 않아도 될 거라고 말했다. 산초의 말이 일리가 있어 보였기에 그들은 산초가 주인 돈키호테를 찾은 후 소식을 가져다줄 때까지 기다려보기로 했다.

산초는 그 둘을 좁다란 실개천이 흐르고 바위와 나무가 있어 적당히 그늘도 진 시원한 곳에 남겨두고 산골짜기로 들어갔다. 그들이 도착한 때는 8월의 무더운 날이었고 특히나 그 지역은 폭염이 내린 곳이었다. 시간마저 가장 더운 오후 3시였지만, 두 사람은 적당히 시원한 곳에 자리를 잡은 덕에 편안하게 산초가 돌아오기를 기다릴 수 있었다.

그렇게 두 사람이 조용히 그늘 밑에서 쉬고 있는데 어디선가 소리가 들려왔다. 어찌나 달콤하면서 감미로운 노랫소리인지 그들은 감탄하지 않을 수 없었다. 노래를 그렇게 잘하는 사람이 있을 만한 장소가 아니었기에 더욱 그랬다. 숲과 들판에 그런 대단한 음색을 가진 목동들이 있다는 말은 들어봤지만, 그것은 사실이라기보다는 시인들의 갈망일 뿐이었다. 더욱이 그들이 듣고 있는 것은 시구절이었으며, 시골 농부가 아닌, 분별 있는 귀족이 부르는 노래였다. 그들이 듣는 노래는 이러했다.

나의 행복을 앗아 가는 자 누구인가?
경멸.
그러면 내 비탄을 더 자아내는 자 누구인가?
질투.
그러면 나의 인내를 시험하는 자 누구인가?
부재.
이렇게 내 고통은
치유할 길 없네.
경멸과 질투, 부재가

내 희망을 앗아 갔기에.

내게 이런 고통을 주는 자 누구인가?
사랑.
그러면 내 영광을 반대하는 자 누구인가?
운명.
그러면 내 고통에 동의하는 자 누구인가?
하늘.
이렇게 나는 비참하게
죽고자 하네.
사랑과 운명, 하늘이
나를 아프게 했기에.

내 운을 더욱 좋게 할 자 누구인가?
죽음.
그러면 사랑의 행복을 갖는 자 누구인가?
변심.
그러면 그런 불행을 치료하는 자 누구인가?
광기.
이렇게 죽음과 변심, 광기가
치료 방법이라면
열정을 치료하는 데는
맞지 않을 것이다.

시간, 상황, 고독감, 목소리, 그리고 훌륭한 노래는 두 사람으로 하여금 감탄을 자아냈다. 그들은 또 다른 노래가 이어지기를 기다리며 가만히 앉아 있었다. 그러다가 어느 정도 잠잠해지자 저런 훌륭한 노래가 흘러나오는 곳을 찾기로 했다. 하지만 다시 목소리가 들려와 움직일 수 없었는데, 그들을 멈추게 한 새로운 노래는 이런 소네트였다.

소네트

가벼운 날개를 지닌 성스러운 우정은
지상에 그 모습을 남겨둔 채
천국의 축복받은 영혼들 가운데로
즐거이 올라갔네.

그곳에서 네가 원할 때면,
베일에 싸인 위선적 평온을 드러내는구나.
그로 인해 때로는 하늘이 하는 일이 선해 보이나
결국은 나쁘네.

천상의 일을 포기하든가 혹은
거짓이 우정이라는 네 이름의 옷을 입지 못하게 하라!
이는 진실된 우정을 파괴하리라.

거짓에서 우정의 껍데기를 벗겨내지 못한다면
머지않아 세상은 근원적 혼동의 도가니 속에서

싸우게 되리라.

소네트는 깊은 한숨으로 끝났으며, 두 사람은 노래가 다시 들려올까 열심히 귀를 기울였다. 그러나 그 노래가 흐느낌과 탄성으로 변해버린 것을 알고는 그토록 고통스러운 신음 소리를 내면서 애통해하는 사람이 누구인지를 알아보고자 하는 생각이 일치했다. 목소리는 슬픈 신음 소리처럼 이상해졌다. 얼마 가지 않아 바위를 돌자, 그곳에 산초 판사가 들려준 카르데니오와 딱 맞아떨어지는 모습의 사람이 있었다. 가만히 생각에 잠긴 사람처럼 고개를 푹 숙이고 있던 그는 갑자기 나타난 두 사람을 보고도 놀라지 않은 채 힐끗 한 번 쳐다보고는 다시 머리를 숙였다.

말솜씨가 좋은 신부는 이미 카르데니오의 불행을 알고 있던 터라 그의 모습을 알아보고는 다가가, 간단하지만 매우 조리 있는 말투로 그에게 왜 이렇게 처량한 삶을 살게 되었는지 물었다. 아무리 봐도 그가 처한 상황이 불행 중에서도 최악의 상황으로 보였기 때문이다. 이때 카르데니오는 완전히 제정신으로 돌아와 온전한 상태라서, 이따금씩 미쳐 날뛰는 발작에 사로잡혀 있지 않았다. 그렇게 인적 없는 곳에 두 사람이 보기 드문 차림으로 있는 것을 보고, 그는 다소 놀라는 듯했다. 더구나 자신의 일에 대하여 두 사람이 사정을 다 아는 것처럼 말을 하는 것을 듣고서(왜냐하면 신부가 그에게 한 말이 그렇게 생각하게 만들었기 때문이다) 카르데니오는 이렇게 대답했다.

"당신들이 누구시든 간에, 여러분들, 하느님은 선한 자들을 도와주시고 악한 자들에게도 수없는 선처를 베푸시는 분이로군요. 저는 그런 도움을 받을 자격이 없는데, 이렇게 사람들과 접촉도 없는 멀리 떨어진 이곳까지 일부러 사람을 보내셨으니 말입니다. 몇몇 이들은 제가 살고 있는 이 삶에서 저를 끌어내기 위해 얼마나 애를 썼는지, 아무튼 그들은 제가 더 좋은 삶을 살기를 바랐지요. 그러나 이 어려움에서 빠져나오면 또 다른 불행이 닥친다는 것을 저만 알지 다른 사람들은 모릅니다. 아마도 저를 생각도 없는 사람이거나, 더욱 심하게는 판단력도 상실한 사람이라고 볼 겁니다. 사실 그러는 것도 놀라울 일은 아닙니다. 왜냐하면 제 불행에 대한 생각이 저를 너무도 압도해 파멸에 이르게 만들었고, 그것을 방지할 길을 몰라 돌처럼 모든 감각과 사고가 마비되었음을 저는 알고 있으니까요. 제가 끔찍한 발작을 일으키는 동안 스스로 했던 여러 가지 일에 대해 사람들에게 듣기도 하고 제시된 증거를 보기도 하며 처음으로 그것이 사실인 것을 알았습니다. 저는 허무하게도 고통받고 제 운명을 스스로 저주하며 살게 되었다는 것, 그리고 저의 광태에 대한 죄송함과 당신들이 듣고 싶어 하는 그 노래를 하게 된 이유를 말하는 것밖에는 알지 못합니다. 현명한 사람들은 제가 미친 이유에 대해 들어도 그다지 놀라지 않더군요. 저를 치료해주지는 못하더라도 적어도 질책은 하지 않을 것으로 생각합니다. 그리고 저의 난폭한 행동에 대한 노여움도 제 불행에 대한 연민으로 변하리라 생각됩니다. 여러분, 다른 이들처럼 저를 그런 의도로 설득하시기 전에 제 엄청난 불행의 이야기를 들어주십시오. 여러분이 저를 위로할 방법이 없다는 걸 알고 그런 수고를 덜 것입니다."

두 사람은 카르데니오의 불행에 대해 그에게 직접 듣는 것 말고는 관심이 없었기 때문에, 치료든 연민이든 그가 원하는 것이 아니면 말하지 않겠노라 하면서 이야기를 청했다. 그는 며칠 전 돈키호테와 산양치기에게 했던 것과 똑같은 내용을 똑같은 순서로 이야기해주었다. 엘리사바트 대목에서 돈키호테가 기사도에 대한 명예를 지키고자 끼어들어 중도에 이야기가 끊어진 바로 그 얘기였다. 그러나 지금 카르데니오는 다행히 이성을 잃지 않은 상태라 끝까지 이야기할 수 있었다. 그렇게 돈 페르난도가《아마디스 데 가울라》에 끼워놓았던 루신다의 편지를 발견한 대목에 이르자, 카르데니오는 아직도 생생히 기억하고 있는 대로 거기 이렇게 적혀 있었다고 말했다.

루신다가 카르데니오에게

매일매일 당신을 더욱더 깊이 생각할 수밖에 없는 저 자신을 발견하고 있습니다. 당신이 제 명예를 더럽히지 않고 저를 이 곤경에서 구해주실 생각이라면 그렇게 하셔도 좋습니다. 당신이 저를 매우 사랑한다는 것은 제 아버지도 알고 계시니, 제 의지를 강요하지 않더라도 아버지는 당신을 나쁘게 보지 않으실 거예요. 당신이 말씀하셨고 제가 믿는 것처럼, 당신이 저를 진정으로 생각하신다면 말입니다.

"이 편지를 읽고 저는 루신다를 아내로 맞아야겠다는 생각을 했습니다. 이미 말씀드렸듯이, 이 편지가 돈 페르난도에게 루신다를 이 시대의 가장 분별 있고 현명한 여자로 생각하게 만들었으며, 또한 제가 그녀에게 청혼하는 걸 망치게 하려는 욕망에 사로잡히게 했습니다. 저는 루신다의 아버지가 제게 하신 말을 돈 페르난도에게 이야기해주었습니다. 그것은 제 아버지가 그녀의 아버지에게 혼사 이야기를 말해주기 바란다는 것이었습니다. 그러나 제 아버지가 이를 허락해주시지 않을 것 같아서 저는 그 말을 꺼내보지도 못했지요. 제 아버지가 루신다의 아름다움과 정결함, 마음씨, 가문에 대해 몰라서 그런 게 아니랍니다. 그녀는 에스파냐의 어느 가문에 시집을 가더라도 그 집안의 명예를 드높혀줄 자질을 가지고 있었으니까요. 다만 제 아버지는 라카르도 공작이 저를 어떻게 해줄 건지 분명히 알게 될 때까지는 제가 너무 서둘러 아내를 맞이하지 않는 것이 낫다고 생각하신다는 걸 저는 알고 있었답니다. 결국 저를 괴롭히는 수많은 어려움들로 인해 제가 품고 있는 희망을 결코 실현할 수 없다고 생각한 저는 감히 아버지에게 이야기를 꺼낼 용기가 없었다고 돈 페르난도에게 말했습니다. 이 모든 사실을 들은 돈 페르난도는 자신이 직접 제 아버지를 만나 루신다의 아버지와 혼사 이야기를 하도록 설득해보겠다고 했습니다. 오, 야망에 찬 마리오여, 잔인한 카틸리나여, 악랄한 실라여! 오, 사기꾼 갈랄론이여, 배신자 벨리도여, 복수에 불타는 훌리안이여! 탐욕스러운 유다여! 잔혹하고 비열한 저 복수에 찬 배신자여, 내 가슴속 비밀과 기쁨을 아무런 생각 없이 털어놓은 내가 그대에게 도대체 무슨 손해를 끼쳤단 말인가? 무슨 치욕을 주었단 말인가? 그대의 명예와 이익에 거스르는 무슨 말을 했단 말인가? 그러나 이제 와서 불운한 내가 그것을 후회한들 무슨 소용이 있겠는가? 그러나, 아 불행한 내 신세여, 무엇으로 한탄해야 한단 말인가! 땅으로 떨어지는 별처럼 사납고 격렬하게 다가온 불행이 나를 전락시키고 말았도다. 그런 불행을 막을 힘은 이 세상에 존재하지 않으니, 막을 수 있는 방법 또한 찾을 길 없지. 저 유명하고, 분별 있고, 내가 모시며, 사랑의 욕망이 생기면 어디서든 원하는 것을 얻을 수 있는 힘을 가진 돈 페르난도가 내가 아직 소유하지도 못한 양 한 마리를 빼앗으려고 세상에서 흔히 말하듯이 교활한 생각을 하게 될지 그 누가 상상이나 해보았겠는가? 그러나 이런 쓸모없는 생각일랑 접어두고 제 불행한 이야기의 끊어진 실이나 계속 이어나가겠습니다.

말씀드리지만, 돈 페르난도는 자신의 그릇된 생각에 저의 존재가 걸림돌이 된다고 생각했는지, 말 여섯 마리를 살 돈을 받아 오라며 저를 도시에 있는 자기 형에게 보냈습니다. 오직 그의 사악한 의도가 잘 성사되기 위해서, 저를 사라지게 하려는 목적으로, 돈 페르난도는 우리 아버지에게 혼사 이야기를 해주겠다고 약속한 그날 말 여섯 마리를 사기로 하고, 저더러 돈을 받아 오라고 시켰습니다. 제가 이런 배반을 상상이나 할 수 있었겠습니까? 어떻게 그런 상상을 할 수 있었겠습니까? 절대로 아니죠. 오히려 저는 섬긴다는 것의 즐거움과 명마를 샀다는 점에 만족스러워했습니다. 그날 밤 전 루신다를 만나 돈 페르난도가 중재자로 나서기로 했으며, 그가 루신다와 저의 진실되고 정당한 희망을 성사시켜주고자 하는 확실한 의지를 가지고 있다고 말해주었습니다. 그녀는 저에게 자신 역시 확신에 차 있으니 빨리 돌아오라고 말했지요. 그녀의 아버지에게 이야기하는 시일을 늦출수록 우리의 결혼 역시 지체될 것 같았으니까요. 저는 그녀가 이야기를 마치면서 눈에 눈물이 글썽거리고 목이 메여 무언가 더 할 말이 있는데 하지 못하고 그 자리를 떠난 이유를 몰랐습니다. 그때까지 저는 한 번도 본 적이 없는 그녀의 뜻밖의 태도에 놀랄 따름이었지요. 저의 부지런함과 행운 덕분에 그녀와 저는 만날 때마다 언제나 행복했고 즐거운 이야기를 나누었답니다. 눈물과 한숨, 질투와 의심 혹은 두려움 같은 것은 찾아볼 수도 없었지요. 하늘이 내려주신 그녀는 제게 행운을 배가시키는 존재였습니다. 저는 그녀의 아름다움, 미덕, 지혜에 감탄했으며 그녀 또한 제 사랑을 기뻐했습니다. 이렇게 우리는 이웃에 관한 일이나 아는 사람에 대한 이야기를 자주 나누었습니다. 저는 기껏해야 억지로 그녀의 아름다운 손에 입을 맞출 정도였는데, 그것도 낮은 쇠창살의 좁은 틈을 통해서였습니다. 제가 떠나야 할 슬픈 시간에 이르자 그녀는 통곡하면서 그 자리를 떠났습니다. 저 또한 루신다를 생각하면 너무나 가슴이 아프고 혼란스러워 마음이 무거웠습니다. 그러나 우리의 바람을 망치지 않기 위해서는 사랑하는 사람과 떨어져 있는 동안 사랑의 힘으로 이 모든 것을 극복해야 했습니다. 결국 저는 수심이 가득한 채 무척 슬프고 고통스럽게 떠나야 했습니다. 당시만 해도 저를 기다리고 있는 불행한 사건의 징조를 의심하지도 상상하지도 못했지요. 저는 목적지에 도착해 돈 페르난도의 형에게 편지를 전했습니다. 저는 환대를 받았지요. 그러나 일은 잘 처리되지 않아서 절더러 여드레 동안이나 기다리라고 하더군요. 저는 실망했답니다. 더구나 돈 페르난도는 자신의 형에게 아버지 몰래 돈을 보내달라고 편지에 썼기 때문에 저는 공작의 눈에 띄지 않는 곳에 머물러 있었습니다. 그리고 이 모든 일은 거짓말쟁이 돈 페르난도가 꾸민 일이었습니다. 페르난도의 형은 보낼 돈이 없었던 게 아니었지요. 저는 사실 그런 명령과 지시를 따르기가 힘들었답니다. 저는 루신다와 여러 날을 떨어져서는 살 수가 없는 데다가, 제가 여러분에게 말했듯이 슬픈 마음으로 그녀를 내버려두고 왔기 때문입니다. 그럼에도 저는 충직한 하인으로서 명령을 따랐습니다. 그러나 제가 그곳에 도착한 지 사흘 만에 한 남자가 편지를 갖고 저를 찾아왔습니다. 수취인 이름을 보고는 루신다임을 알았지요. 루신다의 필체와 똑같았거든요. 두렵고 떨리는 마음으로 편지를 뜯는데, 내가 없는 동안 무언가 큰일이 생겨 이렇게 편지를 썼다는 느낌을 받았습니다. 평소엔 이런 경우가 거의 없었으니까요. 읽기 전에 그 남자에게 누가 이 편지를 주었는지, 길에서 얼마나 시간을 보냈는지 물어보았습니다. 그는 대답하더군요. '정오쯤 길을 가는데 매우 아름다운 여인이 창문가에서 눈물을 글썽이며 다급히 말하는 게 아니겠습니까. 이봐요, 당신이 그리스도교인이라면 하느님의 사랑으로 청하건대 이 편지를 보내주길 바랍니다. 누구나 다 잘 아는 분입니다. 성자의 이름으로 당신에게 부탁합니다. 당신이 이 일을 손쉽게 할 수 있도록 제 손수건에 있는 것을 받으세요. 이렇게 말하고는 창문 쪽으로 손수건을 던졌는데, 그 안에는 편지와 함께 100레알과 금반지가 들어 있었습니다. 그런 후 여인은 저의 대답은 기다리지도 않고 창문을 닫아버렸습니다. 제가 편지와 손수건을 받아 든 것을 여인이 보았는지는 모르겠지만 부탁한 일을 하겠다는 표시로 소리를 쳤지요. 편지를 보내는 수고비로 너무나 많은

H. PISAN.

돈을 받은 데다 편지에 적힌 이름을 보니 당신이어서, 제가 당신을 알고 있었으니까요. 아름다운 여인의 눈물의 주인공인 당신에게 다른 누가 아닌 제가 직접 편지를 갖다드리기로 결심했습니다. 열여섯 시간이나 걸었는데, 아시다시피 18레구아나 떨어진 곳이니까요.'

저는 소식을 가져다준 그 남자에게 감사하며 편지를 받았지만 목이 메고 다리가 후들거려 서 있을 수도 없을 지경이었습니다. 편지를 열어보니 이런 말이 쓰여 있더군요.

제 아버지와 이야기하기 위해 당신의 아버지를 만난다는 돈 페르난도의 약속은 당신을 위한 것이 아니라 자신의 욕망을 이루기 위한 것이었습니다. 그가 제 아버지에게 저를 그의 아내로 달라고 청했다는 사실을 알아두세요. 그가 우리에게 말한 것은 그의 욕망에서 비롯된 계략이었습니다. 결혼식은 이틀 후에 조용히 비공식적으로 행할 거라고 합니다. 단지 하늘과 이 집의 몇몇 사람이 그 증인이 되는 거예요. 제가 어떤 궁지에 처해 있는지 헤아려주시고, 돌아오실 수 있을지 없을지 잘 생각해보세요. 제가 당신을 진심으로 사랑하고 있는지 아닌지를 이 일의 진행으로 아시게 될 겁니다. 약속한 언약을 전혀 지킬 줄 모르는 사람의 손과 제가 하나로 맺어지기 전에 이 편지가 당신의 손에 도달하기를 하느님께 기원드려요.

이러한 편지를 본 저는 다른 회답이나 돈도 기다릴 필요 없이 당장 서둘러 길을 떠났습니다. 이제야 그가 말을 사려고 했던 게 아니라 자신의 욕망을 채우려고 저를 자신의 형에게 보냈던 것임을 깨달았으니까요. 저는 돈 페르난도에게 분노를 느끼며 동시에 몇 년간 섬기며 쌓은 믿음이 무너지자 두려움도 느꼈습니다. 하지만 날개가 달린 듯 바람처럼 달려 이튿날 루신다가 말한 시간에 맞춰 당도했습니다. 전 편지를 전해준 그 고마운 남자의 집에 노새를 맡겨두고 조심스럽게 루신다의 집으로 들어갔지요. 우리 사랑의 증인인 쇠창살 안에 루신다가 있었으면 하는 저의 간절한 바람대로 루신다는 거기 있었습니다. 저와 그녀의 시선이 마주쳤습니다. 그러나 우리는 아는 체할 수 없었습니다. 세상에 누가 그때 그녀의 복잡한 심정과 말로 표현할 수 없는 상황을 알겠습니까? 누구도 알 수 없겠죠. 루신다는 저를 보고 이렇게 말할 뿐이었습니다. '카르데니오, 저는 지금 결혼식 예복을 입고 있어요. 이미 저 방에서 배신자 돈 페르난도와 욕심 많은 우리 아버지, 그리고 몇몇 증인들이 저를 기다리고 있어요. 아마 이 결혼식은 제게 죽음의 의식이 될 것 같아요. 놀라지 마세요. 단지 이 의식에 당신이 있기를 바랄 뿐이에요. 이 결혼식을 내 의지대로 막을 수 없다면 가슴속에 품은 이 단도로 삶을 마감하여 당신을 향한 제 의지를 증명해 보이겠어요.' 저는 대답할 겨를이 없을까 봐 혼란스럽고 다급하고 두려움에 휩싸여 대답했습니다. '그대여, 당신의 약속이 실제로 그러기를 바랍니다. 당신이 나를 위해 그렇게 단도를 지니고 있다면, 여기 나도 당신을 지키기 위하여 검을 지니고 있다오. 만일 운명이 우리를 배신한다면 나는 그 검으로 내 목숨을 끊어버리겠소.' 그녀는 제 말을 다 듣지는 못한 것 같았습니다. 결혼식을 위해 사람들이 다급히 그녀를 부르는 소리가 들렸으니까요. 이렇게 제게 기쁨을 주던 태양이 져버리고 슬픔의 밤이 내렸습니다. 이미 제 눈은 초점을 잃고 정신도 길을 잃었습니다. 그녀의 집에 들어갈 수도 없었고 달리 어느 곳으로 가야 할지도 몰랐습니다. 하지만 그녀가 말한 사건이 일어날 것에 대비해 저의 존재가 얼마나 중요한지를 깨닫고는 있는 힘껏 저를 북돋아 그녀의 집으로 들어갔습니다. 저는 이미 이 집의 모든 출입구를 잘 알고 있던 터라 시끌벅적한 곳으로 걸어갔습니다. 아무도 제가 들어가는 것을 알지 못했습니다. 그리하여 그 홀의 창가 쪽 움푹 들어간 공간에 아무도 모르게 자리를 잡았습니다. 저는 벽에 걸린 두 개의 태피스트리* 끝자락에 몸을 숨기고서, 그 사이로 아무에게도 눈에 띄지 않고서 홀에서 벌어지는 모든 일을 볼 수 있었습니다. 제가 어떤 마음으로 그 자리에 서 있었는지, 어떤 기분이었는지 어느 누가 말할 수 있겠습니까? 사실 이것은 너무 엄청나서 말로 이루 형용할 수도 없고 도대체 말로 표현하려는 것 자체가 잘못이지요. 결혼식은 아무런 장식도 없는 방에서 이루어졌는데, 이것은 돈 페르난도가 평상복 차림이라는 것만 봐도 충분했습니다. 대부로는 루신다의 사촌 형제가 와 있더군요. 그 외 방에는 외부 사람은 없이 그 집 하인들만 있었습니다. 잠시 후 루신다는 대기실에서 그녀의 어머니와 시종을 대동하고 나왔습니다. 누구나 그녀의 성정과 아름다움에 대해 인정하듯이 매우 잘 차려입고 단정했으며 미의 완벽함과 귀족의 화려함을 갖춘 모습이었습니다. 저는 멍하니 넋을 잃고 있어서 그녀가 어떻게 옷을 입었는지 쳐다볼 수 있는 상황이 아니었습니다. 단지 형형색색의 옷에 달린 장식을 보고는 그게 붉은색과 하얀색이라는 것만 알 수 있었습니다. 어슴푸레 보이는 머리 장식의 보석들이 그녀의 아름다움을 더욱 빛내주었습니다. 더불어 그녀의 금빛 머리카락과 귀중한 보석들이 방 안에 있는 네 개의 횃불빛과 어우러지면서 그녀를 더욱 눈부시게 했습니다. 오, 기억이여! 내 평안의 불구대천의 원수! 저기 내가 사랑했던 원수의 비길 데 없는 아름다움이 지금 나에게 무슨 소용이 있겠는가? 잔인한 기억이여, 그때 그 여자가 보여준 행동을 기억하여 다시 보여주는 게 낫지 않겠나. 그토록 파렴치한 모욕에 쫓겨서 복수까지는 할 수 없으나, 적어도 내가 생을 마감하려 든 이유는 알겠는가? 여러분, 제 이야기 듣는 걸 따분해하

*서양의 왕궁이나 귀족 저택에서 장식용으로 사용하는 벽걸이용 양탄자.

지 마십시오. 제 고통은 결코 간단하게 얘기할 성질의 것도 아니며 또한 그렇게 간단히 넘길 일도 아닙니다. 제가 생각하건대 각각의 상황은 상세하고 길게 얘기할 만한 가치가 있다고 봅니다."

이 말에 신부는 이야기를 듣는 게 따분하기는커녕 그가 말한 상세한 이야기가 무척 재미있으니 빠뜨리지 말기를 바라며, 이런 이야기는 주의해서 들을 가치가 있다고 말했다.

"그럼 계속하겠습니다." 카르데니오가 말을 이었다. "잠시 후 마을의 교구 신부가 들어왔습니다. 그는 예식에 따라 둘의 손을 잡고 물었습니다. '신부 루신다는 신랑 돈 페르난도를 성모 마리아 교회법대로 합법적인 남편으로 받아들이겠습니까?' 이때 저는 태피스트리 사이로 목까지 드러내었습니다. 그리고 루신다가 무어라고 대답하는지 귀를 기울였습니다. 루신다의 대답이 저에게 죽음의 선고가 될지, 아니면 생의 희망이 될지를 기다리고 있었지요. 생각해보면 그 순간 왜 과감하게 소리를 지르며 뛰쳐나가지 않았는지 모르겠습니다. 아! 루신다, 루신다여! 당신이 지금 무슨 일을 하려는 건지 생각해주오! 나에 대한 의무를 생각해주오! 당신은 나의 여자이지, 다른 남자의 아내가 될 수 없다는 것을 생각해주오. 당신의 '네'라는 한마디로 내 인생은 송두리째 없어진다는 것을 알아주오. 아, 배신자 돈 페르난도여, 내 영광의 강탈자여, 내 삶의 파괴자여! 너는 무엇을 원하느냐? 무엇을 하고 싶은 것이냐? 그리스도교인으로서 너의 욕망은 결코 이루어질 수 없다는 것을 알아두어라. 루신다는 이미 내 아내이고, 내가 그녀의 남편이다. 아, 미쳐버리겠구나! 위험과는 멀리 떨어져버린 지금에 와서야 그간 하지 못했던 일을 했어야만 했다고 중얼거리고 있으니. 내 가장 소중한 보물을 훔쳐 가도록 가만히 내버려두었다가, 이제야 욕설을 퍼붓고 있다니. 지금 이렇게 후회하고 있듯이 그 당시 마음만 먹었더라면 그 도둑놈에게 복수를 할 수도 있었을 겁니다. 결국 그 시점에서 제가 비겁하고 어리석게 굴었으니, 오늘날 이렇게 떠돌이가 되어 돌아버릴 지경이 된 것도 싼 일이지요. 신부는 루신다의 대답을 기다렸지만, 그녀는 머뭇거렸습니다. 저는 그녀가 단도를 가슴에서 뽑아 나를 위해 진실과 거짓을 말한다는 약속을 지킬 거라 생각했습니다. 그러나 제가 들은 것은 '네'라는 약간은 떨리는 희미한 소리였습니다. 돈 페르난도는 이에 동의하고서 반지를 끼워주고 두 사람은 풀 수 없는 매듭으로 맺어지고 말았습니다. 그런 다음 그가 신부를 껴안기 위해 손을 뻗는 순간 루신다는 어머니 품에 쓰러졌습니다. 지금까지 제가 보았던 것은 '네'라는 대답과 함께 내 희망을 조롱하는 루신다의 거짓된 약속이었습니다. 저는 하늘로부터 버림받고 지금껏 제 두 다리로 버티고 섰던 대지로부터 등을 돌리게 되었으며, 더 이상 숨을 쉬지도, 두 눈에서 눈물을 흘릴 수도 없었습니다. 오로지 분노와 질투로 불에 타버릴 것 같았습니다. 루신다의 기절로 모두가 정신이 없었지요. 그녀의 어머니는 그녀가 숨쉬기 편하도록 가슴 쪽 단추를 풀었는데, 거기서 쪽지 하나가 발견되었습니다. 돈 페르난도는 그것을 들고 횃불에 비쳐 읽어보더니, 다 읽고는 의자에 풀썩 주저앉아 손으로 얼굴을 괸 채 골똘히 생각에 잠겼습니다. 기절한 루신다를 정신 차리게 하려는 부산스러움에는 신경도 쓰지 않더군요. 저는 집안의 모든 사람들이 소란스러운 가운데, 누가 보든 말든 개의치 않고 밖으로 나왔습니다. 설사 누가 보더라도 돈 페르난도의 사기죄와 저 가증스럽게 기절한 여인에 대해서 세상 사람들이 다 알도록 내 가슴속에 있는 정당함을 보여주리라 결심했습니다. 그러나 더 큰 불행을 예비해놓고 있던 나의 불행은, 하긴 더 큰 불행이란 것이 있을 수 있다면 말입니다만, 그 후로 내게서 사라졌던 사리분별력을 그때따라 넘쳐흐르도록 만들었다는 겁니다. 저는 생애 최대의 원수들인 두 사람에게 복수하는 대신, 두 사람은 제가 와 있으

리라고는 생각지도 않았기 때문에 복수하기에 용이한 상황이었습니다만, 저 스스로에게 그 복수를 가하기로 했습니다. 저는 그들이 받아 마땅한 형벌보다 훨씬 가혹한 형벌을 제게 내렸습니다. 단번에 목숨을 앗아버리면 고통도 순간적으로 끝나지만 시간을 끌면 끌수록 죽음은 지연된 채 고통만 이어지기 때문이지요. 결국 저는 그 집에서 나와 노새를 놓아둔 곳으로 갔습니다. 노새에 올라타 작별 인사도 없이 도시를 떠나서 롯*처럼 뒤를 돌아보지 않고 들판만 바라보며 걸었습니다. 밤의 어둠이 엄습해오자 밤의 침묵이 저를 탄식하게 만들더군요. 저는 누가 들으면 어쩌나, 누군가 날 알아보면 어쩌나 하는 걱정 같은 것은 집어치운 채 소리를 지르며 루신다와 돈 페르난도에게 저주를 퍼부었습니다. 마치 그렇게 하면 그들이 나에게 준 모욕을 씻을 수 있을 것처럼 말입니다. 저는 허공을 향해 그녀가 잔인하고 은혜를 모르며 위선적이고 배은망덕하다고 소리쳤으며 탐욕스럽다고 했지요. 저 원수가 부자라서 그녀의 내면의 눈을 닫아버리게 하고 그 눈을 내게서 돌려 운명이 점지해준 그자에게 마음을 맡겨버렸으니까요. 그런데 이런 저주와 비난 속에서도 저는 그녀를 용서해주고 있었습니다. 그녀는 부모 슬하에서 자란 한낱 여염집 처녀로, 항상 복종하는 데 익숙했으며 부모님 뜻대로 맞춰가기를 바랐을 거라 생각한 거죠. 부모님이 그녀의 남편감으로 정한 사람이 어찌나 신사적인지, 만일 그녀가 거절하기라도 한다면 제정신이 아니라거나 마음속에 다른 남자를 두고 있다는 소문이 나서 그녀의 좋은 평판에 먹칠을 하는 격이 될 테니까요. 또 이렇게도 외쳐보았습니다. 만일 그녀가 자신의 남편은 나라고 대답했더라면 부모로서는 그녀가 용서받지 못할 만

*성경에 나오는 인물로, 롯의 아내는 소돔과 고모라 성을 빠져나올 때 뒤를 돌아보지 말라는 천사의 경고를 무시하고 뒤를 돌아보았다가 소금기둥이 되었다.

큼 잘못된 선택을 한 것으로 판단하지는 않았을 것이라고 말입니다. 돈 페르난도가 청혼하기 전까지만 해도 두 분의 기대에, 그 기대라는 것이 이성적 한도 내의 것이라면 말입니다만, 부응하는 사윗감이라고는 저밖에 없었을 테니까요. 더구나 루신다로서는 돈 페르난도의 청혼을 받는 진퇴양난의 상황에 처하기에 앞서 이미 저의 청혼을 받아들였다고 말할 수도 있었고, 그랬더라면 저 역시 그녀의 말대로 짐짓 꾸며댈 수도 있었을 거라고 소리쳐 보았지요. 결국 저는 이렇게 결론지었습니다. 사랑과 분별력이 부족하되 야심과 출세에 대한 탐욕만이 커, 우리 두 사람 사이의 약속조차 잊게 한 것이라고요. 나를 기만하고 농락했으며, 나로 하여금 견고한 희망과 진솔한 바람을 갖게 만들었던 그 약속들을 말입니다. 이런 절규와 불안감을 안고 그날 밤 홀로 길을 갔습니다. 저 산속 입구에서부터 여명이 밝아오기 시작하고도 사흘을 더 걸었습니다. 초원에 도달하기까지 오솔길도 없었고 저 산에서부터 깎아지른 듯한 그곳에서 목동들에게 이 산속에서 가장 험난한 곳이 어디냐고 물어볼 때까지 아무런 생각도 없었습니다. 그들은 제게 이곳으로 가라고 말했습니다. 그리고 이곳으로 죽기 위해 왔습니다. 이런 가파른 곳으로 들어오면서 노새는 지치고 굶주려서 죽어버렸습니다. 아니면 저같이 아무 쓸모없는 무거운 짐을 뿌리치고 싶어서 죽어버렸다고 저는 더 확실하게 믿었습니다. 저는 걸었으며, 자연에 굴복당한 채 배고픔에 괴로워했으나 먹을 것을 찾을 생각도 하지 않았습니다. 또한 누군가 저를 구출할 거란 생각도 하지 않았습니다. 시간이 어떻게 지났는지도 모르고 땅바닥에 쓰러져 배고픔도 잊은 채 있었는데 정신을 차리고 보니 산양 치는 목동 몇 명이 제 곁에 있더군요. 아마 저를 구해주었던가 봅니다. 어떻게 저를 찾아냈으며 제가 이성을 잃으면 어떤 행패를 부리는지를 알고 있는 걸 보니 말입니다. 저는 그때서야 제가 항상 정상이 아니며 광기가 너무 지나칠 때는 옷을 찢거나 적막한 가운데 소리를 지르거나 제 행운에 대한 저주와 원수의 연인의 이름을 헛되이 부른다는 걸 알았습니다. 그럴 때는 괴성을 지르면서 오직 죽고 싶은 생각밖에 없었습니다. 그러다가 제정신으로 돌아올 때는 너무나 피곤하고 만신창이가 되어서 몸을 움직일 수조차 없는 정도가 됩니다. 이 처량한 몸뚱이를 덮어주는 것은 바로 이 코르크나무 구멍인데, 이곳에서 자주 잡니다. 산을 지나가는 산양치기들은 자비롭게도 길에다가 먹을 것을 놓거나 제가 잘 지나가는 길의 바위 사이에 음식을 놓곤 하는데 저는 그것을 먹으면서 연명합니다. 이성이 없다 하더라도 본능은 몸이 원하는 것을 유지하고자 하는 습성이 있나 봅니다. 제 속에는 음식을 먹으려는 의지만이 깨어 있습니다. 때때로 제가 제정신일 때 만난 그들이 말하는 걸 들어보면, 산양치기들이 음식을 나눠주려 하는데도 제가 굳이 강탈해 가곤 한다더군요. 하느님이 제 목숨을 앗아 갈 때까지, 그리고 제 기억 속에 있는 루신다의 아름다움과 배신, 그리고 돈 페르난도의 모욕을 잊어버릴 때까지, 저는 이런 식으로 비참하고 극단적으로 살아갑니다. 저는 제가 가치 있다고 느끼지도 않고 제가 하고 싶은 대로 하기 위해 이 광태에서 빠져나올 힘도 없습니다. 이것이 저의 불행한 이야기랍니다. 어떻습니까, 여러분들이 눈으로 보시는 저보다 더욱더 감정을 배제하고 이 이야기를 할 수 있었다고 생각하신다면 말씀 좀 해보십시오. 그리고 저의 이 광기를 고칠 수 있는 좋은 방법이 있다는 말로 저를 설득하거나 충고하는 데 힘 빼지 마십시오. 그것은 살고 싶지 않은 환자에게 유명한 의사의 처방약을 이용하는 것과 똑같으니까요. 저는 루신다 없는 건강 같은 건 원치 않습니다. 루신다는 저의 여자이자 제 아내여야 함에도 다른 이의 아내가 되고자 했으니, 저 역시 행복할 수 있음에도 불행한 사람이 되고자 함입니다. 그녀는 자신의 변심으로 저의 파멸을 확고히 하고자 했습니다. 그러니 저는 스스로를 파멸시킴으로써 그녀를 만족시켜줄 생각입니다. 그리고 이는 불행한 사람들에게 차고 넘치는 감상이 저에게는 없었음을 후세의 사람들에게 보여주는 예로 남을 것입니다. 불행한 자들에게는 아무런 위안도 있을 수 없다는 것이 오히려 위안이 되는 법입니다만, 제게는 더 큰 슬픔과 상처를 만들어낼 뿐이군요. 죽음으로도 이 슬픔과 상처가 끝나지 않으리라 생각되기 때문입니다."

여기서 카르데니오의 사랑과 불행을 둘러싼 파란만장한 이야기가 끝났다. 신부는 뭐든 위로의 말이라도 꺼내려고 했는데, 그 순간 무슨 소리가 들려와 입을 다물어버리고 말았다. 신부의 귓가에 들려온 그 소리에 대해서는 4부에서 들려주고자 한다. 우리의 박식하고 현명한 이야기꾼 시데 아메테 베넹헬리가 여기서 3부를 끝냈기 때문이다.

제4부

제 28 장

시에라 모레나에서 신부와 이발사에게 일어난 새롭고도 유쾌한 모험에 대하여

대담무쌍한 기사 돈키호테 데 라만차가 세상에 나온 시절은 참으로 행복하고 복된 시대라 할 수 있다. 이미 사라졌거나 거의 사장(死藏)되다시피 한 편력기사도를 세상에 부활시키려는 무척 훌륭한 시도가 있었기 때문이다. 또한 오락거리가 절실한 이 시대에는 돈키호테와 산초 판사가 펼치는 이야기뿐만 아니라, 어떤 면에서는 이에 못지않은 유쾌함이나 기교, 그리고 진실을 담은 수많은 이야기와 일화를 통해 묘미를 맛볼 수 있었다. 실을 한데 모아 실타래에 감듯 이야기는 계속되는데,* 신부가 카르데니오에게 위로의 말을 꺼내려는 순간, 어디선가 구슬픈 목소리가 그의 귓전을 울려 말을 멈추고 말았다. 목소리가 말했다.

"오, 하느님! 죽지 못해 사는 이 짐스러운 몸뚱이를 숨겨 무덤이 될 만한 곳을 이제야 발견한 것일까? 이런 첩첩산중의 적막함이 거짓이 아니라면 맞을 것이야. 아, 어쩌면 나는 이토록 불행한지! 내가 죽으면 이 돌덩이들과

---

*작품을 실과 직물의 기술에 비유해 이야기를 전개해나가는 것이 그 시대 작품의 특징이었다.

무성한 잡초가 다정한 동반자가 되어주겠지. 나의 이 불행을 한탄하여 하늘에 알리기에 딱 맞는 장소가 되겠군. 이 세상에는 의심할 때 충고해주고, 한탄할 때 위로해주고, 힘들 때 도움을 기대할 만한 사람이 없기 때문이지!"

말소리가 바로 옆에서 들리는 듯하여 신부와 다른 사람들은 그 주인공을 찾아 일어났다. 스무 걸음쯤 갔을까 싶을 때 바위 뒤 물푸레나무 옆에 농부 차림의 젊은이가 앉아 있는 게 보였다. 그는 흐르는 개울물에 발을 씻으려고 고개를 숙인 터라 얼굴을 제대로 볼 수가 없었다. 그 역시 신부 일행이 소리 없이 다가갔으므로 다리를 씻는 데만 몰두한 나머지 인기척을 전혀 느끼지 못하고 있었다. 신부 일행이 자세히 보니 개울의 돌멩이들 사이에서 솟아난 농부의 두 다리가 흰 수정 같아, 그들은 그 백옥같이 아름다운 다리에 놀랐다. 옷차림은 땅을 밟거나 황소가 끄는 쟁기 뒤를 따라가는 농부였지만, 실제로 그런 일을 할 것 같아 보이진 않았다. 앞서간 신부는 그 젊은이가 눈치채지 못하도록 모두들 몸을 숙이거나 바위 뒤에 숨으라고 손짓했다. 다들 시키는 대로 하고는 조심스럽게 젊은이를 지켜보았다. 그는 두 장짜리 황갈색 망토를 입고 몸에는 하얀 천을 동여매고 있었으며, 또한 황갈색 천으로 반바지와 각반을 하고, 머리에는 황갈색 두건을 두르고 있었다. 지금은 무릎까지 각반을 걷어 올렸는데, 다리가 마치 하얀 석고처럼 보였다. 그가 그 아름다운 다리를 씻고 난 후 물기를 닦기 위해 두건 속에서 손수건을 꺼내려 얼굴을 드는 순간, 지금껏 조용히 지켜보던 사람들은 비할 데 없이 아름다운 얼굴을 보기에 이르렀다. 카르데니오가 신부에게 낮은 목소리로 말했다.

"저 사람은, 루신다도 아니고 인간도 아닌, 여신이군요."

그 젊은이가 두건을 벗고 머리를 이리저리 흔들자 태양도 부러워할 만한 머리카락이 펼쳐지면서 흘러내렸다. 농부인 줄 알았던 젊은이는 바로 연약한 여인이었던 것이다. 여태까지 두 사람이 보아온 인간 중에서 가장 아름다운 여인이었다. 만약 루신다를 만나지 못했다면 카르데니오의 눈에도 그렇게 보였을 것이다. 후에 그는 루신다의 아름다움만이 저 여인과 겨룰 수 있다고 인정했다. 금빛 머리카락은 그녀의 등을 덮다 못해 그녀 자신이 머리카락에 휘감길 지경이었으며, 두 발을 제외한 온몸을 덮을 만큼 길고 아름다웠다. 여인은 손으로 몇 번 빗질을 했는데, 물속에 있는 다리가 수정 조각 같았다면 머리카락을 빗는 손은 눈송이 같았다. 이 모든 광경을 지켜보던 세 사람은 황홀경에 빠졌고, 그녀가 누구인지 알고 싶어 안달이 났다.

결국 그들은 모습을 드러내기로 결심했다. 그들이 일어나려고 움직이자 그 아름다운 여인은 고개를 들어 눈을 가리고 있던 머리카락을 두 손으로 쓸어 올리고 소리가 나는 쪽을 바라보았다. 그러고는 신부 일행을 보자마자 신발도 신지 못하고, 머리카락도 묶지 못한 채 벌떡 일어나 바로 옆에 놓인 옷뭉치를 집어 들고 허둥거리며 황급히 도망치려 했다. 그러나 섬세한 발로 그 울퉁불퉁한 돌을 견디지 못하여 여섯 걸음도 채 못 가고 그대로 쓰러져 버렸다. 이것을 본 세 사람은 숨어 있던 바위 뒤에서 나와 그녀에게 다가갔고, 신부가 말을 건넸다.

"아가씨, 멈추시오. 여기 있는 우리들은 당신이 누구든 상관없이 다만 당신을 도와주고 싶을 뿐이오. 그러니 도망가는 건 당치도 않소. 그대의 발이 돌을 견디지 못할 뿐 아니라 우리 역시 구경만 하진 않겠소."

여인은 아연실색하고 혼란스러워 아무 말도 못 했다. 일행은 그녀에게 다가갔고, 신부는 그녀의 손을 잡으며 말을 이어나갔다.

"여인이여, 그대의 옷이 숨기고 있는 것을 그대의 머리카락이 우리에게 보여주고 있소. 그렇게 어울리지 않는 옷에 당신의 아름다움을 숨기고, 이렇게 적막한 곳에 있다니, 이는 사소한 일이 될 수 없다는 분명한 증거요.

우리를 만난 것은 행운이오. 당신의 괴로움을 해결해주진 못한다 하더라도 적어도 충고는 할 수 있을 터이니. 삶이 끝나지 않는 한 고통받는 이에게 선의로 건네는 충고조차 듣지 않을 정도로 괴로워하거나 불행의 극단에 이르는 짓은 하지 마시오. 그러니 여인인지 젊은이인지 그대가 되고 싶은 그 무엇이든지 간에 우리를 보고 놀란 마음을 진정시키고 불행인지 행운인지에 대해 이야기해보시오. 우리는 그대의 불행을 판단하는 데 도움이 되는 사람이라는 걸 알 것이오."

신부가 이런 말을 하는 사이에 남장한 아가씨는 놀란 듯 그들을 바라보며 입을 꾹 다문 채, 듣지도 보지도 못한 물건을 맞닥뜨린 촌뜨기 시골 양반처럼 신부 일행을 쳐다보았다. 신부가 계속해서 말을 건네자 그제야 깊은 한숨을 내쉬며 침묵을 깼다.

"글쎄요, 이 산의 적막함도 제 몸을 숨길 만한 장소가 되지 못했고, 풀어 헤친 머리카락의 자유로움은 제 혀가 거짓말쟁이가 되는 것을 허락하지 않는군요. 만일 저를 믿어주신다고 해도 무슨 다른 이유보다는 그냥 예의상 그렇게 해주시는 거겠지요. 여러분이 베푸신 호의에 감사하는 의미에서라도 제 얘기를 하지 않을 수 없군요. 하지만 제 불행에 연루되는 여러분에게 연민과 함께 슬픔을 불러일으키지나 않을까 걱정됩니다. 제 불행을 치유할 만한 방법도, 감싸줄 만한 위안도 찾을 수 없을 테니까요. 그렇다고 여러분의 머릿속에서 제 명예를 저울질하지는 마세요. 여러분은 제가 여자라는 것도, 젊은 여인이 홀로 이런 복장을 갖추었다는 것도 이미 압니다. 이런 모습만 봐서는 저에 대한 신뢰가 땅에 떨어질 수밖에 없겠지만, 저는 가능한 한 숨기고 싶은 부분까지 모두 말씀드리겠어요."

그토록 아름다워 보이는 여인이 유창한 말투와 부드러운 목소리로 쉬지 않고 말하자, 그들은 그녀의 아름다움 못지않은 분별력에 감탄해 마지않았

H PISAN.

다. 신부 일행은 그녀가 들려주겠다고 했던 이야기를 해달라고 또다시 부탁했는데, 사실은 더 이상 청할 필요도 없었다. 그녀는 이미 매우 차분하게 신발을 신은 다음 머리를 땋아 묶고는 바위에 자리를 잡고 앉았던 것이다. 그녀 주위에 세 사람이 앉자, 그녀는 두 눈에 가득 고인 눈물을 꾹 참으면서 차분하고 명확한 목소리로 자신의 삶을 이야기하기 시작했다.

"안달루시아의 한 마을에 그 마을 이름을 따서 자신의 칭호로 삼은 공작이 있었답니다. 그는 에스파냐의 대귀족으로 두 아들이 있었는데, 큰아들은 영지 상속자로서 제가 보기에도 공작님의 훌륭한 품행까지 물려받았지요. 작은아들은 본디오 빌라도*의 배반과 갈랄론의 속임수를 이어받았을 뿐 제가 아는 한 공작님한테는 아무것도 물려받지 못한 듯싶었습니다. 공작님의 신하인 제 부모님은 가문은 보잘것없으나 상당한 부를 갖고 계셨습니다. 가문이 재산만큼만 되었더라면 부모님도 더 이상 바랄 게 없으셨을 테고, 저 역시 보시는 것처럼 이렇게 불행에 빠지는 일도 없었을 텐데 말이에요. 저의 불행은 뛰어난 혈통을 갖지 않았기 때문에 일어난 걸지도 몰라요. 사실, 제 부모님의 지위가 수치스러울 만큼 비천하지는 않았지만, 제 불행의 원인이 부모님의 낮은 신분 때문이라는 생각을 떨쳐버릴 수 있을 정도는 안 되었거든요. 부모님은 농사를 짓는 평민입니다. 악평이 자자한 이교도 혈통은 전혀 안 섞인 순수 혈통의 그리스도교인이지요. 하지만 엄청난 부와 뛰어난 사교술 덕분에 시골귀족이란 이름을 얻고 기사라는 칭호까지 받았지요. 그런 부모님에게 최고의 고귀한 재산은 저라는 딸이었습니다. 상속받을 만한 자식이라곤 저밖에 없었으므로 부모님이 쏟아주신 사랑은 정말 대단했습니다. 저는 그분들이 바라보는 거울이었으며, 노년기의 지팡이였고, 하

*예수에게 사형을 선고한 인물로 무죄임에도 사형을 선고했기에 배반자로 불린다.

늘만큼이나 커다란 희망이었지요. 저는 이토록 지극한 부모님의 뜻에서 한 치도 어긋나는 일은 하지 않았답니다. 이렇게 그분들의 정신적 기둥이 되어 드린 것처럼, 실질적 농장 경영에서도 그분들의 의지가 되어드렸고요. 하인을 고용하고 해고시키거나, 씨를 뿌리고 수확하는 데 필요한 일을 모두 제 손으로 했지요. 올리브유를 짜고 포도주를 거르고 가축들을 점검하고 벌통을 관리하는 일까지 제가 직접 맡아 했답니다. 결론적으로 말씀드리면 저는 우리 아버지처럼 부유한 농부가 갖춰야 하는 모든 것을 파악하고 있었습니다. 또한 관리자 겸 주인으로서 그에 걸맞게 열심히 일했고, 부모님도 매우 흡족해하셨지요. 물론 제가 모든 일을 잘해냈다는 걸 강조할 생각은 없습니다. 인부 관리자들, 그리고 날품팔이들을 만나 일감을 나누어주고 남은 시간에는 처녀로서 마땅히 해야 할 일을 하며 시간을 보냈답니다. 바느질도 하고 실패를 감기도 하면서요. 더러는 기분 전환을 위해 이런 일도 접어두고, 종교 서적을 읽거나 하프를 연주하면서 즐거울 일을 찾았지요. 음악은 흩어진 마음을 잡아주고 근심을 덜어준다는 걸 경험으로 알기 때문입니다. 어쨌든 부모님하고 있는 동안 이렇게 살았습니다. 분명히 말씀드리지만 과시하려는 것도 제가 부자라는 걸 말하려는 것도 아닙니다. 단지 그렇게 행복하던 제가 아무 죄도 없으면서 지금 같은 불행을 겪게 된 사연을 말씀드리려는 것뿐이랍니다. 저의 지난 삶은 수도원에 비교될 정도로 일감이 많고 폐쇄된 생활이었기 때문에, 하인들을 제외하고 다른 사람들 눈에는 잘 띄지 않았습니다. 왜냐하면 미사를 가는 날에도 아침 일찍 갔고, 늘 어머니와 하녀들에 둘러싸여 있었으니까요. 이렇게 제 몸을 온통 숨기고 감추어서 제 눈으로 볼 수 있는 것이라고는 겨우 발길이 닿는 땅뿐이었지요. 하지만 이 모든 것에도 불구하고, 사람의 눈은 물론 살쾡이의 눈도 따라갈 수 없을 만큼 집요한 눈길이 저를 보고 말았습니다. 돈 페르난도라는 이름의 남자로,

앞에서 말씀드린 공작의 작은아들이랍니다."

농부 차림의 아가씨가 돈 페르난도의 이름을 채 다 말하기도 전에, 카르데니오는 안색이 바뀌더니 식은땀을 흘리기 시작했다. 그토록 확연히 눈에 띄는 변화를 지켜본 신부와 이발사는 그에게 가끔씩 일어난다고 들었던 광기가 발동되지 않을까 걱정스러웠다. 그러나 카르데니오는 식은땀만 흘린 채 그녀가 누구인지 생각하면서 가만히 그 여인을 쳐다볼 뿐이었다. 여인은 카르데니오의 행동을 눈치채지 못하고 이야기를 이어나갔다.

"나중에 말하길, 그는 저를 제대로 쳐다보기도 전에 한순간에 사랑에 빠졌다는데, 그건 그의 행동들이 잘 보여주었습니다. 그러나 제 불행에 대한 이야기를 빨리 끝내기 위해, 그가 속마음을 털어놓기 위해 쏟은 정성에 관해서는 말씀드리지 않겠습니다. 그는 저의 집에서 일하는 사람들을 전부 다 매수했을뿐더러 제 친척분들께도 선심을 쓰듯 선물을 안겼답니다. 또 매일 낮이면 저의 집 앞 거리에서 온갖 축제를 열었고, 밤이 되면 음악 소리에 아무도 잠을 못 자게 만들었고요. 게다가 어떻게 해서 제 손에 전달되었는지도 모르는 숱한 편지들을 주었는데, 그 안에는 사랑의 말과 약속들이 얼마나 넘쳐나는지 약속과 맹세가 글자보다 더 많을 지경이었어요. 하지만 이 모든 것은 제 마음을 열지 못했을 뿐 아니라 오히려 철천지원수나 되는 것처럼 굳게 닫도록 만들었지요. 저의 환심을 사려고 했던 행동들이 정반대의 역효과를 낳은 것이에요. 사실 돈 페르난도의 다정함이 그리 나빠 보이지도 않았고, 그의 열성이 지나쳐 보이지도 않았습니다. 그토록 뛰어난 기사님에게 찬탄을 받는 것은 왠지 모를 기쁨이었으며, 저에 대해 찬사를 늘어놓은 편지를 읽는 것도 그리 괴로워할 일은 아니었으니 말입니다. 자고로 여자들이란 아무리 못생겨도 남들에게 아름답다는 소리를 들으면 항상 기뻐하게 마련이니까요. 하지만 이 모든 것은 정숙함과 부모님께서 귀에 못이 박이도록 들려주신 충고를 저버리는 것이었습니다. 부모님은 돈 페르난도의 속셈을 꿰뚫어 보셨는데, 그는 자신의 속셈이 세상 사람들에게 알려지는 걸 개의치 않았던 거지요. 부모님께서는 가문의 명예와 평판은 오로지 저의 미덕과 정절에 달려 있으며, 저와 돈 페르난도의 신분적 차이를 고려해본다면 그가 하는 말은 진실한 사랑이라기보다는 자신의 욕망을 채우려는 것뿐임을 알아차려야 한다고 말씀하셨습니다. 그러면서 제가 그의 구애를 거절할 방법을 원한다면, 제가 더 좋아할 만한 뛰어난 젊은이를 찾아 맺어주겠다고 말씀하시며, 이것은 우리 집안의 재산과 저의 좋은 평판을 보더라도 기대할 만하다고 하셨지요. 저는 부모님의 확고한 약속과 진실함에 의지를 더욱 굳혀서 그에게 욕망을 실현할 수 있다는 일말의 희망도 주지 않기로 단단히 마음먹었습니다. 하지만 그는 저의 이러한 신중함을 경멸로 받아들여서 음탕한 욕망만 더욱 끓어올랐던 것입니다. 음탕한 욕망. 제게 보여준 그의 속셈을 표현하기에 가장 적합한 말이네요. 그의 고백이 진심이었다면 제가 여러분들에게 이런 말씀을 드리는 일도 없었을 테고, 당연히 이런 사연을 알지도 못했을 테지요. 결국 돈 페르난도는 우리 부모님이 저를 다른 청년과 결혼시키려 한다는 걸 알게 되었습니다. 그럼으로써 저를 차지하려는 그의 희망을 버리도록 만들고, 저에 대한 보호막을 만들려고 한다는 걸 알아차린 거지요. 바로 이런 이유로 그는 지금 여러분이 듣게 될 일을 저지른 것입니다. 어느 날 밤 저는 시중드는 하녀와 단둘이 제 방에 있었지요. 조금이라도 부주의해서 제 순결을 잃을까 두려워 문단속도 잘하고 그토록 조심했음에도 어찌 된 영문인지 적막과 은둔의 고요함 속으로 그가 나타났습니다. 그를 보자 저는 너무나 당황해 눈앞이 캄캄해지고 말문이 막혔답니다. 소리 지를 힘도 없었지만, 비록 소리를 질렀다 해도 그가 가만두지 않았겠지요. 그는 곧바로 다가와서는 두 팔로 저를 껴안고(말씀드렸듯이 저는 당

G. Doré
H. PISAN

황하여 방어할 힘조차 없었기 때문에) 이유를 설명하기 시작했는데, 어쩌면 그토록 능숙하게 거짓말을 진실처럼 말할 수 있는지 의아해지더군요. 그 배신자의 눈물은 그의 말을 믿게 하고, 한숨은 그의 의도를 믿도록 만들었지요. 이와 같은 최악의 상황에 홀로 남겨진 불쌍한 저는 어찌할 줄을 몰라 그의 거짓말을 받아들이기 시작했어요. 그렇다고 그의 눈물과 한숨이 저의 동정심을 불러일으킨 것은 아니에요. 처음에 느꼈던 당혹스러움이 사라지자 어느 정도 제정신을 되찾고, 제가 다짐했던 것보다 더욱 힘주어 그에게 말했지요. '기사님, 제가 당신의 두 팔에 안겨 있는 것이 맹수의 손아귀에 잡혀 있는 것과 같아, 저의 정절을 바치거나 바치겠다고 대답하지 않고서는 결코 벗어날 수 없다면, 이미 벌어져버린 일은 어쩔 수 없이 체념해버리듯이, 저는 그렇게 행동하거나 그렇다고 대답할 것입니다. 하지만 비록 당신은 두 팔로 저를 안으실지라도, 제 고귀한 영혼은 힘으로 저를 가지려는 당신의 의지와는 전혀 다르다는 것을 알게 될 겁니다. 저는 당신의 신하지만 노예는 아닙니다. 기사님의 혈통이 아무리 고귀하다 하더라도 저의 혈통에 조금이라도 수모를 가한다든지 천대할 수는 없는 것이며, 그래서도 안 됩니다. 평민이자 농민인 저도 자신을 소중히 여긴다는 점에서 귀족이며 기사님인 당신과 같습니다. 당신의 힘이나 당신의 부는 제게 아무런 영향력을 미치지 못하며 당신의 말 역시 저를 속일 수 없고 한숨과 눈물조차 제 마음을 움직일 수 없습니다. 부모님께서 남편감으로 정해주신 청년들 중에 제가 말씀드린 이 모든 것 중 한 가지라도 엿볼 수 있는 남자가 있다면 저는 그의 뜻을 따를 것입니다. 마찬가지로 마음이 썩 내키는 것은 아니지만 명예를 지킬 수 있게 된다면 지금 기사님께서 얻고자 애쓰시는 그것을 기꺼이 드리겠습니다. 저의 법적 남편이 아닌 사람은 그 어느 것도 저에게서 얻을 수 없기에 이 모든 말씀을 드리는 겁니다.' 제 말을 다 들은 기사가 입을 열었습니다. '너무나도 아름다운 도로테아여!(이것이 불행한 저의 이름이지요) 당신이 걱정하는 게 그것뿐이라면 당신의 남자가 되고자 내민 내 손을 보시오. 이 진실을 굽어살피시는 신들과 여기 계신 성모상이 맹세의 증인이 되어줄 것이오.'"

도로테아라는 이름을 듣는 순간 카르데니오는 다시금 놀라며 자신의 처음 생각이 맞았음을 확신했다. 그러나 이미 알고 있던 얘기의 결말이 궁금한 듯 이야기를 중단시키지 않고, 다만 이렇게 말했다.

"아가씨, 당신의 이름이 도로테아인가요? 똑같은 이름을 들어본 적이 있는데, 그 사람도 당신과 비슷한 불행을 겪고 있을 겁니다. 계속하시지요. 당신을 괴롭게 하는 만큼 놀라게 할 일을 제가 말씀드릴 때가 올 테니까요."

도로테아는 카르데니오의 말과 이상하고도 초라한 옷을 찬찬히 살펴보더니, 만약 그녀에게 벌어진 일에 대해 아는 것이 있다면 나중에 말해달라고 간청했다. 그러면서 운명이 그녀에게 무엇인가 좋은 것을 남겨두었다면, 그녀에게 닥쳐오는 어떠한 불행도 이겨낼 힘이 될 것이라고 말했다. 그 누구도 자신의 이러한 재앙을 더 이상 악화시키지는 못할 거라는 확신이 있기 때문이었다.

"아가씨, 제가 생각하는 게 진실이라면," 카르데니오가 대답했다. "주저없이 말씀드리겠습니다. 지금까지는 이야기가 빗나가지 않았으니, 당신이 그것을 알아도 도움이 되지 않을 것입니다."

"무엇이 되었든 간에," 도로테아가 말했다. "제가 말하는 건 돈 페르난도가 성상을 집어 들어 우리 결혼의 증인으로 삼았다는 것이에요. 그는 매우 설득력 있는 말과 특별한 맹세로 제 남편이 되겠다고 말했으며, 저는 그의 말이 채 끝나기도 전에 그가 지금 무슨 짓을 하는지 잘 살펴서 그의 부모님이 평민의 딸과 결혼했다는 걸 알고 노여워하실 모습을 생각해보라고 말했지요. 또한 제 아름다움에 눈이 멀어서는 안 되며, 이는 당신의 과오를 덮을 만한 이유가 되지 않는다는 말도 했고요. 만약 당신이 품은 사랑으로 저를 조금이라도 행복하게 해줄 요량이라면 제 가문이 요구하는 것처럼 제 운명을 놓아달라고도 했습니다. 이렇게 신분이 다른 결혼은 기쁨을 맛볼 수도 없을 뿐 아니라 시작할 때의 만족감이 지속되지 않는다고요. 그 밖에도 수많은 이야기로 설득했지만 그의 의도를 막을 수는 없었습니다. 돈을 지불할 생각이 없는 사람이 손해를 염두에 두지 않고 값을 책정하는 것과 마찬가지였지요. 그때 저는 잠시 혼잣말을 했어요. '그래, 결혼으로 신분 상승의 꿈을 이룬 여자가 내가 처음인 건 아니잖아. 아름다움이나 더 확실하게는 맹목적인 사랑으로 여자의 신분을 높이 올려준 남자도 돈 페르난도가 처음은 아니야. 어차피 내가 새 세상을 만드는 것도 새로운 관습을 만드는 것도 아닌 바에야, 행운이 내게 베풀어준 이 명예에 응하는 것도 괜찮은 일이지. 이런 일에서는 내게 보여준 그 사람의 바람도 욕망이 충족되고 나면 사그라들겠지만, 이미 하느님 앞에서 그의 아내가 되었는걸. 만일 그를 쫓아버리고 싶다면 폭력을 사용해야 하는데 그렇게 되면 나에겐 모욕만이 남을 뿐이니 그렇게 해서도 안 될뿐더러 이 상황을 모르는 사람들에게는 변명조차 할 수 없겠지. 부모님과 다른 사람들에게 이 기사가 내 방에 허락 없이 들어온 걸 충분히 설득할 수 있을까?' 이 모든 상념이 순간적으로 머릿속에서 맴돈 데다, 돈 페르난도의 맹세, 그가 한 약속, 흘러내리는 눈물, 그리고 그의 풍채와 늠름함이 진실된 사랑이 되어 제 마음을 굴복시킬 수 있었던 것입니다. 저는 이런 생각지도 못했던 상황에 정복당하여 마음이 기울기 시작했지요. 하늘의 맹세와 함께 땅의 증인으로 하녀를 불렀습니다. 돈 페르난도는 다시금 그의 맹세를 확인시켜주었답니다. 증인들로 새로운 성자를 덧붙이고는, 만약 제게 약속한 걸 이행하지 않을 땐 자신에게 무시무시한 저주가 있을 거라고 말하고 한숨을 내쉬었지요. 그의 팔이 저를 더욱 조여오며 결코 놓아주지 않았습니다. 하녀가 방을 나갈 때 저는 그 팔에서 풀려났고, 그때부터 그는 배신자와 거짓된 자가 되었답니다. 그 밤에 일어난 일 이후 제게 불행이 찾아오기 시작했지요. 돈 페르난도가 바라는 만큼 빠르지는 않았다 할지라도 결국 오고야 만 겁니다. 그는 욕망이 원하는 걸 채우고 났으니 자기가 얻은 걸 당장 버리고 싶었을 거예요. 이렇게 말씀드리는 것은 돈 페르난도가 서둘러 제 곁을 떠났기 때문입니다. 그는 그를 제 방에 들인 교활한 하녀의 도움을 받아 날이 새기도 전에 거리로 나가버렸지요. 맹세할 때의 열정은 온데간데없이, 그저 제게 한 맹세의 확고함과 진실함만을 되풀이하며 저와 작별을 했습니다. 자신의 말을 뒷받침하기 위해 손에서 반지를 빼 제게 끼워주었고요. 사실 그가 가버리고 나자 저는 슬픔인지 기쁨인지 알 수조차 없었답니다. 이렇게 말씀드리는 것이 적절하겠군요. 혼란과 상념에 사로잡힌 채 이 새로운 사태에 넋이 나가 제 방에 돈 페르난도를 들여보낸 하녀를 꾸짖을 힘도 없었고 또 엄두도 내지 못했다는 겁니다. 제게 일어난 사건이 좋은 일인지 나쁜 일인지 판단할 수 없었기 때문이지요. 헤어질 때 전 돈 페르난도에게 말했어요. '저는 이미 당신의 여인이니 원하신다면 내일 밤에도 바로 저 길을 통해 제게 오실 수 있으며, 이는 사람들에게 알려질 것입니다'라고요. 하지만 다음 날만 왔을 뿐 더 이상 오지 않았고, 그 후 한 달 동안 거리나 성당에서조차 그의 모습을 볼 수 없었답니다. 그는 별장에 묵으며 며칠 동안 사냥과 운동에 빠져 있었다고 하니 그에게 간청하는 것도 헛된 일이었지요. 그런 날들과 시간을 겪으면서 저의 불행과 어리석음을 깨달았고, 그를 의심하기 시작했습니다. 돈 페르난도의 진심이 의심스러워지기 시작한 거였지요. 게다가 제 하녀가 저는 듣지 못했던 그의 대담한 악행에 대해 들었다는 것을 알게 되었으니, 바로 저의 눈물을 자아내고 제 표정을 어둡게 만들고야 만 사실이었습니다. 제 부모님은 제가 힘들어하며 거짓으로 둘러댄 것에 대해 자초지종은 묻지 않으셨습니다. 그러나 이 모든 것은 한순간에 끝나버렸어요. 존경심은 짓밟혀버렸고, 그의 철석같던 약속들은 거짓임이 드러났으며, 마침내 저는 인내심을 잃고 말았습니다. 저의 은밀한 생각들도 세상에 알려져버렸고요. 그로부터 며칠 후 돈 페르난도가, 만족할 만큼 지참금을 낼 부자는 아니지만 뛰어난 가문의 너무나도 아름다운 아가씨와 인근의 가까운 도시에서 결혼했다는 이야기가 들려왔습니다. 그 이웃 도시의 아가씨 이름은 루신다이며, 그 결혼식에서 일어난 놀랄 만한 이야기가 전해졌지요."

카르데니오는 루신다란 이름을 듣는 순간 어깨를 웅크리며 입술을 깨물고 미간을 찌푸렸다. 그리고 두어 방울의 눈물을 떨어뜨렸다. 그러나 도로테아는 멈추지 않고 이야기를 계속했다.

"이 슬픈 소식을 듣는 순간 제 마음은 얼어붙는 대신 그를 향한 노여움과 증오로 타올라 그가 제게 했던 짓을 거리에 나가 알리겠다고 작정했습니다. 하지만 그날 밤 저는 곧 제가 행동으로 옮기려는 어떤 일을 생각하며 화를 누그러뜨렸지요. 그건 바로 제가 이러한 복장을 하는 것이었습니다. 이 옷은 아버지의 하인인 목동이 준 것이었습니다. 저는 그 모든 불행이 드러나자 저의 원수가 있는 곳을 그에게 알려주면서 그 도시까지 함께 가달라고 간청했어요. 처음에 그는 저의 무모함을 나무랐지만 여전히 제 생각이 단호한 것을 보고는 세상 끝까지라도 같이 가주겠다고 말했습니다. 혹시 벌어질 수도 있는 일에 대비하여 곧 삼베 보따리 하나와 여자 옷 한 벌, 그리고 보석 몇 가지와 돈을 준비했지요. 그러고는 적막한 한밤중에 저의 배반자 하녀에게 말도 없이 그 하인을 데리고 이런저런 생각을 하며 집을 나섰습니다. 빨리 도착하고 싶은 바람에 그 도시로 발길을 재촉했는데, 이미 벌어진 일을 훼방 놓으려는 것보다는 무슨 마음으로 제게 그런 일을 저질렀는지 해명이라도 듣기 위해서 갔던 것이었어요. 이틀하고도 반나절이 되어 도착한 즉시 도시 입구에서 루신다의 집을 물어보았지요. 제가 길을 물어본 첫 번째 사내가 제가 듣고 싶어 하는 것보다 더 많은 얘기를 해주더군요. 그들의 결혼식에서 벌어진 일들이 널리 알려져 도시가 온통 그녀의 이야기로 술렁였던 거예요. 그 사내가 돈 페르난도와 루신다의 결혼식날 있었던 일을 모두 들려주었습니다. 얘기인즉, 그녀가 그의 부인이 되겠다며 '예'라고 대답하자마자 그만 실신해버렸고 돈 페르난도가 루신다의 호흡을 편하게 해주려고 가슴 단추를 풀자 루신다가 직접 쓴 편지가 나왔답니다. 편지에서 그녀는 선언하기를, 자신은 돈 페르난도의 부인이 될 수 없으며 이미 카르데니오의 아내라고 했다는 겁니다. 그는 도시의 매우 뛰어난 기사라고 하더군요. 돈 페르난도에게 '예'라고 대답한 건 부모님의 뜻을 거스를 수 없기 때문이었답니다. 결국 그 편지에는 그녀가 결혼식이 끝나고 목숨을 끊으려 하는 이유가 적혀 있었고, 그녀의 옷 어디에 있었는지 모르지만 단검이 나온 걸로 이 모든 것이 증명되었다고 해요. 이를 지켜본 돈 페르난도는 루신다에게 우롱당했다고 생각하여 그녀가 미처 정신을 차리기도 전에 그 단검으로 그녀를 찌르려고 했는데, 부모님과 그곳에 있던 사람들이 겨우 막았다고 하더군요. 그 후로 돈 페르난도는 도시에서 사라졌으며, 루신다는 다음 날 실신 상태에서 깨어나자 부모님에게 자신은 그 카르데니오라는 사람의 진정한 아내라고 말했답니다. 사실 카르데니오는 그들의 결혼식을 지켜보았는데, 상상도 할 수 없었던 루신다와 돈 페르난도의 결혼식을 보고는 절망하여 그 도시를 떠나버렸다고 해요. 카르데니오는 떠나기 전에 루신다가 자신에게 준 실망감 때문에 사람들의 눈에 띄지 않는 곳으로 떠난다는 내용의 편지를 남겨두었다는군요. 이 모든 사실이 온 도시에 퍼져서 사람들마다 그 얘기를 해대지 않을 수 없었다지요. 게다가 루신다마저 사라져버렸는데, 도시를 다

뒤져도 찾을 수가 없자 부모님은 망연자실해진 채 어떻게 해야 할지를 몰랐답니다. 이렇게 알아낸 사실들은 제게 희망을 주었고, 돈 페르난도를 만나지 못한 것이 오히려 잘되었다는 생각이 들었어요. 결혼해버린 그를 만나지 않는 편이 저의 처지를 구원받을 수 있는 여지를 남기는 길이라고 여겼던 거지요. 첫 번째 결혼에 대한 의무감을 그 사람에게 일깨워주고 그리스도교인이라는 사실을 인식하도록 하며, 사람들에게 내세울 체면보다는 자신의 영혼에 좀 더 충실해야 한다는 점을 가르치기 위해, 하늘이 두 번째 결혼을 훼방놓았다고 생각했던 겁니다. 이 모든 생각들이 제 상상력을 휘저어놓았지요. 이제는 증오스러운 제 삶을 달래주기 위해 꺼져버린 희망을 아닌 척 시치미 떼면서 위로할 길 없는 제 처지를 스스로 달랬지요. 그런데 돈 페르난도를 찾지 못한 채 그 도시에 머물러 있을 때, 누군가가 큰 소리로 외치는 소리가 들려왔습니다. 그 목소리의 주인공은 제가 몇 살쯤 되었고, 어떤 옷을 입고 있는지 외쳐대며, 저를 찾아주는 사람에게 막대한 사례금을 주겠다고 떠들고 있었습니다. 게다가 저와 함께 달아난 젊은 놈이 저를 꼬드겨 부모님 집에서 도망친 것이라고도 외치더군요. 제 마음은 몹시 아팠습니다. 그냥 집을 도망쳤다는 것만으로도 명예가 실추되었는데, 거기에 제 고귀한 생각마저 천박하고 야비한 것으로 매도되고 있었기 때문입니다. 그렇게 큰 소리로 저에 대해 외쳐대는 것을 들으면서 저는 함께 온 하인과 그 도시를 떠났습니다. 우리는 그날 밤 부모님께서 보낸 사람들에게 발견될까 봐 두려워하며 깊은 산속에서 머물렀는데, 저는 이미 제게 약속한 그의 충성심이 흔들리는 것을 눈치챘습니다. 흔히들 악이 또 다른 악을 부른다고 하는데, 불행의 끝은 더 큰 불행의 시작이었나 봅니다. 바로 이런 일이 제게 일어났답니다. 그때까지만 해도 충직하고 믿음직하던 하인이 인적이 끊긴 곳으로 가자, 제 미모 때문이라기보다는 자신의 비열함에 자극되어 이 기회를 이용

H. PISAN

하려 든 것 같았습니다. 수치심도, 하물며 저에 대한 존중도, 신에 대한 일말의 두려움도 없이 제게 사랑을 요구했으니까요. 그런데 제가 올바른 말로 그의 파렴치한 의도를 혹독하게 나무라자, 간청하는 대신 힘을 쓰기 시작하더군요. 다행히 정의를 살피고 수호하는 데 조금도, 아니 전혀 빈틈없으신 선하신 하느님께서 저를 도와주셨지요. 제 약한 힘으로 어렵지 않게 그를 벼랑 끝으로 밀어버렸는데, 죽었는지 살았는지는 모르겠어요. 그러고 나서 충격과 피로에도 불구하고 급히 서둘러 이 산으로 들어와, 숲에 숨은 채 오로지 부모님과 저를 찾는 사람들에게서 도망쳐야 한다는 생각만 했답니다. 이렇게 얼마나 있었는지 모를 정도로 시간이 지난 어느 날 목장 주인을 만나 산에 있는 목장의 일꾼이 되었지요. 그렇게 목동이 되어 지금 보시는 것처럼 머리카락을 숨기며 항상 들판에 머무르려고 했답니다. 하지만 이 모든 노력은 아무런 소용이 없었어요. 주인은 제가 남자가 아니라는 것을 눈치채고 제 하인처럼 음흉한 생각을 품었으니까요. 그리고 운명이 저를 항상 구제해주는 것은 아니기에, 하인처럼 주인을 굴려버릴 만한 절벽도 벼랑도 찾지 못했지요. 그래서 제 힘이나 변명으로 그에게 벗어날 희망을 갖기보다는 다시 그를 떠나 숨는 편이 훨씬 덜 성가신 일이라 생각했습니다. 저는 누구의 방해도 없는 곳을 찾아 몸을 숨겼답니다. 한숨과 눈물로 하늘에 제 불행을 하소연하며, 이 불행에서 벗어날 수 있는 동정과 자비를 빌었고, 죄도 없는데 고향에서나 타지에서나 사람들 입에 오르내리게 되어 슬픈 기억으로 남지 않도록 이 쓸쓸한 곳에서 제 삶을 거두어달라고 간청했지요."

제29장

아름다운 도로테아의 분별력과 매우 흥미롭고 재미있는 또 다른 사건들에 대하여

"여러분, 바로 이것이 제 불행한 이야기랍니다. 여러분들이 들으셨던 한숨소리와 사연들, 그리고 제 눈에서 흐르는 눈물이 지나친 것이 아닌가 여겼던 여러분들에게 충분한 설명이 되었는지 이 자리에서 생각하고 판단해주세요. 제 불행을 구제할 방법이 있을 리 만무한 만큼 여러분들 역시 위로할 길이 없다는 걸 아셨을 겁니다. 단지 제가 여러분들에게 부탁하고 싶은 것은, 여러분들이 쉽게 해주실 수 있고 해주셔야만 하는 것은, 저를 찾는 자들에게 발각될지도 모른다는 두려움과 충격에 허덕이지 않고 살 만한 곳을 알려달라는 것입니다. 부모님께서는 저를 끔찍이 사랑하셨으니 충분히 이해해주시리라 믿지만, 제가 그분들이 생각지도 못했던 모습으로 나타난다는 건 생각만 해도 부끄럽습니다. 그분들께서 저에게 기대했던 순결한 모습과는 동떨어진 모습을 보여야 한다는 생각을 하면 그분들 앞에 얼굴을 들 수 없습니다. 차라리 영원히 사라져버리는 게 낫지 싶습니다."

그녀는 마침내 입을 다물었고, 얼굴빛도 슬픔과 수치심으로 고통스럽게 바뀌었다. 사람들은 그녀의 불행을 놀라워하면서 동정심을 느꼈다. 이윽고 신부가 그녀를 위로하며 조언하려고 하는데, 카르데니오가 먼저 끼어들어 말했다.

"그렇다면 아가씨, 바로 당신이 부유한 클레나르도 가의 외동딸인 그 아름다운 도로테아란 말입니까?"

도로테아는 너무나도 남루한 차림새를 한 남자가 아버지의 이름까지 들먹이자 놀라워하며 말했다.

"당신은 누구시기에 제 아버지의 존함을 알고 있는 거죠? 제 기억이 정확하다면, 제 불행을 이야기하는 동안 단 한 번도 그분의 존함을 언급한 적이 없었는데 말이에요."

"제가 바로," 카르데니오가 말했다. "당신 이야기 속의 루신다가 말했다던 그 불행한 남편입니다. 제가 바로 당신을 이런 상황으로 몰리게 만든 그 불행한 카르데니오입니다. 그 때문에 저 또한 보시다시피 모든 인간의 유일한 낙을 잃은 채 누더기를 걸친 떠돌이 신세가 되었고, 설상가상으로 하늘이 저에게 허락한 짧은 시간 외에는 정신조차 온전치 않답니다. 도로테아여, 저는 돈 페르난도의 무분별한 짓을 목격한 사람입니다. 또한 루신다가 그의 아내가 되겠다고 말하는 소릴 들었던 사람입니다. 저는 그녀의 실신을 지켜보지도, 그녀의 가슴속에서 발견된 쪽지가 불러올 사태를 지켜보지도 못했습니다. 한꺼번에 온갖 불행을 지켜볼 만큼 인내심이 강하지 않았던 것이지요. 저 역시 주막집 주인에게 루신다에게 전할 편지 한 통을 부탁하고는 그렇게 집과 도시를 떠나왔습니다. 그때부터 저는 제 자신을 철천지원수로 여기며 증오했고, 인생을 끝낼 각오로 이 첩첩산중에 들어왔지요. 그러나 운명은 저의 정신만 빼앗아 가는 것으로 만족한 모양이니, 아마 당신을 만나라고 저를 배려했나 봅니다. 지금 당신이 한 얘기가 내가 사실이라고 믿는 것처럼 진실이라면, 하늘이 양쪽 모두에게 좋은 결과를 안겨주려고 일을 이렇게 만들었는지 모릅니다. 결국 루신다는 제 아내이므로 돈 페르난도와 결혼할 수 없고, 돈 페르난도 역시 당신의 남편이므로 그녀와 결혼할 수 없습니다. 루신다가 그렇게 강력히 주장했다고 하니, 하늘이 우리에게 각자 사랑하는 사람을 되돌려주시리라 기대할 만하지 않겠습니까? 아직 미치광이가 된 것도 몸을 버린 것도 아니니까요. 이건 그저 막연한 기대도, 두서없는 상상도 아닙니다. 그러니 아가씨, 청하건대 좀 더 적극적으로 운명을 바꿔보도록 합시다. 저는 저대로 그렇게 하겠습니다. 저는 당신을 돈 페르난도에게 위임할 때까지, 기사로서 저의 신념과 그리스도교인으로서의 신앙을 걸고 당신을 버리지 않을 것을 맹세하는 바입니다. 만일 그가 당신에게 지켜야만 하는 약속을 인정하려 들지 않을 때는 기사도에서 허용되는 권한을 행사할 것이며, 저에 대한 명예 훼손은 염두에 두지 않고 당신에게 가한 그 무분별한 행동에 대해 정의의 이름으로 도전하겠노라고 맹세합니다. 저의 복수는 하늘에 맡기고, 땅에서는 당신의 명예 훼손을 응징하기 위해 달려가겠습니다."

카르데니오의 말에 감탄해 마지않은 도로테아는 그의 사려 깊은 제안에 어떻게 감사해야 할지 몰라 그의 발에 입 맞추기 위해 발을 만지려고 했다. 그러나 카르데니오는 허락하지 않았다. 신부는 카르데니오의 생각이 정말 훌륭하다고 지지하면서 자신과 함께 마을로 가자고 권했다. 마을에 가면 그들에게 부족한 것들을 챙길 수도 있고, 돈 페르난도를 찾거나 도로테아를 부모에게 데려다주는 등의 계획을 세울 수도 있고, 나머지 일들도 훨씬 더 쉽게 진행할 수 있다고 설득했던 것이다. 카르데니오와 도로테아는 신부에게 감사하며 그들에게 베풀어준 은혜를 받아들였다.

이 모든 대화가 오가는 동안 잠자코 있던 이발사 또한 말문을 열었는데, 그는 신부가 제안한 호의 못지않은 의욕을 내비쳤다. 그러면서 자신들이 여기까지 온 이유와 돈키호테의 요상한 광기, 그리고 주인을 찾아 나선 그의 종자를 기다리고 있다는 얘기를 간단히 들려주었다. 카르데니오는 돈키호테와 벌였던 싸움을 마치 꿈처럼 떠올리며 그 사건을 이야기해주었으나, 싸운 이유까지는 말할 수가 없었다.

이때 낯익은 목소리가 들렸는데, 산초 판사였다. 그들을 남겨두고 떠나갔던 자리에 돌아와보니 아무도 없자 소리를 지른 것이었다. 그들은 산초를 마중 나가 돈키호테에 대해 물었다. 산초는 안타까운 목소리로 돈키호테가 윗도리만 걸친 채로 발견되었는데, 너무나 야위고 누렇게 뜬 얼굴로 죽어가면서도 둘시네아 아가씨만 동경하며 한숨을 쉬고 있기에, 둘시네아 아가씨가 산을 떠나서 엘 토보소로 오라는 명령을 내렸고, 본인은 거기서 기다리겠다는 말을 돈키호테에게 전했으나, 돈키호테는 그녀의 호의에 어울리는 공적을 이루기 전에는 아름다운 그녀 앞에 모습을 나타내지 않겠다고 했다고 말했다. 그러면서 이 상태로 놔둔다면 돈키호테는 예정돼 있던 황제도 될 수 없을뿐더러, 적어도 대주교는 될 거라는 꿈도 이룰 수 없을 거라고 덧붙였다. 그래서 그들은 돈키호테를 빼내기 위한 계획을 세우기 시작했다.

신부는 산초에게 주인을 고통에서 구해줄 것이니 괴로워하지 말라고 위로했다. 카르데니오와 도로테아에게도 돈키호테의 광기를 치료하기 위해, 적어도 그를 집으로 데려다 놓기 위해 고심해두었던 것들을 이야기했다. 그러자 도로테아가 아가씨 역할은 이발사보다 자신이 더 제격이라며, 더욱이 아가씨 의상까지 가지고 있다고 말했다. 자신은 신부의 계획을 진행시키기에 필요한 모든 역할을 해낼 수 있으니 자신에게 맡겨달라고, 기사도 책을 많이 읽은 덕에 슬픔에 젖은 처녀들이 편력기사에게 자비를 청할 때 썼던 방법을 잘 안다고 덧붙였다.

"그렇다면 더 말할 것도 없겠구먼." 신부가 나섰다. "재빨리 실행에 옮깁시다. 생각지도 못하게, 당신들에게는 당신들을 위한 해결의 문이 열리고,

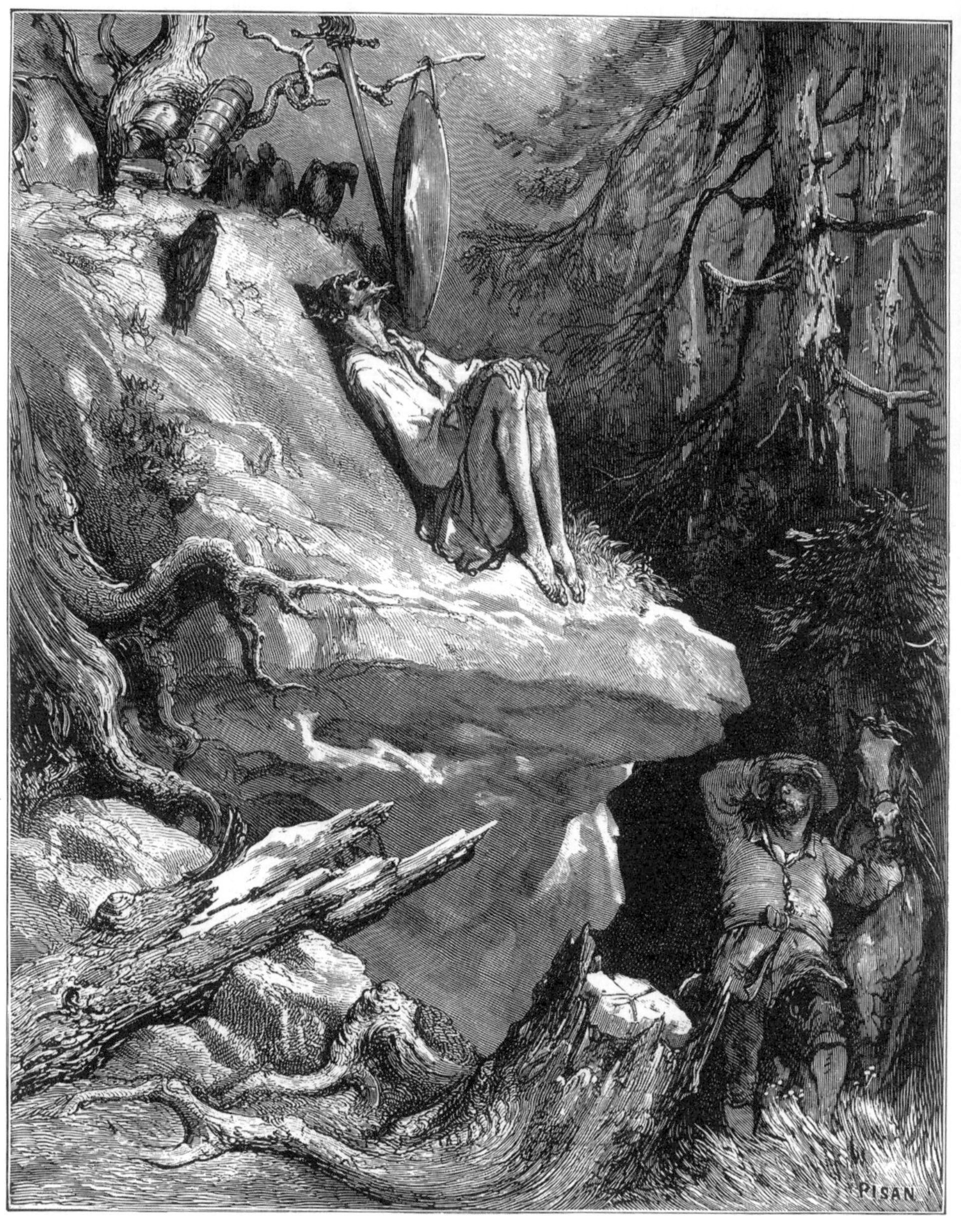
PISAN

우리에게는 우리가 원했던 문이 열리고 있으니 의심할 여지없이 행운이 우리 편을 들어주나 봅니다."

그러자 도로테아가 보따리에서 값비싼 양모 치마와 화려한 초록색 만티야*를 꺼낸 다음 작은 상자에서 목걸이와 여러 가지 장신구를 꺼냈다. 그러고는 재빨리 몸치장을 하니, 그 모습이 화려하고 눈부신 귀부인 같았다. 만약을 대비하여 자신의 집에서 가져왔던 것들이나 지금까지는 사용할 기회가 없었던 것이다. 그녀의 기품과 우아함, 그리고 아름다움에 모두들 아주 흡족해하면서 이런 대단한 미인을 버린 돈 페르난도는 식견이 모자란 사람일 거라고 확신했다.

그중에서도 가장 경탄한 사람은 산초 판사였다. 그는 이토록 아름다운 여인을 본 적이 없었던 것이다. 그래서 신부에게 그토록 아름다운 아가씨가 누구이며, 왜 길도 없는 곳에 들어섰느냐고 열심히 캐물었다.

"말하지 못할 일도 아니지." 신부가 대답했다. "이 아름다운 아가씨는 말일세, 위대한 미코미콘 왕국의 직계 상속인일세. 그녀는 악한 거인에게 받은 모욕과 능욕을 갚기 위해 도움을 청하려고 자네 주인을 찾아온 거라네. 자네 주인이 얼마나 훌륭한 기사인지 그 명성이 방방곡곡 두루 알려진 터라 이 공주님이 그를 찾으러 기니아에서 왔단 말일세."

"잘 찾아오셨군요." 산초 판사가 흥분을 감추지 못하며 말했다. "제 주인님으로 말할 것 같으면 신부님이 말씀하신 거인 놈을 죽이고, 능욕과 모욕을 갚아줄 만큼 충분히 용감하신 분이지요. 주인님이 틀림없이 그놈을 죽일 것입니다. 단 그놈이 벌써 유령이 되지 않았다면 말이지요. 우리 주인님도 유령에 대항해서는 힘을 못 쓰시거든요. 그나저나 신부님께 청하고 싶은

---

*여자들이 머리에 쓰는 비단 스카프.

게 있는데요, 제 주인님이 대주교가 되고 싶어 하지 않도록 해주십시오. 그것 때문에 너무 걱정입니다. 그러니 신부님께서 이 공주님과 얼른 결혼하라고 주인님께 충고해주십시오. 그래야 대주교 성품을 받는 것이 불가능해질 것이고, 제국도 손쉽게 들어오고, 비로소 제 희망도 이루어질 테니까요. 잘 생각해보니 주인님이 대주교가 되는 것은 제게 별 도움이 되지 않더라고요. 저는 이미 결혼한 몸이라 교회를 위해서 헌신할 수가 없고, 교회에서 봉급을 받을 수 있는 허가서를 얻기 위해 돌아다녀봤자 처자식을 둔 몸이라 결코 해결하지 못할 것입니다. 그래서 말인데요, 제 요지는 주인님과 이 공주님을 서둘러 결혼시키자는 것입니다. 참, 저는 공주님의 이름을 모르는데, 어떻게 불러드려야 합니까?"

"미코미코나 공주님이시네." 신부가 말했다. "공주님의 왕국이 미코미콘이니 당연히 그렇게 불러야지."

"그야 당연하겠죠." 산초가 대답했다. "저는 태어난 곳을 가지고 성이나 이름을 짓는 걸 수없이 보아왔습니다. 페드로 데 알칼라, 후안 데 우베다, 디에고 데 바야돌리드 등등. 그런데 기니아에서도 그렇게 이름을 짓나 봅니다. 공주님도 왕국의 이름을 따서 이름을 지은 걸 보니요."

"그런가 보네." 신부가 말했다. "어쨌든 자네 주인을 결혼시키는 데 내 온 힘을 쏟아부을 것이네."

신부는 무척이나 흡족해하는 산초의 단순함도 놀라웠지만 그가 주인처럼 엉터리 공상에 빠져 있는 것이 정말 놀라울 뿐이었다. 자신의 주인이 황제가 될 거라는 믿음에 추호의 의심도 없었던 것이다.

이때 도로테아는 이미 신부의 노새에 타고 있었고, 이발사는 얼굴에 쇠꼬리로 만든 턱수염을 달고 있었다. 이들 일행은 산초에게 돈키호테가 있는 곳으로 안내해달라고 말했다. 그리고 부디 자신들이 신부나 이발사라는 사실을 주인에게 말하지 말라고 주지시켰다. 그의 주인이 황제가 되느냐 마느냐는 그들을 모른 체하는 것에 달려 있기 때문이라고 했다. 신부와 카르데니오는 함께 가지 않기로 했는데, 카르데니오는 돈키호테가 그와 벌였던 싸움을 떠올리지 않도록 하기 위해서였고, 신부는 나타날 필요가 없어서였다. 그래서 도로테아와 이발사는 앞서갔고, 신부와 카르데니오는 천천히 뒤따라갔다. 신부는 도로테아가 해야만 할 일들을 계속해서 주지시키려고 했지만, 그녀는 기사도 책에서 본 대로 한 치의 오차도 없이 완벽하게 해내겠다고 안심시켰다.

그들이 4분의 3레구아쯤 걸었을 때, 얽히고설킨 바위 사이에서 갑옷은 안 걸쳤어도 옷은 입은 돈키호테의 모습이 보였다. 도로테아는 그를 보았고, 산초는 저 사람이 돈키호테라고 알려주었다. 그녀는 신부의 노새에 박차를 가했고, 턱수염이 어울리는 이발사가 그 뒤를 따라갔다. 드디어 돈키호테 옆에 이르자 종자 산초가 당나귀에서 뛰어내려 두 팔로 도로테아를 잡아주려고 했으나 그녀는 매우 가볍게 뛰어내렸고, 돈키호테 앞으로 가서 무릎을 꿇었다. 이에 돈키호테는 그녀를 일으키려고 무진장 애를 썼지만 그녀는 일어서지 않고 그 자세 그대로 말했다.

"오, 지체 높고 용감하신 기사님! 저는 친절하고 예의 바른 기사님께서 저에게 은혜를 베풀어주실 때까지 여기서 일어나지 않을 것입니다. 하늘 아래 가장 비통하고 가장 큰 모욕을 받은 처녀를 위해서도 좋은 일이고, 기사님 개인에게도 명예로운 일이 될 것입니다. 기사님의 불멸의 명성을 듣고서 아주 머나먼 대륙에서 건너온 불행한 저를 당연히 도와주셔야 합니다."

"아름다운 아가씨," 돈키호테가 말했다. "아가씨가 일어나시기 전에는 아가씨의 청을 듣지 않을 것이며 아무런 대답도 하지 않을 것입니다."

"기사님," 고통에 찬 아가씨가 말했다. "먼저 예의 바른 기사님께서 제가

G. Doré
PISAN

부탁드린 은혜를 베풀어주시지 않는다면 저는 일어나지 않을 것입니다."

"왕과 국가의 존폐와 내 마음과 자유의 열쇠를 쥐고 계신 둘시네아 델 토보소 님에게 해가 되지 않는다면," 돈키호테가 말했다. "아가씨의 청을 들어드리겠습니다."

"훌륭하신 기사님," 아가씨가 슬픔에 잠겨 대답했다. "말씀하신 분들에게는 아무런 해도 불명예스러운 일도 없을 것이에요."

이때 산초 판사가 주인의 귀에 대고 아주 나지막한 목소리로 말했다.

"주인님, 아가씨의 부탁을 들어드리는 게 좋으실 겁니다. 별일 아니잖아요. 단지 거인 한 놈을 죽이는 것인데요 뭘. 이 아가씨는 에티오피아의 위대한 제국 미코미콘을 다스리는 고귀하신 미코미코나 공주님입니다."

"누구라 하더라도," 돈키호테가 말했다. "나는 내 직분에 따라 내가 해야 할 일과 양심이 시키는 일을 할 뿐이다."

그러고는 돌아서서 아가씨에게 말했다.

"너무나 아름다운 아가씨, 일어나세요. 그대의 청을 들어드리겠습니다."

"제가 청하고자 하는 것은," 아가씨가 말했다. "도량이 넓은 기사님께서 지금 당장 제가 모시려고 하는 곳으로 저와 함께 가는 일입니다. 그리고 하느님과 인간의 모든 권리에 맞서 제 왕국을 빼앗은 배신자를 응징할 때까지는 어떠한 부탁이나 또 다른 모험에 개입하지 않겠다고 약속해주십시오."

"그렇게 하겠습니다." 돈키호테가 대답했다. "그러니 아가씨, 오늘부터는 당신을 괴롭히는 슬픔을 떨쳐버리고 무기력한 마음에 새로운 힘과 의기를 불어넣기 바랍니다. 하느님의 보살핌과 저의 도움으로 당신은 하루속히 왕국을 되찾을 것입니다. 이를 반대하는 비겁한 자들이 막는다 하더라도 유서 깊고 위대한 왕좌에 앉을 것입니다. 늑장을 부리면 위태로운 상황에 처하는 법이라고 하니 서두릅시다."

도움을 청한 아가씨는 아주 완강하게 돈키호테의 양손에 입을 맞추려고 했으나 그는 그야말로 정중하고 예의 바른 기사였으므로 결코 허락하지 않았다. 오히려 그녀를 일으켜 세운 다음 아주 예의 바르고 정중하게 끌어안았다. 그러고는 산초를 불러 로시난테에게 뱃대끈을 채우고 나서 곧바로 자신을 무장시키라고 명령했다. 산초는 명령이 떨어지자마자 로시난테의 뱃대끈을 채우고 나서 나무에 전리품처럼 걸어놓은 갑옷을 내려 주인에게 입혔다. 돈키호테가 무장한 자신을 돌아보고 말했다.

"하느님의 이름으로 이 고귀하신 공주님을 도우러 떠나자."

이발사는 여전히 무릎을 꿇고 가까스로 웃음을 참으면서, 웃음을 참느라 턱수염이 떨어져 자신의 선한 뜻을 이루지 못하고 모든 것을 망치면 어쩌나 전전긍긍했다. 도로테아를 돕기로 결정하고 임무를 완수하러 가기 위해 부지런히 준비하는 돈키호테를 본 그는 그제야 덩달아 일어나 공주를 노새에 태웠다. 돈키호테는 로시난테에 올라탔고, 이발사는 자신의 탈것에 올라탔다. 산초 혼자 걷게 되자 당장 아쉬운 마음에 잃어버린 잿빛 당나귀가 다시 생각났다. 그러나 주인은 이미 길을 나선 상태였고 그가 황제가 되는 것도 그리 멀지 않았다고 생각하여 이 모든 고통을 기꺼이 견뎌냈다. 의심의 여지없이 자기 주인이 저 공주와 결혼하여 최소한 미코미콘의 왕이 되리라고 믿었기 때문이었다. 단지 저 왕국이 흑인들의 대륙에 있고, 자신이 거느릴 신하들이 모두 흑인이라는 점이 안타까울 뿐이었다. 그러나 좋은 해결책이 떠올라 혼자 중얼거렸다.

"신하들이 흑인이면 어때? 그들을 배에 실어서 에스파냐로 데려와 팔아넘기면 될 텐데. 그 돈으로 평생 편히 쉬면서 살 수 있는 웬만한 작위나 공직을 살 수 있겠지. 그렇지, 이젠 잠자는 일만 남은 거야. 3만 명 내지 1만 명의 신하들을 단번에 팔아넘기는 데 무슨 재치나 능력이 필요하겠어? 하느님께

G. Doré
H. PISAN

맹세코 몸집이 좋은 놈은 그렇지 못한 놈들 사이에 끼워서 팔든지 어쨌든 무슨 수를 써서라도 싹 팔아치워야 해. 아무리 흑인일지라도 은화나 금화로 받고 팔 테야. 나는 손가락이나 빨아야지!"

이런 생각에 너무나 즐겁게 걸어서인지 산초는 다리가 아픈 줄도 몰랐다.

카르데니오와 신부는 바위 사이로 이 모든 광경을 지켜보고 있었다. 그들은 돈키호테 일행과 동행하기 위해 어떻게 해야 할지 고심하는 중이었다. 그러다 뛰어난 책략가였던 신부가 그들의 목적을 이루기 위해 할 일을 생각해냈다. 신부는 작은 상자에서 가위를 꺼내 재빨리 카르데니오의 수염을 잘랐다. 그런 다음 그에게 자기가 입었던 황갈색 윗옷을 입히고 검은 망토를 주어, 자신은 짧은 바지와 조끼 차림이 되었다. 카르데니오는 완전히 다른 모습이 되어서, 거울로 들여다본다면 자기 자신도 자기라는 것을 알아보지 못할 정도였다. 이렇게 변장을 하는 사이, 다른 사람들은 저만치 앞서 나갔지만 신부와 카르데니오는 아주 쉽게 그들보다 먼저 큰길에 들어섰다. 길이 험난하고 덤불투성이여서 말을 타고 가든 걸어가든 별 차이가 없었기 때문이었다. 결국 신부와 카르데니오가 산악 지대에서 나가는 출구인 평원에 이르렀을 때 돈키호테 일행도 산악 지대에서 빠져나오고 있었다. 신부는 느긋하게 돈키호테를 쳐다보고는 누구인지 알겠다는 표정을 지었고, 곧 두 팔을 벌리며 다가가 반갑게 외쳤다.

"기사도의 거울이자 내 고향 라만차의 훌륭한 이웃, 고상함의 진수이자 약한 자들의 구세주, 편력기사 중에서도 최고의 기사인 돈키호테를 만나는 행운을 얻다니."

그러고는 돈키호테의 왼쪽 무릎을 끌어안았다. 돈키호테는 상대의 말을 듣고 그 행동을 보면서 깜짝 놀라 유심히 그를 쳐다보았다. 그러다 마침내 그가 신부임을 알아보고는 몹시 놀라며 당장 말에서 내리려 했다. 하지만 신부가 내리는 걸 만류하자, 돈키호테는 이렇게 말했다.

"놓으십시오, 신부님. 저는 말을 타면서 숭고하신 분을 걷게 한다는 것은 도리에 맞지 않습니다."

"그 말에는 절대 동의할 수 없네." 신부가 말했다. "말을 타고 우리 시대에 보아왔던 최상의 무훈과 모험을 완성해주시게나. 나는 별 볼일 없는 성직자지만, 이분들에게 폐가 되지 않는다면 기사님과 함께 가시는 이분들이 탄 노새 엉덩이 뒤쪽에 태워주시는 것만으로도 충분하네. 그렇게만 해준다면 나는 명마인 페가수스나 그 유명한 무어인 무사라케가 탄 얼룩말, 아니 기운찬 말을 탄 기분일 것이네. 그 무어인은 위대한 콤플루토에서 얼마 멀지 않은 거대한 술레마 언덕의 무덤에 만족스레 누워 있다지."

"그것까지는 몰랐습니다, 신부님." 돈키호테가 말했다. "공주님께서는 저를 봐서라도 시종에게 명령하여 노새의 안장을 신부님께 양보하라고 하실 것입니다. 만약 노새가 두 사람을 버텨낸다면, 시종을 노새 엉덩이에 앉으라고 해주십시오."

"버텨낼 수 있으리라 믿어요." 공주가 흔쾌히 대답했다. "그리고 시종에게 명령할 것까지도 없어요. 그는 너무나도 공손하고 예의가 바르기 때문에 성직자가 말을 두고도 걸어가는 것을 용납치 않을 것입니다."

"그렇고말고요." 이발사가 덧붙였다.

그러고 나서 즉시 말에서 내려 신부에게 올라탈 것을 권했는데, 간곡히 청할 것도 없이 신부는 즉시 올라탔다. 그런데 빌려온 노새라 거칠어서, 이발사가 노새 뒤쪽에 타려고 하자 뒷발을 공중으로 쳐들어 두어 번 발길질을 했다. 만약 이발사 니콜라스 선생이 가슴이나 머리를 맞았다면 그는 돈키호테에게 저주를 퍼부었을 것이다. 어쨌든 이발사는 놀라서 수염에 신경 쓸 겨를도 없이 그만 땅바닥에 쓰러졌다. 이발사는 수염이 떨어지자 다른 방법이 없어 두 손으로 얼굴을 가린 채 어금니가 부러졌다고 신음했다. 돈키호테는 넘어진 시종의 얼굴에서 피도 나지 않고 턱뼈도 괜찮은데 수염이 통째로 떨어진 것을 보고 놀라움을 금치 못했다.

"세상에, 이건 기적이야! 수염이 고의로 떨어진 것처럼 얼굴에서 뿌리째 뽑혔군!"

신부는 모든 계획이 들통 날 위험에 처하자 수염을 주운 다음 재빨리 뛰어가 쓰러져 신음하고 있는 니콜라스 선생에게 갖다주었다. 신부는 그의 머리를 들어 자기 가슴 쪽으로 끌어당기더니 뭐라고 중얼거리며 단번에 수염을 붙였다. 그러면서 말하길, 보다시피 이것은 수염을 붙이는 기도라고 변명했다. 돈키호테는 시종이 전처럼 완전하게 수염을 단 것에 대해 몹시 경탄하여, 신부에게 여유가 생기면 자기에게도 그 기도를 가르쳐달라고 간청했다. 그 기도에 수염을 붙이는 것 이상의 더 큰 효력이 있을 거라고 생각했던 것이다. 수염이 뽑히면 피부가 상하는 법인데, 수염을 붙였을 뿐 아니라 상처까지 깨끗이 나았기 때문이었다.

"그러겠네." 신부가 말하며 기회가 되면 가르쳐주겠다고 약속했다.

먼저 신부가 노새에 올랐는데, 일행은 2레구아 떨어진 주막에 도착할 때까지 신부, 이발사, 카르데니오가 번갈아 가면서 노새에 타기로 합의를 보았다. 알다시피 지금 가축을 탄 사람은 돈키호테와 공주와 신부였고, 걸어서 가는 사람은 카르데니오와 이발사, 그리고 산초 판사였다. 돈키호테가 공주에게 말했다.

"지엄하고 지엄하신 공주님, 당신이 가려는 곳을 안내해주십시오."

그녀가 대답하기 전에 신부가 끼어들었다.

"공주님은 어느 왕국으로 가실 생각입니까? 미코미콘 왕국으로 가시겠지요? 분명히 미코미콘이거나 잘 모르는 왕국이겠죠?"

그녀는 일이 돌아가는 것을 잘 알고 있었기 때문에 지금은 '네'라고 대답해야 한다는 걸 눈치챘다.

"맞아요, 신부님, 제가 가는 곳이 바로 그 왕국이에요."

"그렇다면," 신부가 말했다. "우리 마을 한가운데를 통과해야만 하겠군요. 거기서 공주님은 카르타헤나로 향하는 항로를 만나 운 좋게 승선할 수 있을 것입니다. 순풍이 불고 폭풍도 없이 바다가 고요하다면 9년도 채 되지 않아 거대한 늪 메오나를 찾으실 겁니다. 메오티데스, 즉 그 늪은 위대한 공주님의 왕국에서 100일을 더 가야 하는 곳이라고 말씀드릴 수 있겠죠."

"잘못 알고 계시는군요, 신부님." 그녀가 말했다. "제가 왕국을 떠나온 지 2년이 채 안 되었고, 사실 한 번도 날씨가 좋았던 적이 없었어요. 그런 악조건 속이었지만 저는 그토록 뵙고 싶었던 돈키호테 데 라만차 기사님을 만나러 왔고, 에스파냐에 발을 내리자마자 그분의 소식을 들을 수 있었지요. 그 소식을 듣는 순간, 그분의 호의에 의지하고자, 그분의 용감무쌍함에 저의 판단을 맡기고자 이렇게 찾아 나섰던 것이랍니다."

"제 칭찬은 그만두시지요." 돈키호테가 나섰다. "저는 모든 종류의 아첨을 적대시하는 사람입니다. 공주님이 그랬다는 건 아니지만, 두 분의 대화가 저의 정결한 귀를 불쾌하게 만드는군요. 공주님, 제가 말할 수 있는 것은, 제가 용맹하든 그렇지 않든 간에 제 목숨이 다할 때까지 공주님께 헌신을 다하겠다는 것입니다. 이 문제는 시간을 두고 보기로 하고, 신부님께 궁금한 것이 있습니다. 어떻게 수행원도 없이 혼자서 날렵하게 여기까지 오셨는지 그 놀라운 얘기를 해주십시오."

"그 얘기라면 간단히 대답하겠네." 신부가 말했다. "나와 우리의 친구이자 이발사인 니콜라스 선생과 함께, 돈키호테 님도 잘 알고 있는 니콜라스 선생 말이오, 신대륙에서 몇 년 동안 있었던 내 친척이 보내온 돈을 받으러 세비야로 갔지. 화폐 검사관을 거친 그 돈은 은화 6만 페소가량 되는 적지 않은 돈이었네. 이는 에스파냐에서는 12만 페소에 상당하는 금액이지. 그런데 어제 이곳을 지나다 강도 네 놈과 맞닥뜨려 다 털리고 심지어 수염까지 다 뽑히고 말았지 뭔가? 덕분에 이발사는 인조 수염을 붙이게 되었고, 여기 이 젊은이는—카르데니오를 가리키며—완전히 딴사람처럼 보이게 된 것이지. 이 부근에 가득 퍼진 소문이지만, 우리를 덮친 강도들이 바로 갤리선의 죄수들이었다네. 사람들이 말하기를 이 죄수들을 풀어준 사나이가 있었는데, 그는 바로 이 장소에서 경찰과 호송관들의 반대에도 불구하고 모든 죄수들을 풀어줄 정도로 대범한 사내였다고 하더군. 두말할 것도 없이 제정신이 아니거나 죄수들처럼 아주 교활한 사람이거나, 아니면 영혼도 양심도 없는 사람인 게 틀림없지. 양 떼 속에 늑대를, 닭들 속에 여우를, 꿀 속에 곰을 풀어놓은 것이나 다름없는 짓이니까. 그것은 정의를 저버린 것이고, 국왕의 공정한 심판에 반하는 것이라네. 전투함의 노를 빼앗고, 수년간 잠잠했던 종교경찰들을 부산하게 만든 것이지. 결국 실리 없이 심신이 피폐해지는 일을 한 셈이야."

산초가 자신의 주인이 엄청난 승리를 거둔 갤리선 모험담을 들려주었기에, 신부는 돈키호테가 어떻게 반응하는지 보려고 그 모험 이야기를 집요하게 언급했다. 돈키호테는 신부의 말 한마디 한마디에 얼굴색이 변했으나, 자신이 그 착한 사람들의 해방자였다는 말은 감히 밝히지 못했다.

"그러니까 바로 그들이," 신부가 계속했다. "우리에게 강도짓을 한 자들이라 이 말이네. 하느님께서 그들이 사형을 면하도록 만들어준 그 인간을 용서해주시기를."

제30장

사랑에 빠져 고행을 겪는 우리의 기사를 구해내는 과정과 재미있는 술책에 대하여

신부가 채 말을 끝내기도 전에 산초가 끼어들었다.

"신부님, 맹세컨대 그런 공적을 세운 분은 저의 주인님입니다. 모두 죄질이 나쁜 사람들이라 그곳으로 가는 것이기 때문에 그들을 풀어주는 것은 죄악이라고 미리 말씀드렸거든요? 그리고 도대체 무슨 일을 벌이고 있는지 좀 제대로 살펴보시라고 눈치도 줬습니다."

"이런 어리석은 놈." 돈키호테가 말했다. "편력기사들은 괴로워하는 자나 쇠사슬에 묶여 있는 자나 학대받는 자들을 길에서 만나면, 그들이 곤경에 빠진 것이 그들의 잘못 때문인지 혹은 그들의 미덕 때문인지 관여하지도, 가리지도 않는다. 단지 그들의 감정이 아닌 그들의 고통을 보고 빈곤한 사람을 도와주듯 도와주는 것이야. 나는 줄줄이 묶여 슬픔에 찬 사람들을 우연히 마주쳤고, 기사도가 나에게 요구하는 대로 그들에게 실행했을 뿐이다. 나머지 일은 잘 모르겠지만. 신부님의 성스러운 품격과 고결한 인격을 제외하고, 기사도에 대해 험담을 늘어놓는 자가 있다면 그자는 뭔가 잘 모르는 자이며, 천성이 고약한 염병할 놈으로 거짓말쟁이라고 할 수 있을 것이다.

나는 나의 칼로써 이 같은 사실을 확실하게 알려주겠다."

그러고는 등자에 놓인 발을 당기고 투구를 고쳐 썼다. 갤리선의 죄수들이 망가뜨린 걸 고치기 위해 말 앞머리의 안장에 걸어놓았던 이발사의 대야가 아직도 맘브리노 투구로 보였기 때문이었다.

분별력 있고 우아한 도로테아는 산초 판사를 제외한 모든 이가 돈키호테를 웃음거리로 삼고 있다는 것을 알아챘다. 특히 지금 같은 분위기에서 다른 사람들보다 자기만 뒤처지는 것을 원치 않았기 때문에 그녀는 돈키호테가 매우 화내는 것을 보며 말했다.

"기사님, 기사님의 명예를 걸고 저에게 했던 약속을 기억하세요. 아무리 긴박한 상황이라도 다른 모험에 관여하지 않겠다는 약속 말입니다. 그러니 진정하세요. 만약 신부님께서 기사님이 무적의 팔로 죄수들을 풀어주었다는 것을 아셨다면, 신부님께서도 말을 삼가셨을 겁니다. 특히 기사님을 모욕하는 말은 무슨 일이 있어도 입 밖으로 꺼내지 않으셨을 거예요."

"맞네." 신부가 말했다. "그건 정말 굳게 맹세할 수 있지. 아니라면 내 한쪽 수염을 뽑아버렸을 거네."

"그럼 저는 조용히 있겠습니다, 나의 공주님." 돈키호테가 말했다. "가슴에 일어난 노여움도 억누르겠습니다. 공주님께 약속한 걸 수행하기 전까지는 무슨 일이 있어도 조용히 있겠습니다. 하지만 그렇게 하겠다는 대가로, 당신에게 해가 되지 않는다면 당신의 근심이 어떤 것이고, 얼마나 큰 것이며 공주님께서 만족할 만한 복수를 반드시 받아야 하는 자가 누구이고, 몇 명이나 되는지 대답해주시겠습니까?"

"기꺼이 그러지요." 도로테아가 대답했다. "기사님께서 저의 불행을 들으시면서 흥분하지만 않는다면 말이에요."

"그러지 않을 것입니다, 나의 공주님." 돈키호테가 대답했다.

이에 도로테아가 말했다.

"그렇다면 다른 분들도 제 말에 귀를 기울여주시겠습니까?"

말이 끝나기도 전에 카르데니오와 이발사는 재치 있는 도로테아가 이야기를 어떻게 꾸며내는지 보려고 그녀 옆으로 갔고, 주인과 마찬가지로 그녀에게 속고 있는 산초 판사 역시 가까이로 다가갔다. 마침내 그녀는 안장에서 자리를 고쳐 앉고 헛기침을 한 뒤에 우아한 말투로 얘기를 시작했다.

"우선 여러분들께서 제 이름을 알아주셨으면 합니다. 제 이름은……."

여기서 도로테아가 잠시 말을 멈추었다. 신부가 지어준 이름을 잊어버렸던 것이다. 신부는 그녀의 주저함을 눈치채고 끼어들었다.

"고결하신 공주님이시여, 불행한 일을 말할 때 혼란스러워지는 것은 놀라운 일이 아닙니다. 불행 앞에서 기억을 잃어버리는 일은 자주 있지요. 자신의 이름조차 기억하지 못하는 경우도 많은데, 바로 공주님께서 위대한 미코미콘 왕국의 합법적 후계자이자 고결하신 미코미코나 공주님이라는 걸 잊어버리신 것처럼 말입니다. 이제 공주님은 무슨 말을 하려고 했는지 모든 기억을 쉽게 떠올리실 것입니다."

"그렇군요." 아가씨가 대답했다. "이제부터는 제 기억을 끌어내주시지 않아도 될 것 같아요. 저의 거짓 없고 진실된 이야기를 말씀드릴 테니까요. 저의 부왕께서는 마법사 티나크리오라는 분으로, 마법에 아주 능하셨지요. 아버지께서는 마법을 통해서 저의 어머니 하라미야 왕비가 아버지보다 먼저 돌아가시고 곧 아버지도 세상을 떠나 제가 부모 없는 고아로 남을 거라는 사실을 예견하셨습니다. 하지만 아버지는 이런 사실로 인해 괴로워하기보다는 그 뒤에 일어날 일들이 걱정스럽다고 하셨습니다. 우리 왕국하고 붙어 있는 거대한 섬에는 그 섬을 다스리는 아주 큰 거인이 있었는데 그는 '판다필란도 데 라 포스카 비스타'라고 불렸지요. 비록 눈이 제자리에 달리긴 했으나 항상 사팔눈처럼 곁눈질을 하고 있었어요. 그건 그가 악의를 가지고 일부러 그러는 것인데, 그를 보는 사람들을 두렵게 만들려는 속셈인 거였죠. 아버지는 이 거인이 제가 고아가 되면 엄청난 힘으로 저의 왕국을 무너뜨린 후 제 몸을 숨길 만한 조그마한 마을 하나 남겨두지 않고, 저에게서 모든 것을 빼앗아버릴 거란 사실을 아셨어요. 물론 제가 그와 결혼한다면 이런 불행을 피할 수 있겠지만 아버지는 제가 그런 당치도 않은 결혼을 받아들이지 않으리란 걸 예견하셨지요. 제가 그 거인과 결혼할 생각이 없을뿐더러, 몸집이 크고 거대한 사람과는 결혼을 상상해본 적도 없다는 걸 아신 아버지는 저에게 이 사실을 털어놓으며 이렇게 말씀하셨어요. '내가 죽은 뒤에 판다필란도가 우리의 왕국을 쳐들어와도 방어하지 말거라. 그건 너를 무너뜨리는 일이 될 것이다. 만약 나의 충성스러운 신하들을 죽음과 파멸에서 구하고 싶다면 차라리 왕국을 내주는 것이 낫다.' 거인의 악마 같은 힘을 방어할 사람은 아무도 없었으니까요. 아버지께서는 몇몇 신하들만 데리고 에스파냐로 떠나라고 하셨는데, 그곳에 가면 온 왕국에 널리 명성이 있는 편력기사가 이런 상황을 해결해줄 것이라며, 제가 제대로 기억하는 것이라면 그 이름이 '돈 아소테'인지 아니면 '돈 히고테'일 거라고 하셨습니다."

"돈키호테라고 했겠지요, 공주님." 산초 판사가 끼어들었다. "아니면 슬픈 얼굴의 기사라고 하셨거나요."

"바로 그거예요." 도로테아가 말했다. "그리고 이런 말씀도 하셨지요. 키가 크고 얼굴이 말랐으며 왼쪽 어깨 밑 오른쪽에 거무스름한 반점이 있는데 거기에 돼지털 같은 게 나 있다고요."

이 말을 들은 돈키호테가 종자에게 말했다.

"여기 있다, 나의 산초야. 내가 옷을 벗도록 도와다오. 저 현명하신 왕께서 예언하신 기사가 나인지 확인하고 싶구나."

"아니, 왜 기사님께서 옷을 벗으려고 하시나요?" 도로테아가 물었다.

"공주님의 아버님께서 말씀하신 그 반점이 있는지 확인하려고 합니다." 돈키호테가 대답했다.

"그럴 필요도 없으시죠." 산초가 말했다. "기사님의 등 한가운데 반점이 있다는 건 제가 알고 있는걸요. 그건 강한 자라는 표시지요."

"그럼 됐습니다." 도로테아가 말했다. "친구들끼리는 사소한 일에 신경 쓰지 않는 법이니까요. 반점이 등에 있건 어깨에 있건 중요하지 않아요. 반점이 있다는 것만으로 충분합니다. 어쨌든 몸에 있는 것 아니겠어요. 의심할 여지없이 저의 훌륭한 아버지는 모든 것을 정확히 예언하셨고, 저 역시 돈키호테 님께 저를 의탁한 것은 잘한 일입니다. 저의 아버지가 말씀하신 분이 바로 당신이니까요. 얼굴 모습도 라만차뿐 아니라 에스파냐 전역에 널리 퍼진 명성과 꼭 맞아요. 오수나에서 배를 내리자마자 그분의 수많은 공적들을 들을 수 있었고, 그 덕분에 제가 찾고 있던 바로 그분이라는 걸 알게 되었지요."

"그런데 어떻게 오수나에서 내릴 수 있었습니까, 나의 공주님?" 돈키호테가 물었다. "그곳은 항구가 아니잖습니까?"

그러나 도로테아가 대답하기 전에 신부가 끼어들었다.

"공주님께서는 말라가에 상륙하신 다음 기사님의 소문을 들은 최초의 땅이 오수나였다고 말씀하실 생각이었던 모양이네."

"그렇게 말씀드리려고 했어요." 도로테아가 말했다.

"그럼 이해가 되는군요." 신부가 말했다. "계속하시지요, 공주님."

"더 이야기할 것도 없습니다." 도로테아가 말했다. "결과적으로 돈키호테 님을 찾아내는 아주 값진 행운을 얻었으니까요. 이제 완전히 왕국 전체를 되찾고 여왕이 된 기분입니다. 예의 바르고 용맹스러운 기사님은 제가 모시고 가는 곳이라면 어디라도 함께 가겠다는 약속을 해주셨는데, 그곳이 바로 판다필란도 데 라 포스카 비스타의 면전이니까요. 기사님께서 그 거인을 죽이고 제가 부당하게 빼앗긴 것을 되찾아주실 겁니다. 이 모든 것은 저의 자상한 아버지인 마법사 티나크리오께서 예언하신 그대로예요. 아버지는 또한 그리스어인지 칼데아어인지, 제가 읽을 줄 모르는 글을 남기셨습니다만, 만일 예언의 기사가 거인의 목을 베어낸 후 저와 결혼하겠다고 하면 두말할 나위 없이 법적인 아내로서 저 자신과 함께 왕국의 소유권을 그분에게 주라고 유언하셨습니다."

"어떻게 생각하는가, 나의 벗 산초야?" 돈키호테가 흥분하여 입을 열었다. "무슨 일이 일어나고 있는지 듣지 못했는가? 내 너에게 말하지 않았느냐? 우리들이 통치할 왕국과 결혼할 여왕이 있다고 하지 않았느냐?"

"당연하죠!" 산초가 말했다. "판다일라도*의 숨통을 끊어놓고도 결혼하지 않는 놈은 멍청이일 것입니다! 여왕님이 뭐 못나기라도 했답니까! 침대에 있는 벼룩들도 그 아름다움에 반할 정도인데요!**"

그러고는 매우 흡족한 모습으로 허공에서 발박자를 두 번이나 쳤다. 그런 후 도로테아의 노새 고삐를 잡고 멈추게 하면서 그녀 앞에 무릎을 꿇고는 그녀를 왕비이자 주인으로 받아들인다는 표시로 그녀의 손에 입을 맞추기 위해 두 손을 청했다. 주인의 광기와 그 종자의 어리숙함을 보고 어느 누가 웃지 않을 수 있겠는가? 결국 도로테아는 그에게 손을 내밀면서 하늘이 자신의 왕국을 회복하고 향유할 수 있는 크나큰 자비를 베풀어주신다면 그를 왕국의 총독으로 만들어주겠다고 약속했다. 산초가 도로테아에게 여러 가지 감사의 말을 전하자 모두들 웃음을 참지 못할 지경이었다.

---

*산초가 '판다필란도'를 잘못 말한 것이다.
**스페인에서 일반 대중들이 여인의 아름다움을 표현하는 세속적인 문장이다.

"자, 여러분." 도로테아가 말을 이었다. "이것이 제 사연이랍니다. 마지막으로 드릴 말씀은 제가 왕국에서 데리고 나온 사람들 중에 제 곁에 남은 사람은 턱수염을 기른 이 착한 시종 한 사람뿐이라는 거예요. 항구를 눈앞에 두고 굉장한 폭풍을 만나는 통에 모두 익사하고 저 사람과 저만이 판자 두 개를 타고 기적처럼 육지에 닿았기 때문이지요. 여러분께서도 보셨다시피 제가 살아온 인생은 모두 기적과 신비로운 일들의 연속이랍니다. 혹시 제가 조금 지나쳤다거나 정확하지 못하게 말씀드린 것이 있다면, 이야기를 시작할 때 신부님께서 말씀하신 것처럼 끊임없이 이상한 일들을 겪은 사람은 기억마저 잃어버린다는 걸 떠올리시고 그 탓으로 여겨주세요."

"그것들이 내 기억까지 지우진 못할 것입니다. 오, 더없이 고귀하고 용감하신 공주여!" 돈키호테가 말했다. "그대를 섬기면서 아무리 험난한 전대미문의 일들을 겪는다고 할지라도 그대에게 했던 약속을 다시 한 번 확고히 하고, 그대의 그 무시무시한 원수를 만날 때까지는 세상 끝이라도 함께 가겠노라고 맹세하겠습니다. 하느님의 가호와 내 두 팔로 그 오만한 자의 머리통을 이 명검으로 날려버리고…… 그런데 히네스 데 파사몬테가 내 명검을 훔쳐 갔으니 그렇게 할 수 없을 것 같군.*"

그는 마지막 말을 입속으로 투덜거리고는 다시 말을 이었다.

"그자의 목을 자르고 그대의 왕국을 품안에 평화롭게 안겨드리고 난 뒤에는 그대가 원하는 대로 그대의 의지에 맡기겠습니다. 왜냐하면 내 머릿속을 온통 채우고 내 온 마음을 사로잡아버린 그분…… 더는 말 않겠습니다. 그녀가 있는 한은, 불사조가 나타난다 해도 결혼은 불가능하며 생각조차 할

---

*갤리선 죄수와의 모험에서 등장한 파사몬테가 돈키호테의 검을 가져갔다는 이야기는 앞서 나오지 않는다. 세르반테스가 실수한 부분으로 여겨진다.

수 없기 때문입니다."

산초는 주인이 마지막에 결혼하지 않겠다고 한 말이 매우 못마땅했으므로 벌컥 화를 내며 목소리를 높였다.

"저를 걸고 맹세합니다만, 돈키호테 주인님, 주인님은 지금 제정신이 아닙니다! 그게 아니라면 어떻게 이처럼 고귀하신 공주님과의 결혼을 망설이실 수 있나요? 지금 주인님께 떨어진 이런 행운이 매번 찾아올 거라고 생각하시는 겁니까? 혹시 둘시네아 아가씨가 더 아름답기라도 하다는 건가요? 천만의 말씀입니다. 절반은커녕 이 앞에 계신 공주님의 발끝에도 못 미친다고 말하고 싶네요. 그러니까 주인님께서 바닷속에서 감자를 캐려 하신다면, 제가 바라는 백작이고 영토고 전부 물 건너가버리는 거란 말입니다요. 결혼하세요, 빨리 결혼하셔야 해요. 악마에게라도 제가 부탁할 겁니다. 저절로 손안에 들어온 그 왕국을 가지셔야죠. 왕이 되어서 저를 후작이나 총독으로 만들어주시고 나면, 그 후에는 악마가 다 가져가든 말든 마음대로 하라지요."

돈키호테는 자신의 둘시네아 공주에 대해 이렇게 함부로 지껄이는 걸 참을 수가 없었다. 그래서 창을 집어 들고는 입을 다문 채 한마디 말도 없이 산초를 두 차례나 세게 내리쳐 땅에 고꾸라뜨렸다. 도로테아가 그만하라고 소리치지 않았다면 분명 그 자리에서 그를 죽이고 말았을 것이다.

"이 천박한 촌놈 같으니." 잠시 후 돈키호테가 말했다. "네가 나와 허물없는 사이가 될 수 있다고 생각하는 것이냐? 네놈이 잘못해도 내가 마냥 용서해줄 것 같으냐? 그런 생각일랑 마라, 이 사악한 능구렁이 같은 놈아. 넌 분명 그런 놈이다. 비할 데 없는 둘시네아를 욕보이다니. 그분이 내 팔에 불어넣는 힘이 아니라면 난 벼룩 한 마리 죽일 힘도 없다는 것을 모르는 게냐, 이 촌놈 머슴 망나니 같은 녀석아. 말해보아라, 이 살모사의 혀를 가진 악당

H.PISAN

놈. 난 이 모든 것을 이미 판정이 난 과거지사로 보고 있단 말이다. 내 팔을 자신의 무공을 세우기 위한 방편으로 여기는 둘시네아의 힘이 아니었다면, 그 누가 이 왕국을 손에 넣고 이 거인의 목을 칠 수 있었으며, 또 너를 후작으로 만들어줄 수 있단 말이냐? 그분이 내 안에서 싸워 내 안에서 승리하시고, 나는 그분 안에서 살아 숨 쉼으로써 내 생명과 존재가 있는 것이다. 아, 이 교활한 몹쓸 놈 같으니라고. 넌 어찌 그리 배은망덕한 것이냐? 흙먼지에서 일어나 작위를 가진 신분이 되었건만, 너를 이렇게 만들어주신 분에 대한 욕지거리로 자비로운 노고에 회답하다니."

산초는 주인이 말하는 것을 전부 알아듣지 못할 정도로 혼이 난 건 아니었으므로 비교적 잽싸게 몸을 일으켜 도로테아가 타고 있는 귀부인용 말 뒤로 가서 주인에게 말했다.

"말씀해보세요, 주인님. 만일 주인님께서 이 고귀하신 공주님과 결혼하지 않는다면, 그 왕국이 주인님의 것이 안 될 거라는 건 불 보듯 뻔하지 않습니까? 그렇게 되면 제게는 무엇을 주실 건가요? 이게 바로 제가 한탄하는 일입니다. 주인님, 우선은 하늘에서 갑자기 떨어져 내린 것처럼 지금 여기 우리 곁에 계신 이 공주님과 결혼하셔야 합니다. 그러고 나서 둘시네아 공주님께 돌아가셔도 되잖습니까? 세상에는 첩을 둔 왕들도 있었을 테니까요. 아름다움에 대해서는 괜한 참견 않겠습니다. 사실 미모로 치자면야 제 눈에는 두 분 모두 훌륭합니다. 둘시네아 공주님은 한 번도 본 적이 없긴 하지만 말입니다."

"어찌하여 그분을 뵌 적이 없다는 것이냐, 이 불경스러운 배신자 놈아." 돈키호테가 말했다. "조금 전 그분의 전갈을 가지고 온 것이 아니더냐?"

"제 말은 그분을 아주 찬찬히 보진 못했다는 겁니다." 산초가 말했다. "그분의 아름다움이나 훌륭한 점들을 일일이 살펴볼 수는 없었단 말씀이죠. 하지만 대체로 훌륭한 것 같더라고요."

"그렇다면 너를 용서하마." 돈키호테가 말했다. "그리고 내가 화낸 것도 용서해다오. 충동이란 것은 인간의 힘으로는 어찌할 수 없는 일 아니냐."

"그건 이미 알고 있습니다." 산초가 말했다. "저 역시 항상 말하고 싶다는 게 가장 큰 충동이니까요. 입까지 올라온 이상 한 번이라도 말하지 않고는 못 배기지요."

"아무리 그렇다 해도," 돈키호테가 말했다. "말조심하거라, 산초. 작은 물 항아리를 들고 샘가를 들락날락하다 보면⋯⋯ 그만두자. 더는 말 않겠다."

"잘 알겠습니다." 산초가 말했다. "하느님이 하늘에 계시면서 속임수들을 보고 있으니 누가 더 나쁜 사람인지 판결을 내려주실 겁니다. 말을 제대로 하지 않는 저인지, 아니면 행동을 제대로 하지 않는 주인님인지."

"이제 그만들 하세요." 도로테아가 나섰다. "산초, 어서 와서 주인님의 손에 입을 맞추세요. 그분께 용서를 구하고 이제부터는 칭찬하거나 욕할 때 더 조심하도록 하세요. 저는 뵌 적이 없지만, 그 토보사* 공주님에 대해 욕하면 안 돼요. 그분에게 도움이 되는 일이 아니라면 말이에요. 그리고 하느님을 믿으세요. 그러면 당신이 왕자처럼 살 영지를 잊지 않으실 거예요."

산초가 고개를 숙인 채 주인에게 다가가 손을 구하자, 돈키호테는 차분한 태도로 그에게 손을 내밀었다. 그가 손에 입을 맞추자 돈키호테 역시 그에게 축복을 내리고 조금 앞으로 가자고 하더니 물어볼 것이 있다면서 중요한 일들을 의논해야 한다고 말했다. 산초는 그 말을 따랐고, 두 사람이 앞쪽으로 떨어지자 돈키호테가 입을 열었다.

"네가 돌아온 후에 내 특명을 갖고 간 일이나 네가 가지고 온 회답에 대해

---

*도로테아가 토보소를 잘못 말한 것이다.

여러 가지로 상세하게 물어볼 만한 여유가 없었다. 지금 다행히 그럴 시간과 장소가 생겼으니 네가 그 기쁜 소식들로 내게 줄 수 있는 행운을 거부하지는 마라."

"뭐든 원하시는 대로 물어보세요." 산초가 대답했다. "모든 일에는 입구가 있듯이 훌륭한 출구도 있을 겁니다. 하지만 부탁드리는데, 이후로는 그런 식으로 보복하지 말아주셨으면 합니다."

"어찌하여 그런 말을 하는 것이냐, 산초?" 돈키호테가 말했다.

"그건 말이지요," 산초가 말했다. "방금 전에 절 내리치셨던 건, 제가 둘시네아 공주님에 대해 나쁜 말을 해서라기보다 지난밤에 악마가 주인님과 저를 이간질해서 다툼이 벌어진 것이기 때문입니다. 저는 둘시네아 공주님을 연모할뿐더러 성자의 유물처럼 존경하고 있습니다. 물론 그분에게 유물이 있는 건 아니지만 주인님께서 그렇게 여기신다니까 그런 겁니다."

"제발 그 이야기는 다시 하지 마라, 산초." 돈키호테가 말했다. "자꾸 말해봤자 나를 괴롭게 할 뿐이다. 난 그때 이미 널 용서했다. '새로운 죄에는 새로운 속죄'라는 말은 너도 잘 알지 않느냐."*

---

*재판본부터는 이 뒷부분에 산초와 당나귀에 관한 이야기가 30행 정도 새로이 삽입되었다. 내용은 다음과 같다.

"이런 일들이 일어나고 있는 동안, 그들이 걸어가고 있던 길로 당나귀를 타고 오는 사내가 보였다. 가까이 다가왔을 때 보니 집시 같았다. 어디에서든지 당나귀만 보면 눈과 정신이 그쪽으로 쏠리는 산초 판사는 그 사내를 보자마자 그가 히네스 데 파사몬테라는 것을 알았고, 당나귀 역시 자기 거라는 걸 알아챘는데, 사실이었다. 파사몬테가 타고 오는 것은 바로 산초의 잿빛 당나귀였다. 그는 신분을 들키지 않고 당나귀를 팔기 위해 집시로 변장했는데, 집시의 말과 그 밖의 많은 언어들을 모국어처럼 유창하게 할 줄 알았다. 산초는 그를 알아보자마자 큰 소리로 외쳤다. '야, 히네시요 이 도둑놈아! 내 물건 내놔라. 내 목숨을 놔줘라. 내 휴식을 방해하지 말고 내 당나귀, 내 위안을 돌려줘라. 그리고 썩 꺼져버려라, 이 몹쓸 도둑놈아. 네 것이 아닌 걸 내놓아라, 이놈아.' 사실 그렇게 많은 말도 욕도 필요 없었다. 히네스가 첫마디를 듣자마자 곧장 뛰어내려 달리기 경주를 하듯 쏜살같이 달아남으로써 한순간에 모두에게서 멀어져버렸기 때문이었다. 산초는 자신의 당나귀에게 달려가 당나귀를 부둥켜안았다. '어떻게 지냈느냐, 내 보물아? 내 눈에 잿빛으로 보이는 당나귀

둘이서 이런 이야기를 나누고 있는 동안, 신부는 도로테아에게 이야기를 간추려 하는 솜씨와 기사도 책과의 유사성 등 어느 것 하나 빈틈이 없었다고 칭찬했다. 그녀는 그런 책들을 즐겨 읽었노라고, 하지만 그 지방이나 항구들이 어디에 있는지 몰랐기 때문에 더듬거리며 오수나에 상륙했다는 말이 튀어나왔다고 설명했다.

"그런 줄 알고 있었지요." 신부가 말했다. "그래서 도와드린 것인데, 모두 잘 들어맞았습니다. 하지만 이 가련한 기사는 그의 책들이 요구하는 문체와 형식만 갖추면 이 모든 꾸며낸 일과 거짓말들을 너무나 쉽게 믿어버리니 이상하지 않습니까?"

"정말 그렇습니다." 카르데니오가 말했다. "너무도 이상한 전대미문의 이야기인지라, 거짓으로 날조하고 싶어도 과연 그렇게 해낼 수 있는 날카로운 재주가 있는 사람이 있을는지 모르겠습니다."

"하지만 거기엔 또 다른 게 있지요." 신부가 말했다. "이 훌륭한 귀족은 광기에 빠져서 내뱉는 그 순진한 말들을 제외한다면, 다른 일들에 대해서는 매우 뛰어난 논리로 사고하며 모든 일에 명민하고 침착한 판단력을 보여준다는 겁니다. 따라서 기사도 이야기만 꺼내지 않는다면 그를 훌륭한 지성인으로 보지 않을 사람이 없을 겁니다."

이런 대화가 진행되는 동안 돈키호테는 산초를 붙잡고 여전히 자기 얘기를 하고 있었다.

"나의 벗 판사야, 우리의 언쟁으로 언짢았던 점은 바다로 흘려보내라. 분

야, 내 동무야.' 그러고는 사람에게 하듯이 입을 맞추고 쓰다듬었다. 당나귀는 아무 대답도 하지 않은 채 산초가 입을 맞추고 쓰다듬는 대로 가만히 있었다. 모두가 달려와 축하의 말을 건넸고, 특히 돈키호테는 이것으로 당나귀 세 마리를 주겠다는 증서가 무효가 되는 건 아니라고 말했다. 이에 대해 산초도 감사를 표했다."

노와 쓸쓸함은 던져버리고 이제 말해보아라. 언제 어디서 어떻게 둘시네아를 만났느냐? 무얼 하고 계셨지? 그분에게 무슨 말을 했느냐? 뭐라고 대답하시더냐? 내 편지를 읽을 때 어떤 표정을 지으셨는가? 편지는 누가 대필해주었지? 네가 생각하기에 이 일에 대해 알아둘 만한, 그리고 물어보고 만족할 만한 가치가 있는 모든 걸 말해다오. 날 기쁘게 하기 위해 보태거나 꾸미지 말고, 내게서 그 기쁨을 앗아 가지 않기 위해 자르지도 말고."

"주인님." 산초가 대답했다. "진실을 말씀드리자면요, 편지를 대필해준 사람은 아무도 없습니다. 제가 편지 같은 걸 가져가지 않았으니까요."

"네가 말한 대로다." 돈키호테가 말했다. "편지 쓴 종이를 네가 떠나고 이틀 후에 내 품에서 발견했으니까. 네가 편지가 없다는 것을 알고 어떻게 했을지 알 도리가 없어서 보통 걱정한 게 아니다. 결국 네가 편지가 없다는 걸 깨달으면 되돌아올 줄 알았다."

"아마 그랬을 겁니다." 산초가 대답했다. "주인님께서 읽어주신 걸 기억하지 않았더라면 말이죠. 전 어느 성당지기에게 머릿속에 있는 내용을 하나하나 대필해달라고 했는데, 그 사람 말이 태어나서 지금까지 수많은 편지를 읽어보았지만 그처럼 아름다운 편지는 본 적도 읽은 적도 없다고 했습니다."

"그런데, 아직 그걸 기억하고 있느냐, 산초?" 돈키호테가 물었다.

"아닙니다, 주인님." 산초가 대답했다. "말씀드리고 나자마자 이제 더는 필요 없다는 생각에 그만 잊어버렸지 뭡니까. 기억나는 게 있다면, '우글쭈글하신' 아니 제 말은 '지고하신 공주님'이라는 말과, 마지막에 '죽는 날까지 당신의 종인 슬픈 얼굴의 기사' 정도입니다. 그리고 이 두 말 사이에 300번도 넘게 '영혼'이니 '목숨'이니 '나의 눈동자' 같은 말들을 집어넣었지요."

제 31 장

돈키호테와 그의 종자 산초 판사가 나눈 재미난 생각들과 새로운 사건들에 대하여

"크게 불만스러울 건 없구나. 계속해라." 돈키호테가 말했다. "네가 도착했을 때 아름다운 공주께선 무얼 하고 계시더냐? 분명히 진주를 실에 꿰고 계셨든가 그분의, 그녀의 포로인 이 기사를 위해 금실로 수를 놓고 계셨겠지."

"그건 아니고요," 산초가 대답했다. "마당에서 밀 2파네가*를 키질하고 계시던걸요."

"그랬다면," 돈키호테가 말했다. "그 밀알들은 공주님의 손이 닿는 순간 진주알로 변했을 거라는 점을 염두에 둬라. 그 밀을 보았다면, 산초야, 그것이 하얀 밀이더냐 봄보리더냐?"

"그게 아니라 붉은 밀이었는데요." 산초가 대꾸했다.

"단언컨대," 돈키호테가 말했다. "그분이 손수 키질을 하셨으니 의심의 여지없이 하얀 빵을 만드셨을 것이다. 자, 계속해라. 그분이 내 편지에 입을 맞추시더냐? 아니면 머리 위로 올리시더냐? 그런 편지에 어울릴 만한 의식

*1파네가는 55.5킬로그램이다.

이나 뭐 다른 걸 하시더냐?"

"제가 편지를 드리려고 했을 때 그분은요," 산초가 말했다. "꽤 많은 밀을 까부느라 애쓰고 있었기 때문에 이렇게 말씀하셨습니다. '이봐요, 편지는 저기 자루 위에 놓아둬요. 이 밀들을 다 까불기 전엔 읽을 수가 없어요.'"

"사려 깊은 분이 아니시냐!" 돈키호테가 말했다. "천천히 음미하며 읽으려고 그러신 거다. 산초야, 계속해라. 그분이 일하시는 동안 너와 어떤 대화를 하였느냐? 나에 대해 무얼 묻더냐? 넌 뭐라고 대답했고? 한마디도 빼지 말고 남김없이 모두 다 털어놓아라."

"그분은 아무것도 묻지 않았습니다." 산초가 말했다. "하지만 주인님께서 그분에 대한 충성으로 윗옷을 벗은 채 산속에서 야만인처럼 맨땅에서 주무시고, 식탁보도 없이 빵을 드시고, 수염에 빗질조차 하지 않고 주인님의 운명을 저주하고 울부짖으며 고행한다고 말씀드렸습니다."

"내 운명을 저주한다고 말씀드린 건 잘못한 것 같구나." 돈키호테가 말했다. "먼저 내 운명을 축복하며 둘시네아 델 토보소 같은 지체 높은 아가씨를 사모할 수 있는 충분한 자격을 갖추도록 해준 내 삶의 모든 날들을 축복할 것이다."

"높기는 높으십디다." 산초가 말했다. "확실히 저보다 주먹 하나는 크시던데요."

"아니, 뭐라고?" 돈키호테가 말했다. "산초, 그분과 키를 견주어보았단 말이냐?"

"어쩌다 그렇게 되었습니다." 산초가 말했다. "커다란 밀 자루를 나귀에 싣기에 제가 도와드렸는데 그러느라고 곁에 서게 되어서 슬쩍 쳐다보니 저보다 한 뼘 넘게 크시더군요."

"그야 사실일 테지." 돈키호테가 말했다. "그 정도 높이는 당연한 거다. 그 훌륭한 체격을 장식하고 있는 것은 헤아릴 수 없는 영혼의 매력이니까. 산초, 너도 한 가지 사실은 부인하지 못할 것이다. 그분 곁에 섰을 때 이름을 알 수 없는 향기로운 향을 맡지 못했느냐? 어느 장갑 가게에 들어가 있는 듯한 생각이 드는 향기 말이다."

"제가 말씀드릴 수 있는 건요," 산초가 말했다. "그분한테서 사내들에게서나 나는 냄새가 났다는 겁니다. 일이 많아서 땀을 흘리셨는지 좀 끈적거렸고요."

"그게 아니고," 돈키호테가 말했다. "네가 코감기에 걸렸던 거겠지. 아니면 네 냄새를 맡았던 것이거나. 난 가시 사이에 피어 있는 장미, 저 들판의 붓꽃, 저 용해된 호박 보석의 향기를 잘 알고 있다."

"그럴 수도 있겠네요." 산초가 말했다. "그때 둘시네아 아가씨가 풍기는 줄 알았던 그 냄새는 저한테서도 늘 나니까요. 하지만 별로 놀랄 것은 없습니다. 어차피 악마는 다른 악마를 닮았다고 하니까요."

"그건 됐다." 돈키호테가 말했다. "그분이 밀을 다 까불어 껍질을 제거한 다음 방앗간으로 보낸 것까지 들었다. 그리고 편지를 읽을 때 무얼 하시더냐?"

"편지는 읽지 않으셨습니다." 산초가 말했다. "읽을 줄도 쓸 줄도 모르신다고 하지 않았습니까? 편지를 조각조각 찢어버리시고는, 그 마을에 아가씨의 비밀이 알려질까 봐 아무도 읽지 못하게 한 거라고 말씀하시더군요. 그리고 주인님께서 그분을 얼마나 사랑하는지, 그분을 위해 주인님께서 하고 계신 범상치 않은 고행에 대해서는 제가 전해드린 것만으로도 충분하다고 하셨습니다. 마지막으로 주인님의 손에 입을 맞춘다고 하시면서 주인님께 편지를 쓰기보다는 주인님을 직접 보고 싶어졌으니 당장 그런 잡초만 있는 평원에서 빠져나와 엉뚱한 짓은 그만두시고, 다른 더 중요한 일이 일어나지 않는 한 곧바로 엘 토보소를 향해 길을 나설 것을 간청하여 부탁드린다고 하셨습니다. 주인님을 간절히 보고 싶기 때문이랍니다. 그리고 주인님께서 '슬픈 얼굴의 기사'라고 불리는 사연을 말씀드렸더니 많이 웃으셨습니다. 이전에 그 비스카야인이 찾아오지 않았느냐고 여쭤보았더니, 찾아왔다고 하시며 매우 괜찮은 남자였다고 하셨습니다. 죄수들에 대해서도 여쭤보았지만 아직 한 사람도 보지 못했다고 하셨습니다."

"거기까지는 모두 잘되었구나." 돈키호테가 말했다. "하지만 헤어질 때 내 소식을 전한 감사의 표시로 네게 어떤 보석을 주시더냐? 편력기사와 귀부인 사이에는 귀부인의 소식을 기사에게, 기사의 소식을 귀부인에게 전해주는 종자나 시녀나 난쟁이에게 편지를 전해준 고마움으로 무언가 값비싼 보석을 선물하는 것이 오래된 관습이다."

"당연히 그러면 좋지요. 저도 훌륭한 관습이라고 생각합니다. 하지만 그것도 옛날에나 있었던 일이고 요즘엔 겨우 빵과 치즈 한 덩이를 주도록 되어 있는가 봅니다. 제가 그분과 작별하려 했을 때 마당의 나무 울타리 너머로 둘시네아 님이 저에게 주신 건 고작 그 정도였거든요. 좀 더 자세히 말씀드리면 양젖으로 만든 페타 치즈였습니다."

"참으로 관대한 분이구나." 돈키호테가 말했다. "너에게 황금 장신구를 주지 않았다면 분명 너에게 줄 만한 것을 수중에 갖고 계시지 않았기 때문일 것이다. 하지만 부활절이 지난 후에는 사람들이 관대해진다는 속담도 있지 않느냐. 내가 가서 그분을 뵙는다면 모두가 만족할 만한 일이 있을 것이다. 그런데 산초야, 내가 놀랍게 생각하는 것이 무엇인지 아느냐? 네가 하늘을 날아서 갔다 온 것 같다는 거다. 여기서 엘 토보소까지는 30레구아가 넘는데, 너는 사흘 안에 다녀왔으니 말이다. 그것을 나는 이렇게 이해하고자 한다. 내가 하는 일을 늘 염두에 두고 나를 도와주고자 하는 마법사, 그런 마법사는 필연적으로 존재하고 또 내가 훌륭한 편력기사인 만큼 반드시 존재해야만 하는 것인데, 그 마법사가 너 자신도 느끼지 못한 사이에 네 걸음을 빨리 해준 것이라고 말이다. 그러한 마법사 중에는 침대에 누워 자고 있는 편력기사를 아무도 모르게 옮겨 다음 날 아침 1천 레구아나 떨어진 곳에서 깨어나도록 하는 경우도 있다. 이런 식이 아니라면 편력기사들이 위급한 상황에 처했을 때 서로를 도울 방법이 없는 것이다. 어떻게 매번 구원을 받겠느냐? 한 기사가 아르메니아의 산중에서 괴물인지 사나운 요괴인지, 아니면 다른 기사를 만나 싸우다가 싸움의 판세가 불리해져서 마침내 죽음의 순간에 이르렀을 때, 순식간에 구름이나 불의 전차를 타고 조금 전까지만 해도 영국에 있던 동료 기사가 나타나 그 기사를 죽음에서 구해주고 어느덧 밤이 되면 주막으로 돌아가서 맛있게 저녁 식사를 할 수 있게 해주는 것이 바로 그런 것이지. 서로 2, 3천 레구아는 떨어져 있는데도 이런 일은 비일비재하단다. 이런 일들은 모두 용감한 기사들을 보살펴주는 마법사의 기술과 지혜로 이루어지는 것이다. 그러니 산초야, 네가 매우 짧은 시간에 여기서 엘 토보소까지 다녀온 것이 그리 어려운 일은 아닌 것 같구나. 좀 전에 말한 대로 나를 돌보는 마법사가 네가 깨닫지 못하는 사이에 공중을 날아 너를 데려다준 것이 틀림없기 때문이다."

"그럴 겁니다." 산초가 말했다. "정말이지 로시난테는 마치 귀에 수은이 들어간 집시의 당나귀처럼 달렸으니까요."*

"수은이 들어갔다니!" 돈키호테가 말했다. "악마의 무리들이 그랬겠지. 그놈들은 원한다면 쉬지 않고 걷거나 남들을 걷게 만들 수 있으니까. 그건 그렇다 치고, 나의 공주님께서 만나러 오라고 명령하셨으니 나는 어떻게 하

---

*집시들은 나귀를 더 빨리 달리게 하기 위해 나귀 귀에 수은을 넣었다.

면 좋겠느냐? 그분의 명령을 따라야 한다는 건 알지만, 지금 우리와 함께 있는 공주에게 약속한 게 있어서 그 명령을 따를 수 없다는 점도 생각해야 하니 말이다. 게다가 기사도에 따르면 자신의 기쁨보다는 약속을 지켜야 하니, 한편으로는 그분을 만나고 싶다는 생각에 괴롭고, 또 다른 한편으로는 약속을 지키고자 하는 마음과 이번 과업으로 손에 넣을 영광이 나를 부추기는구나. 그러나 내가 정말 원하는 것은 당장 발걸음을 재촉하여 그 거인의 목을 치고 공주를 평화롭게 조국으로 보내드리는 것이다. 그런 다음 즉시 되돌아와 나의 오감을 비추는 빛이신 그분을 만나 뵙는 것이다. 그분은 내가 늦은 걸 용납해주실 것이다. 내가 평생 동안 무기를 가지고 이루어놓은 것과 지금 이루고 있는 것, 그리고 앞으로 이루게 될 것 모두 그분이 내게 베풀어주신 은혜와 내가 그분에게 속해 있다는 사실에서 비롯되었다는 것을 잘 아실 테니까 말이다."

"세상에나!" 산초가 말했다. "그놈의 투구 때문에 주인님의 머리가 어떻게 된 것 아닙니까! 말씀해보세요, 주인님, 지참금으로 왕국을 주겠다는 이 호화롭고 중대한 결혼을 그냥 놓칠 생각이십니까? 더욱이 그 왕국은 2만 레구아가 넘고 인간이 먹고사는 데 필요한 모든 것이 있으며, 포르투갈과 카스티야를 합친 것보다 더 크다고 들었는데요. 제발 부탁이니 아무 말씀 마시고 좀 전에 하신 말씀을 부끄럽게 생각해주시기 바랍니다. 제 충고를 받아들여 절 용서해주시고, 어느 마을이든 신부님만 계시면 도착하자마자 곧장 결혼하세요. 아니면 저기 우리 신부님이 계시니 멋지게 해주실 겁니다. 이제는 저도 충고 정도는 할 만한 나이이고, 또 지금 주인님께 드린 말씀은 주인님께 꼭 맞는 충고라는 점을 깨달으시기 바랍니다. 날아다니는 커다란 새보다 내 손에 있는 작은 새가 낫다는 말도 있잖습니까. 좋은 것을 가지고 있으면서도 선택을 잘못하고선 나중에 아무리 화를 내봐야 어쩔 수 없는 것이지요."

"이것 봐라, 산초야." 돈키호테가 말했다. "나더러 결혼하라는 이유가 거인을 죽이고 당장 국왕이 되어 너에게 은혜를 베풀고 약속한 것을 달라는 거라면, 결혼하지 않고서도 너의 소원을 쉽사리 이루어줄 수 있다는 걸 알아둬라. 나는 전투를 시작하기 전에, 만일 내가 싸움에 이겼을 경우에는 결혼하지 않더라도 왕국의 일부를 주어야 할 것이며, 그것을 내가 원하는 이에게 줄 수 있다는 것을 답례로 정해놓을 것이기 때문이다. 그것을 받으면 너 말고 누구에게 주겠느냐?"

"그건 분명하네요." 산초가 말했다. "그런데 사례로 받으실 영토는 바다를 향한 곳을 고르셨으면 합니다. 만일 그곳의 생활이 싫어지면 흑인들을 배에 실어 팔아버릴 수 있도록 말예요. 이제 주인님께서는 당분간 둘시네아 님을 만나러 가는 걸 포기하시고 거인을 처단하러 가서 재빨리 이 일을 마무리하세요. 이건 하느님께서도 제게 허락한 일이니 만큼 대단한 명예와 부를 가져오는 것입니다."

"산초, 네 말이 옳다." 돈키호테가 말했다. "둘시네아 님을 만나기 전에 공주님과 함께 가라는 너의 충고를 받아들여야만 하겠지. 그러니 미리 말해두지만, 여기서 우리 둘이 나눈 얘기는 그 누구에게도, 우리와 함께 가는 사람들에게조차도 말해서는 안 된다. 둘시네아 님은 너무도 조신하신 분이라 그분의 생각이 남들에게 알려지는 걸 원하지 않으시므로 나도, 나를 대신한 다른 사람도 그것을 들추어내는 것은 옳지 않다."

"그런 이유라면요, 주인님," 산초가 말했다. "무엇 때문에 주인님의 손으로 승리를 거둔 상대들을 모두 둘시네아 님 앞으로 보내십니까? 그건 주인님께서 그분을 진정으로 아끼며 사랑한다고 서명하는 꼴이 되지 않습니까? 거기 간 사람들은 그분 앞에서 무릎을 꿇고 주인님의 분부로 그분께 복종하러 왔노라고 말해야 하는데 그럼 두 분의 감정을 어떻게 숨긴단 말입니까?"

"아, 너는 어찌 그리도 무지하고 단순하단 말이냐!" 돈키호테가 말했다. "산초, 너는 그 모든 것이 그분을 더욱더 찬양하는 결과를 빚는다는 것을 알아채지 못하겠느냐? 우리 기사도의 방식에서 한 귀부인께 봉사하는 편력기사가 많다는 것은 대단한 명예이다. 기사들은 그분을 섬기는 것 이상의 다른 생각은 하지 않고, 자신들의 충성에서 우러난 그리움의 보답을 바라지 않으며, 단지 자신들을 그 귀부인께 헌신하는 기사로서 기쁘게 인정해주기만을 바라는 것이다."

"우리도 그런 사랑의 방식으로 우리 주님을 사랑해야 한다는 설교는 들었습니다." 산초가 말했다. "영광에 대한 희망이나 지옥에 대한 공포 때문에 사랑하는 것이 아니라요. 저야 하느님을 사랑하고 섬기는 것이 그분의 권능 때문이지만 말입니다."

"이런 사악한 촌놈 같으니라고!" 돈키호테가 말했다. "어떨 때 보면 넌 참 약삭빠르단 말이야. 무지렁이 같지 않고 공부를 많이 한 인간 같단 말이지."

"솔직히 말씀드리면 까막눈입니다." 산초가 말했다.

이때 이발사 니콜라스 선생이 잠시 기다려달라며 그들에게 말을 건넸다. 거기 있는 조그마한 샘에서 물을 마시고 가자는 것이었다. 돈키호테가 말을 세우자, 이제 거짓말을 하는 데도 지쳐 주인이 말꼬리를 잡지나 않을까 두려워하고 있던 산초는 몹시 반가웠다. 둘시네아가 엘 토보소 마을의 농사짓는 처녀라는 건 알고 있었으나 직접 만난 적은 한 번도 없었기 때문이었다.

이때 카르데니오는 도로테아가 사람들에게 발견되었을 당시에 걸쳤던 옷을 입고 있었는데, 그리 좋은 옷은 아니었으나 그가 벗어버린 옷보다는 훨씬 훌륭했다. 모두들 샘물가에서 말을 내려 신부가 주막에서 가져온 적은 양의 음식으로 배고픔을 달랬다.

바로 그때였다. 근처를 지나던 한 소년이 샘가에 앉아 있는 사람들을 유심히 바라보더니, 돈키호테에게 달려들어 두 다리를 껴안고는 억지스럽게 울며 말했다.

"아, 나리! 절 몰라보시겠어요? 잘 보세요, 안드레스예요, 떡갈나무에 묶여 있던 저를 나리께서 풀어주셨잖아요."

소년을 알아본 돈키호테는 소년의 손을 잡고 사람들 쪽으로 몸을 돌리면서 말했다.

"뻔뻔하고 못된 자들로 인해 삐뚤어진 이 세상에서 편력기사들의 역할이 얼마나 중요한지 여러분들은 잘 보시기 바라오. 지난날 숲을 지나가다가 비명 소리와 깊은 한숨이 섞인 목소리를 들었소. 괴롭고 어려운 처지에 있는 듯한 소리 같았지요. 의무감에서 그 목소리를 찾아 달려가 보았더니 지금 여러분 앞에 있는 이 소년이 떡갈나무에 묶여 있지 뭡니까. 난 그 일을 몹시 기쁘게 생각하고 있소. 이 소년이 내가 거짓말을 하지 못하도록 하는 증인이 되어줄 것이기 때문이오. 그때 이 소년은 윗도리가 벗겨진 채 떡갈나무에 묶인 상태로 농부의 채찍질을 견뎌내고 있었소. 농부가 바로 이 소년의 주인이라는 것을 알고 그토록 잔악하게 때리는 이유를 물어보았소. 이 소년을 매질하던 자가 대답하기를, 소년은 자신의 일꾼인데 어리석어서라기보다는 가끔 도둑질을 해서 그랬다는 것이오. 그러자 이 소년이 '나리, 저를 때린 것은 다름이 아니라 품삯을 달라고 했기 때문이에요'라는 게 아니겠소. 주인은 이런저런 말을 길게 늘어놓으며 변명을 해댔지만 받아들일 수 없었소. 나는 농부에게 소년을 풀어주라고 하고, 소년을 데려가서 1레알씩 세어 지불하겠다는 맹세를 받았소. 이 모든 것이 진실이지 않느냐, 안드레스? 내가 그놈에게 얼마나 엄하게 명령을 내렸는지, 또 내가 명령하여 주지시켰던 일을 모두 그대로 실행하겠다고 얼마나 순순히 약속했는지 너도 보지 않았더냐? 자, 대답해봐라. 조금도 당혹해하거나 주저할 것 없다. 내가 전에 말했던 것처럼 편력기사들이 방방곡곡에서 유익한 일을 행했다는 걸 깨닫고 판단하시도록 네게 일어났던 일을 이분들께 말씀드리도록 해라."

"나리 말씀은 모두 사실이에요." 소년이 말했다. "하지만 이야기의 결말은 나리가 생각하신 것과는 정반대가 되어버렸어요."

"정반대로 되었다니?" 돈키호테가 물었다. "그러면 농부가 너에게 돈을 지불하지 않았다는 것이냐?"

"지불하지 않았을 뿐 아니라," 소년이 대답했다. "나리가 숲 저쪽으로 가시고 둘만 남게 되자 다시 저를 떡갈나무에 묶어놓고는 또 얼마나 매질을 했는지 살갗이 벗겨진 성 바르톨로메오 같은 꼴이 되어버렸죠. 매를 휘두를 때마다 나리를 조롱하는 경구나 농지거리를 해댔는데, 제가 그렇게 아픔을 느끼지만 않았다면 그가 하는 말을 듣고 웃음을 터뜨렸을 거예요. 사실 그때 얼마나 많이 맞았는지 지금도 병원을 다니며 치료를 받을 정도예요. 그 모든 게 다 나리 탓입니다. 나리께서 남의 일에 참견하지 않고 가던 길을 가셨더라면, 우리 주인은 저를 열댓 번이나 스물네댓 번쯤 때리고 나서 화를 풀고는 밀린 돈을 주었을 거예요. 그런데 나리가 괜히 끼어들어 모욕을 주고 욕을 해댔기 때문에 그만 화가 치밀어 오른 거라고요. 나리에게 복수할 수도 없으니 그만 저한테 분풀이를 해댄 것이죠. 그래서 저는 죽을 때까지 사내구실을 하기는 틀린 것 같아요."

"그러한 불행은 내가 그곳을 떠났기 때문에 생긴 것이다." 돈키호테가 말했다. "너에게 돈을 지불할 때까지 떠나지 말았어야 했는데. 나도 오랜 경험으로 자신에게 이익이 되는 일이 아니면 자신이 한 말을 지키는 농사꾼은 없다는 것을 알았어야 했다. 하지만 너도 기억날 것이다, 안드레스. 만일 그놈이 네게 돈을 지불하지 않는다면 내가 다시 찾아가 고래의 배 속에 숨더라도 반드시 찾아내겠다고 맹세한 것 말이다."

"그랬지요." 안드레스가 말했다. "하지만 아무 소용도 없었어요."

"소용이 있고 없고는 두고 보아라." 돈키호테가 말했다.

그러고는 급히 일어나 산초에게 그사이 풀을 뜯고 있었던 로시난테에게 재갈을 물리라고 명령했다.

도로테아가 뭘 할 작정이냐고 묻자 돈키호테는 지금부터 그 농부를 찾아가서 그토록 못된 짓을 한 것에 대해 벌을 내리고 이 세상의 모든 농부들이 원망을 하더라도 동전 한 푼까지 안드레스에게 지불하게 만들 것이라고 대답했다. 도로테아는 자신의 일을 끝낼 때까지는 그 어떤 사건에도 끼어들지 않겠다고 맹세한 약속을 기억하라고 말했다. 그러면서 어느 누구보다도 기사님 자신이 가장 잘 아는 일이니 그녀의 왕국에서 돌아올 때까지 마음을 가라앉히라고 덧붙였다.

"그 말씀이 맞군요." 돈키호테가 대답했다. "공주님 말씀대로 안드레스는 제가 돌아올 때까지 기다릴 수밖에 없겠습니다. 하지만 이 소년을 대신해 복수를 하고 품삯이 모두 지불될 때까지 가만있지 않겠다고 다시금 맹세하고 약속하겠습니다."

"그런 맹세는 믿지 않아요." 안드레스가 말했다. "이 세상의 모든 복수보다 지금은 세비야에 갈 노자가 더 아쉬워요. 지금 수중에 뭔가 먹을 것이나 제가 필요할 만한 게 있으면 좀 나눠주세요. 나리께는 이제 영원히 작별하니 잘 계시고요. 그리고 저한테 해준 것처럼 모든 편력기사님들은 자기 자신들한테나 잘해주라고 하세요."

그러자 산초가 빵 한 조각과 치즈를 꺼내 소년에게 주며 말했다.

"받아라, 안드레스야. 네 불행을 우리가 함께 나누겠다."

"어떤 부분을 아저씨가 나눈다는 것인가요?" 안드레스가 물었다.

"네게 준 치즈와 빵이지." 산초가 대답했다. "이것이 내게 필요한지 아닌지는 하느님께서 잘 알고 계신다. 편력기사를 따라다니는 종자들은 심한 배고픔과 어려운 모험 등 입으로 말하기보다는 직접 겪어봐야 알 수 있는 숱한 고생을 하는 운명에 처해 있다는 것을 알아둬라."

안드레스는 빵과 치즈를 움켜쥐었다. 그리고 어느 누구에게도 더 이상 받을 게 없단 생각이 들자 머리를 꾸벅 숙이고 흔히 말하는 것처럼 길을 나섰다. 하지만 떠나기 전에 돈키호테에게 한마디 하는 걸 잊지 않았다.

"하느님의 자비로 제발 편력기사 나리, 또다시 절 만나거든 제가 두 동강 나는 걸 보더라도 구해주거나 도와주지 말고 그냥 내버려두세요. 나리가 도와준 덕분에 당했던 재난보다 더 큰 재앙은 없을 테니까요. 이 세상에 태어난 편력기사들은 모두 하느님의 저주나 받으라지."

돈키호테가 혼내주려고 일어나려 하자 안드레스는 그 누구도 감히 쫓아오지 못하도록 재빨리 달리기 시작했다. 돈키호테는 안드레스의 일로 인해 몹시 무안해져버렸다. 나머지 일행들은 그가 이런 모든 일에 대해 더 이상 무안해하지 않도록 웃음을 참느라 애썼다.

제 32 장

주막에서 돈키호테 일행에게 일어난 사건에 대하여

훌륭한 식사를 마치자 그들은 곧장 말에 안장을 얹고 이야기할 만한 사건도 일으키지 않은 채 이튿날 주막에 도착했다. 주막을 보자 산초 판사는 무섭고 놀라서 들어가고 싶지 않았지만 달아날 수도 없었다. 주막집 주인 부부와 그들의 딸과 마리토르네스는 돈키호테와 산초가 오는 것을 보고 매우 반갑게 맞이했다. 그러자 돈키호테는 엄숙하고 차분한 표정으로 환대를 받아들이며 예전보다 좋은 다른 침대를 준비해달라고 말했다. 안주인은 지난번보다 많은 돈을 지불한다면 왕자님의 침대 같은 것을 마련해주겠노라고 대답했다. 돈키호테가 그렇게 하겠다고 말하자 그들은 이미 잘 알고 있는 지난번 그 다락방에 적당한 침대를 마련해주었다. 돈키호테는 몹시 지친 터라 곧바로 잠자리에 들었다.

그러자 안주인은 다짜고짜 이발사에게 덤벼들어 턱수염을 붙들고 늘어지며 말했다.

"맹세하건대, 이젠 더 이상 그 축 늘어진 내 꼬리를 당신 턱수염으로 사용할 수 없으니 되돌려줘요. 내 남편 것도 그렇게 바닥에 굴러다니는 건 창피스러운 일이에요. 나도 내 멋진 꼬리에 언제나 빗을 꽂아두었단 말이에요."

그녀가 아무리 잡아당겨도 이발사가 건네주고 싶어 하지 않자 결국 신부가 나서서 이발사에게 돌려주라고 말했다. 더 이상 그런 변장을 할 필요가 없으니 이제 본래 모습을 드러내 보이고 돈키호테에게는 갤리선의 죄수 도적들에게 털려서 주막으로 도망쳐 왔다고 말하라고 일렀다. 그리고 공주의 신하에 대해 묻거든, 공주가 몸소 모든 백성들의 구원자를 데리고 오는 길이라는 것을 그녀의 왕국에 알리기 위해 먼저 보냈다고 말하라고 했다. 이렇게 하여 이발사는 기꺼이 주막 안주인에게 꼬리를 건네주었고, 더불어 돈키호테를 데려오기 위해 빌려두었던 다른 비품들도 돌려주었다. 주막의 모든 사람들은 도로테아의 미모에 감탄하고 청년 카르데니오의 건장한 체격에 놀라워했다. 신부는 주막에 있는 것으로 식탁을 차리라고 했으며 주인은 더 많은 돈을 받을 욕심에 민첩하게 움직여 풍성한 식탁을 차려주었다. 그동안 돈키호테는 계속 자고 있었는데, 그에게는 식사보다 잠이 더 이로울 것이라 생각하여 깨우지 않았다.

식사가 끝나자 그들은 주막집 주인 부부와 딸, 마리토르네스, 그리고 모든 숙박객들 앞에서 돈키호테의 기이한 광기 행각과 그를 발견했을 당시의 모습에 대해 이야기했다. 안주인은 돈키호테와 마부 사이에 일어났던 사건을 들려주었는데, 혹 그곳에 산초가 있는지 없는지 둘러보고는 그가 담요 키질을 당한 이야기를 하자 모두들 적잖이 즐거워했다. 신부가 돈키호테는 기사도 책을 읽고 이성을 잃었다고 말하자 주인이 말했다.

"어떻게 그럴 수 있는지 모르겠군요. 세상에서 그보다 더 나은 읽을거리는 없을 것 같은데요. 사실 저도 기사도 책 두세 권과 다른 원고들을 가지고 있는데, 그 책들은 저뿐만 아니라 다른 많은 사람들에게도 기운을 북돋아주거든요. 추수 때 많은 일꾼들이 이곳에서 잔치를 벌이면 그중에 글을 읽을 줄 아는 사람이 있어 책을 읽어주는데, 그러면 서른 명이 넘는 우리들은 그 주위에 둘러앉아 매우 즐겁게 들으며 온갖 근심을 잊고 활력을 되찾지요. 적어도 저는 기사들이 벌이는 격렬하고 무서운 결투 장면을 들을 때면 똑같이 따라 해보고 싶을 뿐만 아니라 밤낮으로 듣고 싶어지는걸요."

"저도 마찬가지예요." 안주인이 말했다. "당신이 책 읽는 소리에 빠져 있는 때 말고는 내가 집에서 한 번도 즐거운 시간을 가져본 적이 없으니까요. 그 이야기를 들을 때만은 넋이 나가서 잔소리하는 것도 잊어버린다니까요."

"사실 그래요." 마리토르네스도 말했다. "저 역시 그런 이야기들이 정말 재밌어요. 젊은 귀부인이 오렌지나무 아래에서 자신의 기사와 포옹하고 있는데 망을 봐주던 나이 든 하녀가 기겁을 하면서도 부러운 시선으로 그들을 지켜보는 장면이 가장 좋아요. 저에게는 꿀처럼 달콤한 이야기거든요."

"당신은 어떻게 생각하십니까, 아가씨?" 신부가 주막집 딸에게 물었다.

"저는 모르겠어요, 신부님." 그녀가 대답했다. "물론 저도 얘기는 듣고 있어요. 이해는 못 하지만 듣는 건 좋아하거든요. 그러나 아버지가 좋아하는 결투 장면보다는 기사들이 귀부인과 떨어져 혼자 있을 때 그리움을 토로하며 탄식하는 장면을 좋아해요. 사실은 그들에 대한 동정심으로 가끔 울기도 해요."

"그러면 아가씨, 당신이 그들을 위로해줄 수 있겠네요?" 도로테아가 말했다. "그 기사들이 당신 때문에 운다면 말이에요."

"그건 잘 모르겠어요." 아가씨가 대답했다. "저도 너무나 잔인한 몇몇 귀부인들이 자신의 기사를 호랑이나 사자 같은 온갖 무례한 이름으로 부른다는 건 알고 있어요. 세상에나! 성실한 한 남자를 외면하여, 그가 자살하고 미쳐버리도록 만드는 매정하고 양심 없는 귀부인은 대체 어떤 사람인지 모르겠어요. 그러면서 왜 그렇게 교태를 부리는지도요. 명예를 존중해서 그렇다면 기사들과 결혼해야죠. 그들도 다른 것은 바라지 않을 거예요."

"그만해라, 얘야." 안주인이 말했다. "그런 일들을 많이 아는 것처럼 보이는구나. 아가씨가 그런 일을 많이 알고 떠드는 건 좋지 못해."

"이분이 물어보셨단 말이에요." 주인집 딸이 대답했다. "그래서 대답하지 않을 수 없었어요."

"자, 주인 양반." 신부가 말했다. "그렇다면 그 책들을 가져와보시겠소? 한번 보고 싶군요."

"좋습니다." 주인이 대답했다.

그는 자기 방으로 들어가서 가는 쇠사슬로 묶인 작고 낡은 가방을 들고 나왔다. 신부는 가방을 열어 커다란 책 세 권과 상당한 달필의 필사본 몇 권을 발견했다. 그가 펼쳐본 첫 번째 책은 《돈 시론힐리오 데 트라시아》였으며, 그다음은 《펠릭스마르테 데 이르카니아》, 마지막은 《디에고 가르시아 데 파레데스의 생애와 더불어 위대한 장군 곤살로 에르난데스 데 코르도바에 대한 이야기》였다. 신부는 처음 두 권의 제목을 읽자마자 이발사를 돌아보며 말했다.

"내 친구의 가정부와 조카가 지금 여기에 있어야겠군."

"그럴 필요 없지요." 이발사가 대답했다. "저도 그것들을 뒤뜰이나 난로 속으로 가져갈 순 있으니까요. 난롯불 화력이 아주 좋던데요."

"아니 지금 제 책들을 불태우신단 말입니까?" 주인이 물었다.

"전부 다는 아니오." 신부가 대답했다. "돈 시론힐리오와 펠릭스마르테 두 권만이오."

"설마 제 책들이," 주인이 말했다. "이교도적이거나 아니면 이해하기 어려워서 불태우시려는 건가요?"

"주인 양반, 이해하기 어려워서가 아니고," 이발사가 말했다. "이교도적이

라 그런 거요."

"그렇군요." 주인이 대답했다. "하지만 뭔가를 불태우실 요량이면 그 위대한 장군에 대한 것과 디에고 가르시아에 대한 것으로 하시지요. 다른 것들은 절대로 안 됩니다. 그 어느 것 하나라도 불태우느니 차라리 자식 하나를 불구덩이에 처넣겠습니다."

"형제여." 신부가 끼어들었다. "이 두 권은 거짓투성이이며 터무니없는 사건과 헛소리로 가득하오. 그러나 위대한 장군에 관한 책은 곤살로 에르난데스 데 코르도바의 업적을 담은 진실된 이야기요. 그는 세상 모든 사람들에게 '위대한 장군'이라고 불릴 만큼 훌륭한 무훈을 많이 쌓은 사람이지요. 그렇게 불릴 만한 사람은 오직 그밖에 없소. 또한 디에고 가르시아 데 파레데스는 에스트레마두라 지방 트루히요 도시 출신의 유명한 기사로 용감무쌍한 군인이었는데, 선천적으로 너무나 힘이 세서 손가락 하나로 힘차게 돌아가는 물레방아를 멈출 정도였소. 그는 다리 입구에 서서 큰 칼을 움켜쥐고 수많은 군대를 멈추게 했을 뿐 아니라 어느 누구도 다리를 통과하지 못하게 했지요. 그 밖에도 많은 업적을 이루었는데 기사로서, 그리고 자신의 연대기를 쓰는 작가로서 겸손하게 자기 이야기를 썼소. 자유롭고 공정한 다른 사람이 썼더라면 헥토르, 아킬레우스, 오를란도에 대한 이야기들은 다 잊게 만들었을 거요."

"그런 건 우리 아버지한테나 가서 하시지요!" 주인이 말했다. "고작 물레방아를 멈추게 한 걸 가지고 그렇게 놀라시나요. 맙소사, 그러면 신부님은 펠릭스마르테 데 이르카니아가 행한 이야기를 읽어보셔야겠어요. 그는 손등으로 단 한 번 내려쳐서 거인 다섯의 허리를 두 동강 냈다고요. 마치 어린 아이들이 갖고 노는 콩으로 만든 작은 사제 모양의 인형처럼 말입니다. 또 한번은 아주 크고 강대한 군대를 습격했는데, 발끝에서 머리까지 온통 무장한 160만 명이 넘는 군인들이 대항하고 있었지만 그들 모두를 마치 양 떼처럼 무너뜨렸지요. 그리고 책에 나와 있는 것처럼 너무나도 용감하고 힘이 넘쳤던 영웅 돈 시론힐리오 데 트라시아에 대해서는 뭐라고 말씀하실 건가요? 강을 건너던 중 불을 뿜는 뱀이 물속에서 나타났는데, 뱀을 보자마자 그 위로 몸을 날려 비늘이 나 있는 등에 걸터앉은 다음 양손으로 아주 힘껏 목을 짓눌러 조였죠. 그러자 뱀은 숨이 막힐 지경이 되어 자기 등에 기사를 태운 채 강 속 깊은 곳으로 들어갈 수밖에 없었어요. 기사가 뱀을 결코 놔주지 않을 태세였으니까요. 그런데 강바닥에 이르자 너무나도 아름다운 궁전들과 정원들이 나타났어요. 정말 놀라운 일이었지요. 이윽고 뱀은 노인으로 변해 그에게 많은 이야기들을 해주었는데, 그다음 이야기는 듣기만 하면 됩니다. 잠자코 있으세요, 신부님, 신부님이 이 이야기를 듣는다면 즐거워 미치실 겁니다! 그러니 말씀하신 위대한 장군과 그 잘난 디에고 가르시아 모두 엿이나 먹으라고 하시죠!"

도로테아가 이 말을 듣고 카르데니오에게 살며시 속삭였다.

"주인 양반이 제2의 돈키호테 역할을 맡아도 손색이 없겠어요."

"나도 그렇게 생각해요." 카르데니오가 말했다. "증세를 보니 책 속에 있는 이야기들을 다 사실이라고 생각하는 게 분명하군요. 그러니 맨발의 수도사*들이 와도 달리 어쩔 수 없을 것 같아요."

"이보시오, 형제여." 신부가 다시 입을 열었다. "이 세상에는 펠릭스마르테 데 이르카니아도, 돈 시론힐리오도, 기사도 책에서 말하는 그 어떠한 기사들도 실제로 존재하지 않소. 그 모든 것들은 한가로운데 창의력만 있는 사람들이 각색하고 꾸며낸 이야기이며, 일꾼들이 그 책들을 읽으면서 즐거

---

* '맨발의 가르멜 수도사'를 의미한다. 개혁 수도회로서 성결함과 진실함으로 유명하다.

워하는 것처럼 시간을 보내며 기분을 전환할 목적으로 만든 것이오. 내 정말 장담하건대, 그러한 기사들은 이 세상에 단 한 명도 존재하지 않으며 그러한 무훈이나 터무니없는 사건들 역시 이 세상에서는 단 한 번도 일어난 적이 없소."

"그 뼈다귀는 다른 개한테나 주시죠." 주인이 말했다. "제가 손가락 수도 모르고 신발의 어느 곳이 꽉 조이는지도 모르는 사람인 것처럼 말씀하시는군요! 저를 그럴듯한 말로 속이려 들지 마십쇼, 당치도 않습니다. 제가 그렇게 바보는 아니라고요. 이 훌륭한 책들이 말하는 것들 전부가 터무니없는 엉터리이고 거짓말이라는 걸 이해시키시려는 신부님의 뜻은 좋습니다. 하지만 그 책들은 왕실 심의회의 높으신 분들의 인가를 받아 인쇄된 것들인데, 설마 그분들이 수많은 거짓말과 싸움, 이성을 잃게 만드는 마법 같은 이야기들이 인쇄되도록 가만히 계셨겠습니까!"

"이미 말했잖소, 친구여." 신부가 말했다. "이것들은 우리가 한가로운 사색의 시간을 즐기기 위해 만들어진 거라고. 일하고 싶어 하지 않고 할 수도 없는 사람들에게 위안을 주기 위해, 질서가 바로 세워진 공화국에서는 체스, 구슬치기, 당구가 허용되는 것처럼 인쇄가 허용되었고, 이러한 이야기들이 진짜라고 믿을 만큼 무지한 사람은 없을 거라는 생각에 그런 책들을 존재하게 하는 거라오. 지금 여기 계시는 분들이 원한다면, 훌륭한 기사담의 조건들을 말할 수도 있소. 몇몇 사람들에게는 유익함과 즐거움도 줄 수 있을 거요. 하지만 언젠가 나는 그것들을 바로잡을 수 있는 분과 이야기 나누길 고대하고 있소. 그러니 주인 양반, 내가 말한 것을 믿고 당신 책들을 살펴보면서, 거기 쓰여 있는 이야기가 진실인지 거짓인지 판단해보시오. 그러는 것이 당신에게 유익할 것이오. 하느님께서도 당신이 손님으로 온 돈키호테의 전철을 밟지 않길 바라실 테니."

"그런 일은 없을 겁니다." 주인이 대답했다. "편력기사로 나설 만큼 미치지는 않을 테니까요. 그건 이 유명한 기사들이 세상을 활보하고 다니던 당시에나 행해지던 일일 뿐 지금은 아니라는 것쯤은 잘 알고 있어요."

이런 이야기가 오가는 중에 산초가 나타났는데, 그는 지금은 편력기사가 존재하지 않으며, 모든 기사 이야기가 어리석기 짝이 없는 거짓말이라는 말을 듣고 너무나 당황하여 생각에 잠겼다. 그 결과 주인의 여행이 어떤 결과를 가져올 것인지를 기다려보기로 마음먹고, 만약 그가 생각했던 행운을 얻지 못한다면 주인을 떠나 아내와 자식들과 함께 손에 익숙한 농사일로 돌아가겠다고 결심했다.

주인이 가방과 책을 다시 집어 들자 신부가 말했다.

"기다리시오. 달필의 필사본들은 무슨 원고인지 보고 싶군요."

주인이 꺼내 읽어보라고 건네자, 신부는 여덟 장으로 이루어진 필사본임을 알아보았는데, 서두에 〈무모한 호기심이 빚은 이야기〉라는 제목이 커다랗게 쓰여 있었다. 신부는 서너 줄을 혼자 읽어보고 말했다.

"제목은 그리 나쁘지 않군요. 이것을 전부 읽어봤으면 싶은데요."

이 말에 주인이 대답했다.

"그렇다면 신부님께서 읽어보시지요. 말씀드리는데, 여기서 그것을 읽어본 몇몇 숙박객들이 대단히 즐거워하며 이 필사본을 달라고 간청했지만 저는 꿈쩍도 하지 않았죠. 언제가 될지 모르겠지만 이 책과 원고가 들어 있는 가방을 놓고 가신 분이 되돌아오면 돌려주어야겠다고 생각했으니까요. 저도 이 책들을 갖고 싶긴 하나, 분명 주인에게 돌려주어야겠지요. 비록 제가 주막을 하고는 있지만 저도 그리스도교인입니다."

"지당하신 말씀이오, 친구여." 신부가 말했다. "그렇다면 내가 원고를 베껴 가도록 해주시오."

"기꺼이 그렇게 하시죠." 주인이 대답했다.

두 사람이 이야기하는 동안 카르데니오가 그 책을 읽기 시작했고, 그 역시 신부와 같은 생각을 했다. 그는 모든 사람들이 들을 수 있도록 신부에게 그 책을 읽어달라고 부탁했다.

"그러리다." 신부가 말했다. "그것을 읽느니 차라리 잠을 자는 게 더 낫다고 하지만 않는다면 말이오."

"저에게는 충분한 휴식이 될 것 같아요." 도로테아가 말했다. "이야기를 들으면서 시간을 보낸다면요. 게다가 아직도 마음이 안정되지 않았으니 진정되면 잠들도록 할게요."

"그렇다면 읽어봐야겠지요." 신부가 말했다. "호기심 때문이든 어떻든 간에 말이오. 어느 정도는 재미있을 테니까."

니콜라스 선생도 그에게 같은 부탁을 했고 산초도 마찬가지였다. 신부는 모두에게 즐거움을 안겨주고 자신도 즐겨야겠다는 생각에 말했다.

"그렇다면 모두들 내 말에 귀를 기울이시오. 이야기는 이렇게 시작합니다."

제33장

여기에서는 〈무모한 호기심이 빚은 이야기〉를 들려준다

이탈리아 토스카나 지방에 있는 이름난 풍요로운 도시 피렌체에 안셀모와 로타리오라는 두 기사가 살고 있었다. 둘 다 부유하고 명망 있는 가문이었으며, 모든 사람들이 '두 친구'라는 별명으로 부를 만큼 매우 절친한 사이였다. 나이도 같고 둘 다 독신인 데다 습관도 비슷하여 두 사람은 깊은 우정을 나누었다. 안셀모가 로타리오보다 연애를 좋아했고 로타리오는 사냥에 더 흥미를 느낀다는 점이 다르다면 달랐다. 하지만 안셀모는 로타리오가 원하면 자신의 즐거움을 버리고 로타리오를 따랐고, 이는 로타리오 역시 마찬가지였다. 이들은 어찌나 의기투합했던지, 시계의 시침과 분침처럼 서로 잘 맞는 친구였다.

안셀모는 같은 도시에 사는 아름다운 처녀 카밀라를 사모하고 있었는데, 훌륭한 부모 밑에서 자랐고 훌륭한 성품을 지닌 아가씨였다. 로타리오의 의견을 듣지 않고는 무엇 하나 결정하지 않던 안셀모였기에, 우선 친구의 의견을 듣고 나서 그녀에게 청혼할 생각을 하고 그것을 실행에 옮겼다. 이 일에서 사절 임무를 맡은 사람이 바로 로타리오로, 그는 이 혼담이 잘 이루어지도록 했으며 빠른 시일 내에 친구가 바라던 결과를 가져다주었으므로 안셀모는 매우 기뻐했다. 카밀라 역시 안셀모를 남편으로 맞이한 것을 기쁘게 받아들이며 하느님께 감사하고, 또 자신에게 이런 행복을 가져다주도록 중간 역할을 한 로타리오에게도 고마워하고 있었다. 안셀모와 카밀라는 모든 신혼부부들처럼 신혼을 즐겼는데, 로타리오는 늘 그래왔듯이 안셀모의 집을 자주 찾아가서 온 마음을 다해 신랑의 위신을 세워주고 축하해주고 함께 기뻐했다. 그러나 결혼식이 끝나고 자주 드나들던 방문객들의 축하 인사도 잠잠해지자 로타리오는 안셀모의 집에 가는 것을 일부러 소홀히 했는데, 이는 분별 있는 사람이라면 누구나 그렇게 생각하듯이, 결혼한 친구의 집에 예전처럼 자주 드나드는 건 예의가 아니라고 여겼기 때문이었다. 훌륭하고 진실된 우정은 의심을 품을 수도 없고 품어서도 안 되는 것이지만, 결혼한 남자의 명예는 매우 민감한 것이어서 친형제하고도 감정이 상할 수 있는 만큼 하물며 친구야 어떨까 싶어 조심한 것이었다.

안셀모는 로타리오의 발길이 뜸해진 것을 깨닫고, 자신의 결혼으로 친구와의 사이가 멀어질 줄 알았더라면 결코 결혼하지 않았을 것이라며 로타리오에게 크게 불평했다. 또한 결혼 전에는 두 사람이 가졌던 좋은 평판으로 '두 친구'라는 흐뭇한 별명까지 얻었는데, 단지 신중한 태도를 위해서 그렇게 유명하고 유쾌한 이름을 잃어버리는 것은 있을 수 없는 일이라고 말했다. 그러고는 예전과 같이 자신의 집에 주인처럼 드나들기를 바란다고 덧붙이며, 아내인 카밀라는 남편인 자신이 좋아하는 것 외에는 다른 취미도 생각도 없을뿐더러 그녀 역시 이들 두 사람이 서로를 얼마나 아끼는지 알고 있기 때문에 로타리오가 냉담해진 것에 대해 당혹스러워하고 있다고 전했다.

이렇게 예전처럼 집에 놀러 오라고 설득하는 안셀모의 말에 로타리오가 어찌나 신중하고 조심스럽게 대답했는지, 결국 안셀모는 자신의 친구가 얼마나 사려 깊은지를 깨닫고 흡족해했다. 그리고 일주일에 이틀과 축제 때는 로타리오가 그의 집으로 와 함께 식사하기로 합의했다. 비록 두 사람이 이렇게 합의를 했지만, 자신의 평판보다 친구의 체면을 더 중요시한 로타리오로서는 단지 친구의 명예를 위해서 그렇게 했을 뿐이었다. 로타리오는 하늘이 아름다운 여인과 맺어준 남자는 자신의 아내가 어떤 친구들과 어울리는지 늘 관심을 가져야 하고, 자신 또한 집으로 어떤 친구를 들일 것인지에 대해 신중하게 결정해야 한다고 말했는데, 이는 참으로 옳은 말이었다. 광장이나 성당, 축제, 역과 같은 곳에서는 남녀가 만나지도 어울리지도 않지만 (이 경우 남편들이 매번 아내들을 단속할 필요조차 없다), 아내의 친한 친구나 친척 집에서는 곧잘 어울리고, 또한 그러기 쉽기 때문이었다.

또한 로타리오는 결혼한 남자들은 자기가 한 행동에서 실수를 지적해줄 친구가 필요하다고 말했다. 남편이 아내를 너무 사랑한 나머지 아내의 마음이 상할까 걱정되어, 자신에게 명예가 될 수도 있고 비난이 될 수도 있는 아내의 행동을 지적하거나 말해주지 않는 경우가 종종 일어나는데, 이런 때에는 분별력 있는 친구가 도와줄 수 있기 때문이었다. 그러나 로타리오가 말하는 분별력 있고 성실하며 진실된 친구를 어디서 찾아낼 수 있겠는가? 확실한 건 모르지만 로타리오가 바로 이런 친구였다. 로타리오는 친구의 명예에 대해 매우 주의 깊게 생각했고 그의 집에 가기로 약속한 날도 열흘에 한 번 정도는 줄이려고 애썼다. 부유하고 인물도 잘생기고 집안도 좋으며, 스스로 생각하기에도 훌륭한 젊은이가 카밀라같이 아름다운 여인의 집을 드나드는 것은 한가로운 사람들이나 할 일 없이 떠돌아다니는 심술궂은 사람들 눈에는 분명 나쁘게 비칠 것이기 때문이었다. 설령 그의 착한 마음씨와 용기로 이런 사람들의 입을 모두 틀어막을 수 있을지 모르나, 그는 자신과 친구의 명성에 누를 끼치는 행동은 하고 싶지 않았으므로 약속한 날이 오면 다른 일을 하면서 바쁘게 지냄으로써 도저히 거절할 수 없는 일이 있는 것처럼 믿게 했다. 이렇게 한 사람의 불평과 다른 한 사람의 변명 속에 하루하루가 지나갔다.

어느 날 두 사람이 도시를 벗어난 교외의 풀밭을 거닐고 있을 때 안셀모가 로타리오에게 이렇게 말했다.

"이보게, 내 친구 로타리오, 사람들은 내가 하느님의 은총으로 우리 부모님 같은 분들의 자식으로 태어나 막대한 재산을 물려받은 것을 두고 타고났다거나 운이 좋아서라고들 하지. 사실 내가 아무리 감사를 드려도 부족할 일이라고 생각하지 않나? 더군다나 자네 같은 친구와 카밀라 같은 아내를 주신 데 대해서는 더더욱 말할 필요도 없지. 보물 같은 두 사람에게 정말 고마워하고 있어. 내가 도저히 갚을 수 없는 정도로 말이야. 한데 말이지, 이런 모든 것을 갖추었다면 대개는 만족하며 살기 마련인데, 어찌 된 일인지 내 삶은 이 세상에서 가장 불행하고 무미건조하다네. 언제부터인지 몰라도 다른 사람들의 일반적인 생각과는 거리가 멀고 아주 별난 소망이 나를 괴롭히고 있어. 물론 나는 이런 나 자신에게 놀라 혼자서 스스로를 나무라며 자신과 싸우고, 그런 생각을 억누르고 감추려 하지. 하지만 마치 세상 사람들에게 일부러 말하려고 하는 것처럼 이 비밀이 누설될 뻔한 적도 있다네. 그러다 보니, 어차피 세상에 알려질 일이라면 자네의 비밀 창고 속에 누설하고 싶단 생각이 들었다네. 자네는 내 비밀을 지켜줄 것이고 진실한 친구로서 나를 구제해주려 노력해줄 테니까. 나는 자네의 도움으로 이 괴로운 번민에서 속히 빠져나와 나의 집착으로 인한 불만만큼의 기쁨을 누릴 수 있을 것이네."

안셀모의 말에 로타리오는 당황했다. 그토록 긴 변명인지 서두인지 모를 친구의 말이 무슨 결말에 이를지 도무지 알 수 없었던 것이다. 게다가 친구를 그토록 괴롭히는 소망이 뭔지 아무리 생각해봐도 짐작이 가지 않았다. 다만 그런 당혹감에서 빨리 벗어나기 위해 친구에게 말하기를, 숨겨진 생각을 빙빙 돌려 말하는 것은 자신의 깊은 우정에 대한 모욕이니, 괴로움을 달랠 수 있는 충고나 소망을 충족시키기 위한 대책을 기대한다면 분명하게 말하라고 했다.

"자네 말이 맞군." 안셀모가 말했다. "그럼 그렇게 믿고 자네에게 말하겠네, 친구. 나를 괴롭히는 소망은 내 아내 카밀라가 내가 생각하는 만큼 착하고 완벽한 여인인지 알고 싶다는 거라네. 불꽃으로 금의 순도를 증명하듯이 아내의 정숙함을 확인할 만한 시험을 해보지 않고서는 마음을 잡을 수가 없어. 친구, 나는 이렇게 생각하네. 사랑에 빠진 구애자들의 약속과 선물 공세, 호소 어린 눈물, 끊임없는 구애 작전에도 흔들리지 않는 여자만이 정조가 강한 여자라고 말이야. 부정을 저지르도록 부추기는 사람이 없다면 정숙한 여자라는 게 뭐 그리 감사할 일이겠나? 고삐 풀린 망아지처럼 제멋대로 행동할 기회가 없었다든가, 남편에게 한 번이라도 들키는 날엔 끝장이라는 걸 안다든가 하는 여자가 얌전하고 소심한 것이 뭐 그리 감사한단 말인가? 두려움 때문에 혹은 기회가 없어서 정숙한 여자에게는, 구애와 매달림을 이겨내고 승리의 왕관을 얻은 여자에게 갖는 존경심이 안 생긴다네. 그래서 내 생각을 자네가 믿고 따랐으면 하는 것이야. 나는 카밀라가 그녀한테 욕망을 품은 누군가에게 구애받는 불의 시험을 통해 그녀의 정숙함을 입증하고 평가해보려 하네. 그녀가 내 믿음처럼 이 전투에서 승리한다면 나는 나 자신을 둘도 없는 행운의 사나이로 여기며 나의 공허함이 채워졌다고 말할 수 있을 것 같네. 현왕 솔로몬이 '누가 그 여인을 찾아 얻겠느냐?' 라고 말한 그 정숙한 여인이 운 좋게도 내게 있다고 말할 수 있겠지. 또한 내가 예상하는 것과 반대의 결과가 나오더라도, 내 생각이 맞았다는 것을 확인한 기쁨으로 나에게 그토록 값진 경험을 하게 해준 그 일에 대해 고통스워하지 않을 걸세. 자네가 이런 생각에 아무리 반대해도 나를 막을 수는 없을 거야. 여보게, 나의 친구 로타리오, 이 일을 도와주게나. 정숙하고 얌전하며 사심 없는 한 여자에게 구애하기 위해 필요한 모든 것을 아낌없이 주겠네. 이런 곤란한 일을 자네에게 부탁하려는 것은, 만일 자네에게 카밀라가 넘어갔다 하더라도 완전히 굴복하지는 않을 것이고 단지 일어날 일이 일어난 것이라고 넘길 수 있기 때문일세. 그러면 나는 아내가 부정을 저지르려는 생각을 했다는 것 이상의 상처를 받지 않을 것이고, 또한 나의 치욕도 자네의 침묵 덕분에 감추어질 테지. 나에 관한 한 자네의 침묵은 죽음의 침묵만큼 영원하다는 것을 잘 알고 있으니까. 그러니 내가 삶다운 삶을 사는 걸 원한다면 망설이지 말고 어서 이 사랑의 전투에 들어오게나. 내 소망을 이루기 위해, 우리의 우정이 확신하는 만큼 신념과 열의를 갖고 민첩하게 말일세."

이것이 바로 안셀모가 로타리에게 한 말이었다. 로타리오는 안셀모의 말을 매우 주의 깊게 들었고, 바로 전에 그에게 했던 말을 빼고는 안셀모가 이야기를 다 끝마칠 때까지 입을 열지 않았다. 그리고 더 이상 말이 없는 안셀모를, 지금까지 한 번도 보지 못한 어떤 희한하고 놀라운 물건을 보는 것처럼 한참 바라보다가 말했다.

"오, 내 친구 안셀모여! 나는 자네가 한 말들을 농담으로밖에는 생각하지 않을 수 없네. 자네가 하는 말이 진심이라고 생각했다면 계속 말하게 내버려두지 않았을 거야. 자네가 나를 모르거나 내가 자네를 모르는 게 아닌가 싶을 정도네. 하지만 그럴 까닭이 없잖은가. 자네가 안셀모라는 걸 알고, 자네는 내가 로타리오라는 걸 잘 아는데. 문제는 나는 자네가 원래의 모습이 아니라고 생각하고 있고, 자네 또한 나를 평소의 로타리오라고 생각하지 않는 것 같다는 것이네. 자네가 나에게 말한 것들이 나의 친구 안셀모의 말이 아니고, 나에게 부탁한 것들도 자네가 알고 있는 그 로타리오에게 청할 만한 것이 아니기 때문이지. 어느 시인도 노래했듯이, 절친한 친구 사이를 시험하거나 우정을 평가할 때에는 반드시 '제단까지만'으로 한정해야 하네. 다시 말해서 하느님의 뜻에 반할 만한 일에 우정을 이용해서는 안 된다는 얘길세. 우정에 대해 이교도가 이렇게 생각했는데, 하물며 그리스도교인이 세속적인 목적을 위해 하느님과의 신성한 우정을 버릴 수는 없지 않은가? 하느님에 대한 경외심을 멀리하면서까지 친구에 대한 우정을 지키는 건 친구의 명예와 생명에 관계된 일일 때만 가능한 것이지, 이렇게 하찮고 순간적인 이유 때문은 아니라네. 자, 말해보게, 안셀모. 내가 자네를 기쁘게 하기 위해 자네가 청하는 그토록 증오스러운 일을 감수해야 할 만큼 자네의 명예와 생명 둘 중 하나가 위험에 빠져 있는 것인가? 아니, 절대 그렇지 않아. 내가 생각하기엔 오히려 이 일이 자네의 명예와 생명을 빼앗고, 나의 명예와 생명마저 빼앗을 것 같네. 내가 만일 자네의 명예를 빼앗기 위해 애써야 한다면, 그건 자네의 생명을 빼앗는 일이 될 게 분명하네. 명예를 잃어버린 인간은 시체보다 못하지 않나. 그래서 자네가 바라는 대로 내가 자네를 이토록 나쁜 상황에 빠뜨리는 도구가 된다면, 나 역시도 불명예스럽고 죽은 것이나 다름없지 않겠나? 잘 듣게, 나의 친구 안셀모. 자네가 소망하는 일들에 대해서 내가 해줄 수 있는 말을 마칠 때까지 묵묵히 들어주게나. 자네가 반박할 수 있는 시간은 충분히 있고 나는 그 말을 경청할 테니."

"좋네." 안셀모가 말했다. "자네가 원하는 것을 말해보게."

그러자 로타리오가 말을 이었다.

"오, 안셀모! 내가 보기에 지금 자네는 무어인들이 하는 이상한 생각을 하는 것 같네. 성경 말씀이나 이성적인 생각들, 신학 이론을 인용하는 것으로는 결코 그들 종파의 오류를 이해하기 어렵다네. 부정할 수 없는 수학적 증명을 통해서 명백하고 알기 쉬운, 실증적이고 의심할 여지없는 예를 보여줘야만 가능하지. 이를테면 '똑같은 두 부위에서 한 부분을 떼어내면 나머지 부분도 또한 똑같다'라고 말하는 것처럼 말이야. 그래서 말로 이해시킬 수 없을 때는 그들에게 손수 보여주고 눈앞에 가져다 놔야 하는데, 이 모든 것으로도 우리의 신성한 종교의 진리를 설득시키기에는 역부족이지. 이와 같은 방법을 내가 자네에게 써야 할 것 같네. 자네의 소망이 정도에서 아주 벗어난 데다 이성적인 것과는 전혀 거리가 멀고, 내가 자네의 어리석음을 이해시키려 하는 일이 시간 낭비일 뿐이라 여겨지기 때문이라네. 지금으로선 어리석다고밖에 말할 수 없는 자네의 소망 말일세. 자네의 나쁜 소망에 대한 벌로써 자네가 그냥 추태를 부리도록 내버려두고 싶기도 하지만, 내가 자네에게 갖고 있는 우정을 이런 가혹한 일에 소진되도록 둘 수는 없고, 또 내가 자네를 잃어버릴 위험에 내버려둘 수도 없지. 그래서 안셀모, 말해보게나. 자네가 알다시피 지금 자네는 나에게 조신한 여자에게 구애하고, 정숙한 여자를 설득시키고, 사심 없는 여자에게 접근하고, 신중한 여자를 섬기라고 말하지 않았나? 분명히 자네는 내게 그렇게 말했네. 그렇다면 자네의 아내가 조신하고 정숙하고 사심 없고 신중하다는 걸 알면서 대체 무엇을 바라는 건가? 그리고 내가 아무리 공략해도 그녀가 꿈쩍도 하지 않을 거라고 생각한다면, 물론 그리 될 게 분명하지만, 지금 갖고 있는 좋은 수식어들 외에 무엇을 더 갖고 싶어서 그러는 것인가? 지금보다 더 좋은 아내가 될 것 같아서? 그것이 아니라면 자네는 자네가 말하는 대로 아내를 생각하지 않는 것이거나, 혹은 자네가 바라는 것이 무엇인지도 모르고 있는 것일세. 자네가 말하는 대로 자네 아내를 그렇게 생각하지 않는다면, 무엇 때문에 그것을 시험하려 하는가? 부정한 여인에게 하듯이 자네 아내를 원하는 대로 처분하면 되잖은가? 하나, 자네가 믿고 있듯이 자네 아내가 그토록 좋은 아내라면, 진실 자체에 대한 시험은 무익한 일이 될 것이네. 시험 뒤에도 처음에 갖고 있던 평가밖에 남지 않을 테니까 말이야. 이익을 얻기보다는 오히려 해를 끼치는 일들을 시도한다는 것은 생각 없고 무모한 판단에서 나온 것이 명백한데, 그것이 강요된 것도 아니고 또 시도하는 것 자체가 분명한 광태라는 것을 아주 멀리서도 알 수 있는 일을 벌이고자 한다면 더더욱 그렇다네. 어려운 일들은 하느님을 위해서, 혹은 세상을 위해서, 아니면 두 가지 모두를 위해서 시도되는 거라네. 하느님을 위해 시도되는 일은 인간의 몸으로 천사들의 삶을 살기로 결심한 성인들이 했던 것이고, 세상을 위해 시도되는 일은 재물이라 불리는 것들을 얻기 위해서 바다의 무한함과 기후의 다양함, 사람들의 기이함에도 불구하고 앞으로 나아가는 자들이 하는 일이라네. 하느님과 세상을 위해 시도되는 일은 용감한 군인들의 일인데, 이들은 적의 성벽에 동그란 대포알이 뚫어놓았을 정도의 공간이 생긴 것을 보자마자 공포심을 뒤로한 채 그들에게 엄습해오는 위험을 생각하지도 돌아보지도 않고 그들의 믿음, 조국, 그리고 왕을 위해 보답하고자 하는 소망의 날개 위에 날아올라, 그들을 기다리고 있는 죽음이라는 정반대의 상황 속으로 대담하게 몸을 던지는 사람들이라네. 이런 일들은 종종 일어나는데, 방해물과 위험으로 가득 차 있다고 하더라도 이런 시도는 명예이고 영광이며 유익한 일이지. 그러나 자네가 시도하고 실행하고자 말한 일은 하느님의 영광도, 재산도, 명성도 가져다주지 않는 것이라네. 자네가 바라는 대로 되었다고 한들 지금보다 더 우쭐해질 것도, 더 부유해질 것도, 더 명예로워질 것도 없기 때문이지. 그리고 만일 바라는 대로 되지 않을 경우에는 자네가 상상할 수 없을 정도로 매우 비참해지겠지. 자네에게 닥친 불행을 아무도 모른다고 생각해봤자 아무 도움이 되지 못할 거야. 자네 자신이 그 불행을 알고 있다는 것만으로도 자네는 비탄에 잠기고 쇠약해질 것이네. 그래서 이 진리를 자네에게 확인시켜주기 위해 유명한 시인 루이스 탄실로가 쓴 《성 베드로의 눈물》 1부 마지막 구절을 말해주고 싶네. 그는 이렇게 말하고 있지.

아침이 되면 베드로의 마음에
고통과 수치심만 커지네,
아무도 보지 않지만
저지른 죄를 뒤돌아보며 부끄러워하네.
넓은 가슴에 느끼는 수치심은
오직 바라보는 시선 때문만이 아니라,
하늘과 땅 외에 아무도 보지 못할지라도
잘못을 저지른 자신 때문이라네.

이처럼 자네는 자네의 고통을 아무도 모르게 면할 수 없을 걸세. 오히려 끊임없이 눈물을 흘리겠지. 눈에서 흘리는 눈물이 아니라 마음에서 흘리는 피눈물을, 우리의 시인이 술잔의 시험을 통해 이야기하는 그 어리석은 박사의 피눈물 같은 것을 말이야. 신중한 레이날도스는 잘 판단하여 그것을 면할 수 있었지.* 물론 그것이 시적인 허구이긴 하지만, 그 속에는 우리가 조심하여 이해하고 따를 만한 도덕적 비밀이 숨겨져 있다네. 그리고 지금 내가 자네에게 하려는 말을 들으면 자네가 저지르려는 큰 잘못을 깨닫게 될 걸세. 말해보게나, 안셀모. 하늘의 뜻이든 행운이든 자네가 훌륭한 다이아

*《광란의 오를란도》에 나오는, 아내의 정절을 시험하기 위한 이야기. 아내가 정숙하면 남편은 술잔의 술을 마실 수 있고, 아니라면 술은 가슴으로 흘러내리는데, 박사는 이 시험의 유혹에 넘어가 피눈물을 흘리며 후회하고, 레이날도스는 현명하게 이를 거절했다.

몬드의 적법한 소유주가 되었다고 해보세. 그 보석의 품질과 무게는 보석 세공인들마다 만족스러워하고, 무게와 품질과 정교함에서 그 보석의 특징을 최고로 빛내는 정도에 이르렀다며 모두가 한결같이 말할 뿐만 아니라 자네 자신도 그렇지 않은 면을 알지 못하고 그렇게 믿고 있네. 그런데 자네가 다이아몬드를 집어서 모루와 망치 사이에 두고 힘껏 때리면서 사람들이 말하는 것처럼 그렇게 강하고 훌륭한지를 시험하고자 한다면, 그렇게 하는 것이 과연 옳은 일이겠는가? 게다가 만일 그 보석이 이토록 어리석은 시험에 견뎌낸다 하더라도 더 이상의 가치도 평판도 더해질 것은 없을 것이고, 만에 하나 깨진다면 모든 것을 잃어버리는 것인데? 물론 그 주인은 세상 사람들로부터 어리석다는 얘기를 들을 것이네. 그러니 나의 친구 안셀모, 자네는 카밀라가 아주 훌륭한 다이아몬드이고, 그것을 깨뜨릴 위험에 처하게 하는 일이 다른 사람들 눈에나 자네의 눈에나 결코 옳지 않음을 생각하게나. 설령 그녀의 정조로 끄떡하지 않는다 해도 지금보다 그 가치가 더 높아질 수 있는 것도 아니고, 만일 그녀가 지쳐 견뎌내지 못한다면 자네가 그녀 없이 남겨질 것을 지금부터 잘 생각해보아야 하네. 아내의 파멸과 자네의 파멸을 가져온 스스로에 대해 얼마나 한탄스러울지를 생각해보게. 이 세상에는 정결하고 정숙한 여인만큼 가치 있는 보석이 없고, 여인들의 모든 명예는 사람들이 그녀들에게 갖는 좋은 평판에 있음을 생각하게나. 자네 아내의 평판이 자네도 알다시피 최고조에 달해 있는데, 무엇 때문에 자네는 이 진실을 의심하려고 하는가? 이보게, 친구, 여자는 불완전한 동물이네. 그래서 걸려 넘어질 만한 장애물을 두어서는 안 되고, 불완전한 여인들이 미덕 있는 존재가 되기 위해 아무 걱정 없이 달려갈 수 있도록 그녀가 가는 길에 있는 모든 방해물을 치워서 안전하게 해줘야 한다네. 자연을 연구하는 학자들이 이야기하기를, 담비는 새하얀 털을 가진 작은 동물인데 사냥꾼들이 이들을 잡으려 할 때는 특별한 방법을 사용한다고 하지. 담비들이 자주 지나다니는 곳을 알아내 진흙으로 가로막은 뒤, 담비들이 그곳을 향하도록 몰아낸다네. 그러면 담비는 진흙이 있는 곳까지 와서, 자신의 하얀 털을 잃거나 더럽히지 않으려고 멈춰 서서는 붙잡힐 때까지 가만히 있는다더군. 자유와 생명보다 그 하얀 털을 더 소중히 여기는 거지. 정숙하고 정결한 여인은 담비이고, 정숙이라는 미덕은 눈보다 희고 깨끗하다네. 그러니 그것을 잃게 하고 싶지 않거나 그대로 보존해주고 싶다면 담비에게 하는 것과는 다른 방법을 사용해야 하네. 골치 아픈 구애자들의 선물과 아첨의 진흙 앞에 그녀를 두어서는 안 된단 말이네. 틀림없이 그녀들은 그 장애물을 스스로 밟고 지나갈 수 있는 미덕도, 타고난 힘도 갖고 있지 않으니 이런 장애물들을 없애고 훌륭한 명성을 지닌 미덕과 아름다움의 정결함을 그녀들 앞에 놓아야 하네. 훌륭한 여자는 반짝이는 맑은 유리 거울 같지만, 그것에 닿는 어떠한 입김에도 흐려지기 마련이니, 정숙한 여인에게는 성스러운 유물을 다루는 방식을 사용해야 하네. 찬양하지만 손을 대서는 안 되는 것이야. 훌륭한 여인은 마치 꽃과 장미가 가득한 아름다운 정원을 지키고 소중히 하듯이, 그 정원의 주인이라면 어느 누구도 그곳에 들어가지 못하게 하고 만지지도 못하게 해야 하네. 멀리서 철책 사이로 그 향기와 아름다움을 즐기는 것으로 충분하다네. 마지막으로 나의 뇌리를 스치는 시구를 들려주고 싶네. 어느 현대극에서 들은 것인데, 우리가 말하고 있는 이야기와 꼭 맞는 것 같네. 어느 신중한 노인이 젊은 아가씨의 아버지에게 딸을 남의 눈에 띄지 않게 잘 지키고 감추라고 충고하는 많은 말들 중에 이런 대목이 있었네.

여자는 유리로 만들어졌으니
깨지는지 안 깨지는지

시험하면 안 되느니라,
모두 깨지고 말 테니.

깨지기는 쉽고
다시 붙일 수는 없으니
깨질 위험이 있는 곳에 두는 것은
사려 깊지 못한 일.

모두들 이렇게 생각하고
나도 그렇게 생각하노니
다나에*가 세상에 있다면
황금의 비를 내리게 하소서.

오, 안셀모! 지금까지 자네에 관한 일들을 이야기했던 만큼 이제는 나에 관한 얘기도 들어주게. 말이 길어져도 용서해주게나. 모두 내가 미로에 들어가서 자네를 구해주기를 바라는 자네의 욕심 때문이니. 자네는 나를 친구로 가졌으면서도 내 명예를 빼앗으려 하는데, 이는 우리의 우정에 반대되는 일이네. 뿐만 아니라 내가 자네의 명예를 빼앗도록 하고 있지 않은가. 자네가 나의 명예를 빼앗으려 하는 것은 분명하네. 자네가 바라는 것처럼 내가 카밀라에게 구애한다면 그녀는 나를 명예 없는 남자로, 나쁜 시선으로 바라볼 것이 분명하고, 이로써 나는 나의 인격과 자네의 우정과는 너무나 거리

*그리스 신화에 나오는 페르세우스의 어머니. 다나에가 낳을 아들이 그녀의 아버지를 죽일 것이라는 신탁 때문에 탑 속에 갇히지만, 다나에에게 반한 제우스가 황금의 비가 되어 들어와 그녀는 페르세우스를 낳았고 훗날 이 아이가 예언대로 할아버지를 죽인다.

가 먼 일을 시행하는 것이 되지 않겠나. 내가 자네의 명예를 빼앗으려는 것도 의심할 여지가 없네. 왜냐하면 카밀라는 내가 그녀를 유혹하는 걸 안다면 필경 자신을 어딘가 가볍게 생각해서 내가 나쁜 욕망을 드러낸 것으로 생각할 것이 틀림없을 걸세. 그러면 자기의 명예가 더럽혀졌다고 생각하게 될 것이고, 그 불명예는 자네에게도 미치게 될 걸세. 그리고 여기부터는 흔히 말해지는 일들이 벌어지겠지. 간통한 아내를 둔 남편은 자신이 아무것도 모르고, 아내가 정절을 지키지 않도록 원인을 제공한 것도 아니며, 자신이 어찌할 수 있는 것도 아니고 덜 신경을 쓴 것도 아닌 데다가, 아내의 방종을 막기 위해 신중하지 않은 것도 아니었지만, 모든 사람들은 그를 비난하며 천한 이름으로 부르고, 그 아내의 부정을 알고 있는 사람들은 그가 자기 자신의 잘못이 아니라 나쁜 배우자의 욕망 때문에 그런 불행에 빠졌다는 것을 알면서도, 그를 동정의 눈이 아닌 경멸의 눈으로 바라본다네. 그렇지만 그런 사실을 몰랐고 잘못도 없으며 아내가 그렇게 되도록 원인 제공을 하지 않았음에도, 나쁜 아내의 남편이 왜 불명예스러워지는지에 대해 그 정당한 이유를 자네에게 말해주고 싶네. 잘 들어보게나, 모두 자네에게 이득이 되는 말이니. 하느님이 지상낙원에 우리의 첫 아버지를 만드셨을 때, 성경에서는 이렇게 말하고 있지. 하느님은 아담에게 잠을 주었고 그가 잠든 사이에 그의 왼쪽 갈비뼈 하나를 빼내어 우리의 첫 어머니 이브를 만드셨네. 아담이 깨어나 그녀를 보고 말했지. '이는 내 뼈 중의 뼈요 살 중의 살이라.' 그러자 하느님께서 말씀하셨지. '이러므로 남자가 부모를 떠나, 그 아내와 연합하여 둘이 한 몸을 이룰지다.' 그로부터 신성한 혼인 성사가 생겨났고, 죽음만이 그들을 갈라놓게 되었지. 그리고 이 기적적인 성사는 두 명의 남녀가 하나의 몸이 되게 하고, 심지어 훌륭한 부부는 두 개의 영혼을 갖고 있지만 하나의 의지만 갖는 힘과 미덕을 갖게 된다네. 따라서 아내의 몸은 남편의 몸과 하나이므로 그녀의 몸에 묻은 얼룩이나 흠은, 아까도 말했듯이 설령 남편이 원인을 제공한 것이 아니더라도 남편의 육체에까지 미치는 것이라네. 발의 통증이나 몸 어느 부분의 통증이더라도 하나의 몸이기에 몸 전체에서 그 고통을 느끼듯이, 또한 발목의 상처가 머리 때문이 아니더라도 머리가 그 통증을 느끼듯이, 남편은 아내와 같은 몸이기 때문에 아내의 불명예를 함께하는 것이네. 이렇게 세상의 명예와 불명예 모두 살과 피에서 생겨나고 나쁜 아내의 명예와 불명예도 이와 마찬가지이므로, 그것의 일부가 남편에게 미쳐 자신도 모르는 사이에 불명예스러운 사람이 된다고 하더라도 어쩔 수 없는 일이네. 그러니 오, 안셀모! 자네의 훌륭한 아내가 살고 있는 평온함을 어지럽히고자 위험을 감수하려는 자네 모습을 보게나. 정결한 아내의 가슴속에 가라앉아 있는 감정들을 깨우고 싶어 하는 자네의 호기심이 얼마나 헛되고 무모한 것인지를 생각해보게나. 자네가 얻기 위해 모험을 하는 것은 작은 것이지만, 잃게 될 것이 얼마나 클지는 말로 하기 어려울 정도라네. 그렇지만 내가 말한 모든 것이 자네의 잘못된 생각을 바로잡는 데 부족하다면, 자네의 불명예와 불행을 실행할 다른 도구를 찾아보게나. 나는 그런 도구가 될 생각이 없네. 설령 그 때문에 자네와의 우정을 잃어버리게 된다 할지라도 말일세. 그것이 내가 생각할 수 있는 가장 큰 손실이네만."

덕망 있고 신중한 로타리오는 이렇게 말하고 입을 다물었으며, 안셀모는 매우 혼란스러운 생각에 잠겨 한동안 어떻게 대답해야 할지 몰랐다. 그러나 마침내 말을 시작했다.

"나의 친구 로타리오, 자네도 보았듯이 난 자네의 말을 주의 깊게 들었네. 자네의 말들과 예, 비유 속에서 자네의 뛰어난 분별력과 진정한 우정의 극치를 보았다네. 동시에 내가 자네의 생각을 따르지 않고 내 생각대로 간다면 행복에서 멀어져 불행을 뒤좇는 짓이라는 것도 알았으니 이렇게 참회하네. 하지만 말일세, 자네는 내가 지금 어떤 여자들처럼 이상한 병에 걸렸다는 것을 감안해주어야 하네. 왜 있잖은가, 보기만 해도 속이 거북해지는 흙이나 석고나 숯 같은, 아니면 그보다 더 이상한 것을 먹고 싶어 하는 병 말일세. 그러니 그런 병에 걸린 나를 낫게 하려면 자네가 소극적이고 거짓으로라도 카밀라에게 구애해주어야 하네. 자네가 시작만 해주어도 쉽게 나을 수 있을 것 같으이. 카밀라는 그렇게 약하지 않으니 처음 몇 번으로 그녀의 정절을 땅바닥에 떨어뜨릴 수는 없을 테고, 이 시작만으로도 나는 만족해할 것이야. 그러면 자네는 나의 생명을 구할 뿐 아니라 내가 불명예스러워지지 않도록 함으로써 우리의 우정을 돈독하게 하는 셈이지. 그리고 자네는 다른 한 가지 이유로도 이 일을 해줄 의무가 있다네. 지금도 그렇지만, 추후에도 나는 이 시험을 꼭 실행에 옮길 작정인데, 그렇다고 이런 광태를 제삼자에게 말하는 것은 자네도 용인하지 않으리라 생각하네. 그랬다가는 자네가 그토록 지켜주려 애쓰던 나의 명예가 땅에 떨어질 수 있으니까. 물론 자네가 카밀라에게 구애하고 있는 동안에는 자네의 명예가 의심받겠지. 하지만 그리 중요한 일도 아니고 아무 일도 아닐세. 우리가 기대하는 것처럼 곧 그녀의 정조가 밝혀지면서 자네는 진실을 털어놓을 수 있을 것이고, 그러면 자네의 명예도 되찾을 것 아닌가. 그러니 자네의 아주 작은 모험으로 나는 커다란 만족감을 얻을 수 있고, 설령 자네에게 더 곤란한 일이 생긴다 할지라도, 아까도 말했지만, 자네가 이 일을 시작만 해주어도 나는 끝난 것으로 여기겠네."

안셀모의 절실한 의지를 본 로타리오는 이를 포기시키려면 어떤 예를 들고 또 무슨 말을 해야 할지 알 수 없었다. 그리고 안셀모가 다른 사람에게 그 생각을 말할지 모른다는 걱정에서 일이 더 커지지 않도록 하기 위해 그의 부탁을 들어주기로 결심하고, 카밀라의 생각이 변하지 않음으로써 안셀모가 만족할 수 있는 방식으로 일을 추진하기로 했다. 그래서 다른 누구에게도 그의 생각을 이야기하지 말라고 당부하고는 자신이 그 일을 떠맡아 가장 적당한 때에 시작하겠노라고 대답했다. 안셀모는 그를 다정스레 껴안았고, 마치 로타리오가 그에게 위대한 자비라도 베푼 것처럼 고마워했으며, 다음 날부터 두 사람은 그 일을 시작하기 위해 의논을 했다. 안셀모는 로타리오에게 카밀라와 둘만이 이야기할 수 있는 장소와 시간을 만들어줄 것이고, 이와 함께 그녀에게 선사할 돈과 보석을 주겠다고 했다. 그녀에게 음악을 들려주고 그녀에 대한 찬사를 담은 시를 쓰라고 조언해주면서 그런 노력을 기울이고 싶지 않다면 자신이 직접 해주겠노라고도 했다. 로타리오는 이 모든 말들을 받아들였지만, 물론 안셀모가 생각했던 것과는 다른 의도를 품고 있었다.

그들은 이렇게 합의를 하고 안셀모의 집으로 갔다. 그날은 안셀모가 평소보다 늦었기 때문에 집에서는 카밀라가 걱정스레 남편을 기다리고 있었다.

이제 로타리오는 자신의 집으로 돌아갔고, 안셀모는 자기 집에 남았다. 안셀모가 무척이나 만족해 있는 데 비해, 로타리오는 그 골치 아픈 일을 어떻게 해결해야 할지 몰라 생각에 잠겨 있었다. 하지만 그날 밤 로타리오는 카밀라에게 모욕을 주지 않고 안셀모를 속이기 위한 방법을 생각했다. 다음 날 로타리오가 친구 안셀모와 함께 식사를 하려고 찾아오자 카밀라가 반갑게 맞았는데, 그녀가 이처럼 정성껏 그를 맞아주고 대접하는 것은 남편의 깊은 우정을 이해하기 때문이었다.

식사를 마치고 식탁을 정리하자 안셀모는 로타리오에게 부득이한 일로 외출해야 하는데, 카밀라와 함께 집에 있어달라고 말하면서 한 시간 반 안에 돌아오겠노라고 했다. 카밀라는 그에게 가지 말라고 간청했고, 로타리오 역시 그와 함께 가겠다고 말했지만, 안셀모는 막무가내로 로타리오에게 집

H. PISAN.

에서 기다려달라고 하며, 자신이 로타리오와 해야 할 아주 중요한 일이 있기 때문이라는 말했다. 또한 카밀라에게는 그가 돌아올 때까지 로타리오를 혼자 있게 내버려두지 말라고 당부했다. 결국 그는 필요한 것인지 불필요한 것인지 모를 그 일을 위해 감쪽같이 연기했다. 안셀모가 나가자 식탁을 사이에 두고 카밀라와 로타리오만이 남았다. 집 안의 사람들이 모두 식사하러 나갔기 때문이었다. 로타리오는 친구가 바라던 전쟁터에 남았는데, 눈앞의 적은 오직 아름다움만으로도 무장한 기사단을 격파할 수 있는 적이었다. 로타리오가 충분히 두려워할 만한 일이 아닌가.

하지만 그는 의자 팔걸이에 팔꿈치를 올려놓고 손으로 뺨을 괸 채 카밀라에게는 이런 예의에 어긋난 행동에 양해를 구하며 안셀모가 돌아올 때까지 조금 쉬고 싶다고 말했다. 카밀라는 의자보다 푹신한 쿠션이 더 편할 거라며 그쪽으로 가 한숨 자라고 권했다. 로타리오는 그렇게 하지 않고 의자에 앉아 안셀모가 돌아올 때까지 잠을 잤다. 안셀모가 집에 돌아왔을 때 카밀라는 자기 방에 있고 로타리오는 의자에서 잠들어 있는 것을 보고는, 자신이 아주 늦게 와서 두 사람이 이야기하고 심지어 잠까지 잘 정도의 기회를 주었다고 생각했다. 그는 로타리오가 깨어나면 함께 밖으로 나가 어떻게 된 일인지 묻고 싶어 안달이 났다.

모든 일이 그가 원했던 대로 되었다. 로타리오가 잠에서 깨어났고 두 사람은 집에서 나왔다. 안셀모는 로타리오에게 알고 싶었던 것을 물어봤고, 로타리오는 그녀에게 처음부터 모든 것을 보여주는 건 좋지 않을 것 같아, 온 도시 사람들이 그녀의 아름다움과 분별력밖에 이야기하지 않는다며 카밀라의 아름다움을 찬양하는 것 외에 다른 말은 하지 않았다고 했다. 이 말은 그녀의 호의를 얻어 다시금 그의 이야기를 기꺼이 듣도록 하기 위한 좋은 시작이었던 것 같다며, 이는 악마가 자기 자신을 철저한 사람으로 속이고자 할 때 사용하는 방법이라고 말했다. 악마는 어둠의 사자이지만 빛의 천사로 둔갑하여 착한 모습으로 나타나 처음에는 그 속임수가 발견되지 않아도 결국 그가 누구이며 무슨 의도로 나왔는지는 밝혀진다는 뜻이었다. 그의 모든 말에 안셀모는 매우 만족해했고, 매일 똑같은 기회를 주겠으며 설령 자신이 집에서 나가지 않는다 해도 집 안에서 카밀라가 그의 계획을 눈치채지 못하도록 신경 쓰겠다고 말했다.

그리하여 여러 날이 지나갔는데, 로타리오는 카밀라에게 말 한마디 하지 않았다. 그러면서 안셀모에게 말하기를, 그녀에게 말을 걸었지만 결코 나쁜 일을 승낙할 기미는 조금도 찾지 못했고, 그에게 실낱같은 희망의 그림자조차 보여주지 않았으며, 오히려 그가 나쁜 생각을 버리지 않는다면 남편에게 이르겠다는 협박까지 했다고 전했다.

"잘됐군." 안셀모가 말했다. "지금까지 카밀라는 자네의 말에 잘 저항해왔어. 이제 다른 것들에 대해 어떻게 저항하는지 봐야겠네. 내가 내일 그녀에게 보여줄, 아니 그냥 줄 금화 2천 에스쿠도와 그녀를 유인할 보석들을 살 수 있는 2천 에스쿠도를 자네에게 주겠네. 아무리 정결한 여자라도 여자들은 아름다울수록 보석을 걸치고 잘 차려입는 것을 무척 좋아하는 법이거든. 만일 이러한 유혹에도 그녀가 저항한다면 나는 만족하고 자네에게 더 이상의 괴로움을 주지 않겠네."

로타리오는 자신이 지치고 실패하여 이 일에서 손을 떼리라는 걸 알고 있지만 이미 시작한 일이니 끝까지 하겠노라고 대답했다. 다음 날 그는 4천 에스쿠도를 받았고, 이는 4천 가지 걱정거리를 얻은 셈이었는데, 다시 무슨 거짓말을 해야 할지 몰랐기 때문이었다. 그러나 그는 카밀라가 자신의 말과 마찬가지로 선물과 약속에도 완고하여 공연한 시간 낭비만 이어질 뿐이므로 더 이상 마음고생을 할 필요는 없을 거라고 말하기로 했다.

그러나 운명은 다른 식으로 전개되었다. 어느 날 안셀모는 로타리오와 카밀라 둘만 남겨놓고 방에 숨어서 열쇠 구멍을 통해 두 사람이 하는 것을 보고 들었는데, 30분이 넘도록 로타리오가 카밀라에게 아무 말도 하지 않는 것을 보고는 거기에 100년 동안 있다 하더라도 그가 그녀에게 말을 걸지 않으리라는 걸 알게 되었다. 그리하여 그는 친구가 카밀라의 대답이라며 자신에게 이야기한 것이 모두 꾸민 일이고 거짓말임을 알아차렸다. 이를 확인하기 위해 그는 로타리오를 불러 무슨 새로운 일이 있었는지, 그리고 카밀라는 어떤 기분이었는지 물었다. 로타리오는 그녀가 아주 매정하고 무뚝뚝하게 응하여 다시는 어떤 것도 말할 엄두가 나지 않기 때문에 더 이상 그 일에 신경 쓰고 싶지 않다고 대답했다.

"아, 로타리오!" 안셀모가 말했다. "로타리오, 자네가 내게 해줘야 할 것과 자네를 믿는 나의 깊은 마음에 대해 이런 응답밖에는 못 해준단 말인가! 지금 이 열쇠 구멍을 통해서 자네가 카밀라에게 아무 말도 하지 않은 것을 보았다네. 나는 자네가 처음부터 말할 생각이 없었다고 생각해. 자네는 무엇을 위해 나를 속이고, 왜 내가 하고자 하는 일을 방해하고 나서는가?"

안셀모는 더 이상 말하지 않았지만, 그가 한 말은 로타리오를 난처하게 하고 혼란스럽게 하기에 충분했다. 그는 거짓말이 들통 난 것을 자신의 명예에 오점을 남긴 것으로 여겼으므로, 안셀모에게 앞으로는 책임지고 그를 만족시켜주겠으며 다시는 거짓말도 하지 않겠다고 맹세했다. 만일 의심스럽다면 몰래 지켜보라면서, 사실 그럴 필요도 없을 텐데, 어차피 그를 만족시키기 위해 자신이 생각하고 있는 일들을 추진하게 되면 모든 의심이 일소될 것이기 때문이라고 했다. 안셀모는 그를 믿고 그의 마음을 더욱 확실하고 편하게 해주려고 여드레 동안 집을 떠나 도시에서 멀지 않은 어느 마을의 친구 집에 가 있기로 했다. 그러고는 그 친구에게 카밀라가 이해할 수 있도록 자신에게 와달라고 간청하는 편지를 보내달라고 했다.

아, 불행하고 그릇된 생각을 가진 안셀모! 그대가 하려는 일이 무엇인가? 그대가 계획하는 일이 무엇인가? 그대가 지시하는 일이 무엇인가? 그대의 불명예를 계획하고 스스로의 파멸을 지시하면서 자기 자신에 반하는 행동을 하고 있는 모습을 보라. 그대의 아내 카밀라는 훌륭한 여자이고, 그대는 조용히 평온하게 그녀를 아내로 갖고 있지 않은가. 아무도 그대의 기쁨을 빼앗으려 하지 않고, 그녀의 생각은 집 안에만 머물러 있다. 그대는 그녀에게 지상의 하늘이고, 소망의 과녁이며, 기쁨의 충만함이고, 게다가 그녀는 자신의 의지를 그대와 하늘의 뜻에 따라서 결정하고 있지 않은가. 그러니 그녀의 명예, 아름다움, 정절, 조신함의 광맥에서 그대가 소망하는 그 모든 부를 아무 노력 없이 그대에게 주고 있는데, 무엇 때문에 그대는 땅을 파서 새로운 광맥과 지금껏 보지 못한 보석을 찾으려 하며, 결국 그녀의 결점이라는 약한 담 위에 기대어 모든 것이 허물어질 위험에 그대의 몸을 맡기려는 것인가. 어느 시인이 말하길 불가능한 것을 찾는 사람은 가능한 것까지도 빼앗기고 만다는 것을 알라고 했건만.

죽음 속에서 삶을 찾고,
병이 나면 건강을,
감옥 속에서 자유를,
갇혀진 곳에서 출구를,
배신자에게서 충성심을 찾는다.
그러나 나의 운명은 누구에게서도
어떠한 좋은 것도 기대하지 못하네.
하늘이 설정해놓은

불가능한 것을 찾기 때문에
가능한 것조차 나에게 주지 않네.

다음 날 안셀모는 카밀라에게는 자신이 집을 비운 사이에 로타리오가 집을 돌봐주고 그녀와 함께 식사를 하기 위해 올 것이라면서, 자신에게 하듯이 잘 대해주라고 말하며 마을로 떠났다. 카밀라는 분별 있고 정숙한 여인이므로 남편이 그녀에게 한 말에 슬퍼했고, 그가 없을 때 어느 누구라도 그의 식탁 의자를 차지하는 것은 옳지 않다는 것을 알아달라고 말했다. 그리고 만일 그녀가 집을 잘 돌볼 수 있을지 염려하여 그렇게 하는 거라면 이번에 시험해보라면서, 더 큰 주의를 기울여야 할 일들도 충분히 해낼 수 있다는 것을 알게 될 것이라 말했다. 안셀모는 그것이 자신의 즐거움이므로 그녀가 머리를 숙이고 자신의 말을 따라주기만 하면 된다고 대답했다. 카밀라는 그의 생각이 자신의 뜻에 반한 것이긴 하지만 그렇게 하겠노라고 말했다. 안셀모는 떠나버렸고, 다음 날 로타리오는 그의 집에 와서 카밀라의 다정하고 정숙한 환대를 받았다. 그녀는 결코 로타리오와 단둘이 남지 않았는데 이는 그녀가 늘 하인들과 하녀들에 둘러싸여 다녔기 때문이었다. 특히 카밀라가 무척 아끼는 레오넬라라는 하녀가 그녀와 같이 있었다. 이 하녀는 카밀라의 친정에서 어릴 적부터 함께 자랐고 그녀가 안셀모와 결혼할 때 이 집으로 따라왔다. 처음 사흘 동안 로타리오는 그녀에게 아무 말도 하지 않았다. 식사가 끝나고 식탁을 치우면 사람들이 서둘러 식사를 하러 가는데 그때 말을 꺼낼 수 있었을지는 모르지만, 레오넬라만은 카밀라보다 먼저 식사를 시작하고 결코 그녀의 곁을 떠나지 않도록 카밀라의 지시를 받았던 것이다. 하지만 하녀도 자신의 일을 하느라 바빠 매번 주인의 명을 지키지 못했으므로 결국에는 오히려 그 두 사람만 남겨두라는 지시를 받은 것처럼 되고 말았다. 그러나 카밀라의 정숙한 태도와 엄숙한 자태, 정확한 성격은 로타리오의 혀에 제동을 걸기에 충분했다.

카밀라의 많은 미덕으로 인해 로타리오가 침묵을 지키게 되었지만 이것은 결과적으로 두 사람에게 더 많은 손해를 끼치고 말았다. 입은 다물었어도 곰곰이 생각하고 있던 로타리오에게, 마음이 없는 대리석상마저도 사랑에 빠질 만한 카밀라의 착한 마음씨와 아름다움의 모든 극치를 하나하나 바라볼 수 있는 기회를 주었기 때문이었다.

로타리오는 그녀에게 말해야 할 기회에 그녀를 바라보았고, 그녀가 얼마나 사랑스러운 여인인지 알게 되었다. 이 생각이 그가 안셀모에 대해 갖고 있던 존중의 감정을 조금씩 무너뜨리기 시작했다. 수천 번이나 그는 도시를 떠나 안셀모가 자기를 찾을 수 없는 곳으로, 그리고 카밀라를 쳐다볼 수 없는 곳으로 가버리고 싶은 생각이 들었다. 그러나 그것도 카밀라를 바라볼 때 느끼는 기쁨 때문에 그렇게 하지 못했다. 그는 카밀라를 보고 싶은 기쁨을 떨쳐버리고 느끼지 않기 위해 자신과 싸웠다. 자신의 미친 짓을 혼자 자책했고, 자신을 나쁜 친구이며 나쁜 그리스도교인이라고까지 불렀다. 그러나 자신과 안셀모 사이를 생각하고 비교하면서, 이 모든 생각들을 통해 내린 결론은, 안셀모의 광태와 자만이 자신의 부족한 신의와 성실함보다 나쁘다는 것이었고, 따라서 이제부터 자신이 하려는 행동은 사람들 앞에서나 하느님 앞에서 얼마든지 변명할 수 있으며, 자신의 잘못으로 인해 벌을 받을지 모른다는 걱정은 하지 않아도 된다는 것이었다.

결국 카밀라의 아름다움과 착한 마음씨는 어리석은 남편이 그의 손에 맡긴 기회와 함께 로타리오의 충절을 땅에 떨어뜨리고야 말았다. 안셀모가 집을 비운 지 사흘이 지난 뒤부터 로타리오는 그녀에게 이끌렸다. 그동안은 자신의 욕망을 억누르기 위해 끊임없는 전쟁을 했으나, 그러다가 마침내 엄청난 마음의 동요 속에서 깊은 사랑을 담은 말로써 카밀라를 유혹하기 시작했다. 카밀라는 깜짝 놀라 어떤 말로도 그에게 대답하지 않은 채 앉아 있던 자리에서 일어나 자신의 방으로 들어가버렸다. 그러나 이런 매정함도 로타리오의 희망을 무력하게 하지 못했고, 희망이란 사랑과 함께 늘 생겨나는 법인즉, 오히려 카밀라에 대해 더욱더 강렬한 사랑을 느끼게 되었다. 카밀라는 로타리오의 예상치 못한 태도에 어떻게 해야 할지를 몰랐다. 그가 자신에게 다시 말할 수 있는 기회나 장소를 준다는 것은 안전한 일도, 잘하는 일도 아니라 여기며 그날 밤 하인을 통해 안셀모 앞으로 편지를 보내기로 결심했는데, 그 내용은 다음과 같았다.

제34장

여기에서는 〈무모한 호기심이 빚은 이야기〉가 계속된다

흔히 말하는 것처럼 장군 없는 군대와 성주 없는 성이 좋지 않듯이 결혼한 젊은 여자가 남편이 있는데도 따로 혼자 지내는 것은 아무리 이유가 정당하다고 할지라도 모양새가 매우 좋지 않습니다. 당신 없는 저는 너무나도 불행하여 당신의 부재를 견디는 것은 참기 힘든 고통입니다. 만약 곧 돌아오시지 않는다면 집을 비워두고서라도 마음의 평안을 위하여 친정으로 가 있을 수밖에 없을 것입니다. 당신이 저를 돌보라고 부른 분은 그 기회를 이용해서 당신의 부탁보다는 그의 욕망을 우선시한다고 여겨지기 때문입니다. 당신은 신중한 분이시니 더 이상 말씀드리지 않겠습니다. 더 말씀드려서 좋을 것도 없을 것입니다.

안셀모는 이 편지를 받자 로타리오가 이미 작업을 시작했고 카밀라가 자신이 원하던 대로 대답한 것이라고 생각했다. 그래서 하인이 가져온 이 새로운 소식에 대단히 기뻐했고, 빠른 시일 내에 돌아갈 테니 어떤 상황에서라도 절대 집을 비우지 말라고 카밀라에게 회답했다. 안셀모의 회답은 카밀라를 당황하게 했고 더욱 혼란스러운 상태로 만들었다. 집에 있을 엄두도 나지 않았고, 그렇다고 친정에 갈 수는 더더욱 없는 노릇이었다. 집에 남아 있자니 정조가 위험하고, 친정으로 가는 것은 남편의 명령을 어기는 것이기 때문이었다.

카밀라는 결국 자신에게 더욱 불리한 결정을 내렸는데, 그것은 로타리오의 존재를 회피하지 않겠다는 결심으로 집에 남아 있기로 한 것이었다. 그녀는 남편에게 쓴 편지 내용이 걱정되기 시작했다. 로타리오가 자신에게 지켜야 할 예의를 등한히 하게 된 것이 자신에게서 무언가 뻔뻔스러운 행동을 보았기 때문이라고 남편이 여길지도 모른다는 생각 때문에 두려워졌다. 그러나 그녀는 로타리오의 착한 마음씨를 믿고, 하느님을 신뢰하고, 그의 올바른 사고를 믿었기 때문에, 로타리오가 말하는 그 모든 것을 조용히 입 다물고 견디기로 결심했다. 그리고 남편에게는 말다툼을 하거나 상황을 난처하게 만들지 않기 위해서 더 이상 알리지 않기로 했다. 뿐만 아니라 남편이 어떻게 그런 편지를 쓸 생각이 들었느냐고 물었을 때 로타리오를 난처함에서 구해내는 방법까지 고심했다. 카밀라는 로타리오의 고백에 적당히 화답하거나 그 상황을 즐기기보다는 조신하게 처신하겠다고 다짐하고, 다음 날 로타리오의 말에 귀를 기울였다. 그러나 그가 너무나도 끈질기게 구애하는 바람에 그토록 견고한 카밀라의 마음도 마침내 흔들리기 시작했고, 그녀의 정절도 로타리오의 눈물과 고백이 가슴속에 불러일으킨 사랑의 감정을 더 이상 모른 체할 수 없었다. 그런 모든 것을 감지하자 로타리오는 몸이 달아올랐다.

드디어 로타리오는 안셀모의 부재로 얻은 시간과 장소를 이용하여 카밀라라는 성을 더욱더 포위해 들어갈 필요가 있다고 생각했다. 그래서 그녀의 아름다움을 찬양함으로써 그녀의 자부심을 부추겼다. 아름다운 여자의 높은 허영의 탑을 신속하게 무너뜨리려면 아첨의 혀로 허식을 부리는 수밖에는 없기 때문이었다. 사실 그는 모든 수단을 사용하여 쉬지 않고 그녀의 견고한 암석을 깨뜨렸으므로 그녀는 온몸이 청동이라 할지라도 땅에 쓰러지고 말았을 것이다. 로타리오는 모든 감정을 쏟아 울고, 간청하고, 헌신하고, 아첨하고, 약속하는 등 진심을 보여주어 카밀라의 정숙함을 무너뜨렸고, 결국 생각지도 않게 그가 간절히 원하던 카밀라라는 성을 정복하여 승리를 거두었다.

카밀라는 무너졌다, 결국 무너지고야 말았다……. 그러나 로타리오의 우정마저도 무너져버린 이 상황에서 무엇을 얻었다는 것인가? 이것은 사랑의 정열에 이기려면 오직 도망치는 수밖에 없으며 이는 어느 누구도 그토록 강한 적과는 상대해선 안 된다는 것을 보여주는 명백한 본보기이다. 인간이 정열의 힘에 이기려면 신의 힘이 필요하기 때문이다. 레오넬라 혼자만이 주인이 흔들리고 있다는 것을 알았다. 친구 사이를 갈라놓고 두 사람이 새로운 연인이 되었다는 것을 감출 수 없었던 것이다. 로타리오는 카밀라에게 모든 일은 안셀모가 원했던 일이고, 이 상황까지 이르는 기회를 준 것도 그 때문이라는 걸 말하고 싶지 않았다. 그녀가 자신의 사랑을 보잘것없게 생각하고, 자신의 구애가 가볍고 생각 없고 맹목적이 되는 게 싫어서였다.

며칠 뒤 안셀모가 집으로 돌아왔다. 하지만 그녀에게서 없어진 것을 눈치채지 못했다. 그것은 바로 그가 잃어버리도록 방치한 것이지만, 한편으론 잃어버리지 않으리라 믿었던 것이었다. 그는 조금 뒤에 로타리오를 보러 갔다. 로타리오는 그의 집에 있었고, 서로 우정의 포옹을 했다. 그리고 로타리오에게 무슨 중요한 일이 없었는지 물었다.

"오, 나의 벗 안셀모! 자네에게 전해줄 소식이 있네." 로타리오가 말했다. "자네는 모든 아내의 전형이자 최고의 가치가 있는 아내를 소유하고 있다는 것일세. 내가 그녀에게 한 말들은 허공으로 사라져 고려되지 않았고, 선물들은 거절당했으며, 나의 가장된 눈물도 외면당했네. 결론을 내리자면 카밀라는 모든 아름다움의 상징일 뿐 아니라 정숙한 여인이라고 칭찬받을 만한 조신함, 정중함, 신중함 등 모든 미덕을 갖춘 보고라는 것이네. 자네 돈을 돌려줄 테니 받게, 친구. 돈에 손댈 필요도 없어서 가지고 있기만 했네. 카밀라의 굳은 마음은 선물이나 약속 같은 아주 하찮은 것으로는 굴복시킬 수 없다네. 그러니 안심하게, 안셀모. 그리고 더 이상의 시험은 하지 않는 것이 좋겠네. 여자들에 대해 흔히들 갖고 있고 또 그러기 쉬운 난관이나 의심의 바다를 자네는 발에 물도 적시지 않고 건너왔으니, 또 다른 난관이 기다리는 심해로 들어가려고도 하지 말고, 운 좋게 하늘이 자네에게 내려준 배의 착한 성품과 견고함을 다른 항해사로 하여금 다시 시험해볼 생각일랑 하지 말게나. 그리고 자네가 이미 안전한 항구에 있다는 것을 깨닫게. 그러니 선한 경의의 닻을 내리고, 아무리 높은 신분의 사람이라도 누구도 피할 수 없는 죽음을 맞이할 때까지 그대로 있으면 되는 걸세."

안셀모는 로타리오의 말에 아주 흡족해하면서 그 말을 마치 어떤 신의 계시에 의한 행운인 것처럼 믿었다. 그러나 그는 말하길, 지금까지처럼 열성을 다해서는 아니더라도 앞으로는 단순한 호기심이니 심심풀이 정도의 기분으로 그 일을 계속해달라고 부탁했다. 그러면서 로타리오가 사모하고 있는 어느 부인의 정숙함에 대해 카밀라에게 말할 테니, 클로리라는 이름으로 그녀를 찬양하는 시를 새로 지어달라고 말했다. 만약 그런 시를 쓰고 싶지 않다면 자신이 직접 하겠다고 했다.

"그럴 필요는 없을 걸세." 로타리오가 말했다. "시의 여신들이 나를 싫어하지는 않기 때문에 일 년에 잠깐씩은 찾아와주기도 하거든. 자네가 말했던 나의 거짓 사랑에 대해서는 카밀라에게 말하게나. 시는 내가 짓도록 하겠네. 그 대상에 걸맞을 만큼 훌륭하진 않더라도 적어도 내가 할 수 있는 한 최선을 다하지."

무분별한 친구와 배신자 친구는 이렇게 합의를 보았다. 그리고 집으로 돌아간 안셀모는 자신이 물어보지 않아 카밀라가 오히려 의아해하고 있던 일을 아내에게 물었다. 자기에게 보낸 그 편지를 어떤 의도에서 썼는지 설명해달라는 것이었다. 카밀라는 그가 집에 있을 때보다 로타리오가 좀 더 자유분방하게 그녀를 바라보는 것 같았지만 잘못된 생각이었고, 자신의 착각이었다고 대답했다. 그러면서 지금은 로타리오가 그녀를 보려고도, 그녀와 단둘이 있으려고도 하지 않는다고 말했다. 그러자 안셀모는 그런 생각을 할 필요가 없다면서 로타리오가 도시의 어느 귀부인과 사랑에 빠졌고, 그녀를 클로리라는 이름으로 찬양한다는 것을 알고 있으며, 비록 그렇지 않더라도 로타리오의 진실성과 두 사람 사이의 친밀한 우정을 의심하지 않아도 된다고 말했다. 만일 로타리오가 카밀라에게 클로리에 대한 사랑은 속임수이며 그가 잠시나마 카밀라에 대한 찬사를 할 수 있도록 안셀모에게 그 얘기를 꺼낸 것이라고 알려주지 않았더라면, 그녀는 분명히 질투라는 절망의 그물에 갇혀버렸을 것이다. 하지만 그녀는 모든 것을 속속들이 알고 있었기 때문에 아무런 고통 없이 그 말을 받아들일 수 있었다.

다음 날 세 사람이 식탁에 둘러앉았을 때 안셀모는 로타리오에게 그가 사랑하는 클로리를 위해 지은 시를 한 수만 들려달라고 부탁하면서, 카밀라는 클로리를 모르니 마음 놓고 읊어도 상관없다고 덧붙였다.

"부인께서 클로리를 아신다 해도," 로타리오가 말했다. "나는 아무것도 감추지 않겠네. 사랑에 빠진 사람이 아름다운 여인을 찬양하거나 냉담함을 지적하는 것이 그녀의 훌륭한 평판에 흠을 내는 일은 아니지 않은가. 어쨌든 내가 하고 싶은 말은, 어제 클로리의 무정함에 대해 소네트를 지었다는 것일세. 잘 들어보게.

소네트

밤의 정적 속, 달콤한 꿈이
사람들을 점령하고 있을 때
나는 나의 끝없는 불행에 관한 슬픈 이야기를
하늘과 나의 클로리에게 바친다.

태양이 동쪽 문을 장밋빛으로 물들이며
그 모습을 드러낼 때
나는 한숨과 고르지 않은 어조로
오래된 한탄을 되풀이한다.

그리하여 태양이 별들의 자리에서
곧바로 대지에 햇살을 내리쬘 때
내 눈물은 더해지고 고통의 신음은 배가된다.

다시 밤이 되어 내 슬픈 이야기 되풀이하면
나는 괴로운 집념 속에서 언제나 발견한다,
귀먹은 하늘과 들으려 하지 않는 클로리를."

이 소네트는 카밀라도 괜찮게 느꼈지만 안셀모는 더욱 훌륭하다고 생각하여 로타리오를 칭찬했다. 그러고는 이렇게 명백한 진실함에 응하지 않는 여자는 지나치게 잔인하다고 말했다. 이에 카밀라가 말했다.

"시인들이 항상 진실을 말하는 건 아니겠지요?"

"시인으로서는 진실을 말하지 않을 겁니다." 로타리오가 대답했다. "그런 경우에 처한 시인들은 그제야 비로소 진실한 시인이 되어 말문이 막혀버리지요."

"두말하면 잔소리지." 안셀모가 맞장구를 쳤는데, 이 모든 것들은 카밀라와 함께 로타리오의 생각을 뒷받침해주기 위한 것이었다. 카밀라는 이미 로타리오에 대한 사랑에 눈이 멀어 안셀모의 계략에 주의를 기울이지 않았다.

그녀는 로타리오의 모든 것이 좋았고, 게다가 로타리오의 열망이나 시가 자신을 향한 것이라는 생각에 자신이 진짜 클로리라고 여겼다. 그래서 만일 다른 소네트나 시구가 있다면 말해달라고 부탁했다.

"네, 있습니다." 로타리오가 말했다. "그러나 첫 번째 것만큼 좋은 것 같지는 않습니다. 아니, 좀 더 정확히 말씀드리자면 아까 것보다 좀 못합니다. 여러분들이 잘 판단해주실 거라 믿고 소개하겠습니다.

소네트

나는 내가 죽을 걸 안다오, 그대 내 말을 믿지 않아도
죽음은 확실한 것. 그대를 숭배한 걸 후회하느니
차라리 그대 발밑에 죽어 있는 나를 보는 것이
더 옳듯이, 오, 아름다운 무정이여!

생명도 영광도 없는, 사막 같은 그대의 친절,
그곳에서 나를 발견할 수 있으리니,

내 가슴을 열어보면
거기 새겨진 그대 아름다운 얼굴 볼 수 있으리.

그대의 무정함으로 더욱 비참해지는,
나의 집념을 위협하는 괴로운 나날들을 위해
그 얼굴 간직하겠소.

북극성도 항구도 찾을 수 없는 곳,
저 어두운 하늘 아래
미지의 험난한 바닷길을 항해하는 이의 심정이여!"

안셀모는 역시 이 두 번째 소네트도 칭찬했다. 그는 이렇게 자신을 휘감고 옭아매고 있는 불명예의 쇠사슬을 조이고 또 조여갔다. 로타리오가 불명예를 주면 줄수록 그는 더욱더 명예로워진다고 생각했다. 또한 카밀라가 타락의 한가운데까지 떨어진 바로 그 층계가, 그녀의 남편에게는 미덕과 명성이라는 정상으로 오르는 길이라 생각했다.

얼마 후 카밀라가 자신의 하녀와 단둘이 있게 되자 하녀에게 말했다.

"나의 벗 레오넬라, 난 어쩜 그리도 그를 향해 나의 자존심을 세우지 않았는지, 생각하면 할수록 무안한 일이로구나. 로타리오에게 너무나 빨리 내 마음을 통째로 주어버렸으니 말이야. 그분이 내게 주체할 수 없도록 강한 인상을 심어주었다는 생각은 하지 못하고, 나를 성급하고 경솔하게 행동하는 여자라 생각하지 않을까 걱정이구나."

"그런 걱정은 마세요, 마님." 레오넬라가 대답했다. "사실 그건 좋은 일이고, 본래 소중하게 여길 만한 거라면 조금 빨리 일어났다고 해서 별로 문제

될 게 없지요. 그 가치가 떨어지는 것도 아니고요. '빨리 주면 두 배로 주는 것이다' 라고들 하지 않습니까?"

"하지만 이런 말도 있지." 카밀라가 말했다. "'저렴한 것은 그만큼 값어치가 없다.'"

"마님에게는 해당되지 않는 말입니다." 레오넬라가 대답했다. "제가 듣기에 사랑은 어떤 때는 날아가고, 어떤 때는 걸어가고, 어떤 이에겐 달려가고, 어떤 이에게는 천천히 간답니다. 그리고 이쪽에서 미지근해지면 반대쪽에서는 불을 태우고, 어떤 사람에게는 상처를 입히고 어떤 사람에게는 죽음을 주고, 같은 장소에서도 한 곳에선 갈망의 달리기를 시작하는가 하면 한 곳에선 끝내고 완결하는 것도 있고, 아침에 요새를 포위하면 밤에 굴복한다고 하던걸요. 사랑에 저항할 수 있는 것은 아무것도 없어요. 그러니 사랑이 주인님의 부재로 생긴 기회를 이용해서 로타리오 님에게 그와 같은 일을 일으킨 것이라면 무엇을 무서워하고 두려워하십니까? 안셀모 주인님이 제때에 집으로 돌아와 모든 게 수포로 돌아가게끔 하지 않았으니, 주인님의 부재 속에서 사랑의 결실을 맺은 것은 피할 수 없는 일이었지요. 사랑을 얻는 데 기회라는 것보다 더 좋은 사절은 없잖아요. 그 기회를 통해 이룰 수 있었던 거지요. 이 모든 것들은 제가 들은 풍월이 아니라 경험으로 잘 알고 있어요. 마님, 저도 몸속에 피가 흐르는 처녀이니 언젠가 그 말씀을 드리지요. 카밀라 마님, 마님이 노력하지 않는다면 아무것도 얻을 수 없을 거예요. 그러니 먼저 로타리오 님의 눈과 한숨과 고백과 약속과 선물 속에서 그의 진심을 보려 하지 마시고, 그의 영혼과 미덕 속에서 로타리오 님이 얼마나 사랑스러운 분인지 보세요. 쓸데없는 생각으로 새치름해 있지 마시고 마님이 로타리오 님을 소중히 여기시는 만큼 그분도 마님을 그렇게 여기실 거라 믿으세요. 마님이 이미 그분을 마음에 두셨으니 그분도 기뻐하고 만족해하실 거예요. 그분은 마님을 소중히 여기니까요. 게다가 훌륭한 연인의 네 가지 'S' 조건, 즉 박식함, 독신, 부지런함, 비밀스러움*을 갖추고 있을 뿐 아니라, 'ABC의 성질'까지 모두 가지고 있으니까요. 제가 기억나는 대로 말해볼 테니 맞는지 들어보세요. 그분은 감사할 줄 알고(A), 훌륭하고(B), 기사답고(C), 인심 좋고(D), 사랑에 빠질 줄 알고(E), 견고하고(F), 씩씩하고(G), 명예롭고(H), 저명하고(I), 충실하고(L), 젊고(M), 고귀하고(N), 정직하고(O), 주요하고(P), 풍채 좋고(Q), 부유하고(R), 그리고 앞에서 말한 네 가지(S)에다, 입이 무겁고(T), 진실하고(V), X는 거친 단어라서 그분께 맞지 않고, Y는 이미 말했고**, Z는 마님의 명예를 지켜줄 사람이에요."

카밀라는 자신의 하녀에게서 훌륭한 애인의 자격에 관한 이야기를 듣고 가만히 웃었다. 그리고 사랑에 관한 한 레오넬라는 말보다 경험이 풍부하다고 생각했다. 레오넬라는 같은 마을에 사는 좋은 가문의 청년과 사귀고 있는 사실을 털어놓았는데, 카밀라는 하녀의 행동이 자기의 명예를 실추시킬 수도 있지 않을까 걱정하면서 당황했다. 카밀라는 둘이 그냥 있는 것 이상의 행동을 했는지에 대해 캐물었다. 레오넬라는 별로 부끄러워하지도 않고 아주 명랑하게 그렇다고 대답했다. 왜냐하면 하녀들은 주인마님들이 자칫 주의를 기울이지 않으면 뻔뻔스러워지고, 주인마님들이 실수하는 것을 보면 자기들이 실수하는 것도 아무 문제 없는 것으로 생각하며, 심지어 자기들이 저지른 실수에 대해 주인마님들이 알게 되는 것조차 전혀 신경 쓰지 않기 때문이다.

카밀라는 레오넬라에게 자신에 관한 일 중 어느 것도 그녀의 연인에게

---

*네 단어 모두 S로 시작한다(sabio, solo, solicito, secreto).

**Y는 I와 발음이 같아서 생략한 것이다.

는 말하지 말 것과, 그녀의 일을 안셀모와 로타리오가 알지 못하도록 비밀을 지켜달라고 말하는 것 외에는 다른 어떤 부탁도 할 수 없었다. 레오넬라는 그렇게 하겠다고 대답했지만 그녀로 인해 자신의 명예를 잃을까 걱정하던 카밀라의 우려가 현실로 드러나는 일이 벌어지고 말았다. 정직하지 못하고 무례한 레오넬라는 마님의 행동이 평소와 다른 걸 알고부터 감히 애인을 집 안에 끌어들이기 시작했으며 설령 마님이 그를 보더라도 어쩌지 못할 거라고 생각했다. 안주인의 부정은 무엇보다 주인이 하녀에게 굴종하게 되어, 카밀라의 경우처럼 하녀의 부정과 비열함을 숨겨주어야만 하게 된다. 카밀라는 레오넬라가 남자와 함께 방에 있는 것을 여러 번 보았지만, 하녀를 꾸짖기는커녕 그 남자를 숨겨줄 만한 장소를 가르쳐주거나 남편에게 들키지 않도록 방해물들을 제거해주었다.

그러나 그러한 노력도 완전치는 못해, 결국 어느 날 아침 동틀 무렵 레오넬라의 애인이 집을 빠져나가는 것이 로타리오의 눈에 띄고 말았다. 로타리오는 그가 누구인지 몰라 처음에는 유령일 거라고 생각했다. 그러나 얼굴을 가리고 조심스럽게 걸어가는 모습을 보자 처음의 단순한 생각이 엉뚱한 쪽으로 향했는데, 카밀라가 해명하지 않는다면 모두가 파멸에 이르는 생각이었다. 로타리오는 안셀모의 집에서 남자가 나갔으므로 그 남자를 레오넬라와 연관 짓는 건 생각도 하지 못하고 레오넬라가 이 세상에 존재한다는 것도 떠올리지 못했다. 그러고는 단순히 카밀라가 자신에게 쉽고 가볍게 마음을 열어준 것처럼 다른 남자에게도 그렇게 했다고 믿어버렸다. 부정한 여인들에 대한 곱지 못한 편견이 그에게도 자리 잡고 있었던 것이다. 부정한 여인은 자신이 애걸하고 설득하여 정조를 바친 남자에게도 신뢰를 받지 못하는 법이다. 그녀의 정조를 선사받은 남자는 그녀가 다른 사내들에게도 쉽사리 몸을 허락할 것이라고 생각하고, 그런 추측에서 비롯된 온갖 의혹들을 사실로 믿어버리기까지 한다. 로타리오는 이 순간에 그의 올바른 판단력을 잃었고, 자신이 안셀모에게 했던 경고를 모두 잊고 말았다. 그래서 이성적인 행동을 취하지 못하고, 오로지 내장을 갉아내는 듯한 격노와 질투에 눈이 멀어 자신에게 조금도 해를 끼치지 않은 카밀라에게 죽도록 복수하고 싶은 마음에, 아직 일어나지도 않은 안셀모에게 가서 이렇게 말해버렸다.

"알아주게, 안셀모. 나는 오래전부터 나 자신과 싸우며 자네에게 말하지 않으려고 노력했지만 이제는 더 이상 자네에게 감출 수도 없고, 또 올바르지도 않은 사실에 대해 말하기로 결심했네. 카밀라의 요새는 이미 함락되었으며 그녀는 내가 원하는 대로 무엇이든지 하게 되었다는 것을 알아주게. 그 사실을 밝히는 데 이토록 지체한 것은 그녀 스스로가 어떤 경박한 변덕을 부리는 것이 아닐까, 또는 나를 시험하려고, 자네의 허락을 받아 접근한 나의 사랑이 진심인지 아닌지 알기 위해 그러는 것이 아닐까 싶었기 때문이네. 우리가 똑같이 생각했던 대로 그녀가 정숙한 여자였다면, 내가 그녀에게 구애했다는 사실을 자네에게 알렸어야 했네. 그런데 안 그러는 것을 보니 그게 사실이라는 것을 알겠군. 이번에 자네가 다시 집을 비우면 자네 보석들이 있는 방에서 나와 만나자고 했네. 그곳은 내가 카밀라에게 곧잘 말을 건네던 곳이라네. 그러나 자네가 성급하게 그녀에게 달려가 복수하는 것은 참았으면 하네. 이러한 일은 저질렀다기보다는 단지 생각에 불과하고, 지금부터 그 일을 실행하기까지 카밀라가 마음을 바꾸어 후회할 수도 있기 때문이네. 그러니 지금까지 자네가 내 충고를 들어주었듯이 이번에도 내가 권하는 대로 해주길 바라네. 틀림없이 자네에게 바람직한 충고라는 것을 깨달을 걸세. 자네는 전에도 한 것처럼 이틀이나 사흘쯤 집을 비우는 척하고 그 내실에 숨어 있게. 거기에 태피스트리라든지 그 밖에 몸을 숨기기에 편리한 것이 있을 테니까. 그러면 자네는 자네 눈으로, 나는 내 눈으로 카밀라가 무엇을 원하는지 볼 수 있을 것이네. 만약 그녀가 우리가 생각하는 모습이 아니라 우리가 우려하는 모습의 악한 여자라면, 조용하고 빈틈없이 자네가 받은 모욕에 대해 보복할 수 있을 것이네."

안셀모는 로타리오의 말에 놀라움과 얼떨떨함을 금치 못했다. 전혀 예기치 않은 순간에 이 말을 들었던 탓인데, 이미 안셀모는 카밀라를 로타리오의 수작에도 이겨낼 수 있는 여자라 믿고 승리의 영광을 누리기 시작했기 때문이다. 그는 한동안 조용히 입을 다문 채 눈 하나 깜박이지 않고 바닥을 쳐다보다가 드디어 말을 꺼냈다.

"로타리오, 자네의 우정은 나의 기대를 저버리지 않았네. 자네의 말을 모두 따르겠네. 아주 의외의 결과가 되었네만, 자네가 원하는 대로 하고 그 비밀을 지켜주게."

로타리오는 그렇게 할 것을 약속했다. 하지만 그와 헤어지고 나자 성급하게 일을 저질렀다는 생각에 후회가 밀려왔다. 카밀라에게 복수하고 싶다면 그렇게 잔인하고 불명예스러운 방법이 아니어도 자신이 직접 할 수 있었기 때문이다. 자신의 판단과 결정을 자책했지만, 이미 저지른 일을 되돌려놓거나 해결책을 강구할 방법이 없었다. 그래서 결국 이 모든 얘기를 카밀라에게 털어놓기로 하고, 혼자 있는 그녀를 찾아갔다. 마침 그녀도 로타리오에게 이야기할 수 있는 기회라고 생각한 듯이 먼저 말을 건넸다.

"알아주세요, 로타리오 님, 고통이 심장을 조여와 제 가슴이 터질 것 같습니다. 터지지 않는다면 오히려 놀라운 일이겠죠. 레오넬라의 뻔뻔함이 얼마나 심해졌는지 밤마다 남자를 끌어들여 아침까지 같이 있곤 합니다. 우리 집에선 생각지도 못할 시간에 나가다 들키면 제 입장이 어떻게 될지 뻔하지 않겠어요? 저를 괴롭히는 것은 그런 그녀를 꾸짖을 수도 나무랄 수도 없다는 거예요. 우리의 비밀을 알고 저의 입에 재갈을 물려 아무 소리도 못 하게 만든 것이죠. 그 일 때문에 나쁜 일이 일어나지 않을까 두렵습니다."

로타리오는 카밀라가, 오늘 아침 집을 나가던 남자는 레오넬라의 애인이지 자기 애인이 아니라고 부인하려는 줄 알았다. 그러나 그녀가 울면서 비탄에 잠긴 채 대책을 묻자 사실이라는 걸 알았다. 일이 이렇게 되자 로타리오는 혼란스러워하며 안셀모에게 고백한 걸 후회하기 시작했다. 그러나 카밀라에게는 아무것도 걱정하지 말라고 안심시키고는 자신이 오만한 레오넬라를 막을 만한 방법을 생각해보겠다고 약속했다. 그리고 질투에 화가 치밀어 안셀모에게 모든 걸 말해버렸다는 것과 안셀모가 방에 숨어 그녀가 남편에게 불성실한 걸 명백하게 밝혀내기로 했다는 걸 털어놓았다. 마지막으로 이 미친 행동에 용서를 구하고, 자신의 짧은 생각으로 갇혀버린 복잡한 미궁에서 잘 빠져나올 수 있는 방법을 부탁했다.

로타리오의 말을 들은 카밀라는 아연실색하여 크게 화를 내며 분별력 있는 말들로 그를 꾸짖고 그의 잘못된 생각과 경솔한 행동을 힐책했다. 그러나 여자란 본래 좋은 일에든 나쁜 일에든 일부러 생각하려고 하면 할수록 멍해지는 남자보다 민첩한 재치를 발휘하는 법이어서, 언뜻 보기엔 그토록 해결하기 어려워 보이는 문제를 단번에 풀 수 있는 해결책을 찾아냈다. 그녀는 로타리오에게 다음 날 아까 말한 곳에 안셀모가 숨어 있도록 해달라고 했는데, 이는 그가 숨어 있는 때를 이용해서 둘이 아무 걱정 없이 즐길 요량이라고 말했다. 그러면서 자기의 계획은 말하지 않고 안셀모가 몸을 숨기는 대로 레오넬라가 부르면 들어오라고 이른 후, 자신이 말을 건네면 안셀모가 듣고 있다는 것을 모르는 것처럼 대답하라고 일렀다. 로타리오는 필요하다고 생각되는 사항들을 좀 더 안전하고 신중하게 할 수 있도록 그녀의 계획을 모두 다 밝히라고 고집을 부렸다.

"더 알아야 할 건 없어요. 제가 당신에게 묻는 말에 대답만 제대로 해주신다면요." 카밀라는 이렇게 말하며 로타리오에게 자신의 계획을 미리 알려주지 않았는데, 이는 매우 훌륭하게 세워놓은 계획을 로타리오가 따르지 않고 그보다 못한 다른 방법들을 택하거나 찾을까 봐 염려한 때문이었다.

이렇게 이야기를 나눈 뒤 로타리오는 돌아갔다. 다음 날 안셀모는 자신의 친구가 사는 마을에 다녀온다는 구실로 집을 떠났다가 다시 돌아와서 내실에 숨어들었다. 이는 매우 손쉬웠는데, 카밀라와 레오넬라가 일부러 그렇게 조치해놓은 덕분이었다.

안셀모는 자신의 명예가 산산조각 나는 것을 두 눈으로 지켜보아야 하는 두려운 심정에 휩싸여, 사랑하는 카밀라에게 기대하는 최고의 자산을 잃어버릴지도 모른다는 불안한 마음으로 숨어 있었다. 카밀라와 레오넬라는 안셀모가 숨어 있는 것을 확인한 후 내실로 들어왔고, 카밀라는 발을 들여놓자마자 크게 한숨을 내쉬면서 이렇게 말했다.

"아, 레오넬라야! 네가 알면 방해할까 봐 너에게 알리지 않은 일을 실행에 옮기기 전에, 너에게 부탁한 안셀모의 단검을 뽑아 네가 그 단검으로 이 수치스러운 가슴을 관통하도록 하는 편이 낫지 않을까? 하지만 그렇게 하지는 마. 다른 사람의 잘못을 내가 짊어진다는 건 말이 안 되지. 우선은 로타리오의 그 대담하고 불경스러운 눈이 내게서 본 게 도대체 무엇인지를 알고 싶구나. 이미 내게 얘기한 것처럼 자신의 친구에 대한 모욕과 나에 대한 불명예가 되는 그런 끔찍한 욕망을 감히 내게 털어놓을 대담함을 갖게 한 게 무엇인지 말이다. 레오넬라야, 저 창문으로 가서 그 사람을 불러다오. 분명히 자신의 그 더러운 계획을 실행에 옮기기를 기다리며 골목에 와 있을 테니. 하지만 지독하다 싶을 만큼 정직한 내 의지가 이길 것이야."

"아, 마님!" 모든 것을 다 알고 있는 교활한 레오넬라가 말했다. "이 칼로 무슨 일을 하시려는 거예요? 설마 마님의 목숨을 끊거나 로타리오를 죽이실 작정인가요? 둘 중 어느 쪽을 원하시든 마님의 신망과 평판을 잃을 겁니다. 마님께서 당하신 모욕감은 숨겨놓고 이 파렴치한 남자가 이 집에 발을 들여놓아 우리끼리 있는 모습을 발견할 만한 틈을 주지 않는 편이 나을 거예요. 보세요, 마님, 우린 연약한 여자들이고 그는 결의에 찬 남자가 아닙니까? 그 사람이 그 더럽고 눈먼 욕망에 가득 찬 목적을 가지고 온다면, 마님이 계획을 실행에 옮기기도 전에 마님의 목숨을 앗아 가는 것보다 더 흉악한 일을 저지르고 말 거예요. 안셀모 나리가 원망스럽습니다, 그 뻔뻔스러운 사람이 집을 들락거리게 내버려두고도 좋아하시다니요! 그런데 마님, 만약에 그를 죽이신다면 시체는 어떻게 해야 하죠?"

"뭘 말이니?" 카밀라가 대답했다. "그를 매장하는 건 안셀모에게 맡기면 된단다. 그 자신의 불명예를 땅속에 묻는 일쯤은 아무렇지 않게 해낼 테니까. 로타리오를 불러오렴. 내가 받은 모욕에 응당한 복수를 하기까지의 이 모든 시간이 내가 남편에게 지켜야 할 정조를 욕보이는 듯하구나."

이 모든 이야기를 들으면서 안셀모는 카밀라의 한마디 한마디에 생각이 바뀌었고, 그녀가 로타리오를 죽이겠다는 결심을 털어놓았을 때는 당장 뛰쳐나가 모습을 드러내고 싶을 정도였다. 하지만 그러한 용기와 훌륭한 결의가 어떤 결말에 이르는지 보고 싶은 욕망에서, 그녀를 막아야 할 결정적 순간에 맞춰 나가자는 생각으로 가만히 있었다.

이때 카밀라가 실신해서 침대에 쓰러졌고 레오넬라는 매우 고통스럽게 울부짖었다.

"아, 이 세상 정숙의 꽃이자 훌륭한 여인들의 최고봉, 정절의 모범이신 분이 여기 내 품에서 돌아가시기라도 한다면 얼마나 큰 불행인가!"

그녀는 이와 비슷한 또 다른 탄식을 했는데, 이런 그녀를 세상에서 가장 충실한 하녀라고 어느 누가 생각지 않을 것이며, 또한 그녀의 주인을 또 하나의 새로운 페넬로페*라고 생각하지 않을 사람은 아무도 없을 것이었다. 잠시 후 카밀라가 깨어나 정신을 차리고 말했다.

"레오넬라, 왜 태양이 보고 밤이 지켜주었던 그 가장 충실한 친구 중의 친구를 부르러 가지 않는 거지? 어서 서둘러 달려가거라. 자꾸 늦어지는 사이 내 노여움의 불꽃이 가라앉아 내가 원하는 정당한 복수의 위협이나 저주가 사그라들지 않도록."

"곧 부르러 가겠습니다, 마님." 레오넬라가 말했다. "하지만 그 단검은 제게 주세요. 제가 없는 동안 그걸로 마님을 사랑하는 모든 사람을 평생 울리는 일을 하시면 안 됩니다."

"그런 일은 없을 테니 걱정 말고 가거라, 레오넬라." 카밀라가 대답했다. "네가 보기엔 내가 지금 무모하고 단순히 명예를 되찾는 데만 몰두한 것처럼 보이겠지만, 아무 잘못도 없이 자신에게 불행을 가져다준 자를 먼저 죽이기도 전에 자살했다고 전해지는 저 루크레시아**만큼은 아니다. 난 죽게 된다면 죽을 것이야. 하지만 내 의도와는 상관없이 생겨난 그의 불손함 때문에 내가 여기에 와서 이렇게 눈물 흘리도록 만든 일에 대해서는 속 시원하게 복수하고 말 거야."

카밀라는 레오넬라가 로타리오를 부르러 나가기 전까지 그녀를 무척이나 설득해야 했다. 결국 레오넬라는 나갔고, 그녀가 돌아올 때까지 카밀라는 마치 자기 자신에게 이야기하듯 이렇게 말했다.

"아, 이를 어쩌나! 이미 여러 차례 그랬듯이 로타리오를 그냥 쫓아버리는

---

*오디세우스의 아내로서, 그녀에게 구애하는 수많은 남자들을 모두 물리쳤기 때문에 정숙한 아내의 모범으로 불린다.

**고대 로마의 귀족 콜라티누스의 아내로, 로마 황제의 난봉꾼 아들인 섹스투스에 의해 강압적으로 폭행당한 뒤, 일가친척을 소집하여 이와 같은 사실을 알리며 복수를 부탁하고는 자결했다.

것이 좋았을 텐데. 비록 그자가 정신 차릴 수 있도록 하기 위한 시간이었지만, 나를 정숙하지 못한 나쁜 여자로 보게 만드는 이런 상황을 만드는 게 아니었는데. 분명 그 편이 나았을 거야. 하지만 그의 불순한 생각들이 빠져 있는 곳에서 상처 하나 없는 깨끗한 손으로 쉽게 빠져나온다면 나의 복수도, 내 남편의 명예에 대한 보상도 못 하고 말 거야. 그토록 음탕한 욕망으로 이루려고 했던 일에 대해 배신자는 목숨으로 대가를 치러야 해. 카밀라가 남편에게 정절을 지켰을 뿐만 아니라 감히 그를 모욕한 사람에게 복수까지 해주었다는 걸 세상이 알아야 해. 안셀모 님도 이 일을 알게 된다면 좋을 텐데. 이미 그 마을로 보낸 편지에 써놓기는 했지만. 거기에 알려준 내 마음의 상처를 치유하러 오지 않는 건, 남편이 순수하게 선하고 믿음이 강한 사람이라 그토록 절친한 친구의 가슴에 자신의 명예에 반하는 그런 마음이 생겨날 수 있다는 걸 믿고 싶지도, 믿을 수도 없기 때문일 거야. 수일이 지나도록 나 자신도 그것을 믿을 수 없었고, 노골적인 선물들이며 수다스러운 약속들, 계속되는 눈물 따위를 내게 보여주는 정도로 그의 무례함이 이르지 않았다면 나도 결코 믿지 못했을 테니까. 하지만 도대체 왜 내가 지금 이런 말들을 늘어놓고 있는 거지? 용감한 결심에 어떤 충고 같은 것들이 필요하기라도 하다는 건가? 물론 아니지. 배신자들은 꺼져라! 여긴 복수만이 있을 뿐이야! 위선자여, 와라! 그리고 죽어버려라! 일어날 일이 일어나는 것뿐이니까! 나는 하늘이 내게 맺어준 남편의 수중으로 순결하게 들어갔으니, 그 순결을 끝까지 지켜야 해. 최악의 경우라도 내 순결한 피와 세상이 알고 있는 우정에서 가장 거짓된 친구의 불결한 피를 뒤집어쓰고 죽을 거야."

이런 말을 하면서 칼집에서 뽑아 든 단검을 손에 쥐고 안절부절못하는 걸음걸이로 방 안을 돌아다녔는데, 그 거동이 연약한 여인이라기보다는 절망에 빠져 이성을 잃은 정신 나간 사람처럼 보였다.

안셀모는 태피스트리 뒤에 몸을 숨긴 채 이 모든 걸 지켜보고 감탄했다. 이제 그는 자신이 보고 들은 것만으로 가장 커다란 의심을 풀기에 충분하다고 생각했고, 어떤 유감스러운 일이 생길 것을 우려하여 로타리오가 등장하는 시험은 원치 않았다. 그래서 뛰어나가 자신의 모습을 드러내고 아내를 껴안아 정신을 차리게 하려다가 멈췄는데, 바로 그때 레오넬라가 로타리오의 손을 잡고 들어오는 모습이 보였기 때문이다. 카밀라는 그를 보더니 단검으로 바닥에 긴 선을 긋고 말했다.

"로타리오, 제 말을 잘 들으세요. 여기 보이는 이 선을 당신이 우연하게라도 넘어온다면, 아니 선을 밟기만 한대도 바로 그 순간 제 손에 들고 있는 이 단검이 제 가슴을 꿰뚫고 지나갈 겁니다. 이 말에 대답하기 전에 들어주셔야 할 말이 있어요. 그 말을 들은 후 당신 마음이 내키는 대로 대답하세요. 우선 로타리오, 당신이 제 남편인 안셀모를 아시는지, 그분에 대해 어떤 생각을 갖고 있는지 알고 싶어요. 다음으로 저 또한 아시는지요? 이 질문에 대답해주세요. 당황하지도 말고, 무슨 대답을 할지 고민하지도 마세요. 당신에게 묻는 말이 어려운 것들이 아니니까요."

로타리오는 카밀라가 안셀모를 숨어 있게 해달라고 말할 때부터 그녀가 하려는 일을 깨닫지 못할 만큼 순진하지는 않았다. 그래서 그도 매우 빈틈없이, 그리고 때맞추어 맞장구를 치면서 그 둘은 속임수를 진실 이상으로 만들고 있었다. 그는 이렇게 대답했다.

"아름다운 카밀라, 당신이 나를 부른 것이 내가 여기 온 의도와는 완전히 다른 것들을 묻기 위해서인 줄은 몰랐습니다. 만일 내게 약속한 선물을 주는 것을 미루기 위해 그러는 거라면, 그냥 멀리서 그러는 편이 더 나았을 텐데요. 자신이 원하는 행복을 손에 넣을 수 있다는 희망이 가까우면 가까울수록 사람을 더 힘들게 하는 법이니까요. 하지만 당신의 질문에 대답도 하지 않는다고 말씀을 하시면 곤란하니까 대답하겠지만, 난 당신의 남편인 안셀모를 알고 있습니다. 우리 둘은 아주 어릴 적부터 알고 지내왔습니다. 당신도 잘 알고 있는 우리의 우정에 대해서는 이야기하지 않겠습니다. 사랑 때문에 그 친구에게 가장 큰 과오에 대해 변명을 늘어놓는 모욕의 증인이 되고 싶지는 않기 때문입니다. 나는 당신도 잘 알고 있고 당신의 남편이 갖고 있는 것과 똑같은 마음을 당신에게 품고 있습니다. 만일 그렇지 않다면 비록 당신의 매력이 그 정도가 아닐지라도, 나는 나 자신에 대한 의무와 진정한 우정의 신의를 어길 리가 없었을 겁니다. 더구나 진정한 우정의 신성한 법도도 사랑이라는 강력한 적이 있었기 때문에 나로서는 감당할 수 없어 무너졌던 거지요."

"그렇게 고백하신다면," 카밀라가 대답했다. "당신은 정당하게 사랑받을 자격이 있는 모든 사람들의 적이에요. 어떻게 뻔뻔스러운 얼굴로 안셀모를 자기 모습을 비추는 거울이라고 생각하고 있는 여자 앞에 나타나신 거지요? 구실도 없이 그 사람을 욕보이시기 위해서인가요? 하지만 아, 불행한 내 신세여! 저는 당신이 마땅히 해야 할 체신도 잊고서 당신을 이런 모습으로 만든 사람이 누구인지 알았습니다. 바로 저의 어떤 경솔함 때문이었던 거지요. 하지만 그것을 경박함이라 부르고 싶진 않습니다. 신중한 결정에서 나온 게 아니라 누군가의 시선을 신경 쓸 필요가 없을 때 여자들이 자신도 모르게 저지르는 어떤 부주의에서 비롯된 것이니까요. 그렇지 않다면 말씀해보세요. 배신자여, 도대체 제가 언제 당신의 그 더러운 욕망을 위한 애원에 일말의 희망이나 신호를 내비침으로써 대답을 한 적이 있던가요? 당신이 한 사랑의 속삭임을 제가 가혹하고 냉담한 말로 거부하고 꾸짖지 않은 적이 있었나요? 당신의 그 많은 약속과 훌륭한 선물들을 제가 믿거나 받은 적이 있던가요? 하지만 어느 정도의 희망이 뒷받침되지 않는다면 누구도 긴 시간 동안 사랑의 뜻을 끈기 있게 품고 있을 수는 없다고 생각하기에, 당신의 무례함에 대한 죄를 제게 물릴 생각입니다. 제 부주의가 당신의 열망을 그토록 오랜 시간 지탱해왔다는 게 분명하니까요. 그래서 당신의 죄에 마땅한 벌도 제가 받을 작정입니다. 저 자신에게 이렇게 엄격한 만큼 당신에게도 엄격하게 하겠다는 것을 보여드리기 위해 당신을 오시라 한 겁니다. 그리고 정직한 제 남편의 명예를 손상시킨 대가로 제가 치르게 될 희생의 증인이 되어달라고 당신을 불렀어요. 제 남편은 당신이 할 수 있는 가장 큰 고의로 인해 상처를 입었고, 저 역시 당신의 그 사악한 생각을 피하지 못하고 부추기는 부주의를 범함으로써 남편의 명예를 더럽혔습니다. 다시 한번 말씀드리지만, 당신에게 그 말도 안 되는 생각들을 품게 만든 저의 부주의가 바로 저를 가장 괴롭히는 것이며, 저 자신의 손으로 가장 벌하고 싶은 것이라는 점을 밝힙니다. 다른 이의 회초리가 저를 벌하게 된다면 이는 제 죄를 더 공개적으로 만드는 것일 테니까요. 그러기 전에 마음속으로 너무나도 복수하고 싶은 그자를 죽이고, 저도 함께 죽을 생각입니다. 그리고 장소가 어디가 되었든 공평한 재판으로 처벌을 받음으로써, 저를 이런 절망적인 궁지에 빠뜨린 사람에게 굴복하지 않을 겁니다."

이런 말을 하면서 카밀라는 믿을 수 없을 정도의 힘과 민첩함으로 단검을 뽑아 들고 로타리오에게 달려들어 가슴을 찌르려고 했다. 로타리오는 그런 그녀의 행동이 연극인지 진짜인지를 구분하지 못했다. 왜냐하면 카밀라의 공격을 피하기 위해 기지와 힘을 이용해야 할 정도였기 때문이었다. 카밀라는 이 기묘한 속임수와 비열함을 어찌나 실감나게 연기하려 했는지, 진실 같은 색채를 입히기 위해 자신의 피까지 덧칠할 생각을 하고 있었다. 그녀는 로타리오를 정말 찌를 수 없었는지 아니면 찌르지 못한 척한 것인지 이렇게 말했다.

"운명이 나의 정당한 소망을 들어주지 않으려 하더라도, 적어도 일부나마 내가 그걸 이루지 못하게 할 정도로 강하진 않겠지."

카밀라는 로타리오가 꽉 붙잡고 있던 자신의 손을 힘주어 빼낸 다음 자신의 몸에 너무 깊은 상처가 나지 않을 곳을 겨냥한 양 왼쪽 어깨 겨드랑이 위쪽으로 칼을 밀어 넣고는 곧 실신하듯 바닥에 쓰러졌다.

레오넬라와 로타리오는 크게 놀랐고, 피를 흘리며 바닥에 쓰러져 있는 카밀라를 보면서 이 일이 진짜인지 아닌지 가늠할 수가 없었다. 로타리오는 공포에 질린 채로 매우 민첩하게 달려가 단검을 뽑았다. 그리고 그녀의 경미한 상처를 보고는 그때까지 사로잡혀 있던 공포에서 벗어나 아름다운 카밀라의 기민함과 신중함, 엄청난 기지에 다시 한 번 감탄했다. 이제 그는 자신에게 주어진 임무에 응하기 위해 마치 그녀가 죽기라도 한 것처럼 자기 자신뿐 아니라 자신을 그런 상태에 몰아넣은 사람에 대해서 수많은 저주의 말을 늘어놓으며, 카밀라의 몸 위에서 긴 비탄의 탄식을 하기 시작했다. 그리고 친구 안셀모가 듣고 있다는 걸 알았으므로, 그의 말을 듣는 사람이라면 죽어버린 카밀라보다도 그를 더 가엾게 여길 법한 말들을 지껄였다.

레오넬라는 그녀를 안아 올려 침대에 뉘면서 로타리오에게 비밀리에 카밀라를 치료해줄 만한 사람을 찾아달라고 부탁했다. 그리고 상처가 낫기 전에 안셀모가 돌아오기라도 한다면 주인에게 마님의 상처에 대해 어떻게 말해야 할지 그의 충고와 의견을 부탁했다. 그는 좋을 대로 말하라고 하면서, 지금으로서는 유용한 충고를 줄 만한 상태가 아니니, 우선은 출혈을 막으라고만 지시했다. 그리고 자신은 사람들이 알아보지 못하는 곳으로 떠날 것이라고 말한 후 심한 고통과 비탄의 표정을 짓고는 집을 나가버렸다. 아무도 없는 곳에 혼자 있게 되어서도 그는 카밀라의 기지와 레오넬라의 자연스러운 거동에 감탄하며 성호를 긋는 것을 멈추지 않았다. 안셀모가 제2의 포르

키아*를 아내로 두었다고 여길 터였으므로 그와 함께 둘이서, 상상조차 하지 못했을 거짓말과 시치미를 뗀 진실을 축하하고 싶었다.

레오넬라는 로타리오가 말한 대로 마님의 출혈을 막고 있었는데, 피는 속임수를 그럴듯하게 보이도록 하는 데 필요한 양에 지나지 않았다. 레오넬라는 포도주로 상처를 소독한 후 가능한 한 꽉 묶고 계속 치료를 하면서 수많은 말들을 늘어놓았는데, 앞서 했던 말들만큼 뛰어나지는 않았지만 안셀모가 카밀라를 정절의 화신으로 믿기에 충분한 말들이었다.

이러한 레오넬라의 말에 카밀라의 말들이 뒤섞였는데, 그녀는 자신을 힘없는 겁쟁이라고 불렀고, 이는 그토록 증오스러운 자신의 목숨을 끊기 위해 가장 절실한 순간에 힘을 잃었기 때문이라고 말했다. 그러면서 자신의 하녀에게 이 모든 일을 사랑하는 남편에게 말해야 할지 아닐지에 대해 조언을 구했다. 하녀는 그러지 않는 편이 낫겠다고 말했는데, 그렇게 되면 주인님이 로타리오에게 복수를 해야만 할 텐데 그것은 그의 위험을 감수해야 하는 일이고, 훌륭한 아내는 남편에게 싸울 기회를 주는 게 아니라 오히려 가능한 한 그런 기회를 제거해야 하는 법이기 때문이라고 했다.

카밀라는 그녀의 생각이 매우 훌륭하니 그 의견을 따르겠노라고 했다. 하지만 안셀모가 상처를 보지 않을 리 없으니, 상처에 대해 둘러댈 말을 찾는 것이 좋을 거라고 말했다. 그러자 레오넬라는 농담으로라도 자신은 거짓말을 할 줄 모른다고 대답했다.

"그렇다면 얘야," 카밀라가 말했다. "내 목숨이 걸려 있는 일에도 거짓말 한마디 꾸며낼 수 없으니 나는 어떡하면 좋으니? 이 일에서 빠져나갈 길을

---

*로마의 정치가 브루투스의 아내로, 남편이 자신의 비밀을 알자 자신의 강인한 지조를 보이기 위해 칼로 자신의 목을 찔렀다.

찾지 못한다면 우리에게 거짓말에 대한 책임을 묻지 않도록 있는 그대로의 진실을 얘기하는 편이 낫겠구나.”

“괴로워하지 마세요, 마님.” 레오넬라가 대답했다. “지금부터 내일까지 주인님께 뭐라고 말씀드릴지 제가 생각해보겠습니다. 상처 난 부위는 주인님께서 보시지 못하도록 덮어둘 수 있을 거예요. 우리의 이 올바르고 명예로운 생각에 하늘도 호의를 베풀어주실 겁니다. 그러니 마님, 주인님께 겁먹은 모습 보이지 않도록 진정하시고 불안을 좀 누그러뜨리세요. 나머지는 저와 언제나 선한 소망에 응답해주시는 하느님께 맡겨두시고요.”

안셀모는 자신의 명예가 죽음의 비극에 처해지는 광경을 열심히 귀로 듣고 눈으로 보고 있었다. 그 인물들이 매우 기이하고도 효과적으로 연기를 하고 있었으므로 그들의 속임수가 어느새 진실 그 자체가 되어 있었다. 그는 어서 밤이 되어 집 밖으로 나가 자신의 훌륭한 친구인 로타리오를 만나 아내의 성품에서 발견한 완벽한 진주를 함께 축하하고 싶었다. 두 여자는 그가 쉽게 나갈 수 있는 기회와 편의를 만들어주었고, 그는 그 기회를 놓치지 않고 빠져나가 로타리오를 찾으러 갔다. 안셀모가 로타리오를 만나 그를 어떻게 껴안았는지, 자기의 기쁨을 어떻게 말했으며, 카밀라에 대해 어떻게 드높은 찬사를 늘어놓았는지는 상세히 표현하기가 쉽지 않을 정도였다. 로타리오는 어떤 기쁨의 내색도 비치지 못하고 모든 이야기를 들었는데, 자신이 친구를 얼마나 속이고 있으며 얼마나 욕보이고 있는지가 뚜렷이 떠올랐기 때문이었다. 안셀모는 로타리오가 기뻐하지는 않는다는 것을 알았지만, 이는 상처 입은 카밀라를 내버려둔 데다 그 자신이 원인을 제공했기 때문에 그러는 것이라고 생각했다. 그래서 다른 말들을 하면서 카밀라의 일은 걱정하지 말라고, 분명히 상처는 가벼웠고 하녀에게 그 일을 숨기는 의논을 할 만큼 의식이 있다고 이야기했다. 또한 두려워할 일이 없으니 이제부터 자신과 함께 즐기고 축하해주면 된다면서, 그의 기지와 중재 덕분에 자신은 바랄 수 있는 가장 높은 행복의 경지에 올랐고 후세까지 영원히 기억될 카밀라에 대한 찬가를 짓는 것만을 즐거움으로 삼고 싶다고 말했다. 로타리오는 그의 훌륭한 결심을 칭찬하고는 그런 훌륭한 금자탑을 세우는 데 자신도 도움이 되겠다고 이야기했다.

이렇게 안셀모는 세상에서 가장 기분 좋게 속은 사나이가 되었다. 그는 영광의 도구를 가지고 가는 것이라 믿으며 자신의 명예를 파괴한 자의 손을 잡고 집으로 돌아갔다. 카밀라는 마음속으로는 흐뭇해하면서도 겉으로는 불행한 얼굴로 그를 맞이했다. 이러한 속임수는 수일 동안 계속되었으나, 몇 달 후에는 운명이 그 수레바퀴를 거꾸로 돌려 그때까지 그토록 교묘히 감췄던 악행이 드러났고, 안셀모는 무모한 호기심의 대가로 목숨을 바쳐야 했다.

제35장

여기에서는 〈무모한 호기심이 빚은 이야기〉의 결말을 이야기한다

이야기를 조금 남겨두고 있을 때, 돈키호테가 쉬고 있는 다락방에서 산초가 혼비백산한 모습으로 뛰쳐나와 소리를 질렀다.

"여러분들, 어서 와서 제 주인님 좀 구해주세요. 지금까지 제 눈으로 본 것 중 가장 격렬한 싸움에서 적을 모조리 때려눕히고 계십니다. 오, 신이시여, 주인님께서 미코미코나 공주님의 적인 거인의 머리를 단칼에 무처럼 베어버리셨어요!"

"아니 이 사람아, 무슨 말을 하는 건가?" 신부가 책의 남은 부분을 읽다 말고 놀라서 물었다. "산초, 제정신인가? 그 거인은 지금 여기서 2천 레구아나 떨어진 곳에 있는데 가당키나 한 말인가?"

그때 방에서 돈키호테가 큰 소리로 외치는 소리가 들렸다.

"이 사악하고 비열한 도둑놈아! 너는 내 손안에 있으니 멈춰라. 너의 그 신월도는 쓸 일이 없을 것이다!"

그러고는 벽을 향하여 칼을 크게 휘두르는 소리가 들렸고, 산초가 말을 이었다.

"그렇게 가만히 듣고만 계시지 말고, 싸움을 말리거나 우리 주인님을 도와주시거나 하셔야죠. 하기야 이미 도움이 필요 없을지도 모르지만요. 틀림없이 그 거인은 이미 죽었을 테니까요. 그리고 지금까지 살아오면서 저지른 잘못을 하느님께 고하고 있을 겁니다. 바닥에 피가 흐르고 머리가 댕강 잘려 한쪽에서 뒹구는 걸 봤는데요, 포도주가 든 커다란 가죽 술부대처럼 큼지막했다니까요."

"이런, 세상에." 주막집 주인이 말했다. "만일 저 돈키호테 나리인지 악마 나리인지 하는 분이 술이 가득 채워진 가죽 부대를 찌른 게 아니라면 저를 죽이세요. 이 순진한 사람이 피라고 본 건 쏟아진 포도주가 틀림없으니까요."

방에 들어가보니 과연 돈키호테는 세상에서 가장 괴상한 옷차림을 하고 있었다. 셔츠를 입고 있었는데 그나마 제대로 입지 않아서 앞쪽은 가까스로 대퇴부까지 가렸고 뒤쪽은 그보다 여섯 손가락 정도 모자라는 길이여서, 매우 길고 비쩍 마른 다리에 그리 깔끔해 보이지 않는 털이 숭숭 난 게 드러났다. 머리에 쓴 색깔 있는 지저분한 두건은 주막집 주인의 것이었고, 왼쪽 팔에는 침대의 담요를 걸쳤는데, 산초가 그것을 원망스러운 듯이 바라본 것은 그 자신만이 아는 까닭이 있었기 때문이었다. 그런 모습으로 돈키호테는 오른손에 칼을 들고 정말로 거인과 싸우는 것처럼 말하면서 사방을 향해 칼부림을 하고 있었다. 그런데 다행인 것은 그가 눈을 뜨고 있지 않다는 것이었다. 그는 거인과 싸우는 꿈을 꾸고 있었으니, 거인과의 승부를 결판내고자 하는 마음이 너무 강렬해서 꿈에서 미코미콘 왕국을 찾아가 그 거인과 싸운 것이었다. 거인에게 휘둘렀던 칼이 가죽 술부대에 수많은 칼집을 내어 방 전체가 포도주로 가득 찼다. 이 광경을 목격하고 화가 치민 주막집 주인은 돈키호테에게 달려들어 그를 주먹으로 때리기 시작했다. 만일 카르데니오와 신부가 떼어놓지 않았다면 아마 거인과의 싸움은 주막집 주인이 끝장

을 냈을 것이다. 그럼에도 이 불쌍한 기사는 눈을 뜨지 않았다. 그러는 동안 이발사가 큰 솥에 차가운 우물물을 길어 와서 기사의 온몸에 끼얹자 그제야 돈키호테는 잠에서 깨어났다. 그래도 자신의 몰골이 어떤지 깨달을 만큼 정신이 든 것은 아니었다.

도로테아는 돈키호테가 정말 짧고 아슬아슬하게 옷을 입은 것을 보고는, 자신을 도와주려는 돈키호테와 그녀의 적이 싸우고 있다 해도 차마 보러 들어가고 싶지가 않았다.

산초는 땅바닥을 다 훑으면서 거인의 머리를 찾아다니는데도 보이지 않자 이렇게 말했다.

"이 집이 온통 마법에 걸려 있다는 건 저도 알고 있습니다. 지난번 지금 이 자리에서 누군가에게 수없이 두들겨 맞았을 때도 어디서 주먹이 날아오는지 누가 때렸는지 아무것도 보이지 않더니만, 오늘 바로 여기서 제 눈으로 똑똑히 보았던 잘린 머리와 샘물처럼 솟던 피도 또다시 흔적도 없이 사라졌습니다요."

"피라니? 피가 샘솟는다니? 하느님과 모든 성자들의 적 같으니라고." 주막집 주인이 말했다. "이 도둑놈아, 피라느니 샘이라느니 하는 게 바로 이 방에 있던 가죽 술부대가 뚫려 흘러나온 붉은 포도주라는 걸 모르겠느냐? 내가 지금 그 흘러넘친 포도주 속에서 허우적거리며 가죽 술부대를 이 지경으로 난도질하여 구멍 낸 지옥의 혼령이라도 보고 있단 말이냐?"

"난 모르는 일입니다." 산초가 대답했다. "내가 아는 거라곤 거인의 머리를 찾지 못하면 몹시 불행해진다는 것뿐이죠. 내가 약속 받은 백작 지위와 그 영지가 물에 녹아내리는 소금처럼 사라진단 말입니다."

잠들어 있는 주인보다 깨어 있는 산초가 더욱 불행했으니, 산초는 자신의 주인 돈키호테가 그에게 해준 약속들을 그토록 소중히 여기고 있었던 것이다. 주막집 주인은 바보스러운 산초와 저주에 빠져버린 돈키호테를 바라보며 초조해했다. 그는 지난번처럼 그들이 돈도 내지 않고 떠나버리는 일이 되풀이되지 않도록 하겠으며, 이러쿵저러쿵 둘러대며 돈을 지불하지 않는 기사도의 특권이라는 것도 무시하겠다고 맹세했다.

신부가 돈키호테의 손을 잡자, 돈키호테는 모험이 이제야 끝났다고 생각하고는 자신이 미코미코나 공주 앞에 있다고 믿으며 신부 앞에 무릎을 꿇고 말했다.

"오늘부터 고귀하고 아름다운 공주님께서는 흉측하게 태어난 그놈에게서 안전하게 지낼 수 있을 것입니다. 저도 오늘부터 당신에게 드렸던 약속에서 자유로워졌습니다. 하늘에 계신 하느님과 나를 살아 숨 쉬게 하는 여인의 은혜로 이렇게 약속을 잘 지켜낼 수 있었습니다."

"제가 뭐랬습니까?" 이에 산초가 말했다. "전 분명 술에 취하지 않았다니까요! 보세요, 주인님께서 거인의 목을 쳐 소금에 절여놓았잖아요! 이젠 모든 준비가 끝났으니, 제 영지도 정해진 거로군요!"

어느 누가 이 두 인물, 돈키호테와 산초의 엉터리 이야기에 웃지 않을 수 있을까? 실의에 빠진 주막집 주인을 제외하고는 모두 웃었다. 이발사, 카르데니오, 신부 모두는 적지 않은 힘을 들여 돈키호테를 침대에 붙잡아두었다. 그는 매우 피곤한 모습으로 잠이 들었다. 그들은 돈키호테를 자도록 내버려두고 거인의 머리를 찾지 못했다는 산초를 위로하러 주막 입구로 나왔다. 벌집 난 가죽 술부대 때문에 실의에 빠진 주막집 주인을 달래야 하는 일이 더 남았지만 말이다. 그때 안주인이 크게 소리치며 말했다.

"이렇게 불행한 때에 이따위 편력기사인지 뭔지가 내 집에 들어와 이토록 비싼 대가를 치르게 하다니요? 지난번에 저 기사와 종자가 하룻밤 있으면서 먹은 밥값과 숙박비는 물론 저 비쩍 마른 말과 당나귀에게 준 짚과 보리

값도 받지 못했다고요. 저 사람은 자기가 편력기사라서 하느님이 자기에게 준 어려운 모험을 찾아 세상 곳곳을 다닌다며 돈을 낼 의무도 없고 그게 기사도에 나와 있다고 말했지요. 그러더니 다음엔 저 사람 때문에 이 양반이 오셔서 제 꼬리를 가져가셨더랬고요. 나중에 꼬리를 돌려받으니 온통 털이 빠져서 2쿠아르티요*의 손해를 입혔고, 제 남편이 그것을 쓰려고 할 때 제대로 쓸 수 없게 만들어버렸답니다. 어쨌거나 그러고는 결국 우리 집 가죽 술부대까지 망가뜨린 겁니다. 거인의 피라고 생각하며 내 포도주를 전부 쏟아버렸으니, 차라리 그 작자의 피가 흐르는 걸 보는 게 낫지. 우리 아버지의 유골과 어머니의 혼백을 걸고 말하지만, 내가 한 푼이라도 모자라게 받는다면 내 성을 갈아버리는 건 물론이고 우리 아버지 딸도 아닙니다!"

안주인은 너무나 화가 나서 이런저런 말들을 쏟아냈고 그녀의 착한 하녀 마리토르네스도 그녀를 도왔다. 딸은 조용히 있다가 때때로 웃곤 했다. 신부는 그 모든 것을 진정시키며, 주막이 입은 손실인 가죽 술부대와 무엇보다 안주인이 그토록 신경 쓰는 꼬리를 최대한 보상해주겠다고 약속했다. 도로테아는 산초에게 그의 주인 돈키호테가 거인의 머리를 벤 건 사실이라고 말하면서 그를 위로했고 그에게 그녀의 왕국에서 가장 훌륭하고 평온한 영토를 보여주겠다고 약속했다. 이것으로 위안을 받은 산초는 공주에게 자신이 확실히 거인의 목을 보았으며 더욱 확실한 증거는 그 거인의 수염이 허리까지 내려온 것이라고 말했다. 그게 보이지 않는 건 주막이 마법에 걸렸기 때문이라며, 지난번에도 그랬던 것이 증거라고 우겼다. 도로테아는 그렇게 믿고 있으니 걱정하지 말라고 하면서 모든 일이 잘될 것이고, 자신이 한 약속도 지킬 것이라고 말했다.

---

*1쿠아르티요는 8.5마라베디이다.

모든 게 잠잠해지자 신부는 이야기를 마저 읽으려 했는데, 결말이 얼마 남지 않았던 것이다. 카르데니오와 도로테아를 비롯하여 모두들 이야기를 끝까지 읽어달라고 청했다. 신부는 모든 사람들에게 기쁨을 주고자 이야기를 계속했고, 내용은 다음과 같았다.

안셀모는 카밀라의 성품에 흡족하여 방심하기에 이르렀다. 카밀라는 안셀모가 자신의 마음을 반대로 받아들이게 하려고 로타리오에게 교묘하게 싫은 표정을 지었다. 그녀는 안셀모의 믿음을 더욱 굳히기 위해 그에게 로타리오가 집에 오지 못하도록 해달라고 간청했다. 로타리오의 시선에 카밀라가 괴로워한다는 것을 확실히 알려주기 위해서였다. 그러나 속고 있는 안셀모는 절대로 그럴 수 없다고 말했다. 이렇게 안셀모는 자기 뜻대로 일이 되어간다고 믿으면서 수천 가지 방법으로 자신의 불명예를 만들어갔다.

이즈음 레오넬라는 연인과의 사랑에 더없는 만족을 느낀 나머지 다른 것은 전혀 염두에 두지 않고 고삐가 풀린 것처럼 연인에게만 몰두했다. 카밀라 마님이 가벼운 경고를 보내왔지만 자신을 보호해주리라 믿고, 별 걱정 없이 애정 행각을 계속했던 것이다. 어느 날 밤 안셀모는 레오넬라의 방에서 발소리가 나는 걸 듣고 누구인지 보러 들어가려고 했으나 안에서 누군가 문을 꽉 붙잡고 있어서 열리지 않았다. 그러니 더욱 문을 열어보고 싶어져 힘껏 문을 열어젖히고 들어가니 때마침 웬 남자가 거리 쪽으로 나 있는 창문으로 뛰어내리는 게 보였다. 그가 누구인지 알아내기 위해 재빨리 달려가려고 했지만 레오넬라가 주인을 감싸안아 막았기 때문에 좇아가지도 누구인지 알아내지도 못했다.

"진정하세요, 주인님." 그녀가 말했다. "난리법석을 피울 필요도 없고 여기서 뛰어내린 사람을 좇아 나갈 필요도 없으세요. 이건 제 일이에요. 그는 제 남편이고요."

안셀모는 그 사실을 믿으려 하지 않았다. 그는 눈이 멀 정도로 화가 나 단도를 뽑아 들고 사실대로 실토하지 않으면 죽이겠다고 위협했다. 그녀는 두려움에 자기가 무슨 말을 하는지도 깨닫지 못하고 지껄여댔다.

"살려주세요, 주인님. 제가 주인님께서 상상하는 것보다 더 중요한 것들을 말해드리겠습니다."

"어서 말해봐라." 안셀모가 말했다. "안 그러면 너는 죽은 목숨이다."

"지금은 안 돼요." 레오넬라가 말했다. "제가 너무나 혼란스러우니 내일까지만 기다려주신다면, 내일 저를 통해 놀라운 사실을 아시게 될 거예요. 이 창문으로 뛰어내린 남자는 이 도시 젊은이가 맞아요. 그는 저의 남편이 되겠다며 청혼했어요."

이 말에 안셀모는 안정을 되찾고 그녀가 부탁한 만큼 기다려보기로 했다. 너무나 흡족해하며 믿는 카밀라에 대한 얘기를 듣게 되리라고는 꿈에도 생각하지 못했다. 어쨌든 그는 레오넬라를 방에 가둬두고는 모든 것을 실토할 때까지 나오지 못할 거라고 말했다.

안셀모는 곧바로 카밀라에게 가서 그녀의 하녀 레오넬라에게 일어났던 일들을 이야기하며 그녀가 매우 중대한 사실을 알려주겠다고 약속했다는 것도 말했다. 카밀라가 얼마나 당혹스러웠는지에 대해서는 말할 필요도 없으리라. 카밀라는 너무나 두려운 나머지 레오넬라가 자신의 불성실함을 안셀모에게 다 말할 거라고 생각했고 그러한 예상이 맞을지 틀릴지 지켜볼 용기가 나지 않았다. 결국 그녀는 그날 밤 안셀모가 잠든 것을 확인하고, 가장 값진 보석과 돈을 챙겨 아무도 눈치채지 못하게 집을 빠져나와 로타리오의 집으로 달려갔다. 그에게 벌어진 사태를 설명하고, 자신에게 안전한 곳을 찾아주든지, 아니면 안셀모에게서 안전한 곳으로 함께 떠나자고 애원했다. 혼란에 싸인 로타리오는 아무 대답도 할 수 없었고 앞으로 이 일을 어떻게 풀어가야 할지는 더더욱 떠오르지 않았다.

마침내 로타리오는 카밀라를 수도원으로 데려가기로 했다. 그의 누이가 원장으로 있는 곳이었다. 카밀라도 동의하자, 사태가 급박한 만큼 지체하지 않고 그녀를 수도원에 데려다준 다음, 그 또한 자신의 부재를 어느 누구도 눈치채기 전에 신속하게 도시를 떠나버렸다.

해가 뜨자 안셀모는 카밀라가 없다는 사실도 알아차리지 못하고 레오넬라가 해줄 말을 듣고 싶은 마음에 그녀를 가둬놓은 방으로 갔다. 방문을 열고 들어가보았으나 레오넬라는 사라지고 없었다. 창문에 침대보를 엮어 만든 밧줄이 걸려 있고, 그곳을 통해 내려갔다는 흔적만이 있었다. 그는 매우 상심한 채 카밀라에게 이 얘기를 하러 돌아갔지만 아무리 찾아도 그녀가 보이지 않자 어리둥절해졌다. 하녀들에게 그녀의 행방을 물었지만 아무도 대답하지 못했다.

카밀라를 찾아다니다가 그는 우연히 그녀의 서랍이 열린 걸 보았고, 그녀의 보석 중 가장 좋은 것들이 없어진 것을 확인했다. 비로소 그는 자신의 불행을 깨달았다. 그 불행의 원인은 레오넬라가 아니었다. 그는 상심하여 옷을 채 입지도 못하고 친구 로타리오를 찾아갔다. 하지만 그도 집에 없었다. 그의 하녀는 어젯밤부터 주인님은 집에 있지 않았으며 가지고 있던 돈을 모두 가지고 나갔다고 말해주었다. 그 순간 안셀모는 이성을 잃어버릴 것 같았다. 이 모든 사태의 결론을 내리기 위해 집으로 돌아왔는데 모든 하인과 하녀들이 하나도 남아 있지 않아 집이 황량하게 텅 비어 있었다.

그는 무엇을 생각해야 할지, 무슨 말을 해야 할지 알 수가 없었지만 차츰 제정신을 차리기 시작했다. 그리고 한순간에 부인도 친구도 하인들도 없이 버려진 자신을 발견했다. 카밀라의 부재로 인해 자신을 덮고 있는 하늘 아래에서 무엇보다 명예를 잃었음을 깨닫게 된 것이었다.

마침내 그는 시간이 흐른 뒤 친구가 있는 마을로 가기로 결심했다. 저 모든 불운을 꾸며낸 곳이었다. 그는 집의 문들을 전부 걸어 잠근 다음 말에 올라타 기절할 듯한 심정으로 길을 나섰다. 겨우 중간 정도에 이르렀을 때 그는 너무나 여러 가지 생각이 밀려오는 통에 말에서 내려 나무에 말을 묶어 둘 수밖에 없었다. 그러고는 눈물과 고통스러운 탄식을 내뱉으며 그대로 나무 밑동에 털썩 주저앉아 어스름한 밤이 될 무렵까지 앉아 있었다. 그때 도시에서 말을 타고 오는 남자가 보였다. 인사를 나눈 뒤에 피렌체에 무슨 새로운 소식이 없는지 물어보자 그 남자가 대답했다.

"아주 기이한 소식을 들었죠. 부자인 안셀모와 친하기로 유명한 산후안의 로타리오가 간밤에 안셀모의 부인 카밀라를 데려갔고, 그 역시 사라졌다고 합니다. 이 모든 얘기를 카밀라의 하녀가 털어놓았는데, 어젯밤 경찰이 안셀모의 집 창문에서 침대보를 타고 내려오는 레오넬라를 붙잡았다는군요. 사실 어떻게 그런 일이 일어났는지 알 수 없지만, 어쨌든 도시 사람들 전체가 놀라워하고 있습니다. 두 사람의 우정이 얼마나 강했는가 하면 마치 가족 같았기 때문에 그런 일이 믿기지 않는 거지요. 그 둘은 어찌나 가까웠는지 '두 친구'라는 별명으로 불렸다고 합니다."

"혹시 로타리오와 카밀라가 어디로 갔는지 아십니까?" 안셀모가 물었다.

"짐작도 안 갑니다." 남자가 말했다. "시장이 그들을 찾기 위해 전력을 다하고 있다고는 하는데 말이죠."

"안녕히 가세요." 안셀모가 말했다.

"안녕히 가세요." 도시 남자도 대답하고 떠났다.

너무나 불행한 소식을 접한 안셀모는 숨이 끊어질 것 같았다. 이성을 잃을 정도가 아니라 거의 죽을 지경이었던 것이다. 가까스로 몸을 일으켜 친구 집에 이르렀는데, 친구는 아직 그의 불행에 대해 알지 못했기 때문에 그의 노랗게 뜬 얼굴과 마른 모습을 보고는 심각한 병에 걸린 줄로 생각했다. 안셀모는 친구에게 몸을 뉠 곳을 부탁하고는 필기도구를 달라고 했다. 친구는 그것을 준비해주었고, 안셀모가 혼자 있고 싶어 하자 편히 누워 쉴 수 있도록 문을 닫아주었다. 안셀모는 혼자 남아 자신을 돌아보며 불행한 생각에 사로잡힌 채로 자신의 목숨이 다해간다는 것을 또렷이 깨닫고 있었다. 그래서 자신의 이상한 죽음을 야기한 경위를 담은 이야기를 남겨두기로 했다. 그러나 쓰고자 했던 것을 모두 마치기도 전에 기력이 다하여, 그는 자신의 무모한 호기심이 빚은 고통의 손아귀에서 벗어나지 못하고 목숨이 끊어졌다.

집주인은 시간이 늦었는데도 안셀모가 부르지 않자 친구의 상태가 궁금해져 방으로 들어가보았다. 안셀모는 다리는 침대에 걸치고 상체는 책상에 엎드려 있었는데, 손에는 펜이 쥐여져 있었고 책상에는 뭔가를 쓴 종이가 펼쳐져 있었다. 집주인은 이름을 부른 후 그에게 다가가 손을 잡았는데 반응이 없음은 물론 몸이 이미 차갑게 식어 있음을 알았다. 친구는 안셀모가 죽었다는 걸 깨닫고는 너무 놀라고 슬퍼하며, 사람들을 불러 안셀모에게 일어난 불행을 알렸다. 그리고 안셀모가 직접 쓴 글을 읽었는데, 내용은 다음과 같았다.

어리석고 무모한 욕망이 내 삶을 앗아 가는구나. 내가 죽었다는 소식이 카밀라의 귀에 들어간다면 내가 그녀를 용서한다고 전해주길. 그녀는 기적을 만들어야 할 의무도 없고, 나 또한 그녀가 그렇게 하기를 바랄 필요가 없었다. 결국 나 스스로 불명예를 자초했으니, 무엇 때문에 그리했는지…….

안셀모는 여기까지 쓴 다음, 생각을 미처 끝맺지 못하고 목숨이 다했다.

다음 날 친구는 안셀모의 죽음을 친지들에게 알렸는데, 그들은 이미 그의 불행을 알고 있었다. 카밀라는 수도원에서 남편이 죽었다는 소식 때문이 아니라 사라져버린 로타리오에게 벌어진 일 때문에 안셀모의 저승길에 동반자가 될 뻔했다. 비록 과부가 되었지만 카밀라는 수녀원에서 나오고 싶어 하지 않았고, 그렇다고 수녀가 될 생각도 없었다. 그런데 나폴리에 머물며 뒤늦은 후회를 하고 있던 로타리오가, 나폴리 공국에서 로트렉 자작이 대장군 곤잘레스 페르난데스 데 코르도바를 공격할 때 그 전투에 참가했고, 그 전장에서 죽음을 맞았다는 소식을 들었다. 카밀라는 그 소식에 수녀가 되었고 얼마 가지 않아 슬픔과 우울의 가혹한 손에 짧은 생애를 마감했다. 이것이 바로 그토록 경솔한 시작에서 비롯되어 모두가 맞이한 결말이었다.

"좋군요." 신부가 말했다. "이 이야기 말이오. 그러나 이게 사실이라는 건 설득력이 없어요. 만일 조작된 거라면 작가가 잘못 만든 겁니다. 안셀모처럼 그렇게 희생이 큰 경험을 하고자 하는 어리석은 남편이 있을 리 없기 때문입니다. 미혼 남녀라면 모를까 부부 사이에서는 불가능한 일이지요. 그런 식으로 이야기를 다루는 건 납득할 수가 없어요."

제36장

돈키호테가 가죽 술부대와 벌인 용맹하고도 터무니없는 싸움과 주막에서 일어난 이상한 일에 대하여

그때 문 앞에 서 있던 주막집 주인이 말했다.

"괜찮은 손님 무리가 오고 있군. 여기에 투숙하면 참 좋겠는데 말이야."

"어떤 사람들입니까?" 카르데니오가 물었다.

"남자 넷인데, 등자를 짧게 해서 말을 타고 있어요." 주막집 주인이 말했다. "창과 방패를 들고 모두들 검은 얼굴 가리개를 하고 있네요. 그들과 함께 오는 여인은 흰 옷을 입고 안장에 앉았는데, 역시 얼굴을 가렸어요. 그들 말고도 하인 둘이 걸어서 오는군요."

"거의 다 왔소?" 신부가 물었다.

"거의 다 왔어요." 주막집 주인이 말했다. "도착했네요."

이 말을 들은 도로테아는 얼굴을 가렸고, 카르데니오는 돈키호테가 있는 방으로 들어갔다. 그리고 주인이 말한 사람들이 전부 주막으로 들어왔다. 매우 품위 있는 용모의 네 사람이 먼저 말에서 내린 다음 안장에 앉아 있던 여인을 내려주었다. 그들 중 한 명이 여인을 안아서 카르데니오가 숨은 방 앞에 놓인 의자에 앉혔다. 그러는 동안 여인도, 그 남자들도 가리개를 벗지 않았으며, 말 한마디 하지 않았다. 여인만이 의자에 앉을 때 깊은 한숨을 내쉬며, 병들고 무기력한 사람처럼 팔을 축 늘어뜨릴 뿐이었다. 걸어서 온 하인들은 말들을 마구간으로 끌고 갔다.

이것을 본 신부는 그러한 옷차림으로 침묵을 지키는 이들이 과연 어떤 사람들인지 알고 싶어서, 그쪽 하인에게 다가가 궁금한 것을 물어보았다. 하인이 대답했다.

"죄송하지만 신부님, 저도 이분들이 누군지 모릅니다. 아는 것이라고는 신분이 매우 높은 분이라는 것뿐입죠. 보신 것처럼 저 여자분을 안아 내리셨던 분은 특히 높은 것 같습니다. 다른 모든 사람들이 그분을 존경하고 그분이 명령하고 지시하는 것만 따르거든요."

"그러면 저 여인은 누구시오?" 신부가 물었다.

"그것도 저는 알 길이 없습니다." 하인이 대답했다. "여기까지 오는 동안 얼굴을 뵙지 못했으니까요. 한숨 소리와 신음 소리는 여러 번 들었습니다. 신음 소리를 낼 때마다 매번 영혼을 내뱉는 것 같았지요. 말씀드리는 것 말고 저희가 아는 게 없는 걸 이상하게 여기진 마십쇼. 제 동료와 저는 이분들과 동행한 지 이틀밖에 안 되었거든요. 길에서 우연히 만났는데, 값은 두둑이 치러줄 테니 안달루시아까지 같이 가달라는 부탁을 받아서 동행한 것입니다."

"서로 부르는 이름 같은 것도 못 들어봤소?" 신부가 물었다.

"전혀요." 하인이 대답했다. "모두들 그토록 말 한마디 않고 걷는 게 놀랍더라고요. 들리는 소리라곤 측은한 여인의 한숨과 흐느낌뿐이었는데 그래서 저희가 동정심을 갖게 된 겁니다. 어디로 가는지는 모르겠지만, 여인이 강제로 끌려가는 것 같았거든요. 복장으로 봐서는 수녀거나 수녀가 될 사람 같은데, 스스로 원해서 가는 건 아닌 것 같아요. 그래서 저렇게 슬퍼하는 것이겠지요."

"그럴 수도 있겠군." 신부가 말했다.

말을 마친 신부는 도로테아가 있는 곳으로 돌아왔다. 얼굴을 가린 여인의 한숨을 듣고 있던 도로테아는 타고난 동정심이 일어 그녀에게 다가가서 말을 건넸다.

"무엇이 그리 괴로우신가요, 부인? 만약 치료 경험이 있는 여자를 찾으신다면 제가 당신을 기꺼이 도와드릴 수 있습니다."

슬픔에 잠긴 여인은 아무 말이 없었다. 도로테아가 다시금 그 이상의 도움을 제의했음에도 여인은 여전히 침묵으로 일관했다. 하인이 앞서 말했던 대로 모든 이들이 복종하는, 얼굴을 가린 기사가 다가와서 도로테아에게 말했다.

"괜한 짓 마십시오. 그 여자에게 호의는 헛수고입니다. 어떤 것을 해줘도 감사하지 않는 사람이니까요. 그 입에서 나오는 거짓말을 듣고 싶은 게 아니라면 대답을 들으려고 애쓰지 마십시오."

"거짓말한 적 없어요." 침묵하던 여인이 입을 열었다. "이때까지 그토록 진실되며 거짓말이란 계책을 쓰지 않았기에 지금의 제가 이토록 불행한 것이겠지요. 이 일에 증인은 당신이 되어야 해요. 제 명명백백한 진실이 당신을 부정하고, 거짓된 자로 만들 테니까요."

카르데니오는 이 말을 매우 또렷하게 들었다. 돈키호테가 머무는 방의 문짝 하나만을 사이에 두고 있어 그 말을 내뱉은 여인과 매우 가까이 있는 셈이었던 것이다. 그 말을 듣자마자 그는 큰 소리로 외쳤다.

"하느님, 저를 보살펴주소서! 내가 들은 이 말은 뭐지? 내 귀에 들리는 저 목소리는 대체 누구의 것이란 말인가?"

여인이 이 고함 소리에 놀라서 고개를 돌렸지만, 그 소리의 주인공이 보이지 않자 일어나 방으로 들어가려고 했다. 이것을 본 기사는 한 발짝도 움직이지 못하게 그녀를 붙잡았다. 당혹감과 불안함 속에서 그녀의 얼굴 가리개가 떨어지자, 창백하고 놀라긴 했지만 비할 데 없이 아름다운 얼굴이 나타났다. 하지만 눈에 보이는 모든 곳을 두리번거리는 모습이 마치 정신 나간 사람 같았다. 왜 그렇게 놀라는지 이유는 알 수 없었지만, 그 모습은 도로테아와 그녀를 지켜보던 이들에게 크나큰 연민을 불러일으켰다. 그 기사는 그녀를 등 뒤에서 꽉 붙잡고 있었는데, 그녀를 제지하는 데 정신이 팔려서 자신의 얼굴 가리개가 흘러내리는 것을 막지 못했다. 가리개가 흘러내리자 모든 것의 장막이 벗겨졌다. 도로테아는 눈을 들어 잡혀 있는 여인을 보고, 그녀를 잡고 있는 자가 다름 아닌 자신의 남편 돈 페르난도임을 알아보았다. 도로테아는 그를 알아보자마자 가슴속 깊이에서 터져 나온 "아!"라는 너무나도 슬프고 긴 탄식을 내뱉은 후 그만 실신하고 말았다. 이발사가 두 팔로 받지 않았더라면 그녀는 바닥에 그대로 널브러졌을 것이다.

신부는 얼른 다가와서 얼굴에 물을 끼얹으려고 도로테아의 베일을 벗겼고, 그녀의 얼굴이 드러나자 다른 여자를 잡고 있던 돈 페르난도 역시 그녀를 알아보고는 순간 송장처럼 굳어졌다. 그러나 그의 팔을 빠져나가려고 발버둥치는 루신다를 놓아주지는 않았다. 루신다는 카르데니오가 있음을 한숨으로 알았으며, 그 역시 그녀가 있음을 알았다. 카르데니오는 도로테아가 쓰러질 때 외친 '아' 소리가 루신다인 줄 알고 놀라 방에서 뛰쳐나왔다. 그리고 가장 먼저 본 것은 루신다를 붙잡고 있던 돈 페르난도였다. 돈 페르난도 역시 카르데니오를 알아보았고, 루신다, 카르데니오, 도로테아 세 사람은 말문이 막힌 채 멍하니 있었다.

모두들 아무 말 없이 도로테아는 돈 페르난도를, 돈 페르난도는 카르데니오를, 카르데니오는 루신다를, 루신다는 카르데니오를 바라보고만 있었다.

H PISAN

그 침묵을 깬 사람은 루신다였다. 그녀가 돈 페르난도에게 말했다.

"놔주세요, 돈 페르난도 님. 다른 예의범절은 그만두더라도 당신의 신분에 걸맞도록 행동하세요. 제가 넝쿨로 뒤덮인 담장에 올라가도록 내버려두세요. 당신의 강요도 협박도 약속도 선물도 제가 가까이 가려는 그분에게서 떨어뜨릴 수는 없습니다. 하늘이 우리에게 길을 감추어 무용지물이 되도록 하셨다가 이렇게 진정한 남편을 제 앞에 두셨다는 것을 기억하세요. 당신도 이루 셀 수 없는 값비싼 경험으로 제 기억에서 그를 지워버리는 길은 오로지 죽음밖에 없다는 걸 알았을 겁니다. 그러니 이토록 명백한데도 또다시 되풀이하신다면 사랑을 증오로, 의지를 분노로 바꾸어 제 목숨을 끊어주세요. 제 훌륭한 남편 앞에서 생을 거두는 것으로 족합니다. 남편은 제가 최후까지 사랑을 지켰음에 만족하시겠지요."

그사이 도로테아도 정신을 차리고 루신다가 말한 모든 이야기를 귀 기울여 듣고는 그녀가 누구인지 알았다. 도로테아는 돈 페르난도가 그녀의 두 팔을 놓아주지도 않고 대답하지도 않는 것을 보고는 있는 힘을 다해 일어나서 그의 발아래 무릎을 꿇으며 애처롭고도 서글픈 눈물을 쏟았다. 그리고 애원하듯 말하기 시작했다.

"나의 남편이여, 당신의 두 팔이 태양빛을 가리며 당신의 두 눈빛을 흐리게 하지 않았더라면, 당신 발아래 무릎 꿇은 이 여인이 당신이 원하시는 한 불행해질 도로테아라는 것을 이미 아셨을 겁니다. 저는 당신의 친절한 마음씨, 아니 당신의 욕심으로 인해 당신의 것이라 할 수 있는 높은 데까지 올라갔던 비천한 농부의 딸입니다. 저는 정절의 법도에 갇힌 채 만족스러운 삶을 살았습니다. 당신의 끈질긴 요구와, 겉으로 보기에는 올바르며 사랑스러웠던 감정의 부름에 굴복해 정숙의 문을 열고 자유의 열쇠를 건네주기 전까지는 말입니다. 그리고 그 선물에 대한 당신의 배은망덕으로, 당신은 지금

바로 이 자리에서 저를 발견하게 된 것이고, 저 또한 이런 식으로 당신을 만나야만 하게 된 것입니다. 하지만 이 모든 사실에도 불구하고 제가 저의 불명예로 인해 여기까지 오게 되었다고 상상하지는 마십시오. 단지 당신에게 잊혀진 괴로움만으로 이곳까지 오게 된 것이니까요. 당신은 제가 당신의 여인이 되길 바랐고, 그렇게 바랐기 때문에, 비록 지금은 저를 원하지 않는다 하더라도, 제 남편이기를 그만두신다는 것은 불가능한 일입니다. 당신이 저를 떠나도록 만든 루신다의 미모와 고귀한 신분은 당신을 향한 끊임없는 저의 의지로 보상이 될 수 있다는 것을 살펴주세요. 당신은 제 것이니 아름다운 루신다의 것이 될 수 없으며, 그녀 역시 카르데니오의 것이니 당신의 것이 될 수 없지요. 이것만 보더라도 당신을 그리워하는 여인을 사랑하고자 마음먹는 것이 당신을 싫어하는 여인의 마음을 끌려고 애쓰는 것보다 훨씬 쉬운 일이라는 것을 아실 겁니다. 당신은 제가 마음을 놓고 방심한 사이에 공격하신 겁니다. 저의 굳은 마음에 호소를 하셨으며, 제 신분을 무시하지 않으셨지요. 제가 어떻게 당신의 뜻대로 했는지 잘 알고 계십니다. 그러니 당신이 속았다고 말씀하실 까닭과 구실도 없지요. 일이 이러하다면, 당신은 기사이신 만큼 또 그리스도교인이신데, 처음에 제게 해주신 것처럼 끝까지 행복하게 해주실 것을 왜 그리 주저하시나요? 저의 됨됨이를 좋아하지 않으신다 해도, 저는 당신의 진실하며 합법적인 아내이니 저를 사랑해주세요. 당신의 노예로라도 삼아주세요. 제가 당신의 손에 달려 있다면 그것만으로도 행복하다 여기겠어요. 저를 버리고 단념하셔서 사람들이 저의 불명예를 쑥덕거리지 않게 해주세요. 제 부모님의 노후를 그토록 끔찍하게 만들지 마세요. 그분들은 당신의 부모님을 섬겨온 훌륭한 신하입니다. 충직한 백성에게 그러한 처사는 맞지 않습니다. 만일 당신의 피가 저와 섞여 더럽다고 생각하신다면, 이 세상에 이런 식으로 피가 섞이지 않은 가문은 거의, 아니 하나도 없으며, 어머니에게 받은 피는 명가 자손의 혈통에 문제가 되지 않는다는 것을 알아주세요. 게다가 진정한 고귀함은 미덕에 있지요. 만일 당신에게 이 미덕이 없어 제게 마땅히 해야 할 일을 거부하신다면, 저는 고귀함에 있어서는 당신보다 훨씬 우월해지는 것입니다. 마지막으로 제가 말씀드리고 싶은 것은 당신이 좋아하든 아니든 간에 전 당신의 아내라는 겁니다. 당신의 말씀이 바로 증인이지요. 만약 저를 천하게 여기고 당신을 고귀하게 하실 거라면 그 말에 거짓이 있어서는 안 될 테지요. 또한 당신이 한 서명이 증인이며, 제게 약속했을 때 증인으로 부른 하느님 또한 증인입니다. 이 모든 것이 없다 하더라도 당신 자신의 양심이 기쁨 가운데서라도 소리 없이 외치며, 제가 말한 이 진실로 돌아와 당신의 가장 큰 욕심과 만족을 흐리게 하지요."

슬픔에 잠긴 도로테아가 눈물로 호소하자 돈 페르난도와 동행한 사람들, 그리고 그곳에 있던 모든 사람들이 그녀와 함께 눈물지었다. 도로테아가 말을 마치고 눈물과 한숨을 쏟기 시작할 때까지 돈 페르난도는 가만히 듣고만 있었다. 그러한 고통을 보고 눈물 흘리지 않는 자가 있다면 아마 그의 가슴은 청동으로 만들어졌으리라. 루신다도 그녀를 바라보고 있었는데, 도로테아의 감정에 적잖이 연민을 느끼고 그녀의 신중함과 아름다움에 놀랐다. 루신다는 도로테아에게 다가가 위로의 말을 건네고 싶었으나, 돈 페르난도가 놓아주지 않아 그럴 수가 없었다. 돈 페르난도는 당황하고 놀라운 마음으로 도로테아를 주의 깊게 바라보더니 두 팔을 풀어 루신다를 놓아주며 말했다.

"아름다운 도로테아, 당신의 승리요, 당신의 승리. 그러한 진실을 부정하는 용기란 있을 수 없을 테니 말이오."

놀라서 무기력해 있던 루신다는 돈 페르난도가 놓아주자마자 바닥에 쓰러질 듯했다. 그러나 카르데니오가 그 옆에 있었다. 돈 페르난도의 눈에 띄지 않으려고 뒤쪽에 있었으나, 모든 위험을 무릅쓰고 달려 나와 루신다를 잡아주고 두 팔로 그녀를 안으며 말했다.

"충실하고 지조 있으며 아름다운 나의 아내여, 자비로운 하늘이 당신에게 휴식을 허락하고자 한다면, 운명이 당신을 나의 것이라 부를 수 있도록 했던 때에 그대를 안았었고, 지금 이 순간도 그대를 안은 이 두 팔 외에 더 안전한 곳은 없다고 생각하오."

루신다는 이 말을 들으며 카르데니오의 눈을 바라보았다. 처음에는 목소리로 그를 알아보았고, 지금은 두 눈으로 그임을 확신했다. 주변의 시선을 아랑곳하지 않고 정신없이 그의 목을 껴안으며 카르데니오의 얼굴에 자신의 얼굴을 맞대고 말했다.

"당신이군요, 나의 남편. 운명이 당신에게 의지하는 제 삶을 끝끝내 방해하며 떼어놓으려 하거나 위협할지라도 전 당신의 포로이며 당신은 저의 진정한 주인이에요."

돈 페르난도와 그 주위에 있던 모든 사람들은 뜻밖의 광경을 보고 이 전대미문의 사건에 경탄해 마지않았다. 그때 도로테아는 돈 페르난도의 얼굴빛이 창백해지면서 칼을 향해 손을 뻗는 걸 보았고, 그가 카르데니오에게 앙갚음하려 한다는 데 생각이 미치자, 놀라운 속도로 그의 무릎을 껴안고 거기에 입을 맞추며 움직이지 못하게 꽉 붙잡았다. 그리고 하염없이 눈물을 흘리며 말했다.

"저의 유일한 안식처이시여, 이런 뜻밖의 상황에 대체 무슨 짓을 할 생각이신가요? 당신 발아래 당신의 아내가 있고, 당신이 아내로 삼고 싶어 하는 여인은 그 남편의 팔에 안겨 있는데 말입니다. 하느님이 하신 일을 거스르는 것이 과연 잘하는 일인지, 또 가능하기나 한 일인지 생각해보세요. 그들에게 맞서는 것이 과연 가당한 일이겠는지 생각해보세요. 루신다는 어떠한 어려움도 무릅쓰고 자신의 진실과 확고함을 확인시켰으니, 당신의 눈앞에서 사랑의 기쁨에 흠뻑 젖어 진정한 남편에게 안겨 있는 루신다를 보세요. 하느님을 두고 당신께 호소하며, 당신을 두고 간청합니다. 이토록 뚜렷한 깨우침에 분노하지 마시고, 다만 평온함으로 가라앉혀서 하늘이 이 두 연인에게 허락한 모든 시간을 당신의 방해 없이 지낼 수 있게 해주세요. 이것이야말로 당신의 훌륭함과 고귀한 관대함을 보여주는 일이 될 것입니다. 세상 사람들이 당신을 두고 욕망보다 이성이 뛰어난 분이라고 하겠지요."

도로테아가 말하는 동안 카르데니오는 루신다를 껴안고 있으면서도 돈 페르난도에게서 눈을 떼지 않았다. 그는 만약 돈 페르난도가 루신다를 해치려 한다면 누구든 자신이 해를 입을 때 취하는 최선의 방법으로 방어하며 공격하리라 결심했다. 이때 돈 페르난도의 친구들과 그 모든 것을 지켜보고 있던 신부, 이발사, 그리고 마음씨 착한 산초 판사에 이르기까지 모두들 돈 페르난도를 둘러싸고는 도로테아의 저 눈물을 잘 보라고 간청했다. 그러면서 그녀가 말한 것이 사실이라고 믿으며, 그녀의 정당한 희망이 무산되지 않도록 해달라고 간청했다. 어느 누구도 생각지 못한 곳에서 그 모두가 모이게 된 것은 우연처럼 보이지만, 결코 우연이 아니라 하느님의 특별한 섭리이기에 잘 생각해보라고 했다. 신부는 오직 죽음만이 루신다와 카르데니오를 갈라놓을 수 있다는 걸 알아야 하며, 누군가 칼로 그들을 두 쪽 낸다 하더라도 그들은 죽음을 크나큰 행복으로 여길 것이라고 말했다. 그러면서 떼어놓을 수 없는 저들의 결합을 인정하여 자신을 억제하고 이겨내는 것이야말로 뛰어난 분별력이며, 이는 이미 그 연인들에게 하느님께서 허락하신 기쁨을 누리도록 하는 관대함을 보여주는 것이라고 말했다. 그리고 도로테아의 아름다움에 눈을 돌리고 그 미모는 어느 누구와도 견줄 수 없음을 알아야 한다고 덧붙였다. 그 아름다움과 더불어 그녀의 겸손함과 그를 향한 극진한 사랑이 그녀를 돋보이게 했으며, 무엇보다도 돈 페르난도 자신이 기사이며 그리스도교인이라는 것을 소중히 여긴다면, 자신이 내뱉은 말을 지키는 것이 도리이며, 약속을 이행하는 것은 하느님에 대한 의무를 다하는 것이 되고, 아름다움이 특권이라 생각하는 분별력 있는 사람들을 만족시키는 것이라고 강조했다. 비록 그녀가 비천한 신분이지만 정절을 갖춘다면 그 어떤 높은 위치에라도 오를 수 있으며, 돈 페르난도 자신과 같은 신분으로 그녀를 끌어올리는 것이 그의 명예를 실추시키는 것이 아니라고도 했다. 마지막으로 강렬한 욕망의 법칙을 따를 때는 거기에 죄악이 끼어들지 않는 한 그것을 쫓는 자에게는 죄를 물을 수가 없는 법이라고 말했다.

이런 말에 더하여 다른 사람들도 한마디씩 거들자, 돈 페르난도의 굳건했던 마음이 누그러져 그가 부정하려야 부정할 수 없는 진실에 승복하도록 했는데, 여기에는 그의 훌륭한 혈통도 그의 마음을 돌리는 데 일조했다. 그는 사람들의 충고에 굴복하여 따르겠다는 것을 알리기 위해 몸을 굽혀 도로테아를 안고 이렇게 말했다.

"나의 아내여, 일어나시오. 내 영혼 속에 자리 잡은 여인이 내 발아래 무릎 꿇는다는 것은 당치도 않소. 지금까지 내가 한 말을 행동으로 보여주지 않은 것은 하늘의 뜻이었는지도 모르겠소. 나를 사랑하는 당신의 성실함을 깨달아 당신이 받아 마땅한 존중을 그대에게 바치도록 가르치기 위함이었을 것이오. 당신에게 부탁하니, 내 잘못과 과오를 책망치 말아주오. 당신을 나의 사람으로 받아들이려 했던 그 원인과 힘이 동시에 당신의 것이 되지 않도록 내게 강요했던 것이라오. 이 모든 것이 진실이라는 것은, 갈망했던 것을 찾아 이루어 이미 행복에 겨워 있는 루신다의 눈을 보면 알 것이오. 저 눈 속에서 내 모든 과오에 대한 변명을 찾게 될 것이오. 그녀는 자기가 갈망하던 사람을 찾아서 자기의 것으로 했고, 나도 약속을 지킬 당신을 만났으니, 루신다도 카르데니오와 함께 평안하고 즐겁게 행복한 세월을 오래도록 누리길 바랄 뿐이오. 하느님께 나의 도로테아와 여생을 같이할 수 있도록 기도드리겠소."

돈 페르난도는 이렇게 말하고 다시 한 번 도로테아를 품에 안아 자신의 얼굴을 그녀의 얼굴에 갖다 댔다. 그토록 다정한 감정과 함께 그는 자신의 애정과 후회하는 마음을 보이기 위해 하염없는 눈물을 쏟아야만 했다. 루신다와 카르데니오는 그럴 필요가 없었으며 그 자리에 있던 사람들도 마찬가지였다. 어떤 이들은 자기 감정에 겨워서, 또 다른 이들은 타인으로 인해 펑펑 울기 시작했다. 다들 마치 무언가 심각하고 불행한 일이 벌어진 것처럼 보였다. 심지어 산초 판사까지 울었는데, 후에 말하기를 그가 운 것은 도로테아가 그가 생각했던 것처럼 그토록 바라던 미코미코나 공주가 아니었기 때문이라고 했다. 얼마간 눈물과 경탄이 지속되었다. 곧 카르데니오와 루신다는 돈 페르난도 앞에 와서 무릎을 꿇고 그토록 사려 깊게 베풀어준 은혜에 감사했고, 이에 돈 페르난도는 어떻게 대답해야 할지를 몰라 그저 그들을 일으킨 후 깊은 애정과 예의를 다하여 껴안았다.

마침내 돈 페르난도가 도로테아에게 고향에서 이토록 먼 곳까지 오게 된 경위를 물었다. 그녀는 간단하면서도 신중하게 카르데니오에게 말했던 모든 사연을 이야기했다. 그 이야기는 무척 재미있어서 돈 페르난도와 그와 함께 온 사람들은 조금 더 길었으면 할 정도로 좋아했다. 도로테아는 자신의 불행담을 무척이나 흥미롭게 이야기했다. 이야기가 끝나자, 돈 페르난도는 그 도시에서 자신에게 일어난 일을 말해주었는데, 루신다의 가슴에서 자신은 카르데니오의 아내이며 돈 페르난도의 여인이 될 수 없음을 선언한 쪽지를 발견한 후에 벌어졌던 일에 대해서였다. 그녀의 부모님이 막지만 않았더라면 그녀를 죽이고 싶었으며 그렇게 했을 것이라고 말하면서, 이 모든 것에 부끄러움을 간직한 채 앙심을 품고 집에서 나와 훨씬 자유롭게 복수할 결심을 했다고 말했다. 훗날 루신다가 부모님의 집에서 사라졌는데, 어디로 갔는지 아무도 모른다는 사실을 알게 되었고, 몇 개월 후 루신다는 수녀원에 머물고 있으며, 그녀가 카르데니오와 지낼 수 없다면 평생토록 그곳에 남겠다는 결심을 했다는 걸 알게 되었다. 돈 페르난도는 그 얘기를 듣자마자 동반할 세 명의 기사를 뽑아서 그녀가 있는 곳으로 갔다. 그 어느 누구에게도 알리지 않았는데, 이는 그가 갔다는 것이 알려지면 수녀원의 경계가 더욱 삼엄해질 것을 우려해서였다. 어느 날 수녀원의 문이 열리는 것을 지켜보고 있다가 둘은 밖에서 망을 보고 돈 페르난도는 남은 기사와 함께 수녀원으로 들어가, 회랑에서 한 수녀와 이야기하고 있는 그녀를 발견하자마자 무작정 낚아채어 필요한 물건들을 마련할 만한 곳으로 데려갔다. 그녀를 납치한 이 모든 것은 수녀원이 마을에서 멀리 떨어진 들판에 있었기에 가능했다. 루신다는 자신이 그의 손아귀에 있다는 것을 알아차리자 곧 정신을 잃었으며 깨어난 후에는 말 한마디 없이 눈물지으며 한숨만 쉴 뿐이었다. 그렇게 말 한마디 없이 눈물만 흘리며 이 주막에 도착한 것이었는데, 그것이 결국 지상의 모든 불행을 끝내는 천국에 도착한 것이었다며 돈 페르난도는 이야기를 마무리 지었다.

제37장

여기에서는 기품 있는 미코미코나 공주의 이야기와 또 다른 익살스러운 모험들이 계속된다

이 모든 얘기를 들은 산초는 마음속 깊이 고통을 느꼈다. 작위를 얻을 희망이 연기처럼 사라지고, 아름다운 미코미코나 공주가 도로테아로 변해버렸으며, 거인은 돈 페르난도로 돌아왔고, 자신의 주인은 이런 모든 일에 방심한 채 늘어지게 자고 있었기 때문이다. 도로테아는 자신이 얻은 이 행운이 꿈인지 생시인지 확신할 수 없었고, 카르데니오 또한 도로테아의 마음과 같았으며, 루신다 역시 같은 생각이었다. 돈 페르난도는 하마터면 자신의 명성과 영혼을 잃어버릴 수 있는 복잡한 미로에서 자신을 꺼내준 하느님께 영광을 돌렸고, 마지막으로 주막에 있던 사람들은 너무나 복잡하고 절망적인 일들이 제대로 마무리된 것에 만족하고 기뻐했다.

신부는 한 사람 한 사람을 사려 깊게 바라보며 되찾은 행복에 대해 축복의 말을 건넸다. 그중에서 가장 기뻐한 사람은 안주인이었는데, 카르데니오와 신부가 돈키호테가 주막에 입혔던 손해에 대해 이자를 쳐서 계산해주겠노라고 약속했기 때문이었다. 산초만이 불행과 슬픔으로 괴로워했다. 그는 이렇게 우울한 기색으로 막 잠에서 깨어난 주인에게 말했다.

"슬픈 얼굴의 기사님, 주인님께서는 이제 거인을 죽이고 공주님에게 왕국을 되돌려주는 것에 신경 쓰지 않으셔도 되니 맘껏 주무세요. 모든 게 다 끝장나고 말았으니까요."

"참으로 잘된 일 아니겠느냐." 돈키호테가 말했다. "난 방금 내 생에 있을까 말까 한 거인과 굉장한 결투를 벌였구나. 내가 검을 왼쪽에서 오른쪽으로 탁 치니 그 녀석의 목이 땅바닥에 떨어지며 피가 개울물처럼 흘렀는데, 어찌나 많이 솟구쳐 나오던지."

"마치 '붉은 포도주처럼'이라고 말하는 편이 낫겠네요." 산초가 대답했다. "주인님께서 모르고 계실까 봐 알려드리는데요, 죽은 거인은 구멍이 뚫린 가죽 술부대였고, 주인님께서 알고 계신 피는 술부대에 가득 차 있던 6아로바의 붉은 포도주였습니다. 그리고 잘려 나간 머리는, 제기랄, 악마에게나 줘버리세요."

"무슨 말을 하고 있는 거냐, 정신 나간 놈아?" 돈키호테가 반문했다. "지금 제정신인 것이냐?"

"주인님, 일어나서 보세요." 산초가 말했다. "주인님께서 해놓으신 일과 우리가 해결해야 할 빚들을 좀 보시라고요. 그리고 공주님이 도로테아라는 평범한 여인으로 변한 것도 좀 보시고요. 그 밖의 다른 일들을 알면 놀라실 겁니다."

"내게는 전혀 놀라울 게 없다." 돈키호테가 대답했다. "네가 제대로 기억한다면, 지난번 우리가 여기 묵었을 때 일어난 모든 일들이 다 마법이라고 네게 말했듯이, 지금 여기서 일어난 많은 일들 역시 마법인 것이다."

"제가 당했던 담요 키질 또한 마법이었다면 나리 말씀을 모두 믿어드리지요." 산초가 말했다. "하지만 마법이 아니라 실제로 일어난 일이었다니까요. 지금 여기 있는 바로 그 주막집 주인이 그때 담요 한 귀퉁이를 잡고 있었어요. 비록 제가 어리석고 죄가 많지만 사람들은 알아볼 수 있었거든요. 그것은 마법이 아니라 제가 봉변을 당하고 재수가 나빴던 거라니까요."

"이제 하느님께서 해결해주실 것이다." 돈키호테가 말했다. "밖으로 나갈 수 있도록 옷 입는 것을 도와다오. 네가 말한 일들과 마법으로 바뀐 일들을 보고 싶구나."

산초가 주인이 옷 입는 것을 거드는 동안, 신부는 돈 페르난도와 그 밖의 사람들에게 돈키호테의 광기와, 그가 자신의 공주님의 냉정함에 대해 고민하던 장소인 페냐 포브레에서 그를 구출해내기 위해 썼던 속임수에 대해 이야기했다. 그리고 산초가 말해준 모든 사건들에 대해서도 들려주었다. 이야기를 들은 누구나 그렇듯이, 사람들은 하나같이 놀라움을 감추지 못하며 웃어댔다. 모두가 터무니없는 생각에서 비롯된 매우 이상한 광기였던 것이다. 신부는 이에 덧붙여 이제 도로테아의 행복으로 앞으로의 계획에 차질을 빚게 되었으니 돈키호테를 고향으로 데려가기 위한 다른 방법을 모색하지 않으면 안 된다고 말했다. 그러자 카르데니오는 이미 시작한 계획이니 자신이 맡아 계속하겠다고 하며 루신다에게 도로테아의 역할을 맡기자고 했다.

"아닙니다." 돈 페르난도가 말했다. "그럴 순 없지요. 전 그 계획을 도로테아가 계속 맡아주었으면 합니다. 그 훌륭한 기사의 마을이 여기서 멀지 않고 그분의 치료를 돕는 것도 기쁜 일이니까요."

"여기서 이틀도 걸리지 않을 거리입니다."

"시간이 더 걸린다 하더라도 좋은 일을 하는 셈치고 동행하겠습니다."

이때 돈키호테가 찌그러진 맘브리노 투구를 머리에 쓰고 방패를 팔에 고정시킨 채 꼬챙이인지 창인지 하는 것을 집어 들고 무장한 모습으로 나타났다. 돈키호테의 이상한 행색에 돈 페르난도와 그 밖의 사람들은 어안이 벙벙했다. 반 레구아나 될 정도로 길고, 야위고, 누런 얼굴과 어설픈 갑옷 차림과 너무나 진지한 그의 태도를 눈여겨보면서 사람들은 그가 말할 때까지 잠자코 있었다. 그는 두 눈을 아름다운 도로테아에게 고정시키고는 엄숙하게 말했다.

"아름다운 공주님, 저는 제 종자로부터 당신의 신분이 폐위되고 직위를 잃어버려 공주의 신분에서 평범한 아가씨로 바뀌었다고 전해 들었습니다. 만약 이것이 제가 공주님에게 필요한 비호를 펼치지 못할까 두려워 공주님의 부친이신 국왕이자 마법사가 명령을 내린 것이라면, 국왕 폐하는 아무것도 모르고 계신 것이며 기사도 이야기에도 문외한이라 할 수 있을 것입니다. 국왕 폐하께서 저처럼 기사도 이야기를 주의 깊게 천천히 읽으셨다면 제 명성보다 못한 다른 기사들조차도 훨씬 어려운 일들을 수행했다는 것을 여기저기에서 발견하실 수 있을 것이며, 거인이 제아무리 오만불손하다 해도 그놈을 죽이는 것은 아무것도 아니기 때문입니다. 저는 바로 몇 시간 전에 거인을 보았고, 아니 말씀드리면 오히려 거짓말이 될까 입을 다물고 있는 게 나을 것 같습니다. 모든 진실을 밝혀주는 시간이 그 사실을 설명해줄 것입니다."

"당신이 싸운 건 거인이 아니라 포도주가 가득 든 가죽 부대 두 개라는 걸 알아야지." 주막집 주인이 나섰다.

그러자 돈 페르난도가 주인에게 잠자코 있으라고 눈치를 주며 무슨 일이 있어도 돈키호테의 이야기를 방해해서는 안 된다고 명령했다. 돈키호테가 이야기를 계속했다.

"신분을 박탈당하신 지체 높은 공주님, 제가 말씀드렸던 이유로 인해 국왕 폐하께서 공주님을 그렇게 변신시켰다면 그런 것은 믿지 않으셔도 됩니다. 제 검이 헤쳐나가지 못하는 위험이란 이 세상에 없기 때문입니다. 저는 제 검으로 국왕 폐하의 철천지원수의 머리를 땅에 떨어뜨리고 머지않아 공주님의 머리에 다시 왕관을 씌워드리겠습니다."

돈키호테는 더 이상 말하지 않고 공주가 대답하기를 기다렸다. 그녀는 이미 돈키호테를 고향으로 데려가기 위한 종전의 계획을 계속 진행시키기로 한 돈 페르난도의 결정을 알고 있었으므로, 아주 우아하고 기품 있게 대답했다.

"용감하신 슬픈 얼굴의 기사님, 누가 기사님께 말했는지는 모르겠지만, 제 신상이 변했다는 그자의 말은 정확하지 않습니다. 어제의 저나 오늘의 저나 똑같은걸요. 제가 바랄 수 있는 한 최고의 행운이 가져다준 사건으로 약간의 변화가 있었던 것은 사실입니다. 그렇다고 해서 제가 예전의 제가 아니라든지, 또는 용감무쌍한 기사님의 힘에 의지하려는 제 생각이 바뀐 것은 아닙니다. 기사님, 부디 저를 낳아주신 아버님의 명예를 되찾아주시고, 그분이 사려 깊은 분이라는 것을 알아주세요. 아버님은 넘치는 학식으로 제 불행의 구제책을 위해 이토록 쉽고 확실한 길을 찾게 해주셨죠. 기사님이 아니었다면 제가 누리고 있는 이 행운을 거머쥘 수 없었을 거라고 생각합니다. 제가 진실만을 말씀드린다는 것에 관해서라면 여기 계신 이분들께서 최고의 증인이십니다. 이제 남은 일은 내일 길을 떠나는 것이겠지요. 이제 오늘은 얼마 가지 못할 테니까요. 제가 고대하는 행복한 앞날은 하느님과 기사님 가슴속의 용기에 맡기도록 하겠습니다."

사려 깊은 도로테아의 얘기에 귀를 기울이고 있던 돈키호테는 산초를 바라보며 무척 화가 난 기색으로 말했다.

"산초, 이놈, 너에게 분명히 말해둔다. 너는 에스파냐에서 가장 고약한 놈이다. 떠돌이 도둑놈아, 말해봐라. 너는 방금 전에 여기 계신 공주님께서 도로테아라는 아가씨로 변했다고, 내가 잘라냈다고 생각했던 거인의 머리가 빌어먹을 포도주 자루라고 말하지 않았더냐? 얼토당토않은 일로 내 평생 당해보지 못한 치욕을 안겨주다니. 이런……!" 그는 하늘을 쳐다보고 이를 악물었다. "맹세컨대 너를 가만두지 않겠다. 이 세상에 앞으로 생겨날 모든 허풍쟁이 종자들의 뿌리를 뽑아놓고 말 것이다!"

"고정하세요, 주인님." 산초가 대답했다. "미코미코나 공주님이 변했다고 한 건 제가 잘못 알았다 치더라도, 거인의 머리를 벤 것은 다르지요. 그건 가죽 부대에 구멍을 낸 것이고 피가 붉은 포도주라는 건 하느님이 살아 계신다면 틀림없는 사실입니다. 주인님 침상 머리맡에 찢어진 가죽 부대가 분명히 있으니까요. 그리고 포도주는 쏟아져 나와 다락방을 호수로 만들어버렸지요. 그게 아니라고 생각하신다면, 두고 보세요, 계란 프라이를 만들 때 아실 테니까요.* 그러니까, 주막집 주인이 주인님에게 손해 배상을 청구할 때면 자연히 알게 되실 거란 말입니다. 그것 말고, 공주님이 이전 상태 그대로 계신 것은 정말 기쁜 일입니다. 제 몫도 그대로일 테니까요."

"산초, 미안한 말이지만," 돈키호테가 말했다. "너는 우둔하다고 말할 수밖에 없구나. 이제 그만해라."

"이제 그만하십시오." 돈 페르난도가 말했다. "더는 이 일에 대해 왈가왈부하지 맙시다. 시간이 늦었으니 공주님께서 말씀하신 대로 내일 떠나기로 하지요. 오늘 밤에는 날이 샐 때까지 화기애애한 대화를 이어갑시다. 그리고 모두들 돈키호테 님과 동행하기로 하겠습니다. 저희들은 돈키호테 님이 맡으신 위대한 임무를 수행하는 과정에서 벌어질 전무후무하고 용감무쌍한 전투의 증인이 되고 싶기 때문입니다."

"오히려 제가 당신을 섬기고 모셔야 하겠지요." 돈키호테가 말했다. "저를

---

* '때가 되면 알게 될 것'이라는 뜻의 속담으로, 기름솥을 훔쳐 가는 도둑에게 그 집 안주인이 '들고 나가는 게 뭐냐'고 묻자 도둑이 '계란 프라이를 만들 때 알게 될 것'이라고 대답한 데서 유래했다.

좋게 생각해주셔서 감사할 따름이오. 그저 그 평판이 진실이 되도록 노력할 것이니, 만약 그렇게 되지 않는다면 목숨이라도 걸겠으며, 그보다 더한 것이라도 할 수 있다면 그렇게 하겠소이다."

돈키호테와 돈 페르난도 사이에 이토록 정중한 말과 답례가 오갔다. 그러는 중에 때마침 여행객 한 명이 주막에 들어오자 이내 조용해졌다. 복장으로 보아 무어인들이 사는 땅에서 막 건너온 그리스도교 신자처럼 보였다. 푸른 천으로 만든 길이가 짧은 연미복에 깃이 없는 반소매 차림을 하고 있었기 때문이다. 또한 상의처럼 푸른 빛깔의 삼베 반바지에, 푸른 빛깔의 사각 모자를 쓰고, 대추야자 빛깔의 편상화를 신고, 가슴에는 비스듬히 엇갈리게 멘 칼집에 무어식 신월도를 차고 있었다. 그 사람 뒤를 따라 베일로 얼굴을 가리고 무어식 옷을 입은 여인이 당나귀를 타고 들어왔다. 그 여인은 금실로 수놓은 머리 장식을 하고, 어깨에서 발끝까지 가리는 망토를 입고 있었다.

남자는 건장한 체격에 나이는 사십이 조금 넘은 듯했고, 얼굴은 약간 가무잡잡하고 긴 콧수염과 턱수염이 있는 잘생긴 용모였다. 한마디로 만약 그가 잘 차려입었더라면 좋은 가문의 사람으로 여겨질 정도의 온화한 인상을 풍겼다.

그는 주막에 들어서서 방을 달라고 말했는데, 방이 없다고 하자 걱정스러운 기색이 되었다. 그러나 복장으로 보아 무어인인 듯한 여인이 가까이 오자 그는 두 팔로 그녀를 당나귀에서 내려주었다. 루신다, 도로테아, 여주인, 주막집 딸과 마리토르네스는 생전 처음 보는 옷차림을 한 무어 여인의 주변을 에워쌌다. 항상 쾌활하고 예의 바르고 사려 깊은 도로테아는 방이 없어 난감해하는 남자처럼 무어 여인 역시 그러리라 여기고는 이렇게 말했다.

"아가씨, 너무 근심하지 마세요. 주막이란 원래 불편한 곳이기 때문에 여기서 편안함을 찾는 것은 어려운 일이랍니다." 그러고는 루신다를 가리키며 말했다. "괜찮으시다면 우리와 함께 지내셔도 돼요. 다른 곳에선 이 같은 환대를 받는다는 게 어려울 것입니다."

얼굴을 가린 여인은 한마디도 하지 않고 앉았던 자리에서 일어나서, 가슴 위에 두 손을 교차하여 모으고는 머리를 숙여 고맙다는 표시로 몸 전체를 구부렸을 뿐이었다. 그녀의 침묵 때문에 사람들은 확실히 그녀가 무어 여인이며, 에스파냐 말을 할 줄 모른다고 여기게 되었다. 이때 아직까지 남아서 다른 일을 맡아 하고 있던 포로*가 여인들이 무어 여인을 에워싸고, 말을 하지 않는 그녀에 대해 이야기하는 것을 보고는 이렇게 말했다.

"아가씨들, 이 여인은 우리 말을 거의 모릅니다. 자기 나라 말 말고 다른 나라 말은 할 줄 모르지요. 그래서 여러분들의 질문에 대답할 수 없고 말하지도 않는 것입니다."

"별다른 걸 물어본 건 아니에요." 루신다가 말했다. "오늘 밤 우리 방에서 함께 잘 것을 권했을 뿐입니다. 모든 외국인들을 도와야 한다는 마음에서 베푸는 편안함은 그녀를 기쁘게 할 것입니다. 외국인들은 도움이 꼭 필요하고, 특히나 여성이기에 도움을 드리려는 것이지요."

"이 여인과 저에게 보여주신 호의에 진심으로 감사드리며," 포로가 말했다. "여러분의 손에 입을 맞추겠습니다. 이런 상황에서 아가씨의 용모를 보니 아주 훌륭하신 분이라고 생각합니다."

"그런데 궁금한 게 있어요." 도로테아가 말했다. "이 아가씨는 그리스도교인인가요, 무어인인가요? 옷차림이나 말을 하지 않는 것으로 보아 우리가

---

*여인과 함께 온 여행객을 말하는데, 한때 아프리카에서 포로 생활을 하다가 귀국한 사람이므로 작가가 '포로'라는 명칭을 사용했다.

달갑게 여기지 않는 그런 종교의 여자분인 것 같아요."

"옷차림과 몸은 무어인이지만, 정신은 아주 독실한 그리스도교 신자입니다. 그리스도교 신자가 되고자 하는 바람이 대단히 크기 때문입니다."

"그렇다면 세례를 받지 않았단 말씀이신가요?" 루신다가 물었다.

"받을 기회가 없었습니다." 포로가 대답했다. "그녀의 조국인 알제를 떠나온 후 지금까지 우리의 성 교회가 명하는 모든 의식이 무엇인지도 모르는 채 급히 세례를 받아야 할 만큼 죽을 고비를 겪은 것도 아니었습니다. 그러나 하느님께서는 그리스도교인이 될 만한 그녀의 자질을 평가하셔서 곧 세례를 받도록 도와주실 것입니다. 이 여인은 몸에 걸치고 있는 옷이나 제 옷이 보여주는 것 이상으로 품위가 있으신 분이니까요."

이 말에 모든 사람들이 무어 여인과 그 포로가 누구인지 알고 싶어졌다. 그러나 아무도 물어보려 하지 않았는데, 그들이 겪은 일들에 대해서 묻는 것보다는 휴식을 주는 것이 더 적절하다고 생각했기 때문이었다. 도로테아는 무어 여인의 손을 잡아 자기 곁에 앉히고는 얼굴을 가린 베일을 벗어달라고 간청했다. 무어 여인은 그 말에 어떻게 대답해야 하며, 어떻게 행동해야 할지 말해달라고 묻는 듯한 시선으로 포로를 쳐다보았다. 포로는 아랍어로 베일을 벗으라고 청하는 것이니 그렇게 하라고 얘기해주었다. 그녀가 베일을 벗자 너무나도 아름다운 얼굴이 드러났는데, 도로테아는 그녀가 루신다보다 더 아름답다고 여겼고, 루신다는 도로테아보다 더 아름답다고 생각했다. 그리고 주변의 모든 사람들도 도로테아와 루신다의 미모에 비견할 누군가가 있다면 바로 이 무어 여인일 것이라고 생각했다. 더욱이 어떤 면에서는 무어 여인이 더 빼어나다고 여기는 자까지도 있었다. 아름다움이란 마치 특권이 있는 것처럼 사람의 정신을 정화시키고 마음을 끄는 것이므로, 모두들 이 아름다운 무어 여인을 돕고 싶은 마음을 품었다.

돈 페르난도가 포로에게 여인의 이름을 묻자 남자는 렐라* 소라이다라고 대답해주었다. 이것을 들은 무어 여인은 그가 포로에게 무엇을 물었는지 알아챈 듯이 슬픔에 가득 찬 우아한 말투로 재빨리 말했다.

"아니, 소라이다 아니! 마리아, 마리아!" 자신이 소라이다가 아니라 마리아라는 뜻이었다.

무어 여인의 감정 가득한 이 말을 듣고 어떤 이들은 눈물을 흘렸는데, 특히 여자들이 그랬다. 천성적으로 여자들은 여리고 눈물이 많기 때문이다. 루신다는 그녀를 매우 다정하게 감싸 안고 이렇게 말했다.

"그래요, 그래. 마리아, 마리아."

그 말에 무어 여인이 대답했다.

"네, 네, 마리아! 소라이다 '마캉헤'!" 아랍어로 '아니다'라는 의미였다.

곧 밤이 되었고, 돈 페르난도를 비롯하여 같이 온 사람들의 명령으로 주막집 주인은 부지런하고 세심하게 그가 할 수 있는 한 최고의 저녁상을 차렸다. 식사 시간이 되자 모두들 하인용 식탁처럼 긴 식탁에 둘러앉았다. 주막에는 둥근 식탁도 네모난 식탁도 없었기 때문이었다. 돈키호테는 거절했지만 사람들은 그를 제일 상석에 앉혔다. 돈키호테는 자신이 공주의 보호자이기 때문에 자신의 옆자리에 미코미코나 공주가 앉기를 바랐다. 그리고 루신다와 소라이다가 앉았고 그녀들 앞에는 돈 페르난도와 카르데니오가 앉았다. 그 옆에는 포로와 그 밖의 기사들이 앉았고, 아가씨들 옆에는 신부와 이발사가 앉았다. 이렇게 모두들 즐거운 저녁 식사를 들고 있는데, 돈키호테가 식사를 하다 말고 예전에 산양치기들과 함께 저녁 식사를 하면서 했던 수많은 이야기들을 다시 하고 싶은 마음에 사로잡혀 다음과 같이 말하기 시

---

*여성의 이름 앞에 붙이는 아랍어 존칭 표현으로, 스페인어의 '도냐'에 해당한다.

작했다.

"여러분들, 잘 생각해보면 편력기사도를 수행하는 자들은 전대미문의 위대한 일들을 경험하는 것을 알 수 있습니다. 만약 그렇게 생각하지 않는다면, 어떤 사람들이 이 성문으로 들어와 우리가 이렇게 모여 있는 것을 보더라도 우리가 누구인지를 그 누가 짐작이나 하고 믿을 수 있겠습니까? 우리 모두는 알고 있는 사실이지만, 제 옆에 있는 분이 위대한 여왕님이라는 것을 누가 말할 수 있겠으며, 또한 제가 사람들 입에 오르내리는 '슬픈 얼굴의 기사'라는 것을 그 누가 알겠습니까? 그러니 기사도의 기술과 수행이 인간이 만든 그 모든 것을 능가한다는 것은 의심할 여지가 없습니다. 그리고 그것은 위험에 처하면 처할수록 더 존중받아야만 할 것입니다. 문(文)이 무(武)보다 우세하다고 말하는 자는 제 앞에서 비켜나십시오. 나는 그자들이 누구건 간에, 자기가 무슨 말을 하는지도 모르는 것이라고 말해주겠습니다. 그러한 자들이 곧잘 내세우며 주장하는 것은 정신노동이 육체노동보다 우월하다는 것인데, 즉 무는 육체로만 훈련하는 것으로, 마치 건장한 체격만이 필요한 인부의 일처럼 생각하는 겁니다. 무라 부르는 것 가운데에는 머리를 많이 써야 하는 용맹한 행동이 얼마나 많은지를 모르는 거지요. 그들은 군대를 책임지거나 포위된 도시를 방어하는 전사의 용기가 육체뿐만 아니라 정신에도 의존해야 한다는 사실을 전혀 모르고 있습니다. 만일 그렇지 않다면 육체의 힘으로만 적의 의도, 계획, 전략, 난점, 그리고 예상되는 피해를 대비할 수 있겠는지 생각해보십시오. 그러한 모든 일들은 지성의 작용이며, 여기에는 육체가 전혀 포함되지 않습니다. 이렇게 무도 정신을 필요로 하고 문 역시 그러하다면 두 정신, 즉 학자의 정신과 군인의 정신 중 어떤 것이 더 효력을 나타내는지 봅시다. 이것은 각자 향해 가는 마지막 종착지에 이르러서야 알 수 있을 것인데, 더 고귀한 목적으로 향하는 것에 더 가치를 두어야 하기 때문이지요. 문의 종착지라는 것은 (아니 지금은 영혼들을 하늘로 이끄는 목적을 지닌 신성한 학문, 즉 성스러운 문자 '여호와'에 대해 말하는 건 아닙니다. 그토록 끝없이 숭고한 목적은 어떠한 것도 비견할 수 없겠지요. 따라서 저는 인간의 학문에 대해서 말하고자 하는데, 그것의 목적은 배분의 정의를 정확하게 하여 개개인 모두에게 적절히 분배함으로써) 훌륭한 법규가 잘 이해되고 실행되도록 하는 데 있습니다. 확실히 이러한 것은 훌륭하고 가치 있고 고귀하여 찬양받을 만하나, 무에 종사하는 자들보다는 평가를 덜 받습니다. 무는 목표를 평화에 두는데, 평화야말로 이 세상 사람들이 원하는 최고의 선이기 때문입니다. 그렇기에 이 세계와 사람들이 받은 최초이자 최고의 선인 우리 주 예수 그리스도가 탄생한 날 밤 천사들이 하늘에서 '그토록 높은 곳에서는 하느님께 영광, 땅에서는 선량한 사람들에게 평화가 있으라' 하고 노래한 것입니다. 그리고 온천지를 통틀어 최고의 스승님이 제자들과 추종자들에게 가르치신 것으로, 성모에 대한 기도의 머리말에는 그대들이 어느 집에 들어갈 때 '네 집에 평화가 있을지어다' 하고 인사하도록 가르쳐주셨고, 수차례 '내 너희들에게 평화를 주노니, 그대들에게 평화가 임할지라. 평화는 그대들의 것이니'라고 말씀해주셨습니다. 마치 보석이나 보물을 안겨주시는 것처럼 말씀하셨는데, 이것 없이는 하늘에서도 땅에서도 어떠한 행복이 있을 수 없습니다. 이런 평화가 바로 전쟁의 진실한 목적인 것이고, 무의 목적이 곧 평화라고 말할 수 있는 것입니다. 때문에 전쟁의 목적이 평화라는 이 점에서 문의 목적보다 더 우월하다고 가정할 수 있습니다. 자, 그러면 이제 학자의 노고와 군인의 노고에 관해 어느 것이 더 큰 것인지 살펴보십시오."

그는 이렇게 너무나 훌륭한 말로 연설을 했는데, 이때 연설을 듣고 있는 그 어느 누구도 돈키호테를 미친 사람이라고 여기지 않았다. 오히려 듣는 사람들이 무에 속하는 기사였기에 흡족하게 경청했다. 돈키호테는 계속해서 말을 이어나갔다.

"공부하는 학자들의 어려움은 주로 가난입니다. 모든 학자가 다 가난한 것은 아니지만 극단적인 상황에 이를 수 있습니다. 가난에 괴로워하고 있다는 말만으로도 저는 그들의 불행에 대해 더 이상 말하지 않아도 될 것 같습니다. 가난해서 좋을 것은 없기 때문입니다. 학자가 되면 그에 따라 부수적으로 오는 가난 때문에 고통받는데 바로 배고픔에, 추위에, 헐벗은 차림에, 혹은 이 모든 것을 다 포함한 상황에 처하게 됩니다. 그 모든 것에도 불구하고 먹지 못하는 것에 비할 바는 아니지요. 비록 유행에서 약간 뒤처지거나 부자들이 쓰고 남긴 것을 쓰게 되더라도, 학자들의 최고의 고통은 바로 '수프를 찾아 나서는 일'*일 것입니다. 그래도 남의 집에 가면 화로나 난로 옆에서, 몸을 데울 수는 없을지라도 최소한 추위를 피할 수 있을 것이고, 밤에는 집 안에서 잠을 잘 수도 있는 겁니다. 그 밖의 사소한 일에 대해서는, 즉 속옷이 부족하거나, 여분의 신발이 없다거나, 털이 빠져 요상한 옷이라거나, 운 좋게 어느 연회에 가서 지나치게 많이 먹어 배탈이 나거나 하는 것까지 나열하고 싶지는 않습니다. 학자는 내가 지금껏 이야기한 험난한 길에서 여기저기 부딪치고 넘어져, 이쪽에서 일어서고 또다시 저쪽에서 넘어지고 해서 원하는 수준에까지 이르게 되는 것입니다. 시르티스**를 넘고 실라와 카리브디스***를 넘어서야 마치 행운의 날개를 단 것처럼, 다시 말씀드리지만 왕좌에 앉아 이 세상을 다스리고, 배고픔은 배부름으로, 추위 대신 아늑함

---

*수도원 문 앞에서 빈민들을 위해 딱딱한 빵과 수프를 나누어주던 풍습이 있었으므로, 호구지책으로 수도원을 찾는 일을 의미한다.

**리비아 만에 위치한 모래톱(사주)으로 매우 위험한 지역을 상징한다.

***메시나 해협에 있는 위험한 암초들이다.

으로, 벌거벗은 옷차림은 예복으로, 멍석의 잠자리는 네덜란드와 다마스쿠스의 고급 이불로 바뀌는데, 이는 바로 그들의 미덕에 대한 합당한 보상이라 할 수 있습니다. 그러나 그들의 노고도 전쟁터의 군인들의 노고에는 비할 바가 못 되는데, 지금부터 그 이야기를 하겠습니다."

제38장

문(文)과 무(武)에 대한 돈키호테의 흥미로운 연설에 대하여

돈키호테가 이어서 말했다.

"학자의 가난과 그 밖의 것에 대해 이야기를 시작했으니, 과연 군인이 학자보다 더 부유한가에 대해 보도록 하지요. 그 가난함에 있어서는 어느 누구도 군인보다 더할 자는 없다는 걸 아실 겁니다. 군인들은 비참한 급료에만 매달려 있는데, 그것 또한 늦어지거나 아니면 전혀 받지 못하고 있고, 혹은 그들의 생명과 양심을 위협하는 상당한 위험을 무릅쓰고도 직접 남의 물건을 사취하는 일까지도 하고 있으니 말입니다. 그리고 종종 입을 옷조차 없이, 난도질당한 가죽옷이 예복도 되고 평상복도 됩니다. 한겨울에는 아무것도 없는 허허벌판에서 자신의 입김으로만 혹독한 날씨를 견뎌내지요. 내가 알아낸 바로는, 그 입김은 텅 빈 배 속에서 나오는 것이기 때문에 본래 입김의 성질과는 반대로 차갑게 나온답니다. 그리고 밤이 되어 잠자리에서나마 이런 모든 불편함에서 벗어날 것을 기다려보라지요. 그 잠자리가 좋다고 생각한다면 그건 자신의 잘못일 겁니다. 대지라는 침대에서는 원하는 만큼 다리를 쭉 뻗을 수 있고, 마음대로 그 위에서 뒹굴 수도 있으며, 이불이 낡을까 걱정할 필요도 없습니다. 이 모든 고생 끝에 임관하는 날이 다가오면, 즉 전투의 날이 찾아오면 군인은 머리에 술장식을 달게 됩니다. 실뭉치로 만든 이 술장식은 총알이 얼굴을 스치거나 팔다리를 다쳤을 때 상처를 치료하기 위한 것이지요. 그리고 자비로운 하느님의 도움으로 이러한 일들이 일어나지 않고 온전하게 생명을 보존한다고 해도 그들은 이전과 같이 가난한 상태로 살 것입니다. 그 어떤 명성이라도 얻으려면, 계속해서 적과 맞부딪쳐 여러 번의 전투에서 모두 승리를 거둘 필요가 있습니다. 그렇지만 이러한 기적은 아주 드물지요. 혹시 여러분이 그런 경우를 본 적이 있다면 말씀해주시기 바랍니다. 전쟁에서 죽은 자에 비해 상을 받은 자들이 얼마나 적습니까? 틀림없이 비교할 수 없을 정도라 할 수 있습니다. 죽은 자들은 셀 수도 없을뿐더러, 살아서 상을 받은 자들은 세자리 숫자 안에 들기 때문이지요. 그런데 학자들의 경우에는 모든 것이 반대입니다. 정당한 보수로, 뇌물이라고 말하고 싶지는 않지만, 생계를 유지할 만큼 가지고 있기 때문이지요. 비록 군인들의 일이 더 많지만 그것에 대한 보상은 극히 적습니다. 그러나 이에 대해서는 3만의 군인에게 상을 주기보다는 2천 명의 학자들에게 상을 주는 편이 훨씬 쉽다고 대답할 수 있을 것입니다. 학자들에게 상을 주는 것은 그 직책에 있는 자에게 직위를 주면 되지만, 군인들에게는 직접 상을 주지 못하고 그들이 섬기는 주군의 재산에 보상을 해주어야 하기 때문이지요. 이것이 군인들에게 상을 주기 어렵다는 내 주장을 뒷받침하는 예입니다. 그러나 이 문제는 출구를 찾기 어려운 미로이니 잠시 옆으로 제쳐두고, 문에 대한 무의 우월이란 문제로 돌아가보지요. 이것은 각 부문에서 주장하는 여러 가지 의견에 연구의 여지가 있는 문제입니다. 이 중에서 하나를 말해보겠습니다. 학자들은 말하기를, 문이 없다면 무도 유지될 수 없는데, 전쟁에도 법규가 있어 법규를 따라야 하며 그 법규는 문의 일에 해당한다고 합니다. 이에 대해 군인들은 법규라는 것이 무 없이는 유지될 수 없다고 대답하지요. 무에 의해서 공화국이 방위되고, 왕국이 보존되고, 도시가 수비되고, 도로도 안전해지고, 바다에서 해적선이 사라질 수 있으니까요. 결론적으로 말하자면, 만약 무가 없다면 공화국, 왕국, 군주국, 도시들, 해상, 육지에서도 전쟁이 계속되어 특권과 폭력을 사용하는 것이 당연해지고 혹독한 혼란기에 빠질 것입니다. 더 많은 노력이 필요한 것일수록 높이 평가받고, 또한 더 좋게 평가받으리라는 것은 당연한 논리입니다. 누구나 학자로서 높은 위치에 오르려면, 오랜 세월을 불면, 배고픔, 헐벗음, 현기증, 소화불량, 그 밖에 부수적인 것들을 견뎌야 하는데, 그중의 몇 가지는 이미 언급된 것들이지요. 그러나 최종적으로 훌륭한 군인이 되기 위한 것은 학자가 되기 위한 모든 것과 비교할 수 없을 만큼 아주 어렵습니다. 매 순간 목숨을 담보로 해야 하기 때문이지요. 그리고 궁핍과 가난에 대해 학자가 겪는 두려움이, 한 군인이 어떤 요새의 보루에서 보초를 서고 있을 때 자기가 서 있는 곳까지 적이 땅을 파서 공격하려는 것을 느끼더라도 어떤 경우에도 그 자리를 떠나서는 안 되고 어떤 위험이 오더라도 그곳을 도망쳐서는 안 되는 상황에서 느끼는 두려움에 미칠 수 있겠습니까? 이런 경우에 군인이 할 수 있는 것은 다만 대장에게 사태를 보고하여 적의 땅굴에 대항해 굴을 파는 방법뿐입니다. 그리고 군인은 자신의 의지와는 상관없이, 언제 갑자기 날개도 없이 구름까지 올라갔다가 바닥으로 떨어질까 하는 공포와 불안감으로 그곳에 있어야 합니다. 만약 이것이 사소한 위험으로 여겨진다면, 두 전함이 드넓은 바다에서 뱃머리로 서로를 덮칠 때의 위험이 과연 그와 같은지 봅시다. 그 전함들이 끼고 얽혀서 군인에게는 층각 판자에 두 발을 디딜 만한 공간밖에 남아 있지 않아요. 그렇지만 자신의 몸에서 창 하나만큼도 떨어져 있지 않은 거리에, 적진에서 겨누는 포병대의 대포 수만큼이나 많은 자신을 위협하는 저승사자들을 앞에 두고서, 발을 헛딛는 순간 바다의 신의 깊은 골짜기로 떨어지리라는 것을 알고 있으면서도, 그를 고무하는 명예에서 비롯된 대담한 용기로 어마어마한 사격대의 과녁이 되어 그 좁은 길을 통해 적선에 오르려고 하는 것입니다. 더 감탄할 만한 것은 어떤 이가 세상의 종말이 올 때까지 결코 떠오르지 못할 곳으로 떨어지자마자 다른 사람이 바로 그 자리를 차지한다는 것이지요. 이 사람 역시 마치 적군처럼 그를 기다리고 있는 바다에 떨어지면 그들의 죽음에 여유도 주지 않고 다른 사람이 계속해서 그의 뒤를 잇는데, 이야말로 전쟁에서 매 위기의 순간마다 발견되는 가장 큰 용기와 대담함이라 할 수 있겠습니다. 대포라는 저 저주받은 무기들의 무시무시한 분노가 없던 그 행복한 시대에 축복이 있기를. 내 생각에 그 발명가는 지옥에서 자신의 악마 같은 발명에 대해 상을 받고 있을 텐데, 그것은 그 발명품으로 천한 겁쟁이의 팔이 용맹스러운 기사의 목숨을 앗아 가게 했으며, 용감한 가슴에 불을 붙이고 힘을 불어넣는 용맹에 용기 백배해 있던 와중에 어디에서 어떻게 날아온 것인지 알 수 없는 (그 저주받을 기계를 발사할 때 불꽃을 만들어내는 광채에 놀라 필경 줄행랑쳤을 자가 발포한) 유탄이 날아와 박혀 긴 세월을 누려야 할 사람의 생각과 생명을 한 순간에 끝내버리기 때문입니다. 이러한 점을 생각하면 지금 우리가 살고 있는 이 증오할 만한 시대에 편력기사의 임무를 택한 것을 마음속으로 후회하고 있다고 말하고 싶을 정도입니다. 어떤 위험도 내게 두려움을 주지는 못하지만, 화약과 탄환이 내 팔의 용기와 칼날로 세상에 두루 알려져 이름을 드높일 기회를 빼앗아 가지나 않을까 걱정이 되기 때문입니다. 하지만 하늘이시여, 뜻대로 하소서. 내가 바라는 걸 이루게 된다면 지난 세기의 편력기사들이 직면했던 것보다 훨씬 큰 위험에 처하는 만큼 더 크게 평가받을 테니 말입니다."

H.PISAN

돈키호테가 이토록 지루하게 긴 말을 늘어놓는 동안 다른 사람들은 식사를 하고 있었다. 산초 판사는 그에게 식사부터 하라고, 그 후에도 하고 싶은 말을 할 기회는 얼마든지 있을 것이라고 몇 번이나 이야기했음에도 그는 음식을 입에 대는 것도 잊었다. 듣고 있는 사람들로서는, 겉으로 보기에는 모든 문제들을 이야기함에 있어 훌륭한 이해력과 뛰어난 언변을 지니고 있는데, 자신이 추종하는 불운하고 어두운 기사도에 대해 논하기만 하면 완전히 이성을 잃고 마는 사나이를 보면서 연민의 감정을 느꼈다. 신부는 돈키호테에게 무에 대해 지지하면서 그가 한 말들이 모두 일리가 있으며, 자신도 학식 있고 대학을 나온 사람이지만 그와 같은 생각이라고 이야기했다.

저녁 식사가 끝나고 식탁이 치워진 후, 안주인과 그녀의 딸과 마리토르네스가 그날 밤 여자들이 머물기로 한 돈키호테 데 라만차의 다락방을 치우는 동안 돈 페르난도는 포로에게 그의 인생사를 들려달라고 부탁했다. 소라이다를 데리고 올 때의 모습으로 보아 그의 삶이 진기하고 흥미로울 것 같았던 것이다. 그 말에 포로는 기꺼이 자신에게 부탁한 것을 하겠노라고, 다만 그 이야기가 돈 페르난도가 기대하는 것과 같은 즐거움을 주지 못할까 걱정이라고 대답했다. 하지만 어떻든지 간에 그의 말을 어길 수는 없으니 들려주겠다고 했다. 신부와 다른 모든 이들은 그에게 감사를 표하고 다시 한 번 이야기해줄 것을 청했다. 그는 그렇게들 부탁하는 모습을 보고, 그냥 명령해도 될 일에 이처럼 부탁을 할 것까지는 없다고 말했다.

"그럼, 여러분, 잘 들어주십시오. 기묘하고 계획적인 속임수가 만들어내곤 하는 거짓 이야기들은 따라갈 수 없는 진짜 이야기를 들으실 겁니다."

이 말에 모두는 자리를 잡고 앉아 아주 조용히 그에게 주의를 기울였다. 그는 모두가 자신의 말을 기다리는 것을 보고는 기분 좋게 차분한 목소리로 이야기를 시작했다.

제39장

여기에서는 포로가 자신이 겪은 일들과 살아온 이야기를 들려준다

"제 가문은 레온 산악 지대의 한 마을에서 비롯되었으며, 재산보다는 관대한 품성으로 더욱 칭송받았습니다. 비록 가난한 마을이었지만 제 아버지는 부자로 알려져 있었습니다. 사실 재산을 써버리는 데 발휘했던 것만큼 유지하려는 쪽으로 솜씨를 부렸더라면 실제로도 부자였을 것입니다. 아버지의 인심 좋고 낭비하는 기질은 젊은 시절 군인 생활을 하면서 시작된 것인데, 군대라는 곳은 구두쇠는 물건을 아끼지 않는 이로, 아끼지 않는 이는 재산을 탕진하는 방탕자로 만들어버리는 학교 같은 곳이지요. 군인이 인색하게 구는 것은 몹쓸 사람이 되는 것과 같고, 이는 매우 드문 경우랍니다. 제 아버지는 낭비가라는 범주를 넘어 방탕자에 가까웠는데, 이는 결혼한 데다 대를 이어받을 여러 아들을 둔 남자로서는 전혀 도움이 되지 않았습니다. 아버지는 아들만 셋을 두었는데, 어느덧 모두 장래를 결정할 나이가 되었지요. 그런데도 당신의 낭비벽을 쉽게 버릴 수 없다는 걸 깨달으시자, 자신을 인심 좋은 낭비가로 만드는 도구이자 원인을 스스로 박탈해버리기로 결심하셨습니다. 알렉산드로스 대왕이 인색하게 보일 만큼 자신의 재산을 포기하기로 하신 것이지요. 그리고 어느 날 아버지는 세 아들을 방으로 불러 지금부터 말씀드리려고 하는 것을 이야기하시더군요. '아들들아, 내가 너희들을 진정으로 사랑한다는 걸 말하려면 너희들이 분명 내 자식이라는 것을 말하기만 하면 충분할 것이고, 또 너희들을 제대로 사랑하지 않는다고 여기도록 하려면 너희에게 물려줄 재산을 보존하려고 나 자신을 절제하지 않는 것으로 충분할 것이다. 그러니 내가 너희를 아버지로서 아끼고 있으며 의붓아버지가 하듯이 자식이 파멸에 빠지는 걸 조금도 바라지 않는다는 걸 알려주기 위해, 여러 날 숙고한 끝에 결정한 일을 실행에 옮기려 한다. 너희들도 이미 각자의 앞날을 정할 만큼, 적어도 더 나이가 들었을 때 자부심을 가질 수 있고 소득을 낼 만한 직업을 선택해야 하는 나이가 되었다. 그래서 내가 생각해낸 것이 있으니, 재산을 넷으로 나누어 그중 셋을 조금도 치우치지 않고 똑같이 너희들에게 나누어주도록 하겠으며, 나머지 하나는 하늘이 내게 준 여생을 살아가는 데 사용하도록 하겠다. 그리고 너희들이 각자의 몫을 받은 다음에는 내가 말하는 분야 중 하나를 골라 그쪽으로 나가주었으면 좋겠구나. 속담이란 원래 오랜 세월 동안 쌓인 경험과 신중함에서 우러난 간결한 격언으로 모두 진실하지만, 특히 우리 에스파냐에는 내 생각과 맞는 절실한 진실이 담긴 속담이 있다. '교회, 바다, 아니면 왕실'이라는 말인데, 더욱 구체적으로 말한다면 권력과 부를 얻고자 하려거든 성직자가 되거나, 상술을 발휘하여 해상 무역을 하거나, 왕궁에 들어가서 국왕을 섬기라는 것이다. 국왕의 빵 부스러기는 일개 총독의 선물보다 낫다고들 하지 않느냐? 이런 말을 하는 것은 너희들 가운데 한 사람은 학문을 계속하고, 다른 사람은 장사를 하고, 나머지 한 사람은 전쟁터에서 국왕께 봉사하기를 바라기 때문이다. 왕궁에 들어가서 국왕을 섬기는 건 좀처럼 쉬운 일이 아닐 터이니 말이다. 전쟁에서 큰 재산은 얻을 수 없지만 용맹과 명성을 드높일 수는 있다. 여드레 안으로 너희들 몫을 모두 금화로 바꾸어서 1아르디테도 속이지 않고 나누어주겠다. 실제로 두고 보면 알 것이다. 내가 제시한 생각과 충고에 따를 마음이 있는지 지금 결정해 알려다오.' 그리고 장남인 저부터 대답해보라고 하셨습니다. 저는 재산을 분배하시지 말고 쓰시고 싶은 대로 모두 쓰시라고, 젊은 우리들은 앞으로도 충분히 재산을 모을 수 있다고 말씀드린 후 그러나 결국 바라시는 대로 하겠으며, 군인의 길로 나아가서 하느님과 국왕께 봉사하겠다고 했습니다. 둘째도 같은 말을 하고는 자기 몫으로 돌아오는 재산을 모두 투자하여 신대륙으로 가겠다고 말했습니다. 가장 분별 있는 막내는 성직자가 되든가, 아니면 이미 시작한 학문을 완성하기 위해 살라망카로 가고 싶다고 말했습니다. 우리들이 합의를 보아 각자 직업을 고르고 나자, 아버지는 우리 모두를 안아주셨습니다. 그리고 말씀하신 것을 실천에 옮기셔서, 지금 기억하기로 금화 3천 두카도씩을 저희 각자에게 나누어주셨습니다. 숙부가 다른 가문으로 넘어가지 않도록 부동산을 모두 사들여 현금으로 지불해주었지요. 바로 그날 우리는 훌륭하신 아버지에게 작별을 고했습니다. 그런데 저는 아무래도 아버지께서 노후를 그토록 적은 재산으로 지내신다는 것이 못할 짓 같아서 제 몫인 3천 두카도 중 2천 두카도를 아버지에게 드렸습니다. 그 나머지로도 군인이 되는 데 필요한 것을 갖추기엔 충분했으니까요. 두 아우도 저를 보고 마음이 움직여 각자 1천 두카도씩을 아버지에게 드렸습니다. 그래서 아버지에게는 금화로 4천 두카도와 부동산으로 남겨 처분하지 않은 3천 두카도 상당의 재산이 남았지요. 결국 저희는 아버지와 앞서 말씀드린 숙부와 깊이 슬퍼하며 모두 눈물을 흘리고 헤어졌습니다. 두 분은 우리에게 좋은 일이건 나쁜 일이건 기회가 있을 때마다 소식을 알려달라고 하셨고요. 저희는 그러겠다고 약속을 드리고 포옹한 뒤 아버지께서 내려주신 축복 속에, 한 사람은 살라망카로, 한 사람은 세비야로, 그리고 저는 알리칸테로 향했습니다. 거기서 양모를 싣고 제노바로 향하는 배가 한 척 있다는 소식을 들었기 때문이지요. 이렇게 해서 아버지의 집을 떠나온 지 벌써 22년쯤 지났습니다. 그동안에 몇 번이나 편지를 써 보냈지만 아버지와 아우들 소식은 전혀 듣지 못했습니다. 그 세월 동안 제가 겪은 일들을 간단히 말씀드리지요. 저는 알리칸테에서 배를 타고 순조롭게 제노바에 도착하여 다시 밀라노로 가서 무기와 군복을 몇 벌 장만했습니다. 피아몬테로 가서 의용병이 될 작정이었지요. 그런데 제가 알렉산드리아 데 라 파야로 가고 있을 때, 알바 대공*이 플랑드르를 지난다는 소문을 들었습니다. 저는 계획을 바꾸어 그의 휘하로 들어가 원정에서 그분을 도왔으며, 에그몬트와 호른 두 백작**의 처형에 입회하고, 디에고 데 우르비나라는 과달라하라 출신의 이름 높은 대위의 부관으로 승진했는데, 플랑드르에 도착한 지 얼마 지나지 않아 지금은 세상을 뜨신 교황 피오 5세께서 베네치아, 에스파냐와 동맹을 맺고 공동의 적인 터키와 대적하신다는 소식을 접했습니다. 그 당시 터키는 함대를 동원해서 베네치아인들의 지배 아래 있던 유명한 키프로스 섬을 점령했는데, 이는 매우 슬프고 불행한 손실이었습니다. 동맹군의 총사령관에는 돈 펠리페 국왕 폐하의 친형제이신 침착하기 이를 데 없는 돈 후안 데 아우스트리아 전하***가 오르는 것이 분명하다고들 했으며, 전쟁을 수행할 어마어마한 조직이 구성되고 있다는 소문이 퍼졌습니다. 이 모든 것이 저를 자극했고 다가올 전투에 참가하고 싶은 욕망을 불러일으켰습니다. 곧 대위로 승진할 것 같았고 이는 거의 분명한 약속처럼 보였는

---

*페르난도 알바레스 데 톨레도는 카를로스 5세와 펠리페 2세에게 종사한 장군으로, 이탈리아에서 프랑스군을 격파한 뒤 플랑드르를 점령했다.

**지금의 네덜란드, 벨기에, 프랑스 북부 지역에 해당하는 플랑드르의 군인이자 정치가로 알바 대공에 의해 참수되었다.

***펠리페 2세 국왕의 이복형제로 1571년 레판토 해전에서 연합사령관을 맡아서 승리했다.

데도 전 그것을 모두 그만두고서라도 참여하고 싶었던 만큼 실제로 이탈리아로 달려갔던 것입니다. 운 좋게도 돈 후안 데 아우스트리아 전하께서도 제노바에 방금 도착하셨고, 베네치아 함대와 합류하기 위해 나폴리로 가려 했으나 이후 메시나에서 합류하게 되셨습니다. 이미 저는 보병 대위가 되어 저 운 좋은 전투에 참가했지만,* 이 영광스러운 직책도 저의 공이라기보다 행운이 작용했기 때문이지요. 아무튼 이날은 그리스도교도에게는 매우 행복한 날이 되었습니다. 전 세계 모든 나라 국민들이 터키인들이 바다의 무적이라 믿었던 환상에서 깨어났으니까요. 바로 그 바다에서 터키인의 긍지와 오만이 무너졌고, 그날 그 싸움터에 있던 모든 사람이 행복했음에도 불구하고(패배하여 살아남은 터키인들보다 그 자리에서 죽은 그리스도교도가 더욱 행복했을 것입니다) 저 혼자만이 불행했습니다. 로마 시대였다면 해전수훈관**쯤은 기대할 수 있었을 그때, 그토록 역사적인 날이 지난 바로 다음 날 저는 발에는 족쇄를 손에는 수갑을 차고 있었으니까요. 그 사정은 이러했습니다. 알제의 왕으로 대담하고 운 좋은 해적 우찰리가 몰타 함대의 기함을 습격해서 항복시키는 바람에 그 배에는 세 사람만이 살아남았는데 그들마저 중상을 입은 상황이었습니다. 이에 후안 안드레아***의 전함이 구하러 달려갔고, 저 역시 중대와 함께 이 전함에 타고 있었습니다. 저는 당연히 적함으로 건너뛰었는데, 그 순간 적함이 습격한 전함에서 떨어져 나가 제 부하 병사들은 저를 뒤따라 넘어오지 못하고 저만 적들 가운데 혼자 남게 되었습니다. 적의 수가 너무나 많아 전 버티지 못하고 상처만 가득 입은 채

---

*세르반테스는 실제로 자신이 이탈리아 체류 시 스페인 무적함대에 자원입대하여 레판토 해전에서 싸운 영웅담을 기술하고 있다. 당시 세르반테스는 장교가 아닌 사병이었다.

**금으로 만든 관으로, 적의 배에 가장 먼저 뛰어오른 자에게 수여하는 상이다.

***제노바 태생의 해군 제독으로 레판토 해전 때 스페인 함대의 사령관으로 참전했다.

항복할 수밖에 없었지요. 그래서 여러분도 이미 듣고 계시다시피 우찰리는 모든 함대와 함께 살아남았고, 저는 이자의 포로가 되어 기뻐하는 사람들 속에 혼자만 슬퍼하고, 자유를 얻은 사람들 가운데서 혼자만 포로가 되어버린 것입니다. 그날 그토록 갈구하던 자유를 얻은 그리스도교도는 1만 5천 명에 달했으며, 그들은 모두 갤리선 노예들로 터키 전함에 타고 있었습니다. 저는 콘스탄티노플로 끌려갔고, 그곳에서 위대한 터키 황제 셀림은 제 주인 우찰리를 해군 제독에 임명했습니다. 그가 자신의 용맹함을 보여주려는 듯 몰타 기사단의 단기를 빼앗아 전쟁의 임무를 완수했기 때문이었습니다. 저는 포로 생활 2년째가 되던 1572년에 나바리노에서 선미등이 세 개 달린 해군 제독의 배를 노 젓고 있었습니다. 항구에 도착했을 때 저는 터키의 모든 함대를 사로잡을 수 있는 기회인데 그 기회를 놓치고 있다는 걸 보았습니다. 함대에 있던 모든 해군과 근위병들이 항구에서 습격받을 것을 확신하고서, 맞서 싸우기보다는 즉각 육지로 달아나기 위해 옷과 신발인 파사마케를 준비해놓고 있었던 겁니다. 우리 해군에 대한 그들의 공포가 이 정도였지만, 하늘은 그 상황을 다른 식으로 명하시더군요. 이는 우리를 이끌고 있는 장군의 과오나 실수가 아니고 그리스도교도가 저지른 죄로 인한 것이었습니다. 하느님께서는 우리를 처벌할 형리를 항상 곁에 두도록 하시니, 실제로 우찰리는 나바리노 근처에 있는 모돈 섬으로 철수하여 병사들을 상륙시키고 항구가 위치한 만을 요새화하여 돈 후안 님이 돌아올 때까지 꼼짝하지 않았습니다. 돈 후안 님은 돌아오실 때 '포획물'이라는 이름의 갤리선을 점령했는데, 저 유명한 해적 '붉은 수염'의 아들이 이 배의 함장이었습니다. 이 배를 전쟁의 번개, 병사들의 아버지, 저 용맹한 무패의 함장, 산타 크루스 후작 돈 알바로 데 바산이 지휘하는 '암늑대'라고 명명된 나폴리의 기함이 점령한 것이었지요. '포획물'이 점령당했을 때의 일은 꼭 말씀드려야겠습니다. '붉은 수염'의 아들이 그동안 포로를 얼마나 못살게 굴면서 잔인하게 대했는지 '암늑대'가 가까이 공격해 들어오는 것을 보자 포로들은 일제히 노를 놓고, 갑판 위에서 빨리 노를 저으라고 외치는 함장을 붙들어 이 의자에서 저 의자로, 선미에서 선수로 끌고 다니며 한껏 물어뜯어, 돛대를 조금 지나자 이미 그의 영혼은 지옥에 떨어져버렸습니다. 말씀드린 것처럼 포로를 다룬 그의 잔인함과 그로 인해 포로들이 품었던 증오심이 그 정도였던 것입니다. 우리는 다시 콘스탄티노플로 돌아갔는데, 이듬해인 1573년에 돈 후안 님이 터키인들에게서 튀니스를 빼앗아 물레이 아메드를 왕으로 앉힘으로써, 이 세상에서 가장 잔인하고 용맹한 무어인 물레이 아미다가 왕국을 또 한 번 다스리고자 품었던 희망을 끊어버렸다는 소문이 들리더군요. 터키 황제는 이 손실을 무척 안타까워해서 그 가계의 특징인 교활함을 동원해, 그보다 더욱 그것을 희망하던 베네치아인과 손을 잡았고, 그다음 해인 1574년에는 성 라 골레타와 돈 후안 님이 튀니스 근처에 반쯤 쌓아둔 요새를 공격해왔습니다. 이런 동안에도 저는 노를 젓고 있었고 자유에 대한 손톱만큼의 희망조차 품을 수가 없었지요. 적어도 몸값을 지불하고 자유를 얻을 기대는 하지 않았는데, 아버지에게는 이 불행한 소식을 전하지 않으리라 결심했기 때문입니다. 결국 라 골레타를 잃고 요새도 빼앗겼으니, 이 두 요새를 공격한 터키인 용병은 7만 5천 명, 아프리카 전역의 무어인과 아랍인은 40만 명 이상이나 있었습니다. 이 대군은 막대한 탄약과 전쟁 무기를 갖추었을 뿐 아니라, 공병의 수가 어찌나 많은지 두 손에 흙을 한 줌씩만 쥐어도 라 골레타와 요새를 파묻어버릴 수 있었을 것입니다. 그때까지 난공불락이었던 라 골레타가 먼저 함락되었는데 그건 수비병들의 잘못이 아니었습니다. 그들은 방위에 있어 할 수 있는 모든 일을 했습니다. 그 황량한 모래밭에 참호를 세우는 것은 쉬운 일이었는데, 사실 성 안에는 2팔모만 파면 물이 나왔거든요. 그런데 터키군 쪽에서는 2바라*를 파도 물이 나오지 않아서 함락되고 만 것입니다. 그들은 많은 모래 부대로 어찌나 높이 방벽을 쌓아 올렸는지 성벽을 압도했고, 높은 곳에서 총을 쏘아대니 그 누구라 하더라도 방어하며 버텨낼 수가 없었던 것입니다. 에스파냐군은 라 골레타에 머물러 있지 말고 성 밖으로 나가서 상륙 지점에서 공격했어야 한다는 것이 공통된 의견이었는데, 이런 말을 하는 이들은 멀리 떨어진 곳에 있으면서 그와 비슷한 경험을 해본 적도 없는 자들이었습니다. 라 골레타와 요새에는 겨우 7천 명의 병사들밖에 없었는데, 그렇게 적은 수의 병사들이 아무리 힘을 기울인다고 해도 적의 대군에 맞서 성 밖에서 전투를 벌이거나 요새를 지킬 수가 있었겠습니까? 또한 지원군이 없는 요새를 어찌 빼앗기지 않고 버틸 수 있단 말입니까? 더구나 끈덕진 적들이 자신들의 영토에서 포위하고 있다면 더더욱 그러할 것입니다. 그러나 많은 사람들의 의견이기도 하고 저 또한 그렇다고 생각한 것은, 하늘이 에스파냐에 특별한 은총을 내리셔서 그 악의 본거지인 땅이 차라리 파괴되도록 하셨다는 점입니다. 패배를 모르는 저 위대한 카를로스 5세가 그것을 빼앗았던 것을 기념하는 것 이외에는, 마치 현재에도 그러하고 앞으로도 영원히 저 요새의 돌덩이가 버텨줄 필요가 있다고 믿고 있는 것을 제외하면 아무 이익도 없이 낭비만 되는 막대한 국고를 빨아먹는 해면이나 좀과 같은 존재이기 때문이었습니다. 요새도 또한 점령당했습니다. 터키인들은 요새를 아주 조금씩만 점령해나갈 수밖에 없었는데, 이는 요새를 수비하는 병사들이 얼마나 용감하고 완강했던지 스물두 번을 습격해 2만 5천 명을 죽여 없앴음에도 저항을 포기하지 않았기 때문이었습니다. 요새 안에 살아남은 300명 가운데 누구 하나 상처를 입지 않

*길이 단위로, 1바라는 약 1미터이다.

은 채 잡힌 자는 없었습니다. 이것이야말로 그들의 분투와 용기의 확실한 증거이기도 하고, 또 진지를 잘 지켰다는 명백한 증거라고 할 수 있겠지요. 해자를 둘러친 조그마한 요새 또는 망대는 발렌시아 출신의 장군으로 유명한 돈 후안 사노게라의 지휘 아래 있었으나 그는 협정한 조건하에서 항복하고 말았습니다. 라 골레타의 지휘관 돈 페드로 푸에르토카르레로도 붙잡히고 말았는데 그는 진지를 지키기 위해 할 수 있는 모든 일을 했습니다. 그리고 그것을 잃은 것을 무척 분하게 생각하여 콘스탄티노플로 끌려가는 도중 비탄에 잠겨 죽고 말았습니다. 마찬가지로 가브리오 세르베욘이라는 요새의 수비대장도 붙잡혔는데, 이 사람은 밀라노 출신의 무장으로 매우 뛰어난 공학도이자 용감한 군인이었습니다. 이 두 요새에서 많은 중요한 인물들이 전사했으니, 그중 하나가 산후안 기사단의 기사 파간 데 오리아로, 이 사람의 너그러움은 그 유명한 동생 후안 데 안드레아 데 오리아에게 보여준 관용 넘치는 태도에서 잘 드러나고 있지요. 이 사람의 최후가 특히 안타까운 것은 마침내 요새가 함락되는 것을 알았을 때 무어인 복장으로 타바르카로 보내주겠다고 제의해온 아랍인을 믿고 그 손에 죽었기 때문입니다. 타바르카라는 것은 산호 채취를 하며 사는 제노바인들이 해안 부근에 소유하고 있는 조그마한 숙소를 말하지요. 이 아랍인들은 그의 목을 잘라 터키 함대의 제독 앞에 들고 나왔습니다. 그러자 이 제독은 그들에게 우리 에스파냐에 있는 '배신행위는 기뻐하지만 배신자는 미워한다'라는 속담을 실행에 옮겼습니다. 그래서 제독은 오리아를 생포해 오지 않았다는 이유로 그들을 교수형에 처하라 명했답니다. 요새를 지키다가 목숨을 잃은 그리스도교도 가운데 안달루시아의 어느 마을 태생으로 돈 페드로 데 아길라르라는 사람이 있었는데, 이 사람은 매우 훌륭하고 드물게 영리한 군인이었으며, 요새에서는 소위였습니다. 그리고 특히 시에 뛰어났지요. 이런 말을 하는 것은 이 사람

H. PISAN

이 우연히 저와 같은 주인의 노예가 되어 우리 갤리선의 제 옆자리에 왔기 때문입니다. 이 사람은 우리 배가 그 항구를 출항하기 전에, 하나는 라 골레타, 하나는 요새에 바치는 묘비문체의 소네트 두 편을 지었습니다. 저는 정말 여러분에게 그 소네트 두 곡을 들려드리고 싶습니다. 그것을 암기하고 있는데, 슬픔보다 기쁨을 드릴 수 있는 것이라 생각합니다."

포로가 돈 페드로 데 아길라르의 이름을 말했을 때 돈 페르난도는 동행들을 돌아보고 서로 미소를 지었다. 그리고 이야기가 소네트에 이르자 그중 한 명이 말했다.

"이야기를 계속하시기 전에 부탁이 있습니다. 방금 말씀하신 돈 페드로 데 아길라르가 어떻게 되었는지 들려주시지 않겠습니까?"

"제가 아는 것은," 포로가 말했다. "콘스탄티노플에서 2년을 지낸 후 알바니아인 복장을 하고 그리스인 스파이와 함께 도망쳤다는 정도입니다. 자유의 몸이 되었는지는 모릅니다. 그 후 일 년이 지났을 때 그 그리스인을 콘스탄티노플에서 보았는데 탈출에 성공했는지 물어볼 수가 없었거든요."

"그는 자유의 몸이 되었습니다." 기사 하나가 대답했다. "그 돈 페드로가 바로 우리 형입니다. 지금 우리 고향에서 건강하게 부자가 되어 결혼도 하고 아이도 셋이나 두었습니다."

"그것 참 하느님께 감사드릴 일이군요." 포로가 말했다. "그런 은총을 내리시다니, 제 생각으로는 잃었던 자유를 되찾는 기쁨에 견줄 수 있는 것은 이 세상에 아무것도 없습니다."

"게다가 저도 형이 지은 소네트를 알고 있습니다." 기사가 덧붙였다.

"그렇다면 암송해주십시오." 포로가 말했다. "저보다 잘 외우실 테니까요."

"기꺼이 하겠습니다." 기사가 대답했다.

라 골레타에 바치는 소네트는 다음과 같다.

제40장

여기에서는 포로의 이야기가 계속된다

소네트

이뤄놓은 업적의 결과로
죽음의 베일을 벗고 낮은 대지를 벗어나
저 높은 하늘의 낙원으로
떠오른 행복한 영혼들이여,

불타는 분노와 충성심으로
전력을 다하여
주변의 바다와 모래밭을
그대와 적들의 피로 물들였구나.

지친 팔보다 용기가 앞서가고
패배하여 죽어가면서도

승리를 가져가는구나.

요새와 창칼 사이에서 가혹하고
구슬프게 쓰러져간 그대들에게
온 세상의 명성과 하늘의 영광 있으라.

"저도 그렇게 기억하고 있습니다." 포로가 말했다.

"제 기억이 틀림없다면 요새를 노래한 소네트는 다음과 같습니다." 기사가 계속 읊었다.

소네트

척박하고 불운한 이 땅
쓰러져 팽개쳐진 망대에서
3천 병사들의 거룩한 영혼이
천궁을 향해 자유로이 떠올랐네.

용감하게 단련된 그들의 노력은
공허하게 흩어지고
결국 얼마 남지 않은 쇠잔한 병사들은
칼날 아래 목숨을 잃었다네.

이곳은 지난 수백 년, 그리고 오늘날까지도
천 가지 안타까운 기억들이

남아 있는 바로 그 땅이라네.

그러나 그 굳은 가슴 위로 그토록 용맹한 육체
둔 적 없으니, 앞으로 또 다른 전투도,
맑게 갠 하늘로 영혼이 오르는 일도 없을 것이네.

두 소네트 모두 그리 나쁘지 않았고, 포로는 전해 들은 지난날의 친구 소식에 기뻐하며 이야기를 계속했다.

"라 골레타와 요새가 함락되자 터키인들은 라 골레타를 파괴하라고 명령했는데, 이제 요새 쪽은 허물어져버려서 아무것도 남지 않았기 때문입니다. 그래서 일을 더 빠르고 쉽게 하기 위해 성의 세 곳에 지뢰를 설치하기 시작했습니다. 그런데 그 세 개의 지뢰 중 어느 것도, 더 약해 보이던 그 낡은 성벽을 무너뜨리지 못하고 오히려 일 프라티노*가 축조한 새 성벽 중 남아 있던 곳을 허무하게 무너뜨리고 말았습니다. 결국 함대는 승리에 도취되어 콘스탄티노플로 돌아갔습니다. 그 후 몇 달 지나지 않아 제 주인인 우찰리가 죽었습니다. 이 사나이는 우찰리 파르탁스, 즉 터키어로 '백선(白癬) 걸린 개종자'라는 뜻이지요. 실제로도 그러했는데, 터키인들에게는 서로가 지닌 결점이나 장점을 가지고 이름을 짓는 풍습이 있습니다. 그렇게 하는 이유는 그들에겐 오스만 가문에서 이어져 내려오는 네 가문의 성씨밖에 없기 때문인데, 그 밖의 사람들은 이미 말씀드렸다시피 몸의 흉터나 성격상의 장점으로 이름과 성을 짓게 됩니다. 그런데 이 백선 걸린 주인은 터키 황제의 노예로 14년 동안이나 노를 젓다가 서른네 살이 넘어 개종했답니다. 이는 노 젓

*이탈리아 기사로, 카를로스 5세와 펠리페 2세를 주군으로 섬겼다.

는 일을 하는 동안 어느 터키인에게 뺨을 맞고서 그에 대한 분노로 복수를 위해 그리스도교 신앙을 버렸던 것입니다. 그는 어찌나 용맹이 대단했던지 터키 황제의 가신들이 밟아 올라가는 그 추악한 수단과 과정을 거치지 않고 알제의 왕이 되었는데, 그 후 터키에서는 세 번째로 높은 관직인 해군 제독이 되었지요. 그는 칼라브리아 출신으로 도덕적으로 선한 인물이었으며, 자기 포로들을 매우 인간적으로 대우했습니다. 그 포로들은 3천 명에 달했는데, 그가 죽자 유언장에 따라 터키 황제와 개종자들에게 분배되었습니다. 터키 황제는 그의 신하가 죽으면 그 역시 피상속인으로서 망자가 두고 떠난 다른 자녀들과 함께 재산 분배를 받게 되기 때문입니다. 저는 베네치아 태생의 한 개종자에게 보내졌는데, 이 사람은 어느 배의 하급 선원이었을 때 우찰리에게 붙잡혀 주인에게 몹시 사랑을 받아 선물을 가장 많이 받는 미소년이었답니다. 그리고 그는 지금까지 본 적이 없을 만큼 잔인한 개종자가 되었습니다. 이름은 핫산 아가였으며 그 후 굉장한 부자가 되어 알제의 왕이 되기에 이르렀지요. 콘스탄티노플을 떠나 새로운 주인과 함께 알제로 온 저는 에스파냐에 더욱 가까워졌으므로 어느 정도 만족스러웠습니다. 그러나 그것은 누군가에게 저의 불행한 처지를 편지로 써 보낼 생각에서라기보다 알제에서는 콘스탄티노플에 있는 것보다 운명이 좀 더 호의적일지 모른다고 기대했기 때문이지요. 이미 콘스탄티노플에서는 여러 가지 탈출 방법을 강구해보았지만, 모두 그 기회를 살리지 못했고 운도 따르지 않았습니다. 그러나 저는 자유로운 몸이 된다는 희망은 한 번도 버린 적이 없었으므로, 알제에서 그토록 바라던 자유를 얻을 수 있는 다른 방법을 찾으리라 생각했습니다. 골똘히 생각하여 실천에 옮겼던 일이 의도한 대로 좋은 결과를 가져오지 않을지라도 곧바로 포기하지 않고, 설혹 그것이 실낱같은 것일지라도 의지할 수 있는 것이라면 또 다른 희망이 있는 듯 믿거나 찾아보기도 했지요. 이렇게 스스로의 삶을 위로하면서 보내던 저는 터키인들이 '목욕탕'이라고 부르는 감옥에 수용되었습니다. 그곳에는 그리스도교도 포로가 잡혀 있었는데, 국왕의 노예부터 개인 소유의 노예까지, 그리고 '저장소 노예'라고 불리는 시청의 포로에 이르기까지 모두 함께 수용되어 있었습니다. 이 '저장소 포로'들은 토목 공사나 그 밖의 작업을 하며 시를 위해 일하게 되는데 이러한 포로들이 자유를 얻는다는 것은 매우 어려운 일이었지요. 공공의 노예들이라 각자의 주인이 없어서 몸값이 있더라도 자유를 흥정할 상대가 없었기 때문입니다. 이 감옥에는 이미 말씀드린 대로 몇몇 시민들이 자신들의 포로를 그곳에 데려다 놓았는데, 그중에는 자유를 주겠다고 서로 이야기되어 있는 포로들이 많았습니다. 그곳에서는 몸값이 도착할 때까지 편하고 안전하게 지낼 수 있기 때문이지요. 몸값을 지불할 국왕의 포로들은 몸값이 늦어지는 경우가 아니라면 다른 노예들과 함께 노역을 하러 나가지 않았습니다. 대신 더욱 열심히 자신을 구해달라는 편지를 썼지요. 몸값이 늦어지면 다른 사람들과 함께 노동을 하거나 장작을 구하러 가거나 하는데 그건 쉽지 않은 노동이었습니다. 그런데 저도 풀려날 사람이 되었습니다. 제가 대위였다는 것이 알려져서, 돈을 지불할 가능성도 없고 재산도 없다고 말했는데도 들은 척도 하지 않고 몸값을 지불할 기사들과 사람들 사이에 집어넣더군요. 저는 감시당한다기보다는 몸값을 지불할 것이라는 표시로 쇠사슬에 묶여 그 감옥에서 몸값 지불이 예상되는 다른 많은 포로들이나 주요 인사들과 고달픈 생활을 하고 있었습니다. 그런데 굶주림이나 헐벗음이 우리를 괴롭히는 일은 가끔, 아니 항상 있는 일이었지만, 그래도 그리스도교도들에게 제 주인이 저지르는 전대미문의 잔혹함을 보고 들어야 하는 일만큼 괴롭지는 않았습니다. 거의 매일 아주 사소한 이유로, 아니 까닭도 없이 이 사람 저 사람의 목을 매고 찔러 죽이고 귀를 자르기도 했는데, 터키인들

은 그냥 그렇게 하고 싶어서 그런 짓을 저지르는 것이며 '전 인류의 살인자' 라는 타고난 성질 탓이라고 여기고 있었습니다. 에스파냐의 병사 사아베드라 아무개*라는 자만이 이자의 학대를 운 좋게 피해가고 있었는데, 이 사나이는 몇 해 동안 그곳 사람들의 기억에 남을 만한 일들을 했습니다. 그 모두가 자유를 얻기 위한 것이었는데, 주인은 그를 때리거나 때리도록 명령하거나, 상스러운 말을 한 적이 한 번도 없었습니다. 우리들은 그 많은 사건들 중에 비교적 하찮은 일에 대한 벌로 그가 찔려 죽지나 않을까 하고 걱정했고, 그 자신도 몇 번이나 그것을 두려워했지만요. 만약 시간이 촉박하지만 않다면 이 병사의 다른 행적에 대해서도 얘기하고 싶군요. 그것은 아마 제 이야기는 절대 따라가지 못할 만큼 여러분들을 즐겁고 놀라게 할 것입니다. 우리들의 감옥 마당 위쪽으로는 부자이며 지체 높은 어느 무어인의 저택 창문이 있었습니다. 무어인의 집 창문이 흔히 그러하듯이 창문이라기보다는 구멍 같은 것이었는데, 촘촘히 창살을 댄 두툼한 덧문으로 가려져 있었지요. 어느 날 우연히 저는 세 명의 동료와 함께 감옥의 옥상에 올라가서 재미 삼아 쇠사슬로 줄넘기를 해보고 있었습니다. 다른 그리스도교도들은 모두 일하러 나가서 없었고 우리만 남아 있었는데, 무심코 눈을 들어보니 방금 말씀드린 그 가려진 창문에서 막대기가 나타났던 것입니다. 그 끝에는 보자기로 싼 것이 매달려 그것을 잡으러 다가오라고 신호라도 하는 듯이 까딱까딱 움직이고 있는 것을 발견했지요. 우리는 그것을 지켜보다가 결국 저와 함께 있던 한 사람이, 막대기를 떨어뜨리는지 어떤지 확인하려고 그 아래에 가서 섰습니다. 그러자 막대기는 위로 들리더니 머리로 싫다고 말하듯 양쪽으로 움직였습니다. 일행 중 다른 한 사람이 막대기 아래에 서보았지만 막

*미겔 데 세르반테스 사아베드라. 세르반테스 자신을 가리킨다.

대기는 조금 전처럼 좌우로 움직일 뿐이었습니다. 다른 동료가 가보았지만 첫 번째, 두 번째와 똑같은 일이 일어났습니다. 그것을 보고 저도 기회를 놓치고 싶지 않아 그 등나무 막대기 밑으로 가 섰습니다. 그러자 그것이 떨어지면서 감옥에 있는 제 발치에 놓였습니다. 재빨리 다가가 보자기를 풀어보니 또 다른 묶음이 들어 있고 그 안에는 10시아니의 돈이 들어 있었습니다. 시아니라는 것은 무어인들이 쓰는 질이 떨어지는 금화인데 1시아니가 우리나라의 10레알에 해당하지요. 제가 이것을 발견하고 얼마나 기뻐했는지 말해 무엇 하겠습니까만, 기쁨 못지않게 대체 어디서 그러한 은혜가 우리에게, 특히 나에게 찾아왔는지 놀라울 뿐이었습니다. 제가 아니면 막대기를 떨어뜨리려 하지 않았던 것으로 보아 이 은혜가 저를 향했다는 건 뚜렷이 알 수 있었습니다. 저는 그 돈을 챙기고 등나무 막대기는 꺾어버리고서 옥상으로 돌아와서 다시 창문을 쳐다보니 거기서 희디흰 손 하나가 나와 재빠르게 폈다 쥐었다 하는 것이 보였습니다. 그래서 우리는 그 집에 살고 있는 어떤 여자가 우리들에게 그러한 도움을 준 것이 틀림없다고 생각하고, 감사의 표시로 고개를 숙이고 몸을 굽혀 가슴에 두 팔을 얹어서 무어식 인사를 했습니다. 그러자 잠시 후 그 창문에서 나무줄기로 만든 조그마한 십자가가 나오더니 곧바로 또다시 안으로 들어가버렸습니다. 이 신호로 그리스도교도 여인이 포로로 갇혀 있는 것이 분명하며, 그 사람이 우리에게 은혜를 베풀어주었다는 것을 확인했지요. 그러나 그 흰 손과 팔목에서 보았던 팔찌가 이러한 생각을 사라지게 했고, 우리는 회교도인이 정실로 맞아들이기도 하는 회교로 개종한 그리스도교도 여자가 분명하다고 짐작했습니다. 자기네 나라의 여자보다 그런 여자를 높이 평가하기 때문에 주인들은 그것을 행복이라 여겼던 겁니다. 그러나 우리의 추측은 하나같이 사실과는 먼 것이었습니다. 아무튼 그리하여 그때부터 우리는 나무 막대기라는 별이 나타난 그 창문을 바라보며 그것을 우리의 북극성이라고 여기게 되었습니다. 그러나 그 후로 족히 보름이 지나도록 막대기도 손도 그 어떤 다른 신호도 보이지 않았습니다. 그동안 우리들은 그 집에 누가 살고 있는지, 개종한 그리스도교도 여인이 살고 있는지 모든 노력을 기울여 알아내려 했지만 그곳에는 하지 무라드*라는 돈 많은 무어인이 살고 있다는 것 말고는 다른 사실을 알려주는 사람이 없었습니다. 그들 사이에서는 높은 자리인, 라 파타라는 요새의 성주를 지낸 사람이었지요. 그러나 우리가 또다시 거기서 시아니 금화의 비가 내릴 것이라고 전혀 예상하지 않고 있을 때, 불쑥 그 막대기와 더욱 큼직한 묶음이 들어 있는 또 다른 보자기가 나타났습니다. 지난번처럼 때마침 감옥에 다른 사람들은 없이 우리만 남아 있을 때였습니다. 우리는 지난번과 똑같이 시험하여 함께 있던 세 사람이 저보다 먼저 그 아래로 가보았습니다. 그러나 누구에게도 등나무 막대기가 떨어지지 않다가 제가 그 자리에 가자 떨어지는 것이었습니다. 묶음을 풀어보니 에스파냐 금화 40에스쿠도와 아랍어로 적은 종이쪽지가 한 장 들어 있고 글의 말미에 커다란 십자가가 그려져 있었습니다. 저는 십자가에 입을 맞추고 금화를 챙겨 넣은 뒤 옥상으로 돌아왔습니다. 우리가 모두 서서 무어식 인사를 했더니 또다시 손이 나타났습니다. 제가 그 쪽지를 읽어보겠다는 신호를 하자 창문을 닫더군요. 우리는 모두 이 사건에 놀라움과 기쁨을 느꼈습니다. 그런데 우리 중 그 누구도 아랍어를 이해하는 사람이 없었습니다. 쪽지에 쓰여 있는 내용을 알고 싶은 우리의 열망은 대단한 것이었지만, 그것을 읽어줄 사람을 찾는 어려움은 더욱 큰 것이었습니다. 결국 저는 제 절친한 친구라고 자칭하던 무르시아 출신의 개종자를 믿어보기로 결심했습니다. 우리 둘 사이에는 제가 털어

---

*16세기 오스만 제국의 대사로 프랑스에 건너갔다 돌아온 인물.

놓는 비밀을 지킬 수밖에 없는 이유가 있었습니다. 몇몇 개종자들은 그리스도교인들의 나라로 갈 의향이 있을 때는 신분이 높은 포로의 보증서를 지니고 갔는데, 그 서류는 형식은 어떻든 개종자 아무개는 선한 사람이며 항상 그리스도교도들을 잘 대해주었고, 기회가 된다면 즉시 도망칠 바람을 가지고 있었다는 것을 보증하는 것이었습니다. 그리스도교도의 땅에 약탈하러 갔으나 만약 실패하여 붙잡히면 보증서를 꺼내 그리스도교도의 땅에 머물기 위해 온 것이라고, 그렇기 때문에 다른 터키인들과 함께 해적선을 타고 온 것이라고 말할 수 있었기 때문입니다. 그러면 그것으로 당장의 위험은 면하게 되고, 아무런 피해도 입지 않고 교회의 용서도 얻을 수 있으니, 기회를 보아 베르베리아*로 되돌아가서 예전대로 지낼 수 있는 것이지요. 물론 이런 서류를 사용하는 이들 중에는 그것을 진실한 의도로 구하여 그리스도교도들의 땅에 남으려는 경우도 있습니다. 제가 말씀드린 친구도 이런 개종자의 한 사람으로 제 모든 동료들의 보증서를 가지고 있었는데, 그 서류에 우리는 할 수 있는 한 최대한 도움이 될 말을 해주었습니다. 만일 무어인들이 그 서류를 발견하게 되면 산 채로 불에 태워버릴 테지요. 저는 그가 아랍어를 잘하며 말뿐 아니라 쓰기도 한다는 것을 알고 있었습니다. 그래서 그에게 모든 것을 털어놓기 전에 우연히 제 방의 구멍에서 이 쪽지를 찾아냈는데 읽어달라고 말했습니다. 그는 쪽지를 펴서 한참을 입속에서 중얼거리며 들여다보았습니다. 이해가 되느냐고 묻자 아주 잘 알겠다며 한마디씩 정확히 알고 싶거든 잉크와 펜을 가져다주면 더 잘 설명해줄 수 있겠다고 말했습니다. 그가 요구하는 것을 가져다주었더니 그는 조금씩 번역하여 모두 끝내고 말했습니다. '여기 에스파냐 말로 써놓은 것이 이 무어 말 쪽지에 담

---

*아프리카 북부 지방을 일컫는다.

긴 내용의 전부입니다. 그리고 렐라 마리엔이라고 하는 것은 우리들의 성모 마리아라는 뜻이라는 것에 주의하십시오.' 우리는 쪽지를 읽어보았는데 다음과 같이 적혀 있었습니다.

제가 어렸을 때 아버지에게는 한 여자 노예가 있었습니다. 그녀는 제게 그리스도교의 기도문을 우리말로 가르쳐주고 렐라 마리엔에 관한 많은 것을 이야기해주었습니다. 그 그리스도교인은 죽었지만 저는 그녀가 지옥에 간 것이 아니라 알라 곁으로 갔다는 것을 알고 있습니다. 왜냐하면 사후에도 그녀가 두 번이나 제 앞에 나타나, 그리스도교인의 땅으로 가서 나를 많이 사랑해주시는 렐라 마리엔을 뵙도록 하라고 말했기 때문입니다. 그러나 저는 어떻게 그곳에 갈 수 있는지 모릅니다. 이 창을 통해서 수많은 그리스도교인들을 보았지만 당신 이외에는 어느 분도 신사로 보이지 않았습니다. 저는 매우 아름다운 소녀이며 가지고 갈 돈도 많습니다. 우리가 함께 갈 수 있는 방법을 찾을 수 있는지 생각해보시고 만일 원하신다면 그곳에서 제 남편이 되어주세요. 만일 그럴 생각이 없다고 해도 저는 아무렇지도 않습니다. 렐라 마리엔이 저와 결혼할 분을 내려주실 겁니다. 저는 이것을 적었습니다. 부디 이것을 읽어달라고 부탁하는 사람을 조심하세요. 모두 악당들이니 무어인이라면 그 어느 누구도 믿으셔서는 안 됩니다. 이것은 제가 가장 괴로워하는 일입니다. 제발 아무에게도 들통 나지 않도록 해주세요. 만일 제 아버지가 이 사실을 아신다면, 당장 저를 우물에 던져 돌로 메워버리실 겁니다. 막대기에 실을 매어놓을 테니 거기에 답장을 매달아주세요. 아랍 말로 써줄 만한 이가 없으시거든 신호로 말씀해주세요. 렐라 마리엔께서 당신의 말을 이해할 수 있도록 해주시겠지요. 그분과 알라께서 당신을 지켜주시도록. 그 여자 포로가 일러준 대로 이렇게 몇 번이나 입을 맞추는 십자가도 당신을 지켜주시기를.

여러분께서 보셨다시피, 이 쪽지가 우리들을 감동시키고 기쁘게 한 것은 당연한 일이었습니다. 그러니 이러저러한 이유들로 그 개종자도 그 쪽지가 우연히 발견된 것이 아니라 실제로 우리 중 한 사람에게 보냈다고 생각하게 되었습니다. 그러자 그는 만일 자기가 짐작하는 게 사실이라면 자기를 믿고 모든 것을 털어놓아달라며 우리들의 자유를 위해서라면 목숨도 아끼지 않겠다고 애원했습니다. 이렇게 말하면서 가슴에서 금속으로 만든 예수의 십자고상을 꺼내어 그 상이 상징하는 신, 그리고 자신이 죄인이며 악인이기는 하지만 성실하게 믿는 신을 걸고, 우리에게 의리를 지킬 것이며 우리가 털어놓는 모든 사실에 대한 비밀을 지키겠노라고 많은 눈물을 쏟으며 맹세했습니다. 자기가 보건대 그 편지를 쓴 여자를 통하여 그 자신도 우리도 모두 자유를 얻을 수 있을 것이고, 자기가 그토록 바라던 것도 이룰 수 있으리라는 것이었습니다. 즉 그는 지금까지 자기의 무지와 죄로 인해 마치 썩은 수족처럼 어머니 성 교회 신도단으로부터 갈라지고 분리된 채 살아왔는데 이제 다시 돌아갈 수 있으리라는 것이었습니다. 개종자가 그토록 많은 눈물을 흘리면서 진심으로 지난날의 과오를 참회하는 모습을 보이며 말하니 우리들은 모두 한마음이 되어 그 사실을 털어놓기로 했습니다. 그래서 숨기지 않고 모두 이야기해주었습니다. 그러고는 막대기가 나타난 창을 가르쳐주었지요. 그는 거기서 집을 잘 기억해두었다가 대체 누가 그 집에 살고 있는지 특별히 조심스레 조사해보기로 했습니다. 그리고 무어 여자의 편지에 답장하는 것이 좋겠다는 데 의견 일치를 보았고, 이젠 그것을 해줄 수 있는 사람도 있으니 즉시 저는 개종자에게 내용을 불러주며 받아 적도록 했습니다. 그것은 지금부터 여러분께 말씀드리는 것과 동일한 것입니다. 이 사건에서 제게 일어난 중요한 일들은 그 어느 것 하나 잊지 않았고, 또 살아 있는 한 기억에서 사라지지 않을 겁니다. 무어 여자에게 보낸 답장의 내용은 이러했습니다.

나의 여인이여, 진리의 알라와 하느님의 참된 어머니이시고 그대를 진실로 사랑하시기에 그대의 마음에 그리스도교인의 땅으로 갈 마음을 불어넣어주신 축복받으실 마리엔께서 그대를 지켜주시기를. 그분이 그대에게 명령하신 것을 실행하려면 어떻게 해야 하는지 가르쳐주십사 부탁하십시오. 그분은 사랑이 가득한 분이시니 반드시 그렇게 해주실 것입니다. 나와 그리고 함께 있는 그리스도교인들도 목숨이 다하도록 당신을 위해서 할 수 있는 모든 것을 할 것을 맹세합니다. 언제나 답장을 보낼 테니 하고자 하는 것을 서슴지 마시고 편지로 알려주십시오. 보시다시피, 위대한 알라 신께서 그대의 말을 할 뿐 아니라 쓸 줄도 아는 그리스도교인 포로를 보내주셨습니다. 그러니 두려움 없이 하고픈 일을 모두 알려주십시오. 그대가 말씀하신 그리스도교도의 나라에 가서 제 아내가 된다는 문제에 대해서는 훌륭한 그리스도교도로서 약속하겠습니다. 그리스도교도는 약속한 일을 무어인보다 훌륭하게 지킨다는 것은 알고 계실 겁니다. 알라와 그 어머니 마리엔께서 그대를 지켜주시기를. 나의 여인이여.

이 편지를 봉투에 넣고 저는 늘 그러하듯 감옥에 홀로 남기까지 이틀을 기다렸습니다. 감옥이 비자마자 저는 막대기가 나타나는지 보려고 이미 습관이 되어버린 옥상의 그 자리로 나갔습니다. 그러자 막대기가 곧 나타나는 것이 보였고, 저는 누가 그것을 내미는 것인지 알 수 없었지만 실을 달아달라는 표시로 편지를 흔들었습니다. 그러나 이미 실이 달려 있어서 저는 거기에다 편지를 매달았지요. 그러자 곧 우리들의 그 별은 보따리라는 평화의 흰 깃발을 달고 다시 나타나 그것을 떨어뜨렸습니다. 펼쳐보니 보자기에서 모든 종류의 은화와 금화가 50에스쿠도 넘게 들어 있었습니다. 덕분에 우리의 기쁨도 50배가 되어 자유에 대한 희망을 갖게 된 것입니다. 바로 그날 밤 우리의 개종자가 돌아와서 그 집에는 우리들이 들었다시피 엄청난 부자인 하지 무라드라는 무어인이 살고 있으며 그에게는 전 재산의 상속인이 되는 외동딸이 있는데, 이 도시의 모든 사람이 이구동성으로 베르베리아 최고의 미인이라 칭한다는 이야기를 해주었습니다. 그리고 이 땅에 부임해 온 여러 총독들이 그녀에게 구혼했지만 그녀는 한 번도 결혼하려고 하지 않았으며, 이제는 죽었지만 한 그리스도교인 여자 포로가 있었다는 사실도 알아냈다고 들려주었습니다. 이러한 일은 편지에 쓰여 있는 것과 일치하더군요. 우리는 무어 처녀를 빼내어 모두 그리스도교 국가로 달아나려면 어떤 방법을 강구해야 할지 당장 개종자와 의논에 들어갔습니다. 결국 그 당시에는 소라이다의 다음 편지를 기다리자고 의견을 모았습니다. 소라이다는 지금 마리아라 불리고 싶어 하는 이 사람의 이름입니다. 그녀 외에는 어느 누구도 그 모든 어려움을 해결해주지 못한다는 것을 잘 알고 있었기 때문입니다. 그렇게 하기로 한 후 개종자는 걱정하지 말라고, 즉 자기가 목숨을 버리거나 우리를 자유로운 몸으로 해주거나 할 것이라고 말하더군요. 그 후 나흘 동안 감옥은 사람들로 가득해서 막대기가 나타나는 것도 나흘이나 늦어졌다가 여느 때와 같이 감옥이 텅 비자, 참으로 행복한 출산을 약속하듯 큼직하게 부푼 보자기를 달고 막대기가 나타났습니다. 막대기와 보자기는 저를 향해서 내려왔는데, 보자기 안에는 다른 편지와 함께 금화로만 100에스쿠도가 들어 있었습니다. 개종자도 함께 있었으므로 우리 방으로 데리고 가서 편지를 읽어달랬더니 다음과 같은 내용을 들려주었습니다.

저의 낭군님, 에스파냐에는 어떻게 하면 갈 수 있는지 저는 모르겠어요. 렐라 마리엔께 여쭈어보았지만 말씀해주시지 않았어요. 제가 할 수 있는 일은 이 창문으로 많은 금화를 여러분께 드리는 것이에요. 그 돈으로 당신과 친구분들의 자유를 사도록 하세요. 한 분이 그리스도교도의 나라에 가셔서 배 한 척을 사서 다른 분들을 데리러 돌아오도록 하세요. 저는 바닷가 바바손 문에 있는 아버지의 농장에 가 있을 거예요. 이번 여름 내내 그곳에서 아버지와 하인들과 함께 지낼 예정입니다. 그곳에서는 밤중이라면 걱정 없이 저를 데리고 가셔서 배에 태우실 수 있을 겁니다. 그리고 제 남편이 되어주셔야 한다는 점을 기억해주세요. 만일 그렇게 하지 않으면 마리엔께 당신을 벌주라고 기도하겠어요. 배를 구입하러 가는 데 믿을 만한 사람이 없으시다면 당신이 자신의 자유를 사서 직접 다녀오세요. 선생님은 기사이고 그리스도교인이니 다른 어느 누구보다 잘하고 돌아오실 것이라 믿습니다. 농장에 대해서는 미리 알아두도록 하시고 당신이 보통 때처럼 서성이고 계시면 감옥에 홀로 계시다는 것으로 알고 많은 돈을 드리겠어요. 알라께서 당신을 지켜주시기를. 저의 낭군이시여.

우리는 두 번째 편지를 읽고 나서 저마다 자기의 자유를 사고 싶다고 말하고 틀림없이 다녀오겠다는 맹세를 했으며, 저 또한 그렇게 했지요. 그러자 이에 대해 개종자가 전면적으로 반대하고 나섰습니다. 모두가 함께 가는 것이 아니라면 이 중 한 사람만 자유로운 몸이 되어 나가는 데는 결코 동의할 수 없다, 경험상 자유가 된 사람들은 포로 때의 약속을 제대로 지키지 않기 때문인데, 지금까지 여러 번 신분 높은 포로들이 그러한 방법으로 사람을 사가지고 그가 배를 마련하여 자기 몸값을 지불해준 사람을 데리러 돌아오는 데 충분한 돈을 쥐여주어 발렌시아나 마요르카로 보낸 적이 있었지만 돌아온 사람은 한 사람도 없었으며, 그것은 품속의 자유와 그것을 잃을지 모른다는 불안이 그의 머릿속에서 이곳에서의 의무를 지워버리기 때문이라고 했습니다. 그러면서 자신의 말이 진실임을 증명하기 위해 어느 그리스도교 신사들 사이에서 바로 얼마 전에 일어난 일을 간략하게 이야기해주었습니다. 경악스럽고 믿기지 않는 일이 줄곧 벌어지는 이곳에서도 일어난 적이 없는 정말 기묘한 사건이었습니다. 그러한 이유로 개종자는, 지금 이때 할 수 있는 일이며 해야 할 일은 그리스도교인을 사라며 받은 이 돈을 자신에게 주어 배를 한 척 사도록 하는 것이라고 했습니다. 테투안이나 그 근처 해안 지방에서 무역을 한다는 구실로 알제에서 배를 산 다음 자신이 그 배의 주인이 되면 이곳에서 우리를 빼내어 배에 태울 수 있는 방도를 쉽게 찾을 수 있으리라는 것이었지요. 게다가 무어 처녀가 말한 대로 우리 모두의 자유를 살 만한 돈을 준다면 더욱 좋은 일이니, 자유의 몸만 된다면 대낮이라도 그야말로 쉽게 배에 오를 수 있다고 했습니다. 다만 가장 큰 어려움은 무어인들은 해적질을 하기 위한 큰 배가 아니면 개종자가 배를 사거나 갖는 것을 허가하지 않는다는 것인데, 특히 에스파냐인이라면 그리스도교 국가로 가기 위한 목적 외에는 배를 가지고 싶어 하지 않는다는 염려 때문이라고 했습니다. 그러나 이러한 어려움을 해소하기 위한 방법도 있으니, 에스파냐에서 살아본 적이 있는 무어인과 배를 함께 구입해 무역으로 생기는 이익을 배분한다는 약속을 하되, 자신이 배의 실질적인 주인이 되면 이것으로 다른 것은 모두 해결될 것이라고 했습니다. 그래서 저와 우리 동료들은 무어 처녀가 말한 대로 마요르카로 배를 사러 사람을 보내는 편이 낫다고 생각했습니다. 만일 개종자의 말을 듣지 않으면 우리의 일을 전부 폭로하여 우리가 목숨을 잃는 위험에 처할 수도 있고, 또한 만일 소라이다와의 접촉을 폭로하기라도 한다면 그녀의 목숨을 구하기 위해서 우리 모두 목숨을 잃을 것이 분명했기 때문에 감히 그에게 반대하지 못했습니다. 그렇게 하여 우리는 하느님과 개종자의 손에 우리를 내맡기기로 결정하고, 곧바로 소라이다에게 답장하기를, 마치 렐라 마리엔의 말씀이 있었던 것처럼 알려주신 것이기도 하니 충고해준 것 모두 그대로 따르겠으며, 또 이 계획을 앞으로 연기하거나 당장 실천에 옮기거나 하는 것은 모두 그녀의 결정에 달렸다고 적어 보냈습니다. 그리고 다시 한 번 그녀의 남편이 되겠노라고 다짐했습니다. 이튿날 감옥에 우리 일행만 남았을 때 처녀는 몇 번에 나누어 막대기와 보자기를 통해 우리들에게 금화 2천 에스쿠도와 편지 한 장을 보내주었습니다. 편지에는 돌아오는 후마*, 즉 금요일에 아버지의 농장으로 갈 예정이며 떠나기 전에 더 많은 돈을 줄 텐데, 만일 그것으로 부족할 경우 연락만 하면 달라는 대로 돈을 주겠다고 쓰여 있었습니다. 그녀의 부친은 돈이 아주 많아서 신경도 쓰지 않을 것이며, 더욱이 모든 열쇠는 자기가 가지고 있다는 것이었습니다. 우리는 당장 개종자에게 배를 구입할 500에스쿠도를 주었습니다. 그리고 때마침 알제에 와 있던 발렌시아 상인에게 800에스쿠도를 주어 저의 자유를 사도록 했습니다. 그는 제 보증인이 되어 발렌시아에서 오는 첫 번째 배가 도착하면 제 몸값을 지불하겠다는 구두 약속으로 왕으로부터 저를 인수했습니다. 만일 그때 당장에 돈을 지불하면 이미 여러 날 전에 알제에 도착했는데도 그 상인이 제 몸값을 자신에게 유리하게 하려고 일부러 말을 꺼내지 않았다는 의심을 왕에게 불러일으킬 것이기 때문이었습니다. 결국 제 주인이 너무나 교활하여 저는 굳이 당장에 돈을 지불할 생각이 없었던 것입니다. 아름다운 소라이다는 장원으로 가야만 하는 금요일 바로 전날인 목요일에 또다시 1천 에스쿠도를 건네주면서, 우리에게 자

*마호메트교인들의 축제일. 유대인들의 토요일, 그리스도교인들의 일요일에 해당한다.

신의 출발을 알리고, 제가 자유를 얻으면 그 즉시 아버지의 농장을 찾아 어떻게 해서라도 그곳에 갈 기회를 만들어 자신을 만나라고 부탁했습니다. 저는 그녀에게 그렇게 하겠노라고 간단히 대답하고, 그 여자 포로가 가르쳐준 기도문과 특히 렐라 마리엔에게 우리의 일을 부탁하는 기도를 드려달라고 했습니다. 그런 다음 우리 동료 세 사람도 감옥에서 나갈 수 있도록 이들의 자유를 사달라는 지시를 내렸습니다. 돈이 있는데도 저만 자유를 사고 동료들은 포로로 남아 있다면 그들이 소란을 피울 수 있고 또 악마에게 넘어가 소라이다에게 해가 되는 일을 저지를 수도 있었으니까요. 그들의 됨됨이는 안심할 수 있었으니 그런 걱정은 안 해도 되었습니다만, 그래도 저는 우리의 계획을 가지고 모험을 하고 싶지는 않았습니다. 그래서 제가 저의 자유를 산 것과 같은 방법으로 틀림없이 안전하게 보증할 수 있도록 발렌시아의 상인에게 제가 가진 돈을 모두 주어 그들을 인수하도록 했습니다. 그러나 만약의 위험에 대비해서 이 상인에게 우리가 만나는 사람이나 비밀들은 결코 밝히지 않았습니다."

제41장

여기에서는 포로가 자신의 이야기를 아직 계속한다

"보름도 채 지나지 않아 우리의 개종자는 30명 이상 수용 가능한 매우 훌륭한 배 한 척을 구입해놓고 있었습니다. 일을 확실히 하고 사실처럼 보이게 하기 위해 셰르셸*이라는 곳까지 항해를 했지요. 알제에서 오랑 방향으로 30레구아 떨어진 곳이었는데, 말린 무화과 상거래가 활발한 곳이었습니다. 앞에서 말씀드렸던 타가리노를 데리고 두어 번 항해했습니다(베르베리아에서는 아라곤 태생의 무어인들을 타가리노라고 부르고, 그라나다 태생 무어인을 무데하르, 페스** 왕국에서는 무데하르를 엘체라고 부릅니다. 이들 모두가 전쟁에서 국왕을 가장 섬기는 사람들이지요). 개종자는 배를 타고 지날 때마다 소라이다가 기다리고 있는 농장에서 큰 활로 쏘아 닿는 거리의 두 배에 채 못 미치는 후미에 정박했습니다. 그곳에서 일부러 노를 젓는 무어인들과 이슬람 예배를 보기도 하고, 실제로 이슬람식 기도를 하는 것처럼

*알제의 항구 도시.

**오늘날 아프리카 알제리 북부 도시.

속이기도 했습니다. 소라이다의 농장에도 들러 과일을 구하기도 했는데, 소라이다의 아버지는 그를 알지 못하는 채로 과일을 내주었습니다. 나중에 저에게 말하기를, 소라이다에게 자신이 제 명령으로 그녀를 그리스도교도의 땅으로 데려갈 사람이니 안심하고 즐겁게 지내라고 말하려 했으나 단 한 번도 그렇게 할 수 없었다고 합니다. 무어 여자들은 남편이나 아버지가 명령하지 않는 한 결코 무어 남자나 터키인에게 자신의 모습을 보이지 않기 때문이지요. 그리스도교도 포로들인 우리에게는 그들의 관습보다는 좀 더 소통과 접촉을 허용했지만 말입니다. 저는 그가 소라이다에게 말을 건넸다면 오히려 걱정했을 것입니다. 소라이다가 자신의 일이 개종자의 입에 오르내리는 것을 보면 분명히 혼란스러워했을 테니까요. 그러나 하느님은 다른 방식으로 그 일을 명하셔서 우리 개종자의 선한 소망을 허락하지 않으셨습니다. 셰르셸을 왕래하는 데 아무 문제가 없다는 것을 확인한 개종자는 언제 어디서나 원하는 대로 정박할 수 있었고, 동업자인 타가리노도 개종자가 지시하는 대로 잘 따라주었습니다. 저도 이미 자유의 몸이 되어, 노를 저을 그리스도교인들을 알아보는 일만 남아 있었지요. 개종자는 저에게 자유를 되찾은 세 동료 외에 어떤 사람들을 데려갈 것인지 보고, 우리가 출발하기로 정해놓은 돌아오는 금요일에 떠날 수 있도록 이야기해놓으라고 말했습니다. 그래서 열두 명의 에스파냐인에게 이야기를 해두었는데, 모두 힘센 뱃사공들로 다른 이들에 비해 좀 더 자유로이 도시를 떠날 수 있는 이들이었습니다. 그 당시는 그 정도를 모으는 것도 보통 일이 아니었지요. 해적선 스무 척이 노 젓는 이들을 모두 데려가버렸으니까요. 제가 찾은 이들도 그 주인이 그해 여름 해적질을 하러 가지 않고 조선소에서 갤리선이 완성되기를 기다리는 것이 아니었다면 구하지 못했을 겁니다. 저는 그들에게 금요일 오후에 살그머니 나와 하지 무라드의 농장 쪽으로 가서 제가 갈 때까지 기다리라고만 말해주었습니다. 그리고 이것을 한 사람 한 사람 따로따로 알려주고, 거기에서 다른 그리스도교인을 만나더라도 제가 거기서 기다리고 있으라고 한 말 외에는 아무 말도 하지 말라고 일러두었습니다. 이러한 준비가 다 끝나자 이제 제가 할 일만 남았습니다. 그것은 소라이다에게 일이 어느 정도 진행되고 있는지 알려주고, 빈틈없이 채비를 갖추고 기다리라는 것이며 그리스도교인의 배가 다시 방문할 거라고 예상했던 날짜보다 빨리 들이닥치더라도 놀라지 말라고 일러두는 것이었습니다. 그래서 저는 농장으로 가서 소라이다와 말을 나눌 수 있는지 확인해보기로 결심했습니다. 출발을 앞둔 어느 날 저는 야채를 뜯는다는 구실로 그곳에 갔는데 소라이다의 아버지를 먼저 만났습니다. 소라이다의 아버지는 알제 전 지역과 콘스탄티노플에서 포로와 회교인들이 사용하는 말, 아랍 말도 에스파냐 말도 아니고 또한 다른 어느 나라 말도 아닌, 여러 나라 말이 혼합되어 있어 우리 모두 서로 잘 이해하는 그런 말로 그의 농장에서 무엇을 찾고 있느냐, 누구의 노예냐고 물었습니다. 저는 아르나우테 마미*의 노예이며(그것은 아르나우테 마미가 그의 매우 절친한 친구라는 것을 잘 알고 있었기 때문입니다) 샐러드를 만드는 데 필요한 다양한 야채를 찾고 있다고 대답했습니다. 그러자 그는 제가 자유의 몸이 될 사람인지, 주인이 제 몸값으로 얼마를 달라고 하는지 물었습니다. 이런 질문과 답변이 오가고 있을 때, 농장의 집에서 아름다운 소라이다가 나왔습니다. 벌써 오랫동안 저를 보고 있던 모양이었습니다. 무어 여인들은 절대 그리스도교인에게 얼굴을 보이는 교태를 부리지 않고, 또 앞서 말했듯이 그렇다고 피하지도 않아서, 자기 부친과 제가 있는 곳으로 오는 데 전혀 주저하지 않았지만, 그보다 먼저 그녀의 부친이 멀리 있는

---

*1575년 세르반테스가 스페인으로 귀국하는 갤리선을 나포한 해적.

소라이다를 보고 불러 가까이 오라고 했습니다. 사랑하는 소라이다가 눈앞에 섰을 때의 그 아름다움, 상냥함, 우아함, 제가 보았던 사랑스러운 그녀의 값진 장식물들에 대해 지금 말씀드릴 필요는 없겠지요. 다만 아름다운 목덜미와 귀, 머리에 꽂은 진주의 숫자가 머리카락보다 많았다는 것을 말씀드리겠습니다. 풍습대로 맨발 발목에는 두 개의 카르카헤를 달고 있었고요(카르카헤는 발찌, 아니 고리 장식이라는 무어인의 말입니다). 순금에 많은 다이아몬드를 끼워 박은 것으로 나중에 소라이다에게서 들었는데, 자기 아버지가 그것을 1만 도블라 정도로 값을 매겼고 팔찌도 그 정도 값어치가 있다고 하더군요. 진주의 수도 대단했고 모두 최상품이었지요. 무어 여인의 최고의 우아함과 사치는 여러 크기와 모양의 값진 진주로 몸을 장식하는 것이랍니다. 따라서 진주는 다른 어느 나라보다도 무어족의 나라에 많이 있지요. 소라이다의 부친은 알제에서도 최상의 진주를 많이 소유한 것으로 유명했고, 에스파냐 돈 20만 에스쿠도 이상을 가지고 있다고 하더군요. 그 모든 것이 지금은 저의 여인인 이 아가씨의 것이었습니다. 그때는 그 모든 장식을 하고 있었으니 얼마나 아름다웠겠습니까. 그토록 힘든 일을 겪고 난 지금도 아름다움의 흔적이 남아 있는 것을 보면 그 모든 장식을 했을 때의 아름다운 모습은 능히 짐작하실 수 있을 것입니다. 여자들에게는 아름다움이 절정에 이를 때가 있어서, 그 덜하고 더하는 것은 어떤 계기가 있어야 하지요. 정열이 아름다움을 북돋거나 감소시킨다는 것은, 아니 대부분 아름다움을 감소시키긴 하지만 어쨌든 소라이다는 한껏 치장하여 최고로 아름다운 모습으로 제 앞에 나타났던 것입니다. 적어도 제게는 그때까지 제가 본 가장 아름다운 여자였는데, 거기다 제가 지켜야 할 의무까지 더해졌으니, 하늘의 여신이 저를 기쁘게 하고 구원하기 위해 이 땅의 제 눈앞에 나타난 것 같았지요. 소라이다가 다가오자 부친은 제가 친구 아르나우테 마미의 포로이며,

샐러드를 만들 야채를 뜯으러 왔다고 그 나라 말로 말하더군요. 그러자 처녀는 입을 열어 내가 기사인지, 자유를 사지 않은 까닭이 무엇인지를 물었습니다. 저는 이제 자유로운 몸이며, 주인이 나를 얼마나 높이 평가하고 있는가는 몸값으로도 알 수 있을 것이라고 했습니다. 주인이 제 몸값으로 1,500솔타니를 지불했다고 했더니, 소라이다가 말하더군요.

'만약 당신이 우리 아버지의 노예였다면, 그 두 배가 넘는 돈을 내더라도 자유를 얻지 못하게 했을 겁니다. 그대들 그리스도교인이 하는 말은 모두 거짓말이고, 항상 무어인을 속이기 위해 가난한 체하니까요.'

'충분히 그럴 수 있을 것입니다, 아가씨.' 제가 대답했습니다. '그러나 저는 거짓말을 하지 않고 정직하게 주인을 대했습니다. 온 세계 누구에게도 언제나 정직하게 대하고, 앞으로도 그렇게 할 것입니다.'

'그럼 언제 떠나지요?' 소라이다가 물었습니다.

'제 생각에는 내일이 될 것입니다. 실은 프랑스의 배가 한 척 와 있지요. 출항이 내일이므로 저도 그 배를 탈 작정입니다.'

'에스파냐의 배가 오기를 기다렸다가 그것을 타는 편이 프랑스 배를 타는 것보다 좋지 않아요? 그 나라는 당신들의 우호국이 아니잖아요.'

'에스파냐에서 곧 배가 온다는 소문이 있는데 그것이 사실이라면 기다려도 좋습니다. 그러나 내일 떠나는 것이 더욱 확실합니다. 우리나라에 돌아가 사랑하는 사람들과 만나고 싶은 마음이 더 강해서 다음 배편을 기다릴 수 없을 것 같습니다. 아무리 좋은 배라도 늦는다면 소용이 없지요.'

'분명히 당신은 고향에서 결혼했나 보군요? 그래서 부인을 보러 빨리 돌아가고 싶은 거겠죠.'

'아닙니다. 그러나 돌아가면 결혼을 약속해놓았지요.'

'그럼 그 약속한 분은 아름다운 분이겠네요?'

'물론 아름답죠. 그 사람의 아름다움에 대해 진실을 말하면 아가씨와 많이 닮았습니다.'

이 말을 듣고 소라이다의 부친은 매우 즐겁게 웃으며 말했습니다.

'알라 신께 맹세하건대, 그리스도교인, 내 딸과 닮았다면 상당한 미인이 틀림없겠군. 내 딸은 이 나라 최고의 미인이니까. 내 말이 틀렸는지 한번 보게. 내 말이 진실이라는 걸 알았을 것이네.'

소라이다의 부친은 에스파냐어를 할 수 있는 무어인 라디노*처럼 이 모든 생각과 말을 통역해주었습니다. 소라이다도 좀 전에 말씀드린 것처럼 널리 사용되는 그 천한 말을 알고는 있었습니다만, 말보다 몸짓으로 의도를 전달했습니다. 이런저런 이야기를 하고 있는데 한 무어인이 달려와서, 터키인 네 명이 농장의 흙벽인지 석벽인지를 뛰어넘어 들어와서 아직 익지도 않은 과일을 따먹고 있다고 소리쳐 알렸습니다. 노인은 깜짝 놀랐고 소라이다도 놀란 듯했습니다. 무어인이 터키인들에게, 그중에도 병사들에게 품고 있는 공포는 일반적인 것이었으며, 거의 본능적인 것이었지요. 터키인은 매우 거만한 데다 자기들의 지배를 받고 있는 무어인에 대한 횡포가 매우 심해서 무어인들을 노예처럼 대했으니까요. 그녀의 아버지는 소라이다에게 말했습니다.

'얘야, 나는 저 짐승들과 이야기를 하고 올 테니 너는 집 안으로 가서 문을 잠그고 있거라. 그리고 그리스도교인, 자네는 야채를 뜯거든 적당한 때 돌아가게. 알라께서 자네를 무사히 고국으로 보내주시길.'

저는 그에게 몸을 숙여 인사를 드렸고 그는 저와 소라이다만을 남겨놓고

---

*당시 스페인어를 할 줄 알던 무어인이나 흑인을 일컫는 말로, 나중에는 외국어를 하는 사람을 통칭하는 어휘로 사용되었다.

터키인들과 대면하러 갔습니다. 소라이다는 부친이 명한 곳으로 가는 듯한 기색을 보이다가 아버지의 모습이 농장의 나무에 가려 보이지 않자 곧바로 돌아와서 두 눈에 눈물을 글썽이며 내게 말했습니다.

'아멕시, 그리스도교인, 아멕시?' (가시나요, 그리스도교인, 가시나요, 라는 뜻이지요.)

저는 그녀에게 대답했습니다.

'그렇습니다, 아가씨. 그러나 절대로 당신 없이 가지 않겠습니다. 돌아오는 첫 번째 후마에 나를 기다려주십시오. 그리고 우리를 보고 놀라지 마십시오. 틀림없이 그리스도교인의 나라로 갈 테니까요.'

그녀는 우리 사이에 오갔던 말을 모두 매우 잘 이해했기에, 한쪽 팔을 제 목에 걸치고 기절할 듯한 걸음으로 집으로 향했습니다. 그런데 만약 하늘이 다른 쪽으로 명하지 않았더라면, 우리는 매우 안 좋은 상황에 처할 뻔했습니다. 말씀드린 것처럼 우리는 운명이 원한 대로, 그녀의 한쪽 팔을 제 목에 걸치고 가고 있었지요. 그런데 벌써 터키인들을 돌려보내고 되돌아오던 소라이다의 아버지가 그 모습을 보았습니다. 우리도 우리를 바라보는 그의 모습을 보았지요. 그러나 신중하고도 지혜로운 소라이다는 제 목에서 팔을 치우려고 하지 않고 오히려 머리를 제 가슴에 더 기대고 무릎을 약간 굽혀 분명 기절하려는 듯한 모습을 보였습니다. 그렇게 되자 저 역시 나름대로 어쩔 수 없이 소라이다를 부축하는 체했지요. 소라이다의 아버지는 우리가 있는 곳으로 달려와 자기 딸의 그러한 모양을 보고, 어디가 아프냐고 묻더군요. 그러나 딸이 대답을 하지 않자 아버지가 말했습니다.

'필시 그 짐승 놈들이 들어온 것에 놀라 기절한 거야.'

그러고는 그녀를 데려다가 자기 가슴에 기대도록 했습니다. 소라이다는 한숨을 쉬고 여전히 눈물을 글썽이며 또다시 말했습니다.

'아멕시! 그리스도교인, 아멕시!' (가요! 그리스도교인, 가요!)

이에 아버지가 말했습니다.

'애야, 저 그리스도교인더러 가라고 할 것까지는 없다. 네게 아무 나쁜 짓을 하지 않았고, 터키 놈들도 이미 쫓아냈다. 자, 이제 아무것도 두려워 마라. 아무도 너를 괴롭힐 수 없을 것이다. 말했듯이 터키 놈들은 내가 사정하자 들어온 길로 다시 나가버렸단다.'

'말씀하신 것처럼 그들 때문에 아가씨가 많이 놀라신 것 같습니다.' 이쯤에서 제가 그녀의 아버지에게 말했습니다. '하지만 아가씨께서 저더러 가라고 말씀하시니, 걱정을 끼치고 싶지 않습니다. 안심하세요. 그리고 나리께서 허락해주신다면 필요할 때 이 농장으로 다시 야채를 구하러 오겠습니다. 저의 주인께서는 샐러드용으로는 이곳의 야채보다 더 좋은 것은 없다고 하십니다.'

'언제든지 원한다면 다시 와도 좋네.' 하지 무라드가 말했습니다. '내 딸이 그렇게 말한 것은 자네나 그리스도교인에게 화가 나서가 아니고 터키 놈들에게 가라고 했던 것이지. 그리고 자네더러 가버리라고 말했다면, 그것은 이제 야채를 뜯으러 갈 때가 되었다는 뜻으로 말한 것일 게야.'

이렇게 저는 두 사람과 곧바로 헤어졌습니다. 소라이다는 몹시 슬픈 모습으로 아버지와 함께 갔습니다. 그리고 저는 야채를 뜯는다는 구실로 농장 안을 끝에서 끝까지 돌아다니면서 출구와 입구, 건물의 문단속, 그 밖에 우리의 계획에 도움이 될 만한 시설물들을 모두 살펴보았습니다. 그 일을 마치고 개종자나 우리 동료들에게 일어날 모든 일을 생각하면서, 운명이 제게 준 아름다운 소라이다와의 행복을 아무런 걱정 없이 누릴 수 있는 순간을 고대하게 되었지요. 드디어 시간이 흘러 우리가 그토록 기다리던 그날이 되었습니다. 우리가 그동안 신중하게 여러 차례의 긴 논의를 거쳐 결정한 방

법에 따라 이제 바라던 일이 이루어진 것입니다. 제가 농장에서 소라이다와 말을 주고받은 다음 날인 금요일 저녁나절에 우리의 개종자는 아름다운 소라이다가 있는 농장 맞은편에 배를 정박시켰습니다.

노를 저을 그리스도교인들은 미리 주의를 듣고 주변 곳곳에 숨어 있었습니다. 모두들 눈앞에 있는 배를 빼앗고 싶은 조바심에 꼼짝하지 않고 저를 기다리고 있었지요. 개종자와 미리 협의해놓은 사실은 알지 못하고 자기들 힘으로 배에 있는 무어인들을 없애고 자유를 얻어야 하는 것이라고 생각하고 있었으니까요. 저와 동료 세 사람이 모습을 나타내자 우리를 발견한 숨어 있던 나머지 사람들도 모여들었습니다. 그때는 이미 도시의 성문이 닫혀서 그 근처 평원에는 아무도 지나가지 않는 시간이었습니다. 함께 모인 우리는 먼저 소라이다를 데리러 갈 것인지, 아니면 그 배에서 노를 젓던 무어 바가리노*부터 항복시킬 것인지 저울질하고 있었습니다. 한창 이런 의논을 하고 있을 때 우리들의 개종자가 달려와서, 무엇 때문에 머뭇거리고 있는가, 벌써 시간이 다 되었다, 무어인들은 마음 놓고 잠들어 있다, 하는 말들을 전해주었습니다. 우리가 준비했던 것을 말했더니 가장 중요한 것은 먼저 배를 점령하는 일이며, 그건 아주 쉽게 아무런 위험 없이 할 수 있으니 그 후에 소라이다를 찾으러 가도 된다고 했습니다. 우리는 그 말이 맞다고 생각하여, 더 이상 꾸물대지 않고 개종자를 앞장세워 배로 갔습니다. 개종자는 가장 먼저 배 안으로 뛰어내려 신월도를 뽑아 들고 무어 말로 외쳤습니다.

'목숨을 잃고 싶지 않거든 아무도 움직이지 마라!'

이미 이때 그리스도교인들은 모두 배 위에 올라타 있었습니다. 무어인들은 의욕도 없었을 뿐 아니라 선주가 그런 식으로 소리치는 것을 보고는 겁

---

*알제의 주민 중에서 머슴살이하는 시골 출신 노동자. 고용되어 배의 노를 젓는 사람도 있었다.

에 질려 어느 누구도 무기를 잡으려는 자가 없었고, 사실 무기도 가지고 있지 않았습니다. 그들은 한마디 대답도 없이 재빠르게 그들의 손을 묶고 있는 그리스도교인들에게 손을 내밀고 있었습니다. 그리스도교인들은 무어인들에게 어떤 방법으로든 소리를 지르면 그 즉시 모두 칼로 찔러버리겠다고 협박했습니다. 그것이 끝나자 우리 중 절반은 남아서 포로를 감시하고 나머지는 다시 개종자를 앞장세워 하지 무라드의 농장으로 갔습니다. 운이 따랐는지 문을 밀자 닫혀 있지 않았던 것처럼 쉽사리 열렸습니다. 그래서 기척을 내지 않고 조용히 아무도 알아차리지 못하도록 소라이다가 머물고 있는 집으로 다가갔습니다.

너무나도 아름다운 소라이다는 창가에서 우리를 기다리고 있었는데, 사람들의 인기척을 듣고 나직한 소리로 우리가 니사라니인지 물었습니다. 그리스도교인들이냐고 물어본 것이지요. 저는 그렇다고, 내려오라고 대답했습니다. 저를 알아본 그녀는 한순간도 주저하지 않았는데, 대답도 하지 않고 순식간에 내려와 문을 열어주었습니다. 순간 저는 너무나 아름답고 화사한 옷차림새를 보고 어찌할 줄을 몰랐습니다. 전 그녀를 보자마자 손을 잡고 그 손에 입을 맞추기 시작했습니다. 개종자와 저의 두 동료도 그와 같이 했습니다. 그러자 사정을 모르는 다른 이들도 우리가 하는 것을 보고 그대로 했습니다. 소라이다가 우리에게 자유를 준 여인이라는 것을 알아보고 감사하고 있는 것 같았습니다. 개종자가 무어 말로 아버님이 이 농장에 계시는지 물으니 그녀가 대답하기를, 계시기는 하지만 주무신다고 하더군요.

'그럼 아버지를 깨워서 우리와 함께 가시도록 해야겠군요.' 개종자가 말했습니다. '그리고 이 아름다운 농장에서 값어치가 있는 것은 모두 가지고 가는 것이 좋겠습니다.'

'안 됩니다.' 그녀가 말했습니다. '아버지는 절대로 손대지 말아주세요.

이 집에는 내가 가지고 가는 것 이외에는 없어요. 여러분 모두가 부자가 되어 만족하실 만큼 많습니다. 잠깐만 기다려주시면 아실 겁니다.'

그러고는 곧 돌아올 것이니 아무 소리 내지 말고 그 자리에서 기다리라고 말한 후 다시 집 안으로 들어갔습니다. 제가 그녀가 무엇을 하는 것인지 개종자에게 물었더니, 그녀의 말을 통역해주었습니다. 저는 소라이다가 바라는 것 이외에는 아무것도 해서는 안 된다고 했습니다. 그러는 사이에 소라이다가 에스쿠도 금화가 가득 들어 있는 상자를 들고 나왔는데, 어찌나 많은지 겨우 들 수 있을 정도였습니다. 그런데 운이 나쁘게도 소라이다의 아버지가 그새 잠에서 깨어 농장에서 들려오는 소리를 듣고 창밖을 내다보더니 거기 있는 사람들이 모두 그리스도교인이라는 것을 알아보았습니다. 그는 굉장히 큰 소리를 내어 아랍어로 외치기 시작했습니다.

'그리스도교인이다, 그리스도교인! 도둑이다, 도둑!'

이 고함 소리에 우리는 크게 당황해서 두려움에 떨었지요. 그러나 개종자는 우리가 직면한 위험, 그리고 들통 나기 전에 우리의 계획을 밀고 나가는 것의 중요함을 깨닫고, 하지 무라드가 있는 방으로 재빨리 뛰어 올라갔습니다. 그와 함께 우리 중 몇몇 사람들도 뒤따라 들어갔습니다. 저는 소라이다가 기절하여 제 팔에 안겨 있었으므로 그녀를 혼자 내버려둘 수가 없었습니다. 결론적으로 방으로 올라간 우리 일행은 솜씨 좋게 일을 해결하여 금세 하지 무라드를 끌고 내려왔는데, 두 손을 묶고 입에는 재갈을 물려 말을 할 수 없게 하고, 입을 뻥끗하면 목숨을 내놓아야 할 것이라고 협박했습니다. 딸은 차마 그 광경을 지켜보지 못하고 눈을 가렸습니다. 부친은 자기 딸이 얼마나 적극적으로 우리에게 몸을 맡겼는지 몰랐으므로 공포에 떨고 있었습니다. 그러나 가장 중요한 것은 그곳에서 빠져나오는 것이었기에 재빨리 배로 돌아왔습니다. 배에 남아 있던 사람들은 우리에게 무슨 나쁜 일이 벌어진 것이 아닌가 하여 매우 걱정하면서 기다리고 있더군요. 우리 모두가 배로 돌아간 것은 새벽 2시가 되었을 무렵이었습니다. 배에 도착하자 소라이다는 아버지의 두 손을 풀어주고 입을 막았던 재갈도 풀어주었습니다. 하지만 개종자는 그에게 말을 하지 말라며, 말을 하면 목숨을 잃게 된다고 한 번 더 경고했습니다. 그녀의 아버지는 배 안에서 딸의 모습을 보자 안타까워 한숨을 내쉬기 시작했습니다. 더욱이 제가 그녀를 꼭 껴안고 있고, 그녀는 몸을 지키려고도 하지 않고 불평도 거절도 없이 침착하게 있는 것을 보자, 한숨이 깊어졌습니다. 이 모든 것을 보고서도 하지 무라드는 입을 다물고 있었는데, 개종자가 한 그 굉장한 협박이 실행되지 않도록 하기 위한 것이었지요. 그런데 소라이다는 막상 배에 올라타 우리가 노를 저으려고 하자 눈앞의 아버지와 묶여 있는 무어인들을 보고는 개종자를 불러 무어인들을 풀어주고 아버지를 자유롭게 해달라는 말을 저에게 전하며, 자기를 그토록 사랑해준 아버지가 자기 때문에 포로가 되어 끌려가는 것을 보고 있느니 먼저 바다에 뛰어들겠다고 했습니다. 개종자의 통역을 듣고 저는 좋다고 대답했습니다. 그러나 개종자는 그건 적절한 처사가 아니라며, 만약 여기서 풀어놓았다가는 당장에 육지에 알려 알제 전체가 시끄러워질 것이며, 쾌속 범선 몇 척이 동원되어 바다와 육지 양쪽에서 우리를 쫓아올 것이라고 했습니다. 그러니 우리가 그리스도교인의 나라에 도착하면 그때 바로 풀어주는 것이 좋겠다고 하더군요. 모두 이 생각에 동의했습니다. 소라이다도 우리가 그녀의 요구를 당장 들어주지 못하는 까닭을 납득했습니다. 곧 우리들의 용감한 뱃사공들은 즐거운 침묵과 움직임 속에 각자 맡은 노를 쥐고 하느님께 우리 모두를 내맡기고, 가장 가까운 그리스도교 국가인 마요르카 군도를 향해서 열심히 저어가기 시작했습니다. 그러나 북풍이 약간 강하게 불고 파도가 좀 일었으므로 마요르카로 향하지 못하고 알제에서 60해리 지점에 있는

셰르셸 사람들에게 발견되지 않을까 하는 적지 않은 우려 속에 오랑을 거쳐 해안을 따라 표류할 수밖에 없었습니다. 테투안에서 화물을 싣고 오는 갤리선과 마주칠까 봐 두려웠으나 그것이 화물선이고 해적질을 하러 다니는 배만 아니라면 들키지 않을 것이며, 오히려 대형 선박에 바꿔 타고 훨씬 더 안전하게 우리의 여행을 끝마칠지도 모른다고, 각자 또는 모두 함께 그렇게 생각하고 있었습니다. 항해하고 있는 동안 소라이다는 아버지의 얼굴을 보지 않으려고 두 손에 얼굴을 묻고, 우리들을 가호해주십사고 렐라 마리엔의 이름을 부르고 있다는 걸 알았습니다. 30해리는 족히 항해했을 즈음 날이 밝으면서, 큰 활을 쏘아 닿는 거리의 세 배쯤 되는 곳에 육지가 나타났습니다. 인적이 없고 우리들을 알아볼 사람은 아무도 없는 곳이었지요. 그래도 열심히 저어 먼 바다로 항해해 갔는데 바다는 전보다 잔잔해졌습니다. 2레구아쯤 나가서 노 젓는 사람들에게 넷으로 나누어 교대로 식사를 하라는 명령을 내렸습니다. 식량은 충분했지요. 그러나 노 젓는 사람들이 오히려 아직은 휴식을 취할 때가 아니니 노를 젓지 않는 사람들이 음식물을 가져와서 먹여주면 좋겠으며, 자신들은 절대 노를 놓고 싶지 않다고 말했습니다. 결국 그렇게 했습니다. 이 무렵 옆에서 바람이 불기 시작하자 재빨리 노를 놓고 돛을 올릴 수밖에 없었습니다. 그래서 다른 쪽으로는 갈 수가 없어 오랑을 향해 갔습니다. 모든 것이 빠르게 진행되어 해적선과 마주치는 것 말고는 아무런 두려움 없이 돛을 올리고 시속 8해리 이상의 속도로 항해를 했습니다. 무어 바가리노들에게도 먹을 것을 주었지요. 개종자는 무어인들에게 그들은 포로가 아니며 기회가 오는 대로 당장 자유의 몸으로 만들어줄 거라고 말하며 위로해주었습니다. 소라이다의 아버지에게도 같은 말을 하더군요. 그러자 그가 대답했습니다.

'다른 일 같으면, 오오, 그리스도교인! 너희들의 관대하고 훌륭한 말을 믿고 기다릴 수도 있을 것이다! 그러나 내게 자유를 준다고? 나를 너희들이 생각하는 만큼 바보로 여기지는 말아다오. 너희들이 그리 쉽게 나를 고국에 돌려줄 생각이라면 내 자유를 빼앗는 그런 위험을 감당했을 리 없지 않느냐. 특히 내가 어떤 사람이며, 내게 자유를 주면 너희들이 어느 정도의 이익을 얻을 수 있는지 알고 있을 테니. 그러니 금액 얘기를 하자고 한다면 나와 이 불행한 딸의 몸값으로 얼마가 필요한가를 말하라. 너희들이 원하는 만큼 주겠다고 지금 당장 약속하겠다. 그게 아니라면 딸아이만이라도 풀어주어라. 그 아이는 내 영혼의 가장 크고 훌륭한 부분이다.'

이렇게 말하면서 참으로 고통스럽게 울었기 때문에 우리 모두 감동했고, 소라이다 역시 쳐다보지 않을 수 없었습니다. 그녀는 아버지가 울고 있는 것을 보고는 눈물을 흐리며 제 다리에서 일어나 아버지에게 가서 얼싸안더군요. 그리고 그 얼굴에 자기 얼굴을 가져다 대고 두 사람이 함께 어찌나 슬피 울기 시작하는지 많은 이들이 함께 울어버렸답니다. 그런데 아버지는 딸이 파티에나 어울릴 옷을 입고 장신구를 가득 달고 있는 것을 발견하자 그들의 말로 물었습니다.

'얘야, 이것이 무엇이냐? 어제 저녁나절 우리가 당하고 있는 이 끔찍한 불행이 벌어지기 전에는 평범한 일상복을 입고 있는 것을 보았는데, 너는 옷을 갈아입을 시간도 없었을 터인데, 치장을 하고 꾸며 축하할 만한 좋은 소식도 없었을 터인데, 지금 너는 우리가 가장 번성했을 때 내가 너에게 해줄 수 있었던 가장 좋은 옷을 입고 있으니 대체 어떻게 된 일이냐? 대답해봐라. 나는 현재 내가 당하고 있는 이 불행보다 그것이 두렵고 놀라울 뿐이다.'

무어인이 딸에게 한 말을 개종자가 우리에게 모두 알려주었고, 딸은 아무런 대답도 하지 않았습니다. 그러자 부친은 배 한쪽 구석에 딸이 언제나 보석들을 넣어두던 상자가 있는 것을 발견했습니다. 그 상자는 알제의 저택에 남겨두고 농장 집에는 가져오지 않았다는 것을 잘 알고 있었기 때문에 그는 점점 더 혼란에 빠져 어떻게 해서 그것이 우리의 손에 들어오게 되었으며, 그 안에는 무엇이 들어 있는가를 딸에게 물었습니다. 그러자 소라이다가 대답하기 전에 개종자가 먼저 대답했습니다.

'당신 딸 소라이다에게 그렇게 여러 가지를 물어보느라 기운 빼지 마시오. 내가 대답하는 한마디로 그 모든 질문의 답을 얻을 겁니다. 아가씨는 그리스도교 신자라는 것을 알아두셨으면 합니다. 그리고 우리의 쇠사슬을 끊어주신 톱이자 우리의 포로 생활에 자유를 주셨습니다. 그리고 이곳에는 본인의 의지로 계시는 것이며, 이렇게 된 것을 안개 속에서 빛으로, 죽음에서 생명으로, 고통에서 영광으로 빠져나온 사람처럼 만족해하고 계시다는 걸 아셔야 합니다.'

'이 사람 말이 사실이냐, 얘야?' 무어인이 물었습니다.

'그렇습니다.' 소라이다가 대답했지요.

'정말 네가 그리스도교 신자란 말이냐?' 아버지가 다그쳤습니다. '자기 아버지를 적의 손에 넘겨준 장본인이란 말이더냐?'

이에 소라이다가 대답했습니다.

'제가 그리스도교 신자인 것은 확실해요. 하지만 아버지를 이 지경까지 몰아넣으려고 하지는 않았어요. 저의 소망은 결코 아버지를 불행에 빠뜨리는 데 있지 않고 저 자신이 행복해지는 데 있었어요.'

'그래 너는 어떤 행복을 얻었느냐, 얘야?'

'그건,' 그녀가 대답했습니다. '아버지께서 렐라 마리엔께 물어보시면 저보다 훨씬 잘 말씀해주실 거예요.'

이 대답을 듣자마자 소라이다의 아버지는 믿기 어려울 만큼 재빨리 바다로 뛰어들었습니다. 입고 있던 거추장스러운 긴 옷 덕분에 잠시 물 위에 뜨지 않았다면 아마 빠져 죽었을 겁니다. 소라이다가 큰 소리로 아버지를 건져달라고 외쳤습니다. 우리 모두 즉시 달려들어 부친의 헐렁한 겉옷을 잡고 끌어올렸으나 익사 직전으로 정신을 잃었더군요. 소라이다는 너무나 슬퍼하면서 아버지가 죽기라도 한 듯이 그의 몸에 엎드려 안타깝고 고통스럽게 눈물짓고 있었습니다. 우리가 부친을 엎어놓자 그는 많은 물을 토하고 두 시간쯤 지나 정신을 차렸습니다. 그동안에 바람이 바뀌어 뱃머리를 육지로 돌려야만 했기에 해변으로 밀려 올라가는 일이 없도록 힘껏 노를 저어야 했고요. 그러나 다행히도 조그마한 돌기, 다시 말해서 만에 있는 조그마한 갑에 도착했습니다. 그 갑은 무어인들이 카바 루미아라고 부르는 곳인데, 우리말로 옮기면 '악녀 그리스도교인'이라는 뜻이랍니다. 에스파냐를 망하게 한 악녀가 묻혀 있는 곳이라는 전설이 있지요. 무어인의 말로 카바는 '악녀', 루미아는 '그리스도교인'인데, 지금도 어쩔 수 없는 경우가 아니면 그곳에 정박하는 것은 불길한 징조라고 여기고 있기에, 웬만하면 얼씬도 하지 않는 곳입니다. 그러나 우리에게는 악녀의 대피소라기보다는 불안정해지는 풍랑을 피하기 위한 안전한 항구가 되어주었습니다. 우리는 육지에 보초를 세우고 손은 노에서 놓지 않은 채, 개종자가 가져다주는 음식을 먹으면서 하느님과 성모를 열심히 부르며, 그토록 즐거웠던 출발을 행복하게 끝맺을 수 있게 해달라고 빌었습니다. 소라이다의 부탁으로 우리는 그녀의 아버지와 아직 묶여 있는 무어인들을 육지에 풀어주자고 논의했습니다. 눈앞에 자기 부친과 고향 사람들이 묶여서 포로가 되어 있는 것을 바라보아야 한다는 것은, 소라이다에겐 그럴 용기도 없을뿐더러 그 다정한 마음 씀씀이로는 도저히 견딜 수 없는 일이었으니까요. 우리는 떠날 때 그렇게 하기로 약속했습니다. 사람이 살지 않는 그 바닷가에 두고 가더라도 위험은 없으리라 생각했지요. 우리의 기도는 하늘이 들어주지 않을 만큼 무력하지는 않아서 곧 바람의 방향이 바뀌고, 바다는 잠잠해져 이미 시작한 항해를 다시 즐겁게 계속해나갈 수 있었습니다. 이렇게 되자 우리는 무어인들의 결박을 풀어주고 한 사람씩 육지에 내려주었습니다. 그들은 그저 놀라울 따름이었지요. 이윽고 소라이다의 부친을 내려주려 하자 이제 완전히 정신을 차린 그가 말했습니다.

'그리스도교인들, 너희들이 내게 자유를 주는 것을 이 못된 계집이 왜 기뻐하는지 알겠느냐? 나에 대한 연민 때문인 줄 아느냐? 천만에, 내가 있으면 안 좋은 욕망을 이루는 데 방해가 되기 때문이지. 종교를 바꾸려는 것도 네놈들 종교가 우리 종교보다 훌륭하기 때문이라고 생각하지 마라. 네놈들의 나라에서는 우리나라에서보다 정절을 더럽히는 짓을 제멋대로 할 수 있다는 걸 알고 있기 때문이다.'

소라이다의 아버지는 저와 또 다른 그리스도교인에게 두 팔이 잡혀 있었는데, 이는 난폭한 짓을 할까 두려워서였지요. 이윽고 그는 소라이다에게 외쳤습니다.

'오오, 이 염치없는 계집아! 잘못된 충고에 넘어간 계집아! 이 장님에다 미치광이야, 우리들의 적인 이 개들을 따라서 어디로 갈 생각이냐? 내가 너를 잉태시킨 때를 저주하리라. 너를 키울 때 주었던 갖가지 선물과 맛 좋은 음식에 저주 있으라.'

그의 욕설이 그리 빨리 끝날 것 같지 않아서 저는 서둘러 그녀의 아버지를 육지로 내렸습니다. 그러자 그는 육지에서 큰 목소리로 저주와 한탄을 계속하며 마호메트와 알라에게 우리들을 멸망시켜 혼란에 빠뜨리고 죽여달라고 기도했습니다. 우리가 돛을 올려 출발하자 목소리는 들리지 않았지만, 그의 몸짓은 보였지요. 수염과 머리털을 쥐어뜯으며 땅바닥에서 뒹굴었는데, 한번은 목소리를 쥐어짜 이렇게 외치는 소리가 들렸습니다.

'돌아와다오, 사랑하는 딸아. 이 해변으로 돌아오렴. 모든 것을 용서하마. 돈은 그놈들에게 주어버려라. 이제 그놈들의 것이다. 그리고 이 슬픈 아비를 위로하러 돌아와다오. 네가 나를 버리고 가면 이 황량한 모래밭에서 목숨줄을 놓아버리겠다.'

소라이다는 이 말을 모두 다 들었습니다. 그녀는 죄책감에 흐느끼며 쓰러지고 말았습니다만, 다음의 말 외에는 아무 대답도 못 하더군요.

'제발 아버지, 저를 그리스도교 신자로 만들어준 것이 렐라 마리엔이라는 사실에 알라께서도 기뻐하십니다. 렐라 마리엔이 아버지의 슬픔을 위로해주시기를. 알라께서도 제가 어쩔 수 없었다는 것을 알고 계세요. 이 그리스도교인들은 제 의사 결정에 상관없다는 것을, 저를 꼬드긴 것도 아니라는 것을 알라가 알고 계세요. 설령 제가 이 사람들과 함께 오지 않고 집에 머무를 생각을 했더라도 견딜 수 없었을 거예요. 아무리 아버지께서 나쁜 일이라고 판단하셔도, 사랑하는 아버지, 아버지에게 좋은 일이라고 믿고 있는 일을 실천하도록 제 영혼이 저를 재촉하고 있으니까요.'

소라이다는 이렇게 말했지만, 이제 그녀의 아버지는 그것을 듣지 못했고 우리도 그의 모습을 볼 수 없었습니다. 저는 소라이다를 위로하고 나머지 사람들은 항해에 힘쓰면서, 마침 순풍의 도움을 받아 다음 날 새벽녘에는 분명히 에스파냐 해안에 도착할 수 있다고 여겼습니다. 그러나 행복은 그것을 흐리거나 놀라게 하는 불행 없이 순수하게 행복으로만 오는 일은 드물거나 결코 존재하지 않는 법이지요. 이는 우리의 운이 그러하거나, 아니면 무어인이 그 딸에게 내린 저주 때문일 겁니다. 그 어떤 아버지라도 두려워할 만한 일이었으니 말입니다. 아무튼 이제 바다 한가운데로 나와서 밤 3시가 지났을 무렵이었습니다. 순풍이 불었으므로 우리는 돛을 높이 달고 노는 배 위에 끌어올린 채 나아가고 있었지요. 그때 밝게 빛나는 달빛 아래 우리 배

가까이에 횡범선 한 척이 돛을 모두 펼치고 키를 약간 바람 부는 쪽으로 돌려 우리 바로 앞을 가로지르려 하고 있었습니다. 그러나 너무 가까웠으므로 우리는 배를 부딪치지 않게 하려고 돛을 내려야만 했습니다. 저쪽도 키를 돌려서 가까스로 우리가 지나갈 수 있는 공간을 만들어주었고요. 횡범선에 타고 있던 사람들이 우리에게 누구인지, 어디로 가는지, 어디서 왔는지 물어왔습니다. 그러나 이것을 프랑스 말로 물었기 때문에 우리 개종자가 말했습니다.

'아무도 대답하지 말도록. 저놈들은 틀림없이 몽땅 약탈해 가는 프랑스 해적들일 것이다.'

개종자의 경고에 따라 아무도 대답하지 않았습니다. 그리고 조금 더 나아가자 횡범선 쪽에서 갑자기 포탄 두 발이 날아왔습니다. 두 발이 다 쇠사슬이 매여 있는 포탄이어서 하나는 배의 돛대 가운데쯤을 맞혀서 부러뜨리고 바다에 떨어졌으며, 곧이어 날아온 또 한 발은 배 한가운데에 떨어져 선체를 동강 내버렸습니다. 더 이상 나쁜 짓은 저지르지 않았으나 배가 차츰 가라앉자 우리는 큰 소리로 구원을 요청하며 횡범선을 타고 있는 이들에게 살려달라고 애원했습니다. 당장 가라앉고 있었으니까요. 그들은 닻을 내리고 보트를 내렸고, 거기에 무장한 프랑스인 열두 명이 큰 활과 화승총까지 들고 올라타더니 우리 배에 다가왔습니다. 그리고 우리의 수가 적고 배가 가라앉고 있는 것을 보자 우리를 건져 올려주었습니다. 그들은 우리가 대답을 하지 않는 무례를 범했기 때문에 그런 일이 벌어진 것이라고 말했습니다. 우리의 개종자는 소라이다의 보물 상자를 바다에 던져버렸는데 아무도 그가 하는 짓을 눈치채지 못했습니다. 결국 우리 모두는 프랑스 배로 건너가게 되었습니다. 그러자 프랑스 사람들은 우리들에 대해서 알고 싶은 모든 것을 알아낸 후에 우리가 철천지원수인 것처럼 우리의 모든 것들을 몽땅 빼

앗아 갔습니다. 심지어 소라이다의 발목 장식까지도 빼앗았는데, 저는 소라이다의 재난을 슬퍼하기에 앞서 해적들이 장식물을 빼앗는 데에서 한 걸음 더 나아가 소라이다가 가장 소중히 여기는, 보석보다 훨씬 값진 것을 빼앗으면 어쩌나 하는 두려움이 더 컸습니다. 그런데 그놈들의 욕심은 돈이 아닌 것에까지는 미치지 않았고, 돈에 대한 탐욕은 결코 채워지는 일이 없었으므로, 그들은 포로들의 옷까지 조금이라도 가치 있는 것은 모두 빼앗았습니다. 그러고는 우리 모두를 돛에 싸서 바다에 던져버리자는 말들이 오갔는데, 그들은 브르타뉴 사람으로 행세하면서 몇몇 에스파냐 항구에 들러 장사를 할 생각이었으므로, 우리들을 살려두면 그들의 약탈 사실이 드러나 처벌받을 것이기 때문이었습니다. 그러나 선장은, 이자가 바로 나의 사랑하는 소라이다의 물건을 빼앗은 놈인데, 자기는 현재까지의 노획물로 만족하므로 에스파냐의 항구에는 들르지 않고 지브롤터 해협을 밤중에 통과하거나 다른 가능한 길을 통해 떠나온 라 로첼라로 가고 싶다고 말했습니다. 의논 끝에 그들은 배에 딸린 보트와 얼마 남지 않은 우리의 짧은 항해에 필요한 것들을 주기로 의견을 모아서, 다음 날 에스파냐 땅이 보이는 곳에서 그렇게 해주었습니다. 육지가 보이자 우리는 그때까지의 불행도 가난도 우리에게 일어나지 않은 듯 모두 잊어버렸습니다. 잃어버린 자유를 되찾은 기쁨은 그토록 컸던 것입니다. 우리가 두 통의 물과 약간의 비스킷과 함께 보트로 내려진 것은 정오에 가까운 시각이었을 것입니다. 선장은 무엇 때문인지 알 수 없는 자비심으로 아름다운 소라이다가 보트에 타려고 할 때 40에스쿠도나 되는 금화를 주고 부하 녀석들이 지금 입고 있는 이 옷까지 벗기려 하는 것에 반대했습니다. 우리는 보트에 올라타고 원망스럽다기보다 오히려 감사하는 표정으로 우리에게 베풀어준 친절에 고마워했습니다. 횡범선은 해협 쪽으로 멀어져갔습니다. 우리는 북극성은 보지도 않고 앞에 보이는 육지만을 목표로 하여 서둘러 노를 저었습니다. 해가 질 무렵에는 거의 닿을 듯 가까워져, 우리 생각으로는 한밤중이 되기 전에 도착할 것 같았습니다. 그러나 그날 밤은 달이 없고 하늘이 흐려서 어떤 곳에 도착할지 알 수 없었으므로, 무작정 노를 저어 가는 것도 위험할 것 같았습니다. 그러나 거친 바닷가나, 마을에서 먼 곳이거나 상관하지 말고 육지로 돌진하자고 주장하는 이들도 많이 있었습니다. 그들은 테투안의 해적선이 근처에 와 있기 쉬운데 상륙하면 그런 걱정은 없어지기 때문이라는 것이었죠. 테투안의 해적은 대개 날이 저물 무렵 바아바리를 떠나 새벽에 에스파냐 해안에 도착해서 약탈을 행하고는 자신들의 집으로 자러 돌아가니까요. 아무튼 여러 가지 대립된 의견 중에서 결정된 것은, 조금씩 접근해가서 파도가 조용해지면 가능한 곳에 상륙하자는 의견이었습니다. 자정이 되기 조금 전 이지러진 모양의 높은 산의 기슭에 닿았는데, 그 산은 바다 바로 옆에 위치한 것이 아니라 마침 편리하게 상륙할 수 있을 만한 공간을 두고 있었습니다. 우리는 보트를 해변에 대고 육지로 올라 땅에 입을 맞추고 기쁨에 넘치는 눈물을 흘리면서 우리 주 하느님께서 우리들에게 베풀어주신 비할 바 없는 은혜에 감사를 올렸습니다. 남아 있는 식량을 배에서 꺼내어 배를 육지에 끌어 올려놓고, 산속으로 한참을 들어갔지요. 그곳에 있으면서도 우리들이 밟고 있는 땅이 그리스도교인의 나라라는 것을 여간해서는 믿을 수가 없었기 때문입니다. 날은 우리가 바란 것보다 훨씬 늦게 밝아오는 듯 느껴졌습니다. 마을이나 산양치기들이 머무는 오두막집이 있는지 살피기 위해 산꼭대기까지 올라갔습니다. 그러나 아무리 둘러봐도 마을도, 사람도, 오솔길이나 큰길 하나도 눈에 띄지 않더군요. 그래서 우리는 더 깊숙이 육지 쪽으로 들어갈 결심을 했습니다. 적어도 여기가 어딘지 알려줄 만한 사람을 만나지 못할 리가 없다고 생각했으니까요. 그러나 저에게 가장 괴로웠던 것은 소라이다가 그렇게 험한 길을 걸어가는 것을 보는 일이었습니다. 한번은 제 어깨에 태워주었습니다만, 소라이다는 발을 쉬며 편안하게 가는 것보다 제가 피로할 것을 걱정하느라고 더 피로해하더군요. 제가 그런 힘든 일을 하는 것을 원치 않아서 내내 그녀의 손을 잡아주기는 했지만 인내하고 오히려 명랑한 체했습니다. 그렇게 4분의 1레구아를 채 못 걸었을 때, 우리들 귀에 방울 소리가 들려왔습니다. 가까운 곳에 가축이 있다는 분명한 증거였습니다. 모두 누군가 나타나는지 살펴보았습니다. 그때 코르크나무 밑에서 산양 치는 소년을 발견했는데, 소년은 매우 편안하게 앉아서 막대기에 주머니칼로 무언가를 열심히 새기고 있었습니다. 우리가 말을 건네자 얼굴을 들고 쳐다보더니 가볍게 튀어 일어났습니다. 나중에 알게 된 사실이지만 소년의 눈에 가장 먼저 띈 것은 개종자와 소라이다였는데, 이들은 모두 무어인 차림이었으므로 베르베리아 전체가 쳐들어온 것이라고 생각해, 놀랍도록 재빨리 앞에 있는 숲 속으로 달려가면서 목청껏 외쳐대기 시작했습니다.

'무어인이다! 무어인들이 올라왔다! 무어인이다! 무어인! 무기! 무기!'

그 소릴 듣고 우리는 당황해서 무엇을 어떻게 하면 좋을지 몰랐습니다. 그러나 양 치는 소년의 고함 소리로 틀림없이 온 마을이 시끄러울 것이고, 또 어차피 해안 경비대원도 무슨 일인지 살피러 올 것 같았으므로, 개종자에게는 터키 옷을 벗기고 포로가 입는 윗도리를 입히기로 하여, 우리 중에 한 사람이 얼른 옷을 벗어주고 자기는 속옷 바람이 되었습니다. 그렇게 우리 자신을 하느님께 맡기고는 소년이 뛰어 들어간 길을 따라 나아갔습니다. 그러나 어느 순간에는 경비대에게 포위당할 걸 예상하고 있었지요. 우리 생각은 빗나가지 않았습니다. 두 시간도 채 되지 않아서, 이미 덤불숲에서 평지로 나왔을 때, 쉰 명에 가까운 기수들이 말고삐를 짧게 잡고 서둘러 달려오는 것을 보았던 것입니다. 우리는 그 자리에 걸음을 멈추고 기다렸습니다. 이윽고 경비대는 가까이 와서 찾고자 했던 무어인 대신 가난해 보이는 그리스도교인들을 보고는 어리둥절해하더군요. 그러자 그중 한 사람이 양치기 소년이 무기를 준비하라고 불러 모은 것이 우리들 때문이냐고 물었습니다. 제가 그렇다고 대답했지요. 그리고 지금까지 겪은 일과 우리들이 어디서 왔으며 누구인지 밝히려 했을 때, 우리 일행 중 한 사람이 우리에게 질문을 던진 기사의 얼굴을 알아보고는, 제게 그 이상 말할 기회를 주지 않고 입을 열었습니다.

'여러분, 이토록 좋은 곳으로 인도해주신 하느님에게 감사를 드립시다! 제가 착각한 것이 아니라면 지금 밟고 있는 이 땅은 벨레스 말라가의 일부입니다. 또 포로 생활을 한 세월로 제 머리가 당신을 기억해내는 힘을 잃지 않았다면, 지금 우리에게 누구인지 물은 분은 바로 나의 작은 외숙부 페드로 데 부스타만테이시지요?'

그리스도교인 포로가 이렇게 말하자 기마 군인은 얼른 말에서 뛰어내려 젊은이를 포옹하러 달려오며 말했습니다.

'나의 영혼이자 목숨과도 같은 조카여, 널 알아보고말고. 네가 죽은 줄로만 알고, 나도 네 어머니인 누님과 가족들도 모두 울었단다. 그런데 이렇게 살아 있었구나. 하느님이 너와 만날 기쁨을 주시려고 우리를 이렇게 살려두신 거야. 네가 알제에 있다는 건 이미 알고 있었는데, 지금 너나 함께 온 사람들의 옷차림을 보거나 안색을 살피건대 모두 기적 같은 자유를 얻은 것 같구나.'

'그렇습니다.' 그가 말했습니다. '시간이 지나면 모두 말씀드리겠습니다.'

기사들은 우리가 그리스도교인 포로라는 것을 알고 말에서 내렸습니다. 그리고 1레구아 반쯤 떨어진 벨레스 말라가 시로 갈 예정이니 저마다 자기 말에 타라고 하더군요. 몇 사람은 우리들이 놓고 온 보트에 대해 듣고 도시

쪽으로 가져가기 위해 보트가 있는 곳으로 갔습니다. 다른 사람들은 우리를 말 엉덩이에 태워주었습니다. 소라이다는 그리스도교인의 외숙부 말에 탔지요. 온 마을 사람들이 우리를 맞이하러 나왔습니다. 미리 알리러 간 사람을 통해 우리가 온다는 소식을 들었던 것이지요. 도시 사람들은 자유를 얻은 그리스도교인 포로와 포로가 된 무어인들을 보고 별로 놀라지 않았습니다. 그 해변 사람들은 이런 경우가 자주 있었던 겁니다. 그러나 소라이다의 아름다움에는 놀라워했습니다. 여행에 시달리긴 했지만, 이젠 그리스도교 국가에 도착하지 못하면 어쩌나 하는 걱정 없이 무사히 도착한 기쁨으로 그녀의 아름다움이 절정에 달해 있었던 겁니다. 그 기쁨이 소라이다의 얼굴에 그러한 색채를 주었던 것이지요. 만일 그때 그녀에 대한 사랑이 나를 속이는 것이 아니라면, 저는 소라이다보다 아름다운 인간은 이 세상에 존재하지 않는다고, 적어도 제가 본 중에는 없다고 감히 말하고 싶습니다. 우리는 곧장 우리에게 베풀어진 자비에 대해 하느님께 감사를 드리러 성당으로 갔습니다. 성당에 들어가자 소라이다는 렐라 마리엔과 닮은 얼굴이 몇이나 있다고 말하더군요. 우리는 그것이 모두 성모상이라고 대답했는데, 개종자가 잘 말해주었으므로 성모상의 뜻을 설명하고 그 하나하나가 실제로 소라이다에게 말을 건넨 렐라 마리엔이라 생각하고 모시라고 했습니다. 소라이다는 총명하고 밝은 성격을 타고났으므로 성모상에 대해서 들은 이야기를 금방 이해했습니다. 우리는 성당에서 나와 도시의 여러 집으로 흩어져 안내되었지요. 그러나 개종자와 소라이다와 저는 우리와 함께 온 그리스도교인과 함께 그 부모의 집으로 갔습니다. 양친은 꽤 넉넉한 생활을 하고 있었으므로 마치 자기 자식을 대하는 듯한 사랑을 우리에게 베풀어주었습니다. 우리들은 벨레스에 엿새 동안 머물렀습니다. 그동안에 개종자는 자기 일신에 필요한 신고를 모두 마치고, 이단 심문소에 청원해서 그리스도교회의 성도단에 복귀하기 위해 그라나다 시로 떠나갔고, 자유를 얻은 그 밖의 그리스도교인들도 제각기 가장 가고 싶은 곳으로 떠나갔습니다. 소라이다와 저는 프랑스 선장이 친절하게 소라이다에게 준 금화만을 가지고 뒤에 남았습니다. 그 돈으로 지금 소라이다가 타고 온 그 당나귀를 샀지요. 오늘날까지 남편의 역할은 앞날로 연기한 채, 아버지로서 혹은 종자로서 소라이다의 뒷바라지를 해오면서 우리 아버지가 아직 살아 계시는지 어떤지, 어느 아우가 저보다 더 훌륭한 행운을 잡았는지 보러 가는 길입니다. 하늘이 저를 소라이다의 동반자로 선택해주셨으니, 그 어떤 또 다른 행운이 오더라도 그녀만을 가장 사랑할 것입니다. 소라이다가 가난에 따르게 마련인 고생을 참아내는 끈기와 조금이라도 빨리 그리스도교인이 되고 싶어 하는 소망이 그토록 강렬하므로 저도 진심으로 감탄한 나머지 제 한평생을 이 여자를 위해 바치고자 합니다. 그러나 제가 이 사람의 것이 되고 이 사람이 제 것이 된다는 기쁨도 잠시, 고향에 이 사람을 받아줄 자리가 있는지 혹은 오랜 세월이 지났으니 가족 누군가가 죽었거나 해서 아버지와 아우들의 재산이나 생활에 큰 변화가 일어났고 만일 아버지도 아우들도 없이 겨우 제 얼굴을 알고 있는 사람들만 만나게 되지나 않을까 하는 불안에 마음이 어두워지곤 합니다. 여러분, 제 신상에 대해서 더 이상 말씀드릴 것은 없습니다. 얘기가 재미있었는지 신기했는지는 여러분의 현명하신 머리로 판단해주십시오. 저로서는 좀 더 간단히 얘기했으면 좋았을 것이라고 말씀드리고 싶군요. 사실을 말하자면, 여러분이 지루할까 봐 서너 가지 것들을 말씀드리지 않았습니다."

제 42 장

뒤이어 주막에서 벌어진 일과 그 밖에 알아둘 만한 여러 사건에 대하여

포로가 이렇게 이야기하고 나자, 돈 페르난도가 다음과 같이 말했다.

"대위님, 당신이 그 기이한 사건을 이야기하는 솜씨가 어찌나 대단한지 새롭고도 신기한 이야기를 들은 듯합니다. 온통 희한한 이국적인 내용이라 듣고 있는 사람들은 그만 놀라 넋을 잃게 되는군요. 내일 아침 다시 똑같은 얘기를 듣는다 하더라도 마치 또 다른 이야기를 듣기라도 하듯 재미나게 들을 것 같습니다."

돈 페르난도가 이렇게 말하는 것과 동시에 그를 비롯하여 카르데니오와 그 밖에 모든 사람들이 가능한 한 최선을 다해 그를 돕겠다고 어찌나 다정하고 진심 어리게 제안했는지, 포로는 사람들의 호의에 무척 기뻐했다. 특히 돈 페르난도는 만일 자기와 함께 자신의 집으로 간다면 후작이신 형님이 소라이다가 세례를 받을 때 대부가 되어줄 것이며, 대위의 신분에 걸맞은 위상과 필요한 물건을 갖추어 귀향할 수 있도록 자신도 지원해주겠노라고 했다. 그러나 포로는 예를 갖추어 감사를 드릴 뿐 그 후한 제의를 끝내 받아들이려 하지 않았다.

어느덧 저녁이 찾아오고, 캄캄한 어둠이 내릴 무렵 말 탄 사람 몇 명과 마차 한 대가 주막에 당도했다. 그들은 하룻밤 묵어가기를 청했는데, 주막 안주인은 주막이 꽉 차 완전히 만원이라고 대답했다.

"아무리 그래도 그렇지." 말을 타고 온 사람 중 하나가 말했다. "여기 오신 판관 나리께서 주무실 공간이 없겠는가?"

판관이라는 소리에 주막 안주인이 당황하여 말했다.

"나리, 공간은 있는데 침상이 없다는 말이지요. 하지만 판관 나리께서 침상을 가지고 오셨다면, 틀림없이 가지고 오셨을 것인데, 어서 들어오십시오. 나리께서 묵으실 수 있도록 저희 방을 비워드릴 테니까요."

"그거 잘되었군." 종자가 말했다.

이때 이미 마차에서 한 남자가 내려서고 있었는데, 그 차림새를 보기만 해도 남자의 직업과 지위를 알아볼 만했다. 그가 입고 있는, 실꾸러미 같은 것들이 주렁주렁 매달려 소매 끝이 너풀거리는 긴 겉옷이 종자가 말한 것처럼 판관이라는 것을 보여주고 있었기 때문이다. 이 사람은 한 소녀의 손을 잡고 마차에서 내렸는데, 많아야 열여섯 살쯤 되어 보이는 소녀는 여행복 차림인데도 어찌나 화사하고 아름답고 세련되었는지 모두들 그 모습에 감탄해 마지않았다. 운 좋게도 이 주막에 묵고 있는 도로테아와 루신다, 소라이다를 보지 못했더라면, 이 소녀와 같은 미인을 찾아보기 힘들 것이라고 여겼을 것이다. 그곳에 있던 돈키호테가 판관과 소녀가 함께 들어오는 것을 보고 말했다.

"귀하는 당연히 이 성에서 쉬실 수 있습니다. 좁고 불편한 곳이지만 무와 문에게 빈자리를 내어주지 못할 만큼 좁고 불편한 곳은 이 세상 어디에도 없지요. 또한 무나 문이 미인을 안내하고 모셔 오는 경우 더욱더 그러한 법인데, 문인인 귀공이 이 아름다운 아가씨를 모셔 온 것이 바로 그런 경우입니다. 이 아가씨를 맞이하려면 성문이 열리고 성채가 그 모습을 드러내야 할 뿐 아니라, 돌덩이들이 치워지고 산봉우리도 갈라져 고개 숙여야 할 것입니다. 귀하는 이 낙원으로 들어오십시오. 이곳에서라면 귀하께서 모셔 오신 하늘에 어울릴 만한 별들과 태양을 발견하게 될 것이고, 이곳에도 무가 무르익어 있음과 미 또한 최고조에 달해 있음을 보게 되실 테니까요."

판관은 돈키호테의 말을 듣고 놀라 그를 찬찬히 살펴보았다. 그리고 그의 말보다 그 몰골에 한층 더 놀랐다. 그래서 대답할 마땅한 말을 생각해내지 못하고 있는데, 눈앞에 루신다와 도로테아와 소라이다가 나타나자 또 한 번 감탄하게 되었다. 그녀들은 주막집 안주인에게서 새로운 손님이 왔다는 소식과 소녀의 미모에 대해 전해 듣고는 아가씨를 구경하고 맞이하러 나온 것이었다. 이에 반해 돈 페르난도, 카르데니오, 신부는 그리 호들갑을 떨지 않고 그저 정중하게 아가씨를 맞이했다. 사실 판관은 지금껏 보고 들은 일에 그저 어안이 벙벙할 뿐이었으나, 일단 주막집으로 들어서자 미녀들이 아름다운 소녀를 반갑게 맞아주었다.

결국 판관은 주막에 묵고 있는 사람들이 하나같이 고귀한 신분의 사람들이라는 것을 깨달을 수 있었다. 다만 돈키호테의 몰골과 행태만이 도무지 납득할 수 없을 뿐이었다. 마침내 사람들은 서로 정중하게 인사를 나눈 뒤, 주막의 상황을 가늠해본 결과 기존에 정해놓은 대로 따르기로 했다. 모든 여자들은 이미 언급한 바와 같이 다락방에 들어가서 자고, 남자들은 여인들을 경호하기 위해 방 밖에 머문다는 것이었다. 판관도 자기 딸이 그 부인들과 함께 지내게 된 것에 만족했고, 아가씨도 기꺼이 그렇게 하겠다고 했으며, 여관의 좁은 침대에 판관이 가지고 온 침구의 절반을 더하여 여자들은 그날 밤을 예상했던 것보다 훨씬 편안하게 보낼 수 있었다.

포로는 처음 판관을 보는 순간부터 혹시 자신의 동생일지도 모른다는 예감으로 심장이 온통 쿵쾅거렸다. 그래서 참다못해 판관을 모시고 온 하인 중 한 사람에게 판관의 이름과 출신지를 아느냐고 물었다. 그러자 하인은, 판관의 이름은 학사 후안 페레스 데 비에드마이며, 레온 지방 어느 산악 마을 출신이라고들 하는 소리를 들은 적이 있다고 했다. 포로는 이런 정황과 자신의 눈으로 확인한 바로 미루어볼 때, 판관이 부친의 권고에 따라 학문의 길을 떠난 자신의 동생임을 확신할 수 있었다. 기쁨에 들뜬 포로는 돈 페르난도와 카르데니오, 그리고 신부를 따로 불러 이 사실을 알려주면서, 판관이 자신의 동생이 틀림없다고 했다. 그 하인은 판관이 아메리카 신대륙, 즉 멕시코 대법원에 판관으로 부임해 가는 길이라는 말도 해주었다. 또한 그 어린 소녀는 판관의 딸로, 어머니는 그녀를 낳다가 세상을 떠났는데, 딸에게 막대한 유산을 남기고 감으로써 소녀와 함께 그 많은 재산이 가문의 것이 되어버려 판관 역시 갑부가 되었다고 했다. 그래서 포로는 어떤 식으로 자신의 신분을 밝히는 게 좋을지, 그리고 그에 앞서 형제임이 밝혀진 후 자신의 빈곤한 처지를 알게 된 동생이 과연 자신을 박대할지 아니면 따뜻하게 환대할지 알고 싶다며 세 사람에게 충고를 구했다.

"그 문제라면 내게 맡겨주십시오." 신부가 말했다. "대위님, 나는 동생분이 대위님을 기꺼이 반길 것이라는 것 말고 다른 생각은 할 수조차 없습니다. 동생분의 훌륭한 용모에서 풍기는 용기와 신중함으로 볼 때, 거만함이나 몰지각함 같은 징후는 전혀 보이지 않을뿐더러, 그런 분이라면 인생이 운에 따라 좌지우지된다는 것을 모르지 않을 것이기 때문입니다"

"그렇지만," 포로가 대답했다. "저는 느닷없이 '나요' 하고 나서기보다는 먼저 이모저모로 떠본 다음 내 신분을 밝히고 싶습니다."

"아까도 말씀드렸다시피," 신부가 말했다. "모두가 만족할 만한 방법으로 일을 진행해보도록 하겠습니다."

이미 저녁 식사가 준비되어 모두 식탁에 둘러앉았고, 포로와 여자들만 따로 방에서 식사를 하기로 했다. 저녁 식사 중에 신부가 말을 꺼냈다.

"판관 나리, 제가 몇 해 동안 포로 생활을 했던 콘스탄티노플에 나리와 똑같은 성을 가진 동료가 하나 있었습니다. 아마도 에스파냐 보병대의 사병과 장교들을 통틀어 가장 용감한 군인이었을 겁니다. 하지만 성실함과 용맹이 넘쳐흐르는 만큼이나 불운도 많이 지닌 사람이었지요."

"그 군인의 이름이 무엇이었습니까, 신부님?" 판관이 물었다.

"그 이름은," 신부가 대답했다. "루이 페레스 데 비에드마였습니다. 레온 산악 지방의 어느 마을 출신이었는데, 자신의 아버지와 형제들 사이에 있었던 일들을 들려주기도 했지요. 그처럼 성실한 사람에게서 나온 이야기가 아니었더라면, 아마도 기나긴 겨울밤 난롯가에서 할머니들이 들려주시던 옛날이야기 정도로 생각하고 말았을 겁니다. 동료의 말에 따르면, 어느 날 그의 부친께서 세 아들에게 재산을 분배해주며, 카토의 교훈보다 더 훌륭한 교훈을 남기셨다는군요. 제가 알고 있는 바에 따르면, 제 동료는 전쟁터를 선택했고, 그 결과가 좋아 몇 년 지나지 않아 다른 어떤 이의 도움 없이 자신의 여러 장점만으로, 오로지 자신의 용기와 노력만으로 보병 대위가 되었을 뿐 아니라, 장차 보병 연대장 직위에도 오르리라는 기대를 한 몸에 받게 되었답니다. 그런데 그만 운명이 뒤바뀌고 말았습니다. 행운을 기대하고, 그 행운을 잡을 수 있으리라 생각한 바로 그곳에서 행운을 놓치게 되었던 겁니다. 수많은 사람들이 자유를 되찾은 행복에 겨웠던 레판토 해전에서 오히려 그는 자유를 잃고 만 거지요. 저는 라 골레타에서 붙잡혔는데 그 후 산전수전을 다 겪은 후에 콘스탄티노플에서 그를 다시 만나 함께 지내게 되었습니다. 그러다 그는 알제로 이송되었는데, 바로 그곳에서 지금까지 세상에서 일어난 일 중 가장 희한한 일이 그에게 일어났다는 것을 알게 되었습니다."

이어서 신부는 소라이다와 판관의 형 사이에 있었던 일들을 짤막하게 이야기했고, 판관은 신부의 이야기를 그 어느 때보다 더 열심히 경청했다. 신부는 프랑스인들이 배를 타고 온 그리스도교도들을 약탈하여 자신의 동료와 아름다운 무어인 아가씨가 갖고 있던 것을 몽땅 털어갔다는 것까지만 이야기하고, 그 뒤에 두 사람에게 어떤 일이 벌어졌는지, 에스파냐에 도착했는지, 혹은 프랑스인들이 그들을 프랑스에 데려갔는지에 대해서는 알지 못한다고 했다.

포로는 신부가 들려주는 모든 이야기들을 멀찍이에서 들으며 동생의 행동 하나하나를 지켜보고 있었다. 동생은 신부의 이야기가 거의 막바지에 다다르는 것을 보고 큰 한숨을 내쉬면서 눈물이 글썽글썽한 눈으로 다음과 같이 말했다.

"오, 신부님! 저에게 이야기해주신 소식들이 얼마나 제 심금을 울렸는지는 제가 아무리 자제하려 해도 이 눈물을 감추지 못하는 것을 보면 아실 겁니다! 신부님께서 말씀하신 그토록 용감한 대위는 바로 저의 큰 형님이신데, 저나 동생*보다 훨씬 강하고 고매한 생각을 지닌 분으로, 신부님께서도 들으셨다던, 그러니까 저희 부친께서 자식들에게 제안하셨던 세 가지 길 가운데서도 명예롭고 숭고한 군인의 길을 택하신 분입니다. 저는 학문을 택했고 하느님과 저의 노력으로 지금 보시는 바와 같은 위치에 오르게 되었습니다. 제 동생은 페루에 있는데 그곳에서 큰 부자가 되어, 아버님과 저에게 돈을 보내주었습니다. 그 돈은 본인이 아버님에게서 받은 돈을 되갚은 셈 칠 수 있을 만큼 넉넉했던 데다가, 아버님께 보내드리는 용돈은 그분의 낭비벽

*이 부분은 세르반테스의 착오로, 판관은 삼형제 가운데 막내이므로 동생이 아니라 둘째형이라고 하는 것이 옳다.

을 충족시키기에도 부족함이 없을 정도였습니다. 그 덕분에 저도 더욱 강직하고 올곧게 학문에만 정진하여 지금의 위치에 오를 수 있었고요. 부친께서는 이제 사실 날이 얼마 남지 않으신 듯한데, 장남의 소식을 알고 싶은 소망으로 아들을 보기 전까지는 눈을 감지 못하겠다시며 하느님께 끊임없이 기도만 드리고 계십니다. 제가 이상하게 여기는 것은, 그토록 신중하신 형님이 그런 고통과 슬픔에 처했을 때나 혹은 좋은 일이 있을 때 아버지께 소식을 전하는 일을 왜 소홀히 했는가 하는 점입니다. 만일 아버지께서 형님에게 일어난 그 일들을 아셨더라면, 혹은 저희 형제들이라도 알았더라면 형님이 자유를 되찾기 위해 지푸라기라도 잡는 심정으로 마냥 기적을 기다릴 필요는 없었을 텐데 말입니다. 하지만 지금으로서는 프랑스인들이 형님을 풀어주었는지, 아니면 자신들의 약탈 행위를 덮기 위해 죽인 것은 아닌지 하는 걱정뿐입니다. 이제 이번 여행을 떠날 때의 기쁨은 모두 사라지고 대신에 우울하고 슬픈 여행을 해야 할 것 같습니다. 오, 훌륭한 나의 형님, 형님께서 어디에 계신지 누가 알까요! 설혹 제가 대가를 치르는 한이 있더라도 반드시 형님을 찾아내어 고통에서 벗어날 수 있도록 하겠습니다. 오, 비록 형님이 베르베리아의 가장 깊은 감옥에 있다 하더라도 목숨만은 부지하고 있다는 소식을 노쇠하신 아버지께 전해줄 사람이 없을까! 그러면 아버지의 재산, 동생과 나의 재산까지 다 써서라도 형님을 구해드릴 텐데. 오, 아름답고 관대한 소라이다여, 그대가 우리 형님에게 베푼 후의에 대해 누가 보답하게 될 것인가! 그대의 영혼이 다시 태어나고 그대가 결혼하는 것을 보게 될 수 있을까! 그렇게만 된다면 우리들 모두가 진심으로 기뻐할 텐데!"

형의 소식에 큰 연민을 느낀 판관은 이런저런 같은 맥락의 말을 되풀이했고, 그의 이야기를 들은 사람들은 모두 그의 눈물에 동정을 표했다.

신부는 자신의 의도와 포로가 바라던 바가 잘 이루어진 것을 보고, 사람들을 더 이상 슬픔 속에 두고 싶지 않아 식탁에서 일어나 소라이다가 있던 곳으로 들어가 그녀의 손을 잡고 나왔다. 그녀 뒤로 루신다와 도로테아, 그리고 판관의 딸이 따라 나왔다. 포로는 신부가 무엇을 하려는지 보며 기다리고 있었는데, 신부는 포로에게 다가가 다른 손으로 포로의 손을 붙잡고 두 사람을 데리고서 판관과 다른 사람들 앞으로 가서 말했다.

"판관 나리, 이제 눈물을 거두시고, 당신이 바랄 수 있을 만큼 최대한 희망을 가져도 좋습니다. 왜냐하면 지금 앞에 계신 분들이 당신의 훌륭하신 형님과 형수님이니까요. 여기 계신 이분이 바로 비에드마 대위님이시고, 이분이 형님께 선심을 베풀어주신 아름다운 무어인 아가씨랍니다. 당신에게 말했던 프랑스인들이 이분들을 보시다시피 고난에 찌들게 했지만, 이것이 당신에게는 넓은 가슴으로 관대함을 보여줄 수 있는 기회가 된 것입니다."

포로가 동생에게 달려가 포옹하자 동생은 두 손으로 형의 가슴을 밀어내며 조금 떨어져서 그를 바라보았다. 그러고는 자신의 형임을 알아보자마자 그를 꽉 끌어안고 기쁨의 눈물을 쏟아냈다. 그 자리에 있던 다른 사람들도 함께 눈물을 흘리며 기뻐해주었다. 형제간에 오간 정담과 감동은 헤아릴 수 없었고, 글로 형용할 수도 없을 정도였다. 두 형제는 그 자리에서 간략하게 그간 있었던 일들을 이야기했고, 형제간의 진한 우애를 드러냈으며, 판관은 소라이다를 부둥켜안고 자신의 재산을 그녀에게 주겠다고 말하며 자기 딸에게도 소라이다를 껴안도록 했다. 너무나도 아름다운 그리스도교도 여인과 역시 매우 아름다운 무어인 여인은 모든 사람들로 하여금 다시 한 번 눈시울을 적시게 했다.

그 자리에 있던 돈키호테는 아무 말 없이 그 기이한 사건을 주의 깊게 지켜보며, 이 모든 일들이 편력기사의 망상 탓이라고 생각했다. 포로와 소라이다는 이제 세비야로 돌아가, 부친에게 당신의 아들을 찾았으며 그가 자유의 몸이 되었다는 소식을 전하고, 소라이다의 결혼식과 세례식에도 참석할 수 있도록 하자는 이야기를 동생과 함께 의논했다. 판관은 지금 하는 여행의 일정을 변경할 수 없었는데, 세비야에서 누에바 에스파냐*로 가는 선대(船隊)가 한 달 뒤에 출발할 예정이었으므로 만약 판관이 그 배를 놓치게 되면 난처한 상황에 처할 수 있기 때문이었다.

결국, 모두들 포로의 일이 잘 마무리된 데 대해 흡족해하고 기뻐했다. 그리고 이미 밤도 거의 3분의 2나 지났기에 각자 가서 쉬기로 했다. 돈키호테는 성을 경비해야 한다고 제안했는데, 그 이유는 어떤 거인이나 다른 불한당들이 습격하여 이 성 안에 감추어져 있는 '아름다움'이라는 귀한 보물을 욕심낼지도 모른다는 것이었다. 그를 아는 사람들은 그에게 고마워했고, 판관에게도 돈키호테의 기이한 행동에 대한 전말을 들려주어 판관은 돈키호테에 대해 적잖은 흥미를 갖게 되었다.

다만 산초 판사만이 늦어지는 잠자리에 초조해했다. 그리고 결국 가장 좋은 침상에서 편히 쉬게 되었다. 사실 그 침상이라는 것은 바로 당나귀 마구였는데, 산초는 그 마구 덕분에 비싼 대가를 치르게 된다. 그 이야기는 나중에 차차 하도록 하겠다.

여자들이 방으로 들어가고 나머지 사람들도 그럭저럭 잠자리를 찾아 들어갔지만, 돈키호테만은 약속한 대로 성의 보초를 서기 위해 주막 밖으로 나갔다.

그런데 새벽 동이 트기 직전, 어디선가 매우 구성지게 노래를 부르는 목소리 하나가 여자들의 귓가에 들려왔다. 그 목소리가 어찌나 아름다웠는지

---

*스페인 왕국이 신대륙을 정복한 후 통치를 위해 부왕국 '누에바 에스파냐'를 1535년부터 1821년까지 설치 운영했는데, '새로운 스페인'이라는 의미이다.

모두들 귀를 기울일 수밖에 없었고, 특히 도로테아는 잠에서 완전히 깨어나 있었다. 그녀 옆에는 클라라 데 비에드마가 자고 있었는데, 이것이 판관 딸의 이름이었다. 어느 누구도 그렇게 훌륭하게 노래하는 사람이 누구인지 알 수 없었으나, 분명 반주도 없이 들려오는 한 사람의 목소리였다. 어찌 들으면 앞마당에서 들려오는 것도 같았고, 또 어찌 들으면 마구간 쪽에서 들려오는 것도 같아, 여자들은 의아한 심정으로 노랫소리를 경청하고 있었는데, 마침 카르데니오가 문 앞으로 다가와 말했다.

"주무시지 않는 분들은 들어보십시오. 노새 모는 소년의 아름다운 노랫소리가 들려오지 않나요?"

"이미 듣고 있었어요." 도로테아가 대답했다.

도로테아의 대답에 카르데니오는 돌아갔고, 도로테아는 온 신경을 집중해 노랫소리에 귀 기울였다. 노랫말은 다음과 같았다.

제43장

여기에서는 노새 모는 소년의 유쾌한 이야기와 주막에서 일어난 그 밖의 기묘한 일들을 이야기한다

나는 사랑의 뱃사공
깊은 바다 위를
어느 항구에 도달하리라는
희망도 없이 항해한다네.

저 멀리 보이는 별을 향해
나는 가고 있다네,
팔리누로*가 보았던 것보다
더 아름답고 찬란하게 빛나는 별.

어디로 가는지 알지도 못한 채
나는 혼란 속에서 항해한다네,

*베르길리우스의 《아이네이스》에서 바다를 항해하는 배의 조종사.

주의 깊게, 조심스럽게, 무심한 듯
별을 응시하는 나의 영혼.

지나칠 정도의 정숙함과
쓰임에 맞지 않은 정직함은
내가 보고 싶어 애가 타는 저 별을
보지 못하게 가리는 구름이라네.

오, 맑고 빛나는 별이여,
그대 빛으로 나를 깨끗하게 해주오!
그대 내게서 사라져 보이지 않으면
그 순간이 나의 죽음이 되리.

노래가 여기까지 이르자 도로테아는 이렇게 훌륭한 노래를 클라라에게 들려주지 않는 건 옳지 못하다는 생각이 들었다. 그래서 클라라를 이리저리 흔들어 깨우면서 말했다.

"깨워서 미안해요, 아가씨. 하지만 아가씨가 한 번도 들어본 적이 없는 훌륭한 노래를 들을 수 있을 거예요."

클라라는 잠에 흠뻑 취한 채로 눈을 떴는데, 처음엔 도로테아가 하는 말을 이해하지 못하여 다시 물은 다음에야 노래를 주의 깊게 들었다. 그러더니 노랫가락을 두 소절도 채 듣지 않았는데, 마치 무슨 중병에 걸린 환자처럼 이상하게 몸을 떨며 도로테아에게 꼭 안기더니 말했다.

"아, 나의 영혼과 나의 삶의 친구여! 왜 나를 깨우셨나요? 운명이 지금 나의 눈과 귀를 막아버릴 수만 있다면 정말 좋겠어요. 저 불행한 악사를 보지도 듣지도 못하게 말이에요."

"무슨 말이에요, 아가씨? 노래를 부르는 사람은 노새를 몰고 온 젊은이라던데요."

"그렇지 않아요. 그는 영지를 갖고 계신 분이에요." 클라라가 대답했다. "제 영혼에도 확실히 영지를 갖고 계신 분이란 말이에요. 그분이 버리려고 하지 않는 한 영원히 그에게서 떼어낼 수 없는 것이에요."

도로테아는 소녀의 감상적인 말에 놀라워하며 나이에 비해 매우 분별력이 있다고 생각했다. 그녀가 말했다.

"클라라 아가씨, 아가씨가 하는 말을 이해할 수가 없군요. 영혼과 영지에 관한 말들이 무엇인지, 아가씨를 불안하게 하는 저 노랫소리의 주인공인 악사에 관해서 분명하게 이야기해주세요. 하지만 지금은 아무 말 하지 마세요. 아가씨 얘기를 듣느라 노래를 감상하지 못하는 건 싫으니까요. 새로운 소절을 다른 선율로 부르는 것 같네요. 잘 들어보세요."

"좋으실 대로 하세요." 클라라가 대답했다.

그러고는 노래를 듣지 않기 위해 두 손으로 양쪽 귀를 꽉 막았고, 이를 본 도로테아는 다시 한 번 놀랐다. 도로테아는 노랫소리에 귀를 기울였다.

나의 달콤한 희망이여,
불가능과 역경을 헤쳐나가며
그대가 만들어놓고 이끄는 그 여정을
강건히 가고 있네.
그대가 죽음과 늘 함께 걷고 있다는 걸 알더라도
두려워하지 마라.

게으른 자들은 명예로운 승리도 성공도 얻지 못하고,
행복해질 수 없다네.
운명에 맞서지 않고
모든 의미를 나태함에 넘겨주는 자들이라네.
사랑이 그 영광을 비싸게 값 매기는 것은
매우 합리적이며 정당하다네.

자신의 기쁨으로 얻은 보물보다
더 가치 있는 보물은 없다네,
손쉽게 얻은 물건이 가치가 없다는 것은
당연한 일이리라.
아마도 사랑의 집념은
불가능한 일을 해낼 것이리라.

그래서 나는
나의 집념으로 역경을 헤치며
사랑을 계속하리라.
그리고 나는
지상에서 하늘에 이르지 못할까
걱정하지 않는다.

여기서 노랫소리가 끝나자 클라라가 흐느끼기 시작했다. 도로테아는 그토록 부드러운 노래와 슬픈 눈물을 야기한 사연이 뭔지 알고 싶었다. 그래서 클라라에게 아까 하고 싶었던 이야기가 무엇인지 다시 물었다. 그러자 클라라는 루신다가 이야기를 들을까 걱정하면서 도로테아에게 꼭 안기고는 그녀의 귀에 대고 다른 사람이 듣지 못하도록 말하기 시작했다.

"노래하는 사람은 아라곤 왕국 출신 어느 기사의 아들로 두 영지의 주인이랍니다. 그는 마드리드에 있는 우리 집 앞에 살았어요. 저의 아버지는 집의 창문을 겨울에는 천으로, 여름에는 그물창으로 막아놓았는데, 어떻게인지는 저도 모르겠지만 공부를 하러 오가시던 그분이 교회인지 어딘지 모를 장소에서 저를 보았던 것 같아요. 결국 그분은 사랑에 빠져서 자기 집 창문에서 많은 몸짓으로, 눈물로 저를 설득하려 하셨지요. 저는 그분이 원하는 것이 무엇인지도 모른 채, 그분을 믿고 게다가 사랑하지 않을 수 없게 되었어요. 그분이 저에게 보낸 몸짓 중에는 한 손을 다른 손에 포개는 동작이 있었는데, 그건 결혼하자는 의미였던 것 같아요. 물론 저도 그렇게 되면 얼마나 좋을까 생각했지만, 제가 외동딸이고 어머니도 안 계시니 상의할 사람이 없어, 저의 아버지가 외출하시고 그분의 아버지도 집에 안 계실 때 천이나 그물창을 올리고서 제 모습을 보여줄 뿐 그 밖의 다른 호의는 보여주지 못하고 있었어요. 이것으로도 그분은 매우 기뻐하며 정신이 나간 사람 같은 행동을 보이셨죠. 그러던 중 저의 아버지가 새로운 임지로 발령받았고, 그 사실을 그분도 알게 되셨어요. 제가 알려드린 건 아니에요. 저는 차마 말씀드릴 수가 없었거든요. 그분은 병들어 누우셨는데, 제가 보기엔 낙담해서 그러셨던 것 같아요. 그래서 우리가 떠나는 날에 눈인사라도 하고 싶었지만 그분을 보지 못했죠. 그런데 떠나온 지 이틀째 되던 날 여기에서 하루 정도 걸리는 거리의 어느 주막에 들어갈 때 현관에서 노새몰이꾼 차림을 한 그분을 보았던 거예요. 너무나 자연스러운 모습이어서 제가 만일 그분을 제 마음속에 그려 넣지 않았더라면 알아볼 수 없을 정도였어요. 그분을 알아보고는 놀랍고도 반가웠지요. 그분은 아버지의 눈을 피해 저를 바라보았고, 길에서 제 앞을 지나갈 때도, 또 우리가 묵은 주막에서도 늘 아버지를 피해 숨어 있었어요. 저는 그분이 누구인지 아는 터라 저에 대한 사랑으로 그토록 고생스럽게 걸어서 여기까지 왔다고 생각하니 너무나도 슬펐고, 그분의 발이 닿는 곳에 저의 시선이 머물렀어요. 그분이 무슨 의도로 오셨는지, 그분의 아버지에게서 어떻게 도망쳐 나올 수 있었는지 모르겠어요. 그분 아버지께서는 다른 상속자도 없는 데다 그분이 상속자가 되기에 손색이 없을 만큼 훌륭하신 분이라 아드님을 유난히 사랑하시거든요. 또 할 말이 있어요. 그분이 노래하는 것들은 모두 그분 머리에서 나온 것이에요. 그분이 대단히 총명한 학생이고 시인이라고 말하는 것을 들은 적이 있어요. 그리고 또 있어요. 제가 그분을 보거나 그분 노래를 들을 때마다 제 몸을 떨고 소스라치게 놀라는 것은 제 아버지가 그를 알아보고 우리의 소망을 알까 두려워서랍니다. 저는 한 번도 그분과 이야기를 나눠보지 못했지만, 그래도 그를 사랑하고 그분 없이는 살 수 없어요. 부인, 부인께서 목소리가 아주 좋다고 말씀하신 그 악사에 대해 제가 이야기할 수 있는 건 이것이 전부랍니다. 노래만 잘 들어보셔도 그분이 노새몰이꾼이 아니라 제가 말씀드린 대로 영지와 마을 주민들의 상전이라는 것을 아실 거예요."

"이제 더 이상 말하지 마세요, 클라라 아가씨." 도로테아가 말하며 그녀에게 수천 번쯤 입을 맞추었다. "더 이상 말하지 마시고 내일까지 기다려요. 당신들의 사랑이 정결하게 시작된 만큼 행복한 결말을 맺도록 하느님께서 인도해주실 거예요."

"아, 부인!" 클라라가 말했다. "무슨 결말을 기대할 수 있겠어요? 그분 아버지가 그토록 지체 높고 부유하신 분이라면, 제가 아드님의 하녀도 될 수 없다고 생각하실 텐데 하물며 어떻게 그분의 아내가 될 수 있겠어요? 그렇다고 제 아버지 몰래 결혼한다는 것은 세상을 다 준다고 해도 하지 않겠어요. 단지 저는 그분이 저를 포기하고 집으로 돌아가시길 바랄 뿐이랍니다. 우리가 가는 길에 그분을 보지 않고 아주 멀리 떨어져 지낸다면, 지금의 제 고통도 줄어들 거예요. 제가 생각하는 이 방법도 저에게 별로 도움이 되지 못하리라는 것을 알지만요. 어떻게 일이 이 지경에 이르렀는지, 그분에 대한 사랑이 어떻게 내 안으로 들어왔는지 모르겠어요. 저는 아직 어리고 그분 또한 마찬가지거든요. 우리가 동갑인 것이 확실하고, 저는 아직 열여섯 살이 안 되었어요. 산 미겔의 날이 되면 열여섯 살이 된다고 아버지께서 말씀하셨거든요."

도로테아는 클라라가 소녀처럼 말하는 것을 듣고 웃지 않을 수 없었다. 도로테아가 말했다.

"이제 잡시다, 아가씨. 밤도 얼마 안 남았고, 하느님께서 곧 아침 해를 뜨게 하실 거예요. 아마 다 잘될 거예요. 내가 이런 건 잘 알거든요."

이렇게 둘은 잠자리에 들었고 온 주막이 정적에 싸였다. 오직 주인집 딸과 하녀 마리토르네스만이 잠들지 않고 있었는데, 이들은 돈키호테가 도가 지나친 용기를 갖고 있고, 무장을 한 채 말을 타고 주막 밖에서 보초를 서고 있다는 것을 알고는 그를 한번 골려주거나 아니면 적어도 그의 엉터리 같은 소리를 잠시 들어보기로 했다.

주막에는 들판을 향해 나 있는 창문이 없는 대신, 밖에서 밀짚을 던져 넣는 작은 구멍이 위쪽으로 하나 나 있었다. 이 구멍으로 말괄량이 두 아가씨가 돈키호테가 말 위에 앉아 투창에 기대어 이따금씩 고통스럽고 깊은 한숨을 내쉬는 걸 보았는데, 그때마다 마치 영혼을 뿌리째 뽑아내는 것만 같았다. 그러면서도 부드럽고 즐겁고 사랑스러운 목소리로 말하는 것을 들었다.

"오, 나의 둘시네아 델 토보소 공주여! 모든 아름다움의 극치, 신중함의 정점, 훌륭한 우아함의 보고, 정숙함의 창고, 그리고 마지막으로 이 세상에 존재하는 모든 유익하고 정직하며 즐거운 것의 이상이시여! 그대께서는 지금 무엇을 하고 계신가요? 오직 그대를 섬기고자 수많은 위험들 앞에 스스로 몸을 내맡기는 그대의 포로인 이 기사를 생각하고 계신 것은 아닌지요? 그대의 소식을 내게 전해주오. 오, 세 얼굴의 빛*이여! 아마 내 여인의 아름다운 모습에 질투가 나서 지금도 그녀를 바라보고 있겠지. 그녀는 자신의 화려한 궁전에 있는 어느 화랑을 산책하거나 혹은 어느 발코니 위에 가슴을 기대고는, 자신의 정결함과 고귀함에 해를 끼치지 않고 어떻게 하면 자신으로 인해 슬픔에 젖은 내 마음의 폭풍을 가라앉힐 수 있을지, 나의 고통에 어떤 영광을 주어야 할지, 어떻게 나를 위험에서 꺼내줄지, 그리고 궁극적으로 나의 죽음에 어떤 삶을 주고 나의 봉사에 어떤 보상을 내려주실지를 생각하고 계시겠지. 그러니 그대 태양이여, 분명히 그대의 말 위에 급히 안장을 얹어놓고 날이 새면 나의 공주님을 뵈러 나갈 채비를 하고 있으렷다. 그녀를 보자마자 나의 안부 또한 잊지 말기를. 그렇지만 그녀 얼굴에 입맞춤을 하지 않도록 주의하라. 만일 그랬을 경우 내가 그대에게 갖게 될 질투심은, 그대가 테살리아 평원인가 페네오스 해안을 땀을 뻘뻘 흘리며 달려갔을 당시 재빠르고 무정한 저 아가씨를 향해 가졌던 질투심보다 클 것이다.** 그대가 질투심에 휩싸이고 사랑에 빠져 달렸던 곳이 어디인지 잘 기억나지는 않지만."

돈키호테의 구슬픈 어조가 이쯤 달하자 주인집 딸이 그를 부르기 위해 입을 열었다.

---

*달의 모습(보름달, 초승달, 그믐달)을 말한다.

**태양의 신 아폴론은 에로스가 쏜 사랑의 화살을 맞고 강의 신 페네오스의 딸인 다프네를 사랑하게 되었지만, 에로스가 쏜 증오의 화살을 맞은 다프네는 아폴론을 피해 테살리아로 도망갔고, 아폴론은 그런 다프네를 쫓아가 강제로 겁탈하려 했으나 페네오스가 딸을 월계수로 변하게 해 위기를 모면했다.

"기사님, 기사님께서 괜찮으시면 이리로 와보세요."

돈키호테는 소리가 나는 쪽으로 고개를 돌렸고, 밝은 달빛 아래 보이는 구멍에서 누군가가 자신을 부르고 있는 것을 알았다. 그에게는 그 구멍이 창문으로 보였는데 더구나 금으로 창살을 덧댄 것으로 보였으니, 주막을 아주 호화로운 성이라고 착각하는 그에게는 딱 맞는 모습이었다. 그러자 곧 또다시 정신 나간 생각이 들었는데, 이곳 성주의 딸인 아름다운 아가씨가 사랑에 빠져 그에게 청혼하러 온 거라고 착각한 것이었다. 그는 예의도 없고 배은망덕한 사람으로 보이지 않기 위해서 로시난테의 고삐를 돌려 구멍으로 다가갔고, 거기서 젊은 여자들을 보고는 단호하게 말했다.

"참으로 유감입니다, 아름다운 아가씨. 그대의 고귀함과 우아함에 합당한 보답을 할 수 없는 곳에 마음을 두셨군요. 이 미천한 편력기사를 나무라지 마십시오. 이 몸은 첫눈에 영혼의 절대적인 주인이 되신 그분 외에 다른 여인에겐 마음을 바칠 수 없는 사랑을 갖고 있으니 말입니다. 나를 용서하시고 집으로 들어가세요, 착한 아가씨. 그대의 소망을 이제 그만 말씀하시고 나를 더 배은망덕한 사람으로 만들지 말아주십시오. 나에 대한 그대의 사랑 외에 그대를 흡족하게 할 만한 다른 것이 있거든 요청하십시오. 나에게 상처를 주지만 항상 달콤한 저기 멀리 계신 님을 두고 맹세하오니, 설령 그대가 메두사의 뱀 머리나 유리병에 찬 햇빛을 요구한다 해도 모두 들어드리겠습니다."

"우리 아가씨는 그런 건 필요 없으세요, 기사님." 마리토르네스가 말했다.

"그대의 아가씨는 무엇을 필요로 하시는가, 사려 깊은 여인이여?" 돈키호테가 물었다.

"기사님의 부드러운 한쪽 손만 내밀어주시면 돼요." 마리토르네스가 말했다. "아가씨를 이 구멍으로 오게 만든 그 큰 소망을 풀어주시려면 말이지요.

이것도 아가씨의 명예를 아주 위태롭게 하는 일이긴 한데요, 만일 아가씨의 아버님이 아시는 날엔 아가씨는 귀보다 더 작게 토막이 날 거거든요."

"그런 일이 있을 수 있다면 한번 보고 싶군!" 돈키호테가 대답했다. "하지만 사랑에 빠진 딸의 연약한 팔다리에 손찌검을 함으로써 세상에서 가장 추잡한 최후를 맞이하는 아버지가 되고 싶지 않다면, 아가씨의 아버지가 그렇게는 못 하실 것이오."

마리토르네스는 돈키호테가 틀림없이 손을 내밀 거라고 생각하고는 어떻게 할까 생각에 잠겼다가 구멍에서 내려와 마구간으로 가서 산초 판사의 당나귀 고삐를 갖고 재빨리 구멍으로 되돌아왔다. 때마침 돈키호테는 상처 입은 아가씨가 있다고 상상하는 철창에 닿기 위해 로시난테의 등에 올라서서 손을 내밀고 말했다.

"이 손을, 아니 좀 더 엄밀히 말해 세상의 불량배들을 응징하는 이 손을 잡으시지요, 아가씨. 자, 손을 잡으세요. 어떤 여인의 손도 잡아본 적 없는, 내 몸 전체의 주인이신 그분의 손도 잡아보지 않은 이 손을 말이에요. 그대에게 손을 내미는 것은, 입을 맞춰달라는 것이 아니라 내 손의 신경 조직들과 근육의 연결 조직, 넓이, 혈관의 분포를 보시고 그런 손을 가진 팔의 힘이 어느 정도일지 헤아려보시라는 뜻에서입니다."

"어디 한번 그것을 보겠어요." 마리토르네스가 대답했다.

그러고는 고삐에 매듭을 지어서 돈키호테의 손목에 걸고 구멍에서 내려와 헛간 문의 걸쇠에 꽉 묶어놓았다. 돈키호테는 그의 손목에서 끈의 거친 감촉을 느끼고 말했다.

"그대는 내 손을 소중히 보듬고 계신 게 아니라 강판에 갈고 계신 것 같군요. 그렇게 나쁘게 대하실 것 없습니다. 내 마음이 그대에게 준 상처가 내 손의 잘못도 아니고, 그토록 작은 부위에다가 그대의 모든 화풀이를 하시는 것도 좋은 일은 아니기 때문입니다. 제대로 보복하려는 자는 그렇게 나쁘게 하지 않음을 아십시오."

그러나 돈키호테의 말을 듣는 사람은 아무도 없었다. 마리토르네스는 고삐를 묶자마자 주인집 딸과 가까스로 웃음을 참으면서 사라져버렸던 것이다.

앞에서 말했듯이 로시난테의 등에 발을 올려놓고 구멍에 팔을 완전히 넣은 상태에서 손목은 고삐 매듭에 묶인 돈키호테는 혹시 로시난테가 이쪽이나 저쪽으로 몸을 움직여 한쪽 팔로 매달려 있게 될까 봐 덜컥 겁이 났다. 그래서 몸을 움직이지 않고 가만히 있었다. 다행히 로시난테의 인내심과 침착성으로 언제까지고 영원히 움직이지 않고 가만히 있을 것도 같았다.

결국 돈키호테는 자신의 몸이 묶여 있고 귀부인들은 이미 가버렸다는 것을 깨닫고는, 이 모든 일이 지난번에 바로 이 성에서 마부로 변신한 그 무어인이 그를 녹초로 만들어놓았던 것과 같은 마법 때문에 벌어졌다고 상상하기에 이르렀다. 그러면서 자신은 신중하지 못하고 생각이 짧은 사람이라고 자책했다. 이 성에 처음 왔을 때 그토록 혹독하게 당하고도 또 왔기 때문이었다. 원래 편력기사는 어떤 모험을 시도했다가 좋은 결과를 얻지 못했을 때엔 그 모험이 자신이 아니라 다른 기사를 위한 것이라는 신호로 깨닫고 두 번 다시 그 모험을 하지 말아야 하는데 그는 똑같은 곳에 다시 온 것이었다. 어쨌든 풀릴 수 있나 싶어서 팔을 당겨보았다. 그러나 아주 단단히 묶여 있어서 어떻게 해도 풀리지 않았다. 물론 로시난테가 움직이지 않아야 하기 때문에 조심스레 당길 수밖에 없었다. 그리하여 그는 안장 위에 앉고 싶었지만 서 있거나 손을 빼내는 수밖에는 도리가 없었다.

그곳에서 그는 어떤 마법의 힘도 듣지 않는 아마디스의 칼이 있었으면 하고 바랐고, 자신의 운명을 저주하기도 했으며, 자신이 어떤 마법에 걸려 있다고 믿어 의심치 않았기에 그것이 세상에 입힐 피해를 과장해보기도 했다. 또한 그곳에서 자신이 사모하는 둘시네아 델 토보소를 다시금 떠올리기도 하고, 자신의 훌륭한 종자 산초 판사를 불러보기도 했지만, 그는 나귀 안장 위에 드러누워 깊이 잠들어 있었기 때문에 그 순간에는 자기를 낳아준 어머니도 몰라볼 정도였다. 이번에는 현인 리르간데오*와 알키페에게 도와달라고 외쳐댔고, 착한 친구 우르간다를 불러 살려달라고 애원했다. 결국 그곳에서 아침을 맞이했는데, 그는 절망과 혼란 속에서 황소처럼 거친 숨을 내뱉고 있었다. 날이 밝는다고 해서 그 고통이 치유될 리 없었기 때문이다. 그는 이 마법이 영원히 계속될 거라고 믿었고, 로시난테가 조금도 움직이지 않는 것을 보고는 더욱 그렇게 믿었으며, 그래서 자신과 말이 이러한 운명으로 먹지도 마시지도 잠을 자지도 못한 채, 나쁜 별자리의 영향력이 지나갈 때까지, 혹은 다른 더 훌륭한 마법사 현자가 그들을 마법에서 풀어줄 때까지 그대로 있을 수밖에 없다고 생각했다.

그러나 그가 크게 잘못 생각하는 것이 있었다. 거의 날이 밝아올 때쯤 매우 훌륭한 차림새를 하고 안장틀 위에 엽총을 매단 남자 네 명이 말을 타고 주막에 도착했던 것이다. 그들은 아직 닫혀 있는 주막 문을 매우 세게 두들겼다. 아직도 그곳에서 보초 서기를 그만두지 않은 돈키호테가 그들을 보고 우쭐대는 목소리로 크게 말했다.

"기사 양반들이든 종자들이든, 아니 그대들이 누구이든 간에 이 성의 문을 두드려봤자 소용없소. 이 시간에는 모두들 안에 들어가 자고 있고, 태양이 온 대지를 비출 때까지는 요새를 여는 관례가 없다는 것은 너무나 확실하오. 돌아가서 날이 밝을 때까지 기다리시오. 그때 가서 그대들에게 문을

---

*《태양의 기사》에서 영웅의 스승이며 연대기 기록자. 황금빛 섬의 주인이다.

열어주는 것이 옳은 일인지 생각해봅시다."

"이게 무슨 놈의 요새고 성이란 말이오?" 그들 중 한 남자가 말했다. "그런 의식들을 우리가 지켜야 한단 말인가? 만일 당신이 이 주막의 주인이라면 문을 여시오. 우리는 말에게 보리만 주고 떠날 나그네들이오. 급히 가야 한단 말이오."

"기사 양반들 눈에는 내가 주막집 주인 따위로 보인단 말이오?" 돈키호테가 대답했다.

"당신이 어떤 모습인지는 모르겠소만," 다른 남자가 대답했다. "이 주막을 성이라고 하며 엉터리 같은 말을 하고 있다는 건 알겠소."

"성이오." 돈키호테가 대답했다. "그것도 이 지방을 통틀어 가장 훌륭한 성이오. 그래서 이 안에 있는 사람들은 손에 권위를 상징하는 지팡이를 쥐고 머리에는 왕관을 쓰고 있소."

"그 반대겠지." 나그네가 대답했다. "머리에 지팡이를 쓰고 손에 왕관을 쥐고 있겠지. 웬 유랑 극단이 머물고 있는 모양이군. 그들은 당신이 말한 왕관과 지팡이를 갖고 있는 경우가 종종 있으니까. 이렇게 초라한 주막에, 게다가 이처럼 한적한 곳으로 왕관과 지팡이를 가질 만한 사람들이 묵으러 올리가 없잖소."

"당신들은 세상에 대해 잘 모르는군." 돈키호테가 대꾸했다. "편력기사에게 종종 일어나는 일들에 대해 모르고들 있어."

돈키호테에게 말을 건 남자와 그 일행들은 그와의 대화가 피곤했으므로 다시 힘껏 문을 두드리기 시작했다. 그 소리에 주인뿐만 아니라 주막에 투숙해 있던 사람들 모두 잠에서 깨어났고, 주인은 누가 부르는지 알아보려고 일어났다. 그때 주막 문을 두드린 네 사람이 타고 온 말 가운데 한 마리가 로시난테의 냄새를 맡으러 갔다. 로시난테는 우울하고 슬프게 두 귀를 내린

G. Doré
PISAN

채 움직이지도 않고 그 거만한 주인을 지탱하고 있었다. 그런데 아무리 통나무 같아 보이는 로시난테라도 살을 가진 생명인지라 결국 생기가 돌지 않을 수 없었고 자기를 쓰다듬으며 다가오는 말을 냄새 맡기 시작했다. 그렇게 많이 움직인 것은 아니었지만 이때 돈키호테의 두 발이 설 곳을 잃어버려 안장에서 미끄러졌다. 한쪽 팔로 매달려 있지 않았더라면 바닥에 떨어졌을 것이다. 그는 너무나 아파서 손목이 부러졌거나 팔이 빠졌다고 생각했다. 바닥과 매우 가까이 닿아 있어서 발끝을 쭉 뻗으면 땅에 닿을 수 있을 정도였다. 그러나 이것으로 큰 해를 입고 말았으니, 조금만 노력하면 땅에 설 수 있으리라 생각하고는 바닥에 다리를 뻗자, 마치 도르래 저편에 매달린 채 발끝이 땅바닥에 닿을 듯 말 듯한 고문을 당하고 있는 꼴이 되고 말았다. 조금만 더 뻗으면 바닥에 닿으리라는 헛된 희망으로 열심히 다리를 뻗음으로써 그 고통만 더해졌다.

제44장

여기에서는 주막의 괭장한 사건들이 계속된다

돈키호테가 워낙 시끄럽게 소리를 질러대는 바람에 주막 문을 열어주던 주인은 기겁하여 누가 저런 비명을 지르는지 보러 나갔고, 밖에 있던 사람들 또한 그렇게 했다. 마리토르네스는 그 소리에 이미 잠에서 깨어났고, 분명히 그것 때문이라고 생각하며 아무도 모르게 헛간으로 가서 돈키호테를 지탱해주고 있던 고삐를 풀었다. 그러자 그는 주막집 주인과 나그네들의 눈앞에서 바닥에 떨어졌고, 그들은 돈키호테에게 다가가 무슨 일이냐고, 왜 그렇게 소리를 질러댔느냐고 물었다. 그는 아무 대답도 하지 않고 손목의 밧줄을 풀고는 두 발로 일어서서 로시난테 위에 올라탔다. 그러고는 방패를 팔에 고정시키고 투창을 가슴에 대고 자세를 취하며 들판으로 물러갔다가 반쯤 달려 되돌아오면서 말했다.

"내가 마법에 걸려 마땅하다고 말하는 자가 있을 경우, 미코미코나 공주님만 허락해주신다면 그자의 거짓을 폭로하고 욕을 퍼부을 것이며 다시없는 결투를 벌이리라."

돈키호테의 선언에 새로 온 나그네들이 놀라워했다. 그러나 주인이 그들의 놀람을 가라앉혀주면서, 저자가 돈키호테라는 사람인데 지금 제정신이 아니니 신경 쓸 필요 없다고 말해주었다.

나그네들은 주인에게 혹시 이 주막에 열다섯 살쯤 된 노새몰이 소년이 왔느냐면서 생김새를 설명했다. 바로 클라라의 연인이었다. 주인은 주막에 워낙 사람이 많아서 물어보는 그런 사람이 누구인지 모르겠다고 말했다. 그런데 그들 가운데 한 사람이 판관이 타고 온 마차를 보고 말했다.

"여기에 계시는 것이 틀림없다. 이것이 바로 도련님이 쫓아갔다는 그 마차거든. 우리 중 한 사람은 문에 남아 있고, 나머지는 안으로 들어가서 찾아보자. 또 한 사람은 주막 주변을 샅샅이 살펴보는 게 더 좋겠어. 울타리를 넘어가실 수도 있으니까."

"그렇게 하자고." 그들 중 한 명이 대답했다.

그러고는 둘은 안으로 들어가고, 하나는 문에 남고, 나머지 하나는 주막 주변을 둘러보러 나갔다. 주인은 그들이 소년을 찾고 있는 것은 잘 알겠지만, 무엇 때문에 그리도 열을 올리는지 알 수가 없었다.

어느새 날이 밝은 데다 돈키호테가 피운 소란 때문에 모두들 잠에서 깨어 일어났는데, 특히 클라라와 도로테아는 일찍 일어났다. 한 사람은 연인과 매우 가까이 있다는 사실에 놀라서, 다른 한 사람은 그 사람을 보고 싶은 마음에 푹 잘 수가 없어서였다. 돈키호테는 네 명의 나그네 가운데 어느 누구도 자신에게 관심을 두지 않고 자신의 말에 대답도 않는 것을 보자, 분한 마음에 매우 격노했다. 만일 그의 기사도 안에 편력기사는 자신이 약속한 일을 하면서 동시에 합법적으로 다른 일을 착수할 수 있다는 항목이 있었다면, 아무리 약속한 일을 끝마치기 전에는 다른 일을 하지 않을 것을 맹세했더라도 그들 네 사람에게 대답을 강요했을 것이다. 그러나 곰곰이 생각해보니 미코미코나 공주를 그녀의 왕국에 데려갈 때까지는 새로운 일을 시작하는 것이 잘하는 일 같지 않았기 때문에, 나그네들이 분주하게 움직이면서 무슨 일을 벌일지 조용히 두고 볼 수밖에 없었다. 그들 가운데 한 사람이 찾고 있던 소년을 발견했는데, 그는 다른 노새몰이꾼 젊은이 옆에서 누가 자기를 찾는지, 자기를 발견했는지 조금도 눈치채지 못한 채 곤히 잠들어 있었다. 남자가 소년의 팔을 붙잡고 말했다.

"돈 루이스 님, 차림새가 도련님께 정말 잘 어울리는군요. 도련님께서 누워 계신 침대도 도련님 어머님께서 도련님을 키우실 때 쓰신 것처럼 편안하고요."

소년은 졸린 눈을 비비고 그를 천천히 바라보다 아버지의 하인이라는 것을 알아보고는 너무나 깜짝 놀라 잠시 동안 한마디도 할 수 없었다. 하인이 말을 이었다.

"여기서 다른 볼일은 없습니다, 돈 루이스 님. 꾹 참고 집으로 돌아가시는 일밖에는요. 도련님의 아버님이시자 저의 주인님께서 저세상으로 가시는 것을 원치 않으신다면 그래 주세요. 주인님께는 도련님이 집을 떠나신 일보다 더 큰 고통은 없으십니다."

"그렇다면 아버님은 어떻게 아셨지?" 돈 루이스가 말했다. "내가 이런 복장을 하고 이쪽으로 온 것을 말이야."

"학생 하나에게 도련님의 모든 생각을 이야기해주셨다면서요." 하인이 대답했다. 도련님이 집을 나가셨을 때 주인님께서 한탄하시는 걸 그 학생이 보고는 마음이 움직였던 것이지요. 그래서 저희 하인 네 사람이 도련님을 찾으러 나선 것입니다. 저희 모두가 도련님의 시중을 들기 위해 여기에 있고, 저희 임무를 완수하여 그토록 도련님을 보고 싶어 하시는 주인님 앞에 모셔 갈 수 있게 되었으니 이루 말할 수 없이 기쁩니다."

"그건 내가 원할 때나, 아니면 하늘이 그렇게 명할 때나 그럴 수 있는 것이지." 돈 루이스가 대답했다.

"도련님께서 무엇을 원하실 수 있고, 하늘이 무엇을 명할 수 있단 말입니까? 도련님은 집으로 돌아가시는 것 외에 다른 일은 불가능합니다."

이렇게 두 사람 사이에 하는 말을 옆에서 자고 있던 노새몰이꾼 젊은이가 듣고는, 자리에서 일어나 돈 페르난도와 카르데니오, 그리고 이미 일어난 다른 사람들에게 가서 이야기를 전했다. 그는 저 사람이 소년에게 '돈'이라고 부르는 것과 둘 사이에 오간 이야기들, 그리고 집으로 되돌아가자고 하는데 소년이 원치 않는다는 것을 말했다. 이러한 것들과 함께 하느님께서 그 소년에게 훌륭한 목소리를 주었다는 것을 아는 그들은 소년에 대해 더욱 자세히 알고 싶어졌고, 만일 하인들이 소년에게 힘을 가하려 든다면 소년을 도와줘야겠다고까지 생각했다. 그래서 소년이 아직도 하인과 이야기하며 고집 피우고 있는 그곳으로 갔다.

이때 도로테아가 방에서 나왔는데, 그녀 옆에는 클라라가 매우 심란한 모습으로 서 있었다. 도로테아는 카르데니오를 따로 불러서 노새몰이 소년과 클라라에 관한 이야기를 짧게 들려주었다. 카르데니오 또한 도로테아에게 그 사람의 아버지가 보낸 하인들이 소년을 찾으러 온 일들을 이야기해주었는데, 목소리가 작지 않아서 클라라도 듣고 말았다. 이리하여 클라라는 정신을 잃었고, 만일 도로테아가 잡아주지 않았더라면 바닥에 쓰러졌을 것이다. 카르데니오가 도로테아에게 방으로 다시 들어가라면서 자신이 대책을 세워보겠다고 말했다.

돈 루이스를 찾으러 주막에 들어온 네 사람은 그를 둘러싸고 앉아 시간을 지체하지 말고 아버지를 위로해드리러 돌아가자고 설득하고 있었다. 그는 자신의 인생과 명예, 영혼을 건 일의 목적을 달성할 때까지 그렇게 할 수 없다고 대답했다. 그러자 하인들은 그를 압박하면서, 그와 함께가 아니라면 절대 돌아갈 수 없다고 말하며 그가 원하든 원치 않든 데리고 가겠다고 말했다.

"그렇게는 안 될 것이다." 돈 루이스가 말했다. "내 시체를 끌고 가지 않는다면 말이야. 나를 데려갈 수 있는 방법은 오직 나를 죽여서 데려가는 것밖에 없을 것이다."

이때 이미 주막에 있던 모든 사람들, 특히 카르데니오, 돈 페르난도와 그 동료들, 판관, 신부, 이발사, 그리고 더 이상 성의 보초를 설 필요가 없다고 생각한 돈키호테까지 이곳으로 몰려와 있었다. 카르데니오는 이미 소년의 이야기를 알고 있었기 때문에 그를 데려가려는 사람들에게 저 소년이 싫다는데 무엇 때문에 그러느냐고 물었다.

"그건 도련님의 아버님을 살리기 위해서입니다." 네 사람 가운데 한 명이 대답했다. "이 기사님이 집을 떠나신 것 때문에 목숨이 위태로우시거든요."

이 말에 돈 루이스가 말했다.

"여기서 내 문제를 이야기할 필요는 없다. 나는 자유로운 몸이니 내가 가고 싶을 때 돌아갈 것이다. 너희들 누구도 힘으로 나를 어찌할 수 없단 말이다."

"도련님의 이성(理性)이 도련님을 집으로 돌아가게 할 것입니다." 그 하인이 대답했다. "그것으로도 안 된다면, 여기에 온 목적과 그 의무대로 저희들이 그렇게 할 것입니다."

"이 일이 대체 어디서 시작된 것인지나 압시다." 판관이 나섰다.

그러자 하인이 이웃집에 살았던 그를 알아보고 대답했다.

"판관 나리는 이 기사님을 모르십니까? 이분은 나리의 이웃집 아드님이시며, 지금 보고 계신 것처럼 이렇게 품격에 맞지 않는 차림새를 하고서 집을 나오셨습니다."

판관은 주의 깊게 그를 바라보더니 누구인지 알아보고는 그를 품에 안으며 말했다.

“이게 무슨 어린애 같은 짓인가, 돈 루이스 군. 자네 품격에 맞지 않는 차림새를 하고 여기까지 올 수밖에 없었던 이유가 대체 뭔가?”

소년은 눈물만 흘릴 뿐 한마디도 할 수 없었다. 판관은 하인들에게 진정하라며 모든 게 잘될 거라고 안심시켰다. 그러고는 돈 루이스의 손을 잡고 한쪽으로 가서 여기까지 온 이유를 물었다.

바로 그때 주막 문에서 커다란 소리가 들려왔다. 지난밤 주막에서 묵은 투숙객 둘이 모든 사람이 돈 루이스의 이야기에 정신 팔린 틈을 타서 숙박비를 내지 않고 몰래 나가려 했기 때문이었다. 주막집 주인은 남의 일보다는 자기 일에 더 신경 쓰는 사람이었기에 그들을 붙잡아 돈을 내라고 요구하며 그들의 나쁜 의도에 대해 욕을 퍼부었고, 그들은 주인에게 주먹으로 맞섰다. 그리하여 주먹질까지 당한 불쌍한 주인은 소리 높여 구조를 요청해야만 했다. 안주인과 딸은 돈키호테 말고는 그를 도와줄 만큼 한가한 사람이 없어 보였으므로 그를 찾았다.

“기사님, 하느님께서 주신 그 힘으로 저의 불쌍한 아버지를 도와주세요. 저 나쁜 두 사람이 아버지를 밀가루처럼 빻아대고 있어요.”

이에 돈키호테는 매우 천천히 굼뜬 말투로 대답했다.

“아름다운 아가씨, 지금은 그대의 요청을 들어드릴 수 없습니다. 다른 모험에 뛰어들면 제가 약속한 일을 완성하지 못할 것이기 때문입니다. 제가 그대를 도울 수 있는 것이라면 오직 이렇게 말하는 것밖에는 없습니다. 아가씨의 아버님께 뛰어가서 최대한 그 싸움을 길게 끌어서 어떻게든 굴복하지 말라고 하십시오. 제가 미코미코나 공주님께 아가씨의 아버님을 구해드려도 좋다는 허락을 받아내면 분명히 도와드릴 테니까요.”

"원, 세상에!" 이를 보고 있던 마리토르네스가 말했다. "나리께서 허락을 받아내기도 전에 주인님은 저세상으로 가실 거예요."

"아가씨, 제가 허락을 받아내게 해주십시오." 돈키호테가 대답했다. "그렇게만 되면 아가씨 아버님이 저세상에 가신다고 해도 별일 아닙니다. 온갖 어려움에도 불구하고 제가 그곳에서 빼낼 테니까요. 아니면 적어도 아가씨 아버님을 저세상으로 보낸 자들에게 그만큼 복수를 해줄 테니 절반이라도 만족하실 겁니다."

그러고는 더 이상 말하지 않고 도로테아에게 가서 무릎을 꿇고, 심한 치욕을 당하고 있는 저 성의 주인을 구해주고 싶으니 허락해달라며 편력기사다운 말투로 요청했다. 공주는 흔쾌히 허락했고, 그는 곧 방패를 팔에 고정시키고 칼을 들고는 주막 문을 향해 뛰어갔다. 그곳에서는 아직도 투숙객들이 주인을 때리고 있었는데, 돈키호테는 힘껏 달려가다가 갑자기 우뚝 서버렸다. 마리토르네스와 안주인이 왜 가만히 서 있느냐고, 주인을, 남편을 구해달라고 말했지만 소용이 없었다.

"내가 가만히 있는 것은," 돈키호테가 말했다. "종자 같은 놈들을 향해 칼을 드는 것이 정당하지 않기 때문입니다. 내 종자 산초를 불러주십시오. 이런 방어와 복수는 그의 몫입니다."

결국 주먹질은 절정에 달했고, 주인은 온몸에 상처를 입었으며 마리토르네스와 안주인과 딸은 화가 머리끝까지 치솟았다. 그녀들은 돈키호테의 비겁함과, 남편이며 주인이며 아버지인 주막집 주인에게 일어난 사고에 대해 절망했다.

그러나 주막집 주인의 이야기는 여기서 접기로 하자. 그를 도와줄 사람이 없는 것도 아닐 테고, 만일 없다 하더라도 자기 힘에 부치는 일을 허락한 사람이니 고통스러워하다가 조용해질 것이다. 우리는 50걸음 뒤로 돌아가서,

G.Doré
H. PISAN.

판관이 돈 루이스를 한쪽으로 데려가 그토록 천한 복장을 하고 걸어서 이곳까지 온 이유를 물었을 때 그가 어떻게 대답했는지 보러 가자. 소년은 판관의 두 손을 꽉 잡고는 가슴을 죄어오는 커다란 고통이 있는 듯이 하염없는 눈물을 흘리며 말했다.

"나리, 저는 하느님께서 우리를 이웃으로 만나게 하시어 제가 나리의 따님이신 클라라 아가씨를 본 순간부터 제 마음의 주인이 되었다는 것 외에 다른 말씀은 드릴 것이 없습니다. 그러니 저의 진정한 주인이시자 아버님이신 나리께서 이를 방해하지 않으신다면 오늘이라도 따님을 제 아내로 맞이하겠습니다. 저는 그녀 때문에 제 아버지의 집을 버렸고, 또 그녀 때문에 이런 복장을 했습니다. 이는 마치 화살이 과녁을 향해 가듯, 혹은 뱃사공이 북극성을 향해 가듯 그녀가 가는 곳이라면 어디라도 쫓아가기 위해서입니다. 그녀는 멀리서 제 눈에 눈물이 흐르는 것을 여러 번 보고 제 소망을 겨우 이해했을 뿐 자세한 건 모르고 있습니다. 나리께서는 저의 부모님이 부유하시고 높은 신분이라는 것과 제가 그분들의 유일한 상속자라는 것도 알고 계십니다. 이러한 조건들이 판관님께서 저를 행운의 사나이로 만들어주실 만한 것이 된다고 여기신다면, 곧 나리의 사위로 저를 받아주십시오. 어쩌면 제 아버님께서 다른 생각이 있어서 제가 발견한 이 행복을 좋아하지 않으실 수도 있겠지만, 만물을 변화시키고 사그라지게 하는 데 시간은 사람의 의지보다 더 큰 힘을 발휘하기 마련입니다."

사랑에 빠진 소년은 이쯤에서 입을 다물었고, 소년의 말을 들은 판관은 놀랍기도 하고 혼란스럽기도 했다. 돈 루이스가 자신의 생각을 매우 신중하게 이야기하는 것을 듣고 감탄한 건 사실이지만 너무나 갑작스럽고 예기치 못한 일이라 어떻게 해야 할지 난감했다. 결국 판관은 소년에게 진정하고 하인들이 그를 당장 데려가지 않도록 주의를 딴 데로 끌어서 모두에게 가장 좋은 방법을 생각할 시간을 갖자고 하는 것 외에 다른 대답은 할 수가 없었다. 돈 루이스는 판관의 손에 진심을 담아 입을 맞추었고 그 손을 눈물로 흠뻑 적셨는데, 이것은 판관의 마음뿐 아니라 대리석의 마음도 감동시킬 만했다. 사려 깊은 판관은 자신의 딸이 그 결혼을 하는 건 매우 잘된 일이라는 것을 이미 알고 있었다. 그래서 가능하다면 돈 루이스의 아버지의 허락을 받고 실행하고 싶었다. 그가 자기 아들에게 귀족 작위를 주고 싶어 한다는 것을 알고 있었기 때문이었다.

이 순간에 투숙객들은 주인과 화해를 하고 있었는데, 돈키호테가 그들을 위협하지 않고 좋은 말로 설득하여 주인이 원하는 돈을 전부 지불하도록 했기 때문이었다. 그리고 돈 루이스의 하인들은 판관과 그들 도련님의 결정을 기다리고 있었다. 그런데 이때 잠들지 않는 악마가 일을 만들고 말았다. 돈키호테에게 맘브리노 투구를 빼앗기고 산초 판사에게 강제로 마구들을 바꿔치기 당한 바로 그 이발사가 주막으로 들어왔던 것이다. 그는 나귀를 마구간으로 데려가다가, 안장을 정리하고 있는 산초 판사를 보았다. 그리고 보자마자 자신의 안장을 알아보고는 산초를 덮치며 말했다.

"야, 이 도둑 양반을 여기서 잡았군! 내 대야와 안장, 그리고 나한테서 훔쳐 간 것들을 몽땅 내놔라!"

산초는 그토록 생각지도 않게 습격을 당하고 욕까지 듣자 한 손으로는 마구를 꽉 잡고, 다른 한 손으로 그의 얼굴에 주먹을 날려 이발사의 이를 피로 적셨다. 그럼에도 이발사는 마구를 꽉 잡고 놓지 않으며 목청을 높였다. 생각대로 모든 사람들이 그 소란스러운 싸움에 몰려들자 당당하게 말했다.

"정의의 국왕 폐하시여! 제 물건을 되찾으려는데 이 도둑놈, 노상강도놈이 저를 죽이려 합니다."

"거짓말이에요." 산초가 대답했다. "전 노상강도가 아닙니다. 이건 저의 주인님이신 돈키호테 나리께서 훌륭한 전투에서 얻은 전리품들이란 말입니다."

돈키호테도 그 앞에 있었는데 자신의 종자가 매우 훌륭하게 방어하고 모욕을 주는 것을 보고는 기뻐하며, 산초가 앞으로 훌륭한 사람이 되리라 여기고 마음속으로 기회만 주어지면 그를 기사로 만들어줘야겠다고 생각했다. 그가 보기엔 산초가 기사도를 잘 따를 것처럼 보였기 때문이었다. 싸우는 과정에서 이발사가 말한 것들 중에는 이런 것도 있었다.

"나리님들, 이 안장이 제 것이라는 건 제가 죽어서 하느님께 가는 것만큼이나 분명한 사실임을 맹세합니다. 저는 이것을 제가 낳은 자식인 양 알아볼 수 있습니다. 저기 마구간에 제 나귀가 있는데 어찌 거짓말을 하겠습니까? 제 나귀에게 안장을 얹어보십시오. 그게 딱 맞지 않다면 저를 파렴치한 놈으로 생각하셔도 좋습니다. 또 있지요. 안장을 빼앗긴 날 놋쇠 대야도 함께 빼앗겼는데, 한 번도 쓰지 않은 새것인 데다 1에스쿠도를 주고 산 것입니다."

이 대목에서 돈키호테는 아무 말 없이 잠자코 있을 수가 없었다. 그는 두 사람 사이에 들어가 그들을 떼어놓고는 이발사의 주장에서 증거가 될 수 있는 안장을 바닥에 두고 말했다.

"여러분들은 저 알량한 종자가 저지르는 과오를 분명하고도 확실하게 보고 계십니다! 과거에도 그랬고 지금도 그러하고 앞으로도 그러할 맘브리노 투구를 대야라고 부르고 있기 때문입니다. 이것은 제가 훌륭한 전투에서 빼앗아 합법적으로 정당하게 소유한 것입니다. 마구에 대해서는 끼어들지 않겠습니다. 그에 관해서 제가 말할 수 있는 것은 저의 종자 산초 판사가 그때 굴복한 이 겁쟁이 놈에게 마구를 빼앗아 자신의 나귀를 장식하도록 허락해 달라고 저에게 요청했다는 것입니다. 그래서 저는 그렇게 하라고 말했고 산초가 그리했던 것이지요. 마구가 안장으로 바뀌었던 것에 대해서는 제가 달리 설명할 말이 없습니다. 그런 변신은 기사도의 일에서는 흔히 볼 수 있는 것이기 때문이지요. 그것을 확인해드리겠습니다. 산초야, 얼른 뛰어가서 저 알량한 종자가 대야라고 말하는 투구를 이리 가져오너라."

"세상에나, 나리!" 산초가 말했다. "주인님의 말 말고 이것들을 증명할 다른 증거가 없으면 어떡합니까. 저 알량한 종자의 마구가 안장으로 바뀐 것처럼 말리노의 투구인지 뭔지도 대야로 바뀌어 있으면요!"

"시키는 대로 해라." 돈키호테가 대답했다. "이 성의 모든 일들이 다 마법에 따라 움직이기야 하겠느냐?"

산초는 달려가서 대야를 가져왔고, 돈키호테는 그것을 받아 들고 말을 이었다.

"여러분들, 여기 있는 종자가 뻔뻔한 얼굴로 대야라고 우기며 투구가 아니라고 말하는 이 물건을 보십시오. 이건 제가 빼앗은 바로 그 투구이며, 이 사실은 조금도 더하거나 빼지 않은 진실임을 제가 신봉하는 기사도를 두고 맹세합니다."

"그 얘기라면 의심의 여지가 없습니다." 산초가 말했다. "저의 주인님께서 그것을 쓰고 전투에 나가신 적이 한 번 있었는데, 운 나쁘게도 쇠사슬에 꼼짝 못하게 묶여 있던 사람들을 풀어주셨을 때입니다. 만일 이 대야 투구가 아니었다면 그 위기를 아주 잘 넘기지 못하셨을 테지요. 그때 상당한 돌팔매질이 있었거든요."

제45장

여기에서는 맘브리노 투구와 안장에 대한 의혹, 그 밖의 다른 사건들에 대한 모든 진실이 밝혀진다

"여러분들은 어떻게 생각하십니까?" 그 이발사가 말했다. "이 양반들이 끈질기게 이것이 놋대야가 아니라 투구라고 말하고 있는데요."

"내 말을 반대하는 사람이 있다면," 돈키호테가 말했다. "만일 그자가 기사라면 거짓말을 하고 있다는 것을, 그리고 종자라면 수천 번도 더 거짓말을 하고 있다는 것을 알게 해주리라."

우리의 이발사도 계속 옆에 있었는데, 돈키호테의 기질을 너무나 잘 알았기에 그의 광기를 돋우어 모두가 웃을 수 있도록 조롱거리로 만들고 싶은 충동으로 다른 이발사에게 말했다.

"이발사 양반, 아니 당신이 누구라 하더라도 나 또한 당신과 같은 직업이고 면허증을 받은 지 20년도 더 되었소. 그래서 이발소에서 사용하는 도구들이라면 무엇 하나 빠짐없이 아주 잘 알고 있지요. 그리고 내가 젊은 시절 잠깐 군인 노릇을 한 적도 있어서 무엇이 투구이고 무엇이 군인 모자인지, 또 얼굴 가리개가 달린 투구인지 아닌지, 그러니까 군인들이 사용하는 무기의 종류에 대해 잘 알고 있다 이 말이오. 더 좋은 의견이 있다면 모르겠지만—나는 늘 좋은 의견을 참조한다오—여기 이 훌륭한 나리께서 손에 들고 계신 이것, 내 눈앞에 있는 이것이 이발사의 놋대야하고 거리가 먼 건 사실이오. 흰 것과 검은 것 사이, 혹은 진실과 거짓 사이처럼 명백하게 말이오. 또한 이것은 투구이긴 하지만 온전한 투구가 아니라고 말하고 싶소."

"물론 그렇소." 돈키호테가 말했다. "반쪽, 그러니까 턱받이가 없기 때문이지요."

"그렇군." 신부도 이발사의 의중을 파악하고 맞장구를 쳤다.

그러자 카르데니오와 돈 페르난도를 비롯하여 그의 친구들도 거들었다. 판관조차도 돈 루이스에 관한 일로 그토록 생각에 잠겨 있지 않았더라면 돈키호테를 조롱하는 일에 끼어들었을 것이다. 그러나 자기 생각에 너무나도 골몰해 있어서 그러한 장난에 주의를 기울이지 않았다.

"하느님 맙소사!" 이 순간 놀림을 당하고 있던 이발사가 말했다. "이토록 많은 사람들이 이걸 보고 놋대야가 아니라 투구라고 말하다니 믿을 수 없군요. 사리분별이 뛰어난 사람들이 모인 대학 전체를 깜짝 놀라게 할 만한 일입니다. 이제 그만하시지요. 이 놋대야가 투구라면 이 허름한 안장도 나리께서 말씀하시는 것처럼 번쩍번쩍한 마구가 되겠군요."

"내가 보기에는 안장 같지만," 돈키호테가 말했다. "그것에 대해서는 상관하지 않겠다고 이미 말했지 않소."

"안장이건 마구이건," 신부가 말했다. "돈키호테 나리에게 말씀드리는 편이 가장 좋겠습니다. 이런 기사도에 관한 한은 여기 계시는 분들이나 나보다 이분이 더 잘 알고 계시니 말이오."

"여러분, 정말이지," 돈키호테가 말했다. "이 성에서 묵었던 두 번 모두 정말로 이상한 일들이 수없이 일어난 터라, 이곳에서 벌어지는 일에 대해 질문하신다면 그 어느 것도 정확하게 말씀드리기가 어렵습니다. 이 성의 모든 일들은 마법에 의해서 일어나기 때문이지요. 처음에는 마법에 걸린 무어인이 나를 무척 괴롭혔을뿐더러 산초까지 그의 일당들에게 고초를 당했습니다. 그리고 어젯밤에는 두 시간 동안이나 이 팔로 매달려 있었는데 그러한 불행에 빠진 이유조차 모르고 당했단 말이지요. 그토록 혼란스러운 일을 두고 내 생각을 말한다는 것은 무모한 판단을 내리는 일이 될 것입니다. 이것이 투구가 아니라 놋대야라는 점에 대해서는 이미 대답했습니다. 그러나 이것이 안장인지 마구인지 밝히는 일은 최종 판결을 내릴 엄두가 나지 않는군요. 다만 여러분의 훌륭한 판단에 따르겠습니다. 여러분은 나처럼 무장한 기사가 아니니 이곳의 마법도 여러분에게는 미치지 못할 것입니다. 그러므로 내게 드러난 것과는 달리 자유로운 사고를 통해 이 성에서 벌어지는 일들을 실제 그대로 진실하게 판단하실 수 있을 것입니다."

"분명 그럴 것입니다." 돈 페르난도가 대답했다. "이 일을 규정짓는 것이 우리들의 역할이라는 돈키호테 님의 오늘 말씀은 매우 적절하다고 봅니다. 또한 더 많은 근거에 바탕을 두기 위해 여러분의 의견을 한 분 한 분께 들어보고 그 결과에 대해서는 남김없이 알려드리도록 하겠습니다."

돈키호테의 기질을 알고 있는 사람들에게는 이 모든 것이 폭소를 자아낼 만한 내용이었다. 그러나 그를 잘 모르는 이들, 특히 돈 루이스의 하인들과 돈 루이스, 그리고 마침 주막에 도착해 있던 세 명의 종교경찰로 보이는 여행객들에게는 세상에서 가장 어처구니없는 이야기였고 실제로도 그러했다. 그러나 가장 절망스러워한 사람은 그 이발사였는데, 바로 그의 눈앞에서 자신의 놋대야가 맘브리노 투구로 바뀌었으니, 자신의 안장도 분명히 고급스러운 마구로 둔갑하리라 짐작했던 것이다. 돈 페르난도가 이 싸움의 원인이 된 저 보물이 안장인지 마구인지 조용히 말해달라고 귓속말을 하면서 한 사람씩 의견을 물으며 돌아다니는 모습을 보고 모두들 웃음을 터뜨렸다.

돈 페르난도는 돈키호테를 알고 있는 사람들의 의견을 듣고서 소리 높여 말했다.

"이보시오, 사실은 그토록 많은 의견을 묻는 것에 벌써 지쳐버렸소. 내 질문을 받은 사람들마다 이것이 당나귀의 안장이라니 터무니없다며 마구라고, 그것도 훌륭하고 혈통 좋은 말의 마구라고 말하지 않는 분이 없으니 말이오. 그러니 이발사 양반, 당신과 당나귀에게는 안된 일이지만 이것은 마구일 뿐 안장이 아니니 단념하는 게 좋을 것 같소. 당신도 우겨보았지만 소용이 없지 않았소."

"여러분이 진실을 외면하는 것이 아니라면 내가 천국에서도 그 안장을 소유할 수는 없겠지요." 불쌍한 이발사가 말했다. "내게는 안장이지 마구가 아닌데, 그건 내 영혼이 하느님 앞에 섰을 때와 마찬가지로 확실한 얘깁니다. 법률도 자기 나름대로의 길이 있듯이 더 이상 말하지 않겠습니다. 난 정말로 술에 취하지 않았거든요. 죄를 짓지도 않았는데 아침도 얻어먹지 못했습니다."

이와 같은 이발사의 어리석은 이야기는 돈키호테의 엉뚱한 말 못지않게 웃음을 자아냈는데, 이때 돈키호테가 말했다.

"이제 더 이상 할 일이 없을 뿐 아니라 각자가 저마다 자기 것을 받을 뿐이오. 신께서 은혜를 주신 자는 성 베드로의 축복을 받을 것이오."

네 명의 하인들 가운데 한 명이 말했다.

"이것이 계획된 장난이 아니라면, 여러분들처럼 훌륭한 사고력을 가지신 분들, 아니 그렇게 보이는 모든 분들이 이건 놋대야가 아니고 저건 안장이 아니라고 말씀하시는 게 도무지 납득이 되지 않습니다. 하지만 다들 그렇게 강하게 주장하시는 걸 보니 그럴 만한 비밀이 있는가 보군요. 그렇다고는 하지만," 그가 솔직히 말했다. "세상의 모든 인간들이 이건 이발사의 놋대야가 아니고 이것도 당나귀의 안장이 아니라 해도, 저에게 거꾸로 된 사실을 믿게 할 수는 없을 것입니다."

"암나귀의 것일 수도 있지." 신부가 말했다.

"그게 아니지요." 하인이 말했다. "여러분들이 말씀하시는 것처럼 안장이냐 안장이 아니냐 하는 것 아닙니까."

이에 주막에 들어와 말다툼을 지켜보고 있던 종교경찰 한 사람이 잔뜩 화가 나서 소리쳤다.

"내 아버지가 내 아버지이듯이 저것은 분명 안장이오. 그렇지 않다고 말했거나 말하려는 자는 술에 취한 것이 분명하오."

"이 교활한 촌뜨기가 지금 거짓말을 하는구나." 돈키호테가 발끈하여 꾸짖었다.

그러고는 손에서 놓지 않은 창을 쳐들어 종교경찰의 머리에 일격을 가했으니, 종교경찰이 몸을 피하지 않았다면 그 자리에서 뻗어버렸을 것이다. 창은 땅바닥에서 산산조각이 났다. 나머지 종교경찰들은 동료를 괴롭히는 것을 보자 다른 종교경찰에게 소리를 질러 도움을 구했다.

종교경찰 소속이었던 주막 주인은* 즉각 안으로 들어가서 몽둥이와 칼을 가지고 나와 종교경찰 편을 들었다. 돈 루이스의 하인들은 이 소란 속에서 돈 루이스가 사라져버리지 않도록 그를 에워쌌다. 이발사는 사방이 소란해진 틈을 타 다시 안장을 움켜잡았으나 산초도 동시에 안장을 움켜잡았다. 돈키호테는 칼을 빼 들고 종교경찰들을 공격했다. 돈 루이스는 하인들에게 거친 소리로 자신은 그냥 두고 돈키호테와 그를 돕는 돈 페르난도와 카르데니오를 도와주라고 외쳤다. 신부도 안주인도 소리를 질렀으며 딸은 울부짖

*당시 주막 주인들은 종교경찰에 소속되어 있는 경우가 많았다.

었고 마리토르네스는 눈물을 흘리고 있었다. 도로테아는 혼란에 빠져 있었고 루신다는 넋이 빠져 있었으며 도냐 클라라는 기절해버렸다. 이발사는 산초에게 몽둥이질을 해대고 산초 또한 이발사를 혼내주고 있었다. 돈 루이스는 자기를 놓치지 않으려고 팔을 잡는 하인을 주먹으로 한 대 쳐서 이를 피투성이로 만들었다. 판관은 돈 루이스를 도왔으며, 돈 페르난도는 종교경찰 한 사람을 발아래 두고 그 몸뚱이를 맘껏 짓밟았다. 주막집 주인은 다시 소리를 지르며 종교경찰의 원조를 구했다. 이렇게 주막은 온통 울음소리와 고함 소리, 혼란과 공포와 경악, 불행과 칼부림, 주먹다짐과 몽둥이질과 발길질과 피범벅의 도가니로 변해버렸다. 모든 게 뒤죽박죽이 되어버린 가운데 돈키호테는 지금 자신이 아그라만테 들판의 싸움 속으로 돌입하고 있다는 생각에 주막이 울릴 만큼 큰 소리로 외쳤다.

"모두들 멈추시오! 모두 칼을 칼집에 넣고, 진정하시오. 살아남고 싶거든 모두 내 말을 들으시오!"

그 큰 목소리에 사람들은 멈춰 섰고 돈키호테는 계속해서 말했다.

"여러분, 내가 말하지 않았소? 이 성이 마법에 걸렸고, 악마 군단이 살고 있다는 것을. 아그라만테 들판의 분쟁이 여기 우리들 사이에서 일어난 것을 여러분 눈앞에서 보고 있는 겁니다. 거기에서는 칼 때문에, 여기서는 말 때문에, 저기에서는 독수리 때문에, 이곳에서는 투구 때문에 모두가 싸움질만 할 뿐 서로를 이해하지 못하고 있지 않소. 자, 판관 나리와 신부님께서는 여기로 오셔서, 한 분은 아그라만테 왕 역할을, 그리고 다른 분은 소브리노 왕 역할을 하시어 우리를 평화롭게 해주십시오. 전지전능하신 하느님을 두고 말하지만, 여기 계신 훌륭한 분들이 그토록 하찮은 이유로 서로를 죽이는 엄청난 바보짓이 어디 있겠습니까?"

종교경찰들은 돈키호테의 말을 이해하지 못했고, 돈 페르난도와 카르데

니오를 비롯하여 다른 일행들에게 혼쭐이 나 있었으므로 마음을 가라앉히려고 하지 않았다. 이발사는 싸움 중에 수염과 안장을 못쓰게 되었기 때문에 싸움을 그만두고 싶어 했다. 산초는 돈키호테의 아주 작은 목소리에도 착한 종자답게 복종했고, 돈 루이스의 네 하인들도 계속해봤자 좋을 것이 없다고 생각해 잠잠해졌다. 오직 주막집 주인만이 매번 주막을 쑥대밭으로 만드는 저 미치광이의 무례함을 벌주어야 한다고 끈질기게 이야기했다. 결국 소동은 잠시 가라앉았고, 마지막 심판의 날까지 돈키호테의 상상대로 안장은 마구가 되고, 놋대야는 투구가, 그리고 주막은 성이 되었다.

이렇게 사람들이 잠잠해지고 판관과 신부의 설득으로 모두 화해하자, 돈 루이스의 하인들이 소년에게 집으로 돌아가자고 다시 고집을 부렸다. 그가 하인들과 이야기하고 있는 동안 판관은 돈 페르난도와 카르데니오, 신부에게 돈 루이스가 자신에게 해준 말들을 이야기하며 이 일에서 자신이 어떻게 해야 할지에 대해 상의했다. 결국 그들은 돈 페르난도가 그의 하인들에게 자신이 누구인지를 말하고 그와 함께 안달루시아에 가면 자신의 형인 백작이 그가 마땅히 받아야 할 예우를 갖춰 대접해줄 거라고 말하기로 합의했다. 어떻게 해도 돈 루이스가 아버지 앞으로 돌아가고 싶은 생각이 없기 때문이었다. 그리하여 네 명의 하인들은 돈 페르난도의 신분과 돈 루이스의 의향을 알게 되었고, 이들 가운데 세 명은 돈 루이스의 아버지에게 돌아가서 이런 사정을 알리기로 하고, 나머지 한 명이 남아서 돈 루이스의 시중을 들고 세 사람이 다시 올 때까지, 혹은 돈 루이스의 아버지가 그들에게 다른 명령을 내릴 때까지 그를 떠나지 않기로 했다.

이와 같이 아그라만테의 권위와 소브리노 왕의 사려 깊음으로 그 복잡한 싸움도 끝났지만, 화합의 적이며 평화의 경쟁 상대인 악마는 모든 사람들을 그토록 혼란한 미로 속에 넣었는데도 무시당하고 조롱당한 데다가 얻은 이익이 없었기 때문에 새로운 싸움과 소란을 일으켜 다시 한 번 손을 보기로 했다.

종교경찰들은 자신들이 싸운 상대의 신분을 엿듣고 잠잠해졌으며, 어찌 되었든 이 싸움으로 자신들에게 안 좋은 결과가 돌아올 것이라는 생각이 들었다. 그런데 그들 가운데 돈 페르난도에게 얻어맞고 걷어차인 종교경찰 한 명이 범죄자를 잡기 위해 갖고 있던 체포 명령서들 중에서, 돈키호테가 갤리선 죄수들을 풀어준 데 대해 종교경찰이 발급한 체포 명령서가 있는 것을 기억해냈는데, 물론 이것은 산초가 두려워하던 일이었다.

종교경찰은 돈키호테의 인상착의가 명령서와 일치하는지 보기 위해 품속에서 양피지 한 장을 꺼내 천천히 읽어 내려갔다. 글을 잘 읽지 못했으므로 한 글자씩 읽으면서 돈키호테를 쳐다보고 명령서의 인상착의와 돈키호테의 얼굴을 대조해보고는 그가 틀림없이 명령서에 적힌 바로 그 사람임을 확신했다. 그러자 그는 양피지를 접고, 왼손에는 체포 명령서를, 오른손에는 숨도 못 쉴 만큼 돈키호테의 목을 세게 잡고는 큰 소리로 외쳤다.

"종교경찰의 명령이다! 내가 잡은 사람이 맞다는 것을 알리기 위해 이 체포 명령서를 읽어보시오. 여기에는 이 노상강도를 잡으라고 쓰여 있소."

신부는 명령서를 보고 종교경찰의 얘기가 모두 사실이며 돈키호테의 인상착의와 일치한다는 것을 알았다. 돈키호테는 저 악독한 시골 사람이 무례하게 구는 것을 보며 순간적으로 흥분하여 온몸의 뼈들이 삐걱거리는 소리를 낼 정도로 있는 힘껏 종교경찰의 목을 잡았는데 만일 동료들이 구해주지 않았다면 돈키호테가 놓아주기 전에 그 자리에서 목숨을 잃었을 것이다. 주막집 주인은 어찌 되었든 그를 도와줘야 했기에 곧 쫓아갔다. 안주인은 남편이 싸움에 또 말려드는 것을 보고는 목청을 높여 소리를 질러댔고, 곧 마리토르네스와 딸도 하느님과 그곳에 있던 사람들에게 도움을 청했다. 일이 이렇게 진행되는 것을 본 산초가 말했다.

"역시 이 성의 마법에 대해 우리 주인님께서 말씀하신 게 모두 사실이란 말이야! 여기서는 한시도 조용히 살 수가 없단 말이지!"

돈 페르난도가 종교경찰과 돈키호테를 떼어놓자, 한쪽은 상대의 목덜미를, 다른 한쪽은 상대의 목을 잡고 있던 손을 순순히 풀어주었다. 그러나 이것으로 종교경찰들이 그를 붙잡으려는 일을 포기한 건 아니었다. 그들은 돈키호테를 잡아서 종교경찰에 넘겨주도록 도와달라고 했는데, 그렇게 하는 것이 국왕과 종교경찰을 섬기는 길이며, 자신들은 그 편에서 저 도둑, 노상강도를 체포하고자 하는 것이니 도움과 협조를 청한다는 것이었다. 돈키호테는 이 말들을 듣고는 웃으며 매우 조용히 말했다.

"이리 오너라, 천박한 놈들아. 쇠사슬에 묶인 자들에게 자유를 주고, 붙잡힌 사람들을 풀어주고, 불쌍한 사람들을 도와주고, 넘어진 사람들을 일으켜주고, 가난한 자들을 도와주는 사람을 너희는 노상강도라 부르느냐? 아, 야비한 놈들 같으니라고. 너희들의 저급하고 추잡한 머리로는 하느님께서 편력기사도에 담아놓으신 가치를 이해할 수도 없고, 어느 편력기사의 그림자는 물론이고 그가 등장한 것을 우러러보지 않는 죄와 무지함조차 깨닫지 못하리라. 이리 와라, 종교경찰이 아닌 도둑놈들아. 종교경찰의 면허를 갖고 있는 노상강도놈들아, 말해봐라. 나와 같은 기사를 체포하라는 명령서에 서명한 무식한 자가 누구였느냐? 편력기사에게는 모든 특별법이 면제되고, 그들의 칼이 곧 그들의 법이고, 그들의 정신이 곧 그들의 특권이며, 그들의 의지가 곧 하늘의 뜻임을 모르는 자가 누구였느냐? 다시 말하지만, 편력기사가 기사 서임을 치르고 고된 기사도 실천에 귀의하면서 취득하는 그런 특권이나 면책권이 기록된 귀족 증명서 같은 것이 따로 없다는 사실을 알지 못하는 어리석은 자가 누구였느냐? 재산세, 소득세, 왕의 성혼에 대한 헌금, 소작세, 통행료, 뱃삯을 지불하는 편력기사가 어디 있더냐? 편력기사에게 옷을 지어주고 품삯을 받는 바느질장이도 있더냐? 도대체 어떤 성주가 편력기사를 성에 맞아들여 숙박비를 받더냐? 편력기사를 식사에 초대하지 않는 왕도 있다더냐? 편력기사를 좋아하여 순전히 자신의 의지로 그에게 몸을 맡기지 않을 처녀가 어디 있느냐? 그리고 마지막으로 자기 앞에 있는 400명의 종교경찰들에게 혼자서 400대의 몽둥이질을 할 만한 기개를 갖지 않은 편력기사가 이 세상천지 어디에 있었으며, 지금 어디 있으며, 앞으로도 어디 있겠느냐?"

제 46 장

종교경찰들의 모험과 우리의 훌륭한 기사 돈키호테의 엄청난 광태에 대하여

돈키호테가 이런 말을 하고 있는 동안 신부는 종교경찰들에게 그의 행동과 말을 통해 알 수 있듯이 돈키호테는 제정신이 아니므로 체포를 집행할 필요가 없다면서, 설령 그를 잡아간다고 해도 그가 미치광이라는 이유로 곧 풀려날 것이라고 설득했다. 체포 명령서를 갖고 있던 사람이 신부에게 대답하기를, 자신들은 돈키호테의 광기를 판단하는 것이 아니라 상관의 명령을 따르는 것일 뿐이라며, 300번을 풀어주든 말든 일단 잡아가기만 하면 된다고 말했다.

"그렇더라도 이번에는 그럴 필요가 없을 겁니다." 신부가 말했다. "게다가 내가 보기엔 그냥 끌려가지도 않을 성싶소."

사실 신부가 이토록 절실하게 이야기하고, 또한 돈키호테가 그토록 광태를 보임으로써 종교경찰들이 돈키호테가 제정신이 아니란 것을 몰랐더라면 오히려 종교경찰들이 제정신이 아니게 될 뻔했다. 그들은 조용히 있는 것이 더 낫겠다고 생각했고, 게다가 아직도 싸움에 열을 올리고 있는 이발사와 산초 판사를 화해시키는 중재자 역할까지 했다. 결국 그들은 정의의

사도들로서 이들 싸움의 원인을 조정하는 심판이 되었는데, 양쪽 모두 완전히 만족하지는 않았어도 최소한 어느 정도 흡족한 방식을 이끌어냈다. 안장들은 서로 맞바꾸되 말에 두르고 있던 뱃대끈과 재갈은 그냥 두기로 했던 것이었다. 그리고 맘브리노 투구에 대해서는 신부가 돈키호테 모르게 이발사에게 8레알을 주었고, 이발사는 돈을 받고는 추후로 다시는 거짓말이네 뭐네 하면서 트집 잡지 않겠다는 증서를 써주었다.

가장 중요하고 골치 아픈 두 가지 싸움이 잠잠해지자, 이제는 돈 루이스의 하인들에게 동의를 구하는 일만이 남았다. 하인 셋은 집으로 돌아가고 나머지 한 사람만 남아서 돈 페르난도가 돈 루이스를 데려가는 곳까지 동행하자고 하는 일이었는데, 이미 행운과 더 좋은 운명이 주막의 연인들과 용기 있는 자들의 편에 서서 창을 부러뜨리고 장애물들을 용이하게 해주기 시작했기 때문에, 결국 아주 행복한 결말로 이어졌다. 하인들이 돈 루이스의 뜻에 동의했던 것이다. 이에 대해 클라라도 매우 기뻐했는데, 이때 그녀의 얼굴에서 영혼의 환희를 보지 못한 사람은 아무도 없었다.

소라이다는 자신의 눈앞에 벌어진 일들을 모두 이해한 것은 아니지만, 사람들 각자의 안색을 보고 가슴 아파하기도 하고 기뻐하기도 했다. 특히 늘 시선을 떼지 않고 바라보며 마음을 바치는 그 에스파냐 남자를 보면서 그러했다. 신부가 이발사에게 선물과 보상을 주는 것이 주막집 주인의 눈을 그냥 비껴가지 않았다. 그는 이 기회를 잡아서 가죽 술부대를 훼손시키고 포도주를 쏟아버린 것과 함께 돈키호테의 숙박비를 청구했고, 동전 한 닢이라도 덜 지불하면 로시난테도 산초의 나귀도 주막에서 한 발짝도 못 나갈 거라고 윽박질렀다. 신부는 그를 진정시켰고 비용은 돈 페르난도가 지불했다. 인심 좋은 판관도 돈을 지불하겠다고 했다. 이렇게 모두들 평화를 되찾아 잠잠해졌고, 주막은 이제 돈키호테가 말했던 아그라만테 들판의 불화가 아니라, 아우구스투스 황제 시대와 같은 평화와 안정이 찾아온 것처럼 보였다. 이 모든 일에 대한 사람들의 공통된 생각은 신부의 훌륭한 의도와 대단한 화술, 그리고 돈 페르난도의 비할 데 없는 관대함에 고마워해야 한다는 것이었다.

돈키호테는 자기와 연루된 싸움뿐만 아니라 산초가 벌였던 지긋지긋한 싸움들에서 풀려나 자유로운 몸이 되자, 자신의 여정을 계속하여 자신이 선택된 그 위대한 모험을 끝내는 것이 좋겠다고 생각했다. 그리하여 확고한 결심 끝에 도로테아 앞에 가서 무릎을 꿇었다. 하지만 그녀가 돈키호테가 일어날 때까지 한마디도 듣지 않겠다고 하자, 그는 두 발로 일어서서 말했다.

"아름다운 공주님, 노력은 행운의 어머니라는 흔한 속담이 있으며, 이는 수많은 어려운 소송에 연루된 자가 열의를 보이면 결과를 장담할 수 없는 소송에서도 좋은 결과를 가져온다는 사실을 통해 경험으로써 알 수 있습니다. 이러한 것을 전쟁보다 더 잘 보여주는 예는 없으니, 신속함과 날렵함으로 적의 생각을 예견한다면, 적이 방어 태세를 갖추기 전에 승리를 얻어낼 수 있기 때문입니다. 제가 이런 말씀을 드리는 까닭은, 고귀하신 공주님, 우리가 이 성에 계속 머무는 것은 아무 도움이 안 될뿐더러, 언젠가는 알게 되겠지만, 많은 피해를 입을 수 있기 때문입니다. 그대의 적인 거인이 몰래 날쌘 첩자를 통해서 제가 자기를 없애버리려 한다는 것을 이미 알고 있을지 누가 압니까? 그래서 지칠 줄 모르는 제 팔의 힘과 제 노력으로도 뚫을 수 없을 어떤 난공불락의 성이나 요새로 무장할 시간을 그에게 주고 있는지도 모릅니다. 그러니 공주님, 말씀드렸듯이 우리의 노력으로 그자의 생각에 대비하고, 곧 좋은 운명을 향해 가도록 합시다. 저 같은 보잘것없는 인간도 그러할진대, 공주님 같은 위대한 분이라면 소망을 이루시는 데 그리 오랜 시간이 걸리지 않을 것입니다."

돈키호테는 입을 다물고 아름다운 공주의 대답을 아주 차분하게 기다렸다. 그녀는 공주다운 태도로 돈키호테의 말투에 어울리게 말했다.

"기사님, 고아들이나 가난한 사람들에게 호의를 베푸는 것이 의무인 기사님께서 저의 큰 슬픔에도 호의를 베풀어주시려는 마음에 감사드립니다. 여자들도 은혜를 안다는 것을 보여드리기 위해서 기사님의 소망과 저의 소망이 이루어지기를 하늘에 기원합니다. 그리고 저의 출발에 관한 일이라면 그렇게 하세요. 저는 기사님의 뜻 외에 다른 생각이 없어요. 저에 관한 일은 모두 뜻대로 하세요. 이미 저의 안위를 기사님께 맡기고 영지를 되찾는 일도 기사님의 손에 맡긴 이상, 신중하게 내리시는 명령에 반대할 수 없으니까요."

"하느님의 손에 맡기신 겁니다." 돈키호테가 말했다. "공주님께서 저에게 머리를 조아리시니, 저는 공주님을 일으켜 왕위를 이어받도록 하는 기회를 놓치고 싶지 않습니다. 곧 출발합시다. '늦어지는 것에 위험이 있다'는 말이 저의 소망과 여행길에 박차를 가하고 있군요. 하늘은 나를 깜짝 놀라게 하거나 주춤하게 하는 어떠한 지옥도 보여주지 않았으니, 산초야, 로시난테에게 안장을 얹고 너의 나귀와 여왕님의 말에 마구를 달아라. 그리고 성주와 여기 계신 분들께 작별을 고하는 대로 곧 출발하겠다."

산초는 그곳에서 모든 이야기를 듣고는 머리를 이쪽저쪽으로 흔들면서 말했다.

"아, 주인님, 주인님, 이 시골 마을에서 아주 나쁜 일이 있었습니다! 정숙한 부인들 앞에서 말씀드리긴 좀 뭣하지만 말입니다!"

"이 세상의 어느 마을에, 어느 도시에 나를 불명예스럽게 할 만한 나쁜 일이 있겠느냐, 이 촌놈아?"

"주인님께서 그렇게 화를 내신다면," 산초가 말했다. "저는 입을 다물고 제가 훌륭한 종자로서 해야 할 일을, 착한 하인으로서 주인님께 말씀드려야 하는 것을 말하지 않겠습니다."

"할 말이 있으면 해봐라." 돈키호테가 말했다. "나를 일부러 두려움에 몰아넣지 않는 말이라면 말이다. 네가 두려워하는 것은 너답게 행동하는 것이고, 내가 두려워하지 않는 것 또한 나답게 행동하는 것이다."

"그런 것이 아니라, 아이고 참, 내가 하느님 앞에 죄인이지!" 산초가 한탄했다. "저는 위대한 미코미콘 왕국의 여왕이라는 이분이 제 어머니나 다름없는 평범한 부인이라는 것을 확실히 보았습니다. 자신이 말하는 것처럼 높으신 분이라면, 주위 사람들의 시선을 피해 주막집에 있는 사람들 가운데 어느 한 사람과 쉴 새 없이 계속 입을 맞추지는 않았을 테니까요."

산초의 말에 도로테아는 얼굴이 빨개졌다. 남편인 돈 페르난도가 남들 눈을 피해서 자신의 욕망에 대한 보상으로 그녀의 입술을 덮치곤 했는데, 이것이 산초의 눈에는 그토록 위대한 왕국의 여왕보다는 술집 여자에게서나 보이는 뻔뻔스러운 모습으로 보였던 것이다. 그녀는 한마디도 할 수 없었고 또 하고 싶지도 않았기에 산초가 계속 말하도록 내버려두었다. 산초는 말을 이었다.

"제가 이런 말씀을 드리는 이유는, 주인님, 만일 우리가 길을 걷고 걸어서 고생스러운 밤과 더 상황이 나빠진 낮을 지난 끝에 얻은 열매를 이 주막에서 게으름 피우는 자가 따려고 한다면, 제가 로시난테에게 안장을 얹고 나귀와 여왕님의 말에 마구를 다는 일을 그리 서두를 필요가 없기 때문입니다. 그러느니 차라리 남아 있는 편이 낫지요. 창녀는 실을 잣고 우리는 밥이나 먹자고요."

오, 하느님 맙소사! 돈키호테가 종자의 버릇없는 말을 듣고 얼마나 화를 냈는지! 그는 욕을 섞어 말을 더듬거리며 불꽃이 활활 타오르는 두 눈으로 말했다.

"오, 이 교활한 촌놈! 신중하지 못한 놈, 버릇없는 놈, 무식한 놈, 말주변 없는 놈, 말버릇 고약한 놈, 물불을 가리지 않는 놈, 불평만 많은 놈, 험담꾼 같으니! 어떻게 그런 말을 내 앞에서, 그리고 이 저명하신 부인들 앞에서 할 수 있으며, 어찌 그런 천박하고 대담한 말들을 네 어리석은 생각으로 해낼 수가 있느냐? 내 앞에서 물러나거라, 자연의 괴물 같으니라고! 거짓말만 가득한 놈, 속임수 벽장, 망나니 소굴, 나쁜 짓만 꾀하는 놈, 어리석은 짓만 하는 놈, 왕가의 어른께 반드시 해야 하는 예우를 모르는 이 원수 같은 놈아! 꺼져라! 다시 한 번 내 눈앞에 나타났다가는 나의 분노가 네놈을 용서치 않을 것이다!"

그는 이렇게 말하면서 눈썹을 찌푸리고 아래턱을 부풀리며 사방을 둘러보고는 오른발로 땅을 세게 쳤다. 속에서 치밀어 오르는 화를 보여주는 것이었다. 그의 이런 말들과 노기를 띤 거동을 보고 산초는 겁을 집어먹은 나머지 위축되어 그 순간 발밑에서 땅이 열려 그를 꿀꺽 삼켜버렸으면 좋겠다고 생각했다. 그리고 어떻게 해야 좋을지 몰라 화를 내는 주인에게서 도망쳤다. 그러나 신중한 도로테아는 이미 돈키호테의 성격을 잘 알고 있었기에 그의 화를 풀어주었다.

"슬픈 얼굴의 기사님, 당신의 착한 종자가 실수한 걸 가지고 그렇게 앙심을 품진 마세요. 그가 아무 이유 없이 그런 말을 할 리도 없고, 그의 뛰어난 분별력이나 그리스도교도적인 양심으로 미루어볼 때, 누구에게도 거짓 증언을 할 것 같지는 않으니까요. 제가 생각하기엔 분명 이 성에는 기사님께서 말씀하셨다시피 모든 일들이 마법에 따라 일어나고 있으니 산초가 보았다고 하는 것, 그러니까 저의 정숙함을 그토록 모욕하는 그 일도 악마의 마법이라고 할 수 있을 거예요."

"전지전능한 하느님께 맹세하노니," 돈키호테가 말했다. "위대하신 공주님께서 하신 말씀이 맞습니다. 어떤 못된 유령이 죄 많은 산초 앞에 나타나 마법이 아니고서는 볼 수 없는 것을 보여준 것입니다. 어느 누구에게도 거짓 증언을 할 줄 모르는 이 불행한 놈의 선량함과 결백함을 저도 잘 알고 있습니다."

"그렇습니다. 분명히 그럴 겁니다." 돈 페르난도가 말했다. "그러니 돈키호테 님, 그런 유령들이 산초에게서 제정신을 빼앗아 가기 전에 기사님께서 그를 용서하시고 처음처럼 당신의 교단에 넣어주시지요.*"

돈키호테가 그를 용서한다고 대답하자 신부는 산초를 데려왔고, 산초는 자세를 낮추어 무릎을 꿇고는 주인에게 손을 내밀어달라고 청했다. 돈키호테는 그에게 손을 내밀어 입 맞추는 걸 허락한 뒤 축복을 내려주었다.

"이제 알았을 것이다, 산초야. 내가 너에게 누차 말했던 것처럼 이 성의 모든 일들이 마법에 의해 꾸며졌다는 걸 말이다."

"그렇게 생각합니다." 산초가 말했다. "그 담요 키질 사건만 빼고요. 그건 보통 일어나는 일처럼 실제로 있었으니까요."

"그렇게 생각하지 마라." 돈키호테가 대답했다. "정말로 그랬다면 내가 그때, 아니면 지금이라도 너의 복수를 해주었을 것이다. 하지만 그때도 지금도 그렇게 할 수 없을뿐더러, 너를 욕보인 데 대한 복수를 대체 누구에게 해야 하는지도 모르겠다."

모두들 담요 사건이 뭔지 알고 싶어 하자 주막집 주인이 자세히 들려주었는데, 산초 판사가 당한 담요 키질 얘기를 듣고 다들 적잖이 웃는 바람에, 만일 그의 주인이 마법에 의한 일이라고 다시 확언하지 않았다면 산초는 쥐

*종교재판에서 용서를 구할 때 쓰는 표현으로 '당신의 호의를 다시 베풀어주세요'란 뜻이다.

구멍에라도 숨고 싶었을 것이다. 이 일은 꿈속에서나 상상 속의 유령들이 아닌 분명히 뼈와 살을 가진 사람들이 한 짓이었다. 그의 주인이 믿고 단언하는 것처럼 사실이 아니라고 믿을 만큼 산초가 어리석지는 않았다.

고귀하신 손님들이 주막에 묵은 지 이미 이틀이나 지났다. 그래서 그들은 떠날 때가 되었다고 생각했고, 미코미코나 여왕의 자유를 꾸며대면서 도로테아와 돈 페르난도가 돈키호테를 마을로 힘겹게 데려가는 대신, 신부와 이발사가 그들의 뜻대로 돈키호테를 고향으로 데리고 가서 그의 광기를 치료하기 위한 계획을 세우기로 했다. 그들은 마침 그곳을 지나가는 소몰이꾼과 협상하여 다음과 같이 실행하기로 했다. 우선 돈키호테가 들어갈 만한 크기로 나무 격자 우리를 만들고, 그런 다음 신부의 지시와 생각에 따라 돈 페르난도와 일행, 돈 루이스의 하인들과 종교경찰들, 주막집 주인 등은 모두 얼굴을 가리고 각자 다른 모습으로 변장해, 돈키호테의 눈에 그 성에 있던 사람들이 아닌 다른 사람들처럼 보이도록 했다.

그들은 돈키호테가 얼마 전의 소동으로 피곤하여 잠들어 있는 방으로 숨소리를 죽이고 들어갔다. 그러고는 이런저런 소동에서 자유로워져 푹 자는 그를 꽉 잡고 손과 발을 꽁꽁 묶었다. 그가 깜짝 놀라 깨어났지만 움직이지도 못한 건 당연하고 매우 낯선 얼굴들을 바라보며 놀라워하는 것 말고는 다른 어떤 것도 할 수 없었다. 그는 터무니없는 상상을 펼쳐, 그 모습들이 모두 마법에 걸린 성의 환영들이며, 자신이 몸을 흔들 수도 없고 방어할 수도 없는 것을 보니 분명히 자신도 이미 마법에 걸린 것이라고 믿었다. 모든 일은 이 속임수를 고안해낸 신부가 예상했던 것과 정확히 맞아떨어졌다. 오직 산초만이 이들 속에서 자신의 판단력을 잃지 않고 본래의 모습을 하고 있었는데, 비록 주인과 같은 병에 걸려 있을지라도 저 위장한 모습들이 누구인지 모를 정도는 아니었다. 다만 주인을 덮쳐 끈으로 묶은 일이 어떻

H. PISAN

게 될지 보려는 마음에 입을 열지 않았다. 그의 주인 또한 자신의 불행이 어떤 종국을 맞을지 보고자 한마디도 하지 않았다. 그 결과 조금 전에 만든 우리에 돈키호테를 가둘 수 있었고 매우 단단히 나무를 박아 웬만해서는 부술 수 없도록 했다.

사람들이 우리를 어깨에 짊어지고 방에서 나갈 때 무서운 목소리가 들려왔다. 이는 이발사가 꾸며낸 것으로, 안장을 잃어버린 이발사가 아니라 신부의 친구인 이발사의 목소리였다.

"오, 슬픈 얼굴의 기사여! 그대의 속박을 슬퍼하지 마라. 그대의 위대한 노력으로 모험을 더욱 빨리 끝내버리기에 좋은 일이기 때문이다. 그 모험은 라만차의 노기를 띤 사자와 엘 토보소의 하얀 비둘기가 하나가 되어 결혼이라는 부드러운 굴레에 오만한 목덜미를 축 늘어뜨린 뒤에나 끝날 것이다. 이 듣지도 보지도 못한 결합으로 이 세상에 태어난 용맹스러운 새끼 사자들은 용기 있는 아버지의 날카로운 발톱을 본받으리라. 이것은 도망가는 요정을 쫓아가던 자*가 그의 빠른 자연의 움직임으로 빛나는 별자리들을 두 번 보기 전이리라. 그리고 그대, 오, 허리에 칼을 차고 얼굴에 수염을 기르고 냄새를 잘 맡는 후각을 지닌 아주 품격 있고 충실한 종자여! 그대 자신의 눈앞에서 편력기사가 이런 꼴을 당했다 하여 풀이 죽거나 언짢아하지 마라. 이 세상의 조물주만 기뻐한다면, 그대가 알지 못하는 매우 높고 고상한 지위에 올라 그대에게 해주겠다고 훌륭한 주인이 했던 약속들이 그대의 희망을 저버리지 않을 것이다. 그리고 그대가 알게 되겠지만, 나는 현명한 여인 멘티로니아나**를 대신하여 그대의 봉급이 지급될 것을 보증하노라. 그러니

*그리스 신화에서 다프네를 쫓아가던 아폴론.
**거짓말을 의미하는 '멘티라(mentira)'라는 단어로 지어낸 이름이다.

그대는 마법에 걸린 용기 있는 기사가 가는 길을 따르도록 하여, 기사의 두 발이 멈춰 선 곳에 그대 또한 있도록 하라. 이 밖에 다른 말을 하는 것은 나에게 정당하지 않으니, 하느님께 맡겨두고 나는 내가 아는 곳으로 돌아가노라."

이렇게 예언을 끝마치면서 이발사는 목소리 톤을 높였다가 낮추었는데, 그것이 너무나 부드러운 억양이어서 이 장난을 알고 있는 사람들까지도 그 소리가 진짜라고 믿을 정도였다.

돈키호테는 예언을 듣고 위안을 받았다. 그 모든 예언의 의미를 완전히 헤아렸기 때문인데, 즉 사랑하는 둘시네아 델 토보소와 반드시 신성한 결혼으로 결합하여 그녀의 복된 몸에서 그의 자식들인 새끼 사자들이 라만차의 영원한 영광을 위해 태어날 것이라 생각했던 것이다. 그는 이렇게 굳게 믿고 목소리를 높여 한숨을 지으며 말했다.

"오, 그대여, 그대가 누구든 간에 나에게 그토록 행복한 예언을 해준 이여! 그대에게 청하노니, 나의 일에 관여하시는 마법사 현자께 나 대신 가서 여기서 나에게 했던 너무나도 기쁘고 비할 데 없는 약속들이 지켜질 때까지 지금 나를 데려가고 있는 이 감옥에서 죽지 않도록 해달라고 청해주시오. 그렇게만 해준다면 감옥 안의 고통을 영광으로, 이 쇠사슬을 위안으로, 내가 누운 이 잠자리도 거친 싸움터가 아닌 신혼부부의 부드러운 침대로 여길 것이오. 그리고 나의 종자 산초 판사의 위안에 관해서는 그의 선량함과 훌륭한 행동으로 볼 때 운이 좋을 때나 나쁠 때나 나를 버리지 않을 것이라 믿소. 내가 그에게 섬이나 그에 견줄 만한 것을 주기로 한 약속을 그의 불운이나 나의 불운으로 못 지키게 되더라도, 최소한 그의 급료는 잃어버리지 않을 것이기 때문이오. 이미 만들어놓은 나의 유언장에 그의 훌륭한 봉사에 합당한 것은 아니나 내가 줄 수 있는 최대한의 것을 주겠노라고 분명하게

G.Doré

써놓았소."

산초 판사는 매우 정중하게 몸을 굽혀서 그의 두 손에 입을 맞추었는데 양손이 함께 묶여 있었기 때문에 한 손에만 할 수 없었던 것이다.

혼령들은 어깨에 짊어졌던 우리를 짐수레에 올려놓았다.

제47장

돈키호테 데 라만차가 마법에 걸린 기이한 일들과 그 밖의 유명한 사건들에 대하여

우리 안에 갇혀 짐수레에 실린 돈키호테가 말했다.

"편력기사에 관한 수많은 이야기를 읽었지만, 마법에 걸린 기사를 이런 방식으로 게으르고 굼뜬 동물들이 데려가는 것은 아직까지 읽지도, 보지도, 듣지도 못했다. 기사들은 늘 거무스름한 구름 속에 혹은 불의 수레에 은신하거나, 아니면 이포그리포나 그 비슷한 야수의 등에 타고서 엄청나게 빠른 속도로 하늘을 날아 이동하곤 하는데, 나는 지금 짐수레에 실려 가고 있으니 말이다. 하느님께서 나를 혼란 속에 빠뜨리시는구나! 아무래도 요즘 시대의 기사도와 마법이 옛날 방식과 다른 것이 분명하다. 내가 세상에 새롭게 등장한 기사이고 이미 잊혀진 기사도라는 직종을 소생시킨 첫 번째 기사이기 때문에, 이는 다른 종류의 마법이고, 마법에 걸린 기사들을 데려가는 또 다른 방식이 새로이 고안된 것이다. 이에 대해 어떻게 생각하느냐, 산초야?"

"제가 생각이랄 게 있나요." 산초가 대답했다. "저는 편력기사 이야기를 주인님만큼 읽지 않은걸요. 다만 여기 우리 주변을 걸어 다니는 유령들이 모두 그리스도교도가 아니라는 건 맹세할 수 있겠습니다."

"그리스도교도라니? 이런!" 돈키호테가 말했다. "유령 같은 모습으로 이렇게 나를 가둔 악마들이 어떻게 그리스도교도일 수가 있느냐? 확인하고 싶다면 그들을 만져보아라. 공기로 이루어진 몸이니 눈에만 보이는 존재라는 걸 알 수 있을 것이다."

"하느님께 맹세코, 주인님." 산초가 대답했다. "제가 이미 만져봤는데요, 여기 열심히 걸어가는 이 악마는 살로 된 통나무 같습니다. 제가 악마에 대해 들은 것과는 아주 딴판이에요. 악마들은 유황돌 냄새나 다른 나쁜 냄새가 난다던데, 이자는 반 레구아 떨어진 곳에서도 향내가 나거든요."

산초는 돈 페르난도에 대해 말한 것이었는데, 그는 매우 지체 높은 사람이라 그런 향내가 났을 것이다.

"그거라면 놀랄 것 없다, 나의 벗 산초야." 돈키호테가 말했다. "악마들은 아는 것이 많다는 걸 너도 알아야 한다. 그들이 어떤 냄새를 풍긴다고 해도 혼령이기 때문에 그들에게서는 냄새가 나지 않는다. 만약 냄새가 난다면 그건 좋은 냄새가 아니라 참을 수 없는 악취일 것이다. 그들은 어디에 있든 지옥을 함께 가져오고, 그 지옥의 고문에는 조금도 쉴 틈이 없는 법이다. 그러니 좋은 냄새가 사람을 즐겁고 기쁘게 하는 것이라면 악마에게서 좋은 냄새가 난다는 것은 불가능하지 않겠느냐. 네가 향내를 맡은 건 아마 네가 잘못 맡았다거나, 아니면 악마가 자신을 알아보지 못하도록 너를 속인 것이다."

이 모든 대화가 주인과 하인 사이에 오갔다. 돈 페르난도와 카르데니오는 산초가 자신들이 꾸민 일을 모두 눈치챌까 봐 두려워하고 있었는데, 산초가 거의 그럴 뻔했기 때문이었다. 그들은 서둘러 출발하기로 하고 주막집 주인을 따로 불러서 로시난테와 산초의 나귀에 안장을 얹도록 명령했다. 그는 신속히 이를 행했다.

이때 이미 신부는 그곳까지 동행해 온 종교경찰들과 의견 일치를 보아 그들에게 매일 그날의 일당을 주기로 했다. 카르데니오는 로시난테의 안장틀 한쪽에 방패를 매달고 다른 한쪽에는 대야를 매달은 후 산초에게 나귀에 올라타 로시난테의 고삐를 잡으라고 손짓으로 지시했고, 짐수레 양쪽에는 엽총을 든 종교경찰 두 사람을 배치했다. 그러나 수레가 출발하기 전에 안주인과 딸, 마리토르네스가 나와서 돈키호테에게 작별을 하며 그의 불행에 마음 아파 우는 척을 하자, 이를 본 돈키호테가 그녀들에게 말했다.

"울지 마시오, 나의 훌륭하신 부인들이시여, 이 모든 불행도 내가 신봉하는 것을 업으로 삼은 자들에게 부가된 일입니다. 만일 이 불행이 나에게 일어나지 않았다면 나는 스스로 고명한 편력기사라 여기지 못했을 것입니다. 이름도 명성도 없는 기사들에게는, 그래서 세상 사람들이 기억하지 못하는 기사들에게는 결코 이런 일들이 일어나지 않기 때문이지요. 용감한 기사들에게라면 반드시 이런 일이 일어나기 마련인데, 이는 수많은 왕자들과 다른 기사들이 그들의 미덕과 용맹을 질투하여 나쁜 방법으로 파멸시키고자 하기 때문입니다. 그럼에도, 마법을 처음 고안한 조로아스터가 생각해낸 모든 마법 앞에서도, 미덕은 그 자체로 매우 강력하여 어떠한 희생을 치르더라도 마치 태양이 하늘에서 빛나듯 세상에서 그 빛을 발할 것입니다. 아름다운 부인들이시여, 혹시라도 제가 어떤 무례함을 보였다면 용서해주십시오. 어느 누구에게라도 의도적으로 알면서 그랬던 적은 없었습니다. 그리고 마법사가 나쁜 의도로 가둔 이 감옥에서 저를 구해달라고 하느님께 빌어주십시오. 만일 제가 자유를 찾는다면 이 성에서 저에게 베풀어주신 은혜를 결코 잊지 않을 것이고, 그에 합당한 봉사와 보상을 할 것입니다."

성의 부인들이 돈키호테와 이런 이야기를 나누고 있는 동안 신부와 이발사는 돈 페르난도와 그 일행들, 대위와 그 형제, 그리고 행복을 되찾은 여인들, 특히 도로테아와 루신다에게 작별 인사를 했다. 모두들 서로 포옹하며 소식을 주고받자고 약속했는데, 돈 페르난도는 신부에게 돈키호테에 관한 편지를 보낼 곳을 알려주면서 그 소식을 전해 듣는 것보다 더 즐거운 일은 없을 거라고 강조했다. 그리고 자신도 신부에게 즐거움을 줄 수 있을 만한 모든 일, 즉 자신의 결혼에 관한 소식뿐만 아니라 소라이다가 세례 받는 일, 돈 루이스의 일, 루신다가 집으로 돌아가는 일 등에 관해 알려주겠다고 말했다. 신부는 그의 모든 부탁을 매우 정확하게 실행하겠다고 말하며, 다시 한 번 포옹하고 약속을 확인했다.

주막집 주인은 신부에게 다가가 종이 몇 장을 주었다. 〈무모한 호기심이 빚은 이야기〉가 발견된 가방 속 덧단에서 찾은 것인데 그 가방 주인이 다시 오지 않을 것이니 모두 가져가도 된다면서, 자신은 글을 읽을 줄 모르니까 필요 없다고 말했다. 신부는 그것을 감사히 받아서 곧 펼쳐보았는데, 맨 위에 〈린코네테와 코르타디요의 이야기〉*라고 쓰여 있었다. 그것으로 어떤 소설인지 알았고, 〈무모한 호기심이 빚은 이야기〉가 훌륭했기 때문에 이것 역시 기대할 만하다고 생각했는데, 두 작품 모두 같은 작가가 썼을지도 모르기 때문이었다. 어쨌든 나중에 한가할 때 읽어볼 요량으로 잘 넣어두었다.

그는 말에 올랐고, 친구인 이발사도 돈키호테가 못 알아보도록 안대를 한 채 말에 올라타 짐수레 뒤에서 걸음을 재촉했다. 그들이 걸어가는 순서는 이랬다. 맨 앞에는 짐수레 주인이 수레를 이끌고, 그 양옆에는 앞서 말했듯이 종교경찰들이 엽총을 들고 가고, 그 뒤를 따라 산초 판사가 당나귀를 타고 로시난테의 고삐를 잡고 갔다. 맨 뒤에는 신부와 이발사가 힘센 나귀를 타고서 앞서 말했듯이 얼굴을 가린 채 심각하고 차분하게 따라가고 있었다.

---

*세르반테스의 《모범소설》 열두 편 중 하나.

이들은 소가 느릿느릿 가는 것 이상으로 속도를 내지 않았다. 두 손이 묶여 우리 안에 앉아 있는 돈키호테는 두 발을 쭉 뻗고 울타리에 몸을 기댄 채로 가고 있었는데, 너무나도 조용하고 인내심 있는 모습이어서 마치 살을 가진 인간이 아니라 돌로 만든 조각상 같았다.

이렇게 천천히, 그리고 조용하게 2레구아를 걸었을 때, 소몰이꾼이 보기에 소들을 쉬게 하고 여물을 주기에 적합해 보이는 계곡이 나타났다. 그래서 신부에게 잠시 쉬었다 가자고 말했으나 이발사가 조금만 더 걸어가자고 했다. 그는 거기서 가까운 어느 비탈길을 넘어가면 소몰이꾼이 쉬었다 가자고 했던 그곳보다 풀도 많고 훨씬 더 좋은 계곡이 있다는 것을 알고 있었다. 이발사의 생각대로 그들은 다시 길을 갔다.

이때 신부가 고개를 돌리니, 그들 뒤로 예닐곱 명의 말 탄 사람들이 보였는데, 그들은 매우 빨리 달려와 금세 이들 일행을 따라잡았다. 느리고 굼뜬 소를 타고 오는 게 아니라 교회법 신부들이 타는 빠른 노새를 타고 있었는데, 거기서 1레구아도 안 되는 거리에 있는 주막에 도착해 쉬고 싶었기 때문에 발길을 재촉하던 참이었다. 그렇게 바삐 가던 이들이 느릿느릿 여유 있게 가던 사람들에게 가까워지자 그들은 서로 정중하게 인사를 나누었다. 그들 가운데 하나는 실제로 톨레도의 교회법 신부로, 동행하는 사람들을 이끄는 수장이었다. 그는 질서정연한 행렬, 즉 짐수레, 종교경찰들, 산초, 로시난테, 신부와 이발사, 그리고 우리에 갇혀 있는 돈키호테를 보고서, 이런 식으로 돈키호테를 데려가는 이유가 무엇인지 물어보지 않을 수 없었다. 그는 종교경찰들의 회초리를 보고 돈키호테가 어느 상습적인 들치기이거나 종교경찰이 처벌할 만한 죄를 지은 죄수일 것이라고 생각했다. 종교경찰들 가운데 한 사람이 그 질문을 받고 대답했다.

"나리, 이 기사가 왜 이런 식으로 가고 있는지는 그에게 물어보십시오. 저희들은 모르니까요."

돈키호테가 이 얘길 듣고 말했다.

"기사님들, 당신들은 혹시 편력기사의 일에 대해 조예가 깊고 잘 알고 계신지요? 그런 분들이라면 저의 불행에 대해 이야기를 나누겠지만, 그렇지 않다면 제가 그런 이야기를 할 이유가 없습니다."

나그네들이 돈키호테와 이야기하는 것을 본 신부와 이발사는 자신들의 속임수가 드러나지 않도록 이미 그들에게 다가와 있었다.

교회법 신부는 돈키호테의 얘기에 이렇게 대답했다.

"형제여, 사실 나는 비얄판도의 《수물라스》*보다 기사도 책들을 더 많이 알고 있소. 그러니 이것으로 족하다면 맘 놓고 무엇이든 이야기할 수 있을 것이오."

"하느님의 축복이 있기를." 돈키호테가 말했다. "그렇다면 기사 여러분들, 저는 나쁜 마법사들의 질투와 속임수로 마법에 걸려 이 우리 안에 있다는 걸 알아주시기 바랍니다. 미덕은 착한 사람들에게 사랑받기보다 악한 사람들에게서 학대당하는 법이지요. 저는 편력기사이지만 그 명성이 영원히 기억되지 않는 무명의 기사는 아닙니다. 이들의 질투에도 불구하고 페르시아가 기른 마법사들, 인도의 브라만, 에티오피아의 힘노소피스트** 속에 속하며, 편력기사들이 무의 명예로운 정상에 오르고자 할 때 따라야 할 후세의 모범과 본보기가 되기 위해 불멸의 전당에 이름을 남길 것입니다."

"라만차의 돈키호테 님이 말씀하시는 것은 사실입니다." 이때 신부가 나섰다. "이분이 이 수레에서 마법에 걸려 계신 것은 이분의 잘못이나 죄 때문

---

*《수마 수물라룸》(1557). 가스파르 카르디요 데 비얄판도가 교수로 몸담았던 알칼라 대학에서 교과서로 쓰기 위해 집필한 신학 책.

**원래는 그리스의 고행 철학자들을 일컫는 말로, 에티오피아와는 무관하다.

이 아니라 미덕에 성이 나고 용맹에 화가 나는 사람들의 나쁜 의도 때문입니다. 이분은 '슬픈 얼굴의 기사'로, 언젠가 그 이름을 들어보셨는지도 모르겠습니다. 이분의 그 용감한 무훈과 위대한 업적은 그것을 흐리게 하는 질투와 그것을 감추려는 악의가 존재하더라도 강한 청동과 영원한 대리석에 새겨질 것입니다."

교회법 신부는 갇힌 사람과 자유로운 사람이 이런 식으로 이야기하는 것을 듣고 놀라서 하마터면 성호를 그을 뻔했고, 대관절 이 기사에게 무슨 일이 일어난 것인지 짐작할 수가 없었다. 그와 함께 온 사람들도 똑같이 놀라워했다. 그런데 무슨 이야기가 오가는지 듣기 위해 가까이 와 있던 산초 판사가 모든 일을 물거품으로 만들어버리고 말았다. 그가 이렇게 말했던 것이다.

"자, 어르신들, 지금 제가 드리는 얘기를 어찌들 생각하실지 상관 않고 말씀을 드리자면요, 저의 주인이신 돈키호테 나리가 마법에 걸렸다면 저의 어머니도 똑같이 마법에 걸렸다는 겁니다. 주인님은 정신이 말짱하시고, 다른 사람들처럼 먹고 마시고 볼일도 보십니다. 어제 우리 안에 갇히기 전에 하셨던 것처럼 말이지요. 그러니 주인님께서 마법에 걸렸다는 것을 제가 어떻게 믿는단 말입니까? 저는 마법에 걸린 사람들은 먹지도 않고 자지도 않고 말하지도 않는다는 얘길 숱하게 들었는데, 우리 주인님께서는 만약 그냥 하시는 대로 두신다면, 변호사 서른 명이 할 말을 합쳐놓은 것보다도 더 많은 말씀을 하실 겁니다."

그러고는 신부를 돌아보며 말을 이었다.

"허 참, 신부님, 신부님! 제가 신부님을 못 알아볼 거라 생각하신 겁니까? 제가 이 새로운 마법들이 어디로 가는지 눈치도 못 채고 짐작도 못 할 거라고 생각하셨습니까? 아무리 얼굴을 가려도 신부님이라는 걸 알고, 아무리 거짓말을 해도 저는 다 알고 있다는 걸 아셔야죠. 결국 시기질투가 있는 곳에는 미덕이 살 수 없고, 인색함이 있는 곳에는 너그러움이 있을 수 없는 법입니다. 악마의 장난 같으니! 만일 신부님만 아니었다면 우리 주인님은 벌써 미코미코나 공주님과 결혼하고 저도 최소한 백작은 되었을 텐데. 저의 주인이신 슬픈 얼굴의 기사님의 선량한 품성과 저의 훌륭한 봉사를 생각하면 다른 건 있을 수가 없지요. 하지만 이젠 지금 들리는 얘기들이 사실이라는 걸 알겠네요. 운명의 바퀴가 풍차 바퀴보다 더 빠르게 돌아간다는 것과 어제 저 높이 있던 사람들이 오늘은 저 밑바닥에 있다는 것 말입니다. 제 아이들과 아내를 생각하면 마음이 괴롭습니다요. 아버지가 어느 섬의 총독이나 왕국의 부왕이 되어 돌아오는 것을 기대했을 테고 또 당연히 기대할 만한데, 말몰이꾼이 되어 오는 것을 봐야 하니 말입니다. 신부님, 제가 이런 말씀을 드리는 건요, 다름이 아니라 저의 주인님이 받으신 고초에 대해 양심의 가책을 느끼시고, 하느님께서 저의 주인님을 묶어둔 일에 대해 책임을 묻지 않을지 잘 생각해보시라는 겁니다. 그리고 저의 주인 돈키호테 님께서 갇혀 있는 통에 할 수 없는 모든 구제와 선행들을 신부님께서 책임지고 하시라는 겁니다."

"말도 안 되는 소리!" 옆에서 듣던 이발사가 소리쳤다. "산초, 자네도 주인과 같은 패인가? 자네도 우리 속에 들어가 주인과 함께 가야겠군. 자네 주인처럼 기사도 어쩌고 하는 것을 보니 주인하고 똑같은 마법에 걸린 게 분명해. 주인의 약속으로 바람만 잔뜩 들어서, 자네가 그토록 원하는 섬이 머리통 속으로 아예 들어간 것 같구먼."

"전 누구한테도 바람 들지 않았습니다." 산초가 대답했다. "왕이라 해도 바람을 넣지 못하는 사람이 바로 저거든요. 비록 가난하지만 독실한 그리스도교도이고, 어느 누구에게 신세 진 일도 없지요. 전 섬을 원하지만 다른 사람들은 더 나쁜 것들을 바라지 않습니까. 그리고 사람은 누구나 자신의 노력으로 자기 혈통을 만드는 법입니다. 인간인 이상 저도 교황이 될 수 있고, 섬의 총독이 되는 것쯤은 아무 문제 없지요. 저의 주인님은 나누어줄 사람이 부족할 만큼 많은 섬을 얻으실 겁니다. 이발사 나리도 말씀 좀 조심하세요. 면도만 하면 다가 아닙니다. 같은 말도 아 다르고 어 다르잖습니까? 우리 모두가 서로 잘 알고 있기 때문에 이런 말을 하는 것인데, 저를 속일 수는 없어요. 그리고 저의 주인님께서 마법에 걸린 일에 관해서는 하느님께서 진실을 알고 계십니다. 문제를 삼아봤자 더 나빠질 테니 여기서 그만두지요."

이발사는 더 이상 대답하고 싶지 않았다. 자신과 신부가 그토록 덮으려 했던 일이 산초의 단순함으로 인해 드러날까 봐 조심스러웠던 것이다. 신부도 똑같은 우려에서 교회법 신부에게 조금 앞으로 걸어오라고 말하며 우리에 갇혀 있는 사람에 관한 흥미로운 이야기들을 들려주겠다고 했다. 교회법 신부는 신부의 말대로 하인들을 데리고 가까이 다가갔다. 그는 신부가 하는 이야기들을 주의 깊게 들었는데, 돈키호테의 신분과 삶, 광기와 습관에 관해서, 또 그가 정신착란을 일으키게 된 시초와 원인에서부터 저 우리 속에 갇히게 되기까지 있었던 모든 일들, 그리고 그의 광기를 치료할 방법을 찾기 위해 고향으로 그를 데려가려는 계획에 대해 들었다. 돈키호테의 편력 이야기를 듣고 하인들과 교회법 신부는 다시금 놀라워했고, 그 이야기를 끝마치자 교회법 신부가 말했다.

"신부님, 기사도 책이라는 것들이 정말로 공화국에 피해를 준다는 것을 잘 알겠군요. 물론 저도 한가롭고 쓸데없는 기분에서 인쇄되어 나온 모든 책들의 맨 앞부분을 읽어보았지만, 처음부터 끝까지 다 읽은 적은 없습니다. 더 좋고 나쁠 것도 없이 모두 다 똑같아 보였기 때문에 이것이 저것보다, 혹은 이것이 다른 것보다 더 낫다고 볼 수 없더군요. 게다가 제가 보기에 이런 종류의 저작은 '밀레토스 이야기'*라 일컫는 우화보다 못한 것으로, 단지 즐거움만 줄 뿐 교훈은 없는 허무맹랑한 이야기들이지요. 즐거움과 교훈이 함께 있는 우화와는 대조적입니다. 그런 책들의 목적이 즐거움에 있다손 치더라도 그토록 엉뚱하게 말도 안 되는 이야기들로 가득 차 있는데 어떻게 즐거움을 줄 수 있는지 모르겠습니다. 마음속의 즐거움은 앞에 놓인 사물에서 시각이나 상상력을 통해 아름다움과 조화가 보일 때 비롯되는 것입니다. 추함과 무질서가 들어 있는 것이 우리에게 어떤 기쁨도 주지 못하는 것과 같습니다. 그런데 열여섯 살짜리 소년이 탑같이 큰 거인을 꽈배기처럼 단칼에 두 동강 낸다든지, 전투를 묘사하면서 적군의 백만 대군에 대항해 이야기의 주인공이 팔 힘만으로 승리를 얻었다고 하면, 그 이야기를 어떻게 믿을 수 있겠습니까? 이런 이야기의 어느 곳에 아름다움이 있으며, 어느 부분이 전체 속에서 조화로움을 갖추고 있다는 말입니까? 또 왕국을 이어받을 여왕이나 여제가 처음 보는 편력기사의 두 팔에 그렇게 쉽게 의지하는 것은 뭐라고 말해야 할까요? 완전히 미개하거나 교육을 받지 않은 사람이 아니고서야 대체 어떤 사람이, 기사들로 가득한 거대한 탑이 순풍에 돛을 단 배처럼 바다로 나아가, 오늘 밤은 롬바르디아에서 보내고 내일은 인도의 후안 사제의 땅이나 프톨레마이오스도 발견하지 못하고 마르코 폴로도 보지 못한 어느 땅에서 아침을 맞이한다는 이야기에 즐거움을 느낄 수 있단 말입니까? 이런 제 생각에 대해, 그런 책들은 거짓 이야기를 쓰고 있는데 세세한 부분이나 진실에 신경 쓸 필요는 없지 않느냐고 대답한다면, 저는 거짓말도 진실처럼 보이면 보일수록 좋은 것이고, 진실에 가깝고 실현 가능성이 있을수록 더욱 바람직한 것이라고 대답할 것입니다. 꾸며낸 우화

*고대 그리스의 도시 밀레토스에서 전해 내려오는 이야기들로, 모두 상상 속의 우화들이다.

들은 그것을 읽는 사람들의 이해와 부합되어야 합니다. 불가능한 일을 가능하게 하고 거대한 난관을 극복하여 다른 곳에 신경 쓸 틈을 주지 않아야지만 독자들이 놀라고 거기에 매달려 흥분하고 즐거워하며 놀라움과 기쁨을 함께 느끼는 것이지요. 이 모든 일들은 작품의 완성도가 달려 있는 바로 이 점, 즉 진실을 모방하여 그럴듯하게 하는 것을 싫어하는 작가는 할 수 없는 일입니다. 저는 기사도 책 중에서 작품의 중간이 서두와 맞물리고, 또 결말이 서두나 중간과 맞물려 모든 부분이 우화 전체와 하나가 되는 것을 본 적이 없습니다. 오히려 그런 부분들을 합쳐놓아서 제가 보기엔 균형 잡힌 하나의 모습보다는 키메라 같은 괴물을 만들어놓은 것 같더군요. 이 밖에도 거친 문체에다 무훈은 터무니없고, 연애는 음탕하고 예의 없고, 전투는 너무 길고, 말은 바보 같고, 여행은 엉터리 같고, 궁극적으로 모든 신중한 기교와는 거리가 멀기 때문에 쓸모없는 사람들을 추방하는 것처럼 이 책들도 그리스도교 공화국에서 내쫓을 만한 것입니다."

신부는 그의 말을 매우 주의 깊게 들으며, 그가 훌륭한 분별력의 소유자이고 한 말도 모두 옳다고 생각했다. 그래서 자신의 생각도 같다며 기사도 책에 앙심을 품고 돈키호테의 수많은 책들을 불태워버렸다고 했다. 그러면서 자신이 책들을 검열해 화형에 처하거나 살려준 일을 이야기하자, 교회법 신부가 적잖이 웃으며 말하기를, 자신이 말한 온갖 나쁜 점에도 불구하고 그 책들에는 한 가지 좋은 점이 있는데, 그것은 그 속에서 훌륭한 분별력을 발휘하기에 좋은 주제가 등장하는 것이라고 했다. 책 속에는 작가가 아무 걱정 없이 펜을 놀릴 수 있는 길고 널찍한 장이 마련되기 때문에 난파, 폭풍우, 재회와 전투를 묘사할 수 있고, 용감한 선장은 그 자리가 요구하는 모든 요건들을 갖추고 있어서 적의 계략을 미리 예방하여 신중하게 대처하고, 자신의 병사들을 설득하여 자신의 뜻대로 움직이게 하는 능변가로서 그의 생각은 사려 깊고 결단은 빠르며 적에 대항할 때나 공격할 때 매우 용기 있는 모습을 그릴 수 있다는 것이었다. 또한 때로는 유감스럽고 비극적인 일을, 때로는 기쁘고 생각지 못한 사건을 그릴 수 있고, 거기서 아름답고 정숙하고 신중하고 얌전한 귀부인을 그렸다면, 여기서는 그리스도교도이고 용감하고 정중한 기사를, 저쪽에서는 교양 없고 야만적인 허풍선이를, 저기에서는 예의 바르고 용기 있고 사람들이 우러러보는 왕자를, 그리고 신하들의 착한 성품과 충실함, 왕들의 위대함과 은혜를 보여줄 수 있기 때문이라는 것이다. 그래서 점성가로서, 혹은 훌륭한 천문학자나 악사, 아니면 나랏일에 지식이 많은 사람으로서 작가 자신의 재능을 발휘할 수 있고, 아마도 본인만 원한다면 강신술사로 보여질 기회도 갖게 될 것이다. 작가는 오디세우스의 간계, 아이네이스의 동정심, 아킬레우스의 용감함, 헥토르의 불행, 시논*의 배신, 에우리알로스**의 우정, 알렉산드로스의 관용, 카이사르의 용기, 트라야누스***의 관대함과 진실함, 조피로스****의 충성심, 카토*****의 신중함 등 궁극적으로 뛰어난 인물을 완성시키는 모든 행동들을, 때로는 한 사람에게, 때로는 여러 사람에게 나누어서 보여줄 수 있다는 것이다.

"그리고 이것이 평온한 문체와 재치 있는 생각으로 가능한 한 가장 진실에 가깝게 쓰였다면, 분명 여러 아름다운 매듭으로 짜인 직물이 될 것입니다. 다 만들어진 뒤에 그러한 완벽함과 아름다움이 보인다면 제가 앞서 말

---

*트로이 목마의 계략을 짜는 데 중요한 역할을 맡은 인물.

**친구 니소스와 트로이 전쟁에서 함께 죽음으로써 우정을 지킨 인물.

***스페인 출신의 로마 황제.

****다리우스 1세의 충신으로, 바빌로니아인들 앞에 자신의 코와 귀를 자르고 나타나 다리우스 왕이 그렇게 한 것처럼 꾸며 자신을 믿게 하고, 반란군의 지배권을 갖고서 다리우스 왕에게 승리를 안겨주었다.

*****BC 195년부터 스페인을 통치한 집정관.

한, 작품에서 요구되는 가장 좋은 목적인 교훈과 즐거움을 동시에 주는 것이 가능해지는 것입니다. 이런 책들의 거침없는 글쓰기는 작가로 하여금 서사시인, 서정시인, 비극작가, 희극작가로서 뿐만 아니라, 서사시는 운문뿐만 아니라 산문으로 쓰여질 수 있기 때문에 작가 자신 속에 숨겨진 너무나도 달콤하고 유쾌한 모든 시학과 웅변술을 보여줄 수 있는 기회가 되기 때문이지요."

제48장

여기에서는 교회법 신부가 기사도 책에 대해 논하는 것과 그의 재치를 인정할 만한 그 밖의 일들을 이야기한다

"과연 말씀하신 대로입니다, 교회법 신부님." 신부가 말했다. "이런 이유로 지금까지 그런 비슷한 책을 쓴 사람들은 모두 비난을 받아 마땅한 것입니다. 잘 써볼 생각도 하지 않고 어떤 기술과 규칙도 따르지 않았으니까요. 그리스와 로마의 두 시성*이 시에서 명성을 떨쳤던 것과 마찬가지로 산문에서도 그랬을지 모를 텐데요."

"저도 그랬습니다." 교회법 신부가 대답했다. "적어도 앞에서 지적했던 모든 점을 갖춘 기사도 책을 쓰고자 생각한 적이 있었지요. 아니, 사실은 100장 정도를 썼습니다. 제 목적이 달성되었는지 알아보기 위해, 전설이나 분별 있는 이야기에 관심이 많은 사람과 단지 엉터리 말에나 흥미를 가지는 무지한 이들을 만나 모두 읽어주었지요. 결과는 양쪽 모두에서 만족스러웠지만, 더 이상은 쓰지 않았습니다. 제가 하려는 일과 거리가 멀다는 생각이 들었고, 또 분별 있는 사람들보다 무지한 사람들이 많아 보였기 때문입니

*호메로스와 베르길리우스를 말한다.

다. 다수의 무지한 이들에게 조롱받는다 하더라도 소수의 박식한 이들에게 존경을 받는다면 좋은 일이지만, 저는 기사도 책을 읽는 대부분의 무지한 사람들의 혼란한 판단에 휩쓸리고 싶지 않았습니다. 그러나 저의 손을, 아니 이야기를 끝까지 쓰고자 하는 생각을 앗아 간 것은 다름 아닌 오늘날 상연되고 있는 연극이었지요. 저는 이렇게 생각합니다. '역사적인 사건을 다룬 연극이든 꾸며낸 이야기를 다룬 연극이든, 요즈음 상연되는 극작품들은 하나같이 엉터리여서 머리와 다리가 없는 것과 같다. 특히 이런 종류의 것은 평범한 사람들이나 재미로 듣고 좋다고 생각하는 것이지 나 같은 사람과는 거리가 멀다. 이런 이야기를 만드는 작가나 그것을 공연하는 배우들은 하나같이 대중이 그런 이야기를 원하기에 어쩔 도리가 없다고 말한다. 또한 말하길, 예술이 요구하는 대로 구성된 이야기는 그것을 이해할 만한 분별력이 있는 서너 사람 정도에게나 통하지 그 외 사람들에게는 전혀 관심 없다. 그들은 소수의 의견을 듣기보다는 많은 이들로부터 돈을 벌고 싶어 한다. 책도 같은 방식으로 만들어지므로 결국에는 내가 앞서 말한 규율을 지키고자 애를 쓰며 연구해봤자 헛수고만 할 뿐이다.' 배우들에게 그들이 잘못 판단하고 있고, 예술의 규율에 맞춰서 연극을 공연하면 더 좋은 평판을 얻고 관객들도 더 많이 찾아올 거라고 설득해보았지만, 그들은 자신들의 생각에 빠져 있어 어떤 말도 소용이 없었습니다. 한번은 고집불통 작가 한 사람을 붙들고 했던 말이 기억나네요. '이봐요, 우리 에스파냐의 한 유명 시인이 지은 세 편의 비극이 상연된 지 얼마 되지도 않아, 무지한 사람이건 박식한 사람이건 시민이건 귀족이건 이것을 본 사람들이 너나 할 것 없이 경탄한 덕에 이후 공연된 30편의 다른 연극으로 올린 수익보다 더 많은 돈을 벌어들였던 것을 기억하지 못합니까?' '분명히 기억하지요.' 그 작가가 대답하더군요. '아마도 《라 이사벨라》, 《라 필리스》, 《라 알렌한드라》였을 겁니다.'

제가 다시 말했습니다. '그런 작품들이 예술의 원칙을 얼마나 잘 지키고 있는지 한번 보세요. 또한 그것들이 세상에서 인정받고 있는지도 한번 보세요. 즉 엉터리 이야기를 원하는 평범한 사람들에게 잘못이 있는 것이 아니라 훌륭한 작품을 만들 줄 모르는 작가들에게 문제가 있다는 것입니다. 좋습니다.《은혜를 모르고 복수하는 자》는 엉터리 이야기가 아니죠. 또한《라누만시아》나《사랑에 빠진 상인》, 그리고《우호적인 적》에서도 엉터리 같은 이야기는 나오지 않습니다. 그 외 몇몇 작가들의 작품도 자신의 명예라든지, 돈을 벌어들이기 위한 목적으로 쓰여진 것은 없었습니다.' 저는 이 밖에도 다른 말을 해줬는데 그 사람을 혼란스럽게 만든 것 같았습니다. 그렇지만 작가들의 잘못된 생각을 끄집어낼 만큼 완전히 납득시킬 수는 없었지요."

"말씀하시는 문제들을 들으니," 신부가 말했다. "지금 상연되는 연극에 대한 저의 원한이 다시 일어나는군요. 그건 기사도 책에 대해서도 마찬가지입니다. 툴리우스*에 따르면 연극이라는 것은 인간의 삶의 거울이며 관습의 표본이자 진실의 상(像)이 되어야 하는데 지금 상연되는 것들은 엉터리의 거울이고 우둔함의 표본이며 방탕함의 상입니다. 1막 1장에서 나온 어린아이가 2장에서 이미 수염 난 아저씨로 나온다면 이런 것이 우리가 다루고자 하는 주제에서 얼마나 황당하겠습니까? 늙은이를 용감하게, 어린 소년을 겁쟁이로, 마부를 식자로, 시동을 조언자로, 왕을 작업복 차림으로, 공주를 하녀복 차림으로 등장시키는데, 이런 엉터리가 어디 있답니까? 또 연극의 각 막에서 준수되는 이런 의견에 대해 제가 무엇을 말할 수 있겠습니까. 이런 연극을 본 적도 있습니다. 1막은 유럽에서 시작했는데 2막은 아시아가

*마르쿠스 툴리우스 키케로를 말한다.

무대가 되더니 3막은 아프리카에서 끝이 나는 겁니다. 만일 4막이 있었다면 4막은 아메리카에서 끝이 나면서 세계 방방곡곡을 누볐을 테지요. 모방이 연극의 핵심일진대, 피핀 왕과 샤를마뉴 대제 시대에 일어난 사건을 그리면서 주인공을 마치 고드프루아 드 부용처럼 예루살렘에 십자가를 들고 들어가 신성한 집을 탈취해낸 헤라클리우스 황제로 만들어놓는다면, 이 둘 사이에는 수백 년의 시간 차이가 있는데 아무리 뭘 모르는 관객이라 해도 만족할 수가 있겠습니까? 그리고 꾸며낸 이야기에 기초한 연극에다가 역사적 사실들을 넣고 다른 시대의 다른 인물들을 덧붙이면서 아무런 진실성도 없고 체제도 없다면, 정말 이것들을 어떻게 이해해야 한답니까? 더욱이 이런 유의 연극이 완벽하다면서 만일 그 이상의 것을 바란다면 헛된 일이라고 말하는 무지한 사람들이 있다는 게 끔찍합니다.* 종교극으로 눈을 돌려보면 어떤가요? 거짓 기적들을 꾸며대거나, 이 성자의 기적을 다른 성자에게 덧붙여 종종 엉뚱한 기적을 일으키게 하지 않습니까? 이것이 얼마나 거짓되고 잘못된 이해를 불러일으키는지요. 게다가 통속극에서조차 무지한 사람들을 놀래켜 흥미를 끌자는 생각으로 사실에 근거하지도 않고 아무런 관계도 없는 기적이나 무대장치들을 함부로 가져다 쓰지 않습니까? 이 모든 것은 진실과 역사, 그리고 창작을 하는 이들에게 불명예를 가져다주는 일이라 할 수 있습니다. 연극의 법칙을 정확히 준수하는 외지인들이 우리가 만든 이런 연극을 본다면, 우습거나 엉터리라고 생각하며 우리를 야만적이고 무지한 사람들로 여길 테니까요. 훌륭한 공화국에서는 대중을 위해 연극을 만드는 주된 의도가 정직하게 재창조된 사회를 만들기 위한 것이고, 좋지 못

*아리스토텔레스가 말하는 고전극의 삼일치의 법칙(시간, 장소, 줄거리의 일관성)을 지키지 않은 로페 데 베가(당시 세르반테스와 경쟁 관계에 있던 극작가)의 연극을 노골적으로 비난하는 것이다.

한 기운을 유발하는 나태함을 변화시키고자 하는 것이라는 점은 그리 큰 잘못이 아닐 것입니다. 그런데 이러한 목적은 좋은 연극이든 나쁜 연극이든 달성될 수 있으니 그들이 원하는 대로 작품을 만들거나 상연하는 데는 제가 앞서 말한 규제가 있거나 어떠한 규칙이 있을 필요가 없다고 말하는 사람이 있다면, 저는 이렇게 대답하겠습니다. 그런 목적을 위해서라면 나쁜 극보다는 훌륭한 극이 비할 수 없을 정도로 훨씬 더 잘 이룰 수 있을 거라고요. 훌륭한 연극을 보면 관객은 속임수를 즐기고, 진실을 배우며, 사건에 감동하고, 이성을 통해 분별력을 갖고 심한 속임수를 알아차리고, 모범적인 일에 명민해지며, 악에 분개하고 미덕을 사랑하게 될 것이기 때문입니다. 훌륭한 연극은 아무리 거칠고 외설적이라 하더라도 관객의 마음속에 이런 것들을 모두 불러일으킬 것인데, 이런 연극이 요즘 상연되는, 그러니까 이런 점들이 부족한 연극에 비해 훨씬 더 즐겁고 대중을 기쁘게 해주지 않을 리가 없지 않겠습니까. 그리고 우리 연극의 잘못을 이를 쓴 시인들에게만 돌릴 수는 없을 것입니다. 이들 가운데 몇몇은 자신들의 잘못을 아주 잘 알고 있고, 또 어떻게 해야 할지도 알고 있지요. 하지만 그들은 말합니다. 연극도 상품이라 팔려야 하는데 그런 연극이 아니라면 배우들이 사려고 하지 않을 거라고요. 그래서 시인은 자신의 작품에 돈을 지불할 배우가 요구하는 대로 쓰려고 합니다. 이것이 진실임은 이 왕국의 운 좋은 천재가 쓴 무수한 연극들을 보면 알 수 있습니다. 그는 화려함과 경구들, 우아한 시구들, 좋은 말들, 장중한 문장들, 화술과 문체로 명성을 얻은 작가입니다만, 배우들의 기호에 맞게 썼기 때문에 작품들이 완벽한 경지에 이르지는 못했습니다. 또 어떤 시인들은 무신경하게 작품을 써서, 배우들이 공연 뒤에 도망치거나 잠적해야 할 경우도 생깁니다. 여러 왕족이나 귀족에게 해가 되는 내용을 공연한 것이 두려운 나머지 배우가 도망친 일이 여러 번 있었지요. 이런 끊이지 않는 자질구레한 걱정이나 제가 말하지 않은 어처구니없는 사건들은, 궁정에서뿐 아니라 에스파냐에서 상영되는 모든 연극들이 무대에 오르기 전에 모든 작품을 검열하는 분별 있는 사람이 궁정에 있으면 모두 해결될 일입니다. 그 사람의 허가와 봉인과 서명이 없이는 어디에서도 상연을 허락하지 않으면 됩니다. 그러면 배우들은 궁정에 작품을 보낼 때 신경 쓸 것이고, 안전하게 연극을 상연할 것이며, 작가들은 작품을 검열하는 것이 걱정되어 더 많이 신경 쓰고 연구할 것입니다. 그렇게 되면 훌륭한 연극이 상연되고, 대중의 오락뿐만 아니라 재능 있는 에스파냐 작가들의 평판, 배우들의 이익과 안전을 보장할 수 있으며, 그들을 처벌하는 데 시간 낭비할 필요가 없어질 테지요. 새로 쓰여진 기사도 책을 검열하는 일은 방금 말한 사람이건 다른 사람이건, 누가 맡게 되더라도 틀림없이 신부님께서 말씀하신 대로 완벽한 이야기들도 몇 편 출간되어 유쾌하고 값진 문장들로 우리말을 풍요롭게 하고, 새로 나온 책들의 눈부신 빛으로 낡은 책들을 어둡게 하는 계기를 마련해주며, 한가한 사람들뿐 아니라 바쁜 이들에게도 건전한 오락이 되어줄 것입니다. 항상 활시위를 당겨놓은 상태로 있을 수는 없고, 또한 인간의 성질도 뭔가 적합한 오락 없이는 지탱해나가지 못하기 때문이지요."

교회법 신부와 신부의 대화가 이쯤 이르렀을 때 이발사가 다가와서 신부에게 말했다.

"여깁니다, 신부님. 우리가 쉬면서 소에게 신선한 풀을 많이 먹이기에 안성맞춤이라고 말씀드렸던 그 장소지요."

"내가 봐도 그렇구먼." 신부가 대답했다.

그러고는 여기서 하려고 하는 일을 교회법 신부에게 말했다. 그 역시 아름다운 계곡을 볼 수 있는 이 장소에 손님으로 같이 있고 싶어 했다. 이미 기사도에 대한 열의가 있었던 교회법 신부는 신부와 더 대화하면서 돈키호테의 무훈에 대해 더욱 상세히 알고자 했기에, 여기서 점심을 먹고 좀 쉬었다 갈 생각으로, 그의 시종들에게 멀리 떨어지지 않은 주막에 가서 여기 있는 사람들이 먹을 만한 것을 가져오라고 시켰다. 그러자 한 시종이 음식을 실은 노새가 주막에 도착해 있을 테니 주막에서는 보리만 얻으면 될 것이라고 대답했다.

"그럼 저기 있는 말들은 그리로 데려가고 음식을 실은 노새를 데려오면 되겠군." 교회법 신부가 말했다.

일이 이렇게 진행되는 것을 본 산초는 아무래도 의심스러운 신부와 이발사의 끊임없는 감시를 피해 그의 주인 돈키호테가 갇혀 있는 우리로 다가가 말했다.

"주인님, 제 양심을 걸고 주인님이 마법에 걸린 일에 대해 한 말씀만 하고 싶습니다. 저기 가면을 쓰고 있는 저 사람들은 다름 아닌 우리 마을 신부와 이발사입니다. 제가 보기에 주인님께서 유명한 무훈을 세우는 것이 너무 배아파서 이렇게 주인님을 데려가려는 것 같아요. 그러니 사실 주인님은 마법에 걸린 게 아니라 속고 계신 것이지요. 그걸 확인해보기 위해 제가 질문 하나를 하겠습니다요. 주인님께서 제 질문에 대답만 해주신다면 이게 속임수이며, 마법에 걸린 게 아니라 제정신이 나가서 끌려가는 거라는 걸 아실 겁니다."

"무엇이든 물어봐라, 산초야." 돈키호테가 대답했다. "속 시원하게 대답해주겠다. 네가 말한 대로 저기 오는 사람들이 나와 절친한 신부와 이발사라면 실제로 그들처럼 보이는 것일 뿐이다. 정말 똑같이 생겼다 하더라도 어떤 식으로든 믿지 마라. 네 말대로 그들이 신부와 이발사랑 비슷하다면 그들은 분명 나를 마법에 빠지게 만든 장본인들이 틀림없다. 마법사들은 그들이 원하는 대로 모습을 바꾸는 게 쉬우니까 내 친구들처럼 변장했겠지. 결국 이것은 네가 그렇게 생각하도록 만들어서 마법의 미로 속에 빠뜨리기 위함이었으며, 설사 네가 테세우스의 실을 가지고 있다 하더라도 절대 빠져나갈 수 없도록 하기 위해서였을 것이다. 게다가 내 이성을 교란시켜, 내가 이런 일들이 어디서부터 연유된 것인지를 알 수 없게 하기 위함이었을 것이야. 한편으로는 네가 나에게 말한 대로 우리 마을의 신부와 이발사일 수도 있지만, 이렇게 내가 우리에 갇혀 있지 않느냐. 초자연적인 힘이 아니고서야 인간의 힘으로 나를 이렇게 가둘 수 있을 것 같으냐? 내가 읽어보았던 마법에 걸린 편력기사들의 이야기를 다룬 모든 이야기들보다 훨씬 강력한 마법에 걸렸다고밖에 달리 설명할 길이 있겠느냐? 그러니 신경 쓰지 마라. 그들이 신부와 이발사라면 나는 터키인이다. 그리고 물어보고 싶은 게 있으면 말해라. 여기서 내일까지 물어보더라도 대답해주겠다."

"성모님, 굽어살피소서!" 산초는 크게 절규하지 않을 수 없었다. "주인님의 머리가 이렇게나 단단하고 골수가 비었다는 걸 누가 알겠습니까? 주인님이 갇힌 건 마법이 아니라 속임수 때문이라는 제 말을 믿지 않으시니, 어쩜 이리도 답답하고 미련할 수 있습니까? 뭐 그렇다면 제가 마법이 아님을 명백히 증명해드릴 수밖에요. 만약 제가 못 한다면, 제발 하느님께서 주인님을 이 고문에서 빼내어 미처 생각지도 못한 때에 둘시네아 공주님의 품안에 안기도록……."

"기도는 그만하고," 돈키호테가 말했다. "궁금한 게 있으면 물어봐라. 내가 정확하게 대답해주겠다고 말하지 않았느냐."

"그러면 제가 알고 싶은 것에 대해서 첨가하거나 빼는 것 없이 진실을 말해주세요." 산초가 대꾸했다. "편력기사의 이름으로 주인님께서 선언하시는 것처럼, 칼을 들고 맹세하는 모든 기사들은 진실만을 말한다고 여기듯이 말입니다."

"어떤 거짓말도 하지 않겠다고 말하지 않았느냐?" 돈키호테가 말했다. "이제 질문은 그만둬라. 서두만 늘어놓아 피곤하구나, 산초."

"저도 주인님이 자상하시며 거짓말은 절대 안 하시는 성격이라는 건 잘 알고 있습니다. 그렇지만 우리가 본론으로 들어가서, 만약 주인님이 말씀하신 대로 마법에 의해 갇힌 것이라면, 주인님께서 우리 속에 들어간 이후로 큰 물과 작은 물을 하고 싶은 생각이 왜 드시는지 궁금합니다."

"산초야, '물을 한다'는 말이 뭔지 모르겠구나. 확실히 말해라. 정확한 대답을 듣고 싶다면 말이다."

"큰 물, 작은 물을 모를 수도 있단 말입니까? 학교에 가면 아이들이 그것부터 배울 텐데요? 그러니까 제 말은, 도저히 어쩔 수 없는 일을 하고 싶은 생각이 들 때가 있지 않았느냐 하는 말입니다."

"그래, 이제야 알겠다, 산초야! 네 말대로 여러 번 그렇고, 지금도 급하구나! 더러워질 위험에서 나를 꺼내다오!"

제 49 장

여기에서는 산초 판사가 주인 돈키호테와 나눈 분별 있는 대화를 이야기한다

"아!" 산초가 말했다. "바로 그겁니다요! 제가 진심으로 바라던 대답입니다. 그러니까 주인님, 누군가 정상이 아닐 때 사람들이 이렇게 말하는 걸 들으셨을 겁니다. '아무개가 무엇 때문인지 먹지도 마시지도 않고, 잠도 안 자고 물어도 대답이 없는 것이 마법에 걸린 것 같구나.' 자, 그러니까 마법에 걸렸다는 건 먹지도 마시지도 잠을 자지도, 또 제가 말씀드린 자연스러운 볼일도 하지 않는 사람을 두고 하는 말이지요. 하지만 주인님은 볼일을 보고 싶다는 생각이 들고, 주면 마시고 생기면 먹고 물어보면 모든 것을 답하시는 것으로 봐서 마법에 걸린 게 아니란 말입니다."

"네 말이 맞다, 산초야." 돈키호테가 대답했다. "하지만 이미 내가 마법에는 무척 많은 방법이 있다고 말하지 않았느냐? 시간이 지남에 따라 다른 것으로 바뀔 수도 있으며, 비록 예전에는 하지 않던 일이더라도 오늘날 마법에 걸린 자들은 내가 하는 행동을 할 수도 있단 말이다. 그러니 시대의 관습에 반하여 반대하거나 결단 내려서는 안 된다. 나는 마법에 걸렸다는 사실을 잘 알고 있으며, 내 양심을 걸고라도 확신할 수 있다. 만약 내가 마법에 걸리지 않았는데도 무기력하게 우리 안에서 겁쟁이로 있는 것이라면, 곤경에 처한 수많은 사람들을 구제해주고 도움을 베풀어야 하고 보호해야 하는 일을 등한시하는 셈이며 이것으로 내 양심의 가책은 엄청날 것이다."

"모두 맞습니다." 산초가 말했다. "제 생각에, 좀 더 확실하게 확인해보고 마음이 편해지시려면 주인님이 이 감옥에서 탈출을 시도해보는 것이 좋겠습니다. 저도 힘껏 끌어내드릴 테니, 그 속에서 나와 주인님의 명마 로시난테 위에 다시 올라타려고 애써보세요. 그 녀석도 기운 없고 슬픈 기색이 마법에 걸린 것 같습니다. 그러고 나서 다시 한 번 모험을 찾아 나서자고요. 일이 잘 안 되더라도 우리 속으로 다시 돌아올 시간은 있으니까요. 착하고 충직한 종자의 법에 따라 주인님과 함께 갇힌다고 약속하겠습니다. 주인님이 너무 운이 안 좋거나 제가 멍청해서, 말씀드린 것처럼 일이 잘 안 풀렸을 때나 일어날 수 있는 이야기지만 말입니다."

"네가 말한 대로 하는 게 좋겠다, 산초야." 돈키호테가 말했다. "내가 자유로워질 때까지 네 말을 전적으로 따르겠다. 하지만 산초야, 내 불행에 대해 네가 잘못 판단했다는 것을 깨달을 것이다."

편력기사와 불행한 종자는 신부와 교회법 신부, 이발사가 말에서 내려 그들을 기다리는 곳에 이르기까지 이런 대화를 주고받았다. 소몰이꾼은 수레에 묶인 소들의 멍에를 풀어 평온하고 푸른 초원을 돌아다니도록 놓아주었다. 그 초원의 신선함이란 돈키호테처럼 마법에 걸린 사람뿐 아니라 그의 종자처럼 제정신인 사람들까지도 쉬고 싶은 생각이 들게 했다. 종자는 자신의 주인을 잠시 우리에서 풀어달라고 신부에게 간청했다. 만일 주인을 풀어주지 않는다면, 저 감옥도 주인처럼 기사의 체면에 어울리는 청결을 유지하지 못하리라는 것이었다. 신부는 그의 간청을 들어주고 싶었지만, 주인이 자유로워지면 제멋대로 행동하여 아무도 발견할 수 없는 곳으로 가지 않을까 걱정이라고 말했다.

"도망가시지 않을 거라는 건 제가 장담하지요." 산초가 대답했다.

"나와 다른 사람들도 같은 생각이오." 교회법 신부가 말했다. "만일 기사님께서 우리의 동의가 있을 때까지 우리를 떠나지 않는다고 기사로서 약속을 한다면 풀어주겠소."

"좋소, 약속하리다." 돈키호테가 말했다. "나처럼 마법에 걸린 사람은 자기가 하고 싶은 대로 할 자유가 없소. 마법을 건 자는 3세기 동안 한 장소에서 움직이지 못하게 할 수도 있고, 혹 달아난다 해도 하늘을 날아서 재빨리 돌아오도록 할 수 있기 때문이오."

그러고는 자신을 풀어주는 것이 좋으며, 모든 사람을 위해 더욱 좋을 거라고 했다. 그렇게 하지 않으면 지독한 냄새 때문에 모두들 달아나지 않으면 안 될 만큼 참을 수 없을 거라고 경고했다.

교회법 신부는 돈키호테의 묶여 있는 손을 꼭 잡았다. 그의 맹세에 사람들은 돈키호테를 풀어주었고, 우리에서 나온 그는 자유로워진 것에 한없이 기뻐했다. 우선 온몸을 쭉 펴고, 다음으로는 로시난테가 있는 곳으로 가서 그 엉덩이를 두어 번 때리고 말했다.

"모든 말들의 꽃이자 거울인 로시난테야, 하느님과 은혜로우신 성모님 안에서 속히 우리 둘이 원하던 대로 되길 바란다. 너는 주인을 등에 태우고, 나는 네 등에 올라 하느님이 지상에 내려주신 임무를 수행하자꾸나."

그러고는 산초와 함께 멀리 떨어진 곳으로 가서 기운을 되찾자 종자가 말했던 일을 하고 싶은 충동이 일었다.

교회법 신부는 이 모습을 보고 돈키호테의 엄청나고 괴상한 광기, 그리고 지혜를 보여주는 말이며 행동에 경탄했다. 단지 기사도에 관한 이야기만 하면 침착성을 잃는 게 문제였다. 모두들 음식을 실은 노새가 오기를 기다리며 푸른 풀밭에 앉았고, 교회법 신부는 동정에 이끌려 돈키호테에게 말했다.

"시골귀족 나리, 기사도 책들의 쓸데없는 무익함이 판단력을 얼마나 흔들어놓았기에 마법에 걸렸다는 따위의 거짓말 같은 이야기들을 믿을 수 있는지요? 세상에 수많은 아마디스를 비롯하여 이름난 기사들과 트라비손다 황제, 펠릭스마르테 데 이르카니아, 귀부인이나 공주를 태우는 말, 편력하는 여인, 뱀과 괴물, 거인들, 전대미문의 모험과 온갖 마법들과 결투, 화려한 의상과 사랑에 빠진 공주들, 백작의 종자, 익살스러운 난쟁이, 사랑의 편지들, 용감한 여인 등 기사도 책들이 보여주는 숱한 엉터리를 이 세상에서 실제로 일어났던 일이라고 생각하는 사람이 어찌 있을 수 있겠습니까? 저는 그 책들을 읽을 때 모두 거짓말에 터무니없는 이야기란 생각이 들기 전까진 어느 정도 만족감이 들지만, 그 정체를 알고 나면 뛰어난 작품이라도 벽에 내던져버립니다. 가까이에 불이 있었다면 그 속에 던져버렸겠지요. 그것들은 거짓말에 사기에 그리고 일반적인 자연의 법칙에서 벗어난 새로운 종파와 새로운 방식을 만들어내니 그런 벌을 받아 마땅합니다. 더구나 무지한 속인들로 하여금 그것들이 사실이라고 믿게 만들고 있으니까요. 나리처럼 분별력 있고 집안 좋은 귀족의 머리를 어지럽게 만든 결과만 봐도 그 책들이 얼마나 해로운지 알 수 있습니다. 그래서 급기야는 마치 돈을 벌기 위해 사자와 호랑이를 우리에 가두어 데리고 다니듯이, 나리를 짐수레에 싣고서 다니게 된 게 아닙니까. 아, 돈키호테 님, 자신을 불쌍히 여기어 제정신인 동료들에게 돌아가시고, 하늘이 당신에게 부여한 분별력으로 당신의 양심과 명예를 드높일 만한 다른 책에 그 타고난 재능을 사용하십시오. 그래도 천성적인 기질로 공훈과 기사도에 관한 책이 읽고 싶거든 〈판관기〉를 읽으십시오. 웅장한 사실성과 진실되며 용맹스러운 업적을 발견할 겁니다. 비리아토의 루시타니아, 로마의 카이사르, 카르타고의 한니발, 그리스의 알렉산드로스, 카스티야의 페르난도 곤살레스 백작, 발렌시아의 엘 시드, 안달루시아의 곤살로 페르난데스, 에스트레마두라의 디에고 가르시아 데 파레데스, 헤레스의 가르시 페레스 데 바르가스, 톨레도의 가르실라소, 세비야의 돈 마누엘 데 레온처럼 용맹스러운 공훈을 읽으면 누구든 즐거움과 교훈, 쾌락과 감탄을 자아낼 겁니다. 돈키호테 님, 이것이 당신의 뛰어난 이해력에 걸맞은 책이 된다면 당신은 역사에 박학해지고, 용맹을 사랑하며, 호의를 배우고, 무모함 없는 용감함과 겁 없는 담력을 알게 될 것입니다. 또한 이 모든 것은 곧 하느님께는 영광을, 당신에게는 유익함을, 더 나아가 당신의 출생지인 라만차에는 명예를 가져다주는 일이 될 것입니다."

돈키호테는 교회법 신부의 말을 주의 깊게 귀 기울여 듣고 이야기가 끝난 뒤에도 한동안 그를 바라보더니 이렇게 말했다.

"이보시오, 당신은 마치 이 세상에 편력기사라곤 없으며 기사도에 관한 책은 모두 거짓말투성이에 엉터리이며 공화국에 무익하니 내가 그것을 읽는 것은 좋지 못한 일이고, 그 이야기를 믿는 것은 바보 같은 짓이며, 편력기사가 하는 고행을 따라 흉내 내는 것은 더더욱 말도 안 되는 데다 내가 그들에게 속고 있으며, 아마디스도 가울라도 그라시아도 수많은 책의 그 모든 기사들도 이 세상에 존재하지 않는다고 부정하라는 것처럼 보이오만."

"말씀하신 그대롭니다." 교회법 신부가 말했다.

이에 돈키호테가 대답했다.

"또한 덧붙이기를 그 책들이 내게 엄청난 손해를 안겨주었다고 했소. 판단력을 잃게 하여 우리 속에 들어간 것이 그 때문이라고 했고, 또 읽을거리를 좀 더 나은 것으로 바꾸어 진실됨과 즐거움과 교훈을 느껴보라고 했소."

"맞습니다." 교회법 신부가 말했다.

"그런데 나는," 돈키호테가 말했다. "판단력을 잃고 마법에 걸린 것은 바로 당신이라고 생각하오. 세상에서 그토록 인정받고 엄청난 진실이라 여겨지는 것에 대해 그런 폭언을 퍼부었으니, 당신처럼 부정하는 사람은 그 책을 읽고 화를 내면서 책에 했던 것과 마찬가지로 똑같은 형벌을 받아 마땅한 것이오. 아마디스뿐 아니라 이야기에 가득 차 있는 모험을 찾아 나선 모든 기사들이 이 세상에 존재하지 않았다고 설득하려는 것은 마치 태양이 내리쬐지 않고, 얼음이 차갑지 않으며, 땅이 지탱하고 있지 않다는 말과 마찬가지로 어느 누구도 설득할 수 없기 때문이오. 왕녀 플로리페스와 구이 데 보르고뉴의 이야기나 피에라브라스의 만티블레 다리의 모험 이야기는 위대한 카를로스 황제 시대에 일어난 일로, 대낮처럼 환한 진실을 두고 맹세하건대 세상에 대체 그 어떤 사람이 이것이 사실이 아니었다고 사람들을 납득시킬 수 있단 말이오? 만일 이것이 거짓이라면 헥토르나 아킬레우스, 트로이 전쟁과 프랑스의 열두 용사, 그리고 오늘날까지 까마귀로 변해 왕위에 오를 순간만을 기다린다는 영국의 아르투스 왕 이야기 역시 거짓이 아니겠소? 또한 구아리노 메스키노의 이야기, 최후의 만찬 성배를 찾는 이야기도 거짓말이 되는 셈이며, 히네브라와 란사로테, 트리스탄과 왕비 이세오의 연애담도 위작이 되겠군요. 대영 제국의 포도주 시중에 가장 뛰어났던 노시녀 킨타뇨나 부인을 보았던 기억을 어렴풋이 가진 사람들이 있는데도 말이오. 우리 할머님은 기품 있는 부인을 보실 때마다 내게 '얘야, 저분은 킨타뇨나 부인을 닮으셨구나' 하고 말씀하곤 하셨소. 그것으로 나는 할머님이 그분을 아시거나 적어도 그분의 초상화를 보신 게 틀림없다고 믿고 있소. 그건 그렇고, 그 누가 피에레스와 아름다운 마갈로나의 이야기가 사실이 아니라고 부정할 수 있겠소? 오늘날까지도 왕들의 무기고에는 용감한 피에레스가 올라앉아 하늘을 날았던 목마의 조종 나사가 있는데, 보통 수레에 달린 것들보다 조금 클 거요. 이 나사 옆에 바비에카의 안장이 있고, 론세스바예스에

는 롤단의 피리가 있는데 커다란 대들보처럼 크다오. 이것으로 보아 프랑스의 열두 용사, 피에레스, 엘 시드와 모험을 찾아 나선 사람이라고 말하는 유사한 기사들도 전부 다 있었다고 추측할 수 있소.

사람들이 말하네,
편력기사들은 모험을 찾아 나선다고.

그렇지 않다고 한다면, 그 용감한 편력기사 후안 데 메를로가 있었다는 것도 사실이 아니라고 말해야 할 것이오. 보르고뉴에 가서 피에레스 경이라는 이름난 차르니 총독과 라스 시에서 결투를 벌였고, 후에 바실레아 시에서 엔리케 데 레메스탄 경하고 싸워 두 차례나 승자가 되어 뛰어난 명성을 떨치셨던 분이오만. 또 보르고뉴에서 용감한 에스파냐 사람 페드로 바르바와 구티에레 키하다(나는 그분의 남자 직계 혈통이오)가 산 폴로 백작의 아들을 이기고, 숱한 모험과 도전을 했던 것도 사실이 아니라고 말해야겠지. 마찬가지로 돈 페르난도 데 게바라가 모험을 찾아 독일에 가서 아우스트리아 공작의 기사인 미세르 호르와 결투한 것도 거짓이 되는 셈이고 말이오. 하지만 수에로 데 키뇨네스의 무술 시합, 루이스 데 팔세스 경이 가스티야노의 기사 돈 곤살로 데 구스만을 물리쳐 그리스도교 기사로서 남긴 숱한 공적, 또 우리나라와 외국 왕들의 공적들은 너무나 진실되기에, 이를 부정하는 것이야말로 정신이 나간 사람이오."

교회법 신부는 돈키호테의 사실과 거짓이 뒤범벅된 이야기를 듣고는 그가 편력기사 무훈들에 관해서라면 무엇이든 꿰고 있다는 것을 알고 경탄하며 대답했다.

"돈키호테 님, 말씀하신 부분은 어느 정도 사실이 아니라고 부정할 순 없겠습니다. 특히 에스파냐 편력기사에 관한 부분은 그렇군요. 동시에 프랑스의 열두 용사가 있었다는 것도 인정합니다. 하지만 대주교 투르핀이 썼던 것처럼 그들이 모든 것을 행했다고는 믿기 어렵습니다. 사실 기사들은 프랑스 왕이 선출하는 것으로, 용기나 신분, 공훈에 있어서 모두가 같았기 때문에 '동료 기사들'이라 불렸습니다. 설사 아니라고 하더라도 적어도 동등해야 하는 것은 당연했지요. 오늘날의 산티아고나 칼라트라바 같은 기사단처럼, 기사는 용감하고 용맹스러우며 좋은 가문 출신이어야 한다고 단정짓고 있었으니까요. 오늘날 우리가 산후안 기사 혹은 알칼타라의 기사라 부르는 것처럼 그 시대에는 '열두 명의 동료 기사'라고 불렀는데, 이들은 교단의 경찰로서 선출되었기 때문입니다. 엘 시드뿐 아니라 베르나르도 데 카르피오가 실존했다는 건 확실합니다. 그들의 무훈은 제가 생각하기에는 의문의 여지가 많다고 여겨집니다만, 기사님이 말씀하신 피에레스 백작의 조종 나사가 아닌 다른 것, 왕의 무기고에서 바비에카 의자 옆에 있었다는 운전대에 대해서는 저의 잘못을 고백합니다. 제가 무지하거나 아니면 너무 시력이 나빠서 의자는 보았는데 나사는 보지 못한 모양입니다. 하물며 말씀하시는 것처럼 그렇게 큰 것이었다면 말이지요."

"그곳에 확실히 있단 말이오." 돈키호테가 대답했다. "곰팡이가 슬어서는 안 되기 때문에 쇠가죽 덮개로 덮여 있다는 것이 증거요."

"그럴 수도 있겠지요." 교회법 신부가 말했다. "하지만 제가 받은 성직을 두고 말씀드리지만, 저는 본 기억이 없습니다. 설령 그것이 거기에 있었다고 한들 그 많은 아마디스 일족의 이야기며 우리가 이야기한 수많은 기사들의 이야기를 믿어야 할 의무는 없는 것입니다. 당신처럼 명예롭고 성실하며 뛰어난 분별력을 가지신 분이 엉터리 기사도 책에 쓰여 있는 괴상한 미치광이 짓을 사실로 알고 계시다니 말도 안 되는 일입니다."

제50장

돈키호테와 교회법 신부가 나눈 재치 있는 논쟁과 그 밖의 사건에 대하여

"무슨 소릴 하는 거요!" 돈키호테가 말했다. "국왕 폐하의 윤허로 인쇄되고 인가를 얻어서 사람들에게 유포되었으며, 어른과 아이들, 가난한 자와 부자들, 학식 있는 자와 우매한 자들, 평민과 기사들, 다시 말해 신분과 지위의 고하를 떠나 모든 종류의 사람들이 한결같은 기쁨으로 읽고 칭찬한 책들이 어찌 거짓일 수 있겠소? 아버지, 어머니, 조국, 친척, 시대, 장소, 기사와 기사들이 행한 무훈 등이 우리에게 날마다 자세히 들려준 것들이 거짓일 수 있겠소? 귀공은 입을 다물고 그런 모욕적인 발언은 삼가시오. 그리고 분별 있는 사람으로서 의당 해야 할 바를 내가 귀공에게 충고하고 있다는 것을 명심하고 책을 읽으시오. 그리하면 그 이야기에서 어떠한 기쁨을 얻을 수 있는지 알게 될 것이오. 아니라면, 말해보시오, 세상에 이런 것보다 더 재미있는 일이 어디 있는지. 예를 들어, 지금 여기 우리들 앞에 보글보글 끓는 콜타르의 큰 호수가 나타나고, 그 속을 큰 뱀, 작은 뱀, 도마뱀, 그 밖에 온갖 종류의 무섭고 끔찍한 생물들이 헤엄치고 다니는데, 호수 한가운데서 매우 구슬픈 목소리로 '그대, 기사여, 이 무서운 호수를 바라보고 있는 그대가 누

H. PISAN.

구든지 간에, 그대가 이 검은 물 밑에 숨겨진 보물을 손에 넣고 싶다면, 그대 강인한 가슴속의 용기를 발휘하여 이 검고 불타오르는 물속에 몸을 던지라. 그렇게 하지 않는다면, 이 암흑 속에 묻혀 있는 일곱 요정이 사는 일곱 개의 성에 간직된 아주 놀랍고 경이로운 일들을 볼 수 없을 것이다'라는 말이 들리는 거요. 그러면 기사는 이 무서운 소리를 듣자마자, 사려 깊게 차분히 생각하지도 않고 또 앞으로 자신에게 일어날 위험도 전혀 개의치 않은 채, 심지어 몸에 걸치고 있는 무거운 무기를 벗어던질 생각도 못 하고 하느님과 자신이 섬기는 여인의 가호를 빌면서 끓어오르는 호수 한가운데로 몸을 던지지요. 그런데 자신이 어디에 있는지 깨닫지도 못하는 사이에, 어떠한 곳과도 비교할 수 없는 낙원과 같은, 꽃들이 만발한 들판에 서 있게 된다면 어떻게 하겠소? 그곳에서 본 하늘은 대단히 청명하고, 태양은 더 한층 밝고 환하게 비추는 것처럼 느껴지고, 눈앞에는 아주 푸르고 잎이 무성한 나무들로 가득한 고요한 숲이 펼쳐지는데, 그 초목의 아름다움은 눈에 기쁨을 안겨주며, 뒤얽힌 나뭇가지 사이를 날아다니는 다채로운 빛깔의 작은 새들은 알 수 없지만 달콤한 노랫소리를 들려주어 마음을 즐겁게 한다오. 또한 이곳에는 수정체로 이루어진 듯한 맑고 신선한 냇물이 체에 거른 황금이나 순수한 진주 같은 자잘한 모래와 하얀 자갈 위를 흐른다오. 한편 저쪽에는 가지각색의 벽옥과 매끄러운 대리석으로 만든 멋들어진 분수가 보이고, 이쪽에는 괴이하게 장식된 또 다른 분수가 보이는데, 거기는 달팽이 모양으로 꼬아 올라간 희고 노란 집들과 함께 바지락조개 같은 아주 작은 조개껍질들이 어지럽게 놓여 있고, 그 사이사이에는 빛나는 수정과 모조 에메랄드 조각들이 섞여 있어, 기교에 있어서는 자연을 모방한 인공이 자연을 능가하는 것처럼 보인다오. 또한 갑자기 저쪽으로는 견고한 성인지 아름다운 왕궁인지가 모습을 드러내는데, 그 성벽은 두꺼운 황금으로 이루어진 데다, 흉벽과 흉벽 사이는 다이아몬드로, 성문은 반짝이는 붉은색 수정으로 장식되어 있지요. 아무튼 너무나도 훌륭하게 축조된 성은, 다이아몬드, 석류석, 루비, 진주, 황금, 에메랄드와 같은 것으로 장식되어 그 전체 외형미가 대단한 가치를 지니고 있다오. 그리고 이러한 것을 보고 있노라면 한 무리의 처녀들이 성문으로 나오는데, 그녀들의 성장을 갖춘 품위 있고 눈부신 의상들은, 내가 지금 책에서 묘사된 대로 말하기 시작하면 언제 끝날지 모를 일이오. 이어서 처녀들 중에서 수장으로 보이는 한 여인은, 펄펄 끓는 호수에 몸을 던진 대담한 기사의 손을 잡고 그에게 한마디 말도 건네지 않은 채, 훌륭한 왕궁 내지 성 안으로 데리고 들어가, 그의 어머니가 그를 낳았을 때처럼 그의 옷을 벗기고 따뜻한 물로 몸을 씻긴 후, 온몸에 향유를 바르고 향긋한 냄새가 나는 아주 얇은 비단으로 만든 셔츠를 입혀준다오. 그러면 다른 처녀가 다가와 어깨에 망토를 걸쳐주는데, 그것은 아무리 싸게 보더라도 적어도 도시 하나를 살 만한 값어치 혹은 그보다 더 비싸다고 하니, 이보다 놀라운 일이 어디 있겠소? 그 뒷이야기를 하자면, 이 모든 일이 있은 후 그가 본 것은 무엇일 것 같소? 그들이 기사를 다른 홀에 안내하자 그곳에는 너무나도 골고루 잘 차려진 식탁이 준비되어 있어, 기사는 그 광경에 얼떨떨하고 놀라웠다고 하오. 또한 손에 부어주는 물이 용연향과 향기 좋은 꽃을 증류한 것이었다니? 상아 의자에 앉게 되었다니? 또 모든 처녀들이 놀랍도록 침묵을 지키며 기사의 시중을 들었다니? 아주 훌륭하고 맛있게 요리된 갖가지 음식들로 인해 어느 것부터 손을 대야 좋을지 몰랐다니? 식사 중에 누가 노래를 부르는지 어디서 울리는지 모르는 음악 소리가 들려온다니, 놀랍지 않소? 이윽고 식사가 끝나고 식탁이 치워진 후, 기사가 의자에 몸을 기대고 습관처럼 이를 손질하고 있는데, 갑자기 앞에 나온 처녀들보다 훨씬 더 아름다운 처녀 하나가 방문으로 들어와 기사 옆에 앉더니, 이곳이 어떠

G. Doré
H. PISAN

한 성이며 그녀가 어떻게 마법에 걸려 성에 갇히게 되었는가에 대한 사연과 함께, 기사가 놀라워하고 또한 이 기사의 이야기를 읽고 있는 독자들도 감탄할 만한 다른 일들에 대해 그에게 이야기하기 시작한다면? 어쨌든 그러나, 나는 더 이상 이 이야기를 계속할 마음이 없소. 왜냐하면 편력기사에 대한 이야기의 어느 대목을 읽더라도 그것을 읽는 자는 누구든지 분명 기쁨을 느끼고 감탄하게 될 것임을 충분히 짐작할 수 있을 테니 말이오. 그러니 귀공은 내 말을 믿고 앞에서 이미 말씀드렸듯이, 이런 종류의 책들을 읽으시오. 그러면 귀공이 울적해 있을 때 우울함을 씻어줄 것이고, 마음이 언짢을 때는 기분을 북돋아줄 것이오. 나로 말할 것 같으면, 편력기사가 되고부터 용감하고 공손하고 민첩하고 예의 바르고 너그럽고 정중하고 대담하고 정답고 인내심 있으며, 고생도 속박도 마법에도 굴하지 않는 사람이 되었다고 말할 수 있소. 비록 얼마 전부터 광인으로 취급받아 우리에 갇혀 있기는 하지만, 내 생각에 용기를 내어 하늘이 돕고 운명이 나를 저버리지 않는다면, 나는 근시일 내에 어느 왕국의 왕이 되어 그곳에서 이 가슴속에 숨겨진 감사함과 관대함을 펼치게 될 것이오. 귀공이여, 내 맹세하건대, 가난한 자는 더할 나위 없는 극도의 성의를 간직하고 있더라도, 누구에게도 그 관대함의 미덕을 보여줄 자격이 없소. 그러니 단지 마음속으로만 생각하는 감사는, 실천 없는 신념이 아무런 의미가 없는 것처럼 죽은 것과 같단 말이오. 따라서 행운의 여신이 나로 하여금 황제가 될 어떤 기회를 하루속히 베풀어주어 내 친구들, 특히 나의 종자이자 이 세상에서 가장 착한 사나이인 이 측은한 산초 판사에게 선을 베풀고자 하는 내 심중을 보여줄 수 있기를 바라오. 그리고 오래전 산초에게 약속한 바 있는 백작 영토를 하사하기를 바라오. 그가 자신의 영지를 다스릴 능력이 없는 건 아닌가 하는 우려스러움이 없는 것은 아니지만 말이오."

산초는 주인의 이 마지막 말을 듣자마자 그에게 말했다.

"돈키호테 주인님, 주인님께서 그토록 약속하시고 제가 학수고대하고 있는 그 백작 영토를 제게 줄 수 있도록 힘 좀 써보세요. 저는 영지를 다스릴 만한 수완이 충분하다고 약속드릴 수 있습니다요. 행여 제게 그만한 능력이 없을 때는, 듣자하니 이 세상에는 총독들의 영지를 빌려서 매년 일정한 액수의 돈을 바치고 영지를 관리해주는 사람들이 있어, 총독은 다른 일은 신경 쓰지 않은 채 받는 임대료를 마음대로 쓰면서 팔자 늘어지게 지낸다는 말을 들었는데, 저도 그렇게 살 겁니다. 저는 사소한 일에 마음 쓰지 않고 초연한 자세로 공작처럼 영지의 임대료로 즐기면서 살아가고, 그곳은 그들에게 전적으로 맡길 겁니다."

"이보시오, 산초." 교회법 신부가 말했다. "임대료를 받는 것에 국한된 일이라면 이해가 되오. 그러나 재판을 행하는 일은 영지 주인의 직무요. 이 일에는 수완과 판단력이 필요하오. 특히 정확한 판결을 내리는 데 필요한 신중함 말이오. 만일 처음부터 이것이 부족하면 중간에도 그리고 마지막에도 일이 항상 틀어지게 될 거요. 이렇듯 하느님은 신중한 자의 악한 의도는 두둔하지 않으시지만, 단순 무식한 자의 선한 의도에는 늘 도움의 손을 내미시는 거요."

"그런 철학은 제 알 바 없고요." 산초 판사가 대답했다. "하지만 어쨌든 하루속히 백작 영토를 갖게 되면 그것을 다스리는 방법도 알게 될 것이라는 것만은 알고 있습죠. 저도 다른 사람처럼 그러한 영혼을 지니고 있고, 누구에게도 뒤지지 않는 몸도 가지고 있으며, 다른 사람이 자신의 영토를 다스리는 것처럼 저 또한 저의 영토의 왕이 될 수 있으니까요. 그렇게 되면 전 제가 하고 싶은 일을 할 겁니다. 하고 싶은 일을 하면 즐거울 것이고, 즐거우면 만족을 얻게 되겠지요. 또 만족하면 그 이상 욕심을 부리지 않을 것이며,

더 이상 바라지 않는다면 됐지 않습니까? 아무튼 먼저 영토나 손에 넣고 나서 서로 만나 이야기 나누시지요."

"산초, 그대가 말한 그것도 나쁜 철학은 아니군. 그러나 어쨌든 이 백작 영토에 관한 문제에 대해서는 참으로 할 말이 많소."

이 말에 돈키호테가 대답했다.

"그 이상 할 말이 있을지는 모르겠소만, 나는 단지 자신의 종자를 인술라 피르메 백작으로 만든 저 위대한 아마디스 데 가울라가 나에게 보여준 전례에 따라, 양심의 가책 없이 떳떳하게 이제까지의 편력기사가 데리고 다녔던 가장 훌륭한 종자들 중의 한 사람이라고 자부할 수 있는 산초 판사를 백작으로 만들어줄 것이오."

교회법 신부는 돈키호테가 말하는 정연해 보이는 엉터리 논리와, 호수의 기사가 겪은 모험을 묘사하던 그 모습과, 그가 읽어준 책들의 아주 그럴듯한 사려 깊은 거짓말에 놀라고 또 어리둥절했지만, 특히 그 무엇보다도 주인이 약속한 백작 영지를 대단한 열의로 고대하고 있는 산초의 어리석음에는 혀를 내두르게 되었다.

이때 음식을 실은 노새를 찾으러 주막에 갔던 교회법 신부의 하인이 돌아왔다. 다들 한 장의 양탄자와 초원의 푸른 풀을 식탁으로 삼고 나무 그늘 아래에 앉아 식사를 했는데, 소몰이꾼이 그곳의 안락함을 놓치고 싶어 하지 않았기 때문이다. 이렇듯 식사를 하는 중에 갑자기 바로 옆의 가시나무와 무성한 관목 숲 사이에서 요란한 소리와 방울 소리가 나더니 곧이어 온몸이 검정과 하양과 황갈색 털로 얼룩진 아름다운 산양 한 마리가 잡초가 무성한 덤불 사이로 뛰쳐나왔다. 그 뒤를 이어 산양치기가 자신의 산양을 향해 멈추라고, 어서 무리로 돌아가라고 소리치면서 나타났다. 두렵고 겁에 질려 도망하던 산양은 자신을 보호해달라는 것처럼 사람들에게 다가와 걸음을 멈추었다. 그러자 산양치기가 쫓아와 뿔을 움켜쥐고는 마치 산양이 사고력과 이해력을 갖고 있는 것처럼 말했다.

"아, 산과 들을 헤매고 다니는 버릇없고 지저분한 이 얼룩아, 왜 요즘 그렇게 침착하지 못하고 방방 쏘다니는 거냐! 이 녀석아, 늑대가 너를 놀라게 했냐? 요 예쁜 것, 왜 그러는지 말 좀 해보라니까? 하지만 네 녀석이 암놈이라는 것 말고 무슨 이유가 있겠느냐! 기분이 좋지 않아 얌전히 있을 수 없는 것이냐, 아니면 다른 암놈들 성깔을 흉내 내고 있는 것이냐? 돌아가자, 돌아가, 애야, 그렇게 만족스럽지는 못하겠지만, 적어도 네 우리 안이나 동무들과 함께 있는 것이 훨씬 안전할 테니까. 동무들을 보호하고 앞장서서 길을 인도해야 할 네가 인도도 하지 않고 옆길로 새서 헤매고 돌아다닌다면 네 동무들은 어떻게 되겠느냐?"

산양치기의 말에 듣고 있던 사람들은, 특히 교회법 신부는 기뻐하며, 산양치기에게 말했다.

"젊은이, 진정하시게. 그리고 그 산양을 무리로 돌려보내려 그렇게 애쓰지 마시게. 왜냐하면 당신이 말했듯이 그 녀석은 암놈이니 아무리 당신이 훼방을 놓을지라도 자연의 본능에 따라 움직일 것이오. 이거나 한 입 베어 먹고 한잔하시게. 그러는 사이 화도 좀 가라앉을 테고, 산양도 잠시 쉴 수 있을 거요."

이렇게 말하고 차갑게 식은 토끼의 등심살을 칼끝에 찔러 그에게 건네주었다. 산양치기는 그것을 받아 들고 고마워했으며, 포도주를 마시고는 기분을 가라앉힌 다음 이렇게 말했다.

"제가 이 동물과 진지하게 이야기를 했다 하여 저를 어리석은 사람으로 여기지는 말아주십시오. 사실 제가 그놈에게 한 말에는 숨은 뜻이 담겨 있습니다. 저는 시골 사람이기는 하지만 어떻게 인간과 교제를 하고 또 동물과 교제를 해야 하는지 구분도 못 하는 그런 촌뜨기는 아닙니다."

"나도 정말 그렇게 생각하오." 신부가 말했다. "산은 학자를 키우고, 목동의 오두막은 철학자를 모시고 있다는 것을 이미 경험으로 알고 있소."

"적어도, 신부님." 산양치기가 말했다. "오두막이 온갖 고생을 한 사람들을 보살펴주긴 하지요. 이건 사실입니다. 이를 눈으로 보듯 확인하실 수 있도록, 청하지도 않았는데 나서는 것 같습니다만, 만일 불쾌하지 않으시다면 그리고 여러분들이 잠시 제게 귀를 기울여주신다면, 저분—신부를 가리키면서—이 말씀하신 것과 제가 말씀드리는 것을 믿게 해드릴 만한 진실 하나를 이야기해드리겠습니다."

이 말에 돈키호테가 대답했다.

"잘은 모르지만 어딘가 기사도의 모험과 비슷할 듯하니, 젊은이, 나로서도 그 이야기가 매우 듣고 싶구려. 그리고 여기 있는 이분들은 매우 사려 깊으신 데다, 감각을 일깨우는 즐겁고 신기한 새로운 일들을 좋아하시니, 내 생각에 분명 그대의 이야기가 그러하리라 생각되지만, 꼭 듣고 싶어 할 거요. 그러니 젊은이, 어서 시작해보게. 우리 모두 귀를 기울일 테니."

"저는 빠지겠습니다." 산초가 말했다. "이 파이를 가지고 저 개울가에 가서, 그곳에서 한 사흘 치쯤 먹어둘 작정이거든요. 편력기사의 종자는 간혹 엿새가 걸려도 빠져나갈 수 없는 아주 복잡한 깊은 숲 속에 들어가 헤맬 수도 있으니, 기회가 있을 때 더 먹을 수 없을 때까지 마음껏 먹어둬야 한다고 우리 주인 나리 돈키호테 님께 들은 적이 있습니다. 그리고 인간은 허기가 지거나 안장 부대에 음식을 충분히 준비해두지 않으면, 종종 벌어지는 것처럼, 그 자리에서 미라가 되어버리지요."

"네 말이 옳다, 산초야." 돈키호테가 말했다. "네가 원하는 곳으로 가서 먹을 수 있는 만큼 먹도록 해라. 나는 이제 배는 부르니 단지 마음에 양식이 될 만한 게 필요하구나. 이 훌륭한 젊은이의 이야기를 들으면서 그것으로 채워야겠다."

"그러면 우리도 모두 마음에 양식을 주도록 합시다." 교회법 신부가 말했다.

그러고는 산양치기에게 약속한 이야기를 시작하라고 청했다. 산양치기는 뿔을 잡고 있던 산양의 등을 두어 번 손바닥으로 치며 말했다.

"얼룩아, 내 옆에 기대앉아 있거라. 우리의 산양 무리로 돌아가려면 좀 시간이 걸릴 테니까 말이야."

산양은 그 말을 알아듣는 것처럼 보였는데, 이는 주인이 자리에 앉자 산양도 매우 평온한 모습으로 그 곁에 다리를 쭉 뻗고 앉아 주인 얼굴을 쳐다보면서 그가 이야기하려는 것에 관심이 있다는 표정을 보였기 때문이다. 그는 이렇게 이야기를 시작했다.

제51장

산양치기가 돈키호테를 데리고 가는 사람들에게 해준 이야기에 대하여

"이 계곡에서 3레구아 떨어진 곳에 작은 마을이 있는데, 인근에서는 가장 잘사는 마을이랍니다. 그곳에 아주 성실한 농부가 있었으니 그 성실함 때문에 부자가 되었는데, 일군 재산보다는 자신의 미덕으로 더 높이 평가받는 사람이었지요. 그러나 그를 가장 행복하게 만드는 건, 그의 말을 빌리자면 너무나 아름답고, 뛰어난 재치와 우아함, 덕을 지닌 외동딸이었습니다. 그녀를 본 사람은 하늘과 자연이 그녀에게 부여한 재능에 감탄을 금치 못했지요. 어렸을 때도 예뻤지만 크면서 그 아름다움도 더해갔으니, 열여섯 살이 되자 더할 나위 없이 아름다웠습니다. 그녀의 미모에 대한 명성은 인근 마을에까지 퍼지기 시작했는데, 아니, 제가 인근 마을이라고 했나요? 사실은 멀리 떨어진 도시들까지도 퍼져나가다 급기야는 왕실과 세상 사람들의 귀에까지 들어가 마치 그녀가 진기한 보물이나 기적의 형상인 듯 방방곡곡에서 그녀를 보러 모여들지 않았겠습니까? 그녀의 아버지는 딸을 철저하게 보호했고, 그녀 자신도 조심했습니다. 한 처녀를 지키는 데는 자물쇠보다는 본인의 신중한 태도가 가장 믿을 만하니까요.

아버지의 재산과 그 처녀의 미모는 그 마을이건 타지이건 상관없이 많은 남자들의 마음을 움직여, 그녀를 아내로 맞이하기 위해 길을 나서게 했습니다. 그러나 아버지는 아주 값비싼 보석을 처리해야 하는 문제에 직면한 사람처럼 어찌할 줄을 모르고, 귀찮게 조르는 무수한 젊은이들 중 누구에게 딸을 줘야 할지 결정을 내리지 못했습니다. 큰 열망을 품고 있던 무수한 젊은이들 중에는 저도 있었지요. 그녀의 아버지가 제가 누구인지 알고, 같은 마을 태생이며, 순수 혈통에다 젊은 나이에 재산도 많고, 재능도 있다는 것을 알고 있었기에 저는 그 열망에 적잖은 희망을 가지고 있었습니다. 그러나 같은 마을에 저와 비슷한 조건을 지닌 또 다른 젊은이도 그녀를 달라고 청했습니다. 그녀의 아버지는 우리 중 어느 누구라도 자신의 딸과 잘 어울릴 것이라고 생각하여, 어느 한쪽으로 결정을 하지 못하고 저울질을 하게 되었습니다. 결국 그 아버지는 이런 혼란에서 벗어나고자 사랑스러운 딸인 레안드라에게, 바로 저를 고통 속에 빠뜨린 그 부잣집 아가씨의 이름이지요, 두 사람이 다를 게 없으니 그녀의 의사에 따라 좋을 대로 선택하라고 했습니다. 이것은 자식의 결혼을 성사시키고자 하는 모든 부모들이 본받을 만하지요. 천박하고 좋지 않은 자들 중에서 선택하라는 것이 아니라, 건실한 청년들을 추천하여 선택하라고 했으니 말입니다. 저는 레안드라가 마음에 두고 있는 자가 누구였는지 모릅니다. 다만 그녀의 아버지는 딸이 어리다는 핑계를 대는가 하면 그녀에게 어찌하라고도, 그렇다고 우리에게 어찌하라고도 하지 않은 채 그저 모호한 상태로 내버려두었다는 것을 알고 있을 뿐입니다. 제 경쟁자의 이름은 안셀모이고, 저는 에우헤니오입니다. 이런 비극에 빠져든 사람의 이름을 알아두시라고 말씀드리는 겁니다. 그 비극의 결론은 아직 나지 않았지만, 끔찍할 것임은 충분히 예상할 수 있겠지요.

그때 우리 마을에 비센테 데 라 로사라는 자가 등장했습니다. 같은 마을

에 사는 가난한 농부의 아들이었는데, 군인이 되어 이탈리아와 여러 나라를 두루 거치고 돌아온 참이었습니다. 그가 열두 살 때 한 육군 대위가 대대와 함께 우리 마을을 지나다가 그를 데리고 간 지 12년이 지나, 그 소년은 수많은 수정 장식과 가는 쇠사슬 같은 것을 단 화려한 군복을 입고 돌아왔던 것이지요. 오늘은 예복 차림인가 하면 내일은 또 다른 옷차림으로 나타났는데, 모든 옷들이 세련되고 무늬가 있었으며, 무게도 나가지 않고 부피도 나가지 않았습니다. 원래 짓궂어서 한가한 시간만 나면 장난을 일삼는 마을 농사꾼들은 그에게 관심을 갖고서, 그의 옷과 보석 장식들을 하나하나 살피고 그 수를 세었지요. 결국 마을 사람들은 그의 의복이 양말끈과 긴 양말들을 포함하여 다양한 색깔의 옷 세 벌뿐이라는 것을 알아차렸답니다. 하지만 그가 얼마나 머리를 짜내어 다양하게 입었는지, 만약 세어보지 않았더라면 열 벌 이상의 옷들과 스무 벌 이상의 깃털 장식이 있는 줄 알았을 겁니다. 제가 옷차림에 대해 드리는 말씀을 지나치다거나 적절하지 못하다고 생각하지 말아주세요. 그 옷차림은 제 이야기에서 중요한 부분이 될 테니까요. 비센테는 우리 마을 광장에 있는 무성한 포플러나무 아래 의자에 앉아서 사람들에게 갖가지 무훈 이야기를 들려주어 입이 떡 벌어지게 만들었습니다. 전 세계에서 그가 가보지 않은 나라가 없었고, 그가 참가하지 않은 전쟁이 없었지요. 모로코와 튀니지에 있는 무어인들보다 무어인들을 더 많이 죽였고, 또한 간테와 루나, 그리고 디에고 가르시아 데 파레데스를 비롯하여 수많은 명장들과 두 번 다시 있을 수 없는 결투를 하여 자신은 피 한 방울 흘리지 않고 승리했다고 했습니다. 동시에 다양한 전투와 결투에서 화승총에 입은 상처라고 하면서 비록 눈에 잘 띄지는 않았지만 흉터들을 보여주기도 했습니다. 그렇게 더없이 오만방자해진 그는 같은 신분의 사람들에게도 하대를 하며, 자신의 아버지가 자신의 버팀목이고, 자신의 땀으로 자신의 혈통을 만

들었으며, 군인의 신분이라는 것 이외에는 왕과 견주더라도 뒤질 게 없다고 큰소리를 쳤습니다. 이런 오만방자함에다가 악사의 기질도 있어서 어느 누가 말했듯이 기타에게 말을 시키는 것처럼 기타를 치기도 했습니다. 그러나 그의 우스꽝스러운 면모는 여기에서 멈추지 않았지요. 시인의 기질도 있는 그는 마을에서 일어나는 유치한 사건들을 가지고 1레구아 반이나 되는 로만세를 짓곤 했습니다. 아무튼 제가 설명한 비센테 데 라 로사, 용감하고 미남이며 악사이자 시인인 그를 레안드라가 광장이 바라다보이는 자기 집 창가에서 여러 번 보았던 겁니다. 겉만 번지르르한 눈부신 그의 옷은 레안드라를 매료시켰고, 하나하나 시마다 스무 개씩을 필사해서 나누어준 그의 수많은 로만세들은 그녀를 사로잡았지요. 그가 떠들어댄 무훈담들 역시 그녀의 귀에 들어가, 마침내 악마가 시킨 것이 틀림없는 일이 벌어지고야 말았습니다. 바로 비센테가 레안드라에게 구애하기도 전에 그녀가 먼저 그를 사랑하게 된 것이지요. 남녀 간의 사랑에서는 여인이 바랄 경우 사랑이 더 쉽게 이루어지니, 레안드라와 비센테는 그야말로 일사천리로 사랑에 빠졌습니다. 레안드라는 숱한 구혼자들이 알아채기 전에 이미 그를 받아들이고는 어머니도 없이 홀로 계신 아버지의 집을 나와 비센테와 함께 마을에서 사라졌다고 합니다. 그자는 자신이 참가했다는 수많은 전투에서의 승리보다 더 값진 승리를 한 셈이 되었지요. 이 일로 온 마을이 들썩였는데, 소식을 접한 사람들마다 놀라워했습니다. 저도 어안이 벙벙했지만, 안셀모도 아연실색했고, 그녀의 아버지는 슬퍼했지요. 친지들은 망신을 당했다며 소송을 하여 이내 경찰들이 조사에 나섰고요. 그렇게 길목을 샅샅이 조사하고 숲을 철저히 조사한 지 사흘째 되던 날 어느 산속 동굴에서 속옷만 걸친 레안드라를 발견했는데, 그녀가 집에서 가져온 많은 돈과 엄청난 보석들은 남아 있지 않았습니다. 경찰들은 그녀를 슬픔에 잠긴 아버지 앞에 데려다주었습니다.

그러고는 그 불행한 사건에 대해서 물었지요. 그러자 그녀가 서두르지 않고 고백하기를, 비센테 데 라 로사는 자신의 남편이 되겠다는 말로 자신을 집에서 나오도록 설득하면서, 온 세상에서 가장 부유하고 풍요로운 도시 나폴리로 데려가겠다고 했답니다. 그렇게 악한 꼬임에 철저하게 속아서 그를 믿었던 그녀는 아버지에게서 훔친 재물들은 집을 떠난 바로 그날 밤에 그에게 맡겼고, 그는 그녀를 험한 산속으로 데려가 그녀가 발견된 바로 그 동굴에 가둬버렸답니다. 그는 군인으로서 그녀의 정절을 빼앗지는 않고 재물만 빼앗은 후 그녀를 동굴에 버려두고 가버렸다지요. 이 일은 다시 모든 이들의 감탄을 자아냈습니다. 우리는 그 젊은이의 금욕을 믿기 힘들었지만 그녀가 너무나도 확고히 단언했기에 침통한 그녀의 아버지는 딸이 가지고 나간 보석들은 마음에 두지 않고 마음을 달랬습니다. 한번 잃어버리면 결코 찾을 수 없는 딸의 정조가 더렵혀지지 않았으니까요. 레안드라가 나타난 바로 그날, 그녀의 아버지는 그녀를 우리들 눈에서 사라지게 했습니다. 가까운 마을의 수도원으로 데려갔는데, 딸에 대한 좋지 않은 소문이 잦아들기를 기대한 것이었습니다. 적어도 그녀가 잘못했다거나 잘했다거나 하는 것에 관심을 두지 않는 이들은 레안드라가 아직 어리다는 걸 들어 그녀를 이해했습니다. 하지만 그녀의 사리분별력과 신중함을 아는 사람들은 그녀의 죄를 순진함으로 돌리지 않고, 그녀의 자유분방함과 경솔한 성격 탓으로 돌렸습니다. 레안드라가 수도원에 갇히자 안셀모는 두 눈이 멀어버렸습니다. 바라보는 것만으로도 만족했던 상대가 아예 사라져버렸으니까요. 제 두 눈도 어둠 속에 휩싸였고 기쁨으로 향하는 빛은 찾을 수 없었습니다. 레안드라의 부재로 인해 우리의 슬픔은 날로 더해졌고, 참을성은 바닥났습니다. 그 군인의 옷차림을 저주하고, 레안드라의 아버지가 그녀를 잘 지키지 못했다는 사실을 증오했습니다. 결국 안셀모와 저는 마을을 떠나기로 합의하고, 이 계곡으

H. PISAN

로 온 것입니다. 이곳에서 안셀모는 자신의 양 떼에게 풀을 먹이고, 저 역시 저의 산양 떼를 기르기 시작했습니다. 이렇게 산속에서 생활하면서 저희들의 열정을 토로하고, 아름다운 레안드라를 칭찬하거나 비난하는 노래를 함께 부르고, 혼자 한숨을 내쉬면서 하느님께 우리의 불평을 알리며 살기 시작한 거지요. 그러자 다른 구혼자들도 우리를 따라 이 험난한 산속으로 들어와서 저희와 똑같은 생활을 하게 되었습니다. 그런데 그 수가 너무나 많아져서 목동들과 짐승 우리로 가득 채워지다 보니 이곳이 전원적인 아르카디아*로 변해버린 것 같았고, 또 어느 곳이든 아름다운 레안드라의 이름이 들리지 않는 곳이 없었습니다. 이쪽에서 그녀를 저주하며 제멋대로이고 경망스럽고 행실이 좋지 못하다고 하면, 저쪽에서는 언행이 가볍고 방정맞다고 했습니다. 어떤 사람은 그녀를 용서했고, 어떤 사람은 그녀를 비난했습니다. 한쪽에서는 그녀의 미모를 기리고, 또 다른 쪽에서는 그녀의 성격에 욕을 퍼부었습니다. 결론적으로 모든 사람들이 그녀를 모욕하고, 또 그녀를 예찬했던 거지요. 모든 이들에게 이러한 광기가 퍼져서 그녀와 말 한 번 해보지 않았는데도 버림받은 양 경멸의 한탄을 늘어놓는 이들이 나타났으며 심지어 그녀가 아무에게도 주지 않았던 질투에 휩싸여 분노라는 병을 앓으면서 탄식하는 이들이 생겨났습니다. 아까 말씀드렸던 것처럼 그녀의 소망보다 죄가 먼저 알려졌기 때문입니다. 목동들이 자신의 불행을 허공에 대고 노래로 불러대니, 바위틈이나 개울가, 언덕과 나무 그늘 등 그 노래가 들리지 않는 곳이 없었습니다. 그들이 있을 수 있는 곳이라면 어디서든 레안드라의 이름이 메아리로 울려 퍼졌지요. 산도 레안드라를 부르고, 개울도 레안드라를 속삭였습니다. 레안드라는 우리 모두를 멍하게 해놓았고, 넋을 빼

*그리스 펠로폰네소스 반도에 있는 도시로, 목가적 이상향의 무대가 되었던 곳이다.

놓았으며, 희망도 없는 기대를 하게 하고, 두려워하고 있는 것이 무엇인지도 모른 채 겁만 먹게 만들었던 것입니다. 이런 분별 없는 사람들 사이에서 그나마 이성적인 자가 있었으니 바로 저의 경쟁자인 안셀모였습니다. 그는 탄식할 일들이 많이 있었지만 오직 그녀의 부재에 대해서만 더욱 한탄하고 삼현금을 훌륭하게 켜면서, 그 소리에 맞추어 그의 훌륭한 사고를 드러내는 시를 지어 노래하면서 원망을 털어놓았습니다. 저는 좀 더 쉬운 다른 길로 가고자 했고, 제 생각에는 이게 더 좋은 방법 같습니다. 바로 여자들의 경박함, 변덕스러움, 이중성, 지키지 못할 약속들, 깨져버린 믿음, 끝으로 자신의 생각이나 의도를 펼칠 때의 무분별함을 질타하는 것입니다. 여러분, 바로 이것이 제가 아까 이 산양에게 그런 말을 했던 이유이며 동기였습니다. 이 산양은 제가 가진 산양 중에서 가장 뛰어나지만 암컷이라서 좋지 않게 대합니다. 이것이 여러분들에게 약속했던 이야기의 전부입니다만, 만약 제 이야기가 장황했다면 여러분들에게 식사 대접으로 보상해드리도록 하겠습니다. 이곳 가까이에 제 오두막이 있는데, 그곳에는 신선한 우유와 아주 맛있는 치즈, 그 밖에 보기에도 좋을 뿐 아니라 맛도 좋은 잘 익은 과일들이 있지요."

제52장

돈키호테가 산양치기와 벌인 언쟁과, 고행자들과 겪은 희귀한 모험에서 땀의 대가로 얻은 행복한 결말에 대하여

산양치기의 이야기에 모든 사람들이 재미있어했다. 특히 교회법 신부는 젊은이가 이야기를 들려주는 방식에 기이한 호기심을 보였다. 그에게서 거친 외모와는 달리 아주 사려 깊고 예의 바른 태도를 보았기 때문이었다. 그걸 보고 신부는 산속 생활이 박식한 자를 만든다는 말이 일리가 있다고 말했다. 모든 사람들이 에우헤니오를 돕겠다고 나섰지만 그중 가장 대범한 태도를 보인 사람이 바로 돈키호테였다. 그가 말했다.

"양 치는 목동이여, 정말이지 내가 모험을 시작할 수 있는 처지라면 자네를 도울 수 있는 모든 일을 하기 위해 당장 모험을 떠났을 것이오. 그리하여 틀림없이 억지로 붙잡혀 있을 그 수도원에서, 원장 수녀의 반대가 있을지라도 또한 많은 사람들이 방해할지라도 레안드라를 꺼내 와 자네에게 데려다주고, 자네가 뜻을 펼칠 수 있도록 했을 것이오. 단 자네가 아가씨에게 난폭하게 굴어서는 안 된다는 기사도를 지킨다면 말이지. 여하튼 나는 악독한 마법사의 힘이 선의에 가득 찬 또 다른 마법사의 힘을 누를 만큼 강력하지는 않을 거라고 하느님께 기대해보겠소. 그때 의지할 데 없고 가난한 사람들을 보호해야 하는 나의 본분을 다하여 나의 호의와 원조를 약속하리다."

산양치기는 돈키호테의 형편없는 몰골과 험한 표정을 보고 놀라 자기 옆에 있던 이발사에게 물었다.

"어르신, 저런 모습에 저런 식으로 말씀하시는 분은 도대체 누굽니까?"

"누구긴 누구겠는가." 이발사가 말했다. "모욕을 응징하고 명예를 되찾으며 처녀들을 보호하고 거인들을 놀라게 하고 모든 전투에서 승리를 거둔 저 유명한 돈키호테 데 라만차 님이시지."

"그런데 말입니다." 산양치기가 말했다. "이분이 했다고 장황하게 늘어놓는 일들은 편력기사가 등장하는 책에서 읽은 것과 비슷한 것 같습니다. 하지만 저는 어르신께서 농담하고 있거나 아니면 저 친절한 분의 머릿속이 텅 빈 게 아닌가 싶은 생각이 드는데요."

"이 고약한 놈." 돈키호테가 소리쳤다. "너야말로 머리가 텅 빈 멍청한 놈이로구나. 너를 낳은 염병할 여인네와는 비교도 하지 못할 만큼 내 머리는 꽉 차 있다."

그러고는 옆에 있는 빵을 집어서 산양치기의 얼굴을 향해 있는 힘껏 던졌는데, 얼마나 분노에 가득 차 있었는지 산양치기의 코가 납작해지고 말았다. 장난을 모르는 산양치기는 자신이 정말로 해를 입자, 양탄자와 식탁보, 그 자리에서 식사 중인 사람들은 아랑곳하지 않고 돈키호테에게 달려들어 두 손으로 멱살을 잡았다. 때마침 산초 판사가 나타나 그의 등을 붙들고 늘어져 식탁 위에 넘어짐으로써 그릇과 찻잔 등 모든 것을 박살내고 깨부수고 엎지르지 않았더라면 산양치기는 주저하지 않고 돈키호테의 목을 졸랐을 것이다. 돈키호테는 멱살에서 풀려나자마자 산양치기에게 올라탔다. 얼굴이 피투성이가 되고 산초의 발길질에 녹초가 된 산양치기는 뭔가 피비린내 나는 복수를 펼치기 위해 식사용 나이프를 찾아 기어 다녔으나 교회법 신부와 신부가 말렸다. 그런데 그만 이발사가 도와준 격이 되어 돈키호테가 산양치기 앞에 넘어지고 말았다. 그는 돈키호테의 얼굴에 비 오듯 주먹질을 해댔고, 그 가련한 기사의 얼굴은 산양치기처럼 피투성이가 되었다.

교회법 신부와 신부는 웃음을 터뜨렸고, 경찰들은 즐거워 들썩들썩하면서, 싸우느라 얽혀 있는 개들을 부추기듯 두 사람의 싸움을 부추겼다. 산초 판사만이 절망에 빠졌는데, 주인을 돕지 못하게 괴롭히는 교회법 신부의 하인을 내칠 수 없었기 때문이었다. 결국 서로 때리고 쥐어뜯으며 싸우는 두 사람을 제외하고는 모두들 환호와 축제의 분위기였다. 그런데 이때 아주 처량한 나팔 소리가 들려왔으므로 모두들 소리 나는 쪽으로 얼굴을 돌렸다. 그 소리를 듣고 가장 소란을 피운 사람은 돈키호테로, 비록 자신의 뜻과는 상반되게 녹초가 되어 산양치기에게 깔려 있었지만 이렇게 외쳤다.

"이런 악마 같으니, 나를 굴복시키는 용기와 힘을 가지고 있는 걸 보면 그대는 인간일 리가 없다. 내 그대에게 간청하건대 딱 한 시간만 휴전하자. 우리의 귓가에 들려오는 저 처량한 나팔 소리가 어떤 새로운 모험으로 나를 부르는 것 같기 때문이다."

산양치기는 치고받고 싸우느라 이미 지친 상태라 그를 놓아주었다. 돈키호테가 일어나서 소리가 나는 쪽으로 얼굴을 돌리자, 고행자들처럼 보이는 흰 옷차림의 사람들이 비탈길에서 모습을 드러냈다.

그해 구름이 비를 뿌려 땅을 적셔주지 않자 곳곳에서 기도와 고행을 통해 하느님께 자비의 손길로 비를 내려달라고 기도하는 행렬이 이어지고 있었는데, 이들 역시 이러한 목적으로 그 주변의 마을 사람들이 행렬을 지어 계곡의 비탈길에 있는 경건한 암자로 가는 길이었다.

돈키호테는 고행자들의 이상한 옷차림을 보고는 이미 여러 번 본 적이 있는데도 기억을 못 한 채 모험할 거리가 생겼다고만, 편력기사로서 자기 혼

자 감내해야 할 모험이라고만 여겼다. 게다가 그의 지나친 상상을 확고히 만들어줄 것이 있었으니, 그들이 들고 가는 성모상이 돈키호테에게는 비겁하고 무례한 악당에게 강제로 잡혀가는 상복을 입은 고귀한 귀부인으로 보인 것이다. 돈키호테는 풀을 뜯고 있는 로시난테에게 다가가 단숨에 안장틀에서 재갈을 풀고 방패를 꺼내 들며 산초에게 칼을 가져오라고 하여 로시난테 위에 올라탔다. 그러고는 방패를 팔에 고정시키고 사람들을 향해 큰 소리로 말했다.

"자, 용감한 동지들이여, 이제 편력기사도를 행하는 기사들이 세상에 존재한다는 게 얼마나 중요한 것인지 알 때가 왔다. 다시 말하지만, 지금이 그 때이다. 편력기사들이 존중받아 마땅한 이유를 지금 저기 납치되어 가는 선량한 부인을 구출해냄으로써 보여주겠다."

그는 말을 마치기가 무섭게 허벅지로 로시난테를 조였는데, 박차를 달지 않았기 때문이었다. 그러고는 전속력으로 말을 몰았다. 전속력이란 말은 로시난테를 그렇게 몰아본 적이 없어서 이 모든 진실된 이야기에는 쓰여 있지 않지만, 여하튼 고행자들과 맞붙으러 달려갔다. 신부와 교회법 신부, 그리고 이발사가 돈키호테를 말리려고 쫓아갔지만 소용없었다. 산초가 불러도 소용이 없자 그가 소리쳤다.

"돈키호테 주인님, 어딜 가시는 겁니까? 우리의 가톨릭 신앙에 대항해 싸우러 가시다니요? 어떤 악마가 주인님 마음에 들어가 있는 겁니까? 저건 고행자들의 행렬이고, 저 부인은 숭고하시며 축복을 내려주시는 성모상이란 걸 아셔야죠. 주인님, 이번만은 주인님이 하고 계시는 일을 잘 모르시는 것 같습니다."

산초의 수고도 헛된 일이었다. 그의 주인 나리는 흰 옷을 입은 사람들에게서 상복을 걸친 부인을 구출해내려는 생각에 아무것도 들리지 않았고, 설령 왕이 명령을 내린다 해도 돌아서지 않을 기세였다. 그는 로시난테를 세우고 숨을 가라앉히기도 전에 헐떡대며 쉰 목소리로 외쳤다.

"선하지 않기에 얼굴을 감추고 있는 너희들은 내가 하는 말을 잘 새겨들어라."

성모상을 들고 가는 사람들이 먼저 멈춰 섰다. 그리고 탄원의 기도를 올리고 있던 네 명의 수도사들 중 한 명이 돈키호테의 몰골과 비쩍 마른 로시난테, 그리고 돈키호테에게서 발견한 우스꽝스러운 상태를 보고는 의아해하며 말했다.

"형제여, 우리에게 하고 싶은 말이 있다면 얼른 하십시오. 이분들은 살을 도려내는 고행 중이시니 멈출 수가 없습니다. 두 마디 이내의 짧은 내용이 아니라면 그것을 듣기 위해 멈춰 선다는 것은 도리에 맞지 않습니다."

"그대에게 한마디로 말하겠다." 돈키호테가 대꾸했다. "지금 당장 그 아름다운 부인을 풀어주어라. 부인의 눈물과 슬픈 용모는 강제로 끌려간다는 확실한 증거이며, 이는 난폭하기로 이름난 자가 저지른 짓이리라. 나는 이 세상의 부조리를 타파하기 위해 태어났다. 그분이 바라는 자유를 드리지 않고서는 여기서 한 발짝도 움직이지 못하게 할 것이다."

사람들은 돈키호테가 약간 정신이 나간 게 틀림없다고 생각하여 마음껏 웃음을 터뜨리기 시작했다. 그런데 그들의 웃음이 돈키호테의 분노에 불을 붙이는 격이 되었다. 그는 더 이상 한마디도 하지 않고 칼을 꺼내 널빤지를 습격했다. 성모상을 운반하던 사람 중 하나가 짐을 자신의 동료에게 맡기고 널빤지를 받치는 데 쓰는 막대기를 세워 들어 돈키호테를 상대했다. 그는 돈키호테가 내려친 무시무시한 칼부림에 되받아친 막대기가 두 동강이 났는데도 손에 남은 3분의 1을 가지고 돈키호테의 어깨를 내리쳤고, 마침 칼을 들고 있던 쪽을 내리친 바람에 돈키호테는 방패로 농부의 힘에 맞설 수 없었다. 자신을 방어할 수 없었던 가련한 돈키호테는 그대로 땅바닥에 주저앉았다.

헐떡이며 뒤따라온 산초 판사는 말에서 떨어진 돈키호테를 보았고, 몽둥이찜질을 하는 짐꾼에게 때리지 말라고 소리쳤다. 그 가련한 기사는 마법에 걸려 있고 생전에 아무한테도 나쁜 짓을 한 적 없다고 호소하면서. 그러나 그 농부가 매질을 멈춘 건 산초의 목소리 때문이 아니었다. 농부는 돈키호테가 발도 손도 움직이지 않는 것을 보자 그가 죽은 줄 알고 재빨리 기다란 옷자락을 허리춤까지 추켜올리고는 한 마리 사슴처럼 평야로 달아나버렸다.

마침 돈키호테의 일행이 그가 있는 곳에 도착한 터였다. 달려오는 돈키호테의 일행과 큰 활을 지닌 종교경찰들을 본 행렬은 뭔가 나쁜 일이 생길 것 같다고 걱정하며 성모상 주위를 소용돌이 모양으로 에워쌌다. 농부들은 끝이 뾰족한 복면을 벗은 다음 채찍을 쥐고, 수도사들은 큰 촛대를 잡고 방어할 각오로 습격을 기다렸다. 싸우는 한이 있더라도 맞설 각오를 했던 것이다. 그러나 생각했던 것보다 일은 훨씬 수월하게 진행되었다. 산초가 주인이 죽은 줄 알고 주인의 몸 위에 자신을 던져 세상에서 가장 서럽게, 그리고 우스꽝스럽게 눈물을 흘렸기 때문이었다.

신부는 행렬 속에 있는 다른 신부를 알아보았다. 서로 알아보자 두 일행이 품고 있던 두려움이 누그러졌다. 먼저 알아본 신부가 상대방 신부에게 돈키호테가 누구인지 두 마디 정도로 눈치를 주었고, 신부와 고행자 일행은 그 가련한 기사가 죽었는지 확인하러 갔다. 그러고는 눈물범벅이 된 산초 판사의 한탄을 들었다.

"오, 기사도의 꽃이시여! 너무나 위대한 삶을 사신 주인님이 한갓 몽둥이질에 생을 마감하실 줄이야! 오, 혈통의 명예, 명성, 모든 라만차 지방의 영광, 더 나아가 이 세상의 영광! 주인님이 계시지 않으면 나쁜 짓을 하는 자

G. Doré
H. PISAN

들이 두려움이 없어져 이 세상은 악당으로 넘쳐날 거예요. 오, 여덟 달 만의 모험으로 저에게 바다로 둘러싸인 훌륭한 섬을 주시니 알렉산드로스 대왕보다도 더 대범한 분이시여! 오, 오만한 자에게는 겸손하게, 겸손한 자에게는 오만하게, 위험을 무릅쓰고 뛰어들고, 모욕을 견디며, 이유 없는 사랑을 하시고, 선한 자들을 따르고, 악한 자들을 매질하시며, 천박한 자들의 원수이자, 결론적으로 말로써 표현할 수 있는 모든 것의 편력기사여!"

산초의 목소리와 흐느낌으로 돈키호테가 되살아났다. 그의 첫 마디는 이랬다.

"사랑스러운 둘시네아여, 그대가 없어서 이런 극심한 불행에 놓인 것입니다. 산초야, 나를 좀 일으켜다오. 그리고 마법에 걸린 짐수레에 태워다오. 어깨가 부러져 로시난테의 안장을 조일 수가 없구나."

"그 일은 제가 기꺼이 하겠습니다, 주인님." 산초가 대답했다. "주인님의 안녕을 바라는 이분들과 함께 마을로 돌아가시죠. 그곳에 가셔서 더 많은 이득과 명성이 되는 또 다른 출발을 위해 명령을 내리세요."

"잘 말했다, 산초." 돈키호테가 말했다. "지금 불행의 기운을 내뿜고 있는 별들을 지나가게 하는 것이야말로 신중한 일일 것이다."

교회법 신부와 신부, 그리고 이발사도 그렇게 하는 것이 좋겠다고 부추겼다. 그러고는 산초 판사의 단순함을 기뻐하며 짐수레에 돈키호테를 태웠다. 고행자 행렬은 가던 길을 계속 갔고, 산양치기는 모두에게 작별 인사를 고했다. 그런데 종교경찰들은 그냥 가려 하지 않았고 이에 신부가 빚진 것을 지불했다. 교회법 신부는 신부에게 돈키호테의 광기가 나아지는지 계속되는지 소식을 알려달라고 청하여 허락을 받아내곤 다시 여행을 계속했다. 마침내 모두들 헤어지고 신부, 이발사, 돈키호테, 산초 판사, 자신의 주인처럼 묵묵히 모든 것을 지켜본 착한 로시난테만이 남았다.

소몰이꾼은 소에 멍에를 씌우고, 돈키호테를 건초 더미 위에 앉힌 다음 평소처럼 느리게 신부가 이끄는 대로 길을 가기 시작했다. 그리고 엿새 만에 돈키호테의 마을에 이르렀다. 한낮에 마을에 들어간 데다 마침 일요일이라 광장에는 많은 사람들이 있었다. 그곳을 돈키호테를 태운 수레가 가로질러갔다. 수레에 탄 자를 구경하기 위해 사람들이 다가왔다가 자신의 이웃임을 알고는 다들 어안이 벙벙해졌다. 한 소년이 돈키호테의 가정부와 그의 조카딸에게 뛰어가 돈키호테가 비쩍 마르고 누런 얼굴로 수레의 건초 더미 위에 실려 왔다는 소식을 전했다. 선한 여인들은 상기되어 절규하며 뺨을 때리고 저주를 퍼붓고 빌어먹을 기사도 책들을 다시 던져버렸다. 그때 돈키호테가 대문으로 들어오는 것이 보였다.

돈키호테가 도착했다는 소식을 듣고 산초 판사의 아내가 급히 왔는데, 자신의 남편이 종자로서 돈키호테의 시중을 들었다는 걸 알았기 때문에 산초를 보자마자 먼저 물은 것은 잿빛 당나귀가 무사히 돌아왔는가 하는 점이었다. 산초는 자신의 주인보다 더 건강하게 돌아왔다고 대답했다.

"하느님, 감사합니다." 산초 판사의 아내가 말했다. "정말 잘되었구려. 말 좀 해봐요. 그래, 종자로서 무슨 이익이라도 남겼어요? 제 외투라도 마련하셨나요? 우리 애들을 위해 신발이라도?"

"아니, 그런 것은 아무것도 가져오지 않았어." 산초가 말했다. "그렇지만 더 중요한 것들을 가지고 왔다고."

"기꺼이 받아야죠." 아내가 답했다. "더 중요한 것들 좀 보여줘요. 당신이 없는 그 숱한 시간 동안 슬프고 불쾌했던 이 마음을 즐겁게 해줘요."

"이 사람아, 그건 집에 가서 보여줄게." 판사가 말했다. "지금은 이걸로 만족해. 하느님께서 우리가 다시 모험을 찾아 여행을 떠나게 해주시면 당신은 내가 백작, 아니면 섬의 총독이 되는 걸 볼 거라고. 흔하고 흔한 섬이 아니라 세상에 있을 수 있는 한 가장 훌륭한 섬이지."

"하느님이 그렇게 해주시면 얼마나 좋아요, 여보? 꼭 그렇게 되면 좋겠네요. 한데 말 좀 해봐요. 그 섬이란 게 도대체 뭐예요? 당최 알 수가 없네."

"당나귀 입에 꿀은 안 맞지." 산초가 대답했다. "때가 되면 알 거야. 당신은 모든 신하들이 당신을 백작부인이라고 부르는 소리나 들을 날만 기다리라고. 정말 놀랄 거야."

"대체 무슨 소리를 하는 거예요, 여보? 백작부인이라니, 섬이라니, 신하라니?" 후아나 판사가 답답한 표정을 지으며 대답했다. 후아나 판사는 산초의 아내 이름이었는데, 친척이어서가 아니라 라만차 지방에서는 아내가 남편의 성을 붙여서 사용했기 때문에 그렇게 불렀다.

"후아나, 너무 성급하게 모든 걸 알려고 하지 마. 내가 당신에게 말하는 얘기가 사실이라는 것만으로도 충분하니까 입 좀 꿰매라고. 다만 말이 나온 김에 말하자면, 이 세상에서 모험을 찾아 나서는 정직한 편력기사의 종자가 되는 것보다 더 기쁜 일은 없다는 거야. 사실 백 가지 모험을 만났다 하더라도 아흔아홉 가지는 항상 정도에서 벗어나거나 꼬이게 마련이어서 좋게만 일이 풀리지는 않지. 내가 경험해봐서 알아. 담요 키질에 몽둥이찜질을 당했거든. 하지만 이 모든 것은 산을 가로지르고, 숲을 뒤지고, 바위를 밟고, 성을 방문하고, 빌어먹을 단 한 푼도 지불하지 않고 마음 내키는 대로 주막에 묵은 후에야 얻는 유쾌한 일이야."

산초 판사와 후아나 판사 사이에는 이러한 대화가 오갔다. 그사이 돈키호테의 가정부와 조카딸은 돈키호테를 맞이하여 그의 옷을 벗기고, 그의 오래된 침대에 눕게 했다. 돈키호테는 눈을 들어 그녀들을 바라보았으나 결국 자신이 어디에 있는지는 알지 못했다. 신부는 조카딸에게 그를 집으로 데려온 얘기를 해주고는 삼촌을 위로하는 데 신경 써서 다시는 가출하는 일이 없도록 하라고 당부했다. 여기서 두 여인은 또다시 하늘을 올려다보며 탄식을 자아냈고, 기사도 책들을 저주하기 시작했다. 덧붙여서 그런 거짓말에 엉터리 이야기를 쓴 작가들은 나락으로 떨어지게 해달라고 하느님께 빌었다. 이윽고 그녀들은 자신의 주인이자 삼촌이 조금이라도 회복하면 또 떠날까 봐 당황하고 두려워했는데, 아니나 다를까 그녀들이 예상한 대로 되었다.

이 이야기의 작가가 호기심과 정성으로 돈키호테의 세 번째 출발에 대한 이야기를 찾아보았으나 그 어디에서도, 최소한 참된 기록을 찾을 수가 없었다. 다만 그 명성은 라만차 지방에 남겨져, 돈키호테가 세 번째로 집을 나와 사라고사로 갔고, 그곳에서 열린 수많은 유명 창 시합에 출전해 자신의 용기와 뛰어난 분별력에 어울리는 일들을 치렀다고 전해진다. 작가는 그의 죽음에 대해서도 아무런 이야기를 접할 수 없었는데, 운 좋게도 납 상자를 수중에 얻은 늙은 의사가 그에게 알려주지 않았다면 아마 영영 알 수 없었을 것이다. 그 의사가 말하길, 상자는 복구하려는 허물어진 무덤의 관 속에서 발견되었으며, 그 상자 속에 고딕 문자지만 카스티야의 시 형식으로 쓰인 몇 장의 양피지가 있었는데, 양피지에는 돈키호테의 수많은 무훈은 물론 둘시네아 델 토보소의 아름다움, 로시난테의 모습, 산초 판사의 충직함, 그리고 돈키호테의 무덤에 관한 정보까지 그의 삶과 습관에 관한 여러 가지 묘비명과 찬사가 들어 있었다고 한다.

이 중에서 분명히 읽고 끄집어낼 수 있는 것들을, 결코 다시 볼 수 없는 이야기의 믿을 만한 작가가 여기에 적는다. 작가는 사람들에게 이 이야기를 읽어달라고 청하지 않는다. 다만, 그 이야기를 세상에 내놓기 위해 라만차 지방의 모든 고문서를 찾는 데 쏟은 광대한 노력의 보상으로, 신중한 사람들에게 건네는 신뢰를 세상에서 찬사받는 기사도 책에도 건네주었으면 할 뿐이다. 그러면 작가는 보상을 잘 받았다고 여길 것이고 또 만족해할 것이며, 힘을 얻어 다른 이야기들을 찾기 시작할 것이다. 아주 진실하지는 않더라도, 적어도 교훈과 재미는 얻었을 것이다.

납 상자에서 발견된 양피지에 쓰인 첫 구절은 다음과 같다.

라만차 지방, 라 아르가마시야*의 학자들이
라만차의 용감한 돈키호테의 삶과 죽음에 대해
다음과 같이 기록하노라

라 아르가마시야의 학자 모니콩고가**
돈키호테의 무덤에 부쳐

묘비명

크레타의 아이손보다 더 많은 전리품을
라만차에 장식한 미치광이,
날카로운 풍향계의 예측이
덜 변덕스러우면 좋겠네.

카타이에서 가에타까지*** 이르렀던

---

*라만차 지방의 마을로, 둘시네아의 고향 엘 토보소 인근에 있다.

**아프리카 콩고의 흑인 또는 나라를 지칭한다. 이후 나오는 학자들의 이름은 모두 풍자적으로 붙인 것이다.

***'카타이'는 중국을, '가에타'는 나폴리 근처의 항구를 말한다.

그 힘을 마음껏 행사했던 팔
가장 신중하고 무서운 뮤즈가
청동 철판에 새긴 시구.

그의 사랑과 용감함이
아마디스 기사들을 뒤로하고
갈라오르 기사들도 무시하네.

벨리아니스 기사들을 침묵하게 하고
로시난테를 타고 세상을 떠돌아 다녔던 그가
이 차가운 묘석 아래 누워 있노라.

라 아르가마시야의 학자 파니아구아도*가

둘시네아 델 토보소를 기리며

소네트

지금 당신이 바라보는 투실투실한 얼굴에
풍만한 가슴, 넘치는 기개의 이 여인이
바로 엘 토보소의 여왕 둘시네아이니,
위대한 돈키호테가 반해버린 여인이로다.

---

*'심부름꾼, 하인'이라는 뜻으로, 로페 데 베가의 친구 카스티요 솔로르사노를 암시한다.

드넓은 시에라 네그라의 방방곡곡과
그 유명한 몬티엘 평야,
심지어 아랑후에스의 거친 초원을
오로지 그녀를 위해 지치도록 헤매고 다녔네.

(로시난테의 죄인가) 오, 처절한 운명이여!
라만차 처녀와 불굴의
편력기사가 흘려보낸 인고의 세월.

이제 처녀는 잠들어 아름다움이 사라지고
그 또한 대리석에 새기듯 이름을 남겼으나,
끝내 사랑과 분노와 실망을 떨쳐내지 못하였도다.

라 아르가마시야의 극도로 신중한 학자 카프리치초소*가
돈키호테 데 라만차의 말 로시난테를 칭찬하며

소네트

다이아몬드로 만든 훌륭한 왕좌
전쟁의 신은 초목들에 핏자국을 남기고
미친 듯 날뛰는 라만차 기사는

* '변덕쟁이'라는 뜻이다.

순례자의 열정으로 군기를 휘날린다.

격파하고 조각내며 휘둘렀던
갑옷과 명검을 내리고……
새로운 위엄들이여! 그러나 새로운 기사에게
새로운 검법을 창조하는도다.

만일 가울라가 아마디스를 자랑으로 삼는다면
용감한 후손들 덕분에
그레시아는 수천 번 승리했고 그의 명성을 떨치리라.

오늘날 벨로나 여신이 주재하는 어전에서
키호테는 왕관을 하사받으니, 라만차에서는
그레시아나 가울라보다도 키호테를 더욱 자랑으로 여기노라.

라만차는 결코 그 영광을 잊지 않으니
로시난테까지도 그 용감함에서는
브리야도로와 바야르도*보다 뛰어나다.

*각각 《광란의 오를란도》에서 오를란도와 레이날도스 데 몬탈반이 타던 말이다.

라 아르가마시야의 학자 부를라도르*가

산초 판사에게

소네트

산초 판사 이 사람, 작은 체구지만
그 용기는 대단하니, 이상한 기적이네!
그대들에게 맹세코 증명하니,
세상에 가장 순박하고 속임수 없는 종자일세.

하마터면 백작이 되었을 텐데
당나귀조차 용서하지 않는
교활한 자의 모함과 무례함들이
그를 몰아내지 않았다면.

그 위에 온순한 종자가 타고서(거짓말이니 용서하기를)
온순한 말 로시난테를 쫓아서
주인을 따라다녔지.

오, 인간의 헛된 희망이여,
어떻게 휴식을 약속한단 말이냐,
결국은 그림자와 연기와 꿈으로 끝날 것인데!

---

* '야유꾼'이라는 뜻이다.

라 아르가마시야의 학자 카치디아블로*가
돈키호테의 무덤에 부쳐

묘비명

여기 누워 있는 기사 하나
로시난테를 타고 이 길 저 길
힘든 편력을 다니며
크나큰 고통을 당했네.

그 옆에 누운
어리석은 산초 판사
그의 모습은 종자 중에서도
가장 충실한 종자의 전형이네.

라 아르가마시야의 학자 티키톡**이
둘시네아 델 토보소의 무덤에 부쳐

묘비명

* '악마'라는 뜻으로, 16세기 악명 높은 알제 해적의 이름이다.
** '시곗바늘 째깍째깍'이라는 뜻이다.

여기 둘시네아가 잠들어 있노라,
뚱뚱한 몸도
놀랍고 추한 죽음이
먼지와 재로 만들었네.

순수한 혈통에
숙녀다운 모습을 지닌,
위대한 돈키호테의 불꽃이자
그 마을의 영광이었네.

이것들만이 읽을 수 있는 시였다. 그 밖의 것들은 글자에 좀이 슬어 한 학자에게 유추해 밝혀달라고 건네주었다. 그는 수일간의 밤샘 작업과 노력 끝에 밝혀냈는데, 돈키호테의 세 번째 출발을 기대하며 그 이야기를 세상에 내놓을 생각이라고 한다.

아마도 또 다른 누군가가 더 나은 악기로 연주하리.*

*《광란의 오를란도》에 나오는 시구절로, 세르반테스는 훗날 《돈키호테》 2편을 더 잘 써서 발표하리라는 사실을 암시하고 있으며, 실제로 1편 발간 10년 후인 1615년에 2편을 발표한다.

살라버린다(6장). 그러나 돈키호테는 다시 정신을 차리고, 이웃에 사는 시골 농부 산초 판사에게 섬의 총독 자리를 약속하며 자신의 종자가 되어줄 것을 설득하여 성공한다. 그리하여 돈키호테는 어느 날 밤 아무도 모르게 산초를 거느리고 모험을 찾아서 두 번째로 집을 나서게 된다(7장). 그리고 마침내 들판에 있는 풍차를 발견하고서, 이를 거인이라고 여겨 싸움을 벌인다. 그 후 베네딕트 교회 수도사와 비스카야인들과 마주치는데 돈키호테는 그들이 공주를 납치해 가는 악당이라고 생각하여 칼싸움을 벌인다. 그러나 비스카야인과의 결투 이야기를 더 이상 써 내려갈 아이디어가 부족하다면서 싸움을 완결하지 못한 상태로 이야기를 중단해버린다(8장).

그 후 작가는 톨레도의 알카나 거리를 걷다가 우연히 시장에서 무어인 작가 시데 아메테 베넹헬리가 쓴 《돈키호테 데 라만차 이야기》를 발견하고 이 원고를 구입한 후에 이를 모리스코인에게 부탁하여 스페인어로 번역을 하게 한다. 이때부터 시데 아메테가 쓴 돈키호테의 모험 이야기를 가지고 계속 기술해나간다. 이것이 사실이라면 《돈키호테》의 작가는 9장부터 세르반테스가 아니라 무어인 시데 아메테 베넹헬리가 된다. 이 같은 '작가의 실종'은 당시 합스부르그 절대왕조와 종교재판소의 검열과 감시하에서 수많은 작가들이 희생되었기 때문에 자신의 안전을 염려한 세르반테스가 고안해 낸 기발한 장치이다. 세르반테스는 돈키호테를 정상인이 아니라 광인의 기사로 만들었고, 이렇게 광인의 입을 빌려서 당시 성직자나 귀족 등을 유머러스하게 풍자하고 조소함으로써 검열관의 눈을 피하려 했다. 그리고 여기에 더해 《돈키호테》가 자신의 글이 아니라 아랍인 작가의 이야기일 뿐이라고 주장함으로써 검열관의 눈을 다른 곳으로 돌렸다. 세르반테스는 9장 이후부터 작품이 끝날 때까지 계속 시데 아메테 베넹헬리의 이야기에 따라서 이 책을 쓰고 있다고 독자들에게 상기시킨다.

그리하여 앞서 중단되었던 비스카야인과 돈키호테의 싸움 이야기가 끝을 맺고, 마르셀라를 사랑하다가 실연을 당해 자살한 그리소스토모의 이야기를 산양치기들로부터 듣게 된다(11~14장). 이어서 돈키호테가 광기로 인해 성이라고 여긴 팔로메케의 주막에서 여러 가지 사건을 겪은 다음에 숙박비를 지불하지 않고 떠나다가 억울하게도 산초가 붙들려서 무시무시한 담요 키질로 시련을 겪은 이야기(16장), 돈키호테가 양 떼들을 군대라고 착각한 이야기(18장), 시체와 얽힌 모험 이야기(19장), 빨래방아로 인한 모험(20장), 갤리선 노역을 선고받은 죄수들을 풀어준 이야기(22장), 이로 인해 돈키호테가 종교경찰들의 추적을 피하기 위하여 시에라 모레나 산중으로 피신하는 이야기가 펼쳐진다. 그러나 돈키호테는 기사 아마디스 데 가울라의 고행을 흉내 낸다며 자신도 둘시네아를 위해 산속에서의 고행을 자처하고(23~30장), 우여곡절 끝에 도로테아가 미코미코나 공주로 위장하여 돈키호테를 산속에서 나오도록 하는 데 성공한다. 마침내 시에라 모레나 산속에서 나온 두 사람은 다시 팔로메케의 주막집으로 돌아온다. 여기서 유명한 삽입소설 '무모한 호기심이 빚은 이야기'가 소개된다(33~35장). 한편 산속에서 고행으로 인하여 심신이 허약해진 돈키호테가 주막에서 잠을 자다가 비몽사몽간에 칼을 뽑고서 방 안에 보관된 붉은 포도주를 담은 가죽 부대들을 거인이라고 착각하고 모조리 칼로 찔러서 포도주가 철철 넘치게 만든다. 이를 본 산초는 자기 주인이 진짜 거인과 싸워서 붉은 피가 낭자하다고 고함을 쳐댄다. 한편 공작의 아들 돈 페르난도와 시골 농부의 딸인 도로테아의 사랑과 루신다와 카르데니오의 사랑이 팔로메케의 주막집에서 모두 행복하게 결말이 난다(36장). 이후 세르반테스 자신이 알제에서 5년간 포로 생활을 했던 경험을 상기시키는 그리스도교도 군인과 무어 여인 소라이다의 사랑 이야기가 전개된다(39~41장). 종교경찰의 추적을 받던 돈키호테는 우여곡절 끝에 고향 친구인 신부와 이발사의 도움으로 수레에 태워져서 집으로 돌아오게 되고(46~51장), 이후 돈키호테가 세 번째로 집을 나와서 사라고사로 갔다는 기록을 언급하면서 1편이 끝난다(52장).

3. 《돈키호테》 작품 속 액자소설

《돈키호테》의 중심 맥을 이루고 있는 돈키호테와 산초 판사가 벌이는 모험들이 단조로울 것을 걱정하여 작가는 소설 속에 또 다른 소설, 즉 삽입소설 혹은 액자소설을 일곱 편 넣어 흥미를 고조시켰다. 이 같은 삽입소설의 등장은 마치 오늘날 포스트모더니즘 문학에서 나오는 '이야기의 일탈'과 견줄 수 있는 현대적인 기법이다. 12, 13, 14장에 나오는 마르셀라와 그리소스토모 이야기와 50, 51장의 레안드라 이야기를 통해서는 목가소설을 엿볼 수 있고, 24, 27, 28장에 나오는 카르데니오와 루신다 이야기 및 도로테아와 페르난도 이야기에서는 감상주의 소설 양식을 볼 수 있으며, 또한 33장부터 35장의 '무모한 호기심이 빚은 이야기'에서는 심리소설을, 39장부터 41장의 '포로 이야기'에서는 동시대의 모험을 소재로 한 모리스코 소설 양식까지 발견된다. 이 외에도 42, 43장에는 판관의 딸 클라라와 목동으로 변신한 청년 루이스의 이야기가 있다. 세르반테스는 《돈키호테》 2편 44장에서 작품의 줄거리와 동떨어진 삽입소설을 넣은 이유를 설명하면서, 돈키호테와 산초의 모험만으로는 소설의 다양성이 부족해지고 독자들이 지겨워할 것을 염려했다고 말하고 있다. 《돈키호테》를 읽으면서 그 속에 숨어 있는 일곱 개의 삽입소설을 찾아내는 것도 흥미로울 것이다.

세르반테스의 이러한 삽입소설들에는 당시 수동적이고 희생자이던 여성의 입장을 과감히 버린 진일보한 남녀평등사상이 엿보인다. 예를 들자면 첫 삽입소설인 마르셀라와 그리소스토모의 이야기에는, "왜 아름다움으로 인해 사랑받는 여인이 그저 재미로, 그리고 강압적으로 달려드는 남자의 의도에 의해 정절을 잃어야만 하는 겁니까? 저는 자유롭게 태어났고, 또 자유롭게 살아가기 위해 초원에서의 고독을 선택한 것입니다"(14장)라는 마르셀라의 대사 속에 드러나듯이 사랑은 남녀 간의 자유로운 의사에 따라서 이루어져야 함을 강조한다. 또한 농부의 딸 도로테아는 당당한 모습으로 공작의 아들이자 자신에게 결혼을 약속하며 정조를 앗아 간 페르난도에게 "당신은 제가 당신의 여인이 되길 바랐고, 그렇게 바랐기 때문에 비록 지금은 저를 원하지 않는다 하더라도, 제 남편이기를 그만두신다는 것은 불가능한 일입니다"(36장)라고 말함으로써 당시의 수동적인 여성들과는 다른 면모를 보여준다. 이에 대해 하버드 대학교의 프란시스코 마르케스 교수는 "세르반테스야말로 여인을 남자의 소유물로 여기던 당시 풍속에 비하면 여인들의 자유의지를 높이 산 페미니스트"라고 말했다.

4. 유럽 최초의 현대소설

세르반테스의 문학에는 사회 구석구석에 살고 있는 인물들이 모두 등장한다. 그의 문학세계는 귀족이나 부유한 상류층들뿐 아니라 기사나 신부부터 이발사, 매춘부, 도적, 건달, 뚜쟁이, 점성가 등 하류계층 사람들이 등장하는 세상이기도 하다. 세르반테스는 하류계층의 인간들도 우리의 이웃이며, 이 세계를 꾸려가는 중요한 구성원이라는 사실을 강조하는데, 이는 현대소설의 특징과도 닿아 있다.

《돈키호테》는 처음 출판되었을 때부터 폭발적인 인기를 누렸다. 독자들은 이 작품을 단순히 웃음을 주는 만화적 텍스트로 읽었는데, 작가가 밝힌 대로 이 소설을 흥미 위주의 기사소설을 패러디한 것으로 간주했기 때문이다. 그러나 18세기에 《돈키호테》의 진가가 인정되면서 이 작품은 언어에

술의 본보기로 손꼽히게 되었다. 그리하여 세르반테스의 생애가 연구되고 《돈키호테》는 매우 아름다운 삽화와 함께 호화판으로 출간되었으며, 19세기 낭만주의 시대에 이르러서는 스페인 독자들이 눈물을 흘리면서 이 소설을 읽게 되었다. 그들은 숭고한 이상을 갖고 현실에 맞서 싸우는 돈키호테의 모습에서 실존하는 인간의 고뇌를 보았던 것이다.

19세기 낭만주의 시대부터 불붙기 시작한 《돈키호테》에 대한 새로운 해석은 지금까지도 계속되어 철학자, 역사가, 사상가, 비평가, 정치가 등이 《돈키호테》의 복합적인 메시지를 탐구하기 위한 다양한 연구를 거듭하고 있다. 그 결과, 기사 돈키호테와 종자 산초 판사는 인간의 내면에 공존하는 이상주의와 현실주의의 화신으로 묘사되었고, 두 인물이 하나로 합쳐져야만 총체적인 인간을 상징하는 것으로 해석된다. 대식가이며 촌뜨기인 산초가 자신의 주인과 상반된 모습으로, 주인의 기이한 모험들을 이해하지는 못하지만 점차 종자로서 훌륭한 충성심을 보이며 주인을 따르게 된다는 점에서 '산초의 점진적인 돈키호테화'가 달성되었다고 보는 해석도 나오고 있다. 이렇듯 스페인 산문문학은 《돈키호테》와 더불어 그 절정을 꽃피우고 있다.

이상주의자인 돈키호테에 비해 산초는 현실주의를 대표한다. 그러나 주인 돈키호테와 지내면서 그의 개성은 변화하여, 차츰 주인의 이상주의에 공감하게 된다. 그리고 때때로 주인처럼 이상세계에서 행동하기도 한다. 그리하여 2편의 말미에서 돈키호테가 제정신을 되찾고 임종의 순간을 맞았을 때, 아직도 주인을 따르고 그의 말을 믿는 산초는 이렇게 그의 용기를 북돋운다. "주인님, 제발 죽지 마시고, 제 충고를 들으셔서 오래 사세요! 이 세상에서 인간이 저지르는 가장 큰 광기는, 아무도 그를 죽이지 않고 우울함 말고는 아무것도 그를 위협하지 않는데, 자기 자신을 그대로 죽게 내버려두는 겁니다. 저 좀 보세요. 게으름을 피우지 마시고 침대에서 벌떡 일어나세요."

이상주의자 돈키호테와 현실주의자 산초에 의해 상징되는 평행선은 바로 우리 인간의 삶 속에서 겪는 끊임없는 갈등과 화합을 상징하는 것이다. 돈키호테와의 대립은 우리가 인생에서 부딪치게 되는 현실과 이상의 대립을 의미하고 있다.

《돈키호테》가 오늘날까지도 최고의 소설로 손꼽히는 이유는 우리 인간에게 꿈을 심어주는 모습이 그 안에서 발견되기 때문이다. 비록 우리가 꾸는 꿈이 물거품으로 끝날지언정 한순간이라도 꿈과 희망이 없다면 사람들은 삶의 의미를 상실할 것이다. 《돈키호테》의 위대함은 바로 여기에 있다. 꿈과 이상을 위하여 모험을 하지만 끊임없이 좌절하고 실패하는 모습에서 우리는 실존하는 자신의 모습을 발견하게 된다. 그럼에도 불구하고 결코 꿈을 포기할 수 없는 것이다. 그러나 현실은 현실이기에 우리 인간의 내면에는 산초 판사와 같은 현실주의적 사고도 존재한다. 꿈과 실제, 이상과 현실을 상징하는 돈키호테와 산초 판사는 바로 우리의 양면적 모습이자 실존인 것이다.

작가 세르반테스의 위대한 가치는 그의 작품을 유머라는 가장 인간적인 감각으로 가득 채웠다는 점에서도 발견된다. 세르반테스의 위대함은 심각하거나 직설적인 방법으로 사회를 비판하지 않고, 당시 부조리한 사회구조와 귀족들의 행태를 유머러스하게 묘사하여 그들을 풍자하고 조소를 보냄으로써 문학적 진가를 발휘한 데 있다. 여러 가지 특징에서 《돈키호테》는 당시의 어떤 문학작품과도 비교할 수 없는 탁월한 기교로 쓰였다고 말할 수 있다. 세르반테스는 그 시대까지 독립적으로 존재했던 소설의 다양한 형식을 집결하여 문체뿐만 아니라 작품의 전개 방식에서도 참신함이 돋보이는 훌륭한 작품을 만들어냄으로써 유럽의 현대소설에 새로운 장을 열었다.

5. 맺음말

《돈키호테》는 세계문학사에서 가장 유명하고 널리 번역 소개된 스페인 최고의 작품으로 많은 현대소설에 영향을 주었다. 프랑스의 비평가 생트뵈브는 돈키호테를 "인류의 성서"라고 불렀고, 러시아의 대문호 도스토옙스키는 "《돈키호테》보다 더 심오하고 힘 있는 작품을 만난 적이 없다"라고 했다. 보르헤스는 "《돈키호테》야말로 완전히 열린 작품으로, 각자의 독서에 따라서 제각기 다르게 읽힐 수 있는 작품"이라고 말했고, 밀란 쿤데라 역시 "모든 소설가는 어떤 형식으로든 모두 다 세르반테스의 자손들"이라는 말로 그 존경과 애정을 드러냈다. 이처럼 세계문학사에서 돈키호테의 영향은 특별하다. 여러 언어로 쓰인 수많은 작품들이 돈키호테를 모방하거나 세르반테스의 사상과 예술에 커다란 영향을 받았다.

2016년은 미겔 데 세르반테스가 타계한 지 400년이 되는 해이다. 《돈키호테》가 세계 100명의 작가들을 대상으로 조사한 '역사상 가장 위대한 소설 100편' 중 셰익스피어나 톨스토이 등의 작품을 제치고 1위를 차지함으로써 세계 최고의 소설로 인정받은 것은 세르반테스의 현대적 사상과 파격적인 글쓰기 때문이라 할 수 있다. 400년 동안 전 세계 사람들에게 사랑과 찬사를 받은 돈키호테와 산초 판사는, 희망을 잃지 않고 내일을 향해 꿈을 꾸는 바로 우리 인간의 불굴의 정신이며 위대함이다.

2015년 4월
한국 세르반테스연구소에서
박철

초판 역자 후기

《돈키호테》 발간 400주년에 맞추어 국내에서 스페인어판 완역본을 출간하게 되어 감회가 새롭고, 세계문학의 최고봉에 위치한 《돈키호테》를 국내의 독자들에게 소개할 수 있어 기쁘다.

《돈키호테》는 1915년 최남선이 잡지 《청춘》에 소개하면서 국내에 처음 알려졌다. 그 후 번역의 어려움으로 인해 스페인어판의 직역이 아닌 영어나 일본어판의 중역으로 국내에 소개되었다. 《돈키호테》 재번역 작업은 2003년 한국외국어대학교 대학원 스페인어문학과에 'BK21 세르반테스 연구팀'이 출범되면서부터 시작되었다. 역자가 오래전부터 꿈꾸어오던 《돈키호테》 재번역의 숙원 사업을 석박사과정 학생들과 함께 원문을 한 줄 한 줄 대조하면서 면밀히 번역하는 작업을 한 지 2년 만에 1편이 빛을 보게 되었다. 국내에 스페인어학과가 개설된 지 50년이 되는 해이기도 한 즈음이라 큰 보람을 느낀다.

이 책은 훌륭한 역주와 원본의 충실성으로 정평이 나 있는 비센테 가오스의 스페인어판 《돈키호테》를 번역한 것이다. 난해한 용어의 이해를 돕기 위해 번역본에도 우리말 역주를 적절하게 달고, 작품의 흥미를 높이고자 귀스타브 도레의 삽화를 넣었다. 이해하기 쉬운 번역과 역주를 통해 독자들이 진정한 작품의 재미를 느낄 수 있을 것으로 확신한다.

《돈키호테》는 어린아이나 성인 모두 자신의 눈높이에 따라서 읽을 수 있는 작품이다. 어린이들은 《돈키호테》를 통해 만화적 재미와 흥미를 느낄 수 있고, 청소년들은 인간의 꿈과 이상을 발견할 것이며, 성인들은 삶에 끊임없이 도전하는 우리 자신의 모습을 찾을 수 있을 것이다.

이 책을 번역하는 데 여러 사람들과 기관으로부터 많은 도움을 받았다. 우선 무엇보다도 'BK21 세르반테스 연구팀'에 학술연구비를 지원해준 한국학술진흥재단에 깊은 감사를 드린다. 한국학술진흥재단의 지원이 없었더라면 아마 《돈키호테》 번역 계획을 실행에 옮길 수 없었을 것이다. 번역작업에 참가한 'BK21 세르반테스 연구팀'의 김수진 박사, 최정설, 김현정, 조경호, 김상윤, 심주영, 권소현, 윤지현, 강신규, 안주희 석박사과정 학생들의 노고에 깊은 감사를 표하며, 마지막으로 출판을 맡아주신 시공사 편집부 여러분들에게 감사를 드린다.

애석하게도 제11차 세계 세르반테스 학술대회를 준비하던 중 갑작스럽게 타계한 호세 마리아 카사사야스(José María Casasayas) 세계 세르반테스학회 회장의 영전에 이 책을 바친다. 서울에서 《돈키호테》 번역 출간을 축하해주기로 했던 호세 마리아 회장의 서거에 한국스페인어문학회를 대표하여 깊은 애도와 함께 그분의 이름을 이 책에 남기고자 한다.

사라진 미네르바를 바라보며

2004년 11월

BK21 세르반테스 연구팀장 박철

개정판 역자 후기

2015년 올해는 국내외 세르반테스 연구자들에게는 실로 특별한 해이다. 육당 최남선이 처음으로 《청춘》에 우리말로 《돈키호테》를 소개한 지 100년이 되는 해이자, 세르반테스가 《돈키호테》 2편을 완간함으로써 문학사에 길이 남을 대작을 완성한 지 정확히 400년이 되는 해이기 때문이다.

역자 개인으로서도 여러 가지 이유에서 뜻깊은 해인 것이, 2004년 국내에서는 최초로 1편을 완역 출간한 이래 10년 만에 2편의 번역 작업을 마친 해이기 때문이다. 지난 2004년 11월 세계 세르반테스학회 제11차 대회가 서울에서 개최되던 날, 그 자리에 함께한 세계의 학자들로부터 축하를 받았던 기억이 아직 생생하건만 그사이 벌써 10년의 세월이 흘렀다. 그 10년은 개인적으로뿐만 아니라 세르반테스 연구에 있어서도 매일매일이 보람되고 새로운, 어느 때보다 귀중한 시간이었다. 2004년 스페인 왕립한림원에서 400주년 기념판을 출간하여 《돈키호테》 판본에 있어서 또 하나의 이정표를 세운 것을 포함하여, 세계 각국에서 어느 때보다 활발한 연구 활동이 펼쳐졌고, 영광스럽게도 그 결과물들이 발표되는 현장에 직접 참여하거나 그 중심에 서서 많은 것을 배울 수 있었다. 한국에서도 2004년 세계 세르반테스 학회의 서울 개최를 비롯, 2014년에는 최초로 한국세르반테스연구소가 창립되는 등 바쁜 걸음을 계속하고 있다. 또한 그중에는 올 3월에 있었던 "세르반테스 유골 발굴 논란"처럼 해프닝이 되어버린 사건도 있었지만 모두가 애정과 열의의 결과가 아니겠는가. 내년이면 세르반테스 서거 400주년을 맞는 해인 만큼 그 관심이 지나치게 뜨거운 것도 이해할 수 있을 것이다. 하지만 그 해프닝에 대해 왕립한림원의 동료인 프란시스코 리코 교수가 일침을 가한 말처럼 사건에 들썩이기보다는 청소년 학생들에게 《돈키호테》 책 한 권을 선물하는 편이 더욱 나은 일일 것이다.

그러한 마음으로 지난 10년간의 연구 결과를 반영하여 1편을 개정, 보완하게 되었다. 왕립한림원의 400주년 기념판은 물론 1780년 출간된 최초의 왕립한림원 판본 《돈키호테》와 그 외 다양한 연구 논문을 참고하여 전문 용어를 개선하고 독자의 이해를 도울 수 있도록 각주를 보강하였다. 또한 한정판으로 출간된 왕립한림원 초판본에는 아름다운 장식 그림들이 곁들여 있는데 이번 개정판에 이를 추가하여 보는 즐거움을 더하였다. 국내에서 최초로 귀스타브 도레의 삽화들을 2004년 판에 삽입하였는데, 이번 개정판에서는 스페인 측의 도움으로 그간 쉽게 볼 수 없었던 삽화들까지 추가로 삽입할 수 있었다. 이러한 노력이 《돈키호테》를 사랑하는 독자들에게 조금이라도 더 큰 즐거움을 주었으면 하는 바람이다.

그리고, 지난 2004년 타계하신 호세 마리아 카사사야스 회장과 함께, 세르반테스 연구의 거목으로 《돈키호테》 한국어판 출간을 누구보다 기뻐하고 축하해주셨던 하버드 대학교 로망스어학부의 프란시스코 마르케스 비야누에바(Francisco Márquez Villanueva) 교수님의 영전에 이 책을 바친다.

2004년 《돈키호테》 1편의 첫 출간에 헌신적으로 참여했던 한국외국어대학교 대학원 'BK21 세르반테스 연구팀', 이번 개정판 출간을 위해 애써주신 시공사 문학팀 여러분들에게 다시 한 번 감사드리며, 격려의 말과 연구 자료들로 물심양면으로 지원을 아끼지 않은 스페인 왕립한림원 다리오 비야누에바 원장, 세르반테스문화원 빅토르 가르시아 데 라 콘차 원장, 언제나 함께해준 나의 가족들에게도 감사의 말을 전한다. 그라시아스(Gracias)!

2015년 4월

한국 세르반테스연구소에서

박철

미겔 데 세르반테스 사아베드라 연보

1547년

9월 29일경 스페인 마드리드 근교의 작은 대학가 마을 알칼라 데 에나레스에서, 순회 이발사 겸 외과의사인 아버지 로드리고 데 세르반테스와 어머니 레오노르 데 코르티나스 사이의 일곱 자녀 중 넷째로 태어남. 10월 9일 산타마리아 라 마요르 성당에서 세례를 받음. 어린 시절에 대해서는 알려진 바가 거의 없으며, 생활고로 인해 가족이 여러 도시를 이주해 다녔음.

1568년

마드리드에 정착. 에라스무스 사상의 추종자인 후안 로페스 데 오요스가 교장으로 있던 마드리드의 한 인문학교에 다닌 것으로 추정. 이사벨 데 발로아 왕비 서거 후 학교에서 마련한 추모 작품집에 세르반테스의 첫 시가 실림. 그라나다에서 모리스코 폭동 발발.

1569년

견문을 넓히고 일자리를 구하고자, 국왕 카를로스 5세 장례식에 참석한 아쿠아비바 추기경을 따라 이탈리아로 건너감. 몇 개월 동안 추기경 밑에서 일한 후 이탈리아에서 스페인 보병대에 입대.

1570년

군인으로서 로마, 나폴리, 밀라노, 피렌체 등 이탈리아 각지를 돌아다니며 르네상스 말기의 이탈리아 문화에 많은 영향을 받음.

1571년

교황청, 베네치아 공화국, 스페인 연합함대가 그리스의 서쪽 해안 파트라스 만에 위치한 나우팍토스('레판토'의 그리스어 지명)에서 10월 7일 터키 함대를 격퇴한 유명한 '레판토 해전'에 참가, 이 전투에서 가슴에 세 군데의 상처를 입고 왼팔이 불구가 되어 '레판토의 외팔이'라는 명예로운 별명을 얻음.

1572년

4월, 부상에서 회복되자 다시 군인으로서 여러 전투에 참전.

1575년

귀국을 결심하고 나폴리 항구를 출발하지만 엿새 만에 마르세유 해안에서 해적들에게 붙잡혀 알제로 끌려감. 해적들이 요구한 몸값이 너무 높아 풀려나지 못하고 처참한 포로 생활 시작. 5년 동안 계속된 이때의 경험이《돈키호테》1편에 생생하게 그려짐.

1576년

첫 번째 탈출을 시도하나 실패하고, 이후 세 번의 탈출을 더 감행하지만 모두 실패함.

1580년

네 번째 탈출 시도 실패로 목숨이 위기에 처하자 삼위일체 수도회의 신부들이 몸값을 치러주어 마드리드로 귀환.

1581년

국왕의 특사로 아프리카 오랑에서 특별임무 수행. 스페인·포르투갈 왕국 합병. 펠리페 2세와 궁정을 따라 새로 병합된 포르투갈 리스본으로 가 잠시 거주.

1583년

아나 프랑카 데 로하스라는 유부녀와 사랑에 빠짐. 아나 프랑카와의 사이에서 유일한 혈육인 이사벨이 태어남.

1584년

톨레도의 에스키비아스 여행 중 부유한 소지주의 딸인 19세의 카탈리나 데 팔라시오스를 알게 되어 결혼하지만 관계가 원만치 않아 별거.

1585년
첫 소설 《라 갈라테아》 출간. 이즈음 여러 편의 극작품을 집필하지만 《알제에서의 대우》와 《라 누만시아》 두 권만 전해짐. 아버지 로드리고 데 세르반테스 타계.

1587년
세비야에 거주하면서 무적함대에 밀 보급을 위한 담당관으로 일하기 시작.

1588년
무적함대의 식량 조달인으로 안달루시아 지방을 널리 돌아다님. 2월 밀보리 구입 건으로 교회와 싸워 파문됨. 무적함대가 도버 해협에서 영국 해군에 패배하자 재기를 독려하는 시를 발표.

1590년
5월 21일 국왕에게 신대륙에 공석 중인 관직을 청원하지만 거절당함.

1592년
밀 보급 건과 관련된 이유로 안달루시아 지방의 감옥에 투옥.

1593년
세비야 인근에서 세금징수원으로 근무. 어머니 레오노르 타계.

1597년
세금 징수와 관련된 회계 문제로 세비야 감옥에 3개월간 투옥.

1598년
국왕 펠리페 2세 타계. 국왕의 죽음에 바치는 소네트 집필.

1602년
이유는 알려지지 않았지만 세비야에서 다시 투옥.

1604년
세비야에서 주로 생활하면서 《돈키호테》 1편 탈고. 그 외 중편소설과 극작품 및 막간극을 집필한 것으로 추정. 연말, 바야돌리드로 이주.

1605년

2월 마드리드에서 《돈키호테》 1편이 출간되어 크게 성공. 같은 해 6판까지 출간되지만 작품의 판권을 출판사에 양도했기 때문에 경제적 이득을 얻지 못함.

1609년

후원자 레모스 백작이 나폴리 부왕으로 임명됨. 그와 함께 이탈리아로 가기를 희망했으나 인선에서 탈락된 후 마드리드에서 '성체' 교단에 입회. 펠리페 3세 모리스코 추방령 발표.

1613년

알칼라 데 에나레스에 거주. 열두 편의 중편소설이 수록된 《모범소설》 출판. '테르세라' 교단에서 신부 수업.

1614년

시집 《파르나소스로의 여행》 출간. 알론소 페르난데스 데 아베야네다라는 작가가 쓴 가짜 《돈키호테 2편》이 나타남.

1615년

《돈키호테》 2편과 《여덟 편의 연극과 여덟 편의 막간극들》 출간.

1616년

4월 2일 당뇨병으로 쓰러져 4월 23일 운명. 같은 날 셰익스피어 타계.

1617년

유작 《페르실레스와 시히스문다의 고난들》 출간.

옮긴이 박철

스페인 왕립한림원 종신회원으로서 한림원 학술지《블리틴》편집위원을 맡고 있다. 한국외국어대학교 스페인어과를 졸업하고, 동대학원을 거쳐 스페인 마드리드 콤플루텐세 국립대학교에서 문학박사 학위를 받았다. 1985년 모교에 부임한 후 아시아권의 대표적인 세르반테스 연구학자로 활동하였으며, 미국 하버드 대학교 로망스어학부 방문교수를 지냈다. 한국 외국어교육학회 회장, 한국 스페인어문학회 회장을 역임하면서 2004년 11월 서울에서 제11차 세계 세르반테스학회를 개최하였다. 2006년부터 2014년까지 한국외국어대학교 제8대, 제9대 총장을 지냈으며, 2014년 11월 한국 세르반테스 연구소 초대 이사장으로 선임되었다. 스페인 정부 문화훈장 기사장, 카를로스 3세 대십자훈장, 이사벨 여왕 대십자훈장을 수훈하였고, 루마니아 최고교육훈장, 헝가리 문화훈장, 폴란드 문화훈장 등을 수훈하였다. 저서로는《한국 최초 방문 서구인: 세스페데스》,《스페인 문학사》,《돈키호테를 꿈꿔라》,《노벨문학상과 한국문학》,《독학스페인어 첫걸음》 등이 있으며, 역서로는 세르반테스의《개들이 본 세상》,《모범소설》,《이혼 재판관》, 그 외에《스페인 역사》,《한국천주교 전래의 기원》등이 있다.

돈키호테 1

초판 1쇄 발행일 2004년 11월 16일
개정판 1쇄 발행일 2015년 5월 29일
개정판 10쇄 발행일 2024년 8월 1일

지은이 미겔 데 세르반테스
옮긴이 박철

발행인 조윤성

편집 황경하 **디자인** 박지은 **마케팅** 서승아
발행처 ㈜SIGONGSA **주소** 서울시 성동구 광나루로 172 린하우스 4층(우편번호 04791)
대표전화 02-3486-6877 **팩스(주문)** 02-585-1755
홈페이지 www.sigongsa.com / www.sigongjunior.com

ISBN 978-89-527-7354-8 04870
ISBN 978-89-527-7353-1 (세트)

*SIGONGSA는 시공간을 넘는 무한한 콘텐츠 세상을 만듭니다.
*SIGONGSA는 더 나은 내일을 함께 만들 여러분의 소중한 의견을 기다립니다.
*잘못 만들어진 책은 구입하신 곳에서 바꾸어 드립니다.

Rio Duero
Sernago
Deza
Berlanga
Almazan
Ateca
Calatayud
Fuentidueña
Ayllon
Rio Xalon
Bocines
Montuenga
Ariza
Bercimuel
Baraona
Riaza
Sisamon
R E Y
Sepulveda
Medinaceli
Villafeliche
Peñalba
Segovia
Pedraza
El Vado
Siguenza
Aldeguela
Sn. Ildefonso
Jadraque
Buitrago
Valdesotos
Cogolludo
Las Hiberas
Ablanque
Lago de Gallocanta
El Paular
Uceda
Belena
Hita
Cifuentes
Cobeta
Malaguilla
Brihuega
Valtablado
Armallones
Torrelaguna
Colmenar viejo
Trillo
Guadalajara
Azañon
Alcovendas
Meco
Orche
Budia
Recuenco
Peñalen
Checa
Alcoroches
Paracuellos
Yebes
Beteta
El Pardo
Alcalá
Sacedon
MADRID
Pastrana
Villaviciosa
Salmeron
Vallecas
Loeches
Fuentescusa
A
Leganes
S
Mondejar
T
Almonacid
I
L
Priego
L
Tragacete
Mostoles
Getafe
Arganda
Gascueña
Cañaveras
Pinto
Morata
Villar de Domingo Garcia
Casarrubios
Valdemoro
Uña
Chinchon
Huete
Illescas
Veamud
Villar del Saz
Villamanrique
Cañizares
Castelfabeb
Valdemorillo
Cabañas
A
Aranjuez
N
Tarancon
U
Carrascosa
E
V
Cuenca
A
Ademuz
Cañete
Olias
Ocaña
Sta. Cruz de la Zarza
Los Oteros
Ucles
Torrejoncillo
Moya
Yepes
Dos Barrios
Saelices
Villamuelas
R. Gigüela
Pozorrubio
Villar de Cañas
La Parrilla
Villora
La Guardia
Corral de Almaguer
Valverde
Lillo
Almodovar del Pinar
Mora
Villamayor
Aventura del Caballero del Bosque
Orgaz
Tembleque
Aventura del Carro de las Cortes de la muerte
La Osa
La Hinojosa
Fuenterobres
Villacañas
Los Hinojosos
Castillo de Garcimuñoz
Buenache
Quintanar de la Orden
Belmonte
Lugar en donde encontró a Dulcinea encantada.
La Mota del Cuervo
Sta. Maria del Campo
Alarcon
Campillo de Altobuey
L A
Madridejos
M
El Toboso
A
Pedro Muñoz
N
C
H
A
Minglanilla
Motilla del Palancar
Consuegra
Frailes del Vizcaino
Campo de Criptana
Pedernoso
Sn. Clemente
Sisante
Villanueva de la Xara
Alcazar
Venta donde sucedio la aventura de los titeres y las del Maese Pedro y el mono adivino
Aventura de los Leones, de donde tomó el nombre de Caballero de los Leones
Iniesta
Venta Puerto Lapice
Herencia
Quintanar del Rey
El Provencio
Aventura de los Yangüeses
Socuellamos
Tarazona
Villarubia
Villarta
Rio Guadiana
Aventura de los molinos de viento
Tomelloso
Villarobledo
Madrigueras
La Roda
Mahora
Encrucijada donde estuvo dudoso que camino seguiria
Argamasilla de Alba
Xucar
Encuentro de la aventura del Rebaño
Jorquera
Calatrava Daimiel
Aventura de los Mercaderes donde quedó molido a palos, y le condujo a su Lugar Pedro Alonso su vecino
Munera
Barrax
La Gineta
Aventura de los Batanes
Balazote
Carcelen
Manzanares
Bodas de Camacho
La Membrilla
Aventura del mancebo Andres
El Bonillo
Lezuza
Albacete
Almagro
La Solana
Alhambra
CAMPO DE
El Ballestero
Venta donde fue armado caballero
Chinchilla
Almansa
Bolaños
Lagunas de Ruydera
Cueva de Montesinos
El Moral
Valdepeñas
Villanueva de los Infantes
Villanueva de la Fuente
Peñas de San Pedro
R E Y N
Calatrava
Oraltos de Sierra Morena
El Castellar
Villahermosa
Alcaraz
Montealegre
Torrenueva
Ayna
Santa Cruz
Montiel
M O N T I E L
Riopar
D E
El Viso
Mestanza
Sierra donde hizo penitencia, desde la Venta de donde le volvieron en
Tobarra
S. Lorenzo
Bienservida
Elche
M U R C I
R. Segura
Sierra Morena